Un cow-boy à ses côtés

*

Un cow-boy à aimer

*

Le cow-boy qu'elle attendait

MEG MAXWELL

Un cow-boy à ses côtés

Traduction française de
JULIA LOPEZ-ORTEGA

HARLEQUIN

Titre original :
CHARM SCHOOL FOR COWBOYS

Ce roman a déjà été publié en 2018

HARPERCOLLINS FRANCE
83-85, boulevard Vincent-Auriol, 75646 PARIS CEDEX 13
Service Lectrices — Tél. : 01 45 82 47 47 - www.harlequin.fr
ISBN 978-2-2804-7470-2

Composé et édité par HarperCollins France.
Imprimé en juin 2022 par CPI Black Print (Barcelone)
en utilisant 100% d'électricité renouvelable.
Dépôt légal : juillet 2022.

FSC
www.fsc.org
MIXTE
Papier issu de sources responsables
FSC® C159065

Pour limiter l'empreinte environnementale de ses livres, HarperCollins France s'engage à n'utiliser que du papier fabriqué à partir de bois provenant de forêts gérées durablement et de manière responsable.

1

— Tu rêves, Hank Timber, je ne sortirais pas avec toi, même si tu étais le dernier homme du Texas tout entier !

Jake Morrow leva les yeux vers Fern, qui venait du ranch voisin pour livrer les quatre chèvres qu'il avait achetées. Elle jeta un regard noir à son contremaître, avant de sauter dans son camion, qu'elle fit démarrer en trombe, projetant graviers et poussières dans son sillon.

Hank n'essaya même pas de chasser la poussière qui le couvrait des pieds à la tête, et, d'un air morose, avança vers lui.

— Ce n'était pas une franche réussite, j'ai l'impression, Hank, commenta Jake.

Hank, deux fois divorcé, avait mentionné le matin même au petit déjeuner qu'il trouvait que Fern avait « un chien du tonnerre », et qu'il allait peut-être l'inviter à dîner à Blue Gulch, dans son restaurant préféré, le Hurley's Homestyle Kitchen.

— Je pensais qu'entre ranchers c'était plus simple, qu'on n'était pas obligé de faire des ronds de jambe, répondit Hank avec un soupir. Je lui ai dit qu'on avait déjà un point commun, puisqu'on sentait l'étable tous les deux ! Mais ça ne l'a pas fait rire… Elle était furieuse, dit-il en regardant le nuage de poussière qui persistait depuis le départ précipité de Fern.

Jake réprima un rire. Hank ne retrouverait jamais personne, à ce rythme. Des quatre cow-boys qui travaillaient pour lui à Full Circle Ranch, son contremaître n'était pourtant pas le cas le plus désespéré. À quarante-deux ans, il était tombé amoureux de la jeune Fern au premier regard, lorsqu'elle était venue à l'association locale des éleveurs faire une présentation, au début de la saison du vêlage. Golden, âgé de vingt-cinq ans, était si timide et discret qu'il tournait les talons aussitôt que la jeune serveuse du Hurley's, pour qui il avait plus qu'un faible, levait le regard vers lui. Il y avait aussi le vieux Grizzle, qui, du haut de ses cinquante-deux ans, n'avait pas dû se raser ni se couper les cheveux depuis des années et parlait avec nostalgie de sa défunte femme, en laissant entendre qu'il espérait pourtant un jour retrouver une compagne… C'était sans compter sur le fait qu'il avait terrorisé une fillette à l'épicerie du coin par son apparence de vieil ours grincheux.

Et puis il y avait son frère, CJ, de dix ans plus jeune que lui et qui bénéficiait, à vingt-deux ans, d'un corps d'athlète, doré par le soleil texan. CJ avait laissé derrière lui un sillage de cœurs brisés et de parents, grandes sœurs, meilleures amies, toutes et tous furieux contre ses manœuvres déloyales de séducteur invétéré. Il avait souvent affaire à ces mécontents qui venaient se plaindre de l'attitude de son frère. Oui, Charles John Morrow était un bon gars, il le savait mieux que quiconque, mais en ce qui concernait les femmes son frère était une catastrophe ambulante, il fallait bien l'admettre… Mais, comme lui répondait innocemment CJ lorsqu'il lui reprochait de s'être montré indélicat envers une dame : « Qu'est-ce que j'étais censé faire ? La demander en mariage ? Alors qu'elle est loin d'être la seule que je fréquente en ce moment ? »

À peine un mois après leur arrivée à Blue Gulch, il fallait les deux mains pour compter les fréquentations en question…

Lui-même n'avait pas très envie de se marier, à vrai dire. Pourtant, à une époque, il avait failli convoler. Seigneur, quand il pensait que, cinq ans auparavant, il avait posé un genou à terre pour faire sa demande alors que dans le grand ciel bleu un petit avion écrivait sa flamme à la fumée blanche ! Mais sa petite amie de l'époque, Samantha, ne voulait pas s'engager sans quelques assurances… Il s'était alors rendu compte qu'il n'était pas en mesure de répondre à ses attentes et qu'il risquait de faire fausse route en poursuivant sa relation avec elle. Étant un enfant adopté, il ne connaissait pas ses antécédents familiaux et médicaux, et Samantha s'inquiétait beaucoup à ce sujet, puisqu'elle rêvait d'avoir des enfants. Elle voulait en savoir plus. Dommage, car il n'était pas très à l'aise à l'idée de creuser dans son passé, un passé qui ne l'intéressait pas. Il redoutait même de devoir reprendre contact avec l'agence d'adoption et de se retrouver confronté à des informations qu'il n'avait pas anticipées. Il avait pourtant ouvert le dossier dont il disposait et en avait inspecté le contenu.

Ce qu'il avait trouvé l'avait plongé dans la stupéfaction : il avait un frère jumeau qui avait été adopté par une autre famille. La note manuscrite griffonnée en haut du dossier ne mentionnait rien d'autre.

Un frère jumeau. Quelque part dans ce monde.

Il avait passé des nuits à fixer le plafond, pensant à ce jumeau. Ce frère biologique. Étaient-ils identiques ? Seulement ressemblants ? Avaient-ils des points communs, même en ayant été élevés séparément ? Sa curiosité le taraudait ! Cinq ans auparavant, il avait donc écrit une lettre à sa mère biologique par le biais de l'agence d'adoption.

CJ avait très mal vécu cela. Il n'avait que dix-sept ans à l'époque et ils venaient de perdre leurs parents. Tout à coup, par-dessus le marché, voilà que son frère aîné se mettait en tête de retrouver sa mère et son jumeau… C'était trop de bouleversements pour CJ. En un sens, tout le monde avait raison : CJ de se sentir menacé et Samantha de vouloir en savoir plus sur ses antécédents familiaux avant de fonder une famille avec lui. Un soir, pourtant, après avoir retrouvé CJ en larmes, terrassé par l'angoisse au point d'être incapable de parler, il avait compris que ce n'était pas le moment pour lui de lancer ces recherches. Il lui fallait du temps avant de pouvoir remettre le sujet sur le tapis avec CJ, et il l'avait annoncé à Samantha. Qui avait mal réagi.

À ses yeux, il tenait à CJ plus qu'à elle. Elle avait pleuré, crié, menacé… Avant de conclure que l'homme qu'elle épouserait la ferait passer avant tout le monde. Et elle avait quitté la maison en claquant la porte. C'était la dernière fois qu'il l'avait vue.

De fait, sa mère n'avait pas répondu à la lettre envoyée à l'agence… Jusqu'à deux mois plus tôt. Par un beau matin de mars, il avait finalement reçu un appel de Carson Ford, un détective privé de Blue Gulch. Il avait appris que sa mère avait bien reçu sa lettre cinq ans plus tôt et était désolée d'avoir tant tardé à lui répondre. Elle avait l'espoir de reprendre contact avec lui. Il avait d'abord dit qu'il n'était plus intéressé et avait raccroché sans plus de ménagement au nez de l'enquêteur. Mais sa mère, Sarah Mack, avait fini par lui écrire directement. Elle lui avait dit qu'elle serait là pour lui le jour où il se sentirait prêt, et à partir de ce moment-là il avait été incapable de la chasser de son esprit. Qui était-elle, quelles étaient les circonstances de sa naissance, que savait-elle au sujet de son frère jumeau ? Alors il l'avait appelée. Elle vivait à l'autre bout du Texas, à Blue Gulch. Et, après trois rencontres, il avait commencé à nourrir une vraie et tendre affection pour elle. Il avait aussi découvert cette petite ville de ranchers et de cow-boys qu'il ne connaissait pas. C'était à cette époque qu'il avait entrevu une issue au conflit familial lié à l'héritage du ranch Morrow. Son oncle les poursuivait en justice depuis le décès de ses parents, exigeant une partie du ranch. Il avait alors proposé à CJ de quitter les lieux pour tout recommencer à Blue Gulch. Il avait trouvé un ranch en vente et s'y était senti chez lui dès la première visite. CJ s'était lancé avec enthousiasme dans ce projet, malgré ses réticences à l'idée de se rapprocher de Sarah.

Sarah n'avait pas beaucoup d'informations au sujet de son frère jumeau. Elle leur avait donné naissance trente-deux ans plus tôt, alors qu'elle vivait dans un foyer pour jeunes filles enceintes. Elle n'avait aucune idée des familles qui avaient été retenues pour les adopter. Elle avait simplement entendu une infirmière de la maternité évoquer leur ressemblance parfaite.

Dernièrement, l'idée de retrouver son frère de sang le hantait au point qu'il en avait perdu le sommeil…

Il leva les yeux vers CJ, qui racontait des blagues au beau milieu de l'étable. En regardant son frère, il se demanda s'il devait lui parler avant de relancer ses recherches. Maintenant que CJ avait accepté de le suivre et de s'installer dans sa ville de naissance, il supposait qu'il avait évolué dans sa réflexion. Et pourtant quelque chose lui disait que son frère ne serait pas à l'aise avec l'idée qu'il recherche ce jumeau, même s'il n'était plus l'adolescent en manque de repères qu'il avait été autrefois.

— À propos du dîner de ce soir, qui est aux commandes ? demanda-t-il à Hank.

Pendant ce temps, CJ et Golden prenaient soin de Frodo, une vieille jument mal en point qu'il avait secourue et recueillie.

Hank sortit son petit bloc-notes rouge, qu'il avait toujours sur lui.

— Ce soir, c'est CJ… Je pense qu'on est bons pour des steaks brûlés et des haricots blancs en boîte.

Encore. Sauf que la veille, alors que c'était Golden qui avait le rôle du chef, les steaks n'étaient pas assez cuits, et les haricots, durs comme de la pierre.

— Il faut que je nous trouve quelqu'un en cuisine, dit-il pour la centième fois.

Il avait déposé une annonce dans le petit journal local et dans le bulletin municipal, mais aucun des candidats ne lui avait convenu. Pourtant, il avait revu ses ambitions à la baisse… La plupart avaient rechigné en découvrant les horaires matinaux du petit déjeuner, qui impliquaient d'arriver à 4 h 30 du matin pour un service à 5 heures. Il avait alors proposé une chambre avec une salle de bains indépendante dans ses annonces suivantes. Hélas, il n'avait pas encore trouvé son bonheur.

— C'est bon, je vais cuisiner pour ce soir, annonça-t-il.

Il avait trop envie d'un steak cuit à point avec des pommes au four et une salade croquante pour confier les manettes à son cadet.

En revanche, comme il lui restait de nombreuses tâches administratives à finir avant de se mettre aux fourneaux, il prévint Golden qu'il avait rangé la selle de Starlight et il regagna ensuite le ranch. Il avait eu en tête de tenter d'embaucher l'une des cuisinières du Hurley's Homestyle Kitchen, quitte à la payer le double de ses émoluments habituels pour qu'elle travaille pour lui. Mais il savait que cela aurait signifié qu'il ne remettait plus les pieds dans son restaurant préféré… Et puis il fallait du cran pour affronter Essie Hurley, la propriétaire des lieux.

Son téléphone vibra. Un message de Fern, la jeune femme à qui il avait acheté les chèvres un peu plus tôt :

> Au sujet du troupeau dont nous avions parlé, je préfère te prévenir que je le vends au ranch de Lone Star. Leur contremaître ne m'accueille pas en me disant que je sens la bouse de vache, lui !

— Oh, bon sang ! soupira-t-il pour la millième fois de la journée.

Emma Hurley avait relevé quelques défis du haut de ses vingt-six ans, mais celui auquel elle avait été confrontée pour retrouver le très charmant cow-boy qui avait filé de son lit à l'anglaise les dépassait tous.

Eh bien, j'ai tout de même fini par te mettre la main dessus, Joshua Smith, et, que tu le veuilles ou non, je vais venir te toucher deux petits mots !

Si elle avait passé six semaines à rechercher cet homme,

c'était parce qu'elle avait découvert qu'elle était enceinte de lui. Une fois le choc un peu amorti, elle avait ressenti une joie profonde à l'idée de ce bébé qui grandissait en elle, sans pour autant se pardonner de s'être montrée aussi imprudente. Comment avait-elle pu avoir une aventure avec un étranger ? Un cow-boy trop beau pour être honnête, aux belles paroles trop bien rodées, qu'elle n'avait sans doute pas été la seule à entendre… Il lui avait pourtant assuré qu'il mettrait un préservatif, mais celui-ci avait dû se rompre en cours de route sans qu'il ne juge utile de le lui mentionner. L'avait-il seulement remarqué ? En tous les cas, il ne lui en avait pas pipé mot. Peut-être était-ce la raison de son départ précipité ? Pourquoi sinon être parti au beau milieu de la nuit sans lui laisser un mot ou un numéro de téléphone ?

Une fois qu'elle s'était sue enceinte, elle l'avait recherché auprès des organisateurs du rodéo où ils s'étaient rencontrés, mais personne ne semblait connaître ce jeune monteur de taureaux nommé Joshua Smith. Finalement, un cow-boy lui avait dit qu'il lui semblait que Joshua travaillait dans un ranch à Blue Gulch, ce qui avait été une piste prometteuse pour elle, d'autant plus qu'elle connaissait cette ville : sa grand-tante Essie Hurley y tenait un restaurant réputé et ses trois cousines y vivaient. Après avoir passé une semaine à Blue Gulch, chez Essie, qui lui avait proposé de l'embaucher à mi-temps au Hurley's Homestyle Kitchen, elle avait fini par se rendre à l'évidence : personne ne semblait connaître son mystérieux séducteur.

Jusqu'à ce matin où, en attendant son café glacé, elle avait entendu deux ranchers au comptoir parler d'un rodéo auquel ils avaient assisté la veille. Elle leur avait demandé s'ils connaissaient un certain Joshua Smith, et l'un d'eux lui avait adressé un étrange regard.

— Joshua ? Vous voulez parler de Tex ? Il monte des taureaux, c'est bien ça ?

Elle avait dû se cramponner à sa tasse pour ne pas la

laisser tomber. Elle avait appris que Joshua avait récemment été embauché à Full Circle Ranch, à quinze kilomètres de Blue Gulch, où il n'était connu que sous le nom de Tex. Il devait utiliser le pseudonyme de Joshua pour séduire les femmes sans risquer d'être retrouvé lorsqu'il prenait la poudre d'escampette. En vérité, Joshua Smith semblait être le nom d'un homme qui serait encore à vos côtés à votre réveil, tandis que Tex… Pas forcément. Quoi qu'il en soit, elle l'avait retrouvé, c'était tout ce qui comptait.

Alors qu'elle suivait les indications qu'Essie lui avait données pour se rendre au ranch, elle songea combien elle s'était laissé manipuler facilement par Tex-Joshua. Lorsqu'elle l'avait rencontré, en janvier dernier, elle sortait d'une dispute violente avec son père, un chef d'entreprise dont la photo aurait pu être placée en illustration du mot « contrôle » dans le dictionnaire. Reginald Hurley était contrarié qu'elle refuse de quitter son emploi en cuisine dans la brasserie où elle officiait, un lieu où elle se plaisait, avec des collègues qu'elle adorait et un chef très agréable.

« Ce n'est pas dans ce genre de boui-boui que tu rencontreras quelqu'un de convenable, Emma. Pourquoi ne me laisses-tu pas te faire entrer au restaurant quatre étoiles dont je connais le chef ? »

Elle avait déjà travaillé dans ce genre d'établissements après sa formation en école de cuisine, mais ses expériences dans des restaurants chics n'avaient pas été satisfaisantes. Dans le premier, le chef avait hurlé tellement fort à quelques centimètres de ses oreilles qu'elle avait laissé tomber une tranche de viande hors de prix. Dans un autre, le sous-chef lui administrait des tapes sur les fesses lorsqu'il passait à proximité, et avait menti au sujet de la qualité de son travail lorsqu'elle avait rapporté les faits au chef. Dans le dernier restaurant, un client avait fait renvoyer trois fois son saumon qu'il ne trouvait pas « à point » et, à cause de cela, elle avait été congédiée sur-le-champ.

Le lendemain, elle avait remarqué une affichette « On recherche un cuistot » sur la porte vitrée de cette brasserie, et en s'approchant avait vu que les employés semblaient souriants et joyeux de travailler ensemble. Une cuisinière sifflotait derrière le bar en préparant une assiette, tandis que la serveuse riait en échangeant avec le caissier. Elle était rentrée aussitôt. Le manager lui avait expliqué que voir son personnel travailler dans de bonnes conditions était au cœur de ses préoccupations.

Elle avait essayé d'expliquer à son père qu'elle ne cherchait pas forcément à rencontrer un homme, et encore moins un mari. Elle avait le rêve de devenir chef en cuisine, mais avait d'abord besoin de travailler et d'acquérir de l'expérience, et elle aimait cette brasserie où elle pouvait pratiquer une cuisine familiale. Sa réponse ? « Franchement, Emma, j'ai honte de te voir travailler là-dedans… »

Après cette nouvelle dispute, elle s'était rendue au rodéo pour se changer les idées en regardant des cow-boys sexy en pleine action, et s'était finalement laissé approcher par le plus charmant d'entre eux, au regard bleu azur. Elle avait dit oui, sans autre forme de procès, lorsqu'il lui avait proposé de dîner puis d'aller danser. Elle s'était laissé bercer par son discours sur le fait qu'il fallait vivre sa vie pour soi, se moquer des conventions et trouver sa voie. Ils avaient parlé des heures durant, leurs regards s'étaient trouvés, et ils avaient dansé de plus en plus serrés, entremêlant leurs doigts puis s'embrassant avant de rejoindre ensemble sa chambre, où elle avait enfin pu oublier complètement tout ce qui la tourmentait. Lorsqu'elle s'était éveillée, à l'aube, son cow-boy avait disparu et elle avait passé la journée à se demander si elle avait rêvé cette nuit avec lui. Six semaines plus tard, lorsqu'une ligne rose était apparue sur le test de grossesse qu'elle venait de réaliser, elle avait su que ce n'était pas un rêve.

Elle poursuivit sa route, se demandant ce qu'elle lui dirait en le voyant. « Je voulais juste que tu le saches. Je n'attends rien de plus de ta part. » Elle verrait ensuite sa réaction.

Arrivée à un embranchement où se trouvait un grand saule pleureur, elle repéra le panneau qui indiquait le nom du ranch. Full Circle. Elle s'engagea dans l'allée bordée de grands chênes qui cachaient presque entièrement le beau soleil de mai, encore fort à 6 heures du soir.

Au bout du chemin se trouvait une imposante demeure, de style colonial, avec ses piliers blancs et une porte rouge, de la même teinte que la grange aux bardeaux de bois juste derrière. Les pâtures s'étendaient à perte de vue, certaines avec des taureaux, d'autres avec des chèvres. Deux chats semblaient poursuivre un insecte, peut-être un papillon. C'est alors qu'un bélier noir sortit de la grange et fonça tête baissée dans leur direction. Les chats ne demandèrent pas leur reste et s'enfuirent aussitôt, tandis que la porte du ranch s'ouvrait.

Un homme brun, la trentaine, en sortit. Il portait un tablier blanc et tenait un téléphone contre son oreille.

— Bon sang, Anderson, tu ne vas pas t'y mettre, toi aussi ! Bien sûr, que je veux les trois génisses. Vendredi, ce sera très bien, conclut-il avant de raccrocher.

Elle vit alors sortir derrière lui un autre homme, plus jeune, aux épais cheveux noirs.

— CJ ! appela le premier cow-boy d'un ton impatient.

— J'arrive, j'envoie un message à Stella, tu as bien cinq minutes !

— Tu crois que Goatby va t'attendre tranquillement ? répondit l'autre en pointant du doigt le bélier échappé au milieu du jardin.

— Nom de Dieu ! s'exclama CJ.

Elle ne put retenir un sourire face à cette scène. Elle descendit de voiture et nota une odeur de viande brûlée dans l'air.

— Je me demande si vous n'avez pas quelque chose qui brûle ! lança-t-elle au premier homme.

Il était grand, sans doute près d'un mètre quatre-vingt-dix, et avait des yeux verts incroyables. Il était bel homme, et lui évoqua les cow-boys des westerns que regardait sa grand-mère quand elle était petite. Cela et son accoutrement étrange lui donnaient un charme inattendu.

— Bon sang ! J'ai cinq steaks en train de griller au barbecue derrière la maison !

Elle avait attendu six semaines pour annoncer à Joshua qu'elle était enceinte, elle pouvait bien attendre dix minutes de plus.

— Je m'occupe de vos steaks, je suis cuistot chez Hurley ! Allez récupérer votre bélier !

Il la fixa un instant du regard, la mine perplexe, avant de s'élancer à la suite du jeune homme parti rattraper l'animal.

Elle suivit la légère odeur de brûlé qui la mena dans la maison, où elle découvrit une magnifique cuisine aux équipements en inox modernes et performants, puis elle sortit par une petite porte qui ouvrait sur une cour. Un chat roux était roulé en boule derrière un arbre, ses yeux se fendirent à peine pour la regarder arriver.

L'odeur de brûlé n'était pas encore trop forte, la viande était peut-être encore récupérable. Essie lui avait appris une astuce : une bonne sauce barbecue sauvait à peu près n'importe quel plat du désastre.

Elle saisit des spatules et retourna les steaks Était-ce un dîner familial qu'il préparait ? Elle n'en avait pas idée. Elle retourna dans la cuisine jeter un coup d'œil. Dans le four, des pommes de terre étaient en train de cuire dans du papier aluminium. Un minuteur indiquait deux minutes restantes. Elle piqua l'une d'elles, puis entrouvrit le papier et y versa un filet d'huile d'olive, avant de renouveler l'opération sur les quatre autres et de remettre le minuteur pour dix minutes. Il y avait de quoi préparer une salade sur le plan de travail : un cœur de romaine, un concombre, deux tomates. Elle ouvrit le réfrigérateur et y trouva une sauce au bleu. Elle goûta du bout du doigt. Pas mal, mais cela n'égalait pas ses sauces maison.

Le temps que le minuteur retentisse, elle mit la table pour cinq, prépara une salade composée dans un grand plat en inox, et une crème fraîche aux fines herbes pour accompagner les pommes de terre. Elle retourna dans la cour avec une assiette pour les steaks. Parfaits.

Elle entendit alors des voix et jeta un coup d'œil par la porte. L'homme au tablier et le jeune revenaient avec le bélier. Trois autres hommes, d'âges divers, et tous portant un stetson et des santiags, arrivaient d'une autre grange en contrebas.

Elle sortit sur le seuil.

— Le dîner est servi !

Les cinq hommes s'immobilisèrent aussitôt en levant les yeux vers elle.

— Comment ça, le dîner est servi ? demanda celui au tablier.

— Comme ça, fit-elle en pointant la table, venez donc voir. Je ne savais pas ce que vous alliez boire alors j'ai sorti de la bière et du thé glacé.

Il la dévisagea encore quelques secondes avant de lui tendre la main.

— Jake Morrow, enchanté.

Elle saisit sa main.

— Emma Hurley.

Les hommes la suivirent dans le séjour. Elle entendait des murmures derrière elle.

— Hurley ? Comme le restaurant, sans doute.

— Hank, dit Jake en s'arrêtant devant la table dressée. Est-ce que toi aussi tu vois ce que je vois, ou bien suis-je victime d'une hallucination ?

— Oh ! Je n'en crois pas mes yeux, mais je le vois pourtant comme je te vois, dit l'homme prénommé Hank, un quadragénaire à l'épaisse tignasse rousse.

Le plus âgé de la bande, barbu et aux cheveux hirsutes et grisonnants, hocha la tête à son tour.

— Moi aussi, je le vois, boss.

Elle sourit.

— Asseyez-vous donc et mangez avant que ça ne refroidisse ! lança-t-elle.

Ils s'exécutèrent, fixant le repas avec déférence avant de se jeter sur leur assiette pour se servir.

— Êtes-vous une sorte de fée cuisinière ? demanda Jake en coupant un morceau de steak. Je pensais que je pouvais tirer un trait sur la viande, ce soir !

Elle se mit à rire.

— Merci pour vos compliments, c'est très agréable à entendre.

— Asseyez-vous, je vous en prie, dit-il en saisissant une assiette dans laquelle il mit la moitié de son steak et une demi-pomme de terre. C'est bien le moins que je puisse faire !

Elle apprécia le geste.

— Merci, j'avais faim, en fait.

— Hé, Jake, je croyais que tu disais que personne n'avait répondu à ton annonce pour un cuistot depuis la dernière candidate venue pour les beaux yeux de CJ ? demanda le plus âgé de la bande.

CJ le foudroya du regard.

— C'est bien ce que j'ai dit, confirma Jake en se servant de la salade.

— Et d'où nous arrive donc cette délicieuse créature ? demanda CJ d'un ton mielleux en lui adressant son sourire de séducteur patenté.

Elle ignora la flatterie et trempa un morceau de pomme de terre dans la sauce à la crème.

— Je suis de passage ici, chez ma grand-tante Essie, du Hurley's Homestyle Kitchen, le restaurant que vous connaissez, je crois ?

Jake sourit.

— Si on le connaît ? Nous y passons la moitié de nos soirées.

— Eh bien, je travaille en cuisine en ce moment, à mi-temps. Mais la raison de ma présence c'est que je suis à la recherche de quelqu'un, Joshua, ou Tex, qui travaille à Full Circle, d'après ce qu'on m'a dit.

Tout le monde s'arrêta aussitôt de manger et un silence de plomb se fit dans la pièce. Ils échangèrent des regards consternés.

— Mademoiselle, ou madame, commença Jake en se raclant la gorge. Je suis désolé de devoir vous apprendre que Tex a eu un accident il y a trois semaines de cela. Il n'a pas survécu.

Elle eut l'impression que son cœur s'arrêtait de battre. Elle ouvrit la bouche, mais aucun son ne sortit.

Soudain, elle sentit le contact de la main de Jake sur son épaule.

— Madame ?

Elle ferma les paupières et posa sa fourchette sur la table.

— Oh ! murmura-t-elle.

C'était là tout ce qu'elle était capable d'articuler.

— Je m'appelle Grizzle, je travaille aussi au ranch, annonça un des hommes. Est-ce que Tex était un de vos amis ? Nous ne le connaissions pas bien car il avait été embauché à peine une semaine avant, mais nous l'avons tous bien apprécié, vous savez.

— Moi, je suis Hank Timber, annonça l'homme aux cheveux roux. Je suis le contremaître de Full Circle. Sa mort nous a tous laissés sous le choc.

— Je suis enceinte de lui.

Elle sentit les cinq paires d'yeux se poser sur elle, alors que les bouches s'ouvraient simultanément sous l'effet de la surprise. Elle n'avait pas prévu de le dire, mais c'était sorti tout seul.

— Je suis à sa recherche depuis que je l'ai appris. Nous

nous étions rencontrés à un rodéo à Stockton en janvier, mais nous n'avons pas gardé le contact. Lorsque j'ai su que j'étais enceinte, j'ai essayé de le retrouver, ce qui n'était pas évident car je ne le connaissais que sous son nom de rodéo.

— Joshua Smith, dit Jake, presque solennel.

Tout le monde se remit à manger en silence et, une fois le repas fini, ils se levèrent en lui adressant un signe de tête respectueux.

— Toutes nos condoléances, madame. C'est une bien triste perte…

Ils quittèrent au plus vite la salle, la laissant seule avec Jake.

Le contremaître, Hank, revint alors.

— Et désolé aussi pour votre bébé, m'dame. C'est vraiment très triste, tout ça, déclara-t-il avant de tourner les talons.

Jake leva les yeux vers elle. Son regard vert exprimait la compassion.

— Je suis le propriétaire du ranch et vous venez de rencontrer mon équipe au complet. CJ est mon frère, c'est celui qui m'a aidé à rattraper le bélier. Tex était l'un des nôtres. Il était bien trop jeune pour mourir. Vingt-sept ans…

Que répondre à cela ? Elle se retrouva à nouveau incapable de proférer le moindre son. Dire qu'elle n'avait pas su ce qu'elle venait chercher ici, avait été incapable d'imaginer sa propre réaction au moment où elle poserait à nouveau le regard sur Joshua… Elle s'était dit qu'après lui avoir annoncé qu'elle attendait un enfant de lui elle le verrait prendre ses jambes à son cou. En même temps, elle avait espéré que ce ne serait pas le cas, qu'il aurait le courage d'assumer la paternité de cet enfant. Hélas, elle devrait se résoudre à ne jamais savoir.

Jake la fixa quelques instants.

— Il m'a parlé de vous, dit-il, absorbé dans ses pensées. Un matin, je l'avais trouvé préoccupé et cela ne lui ressemblait pas. Il m'a raconté qu'il avait rencontré une femme et qu'il s'était enfui sans lui laisser la moindre chance de le retrouver. Il était en train de se rendre compte qu'il n'arrivait pas à l'oublier. Il m'a décrit une femme vive, intelligente, aux cheveux couleur de miel et avec les plus grands yeux bleus qu'il avait jamais vus. Ce sont ses mots précis.

Bien malgré elle, les larmes lui montèrent aux yeux. Elle se rappela comment il lui avait dit que ses cheveux avaient la couleur du miel, cette nuit-là. Et il lui avait parlé de ses yeux, aussi. Les mêmes yeux bleus que sa mère. Oui, c'était bien d'elle qu'il avait parlé à Jake Morrow.

Voilà que le rancher connaissait à peu près tous les détails de sa romance brisée avec Joshua Smith…

— Je suis vraiment navré, dit-il en portant sa bière à ses lèvres, comme pour s'empêcher d'en dire plus.

Deux mots tournaient dans son esprit, sonnée qu'elle était de ce qu'elle venait d'apprendre. *Et maintenant ?*

Elle ne voulait pas partir. Elle avait toujours son appartement en ville à Oak Creek, mais son bail arrivait à échéance ce mois-ci, et, de toute manière, lorsqu'elle pensait à Oak Creek, son père surgissait dans ses pensées. Elle songea à sa réaction lorsqu'elle lui avait annoncé qu'elle était enceinte et qu'elle gardait le bébé. Oui, elle le gardait, et oui, elle savait qui était le père, même si elle ne l'avait pas encore localisé.

« Pour l'amour de Dieu, Emma, avait tonné son père. Tu te rends compte de ce que tu fais ? Un bébé hors mariage ? Mais que vont penser les gens, à ton avis ? » Il avait secoué la tête d'un air déçu. « Je vais essayer de trouver parmi mes connaissances un homme prêt à voler à ton secours. Certains accepteront peut-être d'épouser une femme enceinte, si c'est de ma fille qu'il s'agit. Je les sélectionnerai parmi les plus aisés et ambitieux et j'organiserai des rencontres pour que tu puisses choisir celui qui te paraît le plus à ton goût. »

Une heure plus tard, elle avait fait ses valises et quitté la ville, se sentant plus seule au monde que jamais. Elle s'était rendue directement à Blue Gulch, où elle s'était adressée à sa famille sur place. Sa famille éloignée, certes, mais Essie l'avait accueillie les bras ouverts. Son père l'avait appelée plusieurs fois, furieux qu'elle ait quitté Oak Creek sans prévenir et lui assenant qu'une fois qu'elle aurait perdu sa silhouette elle pourrait toujours rêver pour trouver quelqu'un qui veuille d'elle. Elle avait donc expliqué à son père sans la moindre ambiguïté qu'elle n'avait jamais eu l'intention de rencontrer un de ces prétendants et qu'elle resterait à Blue Gulch le temps de retrouver Joshua. « Tu n'as pas de meilleure idée que de partir à la recherche d'un cow-boy qui t'a déjà abandonnée à peine rencontrée ? Allons, Emma, rentre au moins à la maison, tu pourrais utiliser la chambre d'amis pour le bébé… » Elle avait dû remercier son père pour sa proposition, mais lui avait répété qu'elle avait pris sa décision.

Elle ne rentrerait pas à Oak Creek, c'était décidé. Elle avait du mal à savoir pourquoi, mais l'idée de rester ici lui plaisait, sur cette terre où le père de son enfant avait hélas trouvé la mort, auprès de ces gens qui l'appréciaient et travaillaient avec lui. Elle se sentait bizarrement à sa place à Full Circle… Peut-être à cause de cette soirée improbable, où elle avait préparé à dîner et partagé le repas de ces hommes qui s'étaient montrés si chaleureux envers elle. Et puis elle appréciait Jake, la façon qu'il avait eue de se montrer concerné par ce qu'elle venait d'apprendre et par sa situation.

— Jake, je ne serais pas contre un emploi et un logement pour quelque temps. J'apprends vite, est-ce que vous auriez du travail pour moi ?

Elle avait encore un peu de temps avant qu'il lui devienne difficile de travailler au quotidien dans le ranch ; au moins pendant quelques mois, elle aurait certainement la capacité de leur prêter main-forte.

Il plissa les paupières.

— Vous cherchez un emploi ? demanda-t-il, un léger sourire aux lèvres. Car je suis à la recherche d'un cuistot et, lorsque vous m'avez dit que vous veniez de chez Hurley, j'ai cru rêver ! C'était le meilleur repas que nous avons pris depuis bien longtemps ici !

— Ah, merci ! Je suis cuisinière depuis quelques années, maintenant. Je travaillais dans une brasserie d'Oak Creek, j'y faisais les dîners et les petits déjeuners avec une moyenne de soixante-quinze pancakes et d'une centaine d'œufs par matinée. Je dois pouvoir m'occuper de cinq cow-boys affamés !

Il sourit à nouveau, ce qui éclaira son visage. Il avait du charme, cela était indiscutable.

— Le poste vient avec le gîte et le couvert. Plus un salaire, évidemment.

Elle ouvrit de grands yeux lorsqu'il précisa le montant du salaire. C'était autre chose que ses gages pour quelques heures à la brasserie.

— Le ranch est vraiment très grand. Je vis ici avec CJ, nos chambres sont au premier étage. Il y a un deuxième étage qui serait tout à vous, avec une grande chambre, un séjour et une salle de bains avec baignoire spa.

Le rêve ! Sa tante serait soulagée de la savoir installée à proximité tout en étant indépendante.

Il reprit une gorgée de bière.

— Nous aurions besoin que vous preniez en charge les petits déjeuners à 5 heures du matin, ensuite, il faudra préparer un repas froid à emporter pour le midi et le dîner en fin de journée. Cela vous paraît faisable ?

— Cela me paraît parfait. Je travaille pour ma tante deux jours par semaine, le midi, je pense ainsi pouvoir continuer à l'aider.

Sans compter qu'elle commençait à se projeter dans cette ville, avec sa tante et ses cousins. Pour élever son bébé, c'était rassurant d'avoir sa famille à proximité.

— Dans ce cas, marché conclu, dit-il en plissant les yeux alors que le soleil couchant inondait la pièce d'une lueur orangée. Tu commences demain, Emma ?

Elle lui tendit la main et ressentit un étonnant réconfort au contact de sa main large et chaude. Elle en avait presque du mal à la lâcher. C'était inattendu et il lui fallut un véritable effort pour détourner le regard de ses yeux verts.

Pourtant, elle n'était pas prête à se laisser séduire par un homme, aussi beau et attirant soit-il. Elle voulait tracer son chemin, seule, sans avoir besoin de personne, et être une mère à la hauteur. Elle savait déjà qu'elle était une bonne cuisinière. Ici, elle pourrait faire des économies pour avoir de quoi accueillir le bébé.

Ici, elle pourrait se relever et aller de l'avant.

2

Jake était complètement réveillé à 4 h 30, soit un quart d'heure avant que son réveil ne se déclenche. Lui qui devait d'habitude exercer toute sa volonté pour ouvrir les paupières et s'extirper de son lit se sentait plein d'énergie ce matin. Il était impatient de s'assurer que sa nouvelle cuisinière avait bien tout ce qu'il lui fallait.

Pour être honnête, il avait eu du mal à la chasser de ses pensées, la veille. Il fallait dire qu'elle était juste à l'étage au-dessus, dans ce ranch où elle ne connaissait personne… Sans doute avait-elle passé la nuit à se tourner et se retourner pour trouver le sommeil, alors qu'elle venait d'apprendre que le père de son bébé était décédé et qu'elle se retrouvait seule et enceinte. Il avait pensé monter et frapper à sa porte pour lui demander si elle n'avait besoin de rien, lui proposer un verre d'eau, une couverture supplémentaire, mais il avait préféré ne pas la déranger et lui laisser un peu d'intimité. Elle était venue au ranch pour retrouver le père de son enfant et il lui avait appris une nouvelle qui devait avoir eu l'effet d'une bombe. Il était inquiet, malgré tout, de la savoir seule, mais il n'était qu'un étranger. Son boss, tout au plus, depuis quelques heures.

Après le dîner, elle était repassée chez sa grand-tante pour récupérer ses affaires et il était resté sur la terrasse avec Redford, le seul chat qui aimait traîner dans la maison ou sous le porche. Lorsque la voiture d'Emma s'était engagée dans l'allée, une bonne heure plus tard, il en avait ressenti un étrange réconfort. Il était parti à sa rencontre et avait sorti ses affaires du coffre, une seule valise et un sac. Et, tandis qu'ils gagnaient le ranch ensemble, il avait ressenti sa présence à ses côtés avec une grande intensité. Emma Hurley était grande, sans doute près d'un mètre quatre-vingts, mais elle avait quelque chose de presque aérien, malgré la détermination qu'il avait tout de suite lue dans son regard. Il sentait qu'il avait affaire à une femme forte.

Il lui avait fait visiter le deuxième étage, qui semblait lui avoir plu. En son absence, il avait approvisionné la salle de bains en savon et shampooing, avait préparé des serviettes de toilette. Il lui fit visiter le reste de la maison, l'immense séjour avec la grande cheminée en pierre, son bureau juste à côté, la salle à manger et la cuisine, qu'elle connaissait déjà. Au premier étage, il lui avait indiqué sa chambre et celle de CJ, chacune à un bout du long couloir.

Ensuite, il lui avait présenté les divers équipements de la vaste cuisine équipée, les placards, les tiroirs et leur contenu, afin qu'elle se repère. Elle avait poliment décliné sa proposition de partager une tisane, au motif qu'elle préférait se coucher tôt pour être en forme le lendemain.

Encore une fois, il avait voulu lui dire un mot au sujet de Tex, mais il y avait quelque chose dans son expression qui l'en avait empêché. Il lui avait souhaité une bonne nuit avant de se rendre dans son bureau.

Et maintenant il était temps de se lever. Il alla prendre une douche rapide et brûlante avant d'enfiler sa tenue de travail : un jean, un T-shirt à manches longues et ses bottes en cuir, puis il descendit, un peu avant 5 heures. Il y avait des voix en provenance de la cuisine. Est-ce qu'Emma avait allumé la radio ? En approchant, il eut l'impression de reconnaître la voix de Hank. Et celle de son frère. Et puis enfin Grizzle, qui déclarait que les pancakes sans confiture de myrtille étaient vraiment un sacrilège. Ses hommes n'étaient jamais en avance pour le petit déjeuner, pourtant !

Il entra dans la cuisine et trouva Golden en train de fouetter la pâte à pancakes, Grizzle qui rinçait une poêle et son frère en train de battre des œufs dans un saladier en inox. Hank surveillait le bacon qui grésillait dans la poêle. Emma, quant à elle, était assise à table en train de siroter une boisson chaude, le chat Redford à ses pieds. Qu'est-ce qui se passait donc, ce matin ?

— Salut, boss ! lança Hank en retournant les tranches de bacon.

Elle se leva, les joues légèrement empourprées, ses longs cheveux dorés relevés en une queue-de-cheval.

— Je suis descendue à 4 h 30 et ils étaient déjà tous là en train de cuisiner, ils n'ont pas voulu que je touche à la moindre casserole !

— C'est bien le moins qu'on puisse faire pour l'accueillir, lança Grizzle en souriant.

— Oui, le moins, ajouta Golden en acquiesçant vigoureusement de la tête.

— Emma, le plat, s'il te plaît ! demanda CJ de son ton de séducteur patenté.

Pour une surprise…

Voir son équipe se comporter comme de vrais gentlemen. Ils renonçaient même à un petit déjeuner préparé par Emma pour se contenter une fois encore de leurs pancakes trop cuits avec des œufs caoutchouteux et du bacon trop poivré… Un vrai miracle.

Il sourit. Cela ne faisait pas si longtemps qu'il travaillait avec cette équipe et, mis à part CJ, il ne connaissait pas si intimement ses hommes… Pourtant, il avait tout de suite senti qu'ils étaient ceux qu'il lui fallait. Il y avait Hank et ses gaffes à répétition, Grizzle, un peu brut de décoffrage, Golden, timide au point de ne jamais vous regarder dans les yeux. Il avait confiance en eux, ils étaient travailleurs et honnêtes. Il ne s'y était pas trompé.

Et puis il avait une petite idée du pourquoi de leur attitude si chaleureuse envers Emma. Même si cette dernière n'était clairement pas une femme qu'ils auraient courtisée, car elle était enceinte et qu'aucun d'entre eux n'avait la moindre envie de devenir papa, ils éprouvaient une sorte de loyauté envers celle qui avait été abandonnée par un des leurs.

— Je suis fier de vous, les gars, annonça-t-il à la cantonade. Je vais d'ailleurs me joindre à vous de ce pas.

Il sortit du pain, qu'il mit à griller, puis disposa du beurre et des confitures sur la table, qui avait été dressée. Il sourit une nouvelle fois. Il avait vraiment une bonne équipe.

Une fois qu'ils furent tous attablés, les cafés et les jus d'orange servis, Hank toussota et demanda à Emma si elle avait déjà choisi un prénom pour le bébé.

Elle s'interrompit, sa fourchette à la main.

— Eh bien, si c'est une fille, peut-être Violet, comme ma mère. Si c'est un garçon, je ne sais pas encore. J'avais imaginé que j'appellerais mon premier fils comme mon père, mais…

— Il est en prison, c'est ça ? demanda Hank, toujours très direct dans ses échanges.

Elle fronça les sourcils, la mine perplexe, puis esquissa un sourire.

— Non, il n'est pas du tout en prison, c'est juste que c'est un…

— Un sale type ? proposa Grizzle.

Elle se retint de rire, cette fois-ci.

— Non, il est simplement…

Il la fixait avec attention… Heureusement, un téléphone se mit à sonner, évitant à Emma d'avoir à répondre. CJ sortit son portable de sa poche, jeta un coup d'œil à l'écran d'accueil, leva les yeux au ciel et rempocha aussitôt son appareil.

— Qui est-ce qui t'en veut à mort, cette fois-ci ? demanda

Hank avec un sourire en coin. Hier, tu nous parlais de Stella, mais aujourd'hui j'imagine qu'elle n'est déjà plus d'actualité ?

— Ne dis pas de mal de Stella ! s'exclama CJ en le foudroyant du regard.

— Oh ! incroyable ! s'exclama Grizzle. CJ Morrow qui défend l'honneur d'une demoiselle ?

— Il doit vraiment en pincer pour elle, ajouta Hank.

— C'est la Stella de la librairie ? demanda Golden à CJ, qui acquiesça. C'est vrai qu'elle est gentille. J'y suis allé l'autre jour pour acheter un cadeau à mon père et elle a eu plein de bonnes idées. Elle m'a conseillé une biographie du premier directeur du FBI. Mon père a adoré.

Pour que Golden, toujours aussi timide, se mette à raconter cela, la fameuse Stella devait vraiment être quelqu'un de remarquable. Pauvre Golden, il n'avait sans doute jamais reçu l'attention dont il avait besoin.

Il se tourna vers son frère. Il semblait très pensif, ce qui ne lui ressemblait pas. Intéressant. Peut-être que son frère tenait vraiment à Stella, alors ?

Ils changèrent finalement de sujet, abordant le planning de travail du jour. Il fallait déplacer les taureaux, passer en ville pour faire quelques courses… Puis, comme ils en avaient l'habitude, ils débarrassèrent leurs assiettes eux-mêmes.

— Non, non ! s'exclama Emma en se levant de table. Vous m'avez vraiment merveilleusement accueillie et j'apprécie beaucoup votre geste, mais c'est moi la nouvelle cuisinière, et si je ne lève pas le petit doigt ce matin je vais vraiment me sentir totalement inutile. Allez, filez travailler, et encore merci !

C'était incroyable. Ses hommes, parfois si rustres, s'étaient montrés parfaitement courtois et attentionnés envers leur nouvelle cuisinière, sans qu'il ait à les encourager.

Une fois les gars sortis, il termina son café.

— Je ne sais pas comment tu as fait cela, Emma, mais je n'ai jamais vu mes hommes ainsi. Ils sont un peu mal dégrossis, parfois, en particulier avec les femmes… Même CJ, qui aime pourtant jouer les jolis cœurs. D'ailleurs, il y a une soirée dansante ce soir où ils vont tous aller, peut-être que si tu leur donnais quelques conseils ils seraient moins maladroits que de coutume ?

— Je veux bien essayer, mais je crains de ne pas être d'une très grande aide dans le domaine de la romance ! lança-t-elle avec un sourire, avant que son expression ne se fasse plus pensive.

Il se leva, sa tasse de café à la main, pour se resservir.

— En tous les cas, j'ai vu mes hommes transformés par ta seule présence, ce matin.

Elle sourit à nouveau en hochant la tête.

— Je vais voir ce que je peux faire, alors, pour la soirée dansante !

Il avait envie de rester là et de lui parler. Lui demander d'où elle venait, savoir si elle avait grandi dans un ranch. Il la regarda mettre les assiettes dans le lave-vaisselle, tandis que le soleil se levait derrière la fenêtre et qu'une lumière orangée irradiait son doux visage. Il se sentit soudain terriblement attiré, au point de reculer d'un pas. Qu'est-ce qui était en train de lui arriver ?

Certes, Emma était jolie, et charmante… Mais, surtout, vulnérable. La nuit précédente, il s'était retrouvé à se tourner et se retourner dans son lit, avec le sentiment de devoir prendre soin d'elle d'une façon ou d'une autre. Et de son bébé. En fait, il se sentait responsable. Tex avait décidé de monter une des jeunes juments, et un camion pétaradant l'avait effrayée. Elle avait rué comme une diablesse et envoyé Tex voler.

Il détourna le regard, la poitrine serrée à l'évocation de ces souvenirs. Peut-être n'était-il pas si attiré que cela : Tex était un bon gars et un bon employé, et il avait la sensation de devoir quelque chose à Emma. C'était aussi simple que cela.

Et après tout pourquoi pas ? Il venait de lui offrir un

emploi et un logement. Il avait meublé sa chambre et était prêt à le faire pour le bébé.

Soudain, un millier de pensées l'assaillait. Le bétail qu'il voulait acquérir pour le ranch, Frodo, la vieille jument noire, son frère. Son frère jumeau. Ce frère qui était quelque part en ce bas monde, peut-être même en train de le rechercher… Il ressentit le besoin d'en parler avec CJ, lui dire qu'il pensait partir à sa recherche pour de bon, cette fois. Il lui expliquerait bien que rien ne se mettrait jamais entre eux et qu'il serait toujours son petit frère. Quoi qu'il arrive.

Mais pourquoi ne se lançait-il pas, finalement ? CJ n'était plus le jeune homme qui avait pleuré dans ses bras cinq ans plus tôt, après la mort de leurs parents. Il était devenu un homme. Pourquoi est-ce qu'il avait tant de mal à remettre le sujet sur la table, dans ce cas ?

Ce n'était pas comme s'il ne savait pas par où commencer… Il prit soudain conscience du regard d'Emma sur lui. Il lui adressa un petit signe de tête, la remercia pour tout et quitta la cuisine. Il s'arrêta sur le seuil pour observer le lever du soleil. Et, comme son esprit s'apaisait, il se remit à songer à la belle jeune femme qui était chez lui. Mais qui pensait-il leurrer ? Il était bel et bien attiré par elle, et d'une façon qu'il n'avait pas connue depuis très longtemps.

Il allait falloir qu'il prenne garde, alors, car malgré ses beaux discours sur le fait qu'on ne choisissait pas les élans de son cœur et qu'on ne pouvait que les suivre, il n'était pas disposé le moins du monde à tenter l'aventure de son côté. Pas pour le moment, en tout cas.

Une fois la cuisine récurée, Emma jeta un coup d'œil dans le réfrigérateur. Il y avait un peu de charcuterie et une salade de pommes de terre. Elle trouva du pain dans le panier sur le plan de travail. Il restait quelques fruits, mais il faudrait en racheter. Il n'y avait pas suffisamment d'ingrédients pour préparer des sandwichs pour le midi, ni le dîner pour ce soir, voilà pourquoi Jake l'avait dispensée de cette tâche aujourd'hui, l'informant qu'il passerait au Hurley's commander des plats à emporter et qu'il ferait quelques courses. Elle devrait en revanche voir avec lui qui serait responsable des approvisionnements par la suite.

Elle remonta dans sa chambre. Par comparaison avec son petit appartement d'Oak Creek, elle avait l'impression d'être dans une véritable suite, même si c'était encore loin de la vaste demeure dans laquelle elle avait grandi. Elle aimait le plancher massif de cette chambre, ici, au ranch, et le tapis persan qui le recouvrait. Son lit était très confortable, ferme comme elle aimait, et les fenêtres ouvraient sur des pâtures à perte de vue. Elle imaginait le berceau de son bébé juste sous ces fenêtres…

Elle porta la main à son ventre. D'ici cinq mois, elle aurait un enfant dans les bras… Soudain, son cœur se serra. Si seulement sa mère était là. Oh ! quelle grand-mère elle aurait faite ! Elle l'avait perdue lorsqu'elle terminait ses études, et la douleur de ce vide était toujours aussi vive. La mine déçue de son père lui revint alors à l'esprit. Ne devrait-elle pas l'appeler pour lui parler de ce qu'elle venait d'apprendre ? Hélas, elle savait qu'il insisterait pour qu'elle rentre vivre avec lui et qu'il n'écouterait jamais ce qu'elle avait à dire.

Après une douche rapide, elle enfila un jean et un T-shirt bleu ciel pour se rendre au Hurley's. Elle y travaillait le mardi, une journée chargée car le restaurant était fermé le lundi, et aussi le samedi, comme aujourd'hui, la journée la plus intense de la semaine. Elle redescendit, caressa Redford au passage avant de gagner la cour. Elle repéra Hank et Golden qui transportaient des bottes de foin depuis l'étable. Dans l'un des prés attenants, Grizzle et CJ déplaçaient les taureaux. Où était donc Jake à cet instant ? Que faisait-il ?

Il y avait à peine quelques semaines de cela, le père de son enfant arpentait lui aussi ces terres. Une nouvelle fois, elle porta la main à son ventre et laissa la tiède brise de ce mois de mai l'envelopper. Tout à coup, elle avait envie de découvrir le ranch et de faire le tour des installations.

L'étable rouge était immense et abritait quantité de chèvres et de moutons. Elle trouva Jake qui s'occupait d'un petit troupeau réuni dans un enclos et s'arrêta pour l'observer. Il ouvrit une clôture pour mener les bêtes vers la sortie jusqu'à une pâture à l'arrière de l'étable. Dans la lumière matinale, ses cheveux paraissaient encore plus foncés et son profil se détachait à contre-jour, beau et masculin. Elle prit conscience qu'elle était en train de le fixer et s'obligea à détourner le regard vers une affiche sur l'une des grandes portes de bois.

« Au choix de ces messieurs », lut-elle, amusée, en découvrant qu'il s'agissait de la fameuse soirée dansante dont Jake lui avait parlé.

— Tout le monde est très impatient de participer à cette soirée, dit-il en redressant son stetson pour découvrir son regard. Les hommes peuvent choisir leur partenaire, qui, sauf exception rarissime, doit leur accorder la danse. Le mois dernier, c'était « au bonheur des dames », bien entendu.

— D'ailleurs, CJ n'est pas resté assis plus de trente secondes d'affilée sur sa chaise, intervint Hank, qui venait d'entrer. Il n'était pas en forme le lendemain matin !

Elle sourit, sans oser demander si Jake aussi avait dansé ce soir-là.

— Je vois que c'est donc payant pour les hommes et gratuit pour les femmes ?

Grizzle entra à son tour, avec une belle jument brune et blanche qu'il attacha devant un box.

— Oui, mais en échange les hommes ont des consommations gratuites et les femmes doivent payer !

— Vous êtes en train de me dire que non seulement les femmes doivent payer mais qu'en plus elles doivent danser avec tous les hommes qui les invitent ?

— Oui, mais comme cela change tous les mois c'est de bonne guerre ! répliqua Hank en riant. Tu viens, ce soir, boss ?

— Moi ? demanda Jake en refermant l'enclos derrière les chèvres. Non, j'ai raccroché mes chaussons de danse il y a bien longtemps !

— Mais tu es célibataire, pourtant, souligna Grizzle en dessellant la jument.

— Certes, mais…

— De toute façon, tu es membre de l'association des ranchers qui organise, il faut que tu viennes, insista Hank. Sinon, tu pourras toujours rêver pour être élu au bureau de l'association, crois-moi.

— Je déteste ces manœuvres, lança Grizzle.

— C'est ainsi que cela fonctionne, que veux-tu, Grizzle… Ah, et si tu veux un conseil pour ce soir, tu pourrais te raser… Le barbier est ouvert jusqu'à 18 heures.

— Je ne vais certainement pas me couper la barbe ou le moindre cheveu, marmonna Grizzle.

Hank le fixa.

— Tu te souviens comment la fillette a sursauté quand elle t'a croisé à l'épicerie ? Si tu fais peur aux enfants, c'est signe qu'il est temps de faire quelque chose !

Grizzle eut un geste de la main.

— Tu n'as pas du travail à faire ? Considérant que tu as dit à une dame qu'elle sentait la bouse de vache, je ne pense pas que tes conseils me soient d'une quelconque utilité !

Hank rougit jusqu'aux oreilles.

— Je lui ai dit qu'elle sentait l'étable, pas la bouse de vache. Mais c'est vrai qu'elle sentait la bouse, tout comme moi. Nous travaillons à la ferme toute la sainte journée, comment sentirait-on autre chose ?

Ils étaient capables de poursuivre cette discussion pendant un bon moment, elle le pressentait, même s'il était évident qu'ils se respectaient, dans le fond. Elle se demandait ce que le « certes, mais… » de Jake voulait dire… Avait-il une petite amie quelque part ? Elle espérait que ce n'était pas le cas.

— Je suis certaine que tu serais très élégant avec une bonne coupe de cheveux et rasé de près, suggéra-t-elle à Grizzle.

— Je crois que je vais plutôt passer mon tour, lança ce dernier en jetant dans un seau la brosse qu'il utilisait pour bouchonner sa jument.

Elle sentit qu'elle avait commis un impair.

— J'ai dit quelque chose qu'il ne fallait pas ?

Jake haussa les épaules.

— Pas vraiment…

— Je crois qu'il s'est habitué à ressembler à un homme des bois et qu'il a du mal à imaginer changer. C'est comme Michelle, la bibliothécaire. Elle n'a pas changé d'allure depuis le lycée où je l'ai connue il y a très, très longtemps. Sauf que maintenant elle a les épaules plus larges que moi !

Elle tourna les yeux vers le box où Grizzle s'était réfugié avec sa jument. Elle ne parvenait pas à le voir d'où elle était. Elle lança un regard en direction de Jake, avant de faire quelques pas vers le box.

— Je suis désolée de m'être mêlée de ce qui ne me regarde pas, Grizzle. Ce n'était pas très habile de ma part.

Grizzle, qui était en train de curer les sabots de son cheval, leva les yeux vers elle.

— Oh ! pas d'inquiétude ! Il y a longtemps que j'ai décrété que, si ma tête ne revient pas à une dame, c'est qu'elle n'est pas faite pour moi !

Elle sourit.

— C'est vrai, c'est une très sage philosophie, Grizzle.

— Il est certain que les quelques femmes qui ont fait battre mon cœur depuis que ma femme est morte n'étaient sans doute pas faites pour moi… Cette Michelle dont Hank parlait tout à l'heure, je l'ai invitée à déjeuner il y a quelques semaines et elle a dit oui, mais quand je suis allé la chercher avec ma fourgonnette elle a commencé à me dire que j'aurais pu la nettoyer un peu, avant d'ajouter qu'elle ne se sentait pas très à l'aise d'aller déjeuner avec quelqu'un qui ressemblait à un ermite des montagnes. Elle est repartie chez elle aussi sec.

Aïe. Cela avait dû être dur à vivre… Mais il fallait reconnaître que Grizzle avait bel et bien besoin d'une coupe de cheveux. Sa tignasse grisonnante ressemblait à un nid d'oiseau, fait de brindilles entremêlées au petit bonheur la chance. Sa barbe suivait le même modèle.

Il leva les yeux et laissa son regard errer vers le lointain un moment, avant de soupirer.

— La dernière fois que je me suis coupé les cheveux et rasé, avant de mettre un costume-cravate, c'était…

— Oui ?

— C'était pour l'enterrement de ma femme. Et je ne veux plus jamais ressembler à cela. Je ne veux plus penser à ce jour, dit-il en baissant le regard, le visage crispé.

— Oh ! Grizzle. Je comprends. Le jour de la mort de ma mère, mes cheveux étaient tressés et je portais un vernis à ongles bleu. Je n'ai plus pu porter de vernis bleu ou de nattes depuis ce jour, dit-elle alors que le doux visage de sa mère, Violet, s'imposait à elle et qu'une déchirante sensation de manque l'envahissait. Je comprends parfaitement ce que tu ressens. Se remémorer qui tu étais ce jour-là, si terrible…

Grizzle leva le regard vers elle, acquiesça et soupira à nouveau.

— De toute façon, personne n'arrivera jamais à la cheville de Liza, je ne sais pas pourquoi je continue à chercher…

— Il est certain que personne ne remplacera jamais Liza, mais un jour quelqu'un viendra réchauffer ton cœur, quand tu t'y attendras le moins. Si tu as invité cette Michelle, c'est bien pour une raison. Est-ce qu'elle te plaît ?

Il haussa les épaules.

— Si je l'ai invitée, c'est parce qu'elle est grande, comme moi. C'est la plus grande femme de tout Blue Gulch. Vous êtes déjà grande et elle fait au moins cinq centimètres de plus que vous. Moi, je mesure un mètre quatre-vingt-quinze.

Elle se mit à rire.

— Eh bien, qui te dit qu'il n'y aura pas une autre grande femme au bal ? Quelqu'un qui aura peut-être d'autres choses qui te plairont en prime ?

— Personne ne me laissera la moindre chance, avec la tête que j'ai…

— Il y a peut-être une solution : un compromis. Si tu laves et démêles tes cheveux, au lieu de les couper, et que tu y mets un peu de gel pour les coiffer ? Même chose pour la barbe…

— Moi avec du gel ? Tu veux que CJ se moque de moi jusqu'à la fin des temps ?

— Est-ce que tu as la moindre idée de la quantité de gel que CJ met dans ses cheveux ?

Il ricana.

— C'est vrai. Mais je ne sais pas faire tout ça. Est-ce que tu voudrais bien m'aider ?

— Avec grand plaisir, assura-t-elle en se retournant pour quitter le box.

— Emma ? appela-t-il. Je n'ai pas de peigne, ni rien de ce genre, et je ne sais pas trop si les collègues pourraient…

— Je dois faire des courses après mon travail au Hurley's, j'en prendrai un pour toi à l'épicerie.

Il hocha la tête et elle sortit. Jake se trouvait juste de l'autre côté de la paroi du box, occupé à signer des papiers qu'un homme lui présentait, et qui remonta ensuite dans son tracteur avant de repartir. Elle repéra alors les balles de paille empilées de l'autre côté de l'étable. Il devait s'agir d'une livraison.

Est-ce que Jake avait entendu leur conversation ? Elle se demanda si Grizzle aurait parlé aussi librement s'il avait su que quelqu'un pouvait les entendre.

— Jake ? demanda-t-elle. Je dois me rendre au Hurley's et je pensais en profiter pour faire des courses. J'ai vu qu'il n'y avait plus beaucoup de fruits. Est-ce que tu peux me donner quelques indications sur vos courses habituelles ? Personne n'a d'allergies ?

— Non, rien de la sorte, répondit-il. Nous aimons tous la cuisine simple et sans chichis… Viande rouge, pommes de terre, poulet, pâtes, poisson… Des sandwichs copieux pour le midi. Petit déjeuner traditionnel…

— C'est bon, je crois que j'ai saisi ! dit-elle en souriant.

— Nous sommes aussi des amateurs de tartes en dessert, n'importe quel fruit fait notre affaire, intervint Hank en rentrant. Et les cookies au chocolat ! Bien croquants, mes préférés !

Elle sourit à nouveau.

— C'est noté. Eh bien, je vous dis à ce soir pour le dîner ! lança-t-elle en tournant les yeux vers Jake, sans pouvoir les détacher.

Comment est-ce que cet homme pouvait lui faire autant d'effet ? Il était beau, c'était vrai, mais il y avait autre chose. Quelque chose chez lui qui lui provoquait… Quoi, au juste ? Elle ne savait même pas comment décrire ce qu'elle éprouvait en sa présence.

Arrête un peu de le regarder et monte dans ta voiture, s'ordonna-t-elle. Elle avait l'impression que Hank avait noté son trouble. Si les hommes commençaient à penser qu'elle en pinçait pour le patron, cela allait se révéler compliqué. Elle pressa le pas jusqu'à sa voiture.

Elle prit place au volant et baissa les fenêtres pour profiter de l'odeur printanière de la campagne pendant le trajet. Jake lui fit alors signe depuis l'entrée de la grange, puis la rejoignit et se pencha vers elle, les avant-bras reposant le long de la vitre ouverte de sa voiture.

— Tout va bien avec Grizzle ? demanda-t-il.

Peut-être qu'il n'avait pas entendu leur discussion, après tout ? Ou alors voulait-il prendre les devants pour ne pas avoir l'air d'avoir écouté aux portes ? Quoi qu'il en soit, elle était sensible à la façon dont ils semblaient prendre soin les uns des autres, avec pudeur et discrétion.

— Il me confie sa tignasse et le soin de lui acheter un peigne avant le bal, répondit-elle, avec un sourire complice.

— Bien joué !

— Je suppose que tu vas devoir te rendre à la soirée dansante ?

Il leva les yeux au ciel.

— Au moins, comme c'est la soirée des hommes, j'aurai la possibilité de ne pas inviter qui que ce soit à danser !

— C'est une option… Je suis un peu comme toi. On commence par danser, on se retrouve à accepter un rencard, puis un baiser, une relation, et ça finit par un cœur brisé !

Il haussa un sourcil interloqué.

— En effet, je suis bien de ton avis, très juste résumé des faits !

Pourquoi alors se retrouvait-elle tout à coup en train de s'imaginer dans ses bras, ondulant sensuellement sur les accords d'un slow langoureux, ses mains puissantes posées sur sa taille et son corps si proche qu'elle sentait l'odeur de son savon ?

Et pourquoi était-elle rassurée à l'idée qu'il n'avait prévu d'inviter personne à danser ce soir ?

3

Jake regarda la petite voiture grise disparaître au bout de l'allée, avant de regagner la maison pour passer quelques coups de fil. Ses pensées, pourtant, avaient du mal à s'arrêter sur autre chose que l'idée d'un slow avec sa charmante nouvelle cuisinière. Cela n'arriverait pas, bien sûr. Même s'il se retrouvait contraint de faire acte de présence ce soir. Il ne pensait pas qu'elle irait de son côté, d'ailleurs, après ce qu'elle lui avait dit sur le fait qu'elle n'envisageait pas la moindre relation sentimentale.

Lui non plus n'en avait pas la moindre envie. Sa vie avait basculé après qu'il avait rencontré sa mère biologique, la première semaine de mai. Cinq ans plus tôt, il n'imaginait pas même la rechercher ; il avait toujours pensé que si elle l'avait abandonné c'était pour lui offrir une vie meilleure que celle qu'elle pouvait lui proposer. Ainsi, il était en paix et la respectait pour cela. Son amour allait à ses parents adoptifs, les Morrow. Ils avaient été des parents admirables, solides et présents, et lorsque leur bébé-surprise s'était annoncé, une dizaine d'années plus tard, ils s'étaient comportés avec CJ exactement comme avec lui. Il n'avait jamais ressenti la moindre différence. CJ était son frère. Point. Pourtant, dernièrement, il avait ressenti le besoin de savoir qui était son frère jumeau, celui avec qui il avait partagé le ventre de sa mère pendant neuf mois. Tout ce qui faisait partie de son histoire, depuis la grossesse de Sarah, alors âgée de seize ans, jusqu'à ce qu'elle éprouvait aujourd'hui, tout avait du sens. Il voulait retrouver ce frère jumeau et échanger avec lui. Même à distance, par le mail ou par téléphone, peut-être. Mais il avait besoin de ce lien, aussi ténu soit-il. S'ils finissaient par se rencontrer et entretenir une relation, alors ce serait encore mieux.

Pourtant, il n'était pas évident que CJ voie les choses de la même façon sur ce point. Il tourna le regard vers la fenêtre et distingua la haute et solide silhouette de son frère, monté sur Shadow, leur jeune cheval noir. Il devait aller vérifier les pâtures éloignées, où ils avaient prévu de transférer les moutons un peu plus tard. CJ avait envie de profiter de la vie sans le poids des responsabilités et des engagements. Il aimait flirter et n'était pas toujours très attentif aux sentiments des jeunes femmes qu'il fréquentait. Il se demandait parfois si la mort de leurs parents et la découverte de l'existence de son jumeau biologique n'avaient pas été un trop grand choc pour CJ, âgé de dix-sept ans à l'époque. Au cours des cinq dernières années, CJ avait rompu chacune des relations qu'il avait engagées. Que ce soit après un rendez-vous ou plusieurs, et même s'il avait parfois eu l'air très attaché à la jeune femme qu'il fréquentait alors. Les quittait-il avant qu'elles ne le quittent elles-mêmes ? Craignait-il de souffrir ? D'avoir le cœur brisé ? C'était une hypothèse. Il n'avait aucune certitude. CJ était un bon vivant, avait une nature enthousiaste, mais il était difficile de déterminer ce qu'il se passait vraiment derrière cette façade d'insouciance. Car il l'avait aussi vu secoué de sanglots au moment de la mort de leurs parents, et plusieurs fois par la suite. CJ avait souffert et il pressentait en lui une grande sensibilité.

Il sortit son téléphone. Il lui suffisait d'un appel à Carson Ford et les recherches seraient lancées. Ce pourrait être un simple premier pas.

Carson ne serait peut-être pas en mesure de le localiser, après tout. Ou son frère ne souhaiterait peut-être pas le rencontrer.

Mais peu importait, au fond de lui, il savait qu'il devait en discuter au préalable avec CJ. Quelle que soit l'issue, sous peine d'entacher leur belle confiance mutuelle.

Il songea à ce que Carson lui avait raconté lorsqu'ils avaient eu l'occasion de se rencontrer. Cette histoire était devenue personnelle pour le détective privé.

Le père de Carson, Edmund, était veuf. Ce banquier de Blue Gulch avait sollicité une voyante qui lui avait annoncé qu'il rencontrerait à nouveau l'amour sous les traits d'une femme aux yeux verts prénommée Sarah. Pour Carson, tout cela n'était que des balivernes, mais son père y croyait dur comme fer. Cette histoire avait pris un tour particulier lorsque Carson avait rencontré Olivia Mack, la fille de la voyante en question, qui lui avait révélé que sa mère n'avait pas tout dit à son père : elle connaissait cette Sarah, qui n'était autre que sa tante. Carson avait finalement assisté au miracle annoncé : Edmund Ford et Sarah Mack étaient tombés amoureux au premier regard. Carson, de son côté, s'était épris d'Olivia, et un double mariage avait été annoncé peu de temps plus tard. Il avait été convié à cette célébration peu commune qui aurait lieu à l'automne prochain. Comme Olivia travaillait au Hurley's, Emma serait sans doute invitée, elle aussi, d'ailleurs. Le monde était petit.

Le simple fait de songer à Emma le plongea aussitôt dans d'étranges rêveries. Il pensa à son beau visage, ses grands yeux bleus, ses longs cils. Il espérait qu'elle serait à la soirée dansante.

Est-ce qu'un jour il se sentirait prêt à son tour pour une relation sentimentale ? Prêt pour l'amour, pour le mariage ? Retrouver son frère jumeau libérerait peut-être en lui quelque chose, lui permettant ainsi de dépasser ses blocages. En effet, son histoire avec Samantha lui avait laissé un goût amer, il devait le reconnaître. Il se rendait compte que, depuis cette relation, il n'avait plus réussi à faire confiance à aucune femme.

Et pourtant, ce soir, il y en avait bien une avec qui il aurait eu envie de danser.

Se garer dans le centre-ville en milieu de matinée était un vrai défi. Emma finit pourtant par trouver une place juste devant la belle demeure victorienne qui abritait le Hurley's Homestyle Kitchen. Elle aimait beaucoup cette petite ville de Blue Gulch. Si elle avait grandi non loin d'ici, à Oak Creek, elle n'y avait pourtant pas passé beaucoup de temps, ni fréquenté cette branche de sa famille. Son père était en conflit avec son oncle et son épouse, Essie Hurley, un conflit qui avait eu raison de leurs relations. Elle avait donc grandi sans pratiquement fréquenter sa grand-tante ou ses cousines. Ces quelques semaines passées auprès de cette famille retrouvée avaient été merveilleuses. Elle avait pris conscience de la façon dont son père créait toujours des conflits par sa façon de dicter aux gens leur conduite, son obsession du contrôle et son manque de diplomatie absolu. Elle avait eu le bonheur de découvrir une famille accueillante, chaleureuse et joviale, se réunissant autour d'une passion commune pour la cuisine.

— Comment est-ce que cela se passe avec ton nouveau patron ? demanda Essie après l'avoir serrée dans ses bras.

Âgée de soixante-seize ans, Essie avait connu des moments difficiles cette année, après un problème de santé qui l'avait poussée à ralentir beaucoup son rythme de travail au restaurant. Ses petites-filles avaient fait leur possible pour la seconder et avaient fait aménager la cuisine pour que leur grand-mère n'ait pas à passer trop de temps debout.

— Je devais préparer le petit déjeuner à partir de 4 h 30 ce matin, répondit-elle en nouant son tablier, et devine ce que j'ai trouvé en arrivant en cuisine ! Toute l'équipe était réunie pour me préparer un petit déjeuner de bienvenue ! Il y avait des œufs, du bacon, des pancakes aux myrtilles. Comme je te le disais hier soir lorsque je suis venue récupérer mes affaires, je crois qu'ils se sentent tous très concernés par le fait que je suis enceinte de leur collègue disparu. Ils sont vraiment tous adorables… Il y a Hank, Grizzle, Golden et CJ, qui est le frère du patron, Jake Morrow.

— Attends, interrompit Annabel Hurley, tu es en train de me dire que Grizzle aussi était en cuisine pour préparer ton petit déjeuner ?

— Tu connais Grizzle ?

— Évidemment ! Il a travaillé un temps dans un ranch voisin et je leur portais des repas tous les jours. Je devais avoir treize ans et Georgia venait avec moi. Un jour, nous étions allées cueillir des fleurs près de la rivière et nous avons vu une chienne se faire prendre par le courant. Georgia et moi aurions pu nous noyer en essayant de la sauver… Heureusement, nos cris ont alerté du monde, et c'est Grizzle qui s'est jeté à l'eau pour la récupérer. La pauvre bête était si effrayée qu'elle l'a mordu. Il saignait, mais il ne l'a pas lâchée et l'a déposée saine et sauve sur la rive.

— Oh ! mon Dieu ! s'exclama-t-elle en se mettant à battre des œufs dans un grand bol en inox. Comment allait Grizzle ? Et la chienne ?

— Tout le monde s'en est tiré. La chienne a pris la fuite aussitôt et Grizzle l'a retrouvée au petit matin dormant devant sa porte ! Il l'a finalement adoptée et baptisée River. Elle ne l'a plus jamais mordu ! Des années plus tard, lorsque River est morte, Grizzle m'a invitée avec mes sœurs à participer à une petite cérémonie funéraire dans son jardin, en mémoire de ce jour… Nous avons pleuré à chaudes larmes, tu te souviens, Georgia ?

Georgia était l'aînée de la fratrie. C'était elle qui s'occupait du pain et des desserts pour le restaurant. Elle sourit tendrement à sa sœur.

— River était vraiment adorable, il faut dire…

Clementine, la plus jeune des sœurs, fit à son tour son entrée en cuisine et vint la saluer, avant d'annoncer que deux tables avaient été réservées. L'une pour les vingt membres du club de lecture de la bibliothèque à midi et demi et l'autre pour l'association des ranchers à 13 heures. Ils ne seraient que six, mais avaient généralement un bon coup de fourchette.

Elle regardait ses cousines. À leurs annulaires, des bagues étincelaient, et elle ressentit un pincement de jalousie. Les sœurs Hurley avaient rencontré des compagnons charmants. Annabel et Georgia avaient déjà des enfants. Clementine avait adopté une fille et s'occupait des neveux de son mari, des jumeaux devenus orphelins. Elle avait eu l'occasion de voir la famille au grand complet, les femmes et les maris, les enfants… Elle aurait rêvé d'avoir elle-même ce genre de famille. Mais le père de son enfant n'était plus de ce monde. Sa mère était décédée depuis longtemps et ses relations avec son père, si tendues, ne lui offraient guère la chaleur et le réconfort qu'elle aurait pu espérer. Elle songea avec tristesse aux rares moments d'harmonie qu'ils avaient pu partager tous les deux. Elle aurait tant aimé se sentir soutenue. Hélas, ce n'était pas le cas : elle était toute seule, c'était ainsi, et elle ferait face. Elle avait déjà eu la chance de retrouver les Hurley et puis elle avait maintenant un logement et un travail. Elle élèverait son bébé parmi ses amis, ses cousines. Tout se passerait bien. Il le fallait.

— Au fait, j'ai croisé Olivia Mack ce matin, ajouta Clementine. Elle viendra déjeuner avec sa future belle-famille à midi.

— Est-ce qu'Olivia voudrait que je la remplace pour les livraisons cet après-midi ? demanda Emma.

— C'est Dylan qui va s'en occuper, dit Essie. Je ne voulais pas te surcharger après ton premier jour de travail au ranch !

Dylan, un des cuisiniers, était un jeune homme de dix-huit ans à peine, père célibataire d'un adorable petit garçon prénommé Timmy.

Elle sourit. Sa tante avait toujours des attentions délicates à son égard. Elle se mit au travail, pour préparer le poulet frit avant le premier service, qui promettait d'être intense. Elle seconda aussi Essie, qui préparait un assortiment de sauces barbecue, et au Hurley's il en fallait toujours dix variétés différentes. Venaient ensuite les accompagnements, salades et cornichons, sauces pimentées, et les limonades maison.

Vers midi, la salle commença à se remplir et une queue se forma devant l'entrée. Elle se dirigea vers l'accueil, avec un plateau de petits-fours maison. Cette délicate attention permettait de faire patienter les clients et de les mettre en appétit agréablement.

— Pardon, est-ce que je peux…

En reconnaissant cette voix familière, elle se retourna vivement. Golden se tenait face à elle, lorgnant avec gourmandise vers son plateau. Derrière lui venait Jake, toujours aussi incroyablement séduisant.

— Golden, est-ce qu'un biscuit te ferait plaisir ? Sers-toi, je t'en prie ! dit-elle en lui tendant le plateau, un large sourire aux lèvres.

Il sourit en retour et prit un petit-four, qu'il engouffra avec un appétit d'ogre.

— Merci, Emma, lança-t-il en manquant de s'étouffer dans une quinte de toux, alors que son regard s'arrêtait sur quelqu'un derrière elle.

Il fit un pas de côté et tenta maladroitement de se cacher derrière le grand cactus de l'entrée. Mais que se passait-il ? Elle avait du mal à comprendre son petit manège.

Elle suivit son regard, qui semblait posé sur Kate Walsh, une de leurs nouvelles serveuses. Katie avança à leur rencontre, souriante.

— Bonjour, Jake, bonjour, Golden, dit-elle en inclinant la tête vers le cactus.

Elle croisa le regard de Jake et ils échangèrent un sourire.

— Une table pour deux ? lança Katie, amusée, pour faire diversion.

— Non, merci, nous venons commander pour emporter, précisa Jake.

Katie les dirigea vers le bar où Essie prenait les commandes. Lorsque Golden finit par sortir de derrière son cactus, pour emboîter le pas de Jake, Katie revint vers eux :

— Vous viendrez danser ce soir ?

Golden plongea le regard vers ses chaussures et ne répondit pas.

— Nous serons ici, au grand complet, dit Jake.

Katie sembla chercher le regard de Golden, mais ce dernier ne paraissait pas en mesure de relever la tête.

Cela promettait un peu de travail…

— Jake ! appela une voix depuis la salle.

Emma se retourna vers Sarah Mack, une grande femme aux cheveux auburn. À la table de Sarah se trouvaient sa nièce Olivia et son fiancé Carson Ford, un autre homme et le père de Carson, Edmund Ford. Elle avait rencontré Sarah et les Ford à quelques reprises lorsqu'elle avait travaillé dans le *food truck* avec Olivia, mais elle ne savait pas que Jake les connaissait. Il s'excusa et avança à leur rencontre. Elle le vit serrer Sarah dans ses bras et échanger quelques mots avec elle.

— Emma ! appela Olivia. Ton poulet est à se damner, tu es la meilleure cuisinière du monde !

— Et c'est pourquoi je l'ai embauchée au ranch ! dit Jake.

CJ entra à son tour dans le restaurant, mais, quand il vit Jake en train d'échanger avec Sarah, il s'immobilisa, fronça les sourcils et rebroussa chemin aussitôt. Elle se demanda de quoi il retournait.

Lorsque CJ tourna les talons, l'expression de Jake changea aussitôt du tout au tout.

— Il faut lui laisser un peu de temps, suggéra Sarah avec douceur.

Il y avait bel et bien un élément qui lui échappait. Qui était Sarah par rapport à Jake ? À quoi CJ devait-il s'habituer ?

Seigneur, elle était bien plus absorbée par Jake que pas son service. Il était temps qu'elle regagne sa cuisine !

— À tout à l'heure, à la maison, lui lança-t-il alors qu'elle les saluait d'un geste de la main.

« À tout à l'heure, à la maison. » Pourquoi est-ce que cela lui serrait le cœur avec tant de force ? Une simple formule de salutation, et pourtant…

C'était si bon d'entendre ces mots. Lorsqu'elle avait découvert qu'elle était enceinte, l'idée de quelqu'un qui l'attendrait, quelqu'un qu'elle retrouverait après sa journée de travail, un partenaire, un coéquipier, était tout ce dont elle rêvait. Mais le père de son bébé, la seule personne sur qui elle aurait dû compter, était mort. Il lui faudrait être plus forte que jamais. Il y avait un enfant en jeu. Un enfant qu'elle devrait élever. Et elle comptait l'élever décemment.

« À tout à l'heure, à la maison. »

Instinctivement, elle porta la main à son ventre et sentit des larmes lui brûler les paupières. *Bon sang, un peu de courage !* s'intima-t-elle. Elle était une femme forte et indépendante, pas une jeune fille inexpérimentée s'émouvant au moindre mot gentil de son patron, aussi charmant et attentionné soit-il à son égard.

Ces maudites hormones lui jouaient des tours.

Déstabilisée, elle regagna les cuisines.

Après le service au Hurley's, elle sortit épuisée et dégoûtée des odeurs de friture et de la vue du poulet. En arrivant au ranch, elle croisa Grizzle et Golden en plein débat au sujet de leurs plats préférés. Grizzle prétendait que le poulet lui portait bonheur et que chaque fois qu'il avait mangé du poulet frit il avait reçu une bonne nouvelle.

Plus tard, elle le vit sourire jusqu'aux oreilles en découvrant le plat de poulet frit qu'elle apportait à la tablée de ranchers affamés.

— Oh, Emma, cela va nous porter chance pour la soirée dansante ! s'exclama-t-il, enthousiaste.

Au Hurley's aussi, la soirée avait été au cœur de toutes les discussions ce midi. C'était visiblement une soirée porteuse de nombreux enjeux.

— Alors, Golden, tu iras bien danser ce soir, n'est-ce pas ? lança-t-elle en lui tendant le plat de purée maison.

Elle repensa à son attitude un peu plus tôt, lorsqu'il avait fini par se cacher derrière le cactus du Hurley's. Même s'il était maladroit, Hank avait au moins l'avantage de ne pas perdre tous ses moyens devant une femme. Certes, il devait arriver qu'elles s'en aillent furieuses et refusent de remettre un pied au ranch, comme Fern le jour de son arrivée, mais c'était toujours un début !

Golden planta sa fourchette dans sa viande et joua avec, l'air embarrassé.

— Je ne sais pas. J'aimerais bien, mais…

— Bien sûr, qu'il y va, dit Hank en lui lançant une bourrade virile dans le dos. Tout le monde a bien vu comment il regardait Katie.

— Est-ce qu'elle ne t'a pas demandé si tu allais venir ? intervint Jake à son tour. C'est tout de même un signe qu'elle s'intéresse un peu à toi, n'est-ce pas, Emma ?

Elle hocha la tête.

— Certainement ! Si elle a posé la question, c'est qu'elle espère te voir là-bas. Et, comme c'est la soirée des hommes, cela veut dire qu'il faudra l'inviter à danser, Golden !

— Tu sais danser, gamin ? lança Grizzle à son collègue, la mine dubitative.

— Ma grande sœur m'avait appris quelques pas, mais je ne suis pas très à l'aise, admit-il en rougissant, le nez dans son assiette. Mais c'est surtout que je ne sais pas trop comment je pourrais l'inviter ou ce que je vais lui dire lorsque nous danserons…

Il haussa les épaules, mais elle voyait bien à quel point

il était empêtré dans sa timidité, qui devait le poursuivre depuis sa plus tendre enfance.

— C'est ta sœur qui t'a appris ? C'est si mignon ! lança-t-elle. Vous deviez être proches, tous les deux. Est-ce que tu savais que Katie avait une sœur aînée, aussi ? Elle est dans l'armée et je crois qu'elle lui manque.

— Je devrai vraiment l'inviter ? reprit Golden.

— Mais oui ! Il suffira d'aller la voir et de lui poser la question très simplement.

— Et si elle dit non ?

— Eh bien, au moins, tu auras essayé. Essayer, c'est la moindre des choses, c'est faire sa part. Si tu n'essaies pas, rien ne se passera, c'est certain…

— Sauf pour quelqu'un comme CJ, lança Grizzle en soupirant. Lui, les plus belles filles se jettent dans ses bras sans qu'il ait besoin de faire quoi que ce soit.

— Mais en retour il doit fournir beaucoup d'efforts pour éviter de subir la colère de ses ex, lança Hank. Je l'ai vu en grande difficulté, parfois, il a bien failli se faire casser la figure, qu'il a si jolie.

CJ leva les yeux au ciel.

— Emma, ce poulet est absolument à se damner, lança-t-il. Et ma mère était pourtant une excellente cuisinière !

Elle sourit, il devait vraiment vouloir changer de sujet, mais c'était très gentil de sa part de lui faire un tel compliment.

— Merci, CJ, cela me touche beaucoup.

Elle vit Jake relever le regard vers son frère.

— C'est vrai que maman préparait aussi un super poulet frit, n'est-ce pas ? Comme elle me manque…

— Ah, vraiment ? demanda CJ si doucement qu'elle douta de ce qu'il venait de dire.

CJ gardait les yeux baissés. Elle retrouva cette expression étrange qu'elle avait remarquée au restaurant un peu plus tôt.

À la façon dont le visage de Jake changea, dont son

front se plissa soudain, elle sut qu'elle avait bien entendu ce qu'avait dit CJ.

Un silence lourd s'imposa à table.

— Golden ? dit-elle pour faire diversion. Puisque Katie a demandé si tu viendrais danser, je suis certaine qu'elle ne te refusera pas cette danse. Je dirais même qu'elle compte sur ton invitation.

Golden se redressa sur sa chaise.

— Vraiment ?

— Oui, j'en suis presque certaine, assura Emma.

— Je confirme, souligna Jake.

— Je crois que nous sommes tous du même avis, reprit Hank en se servant des haricots verts. J'en parierais même mon nouveau camion, c'est dire !

Grizzle éclata de rire.

— Si ce n'est pas une garantie, alors je n'y connais rien de rien !

— Au moins, mon camion ne m'envoie pas balader…, souligna Hank, la mine résignée.

Même CJ sourit à cette remarque et la tablée reprit la discussion, réfléchissant à ce qui pourrait convaincre Fern de danser avec Hank.

Finalement, celui-ci s'engagea à tenter sa chance auprès d'elle le soir même.

— Je suggère dans ce cas d'éviter toute polémique sur les déjections du bétail, lança Jake en pointant son index en direction de Hank.

— Je ne comprends vraiment pas qu'elle l'ait si mal pris, répondit Hank. C'est notre métier, d'être parmi les bêtes, je n'y vois pas d'offense !

Elle se tourna vers Jake et lui sourit. Visiblement, Hank avait encore deux ou trois rudiments à intégrer en matière de galanterie.

— Et toi, Emma, tu seras des nôtres, n'est-ce pas ? demanda Hank.

— Oh ! moi aussi, j'ai remisé mes chaussons de danse, dit-elle en caressant son ventre.

— Si, il faut venir, reprit-il. Golden aura besoin de ton aide pour approcher Katie, et Grizzle ne s'en sortirait pas sans un peu de soutien de ta part !

— Je ne sais vraiment pas, reprit-elle.

— J'ai une idée, dit Jake, plantant son irrésistible regard vert dans le sien. Vu que ni l'un ni l'autre n'avons prévu de danser, tu n'auras qu'à dire que tu m'as promis la danse chaque fois qu'un cow-boy viendra te solliciter. Je te promets de bien me comporter.

Elle s'imagina aussitôt entre les bras de Jake, serrée tout contre son corps, la tête reposant contre son torse. Une partie d'elle-même était prête à se damner pour vivre cela, mais elle savait aussi à quoi cela les exposait. Après une danse, que feraient-ils ? Pouvait-elle courir le risque de flirter avec lui ? Elle avait trop à perdre, il était son employeur, son logeur…

— Merci, Jake, pour cette offre généreuse, en cas de nécessité absolue, je m'en souviendrai !

— Aïe, c'est une façon polie de le renvoyer dans les cordes, ou je ne m'y connais pas ! lança Hank en les regardant alternativement, Jake et elle.

— Oui, je pense la même chose, renchérit Grizzle dans un éclat de rire.

Elle rougit jusqu'aux oreilles.

— Non, mais arrêtez, voyons ! Je n'ai jamais dit ça ! Et puis soyez tolérants, je suis enceinte, j'ai droit à un peu de compassion, non ?

Jake sourit.

— Si tu as besoin de quoi que ce soit, Emma, n'hésite pas !

C'était justement ce qui lui faisait peur… Avoir besoin de lui.

Une fois les assiettes vidées et les ventres bien remplis, les cow-boys se levèrent comme un seul homme et se mirent à débarrasser la table. Elle protesta, parvenant enfin à les convaincre de la laisser faire son travail. Mais, après qu'ils furent sortis, Jake resta un instant de plus sur le pas de la porte.

— Merci pour Golden, dit-il. Je ne serais pas surpris s'il invitait Katie à danser, finalement !

— J'espère qu'il osera, je crois vraiment qu'elle l'aime bien, je n'ai pas voulu le lui dire au cas où les choses ne se passeraient pas comme prévu, mais c'est vraiment l'impression qu'elle m'a donnée au Hurley's.

Il hocha la tête et se dirigea vers les baies vitrées, le regard braqué sur ses terres, qui s'étalaient à perte de vue. Il semblait perdu dans ses pensées. À quoi pouvait-il songer ? Elle était juste derrière lui et eut la tentation, l'espace d'un instant, de poser la main sur son épaule pour lui demander si tout allait bien. Mais il fit volte-face à cet instant et elle recula d'un pas.

— Il faut que j'aille parler à mon frère, déclara-t-il tout de go. À tout à l'heure, Emma. Merci encore pour tout.

Elle acquiesça en silence. Qu'est-ce qui pouvait bien se jouer entre les deux frères Morrow qui perturbait Jake à ce point ?

Devant la porte de CJ, Jake inspira avant de frapper deux coups.

— C'est ouvert !

Il entra ; une odeur d'après-rasage en provenance de la salle de bains l'assaillit aussitôt passé le seuil. Son frère se tenait devant le grand miroir rectangulaire, occupé à se mettre du gel dans les cheveux, encore humides de la douche.

— CJ ?

Bon sang, comment formuler ce qui le préoccupait ?

Il repensa aux quelques mots échangés avec lui au sujet de leur mère.

« — Comme elle me manque…

— Ah, vraiment ? »

Est-ce que son frère pensait vraiment qu'il avait pu oublier leur mère simplement parce qu'il avait retrouvé sa mère biologique ? C'était en tout cas ce qu'il avait laissé entendre… À moins que CJ ne soit simplement sous le choc de les avoir vus ensemble ?

Lorsque son frère était entré au Hurley's et l'avait trouvé en train de parler avec Sarah, il avait noté le changement dans son regard. Pourtant, CJ avait accepté sans aucune hésitation de le suivre à Blue Gulch, semblant ainsi ouvert à l'idée qu'il puisse croiser le chemin de sa mère… D'un autre côté, il lui avait dit ne pas vouloir en parler avec lui.

Et que dirait CJ à l'idée qu'il retrouve aussi son frère jumeau ? Seigneur, pourquoi fallait-il que tout soit si compliqué ? Pour lui-même, ce n'était pas évident, il ne savait pas s'il était prêt. Risquait-il d'ouvrir une boîte de Pandore ? De fait, il ignorait à qui il aurait affaire…

« Il doit tout de même avoir quelque chose de toi », lui avait dit sa mère la semaine dernière lorsqu'ils avaient abordé le sujet. C'était ce qui faisait qu'il se sentait bien avec elle : même si elle était réservée, lorsqu'elle parlait, c'était toujours avec bienveillance. Et elle l'aidait à se sentir mieux. À avancer. Comme si elle dénouait des nœuds.

Mais les sentiments de CJ comptaient pour lui. Ils comptaient sacrément.

Il se planta devant les fenêtres de la chambre qui donnaient sur la cour principale et derrière lesquelles les champs de Full Circle s'étendaient à perte de vue. Il savait que CJ était attaché à Full Circle, qu'il aimait ces hectares de terres qui composaient le grand ranch. Quitter leur premier ranch avait été une bonne décision, pour tous les deux, et il savait que son frère avait accepté d'abandonner une partie de son confort personnel pour lui, pour le suivre à Blue Gulch.

Il prit une profonde inspiration.

— Maman me manque et papa aussi. Ils me manquent tous les deux. Tout le temps, dit-il.

Lorsque leurs parents étaient décédés brutalement dans un accident de voiture, il avait été foudroyé. Il les adorait, tout comme CJ. Il s'était occupé de son jeune frère d'à peine dix-sept ans, prenant cette mission très au sérieux. Longtemps, il n'y avait eu qu'eux deux. Les frères Morrow. Et puis un jour un avis du foyer d'adoption avait fait bouger les lignes.

Il comprenait le point de vue de son frère, il savait ce qu'il ressentait.

CJ leva les yeux vers lui en sortant de la salle de bains. Il fouilla un long moment dans son placard, à la recherche d'un vêtement, arrêtant finalement son choix sur une chemise vert foncé en lin, qu'il enfila avant de la glisser dans son jean noir, dont il boucla la ceinture.

— Je crois que je n'ai pas très envie d'en parler, dit CJ en évitant son regard.

— CJ…

Au fond, il ne savait pas quoi dire. Il aurait voulu que CJ sache qu'il serait toujours son petit frère. Rien n'allait modifier cela. Hélas, mettre tout cela sur le tapis était un peu compliqué. Et puis la soirée était censée être légère et festive. Ils devaient aller faire la fête, danser… CJ semblait un peu pensif. Est-ce qu'il avait d'autres préoccupations ? Est-ce qu'il s'agissait de cette jeune femme dont il avait parlé, Stella ?

— Laisse tomber, Jake, trancha CJ. Il n'y a aucun problème, c'était juste ce poulet qui m'a rappelé maman et j'aurais mieux fait de ne rien dire, c'est tout.

Ce n'était pas tout, non, il le pressentait.

— Va te préparer pour danser, ajouta CJ. Ne t'inquiète pas pour moi. Tout va bien.

Traduction : « Arrête de me faire ton regard de grand frère. Fin de la discussion. »

Il fit un pas dans sa direction et posa la main sur son épaule. Il hocha la tête pour lui signifier qu'il avait bien reçu le message et se dirigea vers la porte. Bon, ils ne parleraient peut-être pas de tout cela ce soir, mais tôt ou tard ils devraient affronter le sujet ensemble.

— Au fait, tu sais que ton plan risque de se retourner

contre toi ? lança CJ comme il sortait. Emma va être sollicitée par tout le monde et tu vas finir par devoir danser avec elle toute la soirée.

Il fit volte-face.

— Je n'ai rien contre, lança-t-il sans réfléchir.

Une lueur s'alluma dans le regard de CJ.

— J'en étais sûr ! Elle te plaît !

— Non, c'est juste que… C'est juste qu'elle est enceinte et célibataire et que je suis son patron, je préfère qu'il ne lui arrive rien.

CJ éclata de rire.

— Oui, oui, je vois ! lança-t-il avant de rire de plus belle tandis qu'il quittait la chambre et descendait le couloir.

Oui.

CJ avait vu juste.

Elle lui plaisait.

Elle lui plaisait beaucoup trop.

4

Une fois la table du dîner débarrassée, Emma alla s'asseoir dans le patio, Redford à ses pieds. La journée avait été longue mais agréable. Elle se sentait fatiguée, pourtant, et aurait tout donné pour un bon bain moussant. Ce qui l'attendait, pensa-t-elle en souriant, c'était en revanche un cow-boy hirsute qui misait sur ses talents de coiffeuse improvisée, et une piste de danse. Elle rentra au moment où Jake arrivait en bas de l'escalier.

Sa conversation avec CJ n'avait pas dû se passer comme il l'espérait, à en juger par sa mine contrariée. Il avait l'air tendu, les mâchoires serrées et les épaules crispées.

— Est-ce que ça va ? demanda-t-elle.

Il acquiesça.

— Des histoires de famille…

— Je connais ça aussi, dit-elle en pensant à son père et à leurs derniers échanges.

Il chercha son regard.

— Avec ton père, c'est ça ?

— Il voudrait que je revienne m'installer chez lui, pour le bébé. Il craint que je ne sois pas capable de l'élever seule. Il a même établi une liste de candidats au mariage qu'il voudrait que je rencontre avant que je ne perde ma silhouette, pour reprendre ses charmants propos.

— Je suis désolé. Je me doute que tu aurais eu besoin d'un autre genre de soutien.

— Oui, exactement. J'aurais aimé pouvoir me dire que mon père était là pour moi, savoir qu'il m'aimait et qu'il prendrait soin de moi. Les conflits entre nous me donnent la sensation d'une solitude plus grande encore.

Il saisit sa main et la serra un instant. La chaleur qui émanait de sa large paume lui fit l'effet d'un baume apaisant.

— Je suis heureux que tu viennes ce soir. Peut-être que cela nous changera les idées, après tout. Il y aura de la musique, des cocktails et de la compagnie…

Elle lui sourit et leva les yeux vers la pendule.

— Je ferais mieux de me dépêcher, dit-elle en brandissant le peigne qu'elle avait acheté un peu plus tôt. J'ai rendez-vous avec Grizzle !

Il rit et elle se sentit heureuse de voir son expression préoccupée s'évanouir un instant. Elle eut envie de rester avec lui, de continuer à échanger, mais elle savait que Grizzle l'attendait depuis un moment.

Elle traversa la cour pour gagner le grand bâtiment rouge où se trouvait son logement et frappa à la porte blanche. Silence. Elle frappa une nouvelle fois. Toujours pas de réponse. Elle décida d'entrouvrir la porte, qui n'était pas fermée.

Ce n'était pas ce à quoi elle s'attendait. Elle n'était pas allée jusqu'à imaginer que les cow-boys dormaient dans la paille, mais elle n'était pas préparée pour autant à découvrir des appartements suréquipés dans un bâtiment qui, vu de l'extérieur, ressemblait à une grange. Il y avait un hall d'entrée avec des placards, des portemanteaux numérotés pour les manteaux et les chapeaux, et des bancs pour enlever les bottes.

Grizzle était à la porte numéro deux. Elle frappa.

— C'est ouvert, lança-t-il.

Elle entra et vit apparaître Grizzle, qui sortait de sa chambre. Le petit séjour était cosy et lumineux, avec un tapis épais de couleur beige.

— Je crois que je n'aurais pas dû me regarder dans la glace en sortant de la douche, dit-il, sa tignasse hirsute semblant plus emmêlée que jamais. Je ferais mieux de laisser tomber. C'est ridicule.

— Tu plaisantes ? Je t'ai acheté un peigne et du gel, spécialement pour l'occasion. Faisons un essai, au moins !

— Allons-y, si tu y tiens, soupira-t-il.

Le seul miroir se trouvant dans la salle de bains, ils s'y rendirent, mais comme Grizzle refusait de se regarder elle proposa finalement qu'ils s'installent près de la fenêtre.

— Oh ! lança Grizzle en jetant un regard vers l'extérieur, on dirait que Goatby s'est enfui à nouveau.

Elle regarda à son tour et son cœur se mit à tambouriner. CJ et Jake poursuivaient leur bélier fugueur. Et Jake était sorti torse nu. Il avait dû être appelé alors qu'il s'habillait car il portait un jean noir et de belles bottes en cuir cirées qu'il avait dû prévoir pour la soirée. Mais elle n'était pas prête à le voir ainsi. Elle se sentit rougir, en imaginant la sensation de sa peau nue sous ses doigts…

— Jake est vraiment un bon gars, annonça Grizzle de but en blanc.

— Oui, c'est l'impression qu'il me donne, dit-elle en rougissant de plus belle.

— Il a été sacrément échaudé par sa dernière petite amie, et puis avec ses histoires de famille ce n'est pas évident, forcément…

— Ses histoires de famille ? répéta-t-elle, surprise d'entendre à nouveau cette formule.

— Oh ! je ne devrais pas en parler, je suppose, lança Grizzle avant de se refermer comme une huître.

Elle regarda à nouveau par la fenêtre et se mordit les lèvres. Elle avait du mal à savoir ce qui lui arrivait. Elle ne parvenait pas à détourner le regard de Jake, qui revenait vers l'étable avec Goatby attaché par une corde.

Elle le croyait libre. Elle aussi était libre, mais pas tout à fait… Certes, elle était célibataire, mais elle ne pouvait s'engager dans une relation pour autant. Elle était seule dans cette aventure et il faudrait qu'elle s'en sorte vaille que vaille. De fait, elle n'attendait rien ni personne. Elle n'avait pas besoin qu'on vole à son secours, malgré les sous-entendus de son père.

Et puis, dans le fond, Jake était comme elle. Même si son cœur se serrait à l'idée qu'il puisse être malheureux ou inquiet à cause de problèmes familiaux, quels qu'ils soient. C'était quelqu'un de bien. C'était certain. Il tenait à son frère et à ses hommes à Full Circle. Il méritait d'être heureux.

— Bon, voyons voir ce que nous pouvons faire, lança-t-elle à Grizzle en s'attaquant à ses cheveux, buisson touffu de mèches de la taille de câbles électriques qui descendaient jusque dans sa nuque.

Elle sortit un flacon de spray démêlant qu'elle avait pris dans sa trousse de toilette et commença à le coiffer. Au bout de quelques minutes, elle ajouta quelques gouttes de gel à la senteur masculine et fraîche.

— Je me sens vraiment ridicule, dit Grizzle. Est-ce que ça y est ?

Elle éclata de rire.

— Encore quelques minutes !

Elle travailla sa chevelure à la main, pour ne pas lui donner un air trop apprêté et pour s'assurer que le gel était bien réparti.

— Il n'y a plus qu'à laisser sécher, pour les cheveux, dit-elle. Voyons voir la barbe, maintenant.

Il leva les yeux au ciel en bougonnant et elle dut se mordre les lèvres pour ne pas éclater de rire.

Une fois les opérations démêlage et coiffage terminées, elle recula d'un pas.

— Waouh, Grizzle, c'est un vrai changement : entre les cheveux et la barbe, on dirait un autre homme ! Et tes beaux yeux bleus ressortent enfin !

— Je crois qu'il est temps que j'aille voir à quoi je ressemble, marmonna-t-il.

Il se dirigea vers la salle de bains tandis qu'elle attendait le couperet de son jugement dans le séjour.

— J'ai l'impression d'avoir rajeuni de dix ans ! s'exclama-t-il soudain.

— Oui, je crois que tu peux le dire !

— Bon, et, pour les vêtements, tu penses que je devrais changer de chemise ?

— Tu envisageais vraiment de porter celle-là ? demanda-t-elle, amusée. Je pensais que tu avais gardé ta chemise de travail pour ne pas salir ton habit de bal !

Sa chemise en jean arborait le nom du ranch sur le dos, et une tache de moutarde sur la poche de devant.

— Ben… Oui, reconnut-il.

— Pourquoi ne pas essayer une chemise un peu plus habillée, si tu as cela, avec un jean propre ?

— Je n'ai pas beaucoup de jeans propres. J'ai un pantalon en toile, en revanche, ou un pantalon noir pour les enterrements.

— Le pantalon en toile me semble très bien, et peut-être que tu pourrais mettre ces bottes-ci, plutôt que celles de travail ?

Quinze minutes plus tard, Grizzle était prêt, et elle eut du mal à en croire ses yeux. Il semblait être un autre homme, ni plus ni moins.

Grizzle était assez grand, et maintenant qu'il était coiffé et habillé il paraissait encore plus imposant.

— Est-ce que j'ai une chance de danser ce soir, à ton avis ? demanda-t-il.

— Absolument.

Il redressa le menton.

— On verra bien si tu dis vrai, dit-il dans un soupir.

— Très bien ! En attendant, je ferais mieux d'aller me préparer, moi aussi. À tout à l'heure, alors ?

— Oui, à tout à l'heure. Oh, et… Emma ?

Elle s'arrêta sur le pas de la porte et se tourna vers lui.

— Oui ?

— Merci.

— Tout le plaisir était pour moi, répondit-elle en sentant son cœur se gonfler d'émotion.

— Tu ferais mieux de mettre des baskets, parce que je pense que tu passeras la soirée sur la piste, tu es la plus belle fille du coin !

— Oh ! je ne crois pas, dit-elle, songeuse. Je me suis assurée de ne pas attirer trop l'attention. On devrait me laisser tranquille ce soir.

— Comment tu comptes t'y prendre ?

Elle sourit en pensant à ce qu'elle avait acheté la semaine précédente et qui serait parfait pour ce soir.

— Tu verras bien tout à l'heure !

— Emma ? Je peux parler franchement ?

Jake reconnut la voix de CJ pas très loin derrière la porte de son bureau.

— Oui, pourquoi ?

Il se leva et entrouvrit discrètement la porte.

— Emma, franchement, tu peux me faire confiance sur le sujet, mais jamais personne ne t'invitera à danser si tu portes ça, je peux te l'assurer, expliqua CJ.

— Eh bien, c'est justement pour cela que j'ai choisi cette tenue, dit-elle en baissant les yeux sur son T-shirt.

Il sourit en découvrant le haut satiné sur lequel était inscrit en toutes lettres « BÉBÉ À BORD », avec une flèche pailletée qui pointait vers le ventre. Elle portait aussi une jupe en jean et des sandales argentées et était absolument superbe.

— Je ne voudrais pas paraître impolie en refusant de danser alors que c'est la soirée de ces messieurs, mais je me suis dit que je pouvais laisser mon vêtement parler pour moi.

— Je sais bien que c'est une situation compliquée, mais tu ne voudrais pas que ton enfant grandisse avec un père, tout de même ? demanda CJ.

Il fronça les sourcils, surpris par le ton direct de la question de CJ. Et curieux d'entendre la réponse.

— Je pense pouvoir m'en sortir toute seule, dit-elle. Maintenant, j'ai un travail, un logement. Je suis prête à accueillir mon enfant. Je pourrais même travailler tout en veillant sur lui, puisque je n'aurais pas à le faire garder.

— Je ne parlais pas matériellement, reprit CJ. Je voulais dire…

Son téléphone vibra et il s'interrompit pour lire un SMS, son visage se décomposant au gré de la lecture.

— Oh non, Stella me dit qu'elle ne viendra pas ce soir parce qu'elle ne peut pas me faire confiance, qu'elle ne croit pas un traître mot de ce que je dis ! Comment est-ce possible ?

CJ fronça les sourcils.

— Eh bien, si elle vient, je vais m'arranger pour la rendre jalouse et elle va se rendre compte de ce qu'elle a perdu ! lança-t-il, à la façon d'un gamin mal élevé.

— CJ, je peux parler franchement à mon tour ? demanda-t-elle. Stella semble s'inquiéter de ta réputation d'homme à femmes, je ne suis pas certaine que la rendre jalouse en dansant avec d'autres sera la meilleure des façons de gagner son cœur !

— Emma, avec tout le respect que je te dois, je crois que j'ai suffisamment d'expérience avec les femmes pour savoir comment m'y prendre, lança-t-il avec un petit sourire qui suggérait qu'il n'y avait aucun souci à se faire pour lui. À tout à l'heure là-bas !

Une fois son frère parti, Jake sortit dans le couloir et avança à la rencontre d'Emma.

— J'ai peur qu'il ne tombe de haut, dit-il en remuant la tête, les lèvres pincées.

— Moi aussi, confirma-t-elle.

— Grizzle t'a laissée t'approcher avec ton peigne, finalement ?

— Oui ! Attends un peu de le voir, tu pourrais bien avoir une petite surprise !

— Nous y allons ? demanda-t-il aussitôt en lui offrant son bras.

— Oh ! je n'avais pas pensé que nous irions ensemble, dit-elle.

Il retira son bras.

— Eh bien, pas ensemble-ensemble, mais si nous allons au même endroit nous pouvons prendre ma voiture tous les deux ?

— Oui, bien sûr, c'est une bonne idée ! Pardon pour ma réaction un peu abrupte.

Il ne lui proposa pas son bras, cette fois-ci. Pourtant, il en avait envie.

Malgré son T-shirt « BÉBÉ À BORD ».

Au bout d'une demi-heure à peine, Emma avait déjà été invitée à danser quatre fois.

— Vous avez peut-être un bébé à bord, commenta un homme grand et mince avec un stetson noir vissé sur la tête, en lui prenant la main. Mais je ne vois pas d'alliance à cet annulaire.

Malgré le sourire chaleureux de son prétendant, elle sentit sa gorge se nouer exactement comme lors des invitations précédentes.

— C'est très gentil, mais j'ai déjà promis cette danse à quelqu'un, répondit-elle.

C'est ainsi qu'elle se retrouva pour la quatrième fois consécutive entre les bras de Jake.

Il sentait le savon et peut-être un parfum plus épicé, comme de l'after-shave.

— Encore toi ? plaisanta-t-il, amusé.

— Oui, navrée.

Il en avait peut-être assez de danser avec elle, après tout, même si c'était lui qui avait lancé cette idée… Il avait sans doute voulu se montrer galant et voilà qu'il se retrouvait piégé par sa proposition. Piégé avec elle.

Et pourtant il y avait quelque chose de si réconfortant dans la façon qu'il avait de danser avec elle, de la tenir contre lui, avec respect. C'était chaleureux et bienveillant à la fois. Il ne lui donnait pas l'impression de faire cela par obligation. En fait, il avait même l'air plutôt content.

— Je suis désolé que CJ se soit montré si curieux, tout à l'heure, dit-il. Il semble avoir beaucoup de choses à régler en ce moment et les questions se bousculent.

— Cela ne m'a pas gênée, dit-elle. Je préfère jouer cartes sur table. Je ne suis pas en quête d'un mari, et je veux que cela soit clair.

Il soutint son regard en acquiesçant.

— Eh bien, sache tout de même que, si jamais tu avais besoin de quelque chose, il ne faudrait pas hésiter à demander pour autant.

C'était bon à entendre. Oh ! la façon qu'il avait de la tenir, de lui faire tout oublier simplement en dansant…

— Tu ne danses pas trop mal pour une fille d'Oak Creek, lança Hank derrière elle.

Elle haussa un sourcil en lui décochant un sourire. Il était assis devant sa bière à une table en bord de piste et, visiblement, lui aussi avait fait un effort, avec sa chemise fraîchement repassée, son jean noir et ses bottes cirées. Il avait aussi dû passer chez le coiffeur car ses cheveux roux étaient courts et bien coiffés.

Ils s'arrêtèrent devant lui.

— Alors, est-ce que tu t'es décidé à inviter Fern à danser ?

— Je me suis approché et elle ne m'a pas laissé dire un mot, elle a tout de suite dit « non, merci, Hank », avant de tourner les talons, expliqua-t-il en fronçant les sourcils.

— Et si tu tentais d'aller la voir très poliment et de lui dire qu'elle est vraiment très en beauté ce soir et que tu aimerais danser avec elle si elle acceptait de te laisser une deuxième chance ?

— Je lui dis qu'elle est en beauté, vraiment ? Je ne sais pas trop, je ne dis jamais ce genre de choses…

— Dans ce cas, dis-lui simplement qu'elle est charmante, non ? suggéra Jake.

— Bon, si vous voulez, alors, dit Hank en levant les yeux au ciel, je vais essayer.

Jake se mit à rire tandis que Hank se levait de table et fendait la foule en direction de Fern.

Elle les vit échanger quelques mots. Fern avait levé le menton dans un air de défi, mais elle l'écouta. Et tout à coup elle hocha la tête et voilà qu'elle suivait Hank vers la piste de danse.

Quelle réussite !

— Eh bien, il semblerait que nous formions une bonne équipe, tous les deux, suggéra Jake, en attirant Emma vers lui pour reprendre la danse.

Elle sourit. Une équipe. Ce mot avait un effet ambigu sur elle, à la fois réconfortant et glaçant.

— Oh non ! dit-elle en tournant la tête, je vois Golden dépité seul à sa table et Katie en train de danser avec quelqu'un d'autre…

— Allons à sa rescousse, dit Jake. Il osera peut-être se lancer ensuite ?

Elle hocha la tête.

— Salut, Golden, tout va bien ? Tu as vu Katie ? Le morceau va bientôt se terminer, il faudra penser à l'inviter, non ?

Elle avait reconnu son cavalier, un habitué du Hurley's.

— Je ne vais pas y arriver. Je crois que je ne suis pas capable de faire cela. Je ne sais même pas quoi lui dire, déclara Golden, visiblement tétanisé.

— Il suffit de lui dire : «Bonsoir, Katie, est-ce que tu danserais avec moi ? »

Jake, à côté d'elle, acquiesça.

— C'est aussi simple que cela !

Golden ferma les yeux, semblant saisi d'un vertige. Lorsque le morceau se termina et que Katie quitta les bras de son cavalier en traversant la piste, Golden leva les yeux vers Jake et Emma, avant d'inspirer comme s'il partait au combat et de se lever d'un bond alors que Katie passait à côté d'eux.

— Bonsoir, Golden, dit Katie en lui souriant. Tu passes une bonne soirée ?

Elle vit Golden se raidir. Il ouvrit la bouche mais ne put articuler le moindre son, et tout à coup il s'éloigna d'un pas rapide. Katie resta bouche bée quelques secondes, le temps que Dylan, le cuisinier du Hurley's, vienne l'inviter à danser sur la chanson pop qui débutait.

— Le pauvre, dit-elle. Il aura sans doute besoin d'un peu plus de temps que les autres avant de parvenir à rencontrer quelqu'un !

Jake observait Golden, qui s'avachit sur un banc au fond de la salle.

— Il n'est peut-être pas encore assez décidé. S'il sent qu'elle risque vraiment de lui échapper, il aura peut-être l'impulsion qui lui manque ?

— Oui, c'est possible, dit-elle. Tu as vu que Hank et Fern étaient encore en train de danser ?

— Il se débrouille pas mal, dirait-on. Et d'ailleurs il avait raison, même s'il n'a pas su y mettre les formes, mais tu danses vraiment bien !

— Eh bien, j'ai grandi dans un ranch, moi aussi, j'ai la danse country dans le sang. La ferme appartenait à la famille de ma mère. J'ai participé à quelques banquets country lorsque j'étais adolescente.

La simple évocation de son ranch la remplit d'un tel sentiment de manque qu'elle eut l'impression qu'on lui plantait un couteau dans la poitrine. Elle dut s'asseoir.

— Emma ? demanda-t-il en s'approchant. Est-ce que ça va ?

C'étaient sans doute les hormones, sinon, comment expliquer cette nostalgie soudain si forte ?

Il prit place sur la chaise voisine et sa proximité en rajouta à la confusion. Comment pouvait-elle à la fois avoir envie de rester seule et le désirer autant ? Était-ce simplement du désir, d'ailleurs ?

Elle avait l'impression que ce qui l'animait était au-delà de l'envie de se jeter dans ses bras et de lui arracher ses vêtements. Une envie pourtant bien réelle.

— Je crois que j'ai parfois du mal à me faire aux choses telles qu'elles sont, dit-elle en détestant l'intonation plaintive de sa voix. Lorsque j'ai fini le lycée, je travaillais au ranch, mais c'était insupportable pour mon père. Il répétait sans cesse qu'il avait des ouvriers pour travailler au ranch et que je devais me concentrer sur mes études, pour avoir une bonne situation et surtout rencontrer un fiancé ambitieux afin de faire un bon mariage. J'ai fini par partir. J'ai quitté le ranch, trouvé un appartement à Oak Creek, dans le centre-ville, et j'ai intégré un cours de cuisine. Les quelques restaurants chics où j'ai travaillé ensuite ne m'ont pas convenu, cependant. Lorsque j'ai trouvé un poste dans une brasserie, ça a de nouveau été très compliqué pour mon père. Il était mortifié à l'idée que je travaille dans ce qu'il qualifiait de boui-boui. Je te laisse imaginer sa réaction lorsqu'il a appris que j'étais enceinte et célibataire par-dessus le marché.

— Pourtant, tu as stabilisé ta situation, maintenant. Il devrait être rassuré, non ?

— Il ne voit pas les choses ainsi. Mon père est très conservateur, il donne beaucoup d'importance à ce que les gens pensent de lui, de sa fille. Un bébé hors mariage est une véritable honte à ses yeux.

— Je suis désolé que ce soit si compliqué pour toi.

Son regard vert s'emplit d'une telle tendresse qu'elle eut envie de se blottir immédiatement dans ses bras.

Elle était sur le point de répondre lorsqu'une rumeur sur le bord de la piste attira son attention. Juste à temps pour voir Fern qui lançait le contenu de son verre à la figure de Hank. Autour d'eux, les regards étaient mi-rieurs, mi-stupéfaits.

— Oh ! non ! Qu'est-ce qu'il a encore dit, cette fois-ci ? s'exclama-t-elle.

Il se retourna, une grimace consternée sur le visage lorsqu'il aperçut son contremaître ruisselant qui se dirigeait vers les toilettes.

— Bilan des opérations : Hank a des problèmes, Golden est assis tout seul au fond de la salle, mais au moins Grizzle est sur la piste en compagnie de la bibliothécaire Michelle…

Perchée sur des talons, Michelle semblait aussi grande que Grizzle. Il avait tout l'air de passer un bon moment, et lorsqu'il croisa son regard il lui adressa un clin d'œil complice. Emma se mit à rire, son humeur revenant au beau fixe.

— Il ne reste plus qu'à voir comment CJ s'en sort avec Stella, ce soir. Je ne le vois nulle part, où est-ce qu'il peut bien être ? demanda-t-elle.

À cet instant, elle se figea, chacun de ses muscles soudain crispés.

— Emma, qu'est-ce qui ne va pas ?

— J'ai l'impression qu'il y a mon père, dit-elle en priant intérieurement pour que ce ne soit qu'un sosie. Oh ! Seigneur, c'est lui, c'est mon père, près de la porte… Et je suppose qu'il n'est pas venu danser…

Comme elle le fixait, son père sembla sentir son regard et tourna la tête vers elle. Leurs yeux se rencontrèrent. Lorsqu'il vit son T-shirt, une expression de mépris se peignit sur son visage. Il traversa la salle droit vers elle.

— Papa ? Je suis surprise de te trouver ici, cela fait des années que tu ne participes plus aux réunions de l'associations des ranchers…

— Je ne suis pas venu pour danser, Emma. J'ai pris une décision importante aujourd'hui et il fallait que je t'en parle. Je suis allé au Hurley's, où on m'a expliqué que tu travaillais maintenant dans un ranch. On m'a dit que je te trouverais sans doute ici ce soir. J'avais du mal à y croire, j'ai pensé qu'il était impossible que tu sois en train de danser alors que tu es enceinte… Alors je suis allé au ranch, d'abord. Mais il n'y avait personne. Et voilà que je te retrouve ici, affichant fièrement ta disgrâce… Encore heureux qu'on ne soit pas à Oak Creek.

Son sang ne fit qu'un tour.

— Papa, je suis adulte, et les temps ont changé, nous sommes au XXIe siècle, enfin !

— La décence est une valeur qui existe toujours, même au XXIe siècle, Emma Leigh Hurley ! J'ai deux collègues qui acceptent de te rencontrer et pourraient envisager un mariage même dans ta condition. Je vais te les envoyer à Full Circle dès demain, en début d'après-midi. Ce sont deux personnes de très bonne famille. Ils seraient disposés à se marier dès le mois de juin. N'est-ce pas une merveilleuse nouvelle ?

Elle fixait son père, la bouche entrouverte. Il devait bluffer, c'était impossible. Et pourtant, au fond d'elle, elle savait que ce n'était pas le cas. Est-ce qu'il ne se rendait pas compte de ce qu'il lui proposait ? De la folie de son idée ?

— Papa, tu n'es pas sérieux, j'espère ?

Reginald se renfrogna.

— Je suis aussi sérieux que possible.

— Je ne compte pas faire passer des entretiens d'embauche à des candidats au mariage, encore moins s'ils ont été choisis pour moi. Je suis parfaitement capable d'élever mon enfant moi-même.

— Emma, si tu ne te décides pas à choisir un homme convenable pour te marier, je te préviens que je revendrai le ranch. Tu sais très bien que ta mère se retournerait dans sa tombe si elle pouvait savoir dans quels sales draps tu t'es fourrée.

Elle sentit la panique l'envahir.

— Tu ne peux pas vendre le ranch ! Papa, tu aimes cette

propriété. Et je l'aime aussi, elle était dans la famille de maman depuis des générations.

— Je peux en faire ce qui me plaît, répliqua son père. N'est-ce pas ta ligne de conduite, aussi ? Faire tout ce qui te passe par la tête ? Emma, se marier, c'est faire équipe avec quelqu'un qui t'épaulera et sera auprès de toi pour t'offrir une bonne vie, il ne s'agit pas de rencontrer le premier cow-boy venu au rodéo du coin… Cela permet seulement de se retrouver enceinte et toute seule. Le mariage, en particulier dans ton état, c'est l'opportunité de s'engager dans une vie stable. Si tu n'envisages pas de faire cela, je ne vois pas pourquoi je garderais cette ferme dans la famille, puisque la famille sera dissoute par ta faute. La tradition ne semble pas ta priorité, dans ce cadre-là !

Jake avança d'un pas.

— Monsieur Hurley, avec tout le respect que je vous dois, laissez-moi me présenter, je suis Jake Morrow, dit-il en lui tendant la main. Je suis le propriétaire de Full Circle et l'employeur de votre fille…

— Écoutez, Morrow, je viens de votre ranch, j'en sors à peine, et il m'a fait bonne impression, je dois avouer, mais Emma n'a rien à y faire… J'apprécie que vous lui ayez offert un emploi, mais cette mascarade doit cesser, dit son père en se tournant vers elle. Tu as un rendez-vous à 14 heures et l'autre à 15 heures, demain.

Sans un mot de plus, il tourna les talons. Elle ouvrit la bouche pour l'interpeller, pour essayer de le raisonner, mais il n'attendit pas un instant de plus et quitta les lieux.

Elle avait envie de hurler, mais elle se laissa retomber sur sa chaise en essayant de réfléchir.

— Oh ! Jake. Mon père va vendre le ranch de ma mère si je n'épouse pas un de ses prétendants. Je n'arrive pas à croire que cela pourrait arriver.

— Il reviendra à la raison, Emma, la rassura-t-il. C'est sans doute une part de bluff pour t'impressionner.

— Je ne sais pas, il est vraiment très réactionnaire, par certains aspects. En revanche, il est certain que je refuse d'épouser un homme que je n'aime pas, donc il n'y aura aucun mariage.

Il serra sa main dans la sienne.

— Je ne pense pas qu'il mettra ses menaces à exécution. Il ne peut pas faire ça.

— Je pense au contraire qu'il en est parfaitement capable. Il est sans doute certain de prendre la bonne décision pour mon bien, pour le bien de mon enfant…

— En t'envoyant des inconnus pour un mariage arrangé ? demanda-t-il, la mine incrédule. Pour élever ton enfant ?

Elle sentit soudain ses jambes flageoler. Elle était pourtant assise.

— Il le fera. Et si je ne fais pas ce qu'il veut il vendra notre maison de famille. Cette ferme est tout pour moi, il le sait, et c'est pour cela qu'il la met dans la balance.

— Je suppose que ton père sait comment avoir des arguments de poids…, soupira-t-il, dépité. Quelle triste histoire…

— Qu'est-ce que je vais bien pouvoir faire ?

5

Tandis que Jake rentrait au ranch avec Emma, une idée complètement folle s'insinua dans son esprit qui faillit le pousser à s'arrêter sur le bas-côté.

Si je t'épouse, tu pourras garder la ferme…

D'après le ton que son père avait employé pour lui parler, il supposait qu'il n'était pas en première ligne comme candidat idéal au mariage, mais il avait eu l'air de trouver son ranch plutôt de bonne tenue, aussi tout espoir n'était-il pas perdu.

Et, même s'il n'était pas porté sur le mariage ni même sur les affaires sentimentales à l'heure qu'il était, il respectait cet engagement qu'il avait toujours imaginé comme celui de toute une vie. L'amour était quelque chose de sacré à ses yeux. Pouvait-il demander Emma en mariage simplement pour sauver son patrimoine familial ?

D'ailleurs, Emma, de son côté, avait été très claire sur le fait qu'elle ne comptait pas se marier non plus et qu'elle avait décidé de se débrouiller toute seule quoi qu'il advienne.

Bien sûr, lorsqu'elle rencontrerait les candidats de son père, demain, elle changerait peut-être d'avis. Qui sait, elle pourrait même tomber amoureuse de l'un d'eux et revenir sur sa position. C'était assez peu probable, mais on ne sait jamais.

Il fronça les sourcils. Il ne voulait pas que les choses se passent ainsi, pourtant. Il souhaitait sincèrement à Emma d'être heureuse, et d'aimer l'homme qu'elle épouserait.

Elle n'allait pas tomber amoureuse de l'un de ces deux

hommes. Il le savait. Mais elle aurait peut-être la tentation d'épouser l'un d'eux pour sauver son ranch.

Et cette éventualité lui serrait le cœur.

Il pourrait peut-être leur dire qu'ils s'étaient trompés d'adresse ? Ou qu'Emma avait de terribles nausées et qu'ils feraient mieux de revenir une autre fois. Ou jamais…

Bon sang…

Alors qu'il s'engageait dans l'allée de Full Circle, elle s'éclaircit la voix avant de prendre la parole pour la première fois depuis le départ du bal.

— J'ai un plan, dit-elle. Je vais devoir gagner du temps pour essayer de faire comprendre à mon père qu'il fait fausse route. Temporiser, voilà ce que je dois faire.

Il tourna la tête vers elle et lui trouva la mine aussi fatiguée que déterminée.

— Comment gagneras-tu du temps ? Tu as deux candidats qui débarquent demain après-midi !

— Et je les recevrai pour montrer à mon père que je fais preuve de bonne volonté, avant de lui expliquer que je ne peux accepter aucun des deux pour telle ou telle raison. Je lui demanderai d'en trouver d'autres et entre-temps j'essaierai de le rallier à ma cause, de lui faire comprendre qu'il ne peut pas vendre la ferme.

— Oui, cela me semble être une bonne idée, dit-il, qui imaginait déjà la mine de Reginald Hurley lorsqu'elle lui annoncerait qu'aucun des prétendants ne lui convenait.

Il se représenta un défilé de candidats au mariage débarquant au ranch pour son Emma.

Comment ça, *son* Emma ? D'où sortait ce possessif inattendu ?

Cette idée le déconcerta tant qu'il préféra changer aussitôt de sujet.

— Ce ranch doit représenter beaucoup à tes yeux, je me trompe ?

Elle acquiesça, pensive.

— C'est là que j'ai grandi, c'est là que j'ai connu toutes mes premières fois, c'est là que mes premiers souvenirs, ceux avec ma mère, se trouvent…

« Souvenirs »… À ce mot, il sentit un vague malaise l'envahir.

— Oui, je comprends, dit-il.

Le doux visage de sa mère, ses yeux noisette, ses traits harmonieux flottèrent un instant devant ses yeux. Les petits déjeuners qu'elle leur préparait le week-end. Ses câlins lorsqu'ils tombaient à vélo et les pansements qu'elle avait toujours à portée de main… Cette présence toujours bienveillante, toujours disponible pour lui. Ce point d'ancrage.

— Parfois, reprit-il, je me demande si je n'ai pas eu tort de demander à CJ de quitter Mill Valley, où nous habitions avant de venir nous installer ici… Nous avons perdu nos parents il y a cinq ans, et CJ n'avait que dix-sept ans à l'époque, tous ses souvenirs étaient là-bas. Je me demande si je n'ai pas été horriblement égoïste… Je voulais déménager à Blue Gulch parce que ma mère biologique est ici et que je voulais la rencontrer… Mais pour cela j'ai arraché CJ à tous ses souvenirs, à tout ce qu'il avait connu…

— J'imagine qu'il aurait pu refuser, non ? C'est un grand garçon de vingt-deux ans, maintenant, il pourrait partir, si tel était son désir.

— Tu as raison, c'est sûr, et nous n'avions plus personne à Mill Valley, si ce n'est un vieil oncle qui passait son temps à nous traîner en justice au sujet de la répartition des terres… Une fois, d'ailleurs, CJ et lui en étaient même venus aux mains. Les bons souvenirs étaient déjà lointains.

— Il faut croire que c'était le bon moment pour passer à autre chose, alors.

— Sans doute, mais ce nouveau départ était aussi en lien avec ma mère biologique et avec mon frère jumeau.

Elle en eut le souffle coupé.

— Un jumeau ?

Il entreprit de lui raconter ses recherches et la façon dont il avait retrouvé Sarah, leur rencontre. Il lui relata dans les grandes lignes cette partie de sa vie, qui lui était si intime. Il évoqua même sa fiancée et l'échec de leur relation.

— Je comprends un peu mieux ce que tu me disais, dit-elle. C'est une histoire compliquée… Nous ne faisons pas dans la simplicité, l'un comme l'autre, on dirait.

— Il n'empêche que tu as eu une bonne idée et que jouer la montre pourrait te permettre d'y voir plus clair et de trouver le moyen de convaincre ton père. Il faut que tu tentes ta chance dans ce sens-là.

Elle se mordit la lèvre.

— C'est mon espoir, mais je dois reconnaître que je connais assez mon père pour ne pas m'emballer. Il est sacrément coriace.

Il lui prit la main. Il aurait aimé pouvoir en faire plus pour elle. Elle avait assez de soucis à l'heure qu'il était sans cette épée de Damoclès au-dessus de la tête en prime.

Une fois devant le ranch, il se gara, toutes les questions tournant encore dans sa tête. CJ. Emma. Les prétendants, son père, le ranch. Son jumeau.

Il descendit pour ouvrir la portière d'Emma, mais elle avait déjà sauté à terre avant qu'il n'arrive. Alors qu'ils se dirigeaient vers la maison, la voiture de sport de CJ remontait l'allée à vive allure.

Son frère se gara, puis sortit du véhicule. Il n'avait pas très bonne mine. Il leur adressa un signe de tête.

— Oubliez tout ce que j'ai dit sur ma grande expérience en matière de relations sentimentales. Il semblerait en fait que je ne comprenne rien de rien aux femmes.

— Que s'est-il passé ? demanda-t-il.

La lune les éclairait d'un reflet argenté et il s'arrêta un instant pour admirer les beaux traits de son frère. Beaux et tellement jeunes. Car, oui, il était si jeune du haut de ses vingt-deux ans.

— Stella est arrivée alors que je dansais avec quelqu'un d'autre. J'avais pourtant attendu une demi-heure avant d'inviter qui que ce soit ! Et donc, quand elle m'a vu danser avec cette femme, elle a aussitôt tourné les talons. J'ai couru après elle et elle m'a dit que si je voulais sortir avec elle je devrais me montrer exclusif, sinon rien. Vous y croyez, vous ?

— Eh bien, oui, j'y crois, dit-il. Tu es sorti combien de fois avec Stella, maintenant ?

CJ réfléchit.

— Huit ou neuf fois. Peut-être dix.

Il sourit.

— On peut dire que tu as vraiment des sentiments pour elle, alors.

— Peut-être, mais de là à cesser de voir d'autres femmes, je ne sais pas, dit CJ.

— Est-ce que tu vois quelqu'un d'autre en ce moment ? demanda Emma.

— Eh bien, non, pas vraiment, mais j'ai besoin de savoir que c'est toujours possible.

Elle hocha la tête.

— Je comprends, mais dans ce cas cela signifie bel et bien que tu ne peux plus fréquenter Stella.

CJ fronça les sourcils.

— Je sais, mais ce n'est pas juste. Je ne suis pas prêt à m'engager vraiment.

— Je pense qu'il va falloir que tu te demandes à quel point tu tiens à elle, et tu sauras vite si tu es prêt à oublier les autres femmes.

— De toute façon, elle a dit qu'elle n'était même pas sûre de pouvoir me faire confiance si je m'engageais, ajouta CJ. Comme si on pouvait avoir des certitudes dans la vie… On sait bien qu'on est toujours tout seul au monde, quoi qu'il arrive…

Ah.

Il commençait à mieux comprendre les difficultés qu'avait

CJ à s'engager… Pour lui, cela avait forcément à voir avec le décès de leurs parents. CJ avait tout perdu alors, et depuis il se sentait menacé par la famille biologique de Jake, il avait peur de le perdre, lui, son frère qui était devenu sa seule famille, la personne qui avait toujours été là pour lui…

— La vie est dure, parfois, c'est vrai, dit-il avec douceur, mais tu peux toujours compter sur quelqu'un. Faire confiance à ton entourage, même à des étrangers, c'est important. C'est ce qu'il y a de plus important, même.

— Regarde Emma, elle avait confiance en Tex et voilà où ça l'a menée…

CJ s'arrêta alors, comme s'il prenait conscience de ce qu'il était en train de dire.

Visiblement choquée, elle porta une main à sa bouche. Il ressentit alors une vague de colère l'envahir. Il était furieux contre son frère, même s'il savait que CJ n'avait pas voulu la blesser.

— CJ, ce n'était vraiment pas une chose à dire…

Elle lui saisit le bras et se tourna vers CJ.

— Parfois, la confiance qu'on recherche est en nous, CJ, déclara-t-elle d'une voix douce.

CJ fronça les sourcils et ouvrit la porte.

— J'ai confiance en moi. Je sais que je ne peux avoir confiance qu'en moi, d'ailleurs.

— Et en moi, ajouta-t-il. Et en l'équipe que nous formons au ranch.

CJ entra dans la maison, et ils lui emboîtèrent le pas. Il avança vers les marches, avant de se retourner, l'air perplexe.

— Tu es un vrai grand frère. Et je peux dire que j'apprécie tout ce que tu as fait pour moi, mais maintenant tu as ta propre histoire à prendre en main.

— CJ, je…

— Il est tard, je suis fatigué. Je vais aller me coucher.

Et CJ s'engagea dans l'escalier.

Il referma la porte en soupirant.

— J'ai parfois l'impression qu'il scie la branche sur laquelle il est assis.

— Est-ce que nous ne le faisons pas tous un peu, d'une certaine manière ? demanda-t-elle. Est-ce que par « ta propre histoire » il entend ta famille biologique ?

Il acquiesça.

— Je sais que c'est compliqué pour lui. Il y a cinq ans de cela, il m'avait dit qu'il n'était pas prêt à accepter que je recherche ma famille de naissance. Maintenant, il semble plus apaisé concernant le fait que j'ai retrouvé ma mère, mais l'existence de ce frère jumeau le touche beaucoup plus directement. Pourtant, j'aime CJ plus que tout au monde.

— Mais tu as envie de rencontrer ton frère jumeau…

Il hocha la tête et fit quelques pas vers la fenêtre, plongeant le regard dans le ciel noir d'encre.

— Oui, cela me hante parfois. Une curiosité et une inquiétude.

— Oui, je crois que je peux comprendre cela, dit-elle en posant une main sur son épaule.

C'est alors qu'il se retourna et l'embrassa. Un baiser tendre et urgent à la fois, et elle y répondit, l'enlaçant et l'attirant tout contre elle. Il n'avait pas réfléchi, il avait été aimanté par elle, tout simplement. Et c'était si bon de la sentir dans ses bras, de la serrer contre son corps et de goûter enfin ses lèvres.

— Je… Je ne peux pas ! dit-elle soudain en se dégageant. Je ne sais pas, mais je suis…

Il recula, le dos contre la fenêtre.

— Je sais, Emma, ce n'est rien, c'était juste l'instant, nous nous sommes laissé emporter…

Pourtant, c'était un instant qu'il avait appelé de ses vœux depuis… Depuis de longues minutes au moins. Des heures, certainement. Le simple contact de ses lèvres avait embrasé ses sens. Il avait eu l'impression d'être soumis à une délicieuse torture toute la soirée en dansant avec elle, mais ce n'était rien à côté de ce qu'il éprouvait à présent, rien comparé à la sensation de son corps pressé contre le sien, de leurs bouches se découvrant. Avait-il déjà désiré une femme à ce point ?

— Oui, nous nous sommes laissé emporter. Je ferais mieux d'y aller, maintenant. Merci pour cette soirée… Et merci de m'avoir sauvée des invitations à danser !

— Tout le plaisir était pour moi.

Il détacha son regard d'elle. Il fallait paraître calme et maître de soi. Détendu.

Ce qui était plus compliqué à gérer, c'était la force du désir qui l'habitait réellement.

Emma ne travaillait pas le dimanche et elle apprécia de pouvoir dormir un peu. Lorsqu'elle descendit pour le petit déjeuner, à 7 heures, elle trouva Jake et Grizzle attablés devant une assiette d'œufs brouillés avec du bacon.

Elle se serait damnée pour du bacon, ce matin.

Elle se serait damnée pour Jake, aussi. Elle avait du mal à le quitter des yeux. Il consultait des sites d'actualités sur une tablette en buvant son café. Sa chemise vert sombre faisait ressortir ses yeux. Elle ne pouvait s'empêcher de revivre encore et encore leur fugace baiser de la veille.

Ce serait pourtant le dernier. Il fallait qu'ils évitent à tout prix ce genre de rapprochements. Elle savait bien comment les choses se terminaient lorsqu'elle se laissait aller à vivre l'instant. Elle devait garder le contrôle, son bébé le lui rappellerait, il aurait besoin d'elle.

Elle inspira, se demandant finalement si son père n'avait pas raison, d'une certaine façon. Un mariage arrangé ne serait-il pas la solution ? Pas de sentiments, mais peut-être une tendresse, une confiance mutuelle, fondées sur un contrat de mariage solide et réfléchi ? Une figure paternelle pour son bébé. Un compromis.

« Ton enfant aura besoin d'un père, ne sois pas égoïste. »

Voilà ce que lui avait dit son père lorsqu'elle avait parlé de son indépendance, le mois dernier. Des femmes avaient des enfants toutes seules, par choix, et elle ne les avait jamais considérées comme des égoïstes. Des femmes étaient aussi abandonnées par le père de leur enfant.

Peut-être qu'après tout son avis n'avait aucune importance. Si elle n'épousait pas un homme respectable, son père vendrait la ferme dans laquelle elle avait grandi. Cet héritage qu'elle rêvait déjà de partager avec son bébé à venir.

— Ah, voilà ma bonne fée, lança Grizzle alors qu'elle avançait vers eux. Grâce à Emma, Michelle a accepté de danser six morceaux de suite avec moi et j'ai obtenu un rendez-vous avec elle pour mercredi prochain !

Elle sourit. Les cheveux de Grizzle avaient retrouvé leur état initial.

— C'est formidable, je suis vraiment contente pour toi ! s'exclama-t-elle.

— Bonjour, Emma, dit Jake en levant les yeux vers elle avant de replonger le nez dans sa tasse de café.

Elle savait qu'il la regardait, pourtant. À son expression, elle sut aussitôt qu'il pensait à hier soir. À la soirée au bal, à l'arrivée de son père et son ultimatum. À leur baiser d'hier soir.

Il pensait aussi sûrement à CJ. Pauvre Jake, il devait avoir un sacré nombre de choses en tête. Et elle avait l'impression qu'elle lui en ajoutait encore, jeune mère célibataire fraîchement débarquée dans son ranch et dans sa vie.

Elle rencontrerait donc les prétendants de son père cet après-midi, comme elle l'avait décidé, et ensuite elle s'arrangerait pour le convaincre de continuer à chercher le bon parti pour elle, le temps qu'il accepte de renoncer à son chantage.

Tant qu'elle envisageait son plan, l'angoisse restait contrôlable. Il suffisait qu'elle songe à l'ultimatum, pourtant, et une vague de panique montait aussitôt en elle.

— Bon, annonça Grizzle, je vais vous laisser, Golden doit m'apprendre à envoyer des SMS aujourd'hui.

Jake sourit.

— Ta fille ne devait pas t'apprendre la dernière fois qu'elle est venue ?

— Si, mais j'ai besoin de revoir un peu, la technologie évolue si vite… Et puis Michelle doit m'envoyer un titre de livre qu'elle me recommande, je voudrais être sûr de ne pas l'effacer tout de suite…

L'élan qui animait Grizzle lui faisait chaud au cœur, et elle se mit à rire.

— C'est un vrai bonheur de le voir aussi réjoui, qui aurait dit qu'il suffisait d'un coup de peigne ?

— C'est tout aussi réjouissant de te voir sourire, dit Jake. Je suppose que tu n'as pas très bien dormi après la visite surprise de ton père, hier soir.

— Non, pas beaucoup, en effet, dit-elle en se dirigeant vers la cuisine pour se préparer une infusion avant de le rejoindre dans la salle à manger. Je n'arrive toujours pas à croire que mon père est sérieux, même si plus rien ne doit m'étonner, avec lui…

— Comment est-ce que tu vas faire avec ces candidats ? demanda-t-il. Tu as réfléchi à des questions à leur poser ?

Elle se servit une portion d'œufs brouillés avec un toast de pain complet.

— Des questions ? Je me moque assez de ce qu'ils pourraient avoir à me dire sur quelque sujet que ce soit !

Il prit une gorgée de café.

— Je comprends, mais si tu prépares une liste de questions et qu'aucune des réponses ne te convient, tu aurais un argument tangible à présenter à ton père, pour lui dire qu'aucun d'entre eux ne te convient.

— Oui, c'est vrai, dit-elle. Qu'est-ce que je pourrais bien leur demander ?

Il se leva et alla chercher un papier et un crayon à la cuisine.

— Question numéro un : combien de couches avez-vous changées dans votre vie ? Ensuite : seriez-vous prêt à suivre un cours du soir sur les soins aux jeunes enfants ? Considérez-vous votre épouse comme une partenaire à égalité ?

Un sourire amusé se dessinait sur ses lèvres, tandis qu'il poursuivait sa plaisanterie. Hélas, elle sentait une vague d'angoisse l'envahir. Son visage dut la trahir enfin, car il posa son stylo et la fixa attentivement.

— Pardon, Emma, qu'est-ce que j'ai dit, je t'ai fait de la peine ?

— Ce n'est pas ça, je crois que je prends simplement conscience du fait que je vais vraiment élever cet enfant toute seule.

— Oui, bien sûr, je plaisantais en imaginant ces entretiens… Mais, si tu devais choisir un partenaire, il faudrait en effet qu'il s'engage à cela, te seconder, t'assister, prendre le relais auprès du bébé…

— Oui, j'imagine que ce doit être bon de pouvoir compter sur quelqu'un ainsi, mais…

Mais, comme l'avait dit CJ la veille, « on est toujours tout seul au monde »…

Non, ce n'était pas vrai. Il fallait pouvoir compter sur les autres, faire confiance, sinon on n'était pas uniquement seul au monde, mais on était surtout malheureux comme les pierres. Elle jouait les mères louves, solitaires et farouches, alors qu'elle ne rêvait que de soutien, de collaboration… Au point de se demander si un mariage arrangé ne serait pas la solution à ses cas de conscience.

— Tu sais ce qui me manque le plus ? demanda-t-elle. C'est la possibilité de savoir si je suis sur le bon chemin ou pas. Parfois, une solution te semble correcte, et puis une autre se présente et le doute s'installe. Comment sait-on qu'on a pris la bonne décision ?

— C'est une question que je me pose constamment. J'y pense au sujet de CJ et de mon frère, j'y ai pensé lorsque je devais rencontrer ma mère biologique. Alors j'hésite, j'attends.

J'essaie d'y voir clair. Ce sont parfois nos tripes qui parlent, et il n'y a rien d'autre à faire que les laisser décider pour nous.

Elle acquiesça. La gorgée de camomille l'apaisa aussitôt. Que lui disaient ses tripes, à l'heure qu'il était ? De ne compter que sur elle…

Tout en sachant que, si elle ignorait l'ultimatum de son père, elle courait le risque de perdre son ranch.

— Mais, quand quelqu'un d'autre interfère dans ta décision, comment faire ?

— Tu veux parler de ton père ?

— Oui.

Elle n'avait plus très faim, tout à coup.

— Je pense que cela ne change pas fondamentalement la donne. Suis ton instinct. Tu as un plan d'action, alors, fonce… Rencontre les deux candidats, annonce à ton père que tu as des réserves à leur sujet, essaie de le convaincre de t'en envoyer d'autres, au moins, tu auras gagné du temps.

Elle inspira profondément.

— Tu as raison, Jake. Merci.

Elle aurait eu envie de se blottir dans ses bras. De l'embrasser, comme la veille, pour arrêter de penser, de se poser des questions, pour se laisser porter par la vague de plaisir que lui promettait une étreinte de Jake.

Et pourtant ce n'était pas une bonne idée.

Pas plus que le fait d'épouser un étranger que son père lui aurait choisi. On n'oubliait pas ses problèmes en se jetant au cou du premier homme qui passait… C'était ce qui l'avait mise dans la situation où elle se retrouvait. Cette fois, il était temps d'affronter ses problèmes.

Cette décision lui fit du bien. Au moins pendant quelques instants, en attendant l'arrivée du premier candidat au mariage.

Il ne parvenait pas à déserter le terrain. Il était curieux de voir les fameux prétendants. Après tout, il était dans son ranch, il avait bien le droit de savoir qui y entrait.

Une voiture hors de prix s'engagea dans l'allée. Il vérifia sa montre, 13 h 56. Pile à l'heure. Comme il se devait.

La voiture s'arrêta et un homme de belle stature en sortit. Il devait frôler la trentaine, était plutôt bel homme. Il portait un costume. Il le regarda ajuster sa cravate et vérifier son reflet dans le rétroviseur. Était-il particulièrement coquet ou bien inquiet des enjeux de son entretien ? Il n'avait pas grand-chose à redire sur lui, jusque-là, mais il espérait bien trouver quelque chose avant qu'il ne soit entré dans la maison !

Une mallette à la main, l'homme se dirigea vers la porte d'entrée.

Il lui adressa un signe de la main et avança à sa rencontre.

— Bonjour, je suis Jake Morrow, le propriétaire de Full Circle. J'ai cru comprendre que vous veniez voir Emma Hurley…

— Oui, c'est exact, répondit l'homme en rajustant à nouveau sa cravate. Enchanté, monsieur Morrow, je suis John Wellington, troisième du nom.

— Eh bien, veuillez me suivre, monsieur Wellington, dit-il, légèrement sarcastique.

— Vous pouvez m'appeler Trey, c'est un surnom que me donnaient les Français, à cause du trois qui suit mon patronyme.

Il lui adressa un regard dubitatif.

— Très bien, suivez-moi, Trey.

— Vous en avez, de la chance, de pouvoir profiter de cette belle nature tous les jours ; moi, j'ai grandi en ville, enfin, à Oak Creek, dit-il en inspirant profondément comme pour s'emplir du bon air pur de la campagne.

Bon. Il était plutôt bel homme. Pas trop snob. Et il semblait apprécier le ranch. Apprécierait-il aussi le ranch d'Emma ? Et si elle était séduite, finalement ?

Il sentit son estomac se nouer.

Finissons-en avant que le candidat numéro deux fasse son entrée. Il ouvrit la porte et chercha Emma du regard. Elle n'était pas dans la salle de séjour, ni dans la bibliothèque. Peut-être dans la cuisine ?

— Emma ? Il y a ici M. Trey Wellington qui voudrait te voir.

Silence.

— Emma ?

Silence.

Wellington, à côté de lui, se mordait la lèvre en regardant nerveusement autour de lui.

— Elle doit être dans sa chambre, dit-il. Je vais aller la chercher, si vous voulez.

Il s'élança dans l'escalier, gravissant les marches deux par deux. Une fois devant la porte d'Emma, il frappa trois petits coups.

— Emma ?

— Oui, entrez, dit-elle d'une petite voix.

Il entrouvrit la porte et passa la tête dans l'embrasure. Elle se tenait devant la fenêtre, lui tournant le dos. Ses cheveux châtains semblaient dorés dans la lumière du soleil. Elle les avait attachés en une queue-de-cheval et portait une petite robe d'été à fleurs violettes.

— Tout cela est une mascarade. Je n'en suis pas capable, Jake, dit-elle se tournant vers lui.

Elle était si belle. Pour la première fois, il nota son ventre très légèrement rebondi. Cela commençait à se voir.

— Cela va bien se passer, Emma, tiens-t'en à ton plan. Tu vas juste gagner du temps. Si tu ne rencontres pas ces hommes, ton père va se méfier, il sera blessé et mettra le ranch en vente aussitôt.

— J'ai tellement peur de tout perdre… Peur de perdre mon ranch ou mon indépendance. Peur de ne pas être à la hauteur !

Il avança jusqu'à elle et posa la main sur sa joue. Il voyait bien combien elle était déchirée, et cela lui brisait le cœur. Il ne s'était jamais senti aussi impuissant.

— Mon père a essayé de contrôler ma vie depuis toujours, dit-elle. Toute ma vie, j'ai tenu bon, j'ai essayé de m'opposer et de résister, mais jamais il n'avait menacé de toucher à mon héritage. Et là il a gagné d'avance… Ma seule issue serait d'épouser quelqu'un que je n'aime pas… Mais peut-être que ce ne serait pas si terrible, après tout. Mon bébé grandirait auprès d'une figure paternelle, mon père serait heureux. C'est important, malgré tout…

Il avait l'estomac noué, maintenant. Ou la gorge, il ne savait plus. Il inspira comme il put, puis se mit à arpenter la chambre. Enfin, il s'arrêta devant elle.

— Épouse-moi. Nous n'avons aucun projet dans ce sens ni l'un ni l'autre, mais ainsi tu sauveras ta ferme.

Que venait-il de faire ? Avait-il vraiment demandé Emma en mariage ?

Oui. C'était bien ce qu'il venait de faire sans même réellement s'en rendre compte.

Il avait fait une demande en mariage.

Voilà.

Elle le fixait, incrédule.

— Jake, tu n'es pas sérieux. Qu'est-ce que tu aurais à y gagner ?

— La meilleure cuisinière du Texas ? dit-il avec un sourire en coin.

Est-ce qu'il avait vraiment osé dire cela ? Si un cow-boy dans ce ranch avait besoin des leçons de galanterie d'Emma, c'était sans doute lui, finalement !

Elle se leva, l'air grave.

— J'apprécie ta proposition, Jake, et ta gentillesse à mon égard, mais ce que tu me proposes est tellement… Trop… Ce n'est sans doute pas une solution non plus. Est-ce que tu veux bien prévenir ce monsieur dont j'ai oublié le nom que je descends tout de suite ?

Un direct en pleine face. Voilà ce qu'il venait de recevoir.

Elle lui avait dit non, alors que plus il y pensait, plus il avait l'impression que c'était une solution envisageable, si ce n'était *la* solution…

Il avait dû rater quelque chose.

Elle évitait son regard, maintenant. Se préparant à rencontrer son prétendant, elle ajusta ses cheveux et releva le menton.

— Je suis prête, j'y vais, dit-elle en lui souriant faiblement, avant de se diriger vers l'escalier, le laissant là, désarmé et stupéfait.

Mais que s'était-il passé ?

6

Emma eut toutes les peines du monde à descendre l'escalier. Jake venait de la demander en mariage… Jake Morrow lui avait demandé de l'épouser… Pour lui permettre de garder son ranch.

Elle était bonne cuisinière, certes, mais elle avait du mal à croire qu'il soit prêt à cela pour la garder !

Il lui avait fait cette proposition parce qu'il avait senti à quel point elle était prise entre le marteau et l'enclume et qu'il était sans doute sa seule planche de salut. Et quelle planche de salut. C'était un homme droit et solide. Le genre d'homme que son père aurait aimé qu'elle épouse. Il avait réussi, il était travailleur et bien élevé. Fiable et assuré.

Et, si elle n'avait eu un tel faible pour lui, elle aurait sans doute envisagé d'accepter son offre. La nuit dernière, les images de Jake l'avaient envahie alors qu'elle cherchait le sommeil. Elle avait pensé à ses bras, son étreinte prévenante alors qu'ils dansaient, sa façon d'intervenir auprès de son père et puis, bien sûr, leur baiser… Ce baiser incroyable, qui lui donnait des frissons à sa simple évocation.

La façon aussi qu'il avait eue de s'adresser à elle.

La façon dont il lui avait proposé de l'épouser, pour sauver le ranch de sa mère.

Mais il n'était pas amoureux d'elle. Il ne voulait pas d'une relation sentimentale. Il avait lui-même son lot de complications, son ranch à gérer et sa famille… Elle savait ce que c'était de voir son avenir éclater en mille morceaux à cause d'un moment d'égarement. Une nuit douce et un peu magique entre les bras d'un cow-boy… Et maintenant qu'elle était sous le charme de quelqu'un de bien, de quelqu'un qui aurait pu lui offrir la vie dont elle rêvait, elle n'avait pas le droit d'être celle qui briserait son rêve. À quoi ressemblerait un mariage arrangé entre eux ? Ils dormiraient chacun à leur étage, en faisant mine d'avoir une vie commune le reste du temps ? Comment pourrait-elle vivre ainsi ? Et, si elle l'épousait et que leur arrangement bancal leur filait entre les doigts, comment son enfant vivrait-il cela ?

Elle fit « non » de la tête. Il était hors de question de courir le moindre risque de jouer avec les sentiments de son enfant. Mieux valait encore un mariage parfaitement calculé, un contrat, somme toute, avec quelqu'un qu'elle épouserait simplement pour garder son ranch.

C'est avec tout cela en tête qu'elle arriva en bas de l'escalier et releva le regard vers l'homme en costume qui la fixait avec attention. Bon sang, l'avait-il regardée descendre marche après marche ainsi ?

— Trey Wellington, annonça-t-il en passant sa mallette dans la main gauche pour lui tendre la droite.

Il semblait impatient et aussi un brin nerveux de la rencontrer.

Elle sourit et cela lui demanda un véritable effort.

— Enchantée de vous rencontrer. Allons dans le patio, si vous le voulez bien, la journée est vraiment ensoleillée.

Il lui sourit avant de lui emboîter le pas. Il avait un visage plutôt harmonieux. Des cheveux et des yeux marron, des lunettes à monture métallique et un costume gris sombre avec des chaussures vernies. Elle se demanda ce qu'il pouvait bien avoir dans sa mallette… Un CV ? Des lettres de recommandation ?

— Je vais aller droit à l'essentiel, dit-elle lorsqu'ils se furent assis. Vous devez savoir que je suis enceinte et que cette situation est un scandale aux yeux de mon père. Il souhaite me trouver un mari et un père pour mon enfant. Est-ce à cela que vous souhaitez vous engager ?

Cela lui semblait tellement improbable et ridicule ainsi formulé qu'elle n'aurait pas tenu rigueur à Trey Wellington de se lever et de repartir avec sa mallette sous le bras. Mais il sourit et ouvrit son attaché-case, dont il sortit ce qui ressemblait à un album photo.

— Oui, c'est en effet ce à quoi je m'engage, dit-il très posément.

Elle saisit l'album et le feuilleta. Il s'agissait d'un récit en images de sa vie avec des photos de lui enfant, jeune homme, adulte. Des courriers l'émaillaient, des bulletins de notes, des diplômes de l'université… Elle passa rapidement en revue le volume avant de le déposer sur la table.

— Trey, est-ce que je peux vous demander très directement ce qui vous pousse à cette démarche ? N'avez-vous pas envie de rencontrer quelqu'un que vous aimerez vraiment, avec qui vous aurez envie de faire des projets d'avenir, dont vous seriez éperdument amoureux ?

— J'ai vécu la passion, mademoiselle Hurley. Et je ne veux plus revivre cela. Ce que je désire plus que tout, c'est poursuivre ma carrière dans l'entreprise de votre père, en devenir un des membres du bureau, par exemple. Épouser la fille du président et prendre soin de son futur enfant serait une façon d'entrer encore plus intimement dans cette si belle famille.

— Et vous ne craignez pas que tout cela soit un peu trop… rationnel ? Nous serions tout de même mariés, au bout du compte…

Il s'éclaircit la voix avant de se pencher vers elle.

— Votre père m'avait montré des photographies de vous et je vous trouve très jolie, si vous me permettez de vous le dire. M. Hurley vous décrit comme une forte tête, mais il m'a aussi assuré que vous étiez la plus délicieuse des jeunes femmes et qu'il n'avait connu personne plus charmante à part sa défunte épouse, votre mère. Il a beaucoup parlé de votre projet de retourner vivre dans votre ranch, et c'est quelque chose qui me plairait beaucoup aussi. Tout cela me semble presque trop beau pour être vrai.

« Il n'avait connu personne plus charmante à part sa défunte épouse »…

Son père avait vraiment dit cela ?

Elle écouta Trey Wellington exposer son rêve d'avoir une famille nombreuse et souligner qu'il considérerait son enfant comme un des siens. En le regardant s'illuminer de joie à l'évocation de cette vie simple, dans un ranch, entouré d'enfants, elle songea qu'il méritait mieux. Il était quelqu'un de bien et il méritait de se marier par amour, pas pour s'assurer une place au sein d'une entreprise…

— Je vais rencontrer d'autres candidats, dit-elle en se levant. Mais vous m'avez fait une très bonne impression et si jamais cela ne devait pas fonctionner pour nous, Trey, soyez assuré que je parlerai de vous en termes plus qu'élogieux à mon père.

Il lui sourit.

— Votre père n'a pas menti, vous êtes vraiment délicieuse, Emma. Merci.

Elle lui sourit en retour et le raccompagna à sa voiture. Lorsqu'il démarra, elle poussa un long soupir. Elle avait eu l'impression de retenir son souffle pendant les trente dernières minutes.

Jake sortit alors, son stetson vissé sur la tête. Il avança vers elle.

— Comment ça s'est passé ?

Sans qu'elle s'y attende, elle sentit les larmes lui monter aux yeux.

— Mon père lui a dit que j'étais une forte tête, mais aussi la personne la plus charmante qu'il connaisse après ma mère.

Il serra sa main.

— C'est une bonne chose, Emma. Cela signifie que ton

père est prêt à t'entendre. Il a sans doute simplement besoin d'un peu de temps pour digérer cette nouvelle situation, et il finira peut-être par abandonner cette idée de te marier.

Elle ravala ses larmes. Son père l'aimait. Il était dur, et inflexible, mais il l'aimait. Elle sortit son téléphone et décida de l'appeler aussitôt.

Il décrocha rapidement, sans doute attendait-il des nouvelles de ses entretiens.

— Bonjour, papa. Je viens de rencontrer Trey Wellington. C'est quelqu'un de très bien et j'espère que tu sauras le remercier de son engagement. Je me demandais aussi si tu pourrais m'accorder un peu de temps pour que nous parlions de tout cela… J'ai un bon travail et un logement, je suis entourée et je sais que je serai une bonne mère pour mon enfant. Je ne pense pas avoir besoin d'un mari, papa. Ce dont j'ai besoin, c'est ton soutien. C'est ce que j'espère par-dessus tout. Et je ne parle pas d'argent, évidemment.

Elle ne demandait rien d'autre que l'amour de son père. Et gardait l'espoir de le voir devenir un grand-père pour son enfant.

Il resta silencieux un instant. Est-ce qu'elle avait réussi ? Est-ce qu'elle l'avait convaincu ? Elle avait du mal à gérer ce silence.

Papa, s'il te plaît, dis-moi que c'est d'accord. Que tu m'entends et me comprends.

— Je croyais avoir été clair, Emma, reprit son père. Prends la bonne décision, la seule décision envisageable pour toi, pour ta famille et ton enfant, sinon, je vendrai le ranch. C'est mon dernier mot.

Non. Non. Non.

— Papa, je t'en prie…

Mais il avait déjà raccroché.

Ses épaules s'affaissèrent aussitôt sous le poids qui venait de les accabler. Elle répéta les mots de son père à Jake, qui lui adressait un regard d'encouragement silencieux.

— Cela m'apprendra à rêver que les choses s'arrangent, dit-elle en soupirant, avant de jeter un coup d'œil à l'écran de son téléphone pour vérifier l'heure. Il me reste encore un peu de temps avant l'arrivée du deuxième prétendant.

Il s'éclaircit la voix.

— Mon offre tient toujours, Emma.

Elle eut envie de se jeter dans ses bras et de l'implorer de la sauver de tout cela, mais elle serra les poings et leva le menton. Comment pourrait-elle le laisser sacrifier son avenir, sa liberté, pour elle ? Elle tenait trop à lui pour accepter.

— Jake, je…

— Écoute, Emma. Je sais que tout cela semble complètement fou. Et ma proposition, encore plus, car elle semble sortie de nulle part, mais je veux simplement que tu saches que c'est une option à envisager, et qu'elle reste sur la table.

Oh, Jake, si seulement tu savais…

Jake n'avait pas prévu d'attendre l'arrivée du deuxième candidat. Trey Wellington l'avait convaincu que Reginald Hurley n'était pas en train de bluffer. Il avait choisi des candidats qui non seulement répondaient à ses exigences, mais aussi pouvaient plaire à Emma. Il n'était finalement qu'un troisième candidat, et elle n'avait pas semblé vouloir le prendre en considération. Pourquoi ? Il aurait pu l'aider à résoudre son dilemme. Son père aurait été rassuré, elle serait restée ici, près de sa famille et dans son ranch, où elle semblait se plaire. Sa vie n'aurait changé que sur le papier…

Mais dans le fond il savait bien qu'elle n'avait aucune intention de se marier. Elle essayait simplement de gagner du temps vis-à-vis de son père, rien de plus…

Le prochain prétendant serait là dans un quart d'heure. Il s'obligea à quitter la maison. Il fallait qu'il aille voir comment allait CJ. Il n'avait pas parlé avec lui depuis ce matin. Hank lui dit qu'il était parti réparer des clôtures vers les pâturages du nord, aussi alla-t-il seller Midnight avant de partir avec sa jument sur les grands espaces en direction des clôtures en question. C'étaient Golden et CJ qui s'occupaient le plus souvent de les réparer.

Il retrouva son frère assis au sol, devant un trou dans une clôture, entouré de ses outils. Son beau mustang marron et blanc était attaché à côté de lui. En approchant, il nota que CJ avait posé la tête dans le creux de son bras, qui reposait sur son genou. Il devait être profondément absorbé pour ne pas entendre son cheval arriver.

— CJ ?

Son frère sursauta et saisit un outil précipitamment.

— Salut, Jake. Je réfléchissais, se justifia-t-il aussitôt. Je ne t'ai pas entendu arriver.

— Tu pensais à Stella ?

CJ poussa un soupir.

— Je ne veux pas la perdre, c'est vrai. Qu'est-ce que je suis censé faire ?

— Eh bien, si t'engager formellement est ta seule option, alors je suppose que tu n'as pas le choix, tu vas devoir renoncer à quelque chose quoi qu'il arrive.

— Perdre est ma seule option…

— Mais rien n'est jamais tout noir ou tout blanc, souligna-t-il. Il y a cinq ans, j'ai décidé d'arrêter de rechercher ma mère biologique, mais ce n'était pas le bon moment, pour de nombreuses raisons. En revanche, le mois dernier, je me suis senti prêt. Le moment dépend de nombreuses choses, mais il est au cœur de la prise de décision.

— Si je dis à Stella que le timing n'est pas bon, je risque de la retrouver mariée et mère de deux enfants dans cinq ans ! lança CJ.

— Je ne suis pas en train de te dire de faire cela, mais peut-être devrais-tu bien réfléchir aux choix qui se présentent à toi. T'engager ou la quitter : essaie d'envisager plus concrètement ce que chacune de ces possibilités représenterait pour toi.

— M'engager, c'est ne plus fréquenter d'autres femmes…, marmonna CJ.

— Certes. Et maintenant parle-moi de Stella. Qu'est-ce que tu ressens pour elle ?

— Eh bien, ce n'est pas compliqué, c'est la plus belle des femmes que j'aie jamais rencontrées. Elle est drôle et elle sait m'écouter sans jugement, sans me dicter ce que je devrais faire, tu vois…

Il sourit. CJ était sacrément mordu.

— Bon, je n'ai pas la réponse et en prime ça me rend malade d'en parler… Et si on changeait de sujet ? Tu ne m'as pas dit si Sarah allait t'aider à retrouver le jumeau…

Le jumeau. CJ n'arrivait même pas à dire « ton jumeau », ni même à employer le mot « frère ». Il eut alors envie de le prendre dans ses bras et de lui assurer qu'il ne devait pas s'inquiéter, que rien ne changerait jamais entre eux. Mais il savait que CJ le repousserait sans doute avant qu'il ne puisse dire quoique ce soit.

— Je n'ai pas commencé les recherches, je ne sais pas si c'est le bon moment, d'ailleurs, il y a beaucoup de travail au ranch et…

CJ releva le regard vers lui.

— Oui, c'est vrai que c'est chargé en ce moment.

— Je me demande souvent à quoi il ressemble… Est-ce que c'est un rancher comme nous ? Ou bien un médecin, un astronaute… Comment savoir ce qu'il est devenu ? .

— Et peut-être qu'il a…, commença CJ avant de s'interrompre.

Il sentit son sourire se figer.

Peut-être qu'il a des enfants ? Peut-être qu'il a des neveux ou des nièces ? Jake se demanda si c'était ce que CJ avait voulu dire avant de ravaler sa remarque.

— J'ai fini, dit CJ en se relevant et en détachant son cheval. Bon, je vais y aller, je te retrouve tout à l'heure ?

Il fit un signe d'assentiment et regarda son frère se mettre en selle, puis s'en aller.

La brise légère de ce beau mois de mai l'effleurait. Il se laissa porter un instant par ses sensations. Il avait espéré qu'en retrouvant son frère et en parlant avec lui il aurait les idées plus claires, mais tout compte fait il avait l'impression d'être encore plus embrumé.

Emma s'installa dans le patio avec le candidat au mariage numéro deux. Joel Wipley était grand et avait lui aussi un attaché-case avec un CV et des lettres de recommandation. Il avait même rapporté son dernier check-up médical et semblait plutôt fier de ses excellents bilans sanguins.

Il se tenait assis bien droit, ses cheveux châtains brillaient dans le soleil.

— Je vais m'occuper de cet enfant comme s'il était le mien, mademoiselle Hurley. Je me vois déjà en train de jouer dans l'herbe avec un petit Joel Jr. ou une petite Catherine. J'ai déjà pensé aux prénoms, j'espère qu'ils vous plaisent… Je me disais que Joel Jr. serait une façon de rappeler à cet enfant que je m'engage à le considérer comme mon fils.

Elle savait que cela partait d'une bonne intention, mais cette réflexion lui tordait l'estomac. *Ce n'est pas votre fils. Je ne vous connais même pas !* avait-elle envie de hurler.

Elle laissa Joel décrire pendant une demi-heure son parcours et ses ambitions, lui qui avait toujours projeté d'occuper des fonctions de direction avant l'âge de trente ans, soit d'ici deux ans à peine. Il était déjà l'un des cadres exécutifs les plus haut placés dans l'entreprise de son père.

Lorsque enfin elle jugea qu'elle lui avait accordé suffisamment de temps, elle se leva et le remercia en lui assurant qu'elle parlerait à son père d'un avancement à un poste de direction, puis le raccompagna jusqu'à l'entrée.

Alors que Joel Wipley remontait dans sa voiture, Jake et

CJ apparurent chacun de leur côté. Elle remarqua le regard en coin de Jake sur son prétendant.

« Épouse-moi. »

Elle ne cessait d'entendre les mots de Jake en écho et n'arrivait pas à le quitter des yeux alors qu'il ajustait son stetson, ses bras musclés mis en valeur par son polo bleu marine ajusté. Elle laissa son regard descendre le long de son torse et suivit la ligne sensuelle de ses jambes jusqu'à ses bottes en cuir.

C'étaient sans doute encore les hormones. Sinon, comment expliquer qu'elle fantasme sur son patron, alors que d'un instant à l'autre son père allait la rappeler pour lui demander des nouvelles de ses prétendants officiels ?

Il avança vers elle, son regard vert brillant de curiosité. Elle savait qu'il brûlait de savoir comment s'était passé le deuxième entretien, mais il ne le lui demanderait pas en présence de CJ, même si elle ne voyait aucune raison de faire un mystère de la situation. Son frère leur avait bien raconté ses secrets, la veille, non ?

— Qui c'était, le pingouin en costume ? demanda CJ en faisant un geste en direction de la voiture au bout de l'allée.

Elle décida de ne pas esquiver sa question et se lança dans le récit complet de tout ce que son père tramait.

— Je suis assez surpris que Jake ne se soit pas encore agenouillé devant toi ! plaisanta CJ en assenant un coup de coude à son frère.

— Tu ne crois pas si bien dire. Je lui ai proposé de l'épouser, répliqua Jake.

CJ se tourna vers lui, la bouche ouverte sous l'effet de la surprise.

— Je plaisantais, mais maintenant que tu le dis cela ne me surprend qu'à moitié. C'est bien ton genre, grand seigneur, toujours.

— C'est pour cela que j'ai décliné sa proposition généreuse, expliqua-t-elle en risquant un regard en direction de

Jake. Je ne peux pas le laisser voler à mon secours ainsi. D'abord, parce que je compte me sauver toute seule, ensuite, parce que je n'envisage pas de me marier tout court, et enfin parce qu'il est hors de question que je me marie pour de mauvaises raisons.

Jake ne la quittait pas du regard, mais il ne dit rien. Elle se demanda ce qu'il avait en tête. S'il avait la moindre idée du fait qu'elle avait envisagé sérieusement de répondre à sa proposition par l'affirmative.

— Qu'est-ce que tu en dis, CJ ? demanda-t-elle une fois qu'ils furent à l'intérieur. Est-ce que tu crois que mon père va finalement revenir à la raison ?

CJ haussa les sourcils.

— Je crains de connaître ce genre d'homme, Emma. Un conservateur. Un homme de traditions. Je ne suis pas sûre qu'il saura changer d'avis… D'autant plus qu'il n'a pas eu l'air très ouvert jusque-là.

Il avait raison.

— Qu'est-ce que je peux faire, alors ? Il faudra que je m'engage dans un mariage arrangé ? J'imagine que je peux considérer que nous sommes deux adultes conscients de la nature de cet arrangement et du fait que sans sentiments il n'y aura pas de blessures ?

— Emma…, commença CJ.

Elle avait l'impression que son cœur allait exploser.

— Je ne veux pas me marier, moi ! Et, même si je voulais, comment épouser quelqu'un que je n'aime pas ? Comment ne pas perdre mon ranch pour autant ?

Elle sentait le regard de Jake sur elle et cela lui donnait la sensation d'une brûlure.

— Emma, j'ai peut-être une solution à ton problème ! s'exclama alors CJ.

— Vraiment ? s'exclamèrent-ils à l'unisson en se tournant vers CJ.

— Est-ce qu'on peut en parler pendant que je me prépare un sandwich ? Je meurs de faim !

Ils le regardèrent se préparer un sandwich italien gargantuesque.

— Alors, voilà ce que vous allez faire, annonça CJ en s'asseyant à table avec son en-cas. Vous deux, vous allez vous fiancer !

— Quoi ? s'écrièrent-ils en chœur une nouvelle fois.

CJ se leva pour aller chercher de la moutarde et revint à table.

— Comme je l'ai dit : vous vous fiancez, cela évince les autres prétendants, le père d'Emma patientera sagement, et en temps voulu il se rendra à l'idée qu'Emma est une femme de son temps, solide et capable d'élever seule son enfant. Vous n'aurez plus qu'à annuler le mariage que vous n'aurez jamais vraiment planifié.

Jake saisit une pomme que CJ avait sortie et croqua dedans bruyamment.

Emma soupira en se mordant la lèvre et regarda Jake, qui affichait un air dubitatif. En réalité, ce n'était pas une si mauvaise idée. Ce n'était même pas une mauvaise idée tout court, mais de là à être une bonne idée…

— Bien sûr, il s'agirait de fausses fiançailles. Mais vous ne briseriez aucun vœu, puisque vous ne vous promettriez pas de vivre ensemble jusqu'à ce que la mort vous sépare et tous ces engagements angoissants, expliqua-t-il avant de se lever. Bon, je vous laisse réfléchir à tout ça.

Il sortit de la cuisine, les laissant l'un et l'autre tout aussi abasourdis.

— J'ai du mal à l'admettre, mais je crois que mon frère n'a pas complètement tort…

— Il faudrait que je mente à mon père. Je n'aime pas mentir…

Il la fixa.

— Il faut pourtant reconnaître que tu n'as pas beaucoup

d'options. Je t'ai proposé que nous nous mariions, mais tu as refusé. Maintenant, comme nous le suggère CJ, nous pourrions envisager des fiançailles. Mon offre était sérieuse. Je suis prêt à t'épouser pour sauver ton ranch, Emma. Ce n'est pas un mensonge.

Elle soutint son regard avant de baisser les yeux vers ses mains, qu'elle ne cessait de tordre.

— Eh bien, formulé ainsi, il me semble que ce n'est pas vraiment un mensonge, en effet.

Il acquiesça.

— La balle est dans ton camp, tu as refusé de m'épouser quand je te l'ai proposé, est-ce que tu voudras bien te fiancer à moi ? demanda-t-il.

— Je voudrais en rire mais je suis sur le point de pleurer, Jake.

— Est-ce que tu accepterais de te fiancer à moi en attendant que tout cela soit résolu et que tu puisses décider de ce que tu veux faire de ta vie, Emma ? demanda-t-il en lui tendant la main.

C'était une solution. Une solution temporaire et bancale, mais une solution.

— Oui, dit-elle en lui tendant sa main en retour.

Il serra sa paume.

— Je pense que c'est pour le mieux, faisons en sorte de te sortir de cette situation impossible.

Elle hocha la tête.

Mais elle devait rester sur ses gardes pour ne pas tomber amoureuse. Oui, elle devait se méfier des hormones. Elle était déjà particulièrement émotive…

7

Jake regarda Redford se pelotonner à côté d'Emma sur le canapé et ressentit une étrange émotion l'envahir. Elle avait suggéré qu'ils prennent un peu de temps pour digérer cette histoire de fiançailles chacun de leur côté. Et maintenant ils se retrouvaient pour discuter des détails.

Il remplit un verre de cidre, ce qu'il préférait après le champagne, en se disant qu'il était maintenant fiancé… Même si ce n'était qu'un simple arrangement, il ne pouvait s'empêcher de se sentir… Quoi, au juste ? Connecté… Lié. Ils formaient une équipe, maintenant. Et pourtant ce n'était pas tout, il le savait. Il y avait encore quelque chose sur quoi il ne parvenait à mettre de mots.

Après avoir rempli la deuxième coupe de jus de pomme, il la tendit à Emma avant de s'asseoir du côté opposé de Redford, devenu assez exclusif avec sa nouvelle amie.

— À nos fiançailles ! dit-il en trinquant.

Elle ne dit rien, mais trinqua aussi.

— Je pense que la première question, c'est celle d'en parler ou pas à l'équipe, dit-il. CJ est au courant, évidemment, mais plus il y aura de monde qui saura qu'il ne s'agit pas de vraies fiançailles, plus nous courons le risque que cela s'ébruite. Je pense à Hank et ses gaffes à répétition ou à Grizzle, qui ne sait pas mentir ! Golden ne m'inquiète pas trop, vu qu'il ne parle pratiquement jamais.

Elle but une gorgée de jus.

— Je pense que nous devrions en parler aux cow-boys. Ils sont devenus une sorte de famille et je ne voudrais pas les blesser.

Il lui prit la main.

— Cela compte beaucoup pour moi que tu voies les choses ainsi. J'espère que tu vas trouver une famille ici. Je les considère ainsi, moi aussi.

Elle posa son verre ; ses grands yeux bleus semblaient inquiets.

— Est-ce que mon père ne va pas trouver étrangement opportun que nous nous fiancions juste quand il m'envoie ses prétendants ?

— J'y ai pensé, mais finalement nous ne mentons qu'à moitié à ton père : nous nous sommes décidés très récemment. Il suffira de lui dire que la venue des candidats m'a fait prendre conscience du fait que je ne voulais pas te perdre, et que j'ai donc décidé de te demander de te fiancer à moi. Tu pourras lui dire que nous nous étions rapprochés depuis le début.

Le plus drôle était qu'en soi tout cela était vrai…

Elle le fixa un long moment, avant de tourner le regard vers Redford.

— Je suppose qu'en public nous devrons nous comporter comme si nous étions vraiment fiancés ?

— Je ne sais pas, je n'ai jamais été fiancé, je n'ai pas idée de ce qu'on attendra de nous en pareil cas… J'imagine que quelques manifestations publiques d'affection seront les bienvenues…

L'image d'Emma et lui dans un lit surgit dans son esprit sans qu'il ne puisse rien y faire. Il la voyait allongée, ses longs cheveux étalés sur l'oreiller, les mains sur son dos, la bouche entrouverte… Au lit, il n'aurait pas du tout besoin de jouer la comédie. Son désir prendrait le dessus. Mais en ville, par exemple au Hurley's, devraient-ils se tenir par la main ? Cela ne lui déplairait pas, à vrai dire…

— Oui, je suppose qu'il suffira d'échanger un baiser de

temps à autre… Et sans doute faire mine d'organiser notre mariage. Quelques rendez-vous devraient faire l'affaire, j'imagine…

Il lui trouvait un air triste, un peu résigné, et cela le peinait.

— En tout cas, ici, nous pourrons retrouver une vie normale, c'est l'avantage, dit-il dans l'espoir de la rassurer.

— Oui, ici, ils sauront que c'est temporaire.

— Pour quand devrons-nous annoncer le mariage ? Avant l'arrivée du bébé, j'imagine.

Son expression changea aussitôt, au point qu'il s'en voulut. Chaque fois qu'il revenait à des projections concrètes, elle se refermait immédiatement.

— J'imagine que ce sera la première question de mon père, oui. Il faut que nous y réfléchissions, je pense qu'il voudra que nous nous mariions tout de suite et qu'il aimera l'idée que tout le monde pense que tu es le père du bébé.

Il songea à sa vie, cinq ans plus tôt, alors qu'il avait été sur le point de se marier avec Samantha… Il pensait alors que sa vie était sur des rails et que rien ne viendrait troubler le cours des événements… Et pourtant.

C'était sans doute un peu ce qu'elle avait ressenti. Elle n'avait rien eu le temps d'anticiper. Il imaginait sa détresse et tout à coup il n'avait qu'une envie : être là pour elle, être un roc, et la protéger.

Et puis il imaginait qu'il ne serait pas si désagréable d'être à ses côtés au quotidien.

— Je vais appeler mon père et lui dire que nous nous sommes fiancés. Je suppose qu'il voudra nous recevoir, ce sera notre première apparition publique. Et pas la plus simple.

Elle se leva et il eut l'impression que ses yeux brillaient un peu plus que d'habitude. Est-ce qu'elle avait envie de pleurer ? Elle se dirigea vers la fenêtre et resta à observer la vue. Il entrevit son regard dans le reflet et il y reconnut de la tristesse.

Il avança jusqu'à elle et posa les mains sur ses épaules.

— Tout va bien se passer, Emma. Nous allons faire ce qu'il faut.

Elle se retourna et posa la tête sur son épaule, tandis qu'il l'enlaçait tendrement. Lorsqu'elle renversa la tête pour le regarder en murmurant « merci », d'une voix à peine audible, il la trouva si belle qu'il ne résista pas à l'envie de l'embrasser. Ses lèvres étaient si douces et chaudes.

Et elle répondit à son baiser en entourant sa nuque, et la seule chose à laquelle il pensait c'était l'envie qu'il avait de lui faire l'amour, de lui enlever sa robe pour enfin découvrir son corps.

Mais elle recula d'un pas.

— Jake, mieux vaut ne pas tout mélanger, notre relation est simple, maintenant, nous avons un accord qui nous convient à tous les deux.

Bien sûr, elle ne désirait rien de plus.

Et lui non plus, dans le fond.

— Tu as raison, gardons ces… manifestations pour le public, soupira-t-il.

— Je n'aime aucune de ces options, dit-elle en se levant précipitamment pour courir à l'étage, le laissant planté là avec Redford.

— Eh bien, on dirait que je me transforme en Hank, à mon tour, toujours prêt à dire ce qu'il ne faut pas.

Une heure plus tard, Jake appelait ses hommes pour leur parler. Il réunit tout le monde à la grange et jeta un regard en direction d'Emma, qui se tenait devant le box de Midnight.

Tandis qu'il exposait la situation, depuis l'ultimatum du père d'Emma jusqu'à l'idée de CJ de prétendre qu'ils étaient fiancés afin de permettre à Emma de gagner un peu de temps, il observa les réactions sur les visages. Les cow-boys semblaient tous compatissants envers elle et assez consternés par la situation qu'elle devait affronter. CJ, quant à lui, était toujours collé à son téléphone portable.

— Et donc, conclut-il, quoiqu'il arrive, vous ne devez jamais oublier qu'Emma et moi sommes fiancés. Inutile de vous lancer dans des longues explications si on vous pose des questions.

— C'est bien, Jake, tu as fait ce qu'il fallait, lança Grizzle.

Hank et Golden approuvèrent.

— Je l'aurais fait aussi, si je n'avais pas une autre femme qui menaçait de me passer la corde au cou, lança CJ d'un ton sarcastique. Mais Jake a été plus rapide que nous tous, de toute façon.

On pouvait bien penser ce qu'on voulait de ces quatre cow-boys, se dit Jake, mais ils étaient irremplaçables, à ses yeux. C'étaient des gens bien, même s'ils avaient chacun leurs défauts. Mais qui n'en avait pas ? Il nota combien Emma semblait émue. Elle eut les larmes aux yeux à plusieurs reprises.

— Bon sang, CJ, tu as fait pleurer Emma, dit Hank en le foudroyant du regard.

— Non, non ! dit-elle, ce sont des larmes d'émotion, vous êtes tous si bons pour moi… Vous êtes vraiment adorables…

— À se demander pourquoi Fern m'a écrit qu'elle ne voulait plus jamais me revoir ! grommela Hank, les sourcils froncés.

— Oh ! Hank, je pensais que cela se passait bien entre vous depuis le bal.

Il leva les yeux au ciel.

— Elle m'a demandé si j'aimais sa nouvelle coupe de cheveux et j'ai dit que non, que je préférais comme c'était avant, et elle s'est mise en colère, alors je lui ai dit que je connaissais une boutique qui vendait des perruques faites à partir de crins de cheval naturels, et elle s'est mise dans tous ses états. Et maintenant elle me dit qu'elle ne veut plus me voir du tout.

— Oh ! je suis désolée, Hank. Nous pourrons en reparler

ensemble ? Jake et moi allons nous rendre à Oak Creek pour rencontrer mon père, mais, à mon retour, promis !

— Je ne comprends pas qu'on ne puisse pas dire vraiment ce qu'on pense dans ce pays ! bougonna-t-il en haussant les épaules.

— La réponse à ce genre de question est toujours « tu es superbe », voyons, déclara Golden. C'est la seule et unique réponse à toute question concernant le look, le style et l'apparence !

— Toi qui es si malin, pourquoi est-ce que tu ne mets pas tout cela en pratique pour inviter Katie à sortir ? répliqua Hank.

Golden eut le rouge aux joues. CJ, regardant toujours son téléphone, intervint :

— Golden a raison. Ne jamais risquer une polémique inutile avec une femme, tout le monde sait cela.

— Eh bien, moi, j'en ai assez de devoir jouer un rôle dans des situations qui m'échappent complètement. Cela me fatigue, marmonna Hank en quittant les lieux.

— Pauvre Hank, dit Grizzle.

— Pauvre Emma, contra CJ. Mon frère et elle vont devoir jouer la comédie devant le père d'Emma ! Vous pensez qu'il va y croire ?

Grizzle ricana.

— Oh ! ces deux-là n'ont aucun souci à se faire pour la crédibilité de leur histoire !

Elle adressa à Jake une grimace amusée, mais il nota qu'elle rougissait légèrement. De toute évidence, la remarque de Grizzle l'avait troublée. Et lui aussi était troublé. Leur baiser d'hier soir avait été bien réel, au point qu'il ressentait encore la douceur des lèvres d'Emma, la façon dont il s'était senti enveloppé dans ses bras. Tout lui était apparu juste et simple l'espace d'un instant. Et l'instant d'après, sans prévenir, tout était redevenu chaotique et compliqué. Comment pouvaient-ils s'embrasser ainsi, éprouver de telles émotions, et prétendre que cela n'était qu'une mise en scène ?

Ils n'étaient pas un couple. Ils n'allaient nulle part.

Soudain, il ressentit un vide immense dans son cœur.

En s'engageant dans l'allée de sa maison familiale, Emma était partagée entre la joie et l'appréhension. Elle aimait ce lieu. Pour le sauver, elle devrait faire semblant, jouer la comédie. Elle n'en avait pas envie. Pis : elle était faussement fiancée à un homme dont elle était en train de tomber amoureuse. Un homme qui ne l'aimait pas. Un homme qui était pourtant prêt à lui assurer un avenir plus serein en s'engageant pour elle, auprès d'elle.

— C'est une sacrée maison, dit Jake en levant les yeux vers la grande demeure blanche de deux étages, aux portes rouges et aux volets noirs.

— C'est derrière que cela vaut le détour, dit-elle en contournant la maison.

Des vergers et des champs cultivés s'étendaient à perte de vue.

Sa mère avait planté les citronniers quand elle était encore fillette. Elle s'en souvenait encore. Un peu plus tard, c'était elle-même qui avait planté les grenadiers sous le regard bienveillant de sa maman.

« Un jour, Emma, cette oasis magique sera à toi, lui répétait-elle. Et à tes enfants ensuite. »

Ces paroles lui rappelaient la raison de sa présence ici. Et l'enjeu de cette rencontre avec son père.

Les baies vitrées s'ouvrirent et Reginald avança sur la terrasse. Son père était aussi grand que Jake et devait peser vingt bons kilos de plus que lui. Si on ajoutait son port de tête et ses manières impériales, il en imposait sacrément.

— Jake, dit-il en tendant la main dans sa direction. Je suis ravi de vous revoir et très heureux qu'Emma et vous ayez décidé de revenir à la raison. Bien sûr, j'ai deux jeunes gens très déçus et deux autres candidats que j'ai décommandés, mais si Emma s'est enfin décidée c'est parfait.

Jake serra la main de son père, qui semblait satisfait. Est-ce qu'il se moquait de savoir si elle était vraiment heureuse ou amoureuse ? Est-ce que préserver les apparences lui suffisait ? Elle en avait bien peur.

Ils marchèrent un peu aux abords du verger. Son père montra à Jake les différentes espèces plantées. Elle décelait dans sa voix l'attachement qu'il avait pour la ferme. L'idée qu'il aurait été capable de tout liquider par simple souci des convenances était vraiment dure à avaler.

Et de son côté, malgré tout l'amour qu'elle portait à ces lieux, elle aussi avait déserté, laissant son père gérer les choses à sa façon, incapable de se plier à ses exigences. Bien sûr, son père avait le droit d'avoir son point de vue, mais pouvait-il lui imposer ses règles ?

Bon sang, mais pourquoi est-ce que tout était si compliqué ?

— Je m'étais bien dit qu'il y avait quelque chose entre vous au bal, dit son père, en les couvant de son regard bleu. J'avais perçu une sorte de crépitement dans l'air. Je ne suis pas surpris que mon ultimatum ait suscité un peu de jalousie chez Jake et je comprends qu'il ait préféré se déclarer avant que tu ne t'engages avec un de mes prétendants.

Elle soupira.

— Avez-vous arrêté une date pour le mariage ? Je suppose que vous êtes pressés de le célébrer, dans ces conditions.

— Nous pensions à un mariage en août, en petit comité, simplement la famille, monsieur Hurley.

— Très bien ! Je sais qu'Emma aime s'organiser à sa manière, il vous suffira de me dire où et quand et j'enfilerai mon plus beau costume !

Elle avait envie de pleurer. Elle hocha la tête en prenant sur elle pour ne pas manifester son désarroi et sentit à cet instant la main de Jake se poser sur son épaule. Elle se rapprocha de lui, elle avait besoin de son soutien, physiquement comme moralement. Comment tiendrait-elle bon face à son père ?

— J'ai remarqué que tu ne portes pas encore de bague de fiançailles et j'en suis heureux, dit son père. Il glissa la main dans sa poche et en sortit un écrin en velours noir qu'il tendit à Jake.

— De quoi s'agit-il ? demanda-t-il.

— D'un présent pour votre future femme. C'était à la mère d'Emma.

Elle porta une main à sa bouche. Cela allait trop loin !

— Ta mère aurait voulu que tu l'aies, dit son père, les yeux embués de larmes.

Jake ouvrit l'écrin : un solitaire en diamant étincelait dans le satin. Il sortit la bague et la lui tendit. Elle leva la main gauche avec hésitation. Il lui passa la bague, puis garda sa main dans la sienne.

Elle sentit son cœur se serrer. Cette bague représentait l'amour et l'engagement. Sa mère avait aimé son père malgré les difficultés qu'ils avaient traversées et son tempérament intransigeant. Et de son côté son père avait aimé sa mère. Lorsqu'elle posa les yeux sur le diamant à sa main, elle se sentit comme la pire des traîtresses.

— Violet vous aurait apprécié, Jake, dit Reginald. Elle avait beaucoup de respect pour les ranchers. Travailler la terre, élever des animaux, je suis ravi du choix d'Emma.

Oh ! papa, songea-t-elle.

Jake souriait.

— Eh bien, je trouve que j'ai beaucoup de chance. Emma est une femme intelligente et indépendante. Elle sait ce qu'elle veut et elle sera une mère magnifique.

Elle se tourna vers lui, touchée par ses mots savamment choisis. Il parlait pour elle, à sa place, et il plaidait sa cause… Elle était en train de tomber irrémédiablement amoureuse.

— Je suis certain qu'elle sera une très bonne mère,

maintenant que je suis assuré qu'elle élèvera son enfant à côté d'un homme de valeur, souligna son père.

Elle se raidit en entendant les mots de son père. Il n'était vraiment pas prêt à revoir ses positions, semblait-il. Mais ils avaient au moins établi de bonnes bases. Et plus son père aurait confiance en elle, plus elle serait capable de lui faire entendre raison, ensuite.

— Merci, papa, pour la bague de maman, dit-elle, à peine capable de la regarder.

Son père se pencha pour la serrer brièvement contre lui.

— Je suis content que tu aies reconsidéré tes options et pris la bonne décision, ma chérie, dit-il.

Bon sang… Comment allaient-ils se sortir de tout ça ? Son père allait insister pour que le mariage ait lieu, le bébé allait précipiter les choses…

— Tu es peut-être une forte tête, Emma, reprit-il, mais tu vas devenir mère, maintenant, et les parents font toujours passer leurs enfants avant tout.

Est-ce que tu ne pourrais pas me faire passer avant tout, toi aussi ? eut-elle envie de s'écrier.

Elle regarda la bague qui étincelait à son doigt et le bel homme qui se tenait à ses côtés et tentait de changer de sujet en évoquant le prochain match de base-ball des Texas Rangers. Tout semblait si facile…

Et pourtant elle craignait tant que tout ne s'effondre.

Lorsque Emma quitta le ranch, Jake suggéra qu'ils fassent halte au Hurley's. Ce serait l'occasion de laisser découvrir sa bague, qui parlerait d'elle-même, et elle pourrait ainsi retrouver ses cousines et sa tante pour leur annoncer les fiançailles.

Clementine avança à leur rencontre avec les cartes des menus et repéra la bague immédiatement. Elle la prit dans ses bras, puis les entraîna tous deux dans la cuisine. Tout le monde salua la bonne nouvelle et s'extasia sur la bague.

Georgia lui chuchota à l'oreille qu'elle s'était aussi mariée enceinte et qu'elle pourrait lui prêter sa robe si elle lui plaisait.

— Je suis sûre que ta robe était magnifique, Georgia, c'est adorable de ta part ! dit-elle en serrant la main de sa cousine.

Il jeta un regard dans la salle pour voir s'il reconnaissait quelqu'un. Sarah et son fiancé, Edmund Ford, étaient attablés, en train de déjeuner.

— Ma mère et son fiancé sont là, dit-il en indiquant la table d'un geste. Je pense qu'il faudra aller leur annoncer la nouvelle.

— Ce n'est pas trop étrange pour toi ? demanda-t-elle doucement.

— Si, un peu, mais je ne me sens pas gêné, dit-il en saisissant sa main gauche. Cette bague de ta mère nous rappelle pourquoi nous faisons cela.

Elle posa la main sur sa joue.

— Oui, murmura-t-elle. Exactement. J'ai besoin d'y penser en ces termes pour ne pas me sentir une totale imposture, je dois dire !

Il l'enlaça et elle se raidit dans ses bras. C'est alors qu'il se rendit compte que, lorsqu'elle avait posé la main sur sa joue, ce n'était pas feint, elle n'avait pas essayé de rendre leur jeu de rôle crédible. Ces gestes lui étaient venus naturellement.

— Allons-y, dit-il, en l'entraînant vers la salle.

Se tenant par la main, ils passèrent le long des tables et se dirigèrent vers celle de Sarah.

— Tu connais Emma, dit-il en arrivant. Mais tu ne sais peut-être pas qu'elle est devenue ma fiancée, dit-il en levant sa main gauche, où le solitaire en diamant brillait de mille feux.

Sarah retint un cri de surprise, tandis qu'Edmund se levait aussitôt pour enlacer Emma.

L'espace d'un instant, alors qu'ils échangeaient tous les quatre, il eut envie de dire toute la vérité à Sarah et Edmund. Il avait une belle relation avec sa mère biologique, maintenant, et il n'aimait pas l'idée de lui mentir. Mais il comprit qu'il n'aimait pas non plus la vérité. Il ne voulait pas être le fiancé factice d'Emma.

Qu'est-ce qui était en train de lui arriver, à la fin ?

8

Une fois qu'ils furent rentrés, Emma se rendit directement dans la cuisine, et Jake sentit qu'elle avait besoin d'un peu de temps pour elle. Il s'apprêtait à se rendre à l'étable pour retrouver Hank lorsqu'il nota une lumière allumée à l'étage, dans le couloir qui menait au grenier. Étrange.

Il monta et se rendit dans le grenier. Tout était calme, mais les lumières étaient bien allumées. Il entra et trouva son frère assis face à la malle qui contenait les affaires de leur père. Il sortait des vieux pulls et semblait si absorbé dans ses pensées qu'il ne l'avait même pas entendu monter.

— Je viens parfois ici lorsque j'ai besoin de prendre une décision, dit-il.

CJ sursauta et se releva. Il semblait embarrassé.

— Je voulais simplement regarder quelques souvenirs de papa.

— Tu te souviens de ce coupe-vent vert ? dit-il en pointant du doigt la vieille veste que son père avait l'habitude de porter chaque fois qu'il allait marcher.

— Oui, je me souviens de ce jour où nous avions refusé de mettre des imperméables et un orage énorme avait éclaté.

Il sourit, perdu à son tour dans les souvenirs. CJ et lui étaient sortis de cette mésaventure trempés jusqu'aux os et sous les moqueries de leur père.

— On était plutôt bornés, l'un et l'autre, dit-il en s'agenouillant à son tour devant le coffre. Il n'y a que des vêtements dans celui-là. Voilà le pull en laine que papa mettait quand il montait à cheval… Je crois que j'aimerais bien le garder, si tu es d'accord, il sera agréable pour les chevauchées matinales.

— Oui, vas-y. Je pense que je vais prendre le coupe-vent, dit CJ.

Ils ouvrirent une autre malle, pleine des souvenirs de la carrière de leur père dans la Navy. Il y avait aussi les romans policiers qu'il aimait lire. Dans un dossier noir, CJ trouva des copies de vieux documents, les actes de propriété du ranch de Mill Valley. Les papiers du vieux pick-up rouge.

— On dirait qu'il y a des papiers concernant ton adoption, aussi, dit CJ.

— Ah oui ? dit-il, surpris.

— Oh ! il y a même une notice agrafée à cette copie de ton acte d'adoption qui mentionne : « frère jumeau adopté le jour précédent par la famille Asher à Houston », dit CJ, visiblement stupéfait de sa découverte.

Il prit les documents que CJ lui tendait et lut plusieurs fois la notice manuscrite.

— La réponse était là depuis le début, soupira-t-il. Maman et papa n'ont jamais parlé de mon jumeau, j'imagine qu'ils craignaient que ce ne soit un trop grand choc pour moi si jamais je décidais de rechercher ma famille. Je me demande s'ils ont laissé cela par erreur…

— Je suppose que maintenant tu as l'élément qu'il te manquait pour le retrouver. En tout cas, tu as son nom de famille et une ville. Je me suis comporté comme un égoïste et un imbécile. Si tu as envie de rencontrer ton jumeau, vas-y, Jake, tu as ma bénédiction.

Le sujet avait toujours été délicat pour CJ, il le savait. Et le moment était venu de jouer cartes sur table avec lui.

— Oui, un jour peut-être, dit-il, mais pour le moment nous avons assez de projets en cours ici à Full Circle pour bâtir le ranch auquel nous rêvons, et je crois que j'ai envie de me concentrer là-dessus.

Il sentit le regard de CJ sur lui. Est-ce qu'il essayait de lire en lui, de le décrypter ?

— Tu sais, CJ, si un jour je me mets à la recherche de mon jumeau, je veux que tu sois certain que cela ne changera rien entre nous. Tu seras toujours mon frère, j'étais là le jour où tu es né !

— Mais tu étais là aussi quand ton jumeau est né, souligna CJ.

Cette simple idée lui donna des frissons.

— Oui, mais je ne l'ai plus vu ensuite, tandis que je t'ai vu ramper pour la première fois, puis apprendre à marcher et perdre tes dents de lait. J'étais là quand tu as passé tes diplômes, quand nous sommes venus nous installer ici.

CJ hocha la tête, c'était sa façon à lui de manifester son émotion.

— Comment est-ce que ça s'est passé avec le père d'Emma ? demanda-t-il, changeant de sujet, alors qu'il ouvrait une nouvelle malle contenant une collection de chapeaux.

— Un peu trop bien, je dirais. Je crois que c'est très dur pour Emma de devoir jouer cette comédie. Elle voudrait que son père tienne assez à elle pour qu'elle n'ait pas à lui mentir.

— C'est un peu ce que Stella me dit… Elle voudrait que je tienne assez à elle, à notre relation, pour qu'elle n'ait pas d'ultimatum à formuler… Mais elle me terrorise avec ses histoires d'engagement… Elle pense que c'est la preuve que je ne l'aime pas.

— Et tu l'aimes ?

CJ sortit son téléphone pour vérifier l'heure, tout en repliant le coupe-vent.

— Je dois l'appeler, il est 18 h 30. On en reparle plus tard ? dit-il en se dirigeant vers l'escalier.

Une fois son frère parti, il reprit le dossier contenant les documents d'adoption. Famille Asher de Houston. Il avait donc un début de piste. Un sacré début, même. Son frère jumeau, pendant longtemps une présence irréelle, avait maintenant un nom.

« Tu as ma bénédiction. »

Ces mots l'avaient touché. En particulier parce qu'il savait qu'il en coûtait à CJ. Il avait pris sa décision, maintenant. Il voulait protéger CJ et préférait attendre qu'il ait réglé ses problèmes avec Stella avant d'utiliser les informations qu'il venait de retrouver.

Bon sang, peut-être qu'il se cachait derrière son petit doigt, en fait ? Qu'il venait de se trouver une excuse toute faite pour ne pas se lancer ? Pour ne pas partir à la recherche de cet homme qu'il avait pourtant envie de rencontrer ? À quoi ressemblait-il ? Qui était-il ?

Néanmoins, au fond de lui, malgré les doutes, malgré les inquiétudes, il pressentait que ce frère était quelqu'un de bien. Et il avait aussi la certitude que lorsqu'il rencontrerait ce jumeau quelque chose en lui se résoudrait, se mettrait en place comme une pièce de puzzle.

Mais pour l'instant, pour lui, comme pour sa prétendue fiancée, il semblait que l'heure était plutôt à la patience.

À 5 heures le matin suivant, l'équipe au grand complet se retrouvait dans la salle à manger pour le petit déjeuner. Le silence régnait, tout le monde étant encore à moitié endormi.

Tout le monde, sauf Grizzle, en fait, qui ne mangeait ni ne parlait, mais semblait parfaitement réveillé. Réveillé et peut-être un peu préoccupé, d'après ce qu'Emma percevait.

— Grizzle, tu devrais te servir avant que tout n'ait disparu ! suggéra Jake. Ces pancakes sont à tomber à la renverse ! Sers-toi au moins du bacon avant que Hank ne termine le plat !

Hank s'interrompit, la fourchette près de la bouche.

— Quoi ? Je n'ai pris que six tranches, au Hurley's, on nous en sert neuf ! se défendit-il.

— Je préparerai un peu plus de bacon demain, c'est compris, dit-elle en riant.

— Je n'ai pas faim, marmonna Grizzle. Michelle m'a demandé de me mettre sur mon trente et un ce week-end pour rencontrer ses enfants et ses petits-enfants. Costume-cravate et tout le tralala. Ce n'est pas mon truc. Je ne vais pas le faire.

Elle se remémora ce que Grizzle lui avait dit au sujet des costumes… La dernière fois qu'il en avait porté un, c'était pour les funérailles de sa femme. Elle se sentit émue pour lui.

Jake porta sa tasse de café à ses lèvres.

— Si c'est juste pour faire bonne impression pendant quelques heures… Pourquoi ne pas essayer de jouer le jeu ? suggéra-t-il.

— Tu sais ce que j'ai décidé ? dit Grizzle en se levant. Que j'arrêtais d'essayer d'être quelqu'un d'autre que moi-même. Tu crois que les moutons se demandent si j'ai passé un peigne dans mes cheveux ou si j'ai mis une satanée cravate qui m'empêche de respirer ? Non. Si Michelle ne veut pas me prendre tel que je suis, avec mes cheveux en bataille et un jean, alors tant pis pour elle…

Golden releva les yeux.

— Mais, Grizzle, parfois, il faut savoir faire un effort, ou même un sacrifice, pour les autres. Du moins, si tu veux qu'ils fassent partie de ta vie.

Tous les regards se tournèrent vers Golden.

— Eh bien, Michelle peut aussi faire un effort pour moi, non ? lança Grizzle en reculant vivement sa chaise pour se lever et quitter la table.

Emma hésita à le rattraper, mais il semblait en colère et n'aurait sans doute pas envie de parler tout de suite. Mieux valait lui laisser le temps de retrouver son calme.

— Vous savez quoi ? fit Hank tout à coup. Je suis assez d'accord avec Grizzle. Pourquoi est-ce qu'il faudrait changer, se couler tous dans le même moule ? Pourquoi ne pourrions-nous pas plaire à des femmes, ne peuvent-elles nous accepter tels que nous sommes ?

— Il faut croire que nous ne sommes pas comme il faut ! lança CJ, amer.

— Tu sais de quoi tu parles, toi, le bourreau des cœurs ? répliqua Hank.

— Oui, je le sais. Je voudrais rester avec Stella et je voudrais qu'elle s'engage de son côté sans être capable de faire de même en retour. Mais je me rends compte que ce n'est sans doute pas juste.

— Mais pourquoi est-ce si compliqué ? dit Hank, en piquant le bacon que Grizzle n'avait pas mangé. L'amour n'est pas censé être une évidence ? On tombe amoureux et c'est aussi simple que cela…

Jake buvait son café mais ne perdait pas une miette de ces échanges.

— L'amour est simple, je crois, dit-il. Mais les relations demandent du travail. On ne peut tout avoir. Et, quand on tient à quelqu'un, on souhaite plus que tout le rendre heureux.

Hank, les sourcils froncés, sembla réfléchir à ses mots.

— On ne peut tout de même pas se laisser marcher dessus non plus. Avec Fern, j'ai l'impression de ne pouvoir rien dire. J'ai toujours tort ! Et Grizzle serait obligé de porter un costume qui lui rappelle la pire journée de sa vie ? CJ doit s'engager pour ne pas perdre celle qu'il aime. Golden doit aussi faire des efforts… Je vais vous dire, c'est Jake qui a raison. Un engagement en carton, voilà ce qu'il faut. Ainsi, il n'y a pas d'enjeu, pas besoin de surveiller tout ce qu'on dit ou fait. Cela ne durera pas, mais ce n'est pas fait pour durer, vu que c'est faux depuis le début !

Tout le monde resta silencieux.

Jake poussa un soupir.

— Il faut pourtant que je joue le jeu, souligna-t-il. Dire qu'il n'y a pas d'enjeu est faux. Dire qu'il n'y a pas de réelle relation entre nous est un mensonge. Ce que nous partageons est important à mes yeux. Parce que sauver le ranch d'Emma est la chose qui compte le plus pour elle à l'heure qu'il est et qu'elle compte pour moi.

Hank s'enfonça un peu dans sa chaise. CJ fixait Jake attentivement. Golden hocha la tête pensivement et Emma lançait des regards discrets à Jake, cherchant à le lire entre les lignes.

Il avait déjà fait une demande à une autre femme par le passé. Pour de vrai. Il ne pouvait pas se satisfaire de cet arrangement actuel, sauf s'il se sentait gratifié par le fait de réaliser une bonne action… Mais il avait connu l'amour et l'engagement sincère, même si sa fiancée de l'époque n'avait pas souhaité donner suite, finalement. Cela ne devait pas être facile à vivre pour lui.

— Emma, reprit Jake, nous allons sans doute avoir besoin de tes dons magiques pour Grizzle… Nous avons une matinée très chargée, mais peut-être pourrais-tu aller lui parler un peu au sujet de Michelle ? Il avait vraiment l'air bouleversé…

Elle allait répondre « oui » tout de suite, mais elle se rappela qu'elle avait un rendez-vous ce midi.

— Oui, je lui parlerai, mais après mon rendez-vous pour mon échographie de la seizième semaine. Je vais pouvoir écouter les battements de cœur de mon bébé !

Les battements de cœur de son bébé… Elle posa les mains sur son ventre et sourit.

— Il faut que tu y ailles, Jake ! lança Hank en buvant une gorgée de café.

— Comment ça ? dit-il en lui jetant un regard surpris.

— Jake est ton fiancé, Emma ! Il n'est pas possible qu'il ne vienne pas avec toi à l'échographie, voyons !

Elle se redressa sur son siège.

— Je vais élever mon bébé toute seule, je pense que je peux aller à mon rendez-vous seule, dit-elle. C'est mon dernier mot.

— Je pense que, si ton père apprenait que ton fiancé

ne t'avait pas accompagnée à cette échographie, il aurait quelques doutes sur le sérieux de votre engagement, non ? ajouta CJ. Je ne vois pas pourquoi vous ne jouez pas le jeu complètement, maintenant que vous vous êtes lancés dans cette voie…

Elle sentit la tête lui tourner.

— Emma ? fit Jake en se penchant vers elle. Est-ce que ça va ?

Elle ferma les yeux et inspira profondément.

— Oui, ça va. Je ne m'étais pas attendue à tout cela, je crois.

— Je crois que CJ a raison, je vais venir avec toi.

— Jake, honnêtement…

Il fallait qu'elle y aille seule, c'était presque une nécessité pour entériner sa vie de maman solo ; et pourtant une part d'elle était touchée à l'idée qu'il veuille l'accompagner. Et l'idée qu'il soit à ses côtés pour l'échographie la faisait trembler d'émotion. Il ne s'agissait pas du simple fait que quelqu'un l'accompagne, non, mais de la présence de cet homme-là. Jake Morrow.

Mais il n'était pas le père de son enfant. Il n'était pas même son fiancé. Il était son patron et il se montrait généreux et très bienveillant envers elle, parce que…

Parce que quoi ?

Parce que Jake Morrow est ainsi fait. C'était sans doute son code d'honneur qui faisait qu'il était prêt à s'engager, à se sacrifier, même, pour quelqu'un d'autre. Il faisait de même pour CJ, en attendant que ce dernier soit prêt avant de lancer la recherche de son frère jumeau.

— Ce serait un honneur pour moi de venir à ce rendez-vous comme ton fiancé, Emma.

— Un honneur, répéta-t-elle, alors que les mots résonnaient dans sa tête.

C'était là un bon rappel du fait qu'il faisait cela pour jouer son rôle jusqu'au bout. « Comme son fiancé. »

Alors que les cow-boys se levaient de table, elle s'empressa de débarrasser leurs assiettes et couverts. Elle avait besoin d'un peu de temps pour prendre l'air.

Elle était en train de tomber amoureuse de l'homme qui se sacrifiait pour elle. Il lui offrait tant de choses… Tant de choses, mais pas son cœur.

Si seulement c'était le cas…

Elle empila les assiettes. Une migraine menaçait de s'installer. Est-ce qu'elle aurait imaginé un vrai mariage, de toute façon ? Pourquoi commencer à rêver que Jake s'éprenne d'elle tout à coup ?

Hank avait tort. L'amour était tout sauf simple !

En face de d'Emma et Jake, dans la salle d'attente du Dr Morgan, se trouvait une adolescente occupée à jouer sur son téléphone portable et dont la grossesse était visiblement bien avancée. Jake ne parvenait pas à la quitter des yeux. Il avait l'impression de voir sa mère biologique. Sarah était tombée enceinte à seize ans, de jumeaux, de surcroît. On l'avait envoyée dans un foyer pour adolescentes. Sarah disait qu'elle s'y était sentie très seule. Le père de ses enfants, à savoir son père biologique, avait déserté aussitôt qu'elle l'avait informé de sa grossesse.

La femme qui se trouvait à côté de lui n'avait plus seize ans. Mais Emma était seule et il n'aimait pas cela. D'une certaine façon, il aurait aimé qu'elle le laisse s'engager vraiment, jusqu'au bout, pour son enfant aussi. Il aurait voulu lui dire qu'il serait là pour son bébé, qu'il la soutiendrait comme mari et comme père aussi.

Mais ce n'était pas ce qu'elle voulait. Elle n'était d'ailleurs pas seule au monde, malgré tout. Et puis il serait là quoi qu'il arrive. Et les cow-boys du ranch aussi. Sans compter sa famille. Les Hurley et son père, même si ce dernier…

Le médecin appela Emma, le tirant de ses pensées. Ils se présentèrent et échangèrent quelques mots, puis le médecin la fit allonger et mit un gel transparent sur son ventre, dont la rondeur commençait à se noter. Leurs yeux se braquèrent sur l'écran.

Ils poussèrent un petit cri de surprise.

— Est-ce que vous souhaitez connaître le sexe du bébé ? demanda le médecin.

Elle se mordit la lèvre inférieure.

— Oui, je voudrais vraiment ! Je pensais que je voudrais garder la surprise, mais maintenant je veux savoir !

— Eh bien, c'est une fille, dit le Dr Morgan.

Elle fondit en larmes. Puis se mit à rire. Il lui prit la main, incapable de réprimer un large sourire. Et incapable aussi de quitter l'écran des yeux. C'était un bébé, il n'y avait aucun doute. Un vrai bébé, bien vivant. Une petite fille !

— Les battements sont bien nets, dit le médecin en montant le son alors que le bruit de son petit cœur emplissait toute la pièce.

— C'est incroyable, murmura-t-elle.

Il serra sa main un peu plus fort.

Il vit son regard se poser sur leurs doigts entremêlés. Elle inspira et retira finalement sa main. Il s'écarta de façon réflexe. Elle prenait ses distances.

Tu n'es pas le père de son enfant, se rappela-t-il. *Tu n'es pas le fiancé d'Emma. Vas-y doucement.*

— Une sage-femme de mon cabinet propose des classes de préparation à la naissance selon la méthode Lamaze, si vous êtes intéressés, sachez que le premier cours aura lieu la semaine prochaine, mercredi soir.

— Nous y serons, assura-t-il.

Mais il sentit à nouveau son regard se poser sur lui.

En sortant du cabinet du Dr Morgan, Emma avait l'impression que tous les regards étaient braqués sur eux : les gens se disaient sans doute que ce charmant petit couple avait bien de la chance… Elle ne comprenait pas comment deux sentiments aussi contradictoires pouvaient s'affronter en elle. Le bonheur d'être une équipe, de se sentir soutenue, et le besoin farouche d'être indépendante et forte, capable d'élever seule son enfant. Chaque fois qu'elle profitait du plaisir de la présence rassurante de Jake à côté d'elle, elle semblait oublier que ce n'était qu'un jeu de rôle… C'était quelqu'un de bien et il tenait à elle. Il serait là pour elle, mais ce n'était pas vraiment son compagnon.

Il manquait l'amour.

— Je me demande si je ne regarde pas les clichés à l'envers, dit-il en détaillant les images de l'échographie. Ah oui, comme ça, je vois le visage, et son nez !

Est-ce que Jake Morrow était vraiment en train de s'émouvoir devant les échographies de son bébé ?

Elle allait avoir une fille.

Allait-elle ressembler à sa mère, Violet ? Elle plaça une main sur son ventre et leva les yeux vers le ciel, les nuages de coton au-dessus d'elle, et se dit que sa mère la voyait peut-être et serait touchée de savoir qu'une petite Violet arriverait bientôt en ce bas monde.

Lauren Harwood, la comptable du ranch qui travaillait à mi-temps dans un bâtiment voisin, les croisa et leur sourit avec ravissement. Finalement, Jake était peut-être un peu trop doué pour jouer les fiancés parfaits…

— Jake, dit-elle doucement, tu n'es pas obligé de venir aux cours de préparation à la naissance. Je suis sûre qu'il y a des mamans célibataires et que la sage-femme pourra m'accompagner.

Il baissa son stetson sur ses yeux pour se protéger du soleil.

— Tu auras besoin d'un partenaire pour ces cours et j'y apprendrai aussi les premiers soins à un bébé, pourquoi ne pas en profiter ?

Faire cela avec toi… Cela me donne l'impression que nous

vivons vraiment cette grossesse ensemble. Que tu es le père de mon enfant. Que nous sommes une équipe pour de vrai…

Et ce n'était pas vrai.

— Ce matin, je suis passé au magasin de puériculture BabyCenter, tu pourras y trouver tout ce dont nous aurons besoin, depuis les sièges auto jusqu'aux lots de couches, en passant par les vêtements. Je t'ai crédité un compte là-bas, ce sera plus pratique.

Elle s'arrêta de marcher.

— Jake, je suis capable de m'en occuper toute seule. Je peux acheter le nécessaire moi-même.

— Emma, je voulais juste…

— M'aider, je le sais ! Et jouer les fiancés idéaux, mais au bout du compte il faut que nous soyons lucides : je serai seule avec mon bébé. J'ai quelques économies, j'ai un salaire. Je peux assumer mon bébé.

— Mais…

— Ça, par exemple ! s'exclama une voix familière.

Elle se retourna et vit Hank qui tenait dans ses bras un chiot blanc et marron tacheté, avec de longues oreilles pendantes. Quel que soit l'argument que Jake s'apprêtait à avancer, il ne faisait pas le poids face à cet adorable petit animal !

— Qu'il est mignon ! lança-t-elle en reculant d'un pas. Je suis allergique aux chiens, mais cela ne m'empêche pas de les adorer !

— CJ et Golden aussi sont allergiques, c'est pour cela que nous n'avons pas de chien au ranch, dit Jake. Tu le sais, Hank, pourtant !

— Ce n'est pas mon chien, se défendit Hank. Il est à Fern. Il s'est échappé de sa boîte tandis qu'elle l'amenait au refuge. Elle l'a trouvé qui errait dans son ranch, il a dû se perdre.

— C'est au moins une bonne chose que vous soyez toujours en contact, souligna-t-il.

Hank fronça les sourcils, gratouillant la tête du chiot.

— En fait, je l'ai entendue raconter cela et j'ai retrouvé

le chiot mais je ne sais pas bien ce que je vais pouvoir lui dire lorsque je lui rendrai. Je voudrais vraiment essayer de faire la paix.

— Je croyais que tu en avais assez de chercher ce qu'il fallait dire ou faire…

— Oui, Jake, mais elle me plaît tellement, dit Hank, des étoiles dans les yeux.

La bonne trentaine, des cheveux longs et des taches de rousseur, Fern était aussi petite et menue que Hank était grand et carré.

— Va la retrouver, dit-il en pointant du doigt Fern qui traversait une rue à une centaine de mètres, visiblement en train de chercher son chiot. Vas-y avant qu'elle ne s'inquiète trop et sois naturel, c'est tout.

Hank fronça les sourcils.

— Tu crois que je dois être moi-même, maintenant ? C'est nouveau, ça !

— Laisse-toi guider par tes sentiments, ajouta Emma avec un sourire.

— C'est bon, je vais essayer, soupira Hank avant de se presser en direction de Fern.

Elle observa Fern qui se tournait vers lui et la vit lever les bras au ciel, soulagée, en remarquant le chiot. Puis Fern accourut vers Hank et caressa le petit chien avant de taper sur l'épaule de Hank, qu'elle serra aussitôt dans ses bras.

En regardant la scène, elle sourit. Fern et Hank parlèrent un peu avant de se séparer, et le cow-boy revint vers eux.

— J'ai un rendez-vous demain soir au Hurley's ! lança Hank. On dirait que ça marche, quand je suis moi-même, finalement !

— Qu'est-ce que tu lui as dit ? demanda Jake.

— Juste que j'avais retrouvé son petit fugitif et que j'étais plutôt content qu'il se soit échappé pour me permettre de le lui rapporter, même si je ne suis qu'un gros balourd qui dit toujours ce qu'il ne faut pas dire. Et elle m'a dit que ce que je venais de dire était exactement la meilleure chose à dire. Alors je lui ai demandé si elle voudrait bien me donner une nouvelle chance demain et elle a dit oui immédiatement.

— Je suis tellement contente pour toi, Hank ! dit Emma avec un large sourire.

— Bien joué, renchérit Jake.

Hank repartit, visiblement de très bonne humeur.

Ils l'observèrent s'éloigner en silence.

— Pour revenir au sujet du BabyCenter, Emma, je voulais simplement te permettre d'avoir tout ce dont tu aurais besoin…

— Je le sais et j'apprécie tout ce que tu fais, Jake. Mais je gagne ma vie, tu sais, je peux acheter moi-même le matériel pour le bébé.

— Bien sûr, mais…

— Je n'ai pas besoin que tu voles à mon secours. Est-ce que tu peux le comprendre ?

— Emma, essayer de t'aider est différent de « voler à ton secours », tu sais.

— Alors tu ne comprends vraiment pas !

— Je ne suis pas ton père, Emma, je n'essaie pas de décider pour toi. Je tiens à toi, c'est tout !

— Alors laisse-moi libre d'être qui je suis.

— Celle que tu es est sacrément têtue, lança-t-il avec un sourire en coin.

— Têtue ou déterminée ? souligna-t-elle. Tu ne peux pas suggérer à Hank d'être lui-même et me demander de me conformer à ce que tu attends de moi.

Il posa la main sur son épaule.

— Je voudrais juste que tu saches que tu n'as pas à tout gérer seule. Tu n'es pas obligée de maintenir tout le monde à distance parce qu'accepter une main tendue serait une faiblesse ou un mensonge. Ce n'est pas nécessairement le cas, Emma.

— Excuse-moi, j'ai une course à faire, dit-elle soudain en indiquant le commerce en bas de la rue.

Ce dont elle avait vraiment besoin, c'était une échappatoire, afin de laisser les mots de Jake décanter en elle. Seule. Tout à coup, sa présence était de trop. Il y avait eu l'échographie, où ils avaient découvert ensemble qu'elle allait avoir une fille. Il y avait eu cette conversation, au cours de laquelle il l'avait si bien décryptée… Oui, elle ressentait la nécessité d'un peu de solitude.

— J'ai aussi une course à faire, est-ce que ça te va si nous nous retrouvons à la voiture dans une demi-heure ? suggéra-t-il.

Elle acquiesça et se pressa en direction du supermarché, sentant qu'il ne la quittait pas des yeux. Lorsqu'elle tourna la tête, leurs regards se croisèrent et il lui adressa un petit signe de la main avant de remonter la rue de son côté.

Comment pouvait-on se montrer aussi présent, aussi fiable et disponible pour quelqu'un qu'on connaissait à peine ?

Elle entra dans le magasin, où la climatisation était rafraîchissante, et alla chercher un panier, qu'elle remplit de fruits et de légumes.

— Bonjour, madame, laissez-moi vous aider, proposa aussitôt un vendeur venu à sa rencontre. Nous sommes là au service des femmes enceintes, pour éviter qu'elles ne portent des charges.

Voilà que je ne suis plus capable de porter quelques pommes et un chou ! Elle avait envie de crier, mais son regard s'arrêta sur le jeune vendeur souriant. Il essayait simplement de se montrer serviable et gentil, après tout…

— Merci, c'est très aimable, conclut-elle.

Jake avait peut-être raison. Peut-être devait-elle simplement se détendre un peu.

Mais, si elle acceptait ce qu'il lui offrait, elle en voudrait toujours plus. Elle voudrait son amour, son cœur. Ses bras autour d'elle. Pour toujours. Et ce n'était pas ce qu'il était prêt à lui offrir.

9

Emma plaça cinq steaks sur un plat et éteignit le gril, se remémorant le jour de son arrivée à Full Circle. Jake était alors un étranger, un bel homme avec un tablier qui courait après son bélier échappé. Et elle était venue en quête d'un homme à qui elle prévoyait d'annoncer sa grossesse.

L'homme, hélas, n'était plus de ce monde, et l'étranger était devenu son fiancé sur le papier. Mais aussi celui qui voulait s'investir dans sa vie.

Le rendez-vous d'échographie.

La joie qu'il avait eue en découvrant les images.

Le compte ouvert au magasin de puériculture.

Jake avait choisi de l'embaucher alors qu'elle était seule et en détresse. Il lui avait offert le poste dont elle avait besoin, dans ce ranch où elle s'était aussitôt sentie accueillie, avec ces hommes à qui elle s'était aussitôt attachée. Il s'était rendu indispensable, alors qu'elle était convaincue qu'elle ne pouvait se permettre de faire confiance à qui que ce soit.

Lorsqu'elle servit le repas, elle sentit le regard de Jake sur elle. Sans doute se demandait-il si elle était toujours aussi sur la réserve que ce matin, lorsqu'ils avaient discuté… Durant le trajet du retour, ils avaient décidé de mettre cette discussion de côté et de se laisser un peu de temps seuls, l'après-midi.

— Miam, j'en salive à l'avance, lança Grizzle en reniflant le fumet qui se dispersait dans la pièce, j'adore l'odeur de tes pommes de terre au four, avec ce goût épicé unique.

— C'est de l'ail ! se moqua CJ.

— Eh bien, va pour l'ail, moi, j'aime les pommes de terre d'Emma !

— Merci, Grizzle, dit-elle en s'asseyant.

Elle avait l'estomac dans les talons et remplit largement son assiette.

— Emma ? demanda Golden d'une voix à peine audible. Est-ce que je peux te poser une question ?

Elle leva les yeux vers le cow-boy aux cheveux blonds assis en face d'elle à table.

— Oui, bien sûr !

— Ce soir, il y a une soirée dansante caritative, et je me disais que Katie pourrait peut-être m'inviter à danser, commença-t-il à expliquer.

— Bon sang, Golden, mais, à l'heure qu'il est, elle est sans doute mariée et mère d'un enfant, lança Hank.

Golden leva les yeux au ciel avec un petit sourire malgré tout.

— Je l'ai croisée à la librairie et elle m'a demandé si je comptais y aller et donc j'ai dit oui, et elle m'a dit que ce serait une soirée *ladies'night* et qu'elle espérait m'y retrouver…

— Pourquoi est-ce qu'elle ne t'invite pas directement, alors ? s'énerva Grizzle. Elle t'éviterait tous ces tourments…

Golden rougit.

— Je n'arrive vraiment pas à comprendre ce qui peut l'intéresser chez moi.

— Une alchimie irrésistible ? s'amusa Hank.

— Houlà, ça devient trop compliqué pour moi, lança Grizzle.

— L'alchimie est pourtant nécessaire, ce petit quelque chose d'inexplicable qui fait qu'on se sent bien avec quelqu'un sans forcément savoir pourquoi, dit Emma. Ces frissons à la simple évocation de la personne en question, ce petit pincement au cœur lorsqu'on croise son regard.

Elle leva les yeux vers Jake, assis en bout de table et

si incroyablement sexy dans sa chemise bleu nuit. *Toutes ces choses que je ressens quand je pense à toi ou que je te regarde. C'est ça, l'alchimie*, songea-t-elle.

— Vous êtes en train de me dire que peut-être qu'elle m'aime bien sans même me connaître et sans même savoir pourquoi ? demanda Golden. Si ça se trouve, elle déchantera en faisant ma connaissance…

— Inutile de commencer par des « si » ! s'exclama Hank en pointant sa fourchette vers Golden. Si Katie t'apprécie, c'est tout ce qui compte. C'est à toi de jouer, maintenant, c'est tout.

— Je dois dire que je suis du même avis que ces vieux ours, souligna CJ. Tu n'as pas de souci à te faire !

— Tu ferais bien d'en savoir autant sur la vie qu'un seul de ces vieux ours, renchérit Grizzle avec un soupir.

— Et toi, Grizzle, est-ce que tu vas faire appel à Emma pour te mettre en beauté ce soir, demanda Hank, ou est-ce que tu persistes à vouloir jouer les vieux bornés ?

— J'en reste au vieux borné, répondit Grizzle. Soit Michelle me prendra comme je suis, soit ce sera la fin et on n'en reparlera plus.

— Tu te fais du mal pour rien, dit CJ. Si tu refuses de faire un effort pour aller danser, alors que c'est tout de même le minimum, Michelle aura simplement l'impression qu'elle ne mérite même pas que tu fasses un effort pour elle, et en effet c'en sera terminé de vous deux.

— Elle le mérite, bien sûr ! s'exclama Grizzle. Ce n'est pas ce que je dis, mais j'aime bien être comme je suis, je trouve que ça va très bien comme ça.

Hank haussa les épaules.

— Moi, je ne veux pas courir le risque d'échouer avec Fern. Si elle me demande comment je la trouve, au lieu de lui dire qu'elle est normale ou qu'elle n'a rien entre les dents, je lui dirai qu'elle est très jolie !

Emma sourit.

— Cela me semble être un très bon début !

— Peut-être que tu n'es pas vraiment prêt pour une relation, Grizzle ? demanda Hank.

— Je ne savais pas que tu étais psy, aussi ! lança Grizzle, moqueur.

— Cela fait cinq ans, maintenant, dit Golden. J'espère que tu ne m'en voudras pas de te dire ça, Grizzle, mais cinq ans c'est long… Et puis vous avez de la chance d'être capables d'inviter les femmes qui vous plaisent à danser. J'aimerais pouvoir le faire, moi aussi.

— Tu as raison, dit Jake en souriant à Golden.

Grizzle grimaça et croisa les bras devant sa poitrine, mais il ne revint pas sur ce que Golden venait de dire.

— S'il n'est pas prêt, il n'est pas prêt, c'est tout. Il faut respecter cela, dit CJ.

— Mais parfois cela ne dépend pas de notre volonté, dit Jake.

CJ jeta un coup d'œil à son frère.

Emma repensa à leur échange tendu en sortant du cabinet d'échographie. N'était-ce pas un bon signe, après tout ? Les couples heureux se disputaient. Était-elle aussi têtue que Jake le suggérait ? Était-elle incapable de laisser les gens l'aider ? À moins qu'elle ne veuille simplement faire les choses à sa façon, comme elle l'entendait…

Elle avait pourtant accepté sa main tendue pour qu'il devienne son fiancé et joue le jeu devant son père.

La préoccupation était de savoir où tout cela allait la mener. Vers un cœur brisé ?

Deux slows venaient d'être joués. Emma se tenait à côté de Jake. Elle avait été soulagée que personne ne vienne l'inviter, vu que c'était une soirée dédiée aux femmes, et que c'était elles qui invitaient. Elle aimait ne pas avoir à se servir de cet avantage ! Mais comme Jake était ce qu'il était, c'est-à-dire un grand bel homme musclé et qui sentait délicieusement le savon et les épices, elle sentait sa volonté fondre comme neige au soleil. Un simple « on danse ? » et elle aurait pu se retrouver entre ses bras solides, la tête contre son torse et la main de Jake autour de sa taille. Il lui aurait alors suffi de fermer les yeux pour se laisser aller aux plus douces rêveries. Hélas, plus elle se laissait aller aux rêveries et plus elle avait du mal à revenir à la réalité. Elle aurait tant aimé que cet homme soit son homme, pour de vrai.

Mais il n'était pas amoureux d'elle. Elle risquait de finir avec le cœur brisé et seule, si elle s'accrochait à ces fantasmes. Devenir jeune maman dans ces conditions n'était pas une option. Aussi resta-t-elle silencieuse à côté de lui, alors que le groupe entonnait une reprise de sa chanson préférée d'Adele.

Leur petite comédie de fiançailles, cependant, avait tout de même un avantage : toute la ville était visiblement au courant que le beau cow-boy n'était plus libre et aucune femme n'osa l'inviter, ce qui lui évita la torture d'avoir à le regarder danser dans les bras d'une autre.

— Est-ce que tu veux bien que nous reprenions notre discussion de cet après-midi ? demanda-t-il finalement.

— Celle où je te disais que je ne comptais pas utiliser ton compte pour faire des achats au BabyCenter, parce que j'étais en mesure de subvenir moi-même aux besoins de mon bébé ?

— Emma, l'interrompit-il, une chose est claire à mes yeux : c'est ton bébé et tu es la seule à pouvoir prendre les décisions, quoi qu'il advienne.

C'était plutôt inattendu. Alors qu'elle était en train de penser qu'elle avait des arguments à lui opposer, il réagissait exactement comme elle l'aurait espéré.

— D'accord, répondit-elle avec un soupir de soulagement. Je suis contente qu'on se comprenne.

Il soutint son regard et elle eut la sensation qu'elle devinait exactement ce qu'il était en train de penser, à savoir : « Je n'en suis pas si sûr. »

— Et si nous allions prendre un verre ? proposa-t-il

après un instant de silence. J'ai vu des petits-fours plutôt appétissants, et puis Golden se cache dans un coin alors que Katie le cherche ! Je pense qu'on devrait envoyer ces deux-là sur la piste !

Elle sourit.

— J'aime cette mission. Opération romance ! J'ai une petite idée, tu vas discuter avec Golden, pendant que je retrouve Katie, et ensuite nous nous rapprochons du buffet en même temps !

— Bien vu !

Ils se débrouillèrent donc pour que Jake invite Golden à boire un verre tandis que Katie et elle les y retrouvaient fort opportunément.

Jake lui proposa aussitôt une assiette de petits-fours, tandis qu'il poussait Golden du coude pour l'inciter à faire de même avec Katie.

— Est-ce que tu en voudrais, Katie ? dit Golden, dont les mains tremblaient comme des feuilles.

Soudain, l'assiette lui échappa et les quelques petits-fours qu'elle contenait tombèrent sur le sol.

Golden vira au rouge écarlate et s'agenouilla pour les ramasser en même temps que Katie. Ils saisirent chacun l'assiette d'une main.

— Cette fois-ci, tu danses avec moi, Golden ! dit Katie. C'est la règle lorsqu'on renverse une assiette de petits-fours alors que le groupe joue une ballade, tout le monde le sait.

Golden sourit.

— Est-ce que je peux savoir ton vrai prénom, Golden ? demanda Katie.

— C'est Charlie.

— Charlie, répéta Katie. Je sais que tout le monde t'appelle Golden, mais j'aime bien Charlie. Je peux t'appeler comme ça ?

— Oui, ça me va, dit-il en tendant la main à Katie pour l'amener vers la piste.

— Mission accomplie ! On dirait que c'est un début prometteur, non ? dit Jake.

Elle lui serra la main et ils restèrent un long moment à observer Golden et Katie, jusqu'à ce que celui-ci place une main sur l'épaule de sa cavalière et qu'ils se mettent en mouvement.

— On a réussi ! s'exclama-t-il encore.

— Je suis très heureuse pour Golden, moi aussi.

— Est-ce que tu as vu Grizzle ? Je me demande même s'il est venu.

Elle regarda la salle comble, repérant rapidement Grizzle et ses cheveux hirsutes.

— Il est là-bas ! dit-elle en le pointant du doigt.

Elle le vit occupé à observer la piste de danse, l'air contrarié. Suivant son regard, elle comprit mieux de quoi il retournait.

— Oh ! fit-elle.

Il regarda à son tour.

— Je pense que cette fois Grizzle va devoir se débrouiller tout seul. Il faut parfois apprendre de ses échecs, même si c'est un peu douloureux. Il doit découvrir comment faire de la place dans son cœur blessé pour une autre femme. C'est à lui de voir, même si je me doute que ce n'est pas aisé, après le décès de sa femme.

— Mais, s'il veut vraiment que Michelle fasse partie de sa vie, il y arrivera.

— Oui, si seulement…

— Il est important d'être en accord avec soi-même, dit-elle. Ne pas laisser les autres vous obliger à quoi que ce soit, tu ne crois pas ?

Il la regarda droit dans les yeux.

— Comme nous l'avons dit tous les deux, je crois qu'on est parfois son propre ennemi et qu'on rend les choses plus difficiles qu'elles ne le sont, à cause de notre entêtement à prouver qu'on a raison, dit-il.

— Prouver à qui ?

— À soi-même… À quelqu'un d'autre…

— À son père ? demanda-t-elle.

Il lui tendit la main et l'entraîna un peu à l'écart de la piste pour parler au calme.

— Emma, pour être honnête, je ne pense pas que tu essaies de prouver quoi que ce soit à ton père. Je ne crois pas que cela ait un rapport avec lui. Je pense que tout cela est entre toi et toi-même. Tu t'es sentie trahie par Tex et tu t'es blindée. Tu refuses qu'on t'aide, tu veux être forte et élever seule ce bébé. Dans tout cela, je vois en partie ta fierté de savoir faire face à l'adversité, mais aussi ta crainte d'accepter que des gens t'aiment, tiennent à toi.

— Tu crois que mon père m'aime ? C'est par amour qu'il me menace de vendre le ranch de ma mère ? Par amour qu'il veut m'arranger un mariage ? C'est pour cela que je me suis fiancée avec toi ? Grâce à l'amour de mon père ?

— Ton père fait ce qu'il pense être le mieux pour toi. Il a tort, c'est évident. Je pense que la raison pour laquelle tu n'as pas vraiment cherché à le faire changer d'avis c'est qu'au fond de toi tu ne veux pas rester seule éternellement.

— Tu crois que je fais cela pour que tu finisses par me demander en mariage pour de bon ? lança-t-elle. Comment peux-tu penser cela ? Tu imagines que j'ai prémédité un piège pour te contraindre à m'épouser, Jake ?

— Quoi ? Mais pas du tout, voyons, cela n'est absolument pas ce que je voulais dire.

— Au revoir ! conclut-elle en tournant les talons.

— Emma, arrête de jouer les têtes de mule un instant, par pitié !

Elle se retourna pour lui décocher un regard noir, puis disparut dans la salle.

— On dirait moi, lança Hank, qui passait à proximité, enfin, l'ancien moi qui aurait été capable de traiter une femme de tête de mule… Parce que le nouveau moi sait qu'elles n'apprécient jamais ce genre de qualificatifs !

Bon sang de bonsoir.

Lorsqu'on commençait à recevoir des conseils sur les femmes de la part Hank Timber, cela signifiait une seule chose : on était dans de beaux draps.

Il regarda Emma qui s'éloignait vers la porte. Elle était furieuse, c'était certain. Il soupira et prit un verre de punch, qu'il vida d'un trait. Lui courir après n'était sans doute pas une bonne idée. Il pensait ce qu'il avait dit. Il ne voulait pas s'excuser, en tout cas, pas s'excuser de la façon qu'elle aurait souhaitée. Il fallait d'abord qu'elle se calme, et ensuite il essaierait de voir les choses de son côté aussi.

Il n'aurait pas dû la traiter de tête de mule, en revanche. Hank avait raison.

Il commencerait par là.

Il se dirigea à son tour vers la sortie et vit CJ et Stella sur la piste. Elle reposait sa tête contre le torse de CJ et ils avaient l'air heureux tous les deux. Tant mieux. Golden et Katie aussi continuaient à danser. Fern et Hank avaient quant à eux gagné la première marche du podium au concours de danse country. Seul Grizzle semblait toujours aussi malheureux que lui, debout les bras croisés devant la poitrine, à regarder Michelle danser avec un autre homme.

Lorsqu'il arriva chez lui, une dizaine de minutes plus tard, il avait les idées plus claires. Il retrouva Emma installée sur la terrasse, emmitouflée dans un plaid, avec Redford sur les genoux. Savait-elle seulement à quel point elle était belle sous la lune et les étoiles, ses cheveux dorés étalés sur ses épaules ?

— Je suis désolé, dit-il. Je n'aurais pas dû te traiter de tête de mule. Je n'aurais pas non plus dû exprimer des jugements sur ta vie et tes choix.

— Tu n'aurais pas dû quitter la soirée.

— Les soirées dansantes ne sont pas vraiment mon truc et puis tu étais partie. Furieuse contre moi, de surcroît.

Elle sourit.

— Eh bien, je suis toujours furieuse, c'est vrai, mais

j'apprécie tes excuses. Même si je suppose que je peux parfois me montrer tête de mule. Mais uniquement quand je sais que j'ai raison !

Ils rirent en même temps et il s'assit en face d'elle. La tension entre eux s'était dissipée, et en quelques secondes une nouvelle tension vint la remplacer. Il avait envie de la prendre dans ses bras. Envie de l'embrasser. Mais il se retint, évidemment.

Il se leva et observa le ciel étoilé. Il avait envie de lui dire tant de choses. De s'expliquer. De lui parler de ce qu'il ressentait. Lui dire qu'il tenait à elle. Qu'il la désirait, aussi. Il n'avait jamais oublié ce qu'il avait ressenti lorsqu'elle était arrivée au ranch, le premier jour, à la recherche du père de son bébé. Et comment il avait dû lui annoncer la terrible nouvelle. À cet instant, il s'était senti investi d'une profonde responsabilité. Il voulait s'assurer qu'elle avait tout ce dont elle avait besoin, que son bébé ne manquerait de rien.

En cours de route, cependant, ce sens de la responsabilité s'était changé en autre chose, quelque chose de plus intense, quelque chose qui n'était plus une obligation mais commençait à ressembler à de l'amour.

Il se retourna pour la regarder, espérant que les mots justes lui viendraient.

— Je te dois tant de choses, Emma. À toi et à ton bébé. Tu sais, pour Joshua, enfin, Tex… Il était mon aide, mon second. Il est mort sur mes terres. En travaillant pour moi, dit-il, la poitrine serrée. Vingt-sept ans et il est parti comme ça…

— Tu penses que tu es en dette par rapport à moi à cause de cela ?

Oui. C'était le cas. Prendre soin de son bébé, de l'enfant de son collègue disparu, c'était bien le moins qu'il pouvait faire. Et pourtant il y avait encore autre chose. Mais comment lui expliquer ce qu'il ressentait ?

— Emma, écoute, je…

Elle se leva et vint se placer devant lui, les bras croisés.

— Jake, je vais appeler mon père demain pour lui parler. J'espère que j'arriverai à le convaincre et nous n'aurons plus à jouer la comédie. Nous pourrons reprendre notre vie, chacun de notre côté.

Il poussa un soupir. Devait-il cesser d'argumenter ? Oui. Il devait la laisser libre d'être ce qu'elle voulait, comme elle le voulait. Elle n'aurait pu se montrer plus claire sur le fait qu'elle souhaitait garder son indépendance. Elle ne voulait pas dépendre de lui.

Il se leva.

— Bonne chance, dit-il avant de la laisser et de monter rejoindre sa chambre.

Cette nuit-là, dans son lit, Emma se retourna pendant des heures en cherchant le sommeil, se repassant en boucle la discussion qu'elle avait eue avec Jake. Pourquoi avait-elle l'impression que son cœur était brisé en mille morceaux ?

Parce qu'elle l'aimait, bien sûr. Et parce qu'il lui avait expliqué le pourquoi de son attention et de son attitude bienveillante à son égard. Parce qu'il se sentait coupable. Parce qu'il pensait qu'il avait une dette à solder avec elle.

Des larmes roulèrent sur ses joues et elle regretta que Redford ne soit pas là, pour qu'elle se sente un peu moins seule.

Tout à coup, elle comprenait tout.

Elle regarda sa main gauche. La bague de sa mère dont le diamant brillait dans la pénombre. Demain, elle devrait convaincre son père. Lui parler. Défendre son cas. Lui apporter ses relevés de comptes pour lui prouver qu'elle serait capable de s'en tirer et d'élever son enfant seule, parce qu'elle avait un emploi stable et un logement, ici, à Full Circle, au sein d'une équipe formidable.

Elle devrait convaincre son père de faire confiance à sa tête de mule de fille, qui allait devenir maman célibataire. Et puis qu'adviendrait-il ? Elle travaillerait pour Jake… Comment est-ce que cela se passerait ? Elle allait se retrouver face à cet homme. Peut-être devrait-elle assister à sa rencontre avec une autre. Avec sa future femme.

Elle n'était pas certaine que son père écouterait ce qu'elle avait à lui dire, mais elle devait essayer. C'était tout ce qu'elle pouvait faire.

Elle ferma les yeux et essaya de laisser le sommeil l'emporter. C'était sans compter les beaux yeux verts de Jake qui venaient et revenaient la hanter.

10

Emma se réveilla à 7 heures, ce dimanche. Elle avait bien récupéré, même si elle avait mis longtemps à trouver le sommeil.

Après une bonne douche chaude, elle enfila un jean et un T-shirt bleu à manches longues puis descendit en croisant les doigts pour ne pas tomber sur Jake. Elle ne voulait plus repenser à leur conversation.

Elle se dirigea vers la cuisine, salivant à l'avance à l'idée d'un copieux petit déjeuner, et elle entendit des voix en provenance de la salle à manger. Les odeurs de pancakes et de bacon lui firent presser le pas.

— Tu n'as pas beaucoup dansé, hier soir, Grizzle, déclara CJ.

— Tant pis pour elle, répliqua Grizzle.

— Vraiment ? demanda Golden. J'ai l'impression que c'est moi qui y perds quand je reste en bord de piste.

La veille, il avait dansé douze morceaux consécutifs avec Katie !

— Ce n'est pas pareil, dit Grizzle. Katie a l'air de t'apprécier tel que tu es, alors que Michelle veut me changer. Eh bien, elle peut bien rêver !

— Grizzle, te passer un coup de peigne et enfiler une chemise quand la situation le réclame n'est pas changer qui tu es, c'est simplement faire un effort pour t'adapter, souligna CJ.

Emma s'approcha de la table et vint s'asseoir à côté de Grizzle. Il avait l'air contrarié. Elle sourit aux cow-boys, surprise de les retrouver déjà réunis. Elle sentit les yeux de Jake sur elle tandis qu'elle buvait une gorgée de son infusion en s'efforçant de ne pas croiser son regard.

« Je me sens responsable de toi »…

Hank se servit largement du bacon.

— J'ai battu Golden sur le nombre de danses, Fern et moi avons dansé sur vingt-cinq morceaux et nous avons même gagné un prix de danse country !

Elle lui sourit.

— Je suis heureuse que vous vous soyez si bien amusés hier soir, vous aviez l'air très heureux tous les deux !

— Maintenant, c'est Jake qui va venir prendre quelques cours de bienséance avec moi, lança Hank avec une moue sarcastique.

Jake leva les yeux au ciel, mais sourit à Hank avant de se cacher derrière sa tasse de café.

— Oh ! vous vous êtes déjà disputés, tous les deux ? demanda Grizzle en regardant alternativement Jake et Emma. Alors que vous n'êtes pas même fiancés pour de vrai ?

— Mais non, tout va très bien, dit Jake.

— Très bien, répéta-t-elle. Golden, je suis très contente que tu aies finalement dansé avec Katie. J'ai l'impression que tu as passé une bonne soirée…

— Oui, répondit-il. Et d'ailleurs devinez qui a un rendez-vous ce soir au Hurley's ? J'ai appelé pour réserver la petite table qui donne sur les montagnes. Clementine m'a dit qu'elle s'occupait de tout !

— Super, s'exclama-t-elle, je suis vraiment ravie pour vous deux !

Golden se pencha vers Grizzle, à qui il marmonna quelque chose à l'oreille. Grizzle hocha la tête.

— Emma, nous avons une petite surprise pour toi, dit Golden, c'est dans l'atelier derrière l'étable.

— Une surprise pour moi ?

Hank se leva.

— Oui, viens, allons tous voir ensemble, lança-t-il, visiblement impatient.

Elle termina son pancake et jeta un regard interrogatif à Jake, qui haussa les sourcils sans rien laisser paraître. Elle suivit alors les cinq hommes vers l'atelier.

À l'instant où elle passa le seuil, elle poussa un cri de surprise.

Ils avaient pensé à tout.

Toute la chambre du bébé était là, devant ses yeux.

Un lit en bois, peint d'un ton jaune pâle avec des petites étoiles blanches sur les montants, un petit mobile coloré, un rocking-chair blanc, avec un épais coussin jaune. Une étagère blanche avec des étoiles jaunes et une table à langer assortie avec un matelas dessus.

— Vous avez fait tout ça ? demanda-t-elle en se tournant vers Golden.

— Nous avons fait ces meubles, oui. Jake et CJ ont fabriqué le lit. Hank et moi, le fauteuil, et Grizzle, le mobile et l'étagère.

Les cow-boys souriaient, visiblement satisfaits de leur petite surprise. Jake, lui, s'était placé légèrement en retrait.

— Je suis tellement touchée, parvint-elle à articuler au bout d'un moment, les larmes aux yeux. J'en perds même mes mots, c'est si inattendu… Vous êtes vraiment doués, je n'arrive pas à croire que vous ayez fabriqué tout cela pour moi !

— Mais tu es l'une des nôtres, dit Hank. Même si tu n'es pas un cow-boy, tu fais partie de l'équipe !

— Et notre équipe fonctionne comme une famille, dit Grizzle.

— Nous nous sommes mis au travail en pensant à Tex, pour honorer sa mémoire, précisa Hank. Même si nous ne le connaissions qu'à peine, nous avons trouvé en lui un travailleur honnête et un bon camarade. Et puis il connaissait beaucoup de choses sur tout, il pouvait nous expliquer combien d'eau un nuage peut contenir avant de la déverser en pluie, par exemple !

Elle sourit. Elle se remémora le moment où elle avait rencontré Joshua au rodéo. Il était le plus beau des cavaliers, ce jour-là, elle l'avait remarqué en train de faire la queue devant la buvette…

— Je vais vous raconter comment j'ai fait la connaissance de Joshua, annonça-t-elle. Il était en train d'expliquer comment préparer le meilleur barbecue du Texas à un autre cow-boy, qui n'était pas de son avis. Et, comme je m'y connais un peu en barbecue, j'ai pris le parti de Joshua. Nous ne nous sommes ensuite pas quittés pendant des heures et avons discuté de tout à bâtons rompus.

Jake la regarda droit dans les yeux.

— Mais, si nous nous sommes mis au travail en pensant à Tex, dit-il doucement, nous l'avons poursuivi en pensant à toi, Emma. Parce que, comme nous te l'avons dit, tu es devenue une des nôtres. Tu es Emma, pas simplement la femme que Tex a laissée derrière lui, enceinte de son enfant.

— Je vous remercie et cela me touche bien plus que vous ne l'imaginez et que je ne peux l'exprimer. Merci, merci à tous.

Son regard s'arrêta sur Jake. Aurait-il été capable de dire cela sans leur dispute de la veille ? Il lui avait offert cet emploi en mémoire de Joshua, mais peut-être avait-il souhaité, vraiment souhaité, lui demander de devenir sa fiancée ? Si seulement il avait pris cette décision non pas pour honorer la mémoire de son ex-employé mais en raison de ses sentiments… Était-ce seulement possible ?

Elle s'avança vers les meubles, effleurant les coussins et les petits pendentifs du mobile.

— Michelle m'a aidé à faire les animaux du mobile, expliqua Grizzle en hochant la tête. Avant de me laisser tomber, je veux dire…

Elle posa la main sur son bras avec tendresse.

— Michelle devait tenir à toi, pour avoir envie de t'aider. En tous les cas, remercie-la bien de ma part, ces petits animaux sont vraiment ravissants.

Grizzle haussa les épaules, mais elle avait l'impression qu'il n'attendait que cela : un petit prétexte pour retourner vers Michelle.

— Nous allons tout monter dans tes appartements, dit Jake. Tu nous diras comment tu souhaites que nous les disposions.

— Vous êtes vraiment les meilleurs, messieurs. Les meilleurs collègues au monde.

Ils tenaient à elle et ils avaient pensé à son bébé. Sa petite Violet naîtrait sous les meilleurs auspices.

Et si Jake avait eu sincèrement envie de lui faire plaisir et de la protéger ? Si ses gestes n'avaient pas été dictés uniquement par le sens du devoir ou par le sentiment d'être obligé envers elle ? Plus le temps passait et plus elle avait l'impression qu'elle avait été injuste.

Oh, Jake, toi qui es si bon et si généreux, comment pouvais-je te retenir prisonnier d'un engagement qui t'empêcherait bientôt de vivre ta vie en t'attachant à la mienne ?

Il fallait qu'elle parle à son père. Qu'elle parvienne à le convaincre.

Jake serait libre d'aller de l'avant. Sans elle. Il trouverait l'amour auprès d'une femme qu'il choisirait.

Comment elle arriverait à l'accepter, en revanche, c'était encore un mystère…

Emma arriva tôt au Hurley's. Elle avait proposé de travailler quelques heures ce matin, alors que c'était son jour de repos, pour pouvoir quitter le ranch un moment tout en se retrouvant dans un contexte bienveillant, autrement dit, auprès de sa grand-tante Essie. Lorsqu'elle entra, Essie était seule dans la grande cuisine.

Elles s'embrassèrent et Essie lui servit un verre de son inimitable smoothie à la pêche. Elle devait préparer une tourte à la viande accompagnée d'une purée à l'ail et de deux sauces différentes pour le menu du jour.

— Est-ce que tu connaissais la recette de la tourte de ta grand-mère ? demanda Essie, occupée à émincer des oignons si rapidement que son geste en devenait hypnotisant pour elle.

— Ma grand-mère ?

— La mère de ton père, Vanessa. Elle nous invitait à dîner de temps à autre, et sa tourte à la viande reste un souvenir mémorable. Ma propre grand-mère et ma mère étaient de très bonnes cuisinières, mais jamais elles n'ont réussi à l'égaler en matière de tourte à la viande ! Elle m'a donné sa recette un jour et depuis je n'y change pas un détail !

Elle sourit.

— Je comprends que papa ait voulu te soutenir quand tu as ouvert ton restaurant, il doit être honoré de savoir qu'une recette de sa famille perdure !

— Oui, dit Essie en riant. Ton père n'est pas un mauvais bougre, il est bien intentionné… Dans le fond !

— Tu es trop gentille envers lui. Il croit toujours savoir mieux que quiconque ce qu'il faudrait faire, même si la personne en face ne lui a rien demandé du tout ! lança-t-elle, sentant son sourire s'évanouir.

Et, alors qu'elle baissait les yeux vers les gousses d'ail qu'elle devait éplucher, elle éclata en sanglots. Essie s'essuya les mains et l'accompagna vers une chaise pour qu'elle s'asseye. L'allusion à son père avait ravivé tous les souvenirs, sans compter l'attention des cow-boys qui l'avait ramenée à sa rencontre avec Joshua, justement un jour où elle prévoyait une conversation très importante avec son père, qui risquait de dégénérer en dispute.

— Il t'a vraiment envoyé des prétendants au ranch ? demanda Essie, stupéfaite. Je ne peux même pas dire que je suis si surprise que cela. C'est du Reginald Hurley tout craché…

Emma inspira profondément. Elle but une gorgée de smoothie et mangea un biscuit que sa tante lui présentait avant de raconter la proposition de prétendues fiançailles de Jake.

— Ah, je comprends un peu mieux, dit Essie. Je t'avoue que j'étais un peu troublée par la vitesse à laquelle ta relation avec Jake s'était nouée, même si je vous ai vus ensemble et que j'ai senti combien d'amour il y avait entre vous.

— Vraiment ? Mais, si nos fiançailles sont un arrangement, c'est qu'il n'est pas question de sentiments entre nous, précisa-t-elle.

Essie lui adressa un regard dubitatif.

— Il s'agit peut-être d'un arrangement, mais les sentiments et les émotions entre vous, eux, sont bien réels. J'ai soixante-seize ans, ma petite, je sais reconnaître l'amour quand je le vois.

Dans ce cas, sa tante voyait peut-être seulement les sentiments qu'elle éprouvait, puisque Jake, lui, n'était pas amoureux, de son côté.

— Emma, reprit Essie avec un regard perçant, pourquoi penses-tu que Jake t'a fait cette proposition, ma petite fille ?

— Au départ, j'ai pensé qu'il faisait ça parce qu'il était comme ça, généreux… Mais hier j'ai découvert qu'en fait il se sent profondément redevable envers moi parce qu'il était le patron de Joshua lorsque celui-ci a eu l'accident au ranch qui lui a coûté la vie. Ce n'est sans doute pas la seule raison, mais cela en fait partie, en tout cas.

Essie prit sa main.

— S'il s'est engagé ainsi, c'est parce qu'il t'aime, Emma. Les hommes peuvent prendre de grandes décisions pour tout un tas de raisons, mais en dessous il y a de l'amour.

— Les quatre autres cow-boys de l'équipe auraient fait la même chose, je crois.

— Oui, sans doute, mais tu m'as dit que Jake t'avait même demandée en mariage avant que son frère ne vous suggère la piste des fausses fiançailles ? Que ces cow-boys soient attachés à toi ne fait aucun doute, mais Jake, lui, est amoureux de toi.

Elle avait toute confiance en sa tante Essie, mais cette

fois-ci elle se trompait. Jake Morrow, avec son instinct de sauveteur, était de la race des saint-bernard, capable de remettre à plus tard la quête de son frère biologique, qui lui tenait tant à cœur, pour s'assurer de ne pas peiner CJ. Capable de proposer de l'épouser pour lui éviter d'avoir à se marier avec un des candidats envoyés par son père, parce qu'il savait que cela l'anéantirait.

Elle serra sa tante contre son cœur et la remercia de lui avoir si bien remonté le moral, avant de se remettre au travail. Pourtant, elle avait du mal à penser à autre chose qu'à Jake, se remémorant sa demande en mariage. Et puis leur baiser qui lui avait procuré des frissons voluptueux difficiles à oublier.

La seule certitude qu'elle avait encore en ce qui concernait Jake était qu'elle en était tombée amoureuse.

Après une matinée de travail chargée au ranch, Jake rejoignit finalement Golden pour transporter le mobilier dans la chambre d'Emma. Fabriquer le rocking-chair avait été une première pour Golden. Il avait révélé un tel talent dans cette pratique qu'il envisageait maintenant de monter sa propre affaire de menuiserie artisanale. Jake se réjouissait de le voir s'affirmer de plus en plus.

Avec l'aide de CJ, il porta le lit. Emma, qui était revenue après quelques heures passées au Hurley's, leur indiqua le coin qu'elle avait réservé pour le couchage du bébé. Grizzle fixa son mobile juste au-dessus. Les autres meubles suivirent le même chemin. La chambre du bébé paraissait vraiment complète, maintenant.

— Difficile d'imaginer qu'un bébé dormira ici dans quelques mois à peine, dit Grizzle. Je me rappelle encore la naissance de ma fille, un jour magique.

— Merci à tous, dit-elle. Du fond du cœur. Je suis tellement heureuse que mon bébé ait la chance d'avoir des meubles faits à la main par ses anges gardiens.

Lorsque les hommes redescendirent, il resta.

Elle prit place sur le rocking-chair.

— Je suis allée voir mon père après le service du Hurley's dit-elle. J'ai essayé de lui expliquer que, même si je suis fiancée, je suis indépendante et je gagne ma vie. Je lui ai montré mes relevés bancaires, je lui ai parlé de mon organisation, je lui ai rappelé que je travaille à temps plein depuis que j'ai quitté le lycée. Mais il n'a rien voulu savoir. Rien de rien.

— Je crois que la question ne se pose pas vraiment en termes de pouvoir ou pas élever ton enfant seule, pour lui. Il pense simplement que c'est une mauvaise chose, pas forcément que tu n'en es pas capable, tu ne crois pas ?

Elle soupira et se leva du fauteuil.

— Oui, tu as raison. J'espérais sans doute que si je le convainquais il me donnerait la certitude et la force d'y arriver, en fait. Si lui croyait en moi, alors c'était que j'étais vraiment capable de le faire.

— Tu seras une formidable mère, Emma, je n'ai pas le moindre doute à ce sujet !

Elle sourit et s'assit sur le bord du lit, un lapin en peluche à la main.

— Merci, mon père a dit la même chose, avant d'ajouter « maintenant que tu as Jake auprès de toi… »

Oui, je suis là pour toi, eut-il envie d'insister, de crier, même, pour qu'elle finisse par l'entendre enfin, mais avant qu'il n'ait le temps de quoi que ce soit il la vit ouvrir la bouche avant de porter les mains à son ventre.

Il se précipita vers elle.

— Emma, que se passe-t-il ?

— Jake, le bébé a bougé ! J'ai senti un coup de pied ! C'est la première fois !

Ouf ! L'espace d'un instant, il avait eu peur qu'il ne lui arrive quelque chose.

Agenouillé devant elle, il fixait son ventre avec émotion.

— Est-ce que je peux ? demanda-t-il en levant doucement la main.

Elle acquiesça d'un hochement de tête et prit sa main pour la placer sur son abdomen. Il ne sentit pas de coups, mais quelque chose qui le troubla profondément. C'était de l'énergie, c'était l'avenir. C'était la vie.

Il se pencha vers elle et lui prit le menton avant de l'embrasser tendrement. Elle l'enlaça et répondit à son baiser, qui devint plus profond, plus intense. Il passa la main dans ses cheveux aux reflets dorés. Il sentait sa poitrine ronde et ferme contre son torse et la serra encore davantage contre lui, caressant son dos, remontant jusqu'à sa nuque, puis effleurant son visage. Il avait tellement envie d'elle.

— Tu es si belle, Emma, murmura-t-il.

Elle l'embrassa avec un tel désir que cela lui coupa le souffle.

Il brûlait de lui arracher son T-shirt, mourait d'envie de découvrir ce qu'elle portait en dessous.

Elle ouvrit les yeux et le regarda. Elle semblait livrée à un débat intérieur. Est-ce qu'elle hésitait à poursuivre ?

Est-ce que c'était une mauvaise idée ?

Sans doute.

Ou pas.

Il sourit.

— Je suis en train de penser que nous sommes au milieu de la chambre du bébé et qu'un des gars pourrait entrer à tout moment pour déposer quelque chose que nous aurions oublié de monter, dit-il.

— Dans ce cas, nous ferions bien de fermer la porte à clé, non ? répondit-elle finalement.

Enfin !

Bonne ou mauvaise idée, c'était ce dont ils avaient envie l'un et l'autre plus que tout. Il se leva et referma soigneusement la porte avant de la rejoindre sur son lit où il la fit s'allonger avant de l'aider à retirer son T-shirt. Son soutien-gorge était en dentelle blanche, si sexy et innocent à la fois… Et sa poitrine était à se damner !

Mais qu'adviendrait-il lorsqu'ils auraient fait l'amour ?

Il savait que la question se poserait à nouveau. Il leur faudrait régler la question de leurs fiançailles factices, des limites de chacun, mais à l'instant où ils auraient fait l'amour, où leurs corps se seraient unis ainsi, il craignait de ne plus pouvoir opposer aucune résistance à ses propres sentiments. Il risquait de ne plus être capable de mettre de la distance entre eux. Au propre comme au figuré. Et les enjeux étaient si importants…

Il y avait le bébé. Et le ranch d'Emma.

Leur cœur, aussi.

Plus il y pensait et plus il sentait des voyants rouges s'allumer dans sa tête.

Bon sang, qu'est-ce qu'il était en train de faire ?

Il glissa la main dans les cheveux d'Emma et plongea son regard dans le sien.

— Emma, une fois que nous aurons fait l'amour, tout changera, il faut que nous y réfléchissions.

Elle se redressa et remit rapidement son T-shirt.

— Tu as peur que je te demande de m'épouser aussitôt, c'est ça ? demanda-t-elle. Jake, tu es vraiment en train de prendre la place de Hank en matière d'indélicatesses.

Elle se leva et sortit rapidement de sa chambre sans un mot de plus.

— J'ai surtout peur d'avoir terriblement envie de te demander de m'épouser, murmura-t-il pour lui-même.

Il devait laisser filer cette pensée.

La laisser s'envoler, car ce n'était pas ce qu'Emma lui demandait.

Il devait la laisser partir, elle aussi…

11

Jake s'était levé plus tôt que de coutume, à 4 h 15, et s'était préparé une thermos de café avant de partir à l'étable. À 5 heures, il avait entendu Golden, Grizzle et Hank se rendre à la maison pour le petit déjeuner. Il évitait Emma et il en était bien conscient.

Il vérifia les naissances parmi les chèvres, en particulier un petit chevreau né prématurément et qui nécessitait une attention régulière et des compléments de lait. La délicate petite créature blanche avala goulûment le biberon rempli du lait de sa mère qu'il lui donna. Il était un peu plus résistant chaque jour, et parvenait maintenant à se tenir sur ses pattes.

— Je sais qu'Emma vient te voir souvent et qu'elle te nourrit de temps en temps, mais ce coup-ci c'est moi, tu n'as pas le choix ! dit-il en souriant.

Il espérait qu'elle ne lui en voudrait pas d'avoir nourri le chevreau à sa place.

Bientôt, c'est à notre bébé que je donnerai le biberon, songea-t-il.

Il retint son souffle.

« Notre bébé. » Quand est-ce que le bébé d'Emma était devenu « notre » bébé ?

Sans doute depuis qu'il avait assisté à ce premier coup de pied du bébé et qu'il avait placé la main sur le ventre d'Emma pour sentir toute l'énergie vitale qui en émanait. À cet instant, il avait compris, ou cru comprendre, du moins, ce que cela pouvait représenter d'être père.

Il avait eu un immense élan d'amour paternel pour cette petite Violet.

Il se demanda comment Emma réagirait à cela… Pas très bien, à n'en pas douter…

Déstabilisé par ces pensées, il entreprit de nettoyer les box, le travail physique étant à sa connaissance ce qu'il y avait de mieux pour se vider la tête. Avant que l'équipe n'ait terminé de déjeuner, il était déjà prêt à faire le tour des pâtures. Une balade à cheval dans l'air frais du petit matin lui ferait du bien.

Quelques heures plus tard, alors qu'il venait de remettre Midnight dans son box avec un peu de foin frais, il entendit une voiture qui se garait et alla à la rencontre du visiteur. Qui était-ce ? Pas Fern, qui conduisait toujours son pick-up. Pas Michelle, qui avait une voiture blanche. En s'approchant du monospace noir, il sut que ce n'était ni Katie ni Stella, car elles n'avaient certainement pas la corpulence massive du conducteur qu'il distinguait de loin derrière le volant.

Il s'arrêta un instant. La voiture s'était garée le long de l'enclos des chèvres. Le conducteur resta à l'intérieur un instant, il semblait observer les environs. Puis il ouvrit finalement sa portière.

Un homme aux cheveux bruns sortit. Il devait avoir la trentaine, était grand, à peu près comme lui, et tout aussi musclé. Il portait des lunettes d'aviateur. Il ne l'avait jamais vu nulle part. Il était tout de noir vêtu et portait des bottes de cow-boy, même s'il n'en était pas un, se dit-il en le détaillant.

— Je cherche Jake Morrow, dit l'homme en le voyant arriver.

— Vous l'avez trouvé, dit-il en lui tendant la main. Qu'est-ce que je peux faire pour vous ?

L'homme prit la main qu'il lui tendait et il ôta ses lunettes.

Des yeux verts.

Comme les siens.

— Mon nom est Colt Asher.

Asher.

Son cœur s'arrêta de battre.

— Vous êtes mon… Nous sommes…, parvint-il à articuler au bout d'un moment.

— Jumeaux, conclut Colt pour lui.

Il ne perdait pas souvent la parole, mais là c'était le cas. Il lui fallait un peu de temps.

— Et comment est-ce que… ?

À cet instant, CJ passa à proximité, monté sur Merlin ; il ne ralentit pas et passa à vive allure, comme si quelque chose le préoccupait. Avait-il compris qui était Colt Asher ?

— J'ai reçu un mail d'un certain CJ Morrow, précisa Colt.

Comment ?

Il avait sans doute mal compris.

— CJ vous a envoyé un mail ?

Colt hocha la tête et lui tendit deux feuilles de papier qu'il avait à la main.

— Voyez par vous-même.

Qu'est-ce que c'était que cette histoire, maintenant ? Comment est-ce que CJ avait obtenu l'adresse mail de Colt ? Pourquoi lui écrire ?

Il passa rapidement en revue les deux feuilles. C'était pourtant bien le cas.

— Rentrons nous asseoir, dit-il en avançant vers la maison, la lettre qu'il avait dans les mains lui donnant l'impression de lui brûler les doigts.

Colt acquiesça et le suivit à l'intérieur. La fraîcheur de la maison fut un soulagement, car il se sentait sur le gril, tout à coup. Il fit signe à Colt de prendre place dans le séjour et alla s'installer sur le canapé.

— Est-ce que je peux vous offrir quelque chose, au fait ? Un café ? Un thé glacé ?

— Je veux bien un café, pour tout vous dire. Noir et sucré, s'il vous plaît.

Il se leva pour se rendre en cuisine. Il était heureux de cette minuscule parenthèse qui lui permettrait peut-être de recouvrer ses esprits.

Son frère jumeau se trouvait juste à côté.

À l'invitation de CJ.

Il leur servit deux cafés, ajouta du sucre pour Colt et du lait pour lui. Ils avaient au moins des goûts distincts quant au café !

Seigneur… Il comparait leurs goûts en matière de café ? C'était ridicule ! À quoi est-ce que cela rimait ?

Son frère jumeau, dont il connaissait à peine l'existence cinq ans plus tôt, se trouvait chez lui. Il lui ressemblait physiquement, ne serait-ce que par la stature, la corpulence, les cheveux. Les yeux, aussi.

Après toutes ces années passées à se demander d'où il venait, puis à imaginer ce frère si proche et si étranger à la fois… C'était incroyable, de se dire qu'il était là, avec lui, en chair et en os.

CJ avait dû le rechercher grâce aux éléments qu'ils avaient retrouvés ensemble. Et il était tombé très vite sur la bonne personne. Car c'était bien la bonne personne, il le sentait…

Il revint avec les deux tasses de café et en tendit une à Colt.

En s'asseyant, il reprit la lettre où il l'avait laissée.

— Il me semble que personne ne pourra nier que nous nous ressemblons, lança-t-il.

Ils n'étaient pas identiques, mais les similarités étaient certainement frappantes.

Colt hocha la tête.

— C'est presque difficile pour moi de te regarder dans les yeux. Lorsque j'ai reçu ce message, il m'a fallu un peu de temps pour me faire à l'idée que j'avais un frère jumeau. J'ai toujours su que j'avais été adopté, mais j'ignorais totalement ton existence.

— Je l'ignorais aussi jusqu'à il y a quelques années. Cinq ans, en fait. J'ai découvert un papier qui mentionnait l'existence d'un jumeau… J'ai contacté l'agence d'adoption, au départ, pour rechercher notre mère biologique, en pensant qu'elle me mènerait à toi ensuite. Mais ma vie s'est compliquée entre-temps, et je n'ai finalement rencontré notre mère qu'il y a quelques mois à peine.

— Tu l'as rencontrée ? demanda Colt.

Il hocha la tête.

— Oui, elle vit ici, en ville. CJ et moi venons de reprendre ce ranch et de nous installer ici, en partie pour nous rapprocher d'elle.

Colt sembla prendre un peu de temps pour assimiler l'information.

— Tu ne veux pas lire le mail de CJ ? demanda-t-il finalement.

Il prit une gorgée de café et se pencha sur les deux feuilles imprimées.

Cher Colt Asher,

Je m'appelle CJ Morrow et je vous écris parce que j'ai découvert récemment des informations parmi les affaires de mes parents décédés qui laissent à penser que vous seriez le frère jumeau de mon frère adoptif, Jake Morrow.

Vous avez été adoptés par des familles différentes du Texas. Jake s'est retrouvé dans ma famille et je suis devenu son frère. Mais je dois vous avouer que je ne me suis pas toujours comporté comme tel. Il y a cinq ans, lorsqu'il a découvert votre existence, Jake a voulu partir à votre recherche, mais j'avais alors dix-sept ans et nous venions de perdre nos parents. J'ai pris peur. J'ai eu peur de le perdre. J'étais un gamin égoïste et je n'ai pas pris conscience de la place qu'un frère biologique, un frère jumeau de surcroît, pouvait avoir dans sa vie. Il a décidé de repousser ses recherches pour moi, mais je sais qu'il y pense beaucoup et que l'idée de vous rencontrer, de savoir qui vous êtes le hante. Mais je l'en empêche. Et il est trop attentif à moi et à mes caprices égocentriques pour passer outre et aller où son cœur lui souffle...

J'ai donc décidé de m'écarter de son chemin et c'est ce que je fais en vous écrivant. Il est le meilleur frère qui soit, vous pouvez me faire confiance sur ce point, je suis bien placé pour le dire.

CJ Morrow
Ranch de Full Circle
Blue Gulch, Texas

— Bon sang ! murmura-t-il, touché par ce qu'il venait de lire, au point de ne pas trouver ses mots pendant quelques instants.

Colt sourit.

— Je crois que j'ai eu la même réaction... Je ne peux pas rester longtemps, j'ai profité d'un déplacement pour une mission dans le secteur pour faire un crochet ici...

— Une mission ?

— Oui, je travaille pour le FBI, précisa Colt. Je dépends de Houston.

Un agent du FBI. De tous les métiers qu'il avait imaginés quand il était enfant, depuis astronaute jusqu'à médecin, il n'avait jamais envisagé de devenir agent du FBI.

— Il était impossible pour moi de passer à proximité de Blue Gulch sans venir te rencontrer. Maintenant, si tu le souhaites aussi, je serais ravi de revenir plus tranquillement afin de mieux faire connaissance dès que j'aurai terminé cette mission.

— Oui, j'en serais heureux, dit-il dans un sourire. Et sans doute que Sarah le serait aussi. Sarah Mack est notre mère.

— Sarah Mack, répéta Colt en hochant la tête. Je dois

réfléchir un peu à tout cela, mais dès que je serai prêt je te ferai signe. En tous les cas, remercie chaleureusement ton frère CJ de ma part.

— Oui, je le ferai, dit-il en le raccompagnant jusqu'à sa voiture. Cela va sans doute te paraître un peu fou, mais te rencontrer m'a fait beaucoup de bien. J'ai l'impression d'être changé…

— Oui, je ressens la même chose, dit Colt avant de remettre ses lunettes de soleil et de remonter en voiture.

Il regarda son frère s'éloigner. Son frère jumeau. Colt Asher.

Et c'était CJ qui l'avait retrouvé. CJ qui lui avait écrit. Il avait du mal à prendre conscience de tout cela. Du mal à se remettre de l'émotion qu'il avait eue à la lecture de la lettre magnifique écrite par CJ.

Son téléphone sonna. Son contremaître l'appelait.

— Jake, c'est Hank, viens vite, il y a eu un accident dans le champ du nord. C'est CJ. C'est grave.

Nom de Dieu.

CJ était inconscient. Il avait une jambe cassée, mais d'après le médecin il allait s'en tirer sans plus de dommages. La salle d'attente de l'hôpital était remplie par tous ceux qui attendaient des nouvelles. Toute l'équipe de Full Circle. Emma. Stella.

Jake dit à Stella qu'il pensait que sa présence à son réveil ferait beaucoup de bien à CJ, et elle se précipita à son chevet, en larmes. Les hommes s'étaient réparti les tâches au ranch, afin de pouvoir les assurer à tour de rôle. Hank et Golden étaient ainsi rentrés au ranch, tandis que Grizzle attendait sur un banc pour voir CJ dès qu'il irait mieux.

Emma vint s'asseoir à côté de lui.

— Est-ce que ça va ?

— Je n'aime pas trop les hôpitaux, grommela-t-il dans un souffle.

— Oui, je suppose que lorsqu'on a perdu quelqu'un les hôpitaux ravivent les souvenirs douloureux. Mais j'aime aussi garder mes souvenirs, même difficiles, auprès de moi. Penser à ma mère est un apaisement. Je me demande souvent ce qu'elle ferait dans telle situation, ce qu'elle me conseillerait. Je prends même certaines décisions en imaginant ce qu'elle m'aurait suggéré. Cela te paraît fou, je pense ?

— Non, pas du tout. Mes parents sont morts il y a cinq ans et j'entends souvent la voix de mon père qui me parle. Je sais très exactement à tout moment ce qu'il m'aurait conseillé.

Grizzle hochait la tête en guise d'acquiescement. Mais il garda le silence. Et puis, au bout d'un moment, il se pencha en avant.

— Est-ce que je peux vous dire un secret ?

Elle fit un signe d'assentiment.

— Moi aussi. Moi aussi, je l'entends, comme vous. Et vous savez ce que me dit ma femme au sujet de ma barbe et de mes cheveux en bataille ? Elle me dit que je suis un sombre idiot. Coupe-les donc ! Taille ta barbe ! Et bon sang de bonsoir, Harrison, enfile un costume pour ton rendez-vous avec Michelle !

Il nota une larme qui perlait aux paupières d'Emma.

— Grizzle, je ne savais même pas que tu t'appelais Harrison. C'est un joli prénom.

— Oui, ma femme m'appelait Harrison, mais je ne l'ai pas dit à Michelle, lorsqu'elle me l'a demandé.

— Alors, comme ça, tu penses que ta femme serait heureuse que tu fréquentes Michelle ? Tu ne me l'avais pas dit, reprit-elle.

— Elle voudrait surtout me voir heureux… C'est moi qui n'y arrive pas.

— Moi aussi, j'ai besoin d'aller me faire couper les cheveux, interrompit-il. Est-ce que tu voudrais que nous y allions ensemble lorsque Hank et Golden reviendront ? Ce serait une surprise pour CJ à son réveil.

— Oui, pourquoi pas, grommela Grizzle en haussant les épaules. Oui, faisons ça !

Il aurait eu envie de lui sauter au cou, même si ce n'était guère leur habitude, aussi se résolut-il à une simple tape virile sur l'épaule.

— Je vais aller chercher du café, est-ce que quelqu'un en voudrait ? proposa Jake.

— Je veux bien un déca, répondit-elle.

— Et moi je veux bien une eau gazeuse, dit Grizzle. Allez-y tous les deux, je vais attendre le retour des gars.

— D'accord, dit-il.

Emma et lui se rendirent à la cafétéria. S'il s'était senti à peu près à flot quelques instants plus tôt, il avait maintenant l'impression que sa poitrine allait exploser.

— Ce qui est arrivé à CJ est ma faute, déclara-t-il tout à coup.

Elle s'immobilisa aussitôt.

— Comment ça, ta faute ?

Il lui prit la main et l'emmena un peu à l'écart.

— J'ai rencontré mon frère jumeau, aujourd'hui. Il s'appelle Colt Asher. Il se trouve que CJ l'a recherché et a fini par lui écrire un mail. J'ai lu son message et j'en suis encore sans voix.

Elle ouvrit de grands yeux.

— Jake ! Tu as rencontré ton frère et c'est CJ qui l'a retrouvé pour toi ?

— Oui, ne m'en parle pas, c'est complètement fou. CJ lui a écrit car il se reprochait de s'être montré égoïste en ne me laissant pas aller à sa rencontre.

— Comment est-il ?

— C'est un agent du FBI, dit-il, pensif. Il me ressemble. Il a l'air d'être quelqu'un de bien.

— Bon sang. C'est fou…

— Oui, je sais, j'ai encore du mal à croire que c'est arrivé. Il est venu au ranch et nous avons parlé quelques minutes, le temps de boire un café. Il devait repartir vite car il était en mission dans le secteur, mais il m'a dit qu'il aimerait me revoir.

— Mais pourquoi dis-tu que l'accident de CJ est ta faute, alors ?

Il soupira.

— Lorsque mon jumeau est arrivé, CJ l'a vu et j'imagine que c'était compliqué à gérer pour lui, il est parti sur Merlin au grand galop. Je suppose que le cheval aura pris peur ensuite et l'aura désarçonné.

— Comme pour Joshua, murmura-t-elle.

— CJ a tellement de chance de s'en être tiré. J'ai tellement de chance… Si je l'avais perdu…, commença-t-il en s'étouffant alors que des larmes pointaient à ses yeux.

— Jake, ce qui est arrivé à Joshua n'est pas ta faute ! Et l'accident de CJ non plus ! Les accidents arrivent, on ne peut pas toujours chercher un coupable. CJ voulait que tu rencontres ton frère, c'est lui qui a tout organisé, Jake. Pas toi.

— Oui, parce qu'il savait combien ça me tenait à cœur. Il a fait ça malgré lui.

Elle lui plaça une main sur le bras.

— C'est ça, l'amour, Jake. Les gens qui s'aiment font parfois ce genre de choses, tu sais.

— Et maintenant CJ est inconscient dans un lit d'hôpital, dit-il en s'écartant avant de quitter la cafétéria.

Il eut aussitôt envie de rebrousser chemin, de revenir chercher Emma et de la serrer dans ses bras, lui dire qu'il avait simplement besoin d'un peu de temps pour digérer tout ça. Mais il n'y arriva pas et il avança le long du couloir, puis du suivant.

— Saleté de serpent, dit CJ.

Jake sursauta et se leva d'un bond. CJ avait les yeux ouverts. Il avait l'air choqué, mais bien éveillé.

— Il s'est dressé devant Merlin, poursuivit CJ. Avec ses yeux couleur d'ambre.

— Je me doutais que c'était quelque chose dans le genre,

dit-il avant de fermer les yeux un instant. Oh ! CJ, si tu n'en avais pas réchappé…

CJ sourit, ses yeux bleus pétillaient.

— Tu ne vas pas te débarrasser de moi aussi facilement, c'est une promesse !

— Tant mieux.

CJ ajusta son oreiller et se redressa dans son lit.

— Alors, tu as rencontré Colt Asher ?

— Oui, grâce à toi. Tu m'as laissé sans voix avec ton mail !

— Il fallait que je me lance, j'ai bien senti que tu ne le ferais pas, à cause de moi. Mais plus j'y réfléchissais, plus je me rendais compte que c'était plus compliqué que ça.

— Ah oui ?

— Je me demande si tu ne craignais pas cette rencontre, dans le fond. Si tu es quelqu'un d'aussi organisé, Jake, il y a sans doute une raison. Je pense que tu n'aimes pas les surprises, ni le changement. Cela a toujours été comme ça.

Il se laissa retomber dans le fauteuil.

— Eh, je suis censé être le plus fin des deux, n'inverse pas les rôles.

— Tu sais que grâce à toi j'ai beaucoup évolué. J'ai réussi à ne pas laisser Stella s'échapper et je vais lui demander de devenir ma femme dès que le médecin me donnera le feu vert pour sortir !

Il ouvrit de grands yeux.

— Je suis heureux pour toi, CJ. Tu es jeune, vous êtes jeunes tous les deux, mais si vous vous êtes trouvés, je crois que tu as raison de ne pas attendre…

— C'est pourtant ce que tu fais, toi, en te cachant derrière de fausses fiançailles.

— Je ne me cache pas.

— C'est ça. Alors que tout le monde a la conviction qu'Emma et toi êtes amoureux, même parmi ceux qui savent que votre engagement est censé être temporaire. Même son père y a cru, bon sang !

Il fronça les sourcils.

— Je retire ce que je disais sur ta finesse…

CJ éclata de rire.

— Je veux bien croire que tout le monde le sache avant toi, c'était mon cas avec Stella… Maintenant, c'est ton tour avec Emma.

À cet instant, une infirmière revint pour la surveillance des constantes et eut la surprise de trouver CJ bien droit dans son lit et parfaitement éveillé.

Alors comme ça tout le monde pensait qu'Emma et lui étaient amoureux ? Il sentait son cœur tambouriner de plus en plus fort, tandis que l'infirmière mesurait la tension de CJ. Oui, il tenait à Emma, mais qu'éprouvait-il réellement ? Elle était belle et même plus que cela, sexy et attirante, et il aimait être auprès d'elle et lui parler. Il aimait l'écouter. Il était touché par son regard sur le monde et par sa force et son intelligence, même s'il la trouvait parfois forte tête. Il pensait à elle tout le temps. Rêvait d'elle toutes les nuits, éveillé ou pas…

Est-ce qu'il l'aimait ? Il avait pris grand soin d'éviter ce mot depuis qu'il l'avait rencontrée. Il avait retenu ses sentiments, les avait étouffés autant que possible. Comme il l'avait toujours fait, du reste.

Bon sang, son frère avait peut-être vu juste, alors ? Et pas uniquement sur ce sujet…

Il aimait Emma.

Malgré sa décision de ne pas s'engager dans une relation et bien qu'elle ne recherche pas un père pour sa fille… Mais comment pouvait-il lutter ? Comment lui prouver qu'elle avait tort ?

Jake avait le cœur lourd mais il savait qu'il pouvait alléger celui de quelqu'un, aussi en sortant se rendit-il chez Sarah.

— Jake ! s'exclama cette dernière en ouvrant la porte, je

suis si contente. J'ai appris pour l'accident de CJ et je viens d'appeler l'hôpital, on m'a dit qu'il avait repris connaissance. Tu devais être mort d'inquiétude !

— Oui, et de culpabilité aussi.

— Pourquoi donc ?

— C'est la raison de ma visite, justement, je voulais te parler.

— Entre, Edmund n'est pas là, nous pourrons discuter tranquillement. Viens prendre un café.

Il la suivit dans la cuisine et s'attabla derrière une tasse de café fumant.

— Un homme est venu à Full Circle aujourd'hui. Lorsque j'ai vu ses yeux, j'ai trouvé qu'ils ressemblaient beaucoup aux tiens. Et aux miens, d'ailleurs.

Sarah porta la main à sa bouche.

— Ton frère ?

— Oui. Il s'appelle Colt Asher, il travaille pour le FBI. Il n'est pas resté longtemps, mais il reviendra.

— Oh, mon Dieu, Colt Asher, mais comment est-ce possible ?

Il lui raconta la découverte des documents d'adoption dans la malle et puis le mail que CJ avait écrit à son frère après avoir retrouvés la trace sur Internet.

— C'est vraiment incroyable ! s'exclama-t-elle.

— C'est après avoir croisé Colt que CJ est parti au grand galop dans les champs et c'est la raison de ma culpabilité maintenant…

— Je comprends, mais, Jake, j'espère qu'au fond de toi tu sais que tu n'es en rien responsable ?

— Je me sens mieux, maintenant que je sais que CJ va s'en tirer avec une jambe cassée. Nous avons beaucoup parlé à l'hôpital.

— Je suis très heureuse pour vous et très touchée par sa démarche… Et alors à quoi il ressemble, notre Colt Asher ?

— Eh bien, il fait très agent secret. Il a l'air d'être quelqu'un de bien. Je lui ai dit que tu vivais ici et il a eu l'air content d'avoir de tes nouvelles.

— La boucle semble se boucler, non ? Comme dans le nom de ton ranch, Full Circle, le cercle devient complet, dit-elle en lui prenant la main.

Il sentit son cœur prêt à éclater.

— Oui, Full Circle.

12

Emma faillit lâcher le pain qu'elle sortait du four tant la vision qui s'offrait à elle était stupéfiante.

Grizzle en costume-cravate, les cheveux courts et la barbe rasée…

— Je voulais te dire que je ne serais pas là pour le dîner, je vais aller présenter le nouveau Grizzle à Michelle et lui proposer d'aller dîner au Hurley's ou peut-être au restaurant italien pour changer un peu.

— Grizzle, tu es vraiment très beau, j'ai failli ne pas te reconnaître ! s'exclama-t-elle.

— Lorsque le barbier a rasé ma barbe, j'ai bien cru que je n'allais pas me reconnaître moi-même, dit-il. Mais en fait je me retrouve, peut-être même plus que jamais, si cela est possible… J'ai l'impression d'être redevenu moi-même.

— Je crois que je comprends ce que tu veux dire. J'aimerais bien te prendre dans mes bras, mais mon tablier n'est pas très propre et je ne voudrais pas tacher ton beau costume !

— La classe, non ? dit-il avec malice en baissant les yeux sur son costume bleu nuit assorti d'une cravate grise.

— Oui, la grande classe !

— Merci pour tout ce que tu as fait pour moi, Emma, dit-il. Jake et toi, d'ailleurs. Il n'avait pas vraiment besoin de se faire couper les cheveux, je le sais bien, mais il l'a fait pour moi.

C'était du Jake tout craché, encore une fois.

— Je n'ai rien fait du tout !

— Je ferais mieux d'y aller. À demain, alors, au petit déjeuner !

Elle garda un large sourire aux lèvres tout le temps qu'elle préparait le reste du dîner, la sauce tomate, les boulettes de viande, les spaghettis…

Lorsqu'elle apporta tout cela à table, Jake était le seul à être prêt. Comme d'habitude, il était beau à tomber et elle se sentit irrésistiblement attirée. Elle imagina l'espace d'un instant un dîner aux chandelles…

Elle aimait ses cheveux courts, légèrement décoiffés, qui lui donnaient un air incroyablement sexy.

— Nous ne sommes que tous les deux, ce soir, dit-il en levant son verre de bière.

— J'espère que tu as faim, alors, car j'ai préparé de quoi nourrir un régiment. J'ai pensé à Hank, qui m'avait dit qu'il aimait les boulettes de viande, alors je me suis laissé un peu emporter sur les quantités, expliqua-t-elle, incapable de s'arrêter, sans doute parce qu'elle était nerveuse de se retrouver seule avec lui…

Ou parce qu'elle était amoureuse de lui…

— Je n'ai rien mangé de la journée, j'étais trop inquiet pour CJ, mais maintenant que tout va bien je suis affamé ! répondit-il.

— Je suis tellement soulagée… Mais, au fait, où sont les autres ?

— Hank avait un rendez-vous avec Fern et Golden accompagnait Katie à une lecture, tandis que Grizzle partait voir Michelle.

— Oui, je l'ai vu, il est méconnaissable ! Il est tellement touchant. Comme tous les cow-boys de Full Circle !

— Tu sais, lorsque tu es arrivée ici, je n'imaginais pas que tu changerais à ce point notre vie à tous. Je devrais te payer plus, je pense !

— Tu n'auras jamais assez d'argent ! plaisanta-t-elle avant

que son sourire ne se fige alors qu'elle effleurait du pouce l'anneau de son solitaire en diamant.

Les étapes de leur relation défilaient dans sa tête. Sa demande en mariage, les fausses fiançailles, le rendez-vous pour l'échographie, le mobilier pour le bébé…

Et les baisers. Rares, mais si intenses…

Et si sa tante avait eu raison, dans le fond ? Est-ce que Jake l'aimait ?

— Je suis désolé de t'avoir laissée ainsi à l'hôpital tout à l'heure. Je me suis senti submergé et il fallait que je parle à CJ. Nous avons eu une discussion très riche et d'ailleurs il va faire sa demande à Stella, figure-toi !

— Oh ! Quelle bonne nouvelle !

— Il m'a aussi parlé de moi, de la raison de sa lettre à mon jumeau. Il pense que je n'aurais peut-être jamais fait la démarche, par peur de l'inconnu, de ce que j'aurais pu rencontrer. Je me demande quelle est la part de vérité dans tout cela.

— Lorsque tu as découvert que tu avais un frère jumeau, tu avais pourtant écrit à l'agence d'adoption…

— Oui, mais c'était il y a cinq ans, et je dois reconnaître, si je suis tout fait honnête, que l'absence de réponse avait en un sens été un soulagement.

Elle leva les yeux vers lui.

— Je sais que tu seras soulagé dès que notre mascarade de fiançailles sera finie, lança-t-elle, consciente de prêcher le faux dans l'espoir d'obtenir le vrai, mais incapable de lui poser la question directement.

— Oui, c'est vrai.

Elle attendit un « mais », qui ne vint pas. Et elle sentit son cœur se déchirer. Elle venait de comprendre que, quoi que les autres puissent en penser, il n'était pas amoureux. Il n'avait d'autre motivation que celle de jouer les chevaliers servants, comme son tempérament l'y incitait.

— Je vais dire la vérité à mon père.

— Pourquoi, Emma ? Il va vendre le ranch !

— J'ai beaucoup réfléchi : sur le fait de dire la vérité, même lorsque cela fait mal. Tu m'as demandée en mariage parce que cela te semblait juste, malgré tout le reste. CJ a écrit à ton frère alors qu'il redoutait de te perdre. Si je veux vivre debout et pouvoir me regarder dans un miroir, il faut peut-être que je laisse filer le ranch de ma mère. Je dois peut-être commencer à être cohérente.

— Mais, Emma, tu n'es pas obligée de vivre toute seule. Je…

Il ne termina pas sa phrase. Elle savait pourtant ce qu'il allait dire. Qu'elle pouvait compter sur lui, qu'il serait là.

— Je ne veux pas vivre dans le mensonge, dit-elle. Cela a toujours été ma ligne de conduite, et pourtant aujourd'hui je mens pour éviter le contrôle de mon père. Tu m'as tendu la main, Jake, mais nos fausses fiançailles sont un autre mensonge. C'est insupportable. Je ne veux pas mettre au monde ma fille dans ces conditions. Il est temps pour moi de dire la vérité.

Elle se leva de table aussitôt et quitta la pièce avant qu'il n'essaie de la retenir.

Jake s'assit sous le porche avec Redford sur les genoux. Emma l'avait laissé depuis cinq minutes à peine, mais il avait l'impression d'une profonde solitude. Elle avait pris sa voiture. S'il partait tout de suite, il avait une chance de la rattraper avant qu'elle arrive sur la voie rapide. Il la ferait s'arrêter sur le bas-côté. Ils sortiraient de leur véhicule et il lui dirait tout ce qu'il avait sur le cœur. Il lui demanderait de ne rien dire à son père, car il ne souhaitait rien tant que lui demander sa main pour de vrai. Il voulait l'épouser, et pas seulement pour sauver son ranch.

Parce qu'il l'aimait.

Il le savait maintenant avec une clarté absolue et pourtant il restait là, immobile…

Lorsque vous aimez quelqu'un, vous devez le laisser partir si tel est son souhait. Et Emma l'avait souhaité.

Il devait respecter son choix. Même si cela allait lui broyer le cœur.

Emma traversa le verger pour lui dire au revoir. Elle s'excusait aussi auprès de sa mère, d'avoir été incapable de garder son ranch, en retenant les larmes qui lui montaient aux yeux. Elle allait retrouver son père dans quelques minutes « pour parler », et elle devait d'abord sécher ses yeux.

Elle entra dans le patio où sa mère lui avait fait souffler ses bougies à chacun de ses anniversaires… Il y avait le pneu attaché à la branche du vieux chêne qui servait de balançoire. Il y avait ce coin du jardin où son premier amoureux lui avait brisé le cœur en préférant une autre. Mais elle se rappelait aussi son père. Ils avaient occupé chaque recoin tous les trois. C'était leur maison, leur foyer. Son père avait aimé sa mère, elle le savait.

Mais comment pouvait-il imaginer revendre le ranch dans le seul but de la faire plier à sa volonté ? Il y avait là quelque chose qu'elle ne parvenait à saisir.

Elle sortit son téléphone pour vérifier l'heure. Un sanglot s'étouffa dans sa gorge, mais elle redressa les épaules et le menton.

Son père l'attendait dans le séjour. Elle se servit un jus de cranberry dans la cuisine avant de le rejoindre. Au-dessus de la cheminée, il y avait trois portraits : son père, sa mère et elle-même.

— Qu'est-ce qui était si important, alors ? demanda son père en prenant place en face d'elle. J'espère que tout va bien, que le bébé est en bonne santé…

Elle apprécia l'inquiétude dans sa voix.

— Oui, papa, le bébé va bien, mais il s'agit de moi, j'ai besoin d'être franche envers toi.

Reginald planta son regard dans le sien, comme s'il se préparait au pire.

Posant son verre sur la table basse, elle inspira profondément et présenta sa main gauche à son père. Le diamant étincela sous un rayon de lumière.

— Papa, je…

— Tous les couples se disputent, Jake et toi êtes faits l'un pour l'autre, si vous avez eu un différend…

— Papa, Jake et moi…

— Il faut que je te parle, moi aussi. D'un secret de famille, l'interrompit-il. Tu ne le sais sans doute pas, mais ta mère et moi nous sommes séparés peu de temps après nos fiançailles. C'est ta mère qui a rompu. Elle me trouvait trop tyrannique et refusait de vivre sous ma coupe…

— Maman ne m'en avait jamais parlé…

— Je n'en suis pas surpris, Violet a toujours été plutôt secrète.

— Puisque vous vous êtes finalement mariés, que s'est-il passé entre-temps ?

— Eh bien, je lui ai ouvert mon cœur. Je lui ai dit que si j'essayais de tout contrôler c'était parce que j'avais peur, en fait, peur de ce qui pourrait arriver si je ne prévoyais pas le moindre détail. Et elle m'a fait promettre quelque chose… Que, si elle devait épouser un homme aussi autoritaire, elle s'opposerait à chacune des décisions qu'elle jugerait injustes et que sa voix devrait alors avoir autant de poids que la mienne.

Elle se remémora les disputes de ses parents et elle comprit enfin que sa mère n'avait jamais rien cédé qu'elle ne trouve juste.

— Je pense que Jake et toi devriez parler encore, essayer de trouver un compromis, c'est ce que nous avons toujours réussi à mettre en œuvre, ta mère et moi.

— Oui, papa, nous avons élaboré un compromis, Jake et

moi, et je pense que c'est ça le problème, maintenant. Nous n'étions pas vraiment fiancés, nous avons créé cela de toutes pièces pour que tu ne vendes pas le ranch.

Son père fronça les sourcils et elle surprit un éclat de colère dans son regard bleu. Il se leva d'un bond.

— Emma, je suis terriblement déçu !

Elle se sentit très mal tout à coup.

— Je pensais que si j'arrivais à gagner un peu de temps je pourrais te convaincre que j'étais capable de faire face toute seule et que tu ne revendrais pas la ferme de maman, dit-elle alors que les larmes roulaient sur ses joues.

Elle avait vraiment cru que son père l'aimerait assez pour lui faire confiance. Mais il était là, glacial, distant, les bras croisés.

— Tout ce que j'ai réussi à faire, c'est tomber amoureuse de mon faux fiancé. Je n'ai pas réussi à te convaincre de m'écouter et maintenant je vais perdre absolument tout ce que j'aime !

Pourrait-elle continuer à travailler et vivre à Full Circle ? Vivre sous le toit d'un homme qui ne partageait pas ses sentiments ?

— Emma, je ne crois pas avoir été plus déçu de toute ma vie, dit-il en posant son verre sur la table avant de tourner les talons.

— Je comprends, dit-elle en ravalant ses larmes, mais moi je voulais cesser de mentir. Je t'aime, papa, malgré ton caractère tyrannique et le fait que tu refuses d'écouter ce que j'ai à dire. J'aurais aimé que nous ayons, toi et moi, le même genre de dialogue que tu avais avec maman, et que tu puisses entendre mes arguments. Mais je suppose que ta fille ne peut pas être ton égale.

Il se tourna vers elle et la fixa.

— D'une certaine façon, je pense que mon caractère me vient de toi, reprit-elle. Je suis aussi entêtée que toi. Je n'épouserai donc ni Jake Morrow ni personne d'autre.

Elle retira la bague et la déposa sur la table avant de se lever et de quitter la pièce.

Emma passa l'heure suivante à rouler en voiture, l'estomac noué, des pensées confuses se bousculant dans son esprit. Elle avait menti à son père, il était furieux contre elle et allait revendre son ranch…

Elle traversa les rues de la ville de son enfance, l'horizon qui avait été le sien pendant la majeure partie de ses vingt-six premières années.

Reviendrait-elle ici une fois le ranch vendu ?

Sûrement pas. Il ne resterait plus rien pour elle à Oak Creek.

Il fallait qu'elle se reprenne. Toutes ces émotions n'étaient certainement pas sans conséquences pour Violet. Elle se gara devant une cafétéria. Un cappuccino lui ferait sans doute du bien. Elle poussa la porte et entendit une voix l'interpeller. C'était Olivia, assise à une table avec Sarah Mack. Elle se sentit heureuse de retrouver Olivia, qui s'était toujours montrée douce et bienveillante depuis qu'elle avait fait sa connaissance au Hurley's. Elle avait ensuite découvert que Sarah était la mère de Jake.

— Bonjour, Emma, est-ce que tout va bien ? Tu as l'air bouleversée.

Elle faillit fondre en larmes aussitôt. Sarah se leva, l'entoura d'un bras et la fit s'asseoir.

Installée devant son capuccino, elle leur livra le récit des bouleversements qu'elle venait de vivre.

Olivia prit sa main avec émotion.

— Oh ! Emma, je suis tellement désolée pour toi…

— Merci, votre présence me fait beaucoup de bien, répondit-elle. La vérité, c'est que j'aurais aimé porter cette bague pour de vrai. Quelle histoire… Je suis tombée amoureuse de mon faux fiancé, qui lui-même ne m'aime pas alors qu'il m'a demandée en mariage. J'ai vraiment tout perdu, je crois !

— Emma, est-ce que Jake sait ce que tu éprouves pour lui ? demanda Sarah.

L'espace d'un instant, elle fut frappée par la ressemblance entre Jake et sa mère.

— Non, comment aurais-je pu le lui dire ? Il a toujours été clair sur le fait qu'il ne voulait pas s'engager dans une relation sentimentale et, ce matin, il a reconnu qu'il serait soulagé lorsque cette comédie serait enfin terminée.

— Peut-être qu'il a aussi des choses à te dire, de son côté. Peut-être que ce mensonge qui te pesait tant était compliqué pour lui. S'il avait développé des sentiments plus intenses de son côté aussi ? suggéra Olivia.

Un bourgeon d'espoir naquit dans son cœur. Elle savait qu'Olivia était toujours très avisée. Mais peut-être avait-elle simplement envie de croire de toutes ses forces à ce que son amie sous-entendait.

Et cependant…

— Tu me vois aller à sa rencontre et lui demander s'il n'y aurait pas une petite chance qu'il m'aime parce que moi je suis tombée amoureuse et que cela nous permettrait d'envisager une fin plus heureuse que celle qui se dessine ?

Sarah eut un petit rire.

— Dit comme ça, cela semble un peu étrange, mais en substance je crois que tu devrais tenter, oui. Lui dire ce que tu ressens et voir ce qu'il en dit de son côté.

Dire à Jake ce qu'elle éprouvait ? Et l'écouter lui répondre qu'il était désolé mais qu'il ne ressentait pas la même chose et souhaitait simplement l'aider ?

Bon, elle n'était pas certaine qu'il dirait cela…

— Et cela tient pour ton père aussi, reprit Sarah. Comment peut-il vendre votre maison de famille ? Tu disais qu'il avait parlé de ta mère, peut-être qu'il va réfléchir, après votre discussion, non ?

— Je ne sais pas, il était furieux ! Mais je suppose que je pourrais toujours tenter…

Sarah hocha la tête.

— Il y a une chose que j'ai apprise : on a toujours droit à une dernière chance. C'est parfois à la dernière tentative que tout se met en place, d'ailleurs.

Elle inspira profondément.

— Oui, vous avez raison. Un dernier essai. Il faut que je présente mes excuses à mon père pour lui avoir menti, et que je lui dise que je tiens à notre ranch comme à la prunelle de mes yeux.

— Et Jake ? demanda Olivia.

Elle devait aussi tenter auprès de Jake. Comment ne pas essayer ? Elle ne pouvait pas jeter l'éponge alors qu'elle avait rencontré un homme qu'elle aimait ainsi !

— Oui, je dirai à Jake ce que j'éprouve et de cette manière je saurai exactement ce qu'il ressent de son côté. C'est ce que font les femmes courageuses, n'est-ce pas ? Affronter la vérité !

— Oui, dit Sarah, assurément.

— Merci à toutes les deux pour votre aide, dit-elle avec émotion, en se levant pour les serrer dans ses bras.

Elle reprit sa voiture et se mit en route vers le ranch de son père. Il serait furieux, c'était acquis, mais accepterait-il de l'écouter, cette fois ?

En approchant de la propriété, elle eut tout à coup la sensation d'un grand froid. Elle s'arrêta sur le bas-côté.

Non. Non. Non. Non.

Un panneau devant l'entrée indiquait que le ranch était en vente.

13

Jake avait arpenté la maison et le jardin pendant des heures, attendant le retour d'Emma. Avait-elle parlé à son père ? Qu'en était-il ressorti ?

Il s'arrêta devant la fenêtre du séjour et observa le ciel qui s'assombrissait. Toujours pas d'Emma. Son père et elle avaient dû parler un bon moment. Il espérait que c'était bon signe.

Un bruit de voiture dans l'allée le fit sortir. C'était elle. Il s'arrêta sous le porche, attendant qu'elle sorte de voiture, alors qu'elle s'était garée. Mais elle restait derrière le volant.

Que se passait-il ?

Il avança jusqu'à la voiture et ouvrit la porte. Elle se couvrait le visage des deux mains, les épaules secouées de lourds sanglots. Il se pencha et l'aida à sortir. Elle se laissa faire, entourant son cou tandis qu'il refermait la portière et la ramenait à l'intérieur, jusqu'à sa chambre.

Il l'allongea précautionneusement sur son lit.

— Il y a un panneau « à vendre » devant le ranch, articula-t-elle. Je ne sais même pas ce qui me blesse le plus : qu'il mette réellement la maison en vente ou qu'il le fasse en sachant qu'il me chagrine.

— Je suis désolé, Emma, je pensais sincèrement qu'il n'irait pas jusqu'au bout de ses menaces.

Elle ferma les yeux et il l'enlaça, s'asseyant derrière elle pour qu'elle repose la tête contre son torse.

La sonnette de l'entrée résonna à cet instant.

— Qui cela peut-il être ? demanda-t-il en se levant pour jeter un coup d'œil par la fenêtre. Heu, Emma, ton père n'a pas une grosse voiture grise, par hasard ?

— Si, dit-elle en se levant à son tour. C'est lui ? Oui, c'est sa voiture. J'imagine qu'il vient pour la maison… Les voisins ont toujours voulu la racheter, ils auront déjà fait une offre !

— Allons voir ce qu'il a à dire ! dit-il en lui prenant la main. Allons-y ensemble.

Reginald Hurley sonna une nouvelle fois à l'instant où il ouvrit la porte. Il tendit un document à Emma.

— Bonsoir. J'ai pensé que tu serais intéressée par un investissement immobilier, dit-il. J'ai décidé de te vendre la propriété pour un dollar symbolique.

Elle se rapprocha et jeta un coup d'œil à ce que son père lui tendait. Il y avait une photo du ranch de sa mère, avec le titre de propriété.

— Attends, de quoi est-ce que tu parles, papa ?

— Entrez, Reginald, proposa-t-il en lui ouvrant la porte en grand.

Reginald s'exécuta et ils prirent tous place sur le canapé du séjour.

— J'ai beaucoup réfléchi à ce que nous nous sommes dit un peu plus tôt, au sujet des compromis, en particulier… J'avais de grands espoirs pour toi, Emma, tu sais ?

— Oui, et je pense t'avoir déçu chaque fois, soupira-t-elle.

Il sourit.

— Oui et non. Lorsque tu es partie, tout à l'heure, j'ai regardé la bague de ta mère. Cet anneau qui symbolisait notre engagement à la communication et au compromis. J'ai eu tort lorsque je t'ai dit que ta mère se retournerait dans sa tombe si elle te savait enceinte et célibataire. Ta mère se retournerait dans sa tombe si elle voyait comment je suis en train de te traiter.

Il nota les larmes qui perlaient aux paupières d'Emma.

— Oh ! papa !

— Je ne peux pas dire que cela me convient, ce qui t'arrive, mais c'est ta vie, et mon devoir en tant que père est d'être là pour toi. Plus jamais je ne te tournerai le dos comme je l'ai fait, reprit-il.

Elle se leva et se précipita dans les bras de son père, qui la serra en retour.

— Je t'aime, papa.

— Je t'aime, ma chérie, de tout mon cœur, répondit Reginald. Et, pour le ranch, il est devenu trop grand pour moi. Je pense que je me chercherai un appartement en ville. La ferme et tout le reste te reviennent de droit, c'est ton héritage. Je voudrais que tu les acceptes.

Elle serra son père de plus belle.

— Je vais vous laisser, dit-il, j'ai pas mal de papiers à régler, alors prépare ton dollar, ma chérie. Je t'attendrai !

Elle sourit.

— Oui, papa, je viendrai. Est-ce que tu veux venir au Hurley's samedi midi ? Je pourrais te retrouver après mon service, je vais préparer mon célèbre poulet frit.

— C'est noté, dit-il avant de se tourner vers Jake. Est-ce que vous accepteriez de vous joindre à nous ?

— Avec grand plaisir, répondit-il avant de raccompagner Reginald jusqu'à sa voiture.

Ensemble, ils le regardèrent repartir.

— Je n'arrive pas à y croire, murmura-t-elle.

— Je suis très heureux pour toi, Emma. Et soulagé aussi, dit-il en lui prenant la main.

— J'ai croisé Sarah en ville il y a quelques heures, et je lui ai parlé de nos fausses fiançailles. Tu sais que je n'oublierai jamais ce que tu as fait pour moi, Jake : le fait que tu m'aies embauchée, que tu m'aies proposé de t'épouser pour sauver mon ranch, tout le reste… Merci !

— Je referais tout de la même façon s'il le fallait.

Maintenant qu'elle avait un foyer, songea-t-il, elle allait lui faire ses adieux. Autant qu'il se prépare.

— Ta mère m'a parlé, tu sais, elle m'a dit qu'il était important de ne jamais hésiter à essayer une dernière fois.

Il hocha la tête.

— Sarah est très sage et je suis assez d'accord avec elle sur ce point.

Et pourquoi ne mettait-il pas cela en pratique ? Il lui suffisait de se lever, de dire à Emma ce qu'il éprouvait ! Au moins, elle saurait la vérité.

Il se leva.

Elle fit de même.

— Vas-y, commence, dit-elle en se mordant la lèvre.

Il lui prit les mains.

— Emma, chacun de mes baisers était sincère parce que je te désire. Pour moi, tu es la plus belle femme qui soit. Lorsque je te regarde, lorsque je pense à toi, lorsque je te parle, lorsque je t'embrasse, je me sens en paix. Comme si j'avais trouvé la réponse à tout. Je t'aime tellement que j'en ai le souffle coupé.

— Jake !

— Je sais, tu m'aimes bien et tu apprécies tout ce que j'ai fait pour toi, mais tu n'es pas prête pour une relation à l'heure actuelle et je le comprends.

Il songea à l'arrivée d'Emma au ranch alors qu'il pourchassait Goatby avec CJ. Elle avait changé sa vie, juste comme ça. Elle lui avait appris à aimer et maintenant il était empli d'amour.

Il s'écarta de quelques pas pour regarder par la fenêtre et elle le rejoignit, l'enlaçant par-derrière.

Surpris, il se retourna et elle leva les yeux vers lui avant de l'embrasser passionnément.

— Jake, lorsque j'ai pris conscience de l'amour que j'éprouvais pour toi, j'ai pris peur. J'ai essayé de me convaincre que ce n'était pas possible, mais il y a des sentiments qu'on ne peut contourner ou ignorer.

Elle l'aimait ?

Il sourit et la serra un peu plus.

— Je crois que j'ai essayé de faire la même chose… Je t'aime, Emma, je voudrais que tu acceptes de devenir ma femme, pour de vrai, cette fois-ci !

— Pour de vrai, alors, oui ! dit-elle en l'embrassant encore. Tu sais quoi, je crois que tout le monde savait avant nous que nous étions amoureux…

— Tu devrais appeler ton père pour le rassurer, dit-il en souriant. Lui demander s'il est toujours d'accord pour te conduire jusqu'à l'autel cet été…

Elle rit et le prit par la main. Elle allait emmener l'homme de sa vie, son futur mari, à l'étage, jusqu'à sa chambre. À leur chambre.

Épilogue

Par un éblouissant après-midi de juin, Jake se tenait devant l'autel, sous l'arcade en bois que les cow-boys avaient montée et que Fern, Stella, Michelle et Katie avaient ornée de roses blanches, rouges et roses.

La marche nuptiale fut lancée et toutes les têtes se tournèrent vers l'allée centrale, où la mariée fit son apparition au bras de son père, Reginald Hurley, qui semblait très fier et ému. À la vue d'Emma dans une longue robe de satin blanc, il eut les jambes qui tremblaient. Un simple voile blanc devant le visage, elle le regardait en avançant vers lui.

Dans quelques mois à peine, il serait papa. Ils accueilleraient la petite Violet ensemble. Emma lui avait demandé ce qu'il pensait de donner le nom de famille de Joshua à Violet en deuxième prénom, afin d'honorer sa mémoire, et il avait trouvé que c'était une belle idée.

Violet Smith Morrow.

En regardant Emma approcher, il eut du mal à réaliser la chance qui était la sienne.

Finalement, elle arriva à sa hauteur. Reginald souleva le voile et voilà qu'Emma, la femme qu'il aimait, lui prenait le bras. Lorsque le prêtre les déclara mari et femme, il l'embrassa et un bonheur total l'envahit. Tout le monde applaudit vigoureusement et il reconnut les sifflements de CJ dans l'assistance.

Lorsque vint l'heure de danser, il emmena sa femme sur la

piste pour un slow langoureux. Les cow-boys et leurs petites amies les rejoignirent ensuite. Il se demanda qui seraient les prochains à se dire « oui » devant l'autel.

Il se retourna en remarquant quelqu'un qui levait sa coupe de champagne dans sa direction. Il cligna des yeux en croyant à un reflet.

Colt Asher.

Son frère jumeau se tenait un peu à l'écart, sans doute ne pouvait-il encore se faire connaître, mais il était venu. Le temps d'un clignement de paupières et Colt avait disparu.

Bientôt, ils se reverraient, il le savait.

— Je t'aime, Emma, dit-il en embrassant sa femme délicatement.

Elle leva les yeux vers lui.

— Moi aussi, je t'aime.

— Hé ! dit-il en repérant Reginald sur la piste, on dirait que ton père a fait la paix avec ta tante Essie, ils sont en train de danser !

— C'est vrai ? Quelle joie, j'avais dit à mon père que j'espérais qu'il se réconcilierait avec elle pour le mariage, mais de là à ce qu'il danse avec elle, je n'y aurais pas cru. Il fait beaucoup d'efforts, dernièrement.

— On dirait que tu as fait un sacré bon boulot, ma chérie. Avec moi, avec ton père. Avec l'équipe…

Il la regarda. Elle souriait aux cow-boys et à leurs compagnes qui virevoltaient autour d'eux sur la piste de danse. Son sourire était si réjouissant qu'il en resta épanoui.

CARO CARSON

Un cow-boy à aimer

Traduction française de
MURIEL LEVET

HARLEQUIN

Titre original :
A COWBOY'S WISH UPON A STAR

Ce roman a déjà été publié en 2018.

1

C'était la fin du monde.

Sophia Jackson avait beau plisser les yeux, elle ne discernait rien d'autre qu'un paysage désolé de poussière avec, çà et là, quelques buissons épineux et des cactus.

Elle aurait pu être dans l'un de ses films.

Celui qui lui avait valu l'Oscar de la meilleure actrice pour son rôle de pionnière avait été tourné au Mexique, dans un décor très semblable à cette région du Texas, tandis que celui qui avait lancé sa carrière, dans lequel elle jouait une combattante dans une galaxie lointaine, avait été tourné en Italie, dans un cadre également très similaire.

Sec, désertique et accidenté.

Cette fois-ci, cependant, personne n'allait crier « Coupez » ni lui remettre une statuette d'or.

— On est arrivés ?

Elle semblait aussi exigeante que la guerrière de l'espace qu'elle avait incarnée à l'écran.

Ou pas vraiment. Son oreille d'actrice savait reconnaître les nuances de ton et de diction, notamment dans le son de sa propre voix.

Elle n'avait pas l'air d'un commandant, mais d'une diva.

J'ai bien le droit de faire ma diva. Je suis une diva. J'ai même une statue d'or pour le prouver.

Telle une reine dans un carrosse, elle repoussa une mèche

de cheveux derrière son oreille, faisant ainsi tinter ses longs pendants en diamant.

À l'avant de la voiture, son futur beau-frère continuait de suivre l'interminable route en silence, mais elle ne manqua pas le regard qu'il avait échangé avec Grace. Sa sœur et lui ne la voyaient pas comme un jeune officier ; ils ne la considéraient même pas comme une diva : pour eux, elle n'était qu'une sale gosse pourrie gâtée qu'ils allaient abandonner au milieu de nulle part.

Grace finit par se retourner pour lui tapoter le genou.

— Je ne suis jamais venue, moi non plus, mais ça ne doit plus être très loin, maintenant. C'est super, hein ? Les paparazzis ne te retrouveront jamais, ici. C'est exactement ce qu'on recherchait.

Sophia regarda la main de Grace posée sur elle, ornée d'une bague de fiançailles impossible à manquer. Jusqu'à tout récemment, sa sœur avait été son roc, et désormais, avec ce caillou à son doigt, elle s'apprêtait à épouser l'homme qui l'avait encouragée à la laisser tomber.

Elle avait envie de le frapper. Le fiancé de Grace, Alex, était un imbécile de médecin qui jamais une seule fois n'avait semblé impressionné par Sophia Jackson, la vedette du cinéma, n'ayant d'yeux que pour Grace, et ce depuis le jour où elles étaient toutes deux arrivées au Texas.

Alors qu'elle se faisait cette réflexion, la main de Grace avait quitté son genou pour l'épaule d'Alex. Le diamant disparut de la vue de Sophia quand Grace glissa ses doigts dans les cheveux noirs d'Alex.

Écœurée, Sophia se détourna d'eux pour regarder par la fenêtre l'horizon désolé. Et, comme elle commençait à avoir la nausée, elle se mit à mâcher furieusement son chewing-gum — bruyamment et sans aucune classe. Sans la grâce que le monde aurait attendue de la talentueuse Sophia Jackson.

J'ai perdu Grace et la grâce, songea-t-elle.

Sa sœur ne chercha même pas à lui reprocher son comportement — elle ne se souciait plus assez d'elle pour ça.

Sophia ne pouvait plus compter sur personne. Elle allait devoir endurer seule sa sentence de neuf mois et, au bout du compte, tout ce qu'elle en garderait serait un ventre flasque et des vergetures. Telle une adolescente du siècle dernier, elle était enceinte et elle avait honte, peur d'être exposée au regard des autres. Elle avait été envoyée à la campagne pour se cacher jusqu'à l'accouchement. Une fois que le bébé serait adopté, elle pourrait retourner vivre sa vie et faire comme si rien ne s'était passé.

À condition, bien sûr, que l'on veuille encore d'elle.

Car, en l'état actuel des choses, plus personne à Hollywood ne souhaitait travailler avec elle. Pas parce qu'elle était enceinte, personne n'était au courant, et son ventre était encore parfaitement plat, mais à cause de sa réputation.

Un acteur, un géant du box-office avec qui elle avait toujours rêvé de partager l'affiche, avait récemment annoncé à un studio qu'il ne ferait pas le film qu'on lui avait proposé si c'était à elle qu'il devait donner la réplique. Elle en était donc là. On dit qu'une mauvaise publicité est toujours bonne à prendre, mais celle qu'elle avait générée avait vraiment terni sa réputation. Son agent et son attaché de presse l'avaient informée des répercussions désastreuses.

Ex-agent. Ex-attaché de presse. Ils m'ont tous les deux abandonnée.

Elle sentit l'affolement la gagner. Ils étaient tous en train de la laisser tomber. Son agent, son attaché de presse, le sale type avec qui elle avait eu la bêtise de sortir. Et bientôt, le pire de tout, sa sœur, la meilleure assistante du monde, au moment où elle avait le plus besoin d'aide.

La loyauté n'existe pas à Hollywood. Même les membres de sa famille refusaient de rester à ses côtés. Rien que d'y penser, elle sentait la nausée se changer en douleur.

— Oh ! mon Dieu ! s'exclama soudain Grace en riant.

Le ton était celui employé quand on vient de recevoir une très bonne surprise.

Alex s'était lui aussi mis à rire.

— Juste au cas où on n'aurait pas remarqué qu'on était au milieu d'un authentique ranch texan…

Il arrêta le véhicule, et elle se tourna vers le pare-brise, devant lequel s'étalait en gros plan un imposant arrière-train de vache. Ils étaient bloqués par un animal d'une tonne qui leur barrait la route qu'ils devaient emprunter pour parvenir à l'endroit désert où elle se retrouverait livrée à elle-même, sans aide ni soutien.

La douleur se changea en panique.

Qu'on en finisse ! Son univers était sur le point de voler en éclats, mais elle ne voyait pas l'intérêt de faire traîner les choses.

— Dégage, abrutie de vache ! hurla-t-elle.

— Sophia, ça ne sert à rien de crier.

Mais Sophia s'était déjà penchée par-dessus l'épaule de son beau-frère pour enfoncer le klaxon.

— Dégage !

Le bovidé fit demi-tour sur lui-même pour observer la voiture. Sophia n'en pouvait plus d'être observée. Tout le monde s'attendait toujours à ce qu'elle fasse quelque chose, à ce qu'elle se montre extravagante ou brillante, à ce qu'elle révèle toute une palette d'émotions tandis qu'on la fixait passivement. Grace, d'ailleurs, s'était elle aussi mise à la scruter avec désolation, en secouant la tête.

— Dégage ! cria Sophia en activant à nouveau le klaxon.

— Arrête ! ordonna Alex.

Le regard glacial, il l'attrapa fermement par le bras pour la repousser vers l'arrière. Puis Grace et lui se retournèrent vers le pare-brise. Manifestement, Sophia avait gâché le plaisir qu'ils auraient pu prendre à considérer l'apparition de cette vache comme une anecdote pittoresque de leur petite virée à la campagne.

Je ne peux plus supporter ça, je ne peux plus me supporter, je ne peux plus supporter cette situation une minute de plus.

Folle de rage, elle ouvrit brutalement la portière.

— Sophia, reste à l'intérieur !

Grace avait l'air à la fois exaspérée et effrayée.

Mais Sophia était au-delà de la peur. La panique, la douleur, la nausée la submergeaient, accompagnées d'un besoin terrible d'en finir avec ça. Quand le couperet serait tombé, quand elle se serait débarrassée des derniers vestiges de sa vie, elle pourrait enfin s'effondrer. La seule chose qu'elle voulait, c'était s'effondrer, et cet abruti d'animal l'empêchait de le faire.

À bout de nerfs, elle sortit, claqua la portière et se dirigea comme une furie vers la vache. Ou peut-être était-ce un taureau, vu ses petites cornes. De toute façon, il fallait qu'il dégage le passage.

Tout en agitant les bras au-dessus de la tête, elle continua d'avancer vers cette crétine de vache immobile. Le soleil de mai chauffait la peau nue de sa taille fine, exposée par son haut court, qui était encore remonté au moment où elle avait levé les mains en l'air. Au bout de quelques pas, elle faillit tomber en se tordant la cheville, les talons aiguilles de ses cuissardes s'étant enfoncés dans la terre meuble du Texas.

— Dégage ! Tu m'entends ? Fiche le camp ! Va n'importe où, dit-elle en désignant d'un geste du bras le paysage désertique autour d'elle. N'importe où, mais pars d'ici.

La vache la regardait d'un œil morne. Elle se moquait totalement d'elle. Totalement.

Sophia se rendit soudain compte que des larmes coulaient sur ses joues. Elle avait mal à la cheville, mal au cœur, mal au ventre. La vache se détourna d'elle. Être ignorée était encore pire que d'être observée. La bête était massive, bien plus imposante que les chevaux avec lesquels elle avait travaillé sur le tournage du western, mais elle n'hésita pas à appuyer sur son flanc.

— Dégage !

Sa peau était dure et poussiéreuse. Mais elle avait beau pousser de toutes ses forces, la bête ne bougeait pas d'un millimètre. C'était comme si Sophia n'existait pas. Plus de carrière, de sœur, d'amis, de vie.

Se laissant tomber contre le cou chaud du bovin indifférent, elle éclata en sanglots.

Quelqu'un au ranch avait un problème.

Travis Chalmers rangea ses pinces dans son sac de selle et jeta un dernier coup d'œil à la clôture qu'il venait de réparer.

Puis, prenant les rênes d'une main et remettant son chapeau de l'autre, il se hissa sur son cheval. Ce coup de klaxon signifiait qu'il y avait une urgence à régler. Il espérait juste qu'aucun de ses hommes n'avait été blessé.

Un nouvel appel de détresse résonna. S'étant tourné dans la direction d'où provenait le son, Travis lança sa monture au galop. Apparemment, ce n'était pas l'un des camions du ranch, ce devait donc être un étranger qui s'était perdu, était tombé en panne d'essence, avait un pneu crevé, ce genre de choses — de simples réparations.

Il ne savait pas quel était le problème, mais il allait le régler. Il venait d'avoir trente et un ans, ce qui faisait de lui un tout jeune gérant de ranch, mais il travaillait avec les animaux depuis toujours. Rien de ce qui arrivait dans un ranch ne pouvait constituer une surprise à ses yeux.

Il remonta la petite côte qui menait à la route, et la cause de cette agitation lui apparut. Une génisse se tenait au milieu de la chaussée, bloquant une petite voiture de sport. La présence de l'animal sur la route ne constituait pas une surprise ; il venait de réparer une brèche dans une clôture. Ce qui en constituait une, en revanche, était la présence de la femme qui était appuyée contre la génisse.

Une femme. Et quelle femme !

De longs cheveux qui retombaient en cascade sur son dos, un corps mince et athlétique, des fesses rondes et musclées… S'il pouvait juger de tout cela, c'était parce que les rares parties de sa peau qui n'étaient pas directement exposées aux regards étaient moulées dans des vêtements noirs. Mais ce furent ses longues jambes en cuissardes qui le firent arrêter son cheval sous le coup de la confusion.

Cela devait être un mirage. Aucune femme ne portait des cuissardes avec des talons aiguilles si hauts. Ces bottes envoyaient des signaux sexuels qui réveillaient en lui des souvenirs lointains d'héroïnes de bandes dessinées, de personnages conçus pour exciter la partie la plus bestiale et primitive de l'inconscient masculin.

Rien, dans l'enceinte d'un ranch, n'aurait pu le surprendre. Rien… sauf ça.

Tout en se faisant ces réflexions, il avait fait repartir son cheval vers la génisse… et vers la jeune femme, qu'il n'arrivait pas à quitter des yeux.

Relevant la tête en l'entendant approcher, elle se tourna sur le côté, appuyant sa joue sur l'épaule de la bête et étendant ses bras sur son dos comme si elle était sur un canapé. Le vent dégagea ses cheveux de son visage, cascade d'or et d'argent qui brilla au soleil, et elle maintint la pose en le regardant avancer vers elle.

Ses bottes, sa peau nue, le cuir noir. Son cerveau s'embruma tandis que ses pensées prenaient des chemins lascifs et voluptueux. Mais soudain la portière conducteur s'ouvrit sur un homme, dont la présence le ramena durement à la réalité. Une femme ne tarda pas à sortir de l'autre côté, et la génisse, qui avait dû sentir l'odeur du cheval et des hommes, se mit à balancer la tête de gauche à droite.

Il fallait qu'il se montre vigilant. Cette bête n'était pas inoffensive : avec ses cinq cents kilos, si elle prenait peur, elle pouvait très bien blesser les gens qui l'entouraient, y compris la déesse en cuissardes.

— Bonjour, dit-il en continuant de s'approcher.

Pour évaluer la situation, il inspecta rapidement les deux autres arrivants, une femme inquiète et un homme irrité, mais il évita scrupuleusement de tourner à nouveau son regard vers la déesse. Les battements de son cœur s'étaient dangereusement accélérés à sa vue. C'était très déconcertant. Tout en elle était déconcertant.

— Je crois que vous feriez mieux de rester à l'abri.

— Sophia, il faut rentrer dans la voiture, maintenant, dit l'homme d'une voix exagérément patiente.

— Non.

— Oh ! Sophie.

Le regard triste, l'autre jeune femme avait secoué la tête. Apparemment, ce n'était pas la première fois que cette Sophie la décevait.

Sophie. Sophia.

Il tourna à nouveau son regard vers la déesse. Sophia Jackson, bien sûr. Comment se faisait-il qu'il ne l'ait pas reconnue ? Mais, d'un autre côté, comment se faisait-il qu'une star du cinéma soit tout à coup apparue dans son ranch perdu, étendue sur l'une de ses génisses ? Le scénario paraissait si improbable qu'il avait du mal à en croire ses yeux.

Son regard bleu rivé sur lui, elle releva légèrement le menton, affichant un air de défi. Était-ce à lui que ce « non » était adressé ?

— Écartez-vous, dit-il d'une voix calme et basse pour n'effrayer ni la belle ni la bête. Je vais remettre cette génisse sur son chemin pour que vous puissiez reprendre le vôtre.

— Non. Elle m'aime bien.

De ses longs doigts fins, elle se mit à caresser l'encolure de la génisse.

— Vous croyez ? dit-il en saisissant son lasso.

— Ma vache ne veut pas me quitter. Elle est loyale, elle, au moins.

Cela n'avait aucun sens. Et il n'avait pas de temps pour de telles absurdités.

— Attention aux pieds.

Continuant d'avancer, il fouetta l'arrière-train de la génisse, qui dégagea aussitôt le passage.

Maintenant qu'elle était seule au milieu de la route, Sophia Jackson paraissait un peu plus petite, et un peu ridicule. Tandis qu'elle regardait la génisse s'éloigner, il prit le temps d'observer son visage, qu'il n'avait vu qu'au cinéma. L'actrice semblait vraiment attristée, comme si elle regrettait infiniment que la génisse soit partie, ce qui, à bien y réfléchir, était aussi absurde que tout ce qui venait de se passer.

Perplexe, il se tourna vers le conducteur, qui semblait être le plus rationnel des trois.

— Où allez-vous ?

— Merci d'avoir déplacé la vache. Je suis Alex Gregory, et voici ma fiancée, Grace.

Travis attendit quelques instants, mais l'homme ne lui présenta pas la jeune femme chaussée de bottes. Sans doute était-il censé la reconnaître de lui-même — ce qui était bien le cas —, mais il lui sembla tout de même impoli de la laisser ainsi de côté.

— Travis Chalmers, dit-il en retirant son chapeau.

Il adressa un hochement de tête à la femme inquiète avant de se tourner vers la star de cinéma pour la saluer à son tour.

— Chalmers… Vous êtes le gérant du ranch ? demanda le nommé Alex. Ravi de vous rencontrer. Les MacDowell m'ont dit qu'ils vous avaient expliqué la situation.

Pas vraiment, non.

— C'est vous qui allez vivre chez Marion MacDowell pendant quelques mois ? demanda-t-il en plissant les yeux.

— Pas nous. Elle. Sophia est la sœur de ma fiancée. Elle a besoin d'un endroit où se cacher.

Le choix de ce dernier mot lui sembla curieux.

— Se cacher de quoi ?

— Des paparazzis, intervint la nommée Grace. C'est un vrai problème depuis la catastrophe de… Enfin, c'est toujours un problème. Mais Sophie a besoin de temps pour… pour…

Elle adressa à sa sœur un sourire plein de gentillesse et de compassion.

— Elle a besoin de temps.

Sans faire de commentaire, Sophia Jackson contourna la voiture avec ses talons aiguilles. On aurait dit une guerrière prête à se battre. Mais elle ne se battit pas. Après s'être lentement installée à l'arrière du véhicule, elle claqua la portière.

— De temps et d'intimité, ajouta Alex. Les MacDowell m'ont assuré que l'on pouvait compter sur votre discrétion.

Son cheval s'était mis à piaffer d'impatience.

— Pouvez-vous nous conduire à la maison pour que nous en discutions ?

Il avait naturellement gardé un œil sur la génisse, qui s'éloignait mollement.

— Il faut que j'aille chercher cette génisse pour la ramener du bon côté de la clôture. Et, après ça, il faut que j'aille soigner les vaches gestantes. Mais je serai de retour au coucher du soleil. Je passe devant le corps de ferme quand je rentre chez moi. Je m'arrêterai.

— Nous n'avions pas prévu de passer la journée ici, dit Grace en jetant un coup d'œil anxieux à son fiancé.

Ils ne s'attendaient tout de même pas à ce qu'il cesse de travailler au beau milieu de la journée pour bavarder ? En tant que responsable du River Mack Ranch, il travaillait bien plus encore que ses propres employés. Entre le vêlage et le marquage, mai était l'un des mois les plus actifs de l'année. Il n'avait pas envisagé de passer du temps à discuter avec les personnes à qui les MacDowell avaient prêté leur maison. Mais à l'évidence il ne s'agissait pas d'une situation ordinaire.

— Très bien. On va en discuter.

À contrecœur, il descendit donc de cheval, une concession pour leur faire comprendre qu'il était disposé à leur accorder un peu de son temps. D'autre part, s'il était resté à dos de cheval, il n'aurait pas pu voir Sophia Jackson dans la voiture. Or, tout comme il lui semblait qu'il fallait qu'il garde un œil sur la génisse, il avait l'impression de devoir garder un œil sur elle.

Mais, une fois à terre, il s'aperçut qu'il ne pouvait rien voir à travers les vitres teintées. Rien, mis à part un peu de cuir noir et ses mains sur ses genoux, dont les poings étaient serrés.

Déconcerté, il secoua la tête. Apparemment, elle était à bout de nerfs.

— Sophia a juste besoin qu'on la laisse un peu tranquille, expliqua sa sœur.

— Pas de problème pour moi.

Il n'avait aucune intention de rôder autour de cette femme si menaçante pour la paix de son esprit.

— Si des hommes avec des appareils photo viennent pointer leur nez ici, ne leur dites rien, merci. Ne cherchez même pas à nier sa présence.

— Mademoiselle, si des hommes avec des appareils photo viennent pointer leur nez dans ce ranch, je m'occuperai personnellement de les chasser de la propriété.

— C'est vrai ? Vous pourriez faire ça ?

Elle paraissait à la fois étonnée et soulagée.

À quoi s'attendait-elle ? Machinalement, il se passa la main dans les cheveux. Il aurait vraiment fallu qu'il aille chez le coiffeur, mais le mois de mai n'était pas propice à ce genre de choses.

— Nous ne tolérons aucune intrusion, expliqua-t-il à ces personnes qui étaient de toute évidence de la ville. De toute façon, je ne vois pas comment on pourrait faire la différence entre un photographe et un voleur de bétail. Bref, les gens qui ne sont pas d'ici sont immédiatement reconduits aux limites du ranch.

— Mais les paparazzis pourraient vous proposer de l'argent. Beaucoup d'argent.

Sans lui laisser le temps de protester contre l'idée qu'il puisse trahir une amie des MacDowell pour une somme d'argent quelconque, Alex intervint :

— Mais il faudrait pour cela qu'ils la trouvent. Nous avons pris toutes les mesures nécessaires. Comme elle n'a plus de téléphone portable, aucun risque qu'elle enregistre une photo avec une indication géographique. Il y a des hackers qui sont payés pour déterrer ce genre de choses. Voilà jusqu'où le harcèlement peut aller.

— Son téléphone est en effet bloqué, ajouta Grace. Il lui permet uniquement de nous contacter en cas d'urgence… Mais si vous pouviez veiller sur elle… ?

Les portières avant du véhicule étaient ouvertes. Ce qui signifiait que la principale intéressée pouvait entendre tout ce qui était dit sur elle. Une fois encore, il trouvait le comportement de la sœur et du beau-frère très impoli.

— Si elle veut que je veille sur elle, je le ferai. Si elle veut que je la laisse tranquille, je le ferai aussi.

Il regarda une nouvelle fois à travers les vitres teintées. Les poings de Sophia s'étaient décrispés, mais l'un de ses genoux couverts de cuir était agité d'un tic nerveux — ou d'impatience.

— Combien d'autres cow-boys travaillent dans ce ranch ? demanda Alex.

— Est-ce qu'ils laisseront ma sœur tranquille ?

Travis commençait lui-même à s'impatienter. Toute cette conversation était pour lui aussi éloignée du domaine de la normalité que la femme qui se cachait dans la voiture. Car c'était bien cela qu'elle faisait : plutôt que de participer à cette conversation dont elle était le sujet, elle cherchait à se cacher. Cela faisait beaucoup d'absurdités pour une seule journée.

— Je n'ai pas l'habitude de discuter des employés du ranch avec des inconnus.

Sans rien dire, l'homme hocha la tête. Il avait compris le message. Bien. La femme, pour sa part, se mordit la lèvre.

Apparemment, cette réponse n'avait fait qu'accroître son inquiétude. Bon.

— Mais, comme il s'agit de votre sœur, je peux vous dire que le nombre d'employés dépend de la saison. Aucun d'entre nous n'a l'habitude de se rendre dans le corps de ferme.

Il s'interrompit, avant d'ajouter, d'une voix suffisamment forte pour être entendue par la femme qui se trouvait dans la voiture :

— Mais, si votre sœur ne veut pas se faire remarquer, je lui suggère de ne pas rester au milieu de la route pour faire des câlins à mes vaches.

La botte noire cessa brusquement de marteler la moquette de la voiture.

Grace baissa la tête pour dissimuler son expression amusée. Elle était tout aussi jolie que sa sœur, mais elle n'en avait pas le sex-appeal.

— Voilà. Je suis désolé, mais il faut vraiment que j'y aille.

— Merci, répondit Grace, qui avait brusquement repris son air inquiet. Mais si vous pouviez prendre de ses nouvelles, de temps en temps… Elle est plus fragile qu'elle n'en a l'air. Et elle a beaucoup de décisions à prendre. C'est une situation très délic…

Elle fut brutalement interrompue par un coup de klaxon. Apeuré, le cheval releva la tête en hennissant, et il fut lui-même si surpris qu'il faillit lâcher les rênes.

Il venait à peine de reprendre le contrôle de la situation qu'un nouveau coup de klaxon retentit. Furieux, il se tourna vers les deux adultes qui se trouvaient toujours devant la voiture. Ne pouvaient-ils pas la calmer ?

— Dites-lui d'arrêter.

— Si vous croyez que ça va changer quelque chose…, répondit Alex.

Mais il se tourna tout de même vers la voiture.

— Assez, Sophie.

— Sophie, s'il te plaît…

Il y eut un dernier et bref coup de klaxon. Heureusement que son cheval avait confiance en lui, car cette fois-ci il ne chercha pas à se cabrer. Mais c'en était trop pour Travis. Les rênes à la main, il s'approcha de la voiture et en ouvrit la portière arrière.

Sophia étant penchée vers le tableau de bord, la première chose qu'il vit d'elle fut ses appétissantes fesses moulées de cuir noir. Mais, la main toujours posée sur le klaxon, elle se tourna rapidement vers lui.

— Ne refaites pas ça.

— Alors, cessez de parler de moi. Je veux aller à la maison que j'ai louée, et tout de suite.

Tout en le regardant droit dans les yeux, elle activa de nouveau le klaxon.

— Mais qu'est-ce qui ne va pas chez vous ? Je viens de vous dire d'arrêter.

— Ou sinon quoi ?

Son regard dur était celui d'une guerrière, mais son attitude celle d'une enfant.

— Chaque fois que vous donnez un coup de klaxon, un cow-boy du ranch s'interrompt dans son travail et vient voir ici qui a besoin d'aide. Le klaxon, ici, c'est un signal de détresse.

Elle ouvrit grand les yeux. Apparemment, elle n'avait pas pensé à cela. Mais au bout d'une seconde ou deux, l'air malicieux, elle tendit à nouveau la main vers le klaxon.

— Remettez un coup de klaxon, et vous allez vous retrouver cernée d'hommes à cheval. À ce moment-là, vous n'aurez plus d'autre choix que de faire demi-tour et de retourner là d'où vous venez.

Sa main planait toujours comme une menace au-dessus du volant.

— Allez-y. Effrayez encore mon cheval. Je vous promets que si vous faites ça, vous ne remettrez plus jamais les pieds dans ce ranch.

Elle ne bougea pas la main. Les yeux baissés vers elle, il attendait, avait presque envie qu'elle le défie. Il aurait été ravi de saisir cette occasion de se débarrasser d'elle. Et, de toute façon, il n'était pas homme à proférer de vaines menaces.

— De toute manière, je n'ai pas envie de venir habiter là, marmonna la jeune femme.

Furieux, il tourna violemment la tête vers le volant.

— Vous savez conduire, non ? Alors, faites demi-tour au lieu d'appuyer sur cette saleté de klaxon.

Il y eut un long silence.

Sa sœur finit par se pencher vers la voiture.

— Sophie, tu n'as aucun autre endroit où aller, dit-elle d'une voix douce. Tu ne peux pas vivre avec Alex et moi.

À ces mots, il remarqua que la lumière qu'il y avait dans ses yeux avait un peu décliné. Il n'eut aucun mal à percevoir sa douleur. Et il eut de la peine pour elle.

Après s'être enfoncée dans la banquette, elle croisa les bras sur sa poitrine et, sans regarder ni lui ni sa sœur, déclara :

— Désolée d'avoir fait peur au bourrin.

Il se redressa, referma la portière. En se tournant vers le pâturage, il constata que la génisse était deux fois plus loin qu'elle ne l'était avant les coups de klaxon. S'il ne se dépêchait pas, il allait avoir du mal à la retrouver.

Mais il la retrouverait. Et ensuite il s'occuperait de soigner les autres. Et, quand le soleil serait couché, il n'aurait envie de rien d'autre qu'une bonne douche chaude et une surface plane sur laquelle se reposer.

Mais, ce soir-là, il lui faudrait s'arrêter dans le corps de ferme pour veiller sur une actrice de cinéma, une actrice de cinéma triste et en colère qui n'avait aucun endroit où aller, aucune famille disposée à la consoler, rien d'autre que ce ranch.

Après avoir adressé un hochement de tête à sa sœur et son fiancé, il se remit en selle. La génisse s'en allait désormais en trottant vers l'horizon.

S'il n'avait pas été cow-boy, il aurait sans doute soupiré. Mais, comme il était cow-boy, il se pencha vers son cheval.

— Prêt à aller la chercher ? lui dit-il doucement.

Et, pointant du doigt la génisse, il lança l'animal au galop. Ils avaient une longue et pénible course devant eux.

2

Elle était seule.

Elle était seule et elle allait mourir parce que Grace et Alex l'avaient laissée, et même si Alex avait relevé les fusibles et rebranché l'électricité, et même si Grace avait rapporté deux sacs de provisions de la voiture et les avait posés sur le plan de travail, Sophia avait été abandonnée par la seule famille qu'elle avait avant que qui que ce soit ne s'aperçoive que le réfrigérateur était cassé, et désormais tout allait pourrir, et ils ne reviendraient pas prendre de ses nouvelles avant une semaine, et à ce moment-là elle serait morte de faim, son corps étendu sur le sol de la cuisine, son regard sans vie fixé sur la frise du papier peint, avec son motif d'oiseau blanc qui se répétait à l'infini sur un fond bleu terne.

L'an dernier, à la même date, elle portait une robe Givenchy pour la cérémonie des Oscars.

Je déteste ma vie.

Elle s'effondra sur l'une des chaises inconfortables et se mit à pleurer. Et, comme personne ne cria « Coupez », elle continua la scène, s'accoudant à la table pour appuyer la tête dans ses mains.

Je déteste ce que j'ai fait de ma vie.

Était-ce cela que Grace et Alex avaient voulu lui faire comprendre ? Qu'elle avait détruit son avenir ?

Je ne suis pas stupide. Je sais très bien pourquoi ma carrière est au point mort.

Parce que plus personne ne voulait travailler avec elle. Et, si plus personne ne voulait travailler avec elle, c'était à cause de son ex, DJ Deezee Kalm.

Kalm était un nom qui paraissait assez incongru pour un excité de sa sorte. Depuis leur rencontre, à peine cinq mois plus tôt, Deezee avait semé le chaos dans son existence.

Avant, Sophia Jackson était une actrice reconnue : elle n'avait plus à courir les auditions pour qu'on lui accorde une chance de faire ses preuves dans un personnage secondaire ; les scripts des plus grands scénaristes lui étaient livrés directement chez elle, accompagnés d'adorables messages disant qu'elle serait parfaite dans le rôle de l'héroïne.

Elle et sa sœur (sa fidèle et loyale assistante) méritaient bien de fêter cela. Après dix longues années de dur labeur, le rêve de Sophia s'était enfin réalisé mais, pour être honnête avec elle-même (et n'était-elle pas là pour cela, après tout ?), elle devait admettre qu'elle avait beau jouer les filles ravies, elle était en réalité épuisée.

Ce séjour à Telluride, ancienne bourgade minière des montagnes Rocheuses devenue paradis pour millionnaires, lui était apparu comme un bon moyen de s'évader. Pendant une petite semaine, elle n'aurait pas à se soucier de l'impact que pourrait avoir chacune de ses décisions. Et, parmi toutes ces célébrités, elle serait certes observée, mais sans doute pas épiée.

C'était là qu'elle l'avait rencontré. Elle s'était laissé prendre par ses mensonges et, par voie de conséquence, elle ne pourrait voir personne au cours des neuf mois à venir. Elle resterait dans ce trou perdu, seule avec ses regrets et ses repas surgelés bien en train de pourrir.

Voilà où j'en suis. Je suis tombée amoureuse d'un sale type, et maintenant je déteste ma vie.

Chaque fois qu'elle pensait à Deezee, elle avait envie de briser quelque chose. Peut-être cette salière des années 1980 en forme d'oiseau blanc qui se trouvait devant elle. Elle aurait pu la lancer contre le mur, mais elle était déjà assez malheureuse pour ne pas vouloir en plus se sentir coupable d'avoir fracassé un objet appartenant à une veuve, si hideux soit-il.

Vaguement consciente qu'il fallait qu'elle fasse quelque chose concernant les surgelés, elle se leva, mais sa cheville endolorie lui fit à nouveau monter les larmes aux yeux. Quand elle était allée voir la vache sur la route, elle se l'était bel et bien tordue, et à présent elle regrettait de ne pas avoir avoué à cet imbécile de médecin d'Alex qu'elle s'était fait mal. Se retenant de pleurer de plus belle, elle retira ses cuissardes pour libérer ses pieds de la torture des stilettos.

Cette vache sur le chemin… Elle espérait qu'elle avait bien fait courir le cow-boy. Elle espérait même qu'il soit encore à sa recherche à l'heure actuelle. Maintenant qu'elle y repensait, il semblait parfaitement maîtriser son cheval quand il s'était éloigné d'eux au galop tel un Indiana Jones dans un film de Spielberg. Il lui avait donc menti en affirmant que le klaxon effrayait sa monture. Mensonge, mensonge, c'était typiquement masculin.

Ne jamais faire confiance aux hommes, j'ai bien compris la leçon. Je peux retourner à LA, maintenant ?

Non. Elle ne pouvait pas. Elle était coincée ici, au Texas, où Grace l'avait traînée. Sa sœur avait espéré que quelques bonnes actions suffiraient à réparer les dégâts qu'elle avait occasionnés à sa réputation, mais au beau milieu de l'un de ces galas caritatifs Deezee était venu la trouver pour la supplier publiquement de renouer avec lui. Et, une fois de plus, elle s'était conduite comme une imbécile : alors que des caméras étaient braquées sur elle, saisissant chacun de ses mouvements, elle s'était enfuie avec lui dans une île des Caraïbes, une petite escapade qui s'était révélée être une vaste blague.

Ah, ah, ah.

Tu veux que je te fasse rigoler, Deezee ? Quand je fais

pipi sur un bâton en plastique, il y a un petit signe « plus » qui apparaît.

En rentrant de Saint-Barth, elle avait découvert que sa sœur s'était fiancée à un médecin d'origine texane, un homme qui, contrairement à Deezee, semblait prendre ses engagements au sérieux. Et, désormais, Grace refusait de revenir à LA avec elle, parce que Alex avait réussi à lui faire croire en l'amour. Elle avait dit à Sophia qu'un séjour au Texas lui ferait certainement du bien, lui donnant l'occasion de se reposer et de se « détendre ».

Quelle blague ! À cause de ce petit signe « plus », Grace pensait qu'elle avait besoin de passer du temps coupée du monde pour décider de ce qu'elle voulait faire de son avenir, comme si Sophia avait fait autre chose que se soucier de leur avenir à elles deux au cours des dix dernières années. Grace ne pouvait-elle donc pas comprendre qu'elle en avait assez de se préoccuper du futur ?

Pieds nus, elle s'approcha des sacs à provisions dont elle vida le contenu froid et humide dans l'évier, puis elle se tourna vers le réfrigérateur.

Maintenant que la propriétaire, Mme MacDowell, était seule, son époux décédé et ses enfants adultes et mariés, elle n'avait plus aucune envie de rester au Texas et de se « détendre » dans sa grande maison solitaire. Aussi avait-elle ouvert la porte du réfrigérateur et fermé celle de l'entrée avant de quitter les lieux pour passer une année en Afrique en qualité de médecin bénévole.

Si personne ne venait la voir avant la semaine suivante, Sophia allait mourir de faim. Heureusement, Grace et Alex lui avaient laissé un téléphone pour les urgences. C'en était une.

— Grace, c'est moi. Alex n'a pas allumé le frigo.

Elle se sentait trahie, mais curieusement sa voix ne lui sembla pas transmettre ce sentiment, ressemblant plutôt à celle d'une gamine capricieuse.

— Sophie, ma chérie, ce n'est pas une urgence, déclara

sa sœur d'un ton lénifiant, comme un adulte raisonnant un enfant. Tu peux te débrouiller toute seule. Il te suffit de relever le fusible.

— Je ne sais même pas où se trouve le tableau électrique.

Grace soupira avant d'échanger quelques paroles inaudibles avec Alex.

— Dans le placard de l'entrée. Il faut que j'y aille, maintenant. Au revoir.

— Attends ! protesta Sophia en toute hâte. Tu pourrais rester en ligne le temps que je trouve le tableau ? Qu'est-ce que je fais si ce n'est pas un problème de fusible ?

— Je n'en sais rien… Tu appelles un réparateur, je suppose.

— Un réparateur ? répéta Sophia, sans chercher à dissimuler sa stupéfaction. Mais comment je vais faire ? Je ne connais personne, moi, ici…

— Il y a un téléphone sur le mur de la cuisine. Mme MacDowell range son annuaire dans le tiroir qui est juste en dessous.

Sophia regarda autour d'elle la pièce qui semblait tout droit sortie d'un film des années 1980. Il y avait bien un téléphone fixé au mur. Un appareil antédiluvien avec un combiné rattaché par un fil.

— Oh ! mon Dieu ! Mais c'est une antiquité !

— Mais il fonctionne, j'ai vérifié. Et, jusqu'à maintenant, aucun risque que la ligne ait été placée sur écoute. Tu peux appeler un réparateur.

Agacée par le ton condescendant que sa sœur avait pris, Sophia serra les poings. Depuis que Grace avait obtenu son diplôme de fin d'études, elle l'avait employée pour régler les petits détails tels que celui-ci, la traitant comme une assistante de star bien avant qu'elle n'en devienne une. Et, désormais, Grace essayait de se débarrasser d'elle…

— Et comment vais-je payer ce réparateur ?

— Tu as une carte de crédit. On l'a mise à mon nom, mais elle est à toi.

Grace paraissait presque triste. Il y avait dans son ton plus de pitié que d'impatience.

— Je peux toujours dire que je m'appelle Grace, mais je ne peux pas changer mon visage. Comment veux-tu que je reste dans l'anonymat si je reçois un réparateur chez moi ?

— Je ne sais pas, Sophie. Mets-toi un torchon sur la tête ou un truc comme ça.

— Tu ne t'occupes plus de moi.

Sa voix aurait dû se briser au milieu de la phrase, parce que son cœur était brisé, mais l'actrice en elle savait que la réplique devait être dite jusqu'au bout.

— Je t'aime, Sophie. Je suis sûre que tu vas trouver quelque chose. Tu es très intelligente et très débrouillarde. Tu t'es occupée de moi pendant des années. Ce sera un jeu d'enfant pour toi.

« Un jeu d'enfant ». Ce ton, cette diction…

On aurait dit leur mère. Dix ans plus tôt, elles avaient perdu leurs deux parents, morts sur le coup dans un accident de voiture. À dix-neuf ans, Sophia était devenue la tutrice de Grace qui, pour sa part, venait tout juste d'entrer au lycée.

Rien n'avait été pour elle un jeu d'enfant. Elle avait arrêté ses études pour retourner dans la maison familiale afin que Grace puisse terminer sa scolarité dans le même lycée. L'argent de l'assurance-vie lui avait permis de payer le loyer pendant deux années, et elle avait essayé d'économiser un peu en travaillant occasionnellement comme mannequin, mais le marché local ne rapportait pas beaucoup — cinquante dollars pour passer six heures à sourire en pointant du doigt un matelas…

Cela avait sans doute été son premier vrai contrat d'actrice, car durant toute la séance photo elle avait dû faire comme si elle ne regrettait pas les cours de théâtre qu'elle avait été contrainte d'abandonner.

Quoi qu'il en soit, cette publicité avait été un succès. Au bout du compte, la campagne avait été diffusée dans tout le pays. Cependant, Sophia n'avait pas gagné un *cent* de plus. Et son cachet de cinquante dollars avait été dépensé le jour même pour payer les courses et le plein d'essence — parce qu'elle devait conduire Grace à l'école, parce qu'elle devait nourrir Grace.

Et désormais Grace menait sa propre vie, elle était heureuse et elle ne se souciait plus d'elle. Cela lui paraissait cruel. Et plus encore en songeant à quel point elle ressemblait à leur mère.

— Il faut que j'y aille, fit la voix de sa mère. Tu peux le faire. Je t'aime, Sophie. Ciao.

Ne m'abandonne pas. Ne m'abandonne pas. Tu me manques.

La communication fut coupée.

Quelques heures plus tôt, elle n'avait qu'une envie : se retrouver seule pour pouvoir se laisser aller. Et maintenant elle avait peur de le faire. Si elle se remettait à pleurer, elle ne pourrait jamais, jamais s'arrêter.

Presque au pas de course, elle revint dans l'entrée pour ouvrir le placard. Tous les fusibles étaient levés. Elle les baissa et les releva un à un.

Cependant, cela ne fit aucune différence. Le réfrigérateur ne fonctionnait toujours pas quand elle retourna dans la cuisine, et les plats continuaient de couler dans l'évier. Sa vie était toujours aussi pitoyable, et même pire, car sa mère lui manquait aussi désormais. Grace ressemblait à sa maman et, tout comme sa maman, elle l'avait laissée tomber. Au moins, quand sa maman était morte, elle avait laissé le frigo en état de marche.

Mais comment pouvait-elle penser des horreurs pareilles ?

Elle se détestait.

À cette idée, elle éclata en sanglots.

Et comme elle l'avait deviné, une fois qu'elle eut commencé à pleurer, elle ne parvint pas à s'arrêter.

Je suis enceinte, j'ai peur, je veux ma maman.

Elle s'affaissa sur le sol de cuisine, replia ses genoux contre sa poitrine et se laissa aller.

L'avait-il fait ou pas ?

Sur le chemin de l'écurie, Travis conduisait son cheval au pas en se demandant s'il avait ou non dit à Grace Jackson qu'il rendrait visite à sa sœur dès la fin de la journée. N'avait-il pas plutôt suggéré qu'il veillerait sur elle en vérifiant de façon occasionnelle si tout se passait bien pour elle ? Il était fatigué, il avait faim, mais il lui restait encore un bon kilomètre à parcourir avant d'arriver. Cinq cents mètres. Deux cents mètres. Une starlette capricieuse, c'était vraiment la dernière chose dont il avait besoin. Il pouvait très bien attendre le lendemain pour commencer à tisser des relations de bon voisinage en lui demandant si elle était bien installée.

La maison des propriétaires, ou la maison tout court, comme tout le monde l'avait toujours appelée, était plus proche de l'écurie que la sienne. Son grand porche blanc ne tarda pas à apparaître dans le lointain, une vision qu'il avait toujours trouvée très agréable. Derrière elle, le crépuscule avait conféré au ciel de jolies nuances de rose et d'orangé. La demeure était éclairée, ce qui signifiait que Sophia Jackson était là.

Puis elle fut plongée dans le noir.

Et de nouveau éclairée.

Mais qu'était-il en train de se passer ?

Des lumières s'allumèrent puis s'éteignirent derrière une fenêtre, puis une autre, et ainsi de suite.

Sous ses jambes, sa monture se mit à piaffer d'impatience.

— Oui, mon grand, on y va.

Il la fit repartir au trot. D'ordinaire, il ne laissait jamais les chevaux revenir trop vite à l'écurie ; il préférait ne pas leur donner de mauvaises habitudes, mais tout ce que comptait le River Mack relevait de sa responsabilité, y compris la maison et sa nouvelle occupante.

Les lumières étaient désormais toutes allumées.

Il ne savait pas ce qui se passait mais, à bien y réfléchir, il allait tout de même rendre une petite visite à la starlette avant de rentrer.

3

Travis ne pouvant pas laisser sa monture près du porche, il contourna la maison pour l'attacher à un poteau. De toute façon, tout le monde passait toujours par la cuisine, qui se trouvait en face de l'écurie.

L'année où il avait été embauché comme cow-boy, il avait rapidement compris que c'était cette porte qu'il fallait emprunter pour sortir ou rentrer les chevaux, car Mme MacDowell était toujours très disposée à ouvrir la sienne pour faire goûter les bonnes choses qu'elle venait de préparer — en particulier ses cookies et gâteaux au chocolat. Ses fils ayant à cette époque déjà quitté le ranch, elle devait être en manque de garçons à nourrir et, en qualité de jeune homme de vingt-cinq ans vivant dans une caravane et se nourrissant de boîtes de conserve, Travis était toujours heureux de l'aider à combler ce vide.

Ce souvenir le fit sourire. Un peu nostalgique, il se tourna vers la fenêtre de la cuisine, derrière laquelle il aperçut une femme bien différente de Mme MacDowell, aux cheveux blonds et vêtements noirs, une femme recroquevillée sur le sol, en train de sangloter.

Stupéfait, il s'immobilisa.

Un seul coup d'œil lui avait suffi à déterminer que Sophia Jackson n'était pas blessée ; la façon dont elle serrait ses genoux contre sa poitrine prouvait qu'elle n'avait rien de cassé. Alors qu'il se faisait ces réflexions, elle avait secoué sa crinière dorée en se redressant, dos à lui, et la fluidité de ses mouvements lui fit comprendre qu'elle allait bien — du moins physiquement.

Elle semblait bouleversée, mais c'était le genre de problèmes qu'il ne savait pas régler — il n'avait pas l'habitude des pleurs. Au ranch, quand un employé avait le mal du pays ou une peine de cœur, il gardait un œil sur lui à distance et, une fois le cow-boy remis, Travis trouvait un prétexte pour l'aborder afin de vérifier s'il n'y avait rien de grave. Si le jeune homme avait envie de parler, il l'écoutait, mais ce n'était généralement pas le cas.

Il allait donc laisser à Sophia Jackson un peu de temps pour se reprendre. Il ne savait pas pourquoi elle pleurait, mais c'était son problème à elle ; il s'enquerrait de sa santé le lendemain soir.

Il commençait à s'éloigner quand, du coin de l'œil, il la vit s'essuyer la joue sur son épaule. Une fois dans l'écurie, il essaya d'effacer cette image de son esprit, mais elle continua de le tourmenter tout le temps où il bouchonna le cheval. Elle avait touché son épaule avec sa joue exactement de la même façon lorsqu'il l'avait approchée pour la première fois sur la route, au cours de l'après-midi. Était-elle en train de pleurer quand elle tenait la génisse dans ses bras ?

Perplexe, il se frotta le menton. Dans la voiture, elle avait les poings serrés et tapait du pied, à cran. C'était la première idée qui lui était venue à l'esprit, et à l'évidence elle l'était toujours.

Ça arrivait, parfois, mais ce n'était pas son problème. Certains problèmes dépassaient les compétences d'un rancher.

Mais la façon dont les lumières s'étaient allumées et éteintes lui avait paru étrange, était-ce en lien avec sa tristesse et sa nervosité ?

Manifestement peu satisfait d'être délaissé, son cheval lui rappela sa présence en lui donnant un coup de nez dans l'épaule.

— Je sais, je sais… Mais il va tout de même falloir que j'aille prendre de ses nouvelles.

Après avoir conduit le cheval au paddock pour qu'il profite des derniers rayons du soleil, il se tourna vers la maison. La porte de la cuisine, devant laquelle se trouvait un joli jardin d'agrément, n'était située qu'à une petite centaine de mètres de l'écurie.

En suivant le chemin qui reliait les deux bâtiments, il pensa à tout le temps qu'il avait passé en selle ce jour-là, à celui qu'il passerait en selle le lendemain et à la faim qui lui rongeait l'estomac.

Après avoir retiré son chapeau, il frappa à la porte.

Pas de réponse.

Il frappa encore. Son ventre gargouilla.

— Allez-vous-en !

La starlette ne paraissait pas particulièrement triste.

Il se pencha un peu vers le battant.

— Vous avez réussi à régler le problème des lumières, mademoiselle ?

— Oui. Partez.

Cela lui semblait être une bonne solution. Car, rien qu'à entendre sa voix, il sentait son cœur palpiter plus vite, et il n'aimait pas ça. Soulagé, il remit son chapeau. Et il venait de tourner les talons quand la porte s'ouvrit derrière lui.

— Attendez. Vous y connaissez quelque chose en réfrigérateurs ?

Machinalement, il se retourna et, sous le coup de la surprise, cligna plusieurs fois des yeux. Elle avait un torchon sur la tête, de sorte que son visage était complètement recouvert par le tissu à carreaux blancs et bleus.

— Mais qu'est-ce que… ?

— Je ne veux pas que vous me voyiez. Vous pourriez réparer un frigo ?

— Probablement.

À nouveau, il retira son chapeau, mais elle ne s'écarta pas pour le faire entrer.

— Attendez. Vous avez un appareil photo ?

— Non.

— Et un téléphone portable ?

— Bien sûr.

— Laissez-le par terre, ici, ordonna-t-elle en pointant du doigt ses pieds. Pas de photo.

Il dut lutter de toutes ses forces pour ne pas s'énerver. Cette femme avait perdu l'esprit avec son torchon sur la tête et ses exigences insensées. Il avait un cheval à ramener à l'écurie et huit autres à nourrir avant de pouvoir lui-même retourner chez lui pour manger.

— Vous voulez que je regarde ce frigo ou pas ?

— Personne ne rentre dans cette maison avec un téléphone, je n'ai pas envie qu'on me prenne en photo. Si ça ne vous plaît pas, tant pis. Je vous suggère alors de partir.

Sans rien répondre, il remit son chapeau et tourna les talons. Elle n'avait pas à lui dire ce qu'il devait faire dans sa propriété. Il commençait à remonter le petit chemin qui menait à l'écurie quand elle l'interpella à nouveau :

— Vous partez vraiment ?

Lentement, il se retourna. Ayant légèrement relevé le torchon, elle avait descendu les marches du perron. Une douce chaleur se répandit dans ses veines à la vue de son ventre, somptueusement encadré par ces vêtements noirs et moulants. Les cuissardes avaient disparu. Ses jambes, longues et fuselées, étaient désormais nues.

Agacé, il serra les poings. Il avait déjà faim, et aucune envie que cette inconnue éveille d'autres besoins primaires en lui.

— Je m'en vais, répondit-il en se retournant vers l'écurie.

— Attendez… Très bien. Je vais faire une exception, mais juste pour cette fois. Et vous devrez garder votre téléphone dans votre poche pendant que vous serez ici.

De plus en plus énervé, il poursuivit son chemin.

— Ne me laissez pas. Ne partez pas. Je vous en prie.

Intrigué par ces paroles, il fit demi-tour, et regretta aussitôt de l'avoir fait. Il y avait un peu de désespoir dans sa posture, un manque d'assurance dans la façon dont elle releva le torchon au-dessus de l'un de ses yeux. Elle lui évoquait un renard qui s'était un jour coincé dans une clôture et l'avait scruté comme s'il ignorait s'il devait le mordre ou attendre de voir s'il allait le libérer.

Tout en se maudissant intérieurement pour ce qu'il était en train de faire, il retourna jusqu'au porche en traînant les pieds.

— Qu'est-ce que vous faites ? demanda-t-elle en le regardant retirer ses bottes.

— Vous vous faites du souci pour rien. Ce n'est pas le portable, le problème. Mais un homme qui rentre du travail avec ses bottes, ça, ça pourrait en être un. Mme MacDowell n'aurait jamais toléré ça.

Se souvenant soudain de l'expression de détresse qu'avait prise la sœur de l'actrice en évoquant les extrêmes où en étaient arrivés les paparazzis, il finit par se décider à laisser son téléphone dans l'une de ses chaussures.

— Voilà. Maintenant, retirez ce torchon de votre tête.

Une fois dans la cuisine, il accrocha son chapeau à la patère avant d'ouvrir le réfrigérateur, qui, comme elle le lui avait signalé, ne fonctionnait pas.

— Vous avez déjà vérifié les fusibles, si j'ai bien compris ? demanda-t-il en songeant aux lumières qui s'étaient allumées et éteintes.

— Oui. Et j'ai bien regardé à l'intérieur, mais il n'y a pas d'interrupteur, dit-elle en s'approchant de lui.

Le torchon avait disparu. Elle était, purement et simplement, la plus belle femme qu'il ait jamais vue. Ses cheveux étaient décoiffés et ses célèbres yeux bleus gonflés par les larmes, mais elle n'en demeurait pas moins magnifique. Son cœur dut s'arrêter quelques secondes, car il sentit une sorte de coup dans sa poitrine quand il revint à la vie, ses battements plus rapides qu'à la normale.

Un bruit sourd le ramena brutalement à la réalité. Apparemment, elle venait de frapper le sol de son pied nu.

— Pas la peine de me regarder comme ça. Oui, j'ai pleuré, et alors ? Vous allez pouvoir raconter ça à tous vos amis. « Hé, vous devriez voir Sophia Jackson quand elle pleure. Elle est vraiment horrible. » Allez chercher votre téléphone pour prendre une photo. Je vous jure que ça m'est égal. Tout ce que je veux, c'est que ce frigo marche. Si vous comptez juste rester là à me dévisager, vous pouvez rentrer chez vous.

S'il avait appris une chose en travaillant avec les animaux, c'était de ne jamais leur donner de raisons de s'énerver. Si un cheval se cabrait, mieux valait commencer par l'apaiser. Si une vache se montrait trop protectrice envers son veau, mieux valait ne pas l'effrayer. Que pouvait-il en déduire ? Que, si une star du cinéma était obnubilée par son apparence, le mieux était de prétendre que cela n'avait aucune importance à ses yeux.

De toute façon, elle était sublime, malgré son nez rouge et ses yeux encore brillants de larmes. C'était la seule et unique raison pour laquelle il l'avait fixée. Il était resté en admiration devant elle comme on peut rester en admiration devant un beau coucher de soleil.

Croisant les bras sur sa poitrine, il se pencha vers le plan de travail.

— Le frigo est bien branché ?

Comme si elle ne s'attendait pas du tout à ce qu'il dise cela, elle écarquilla les yeux et réfléchit quelques secondes avant de répondre à la question.

— J'y ai pensé. Mais je ne peux pas voir derrière, et ce truc est beaucoup trop gros pour que je le déplace. Je suis coincée. Je suis restée coincée ici toute la journée, à regarder mes surgelés fondre.

Révélant une certaine vulnérabilité, sa lèvre inférieure avait légèrement tremblé.

Il eut soudain envie de poser les siennes dessus pour la stabiliser, lui transférer une partie de sa force, mais il s'évertua aussitôt à repousser cette idée.

— Vous avez essayé de le déplacer ?

— Quoi ?

— Avez-vous essayé de le déplacer ou vous êtes-vous contentée de le contempler en vous disant que c'était impossible ? s'enquit-il en désignant d'un mouvement de tête l'immense réfrigérateur conçu pour alimenter une famille essentiellement composée de jeunes mâles affamés.

— Alors c'est comme ça que vous jugez les gens, hein ? Vous voulez savoir si je suis assez bête pour tenter de bouger un truc qui doit faire dix fois mon poids ? Les blondes sont toutes des idiotes, c'est ça ? Et vous vous demandez si je suis une vraie blonde ? Les hommes se posent toujours la question de savoir si je suis une vraie blonde. Eh bien, devinez quoi : j'en suis une.

L'air excédé, elle passa ses bras de chaque côté du bahut et tira.

Le réfrigérateur roula brusquement vers elle.

Manifestement, elle ne s'y attendait pas. L'expression de surprise qu'elle afficha avait vraiment quelque chose de comique, et il dut se faire violence pour se retenir de sourire.

Tout en pinçant les lèvres, elle releva fièrement le menton. On aurait dit qu'elle luttait pour ne pas s'effondrer à nouveau.

Ne voulant pas la pousser du côté où elle allait tomber, il reprit un air sérieux.

— Les frigos de cette taille sont toujours montés sur roulettes. Sans cela, on ne pourrait pas les déplacer. Ni vous, ni moi, ni nous deux ensemble.

— Je l'ignorais.

— Eh bien, maintenant, vous le saurez.

Le regard rivé sur le réfrigérateur, elle était immobile,

comme figée sur place. En observant ses yeux gonflés, il se rappela qu'elle avait vraiment dû passer une mauvaise journée. Ses problèmes de photos et de paparazzis avaient beau lui paraître triviaux, ils semblaient peser lourdement sur ses épaules.

— Allez, je vais vous aider à le brancher.

— Non. Je vais le faire.

Elle recommença à tirer sur le frigo et, quand elle l'eut décollé du mur d'une trentaine de centimètres, elle le contourna gracieusement, avant de s'accroupir pour le brancher. Il n'aurait pas dû la regarder ainsi, mais de toute façon elle avait la tête derrière le bahut, elle ne pouvait pas le voir. Et la courbe de ses hanches était beaucoup trop parfaite pour ne pas être admirée.

Il y eut un petit clic, et le réfrigérateur se mit à ronronner. Aussi agilement qu'un chat, elle se releva d'un bond, déployant ses longues jambes fuselées.

La faim, qui continuait de le tenailler, le rendit soudain nerveux. Machinalement, il reprit son chapeau.

— Bon. Bonne soirée.

— Qu'est-ce que vous faites ?

— Je retourne travailler, répondit-il en refermant la porte derrière lui.

Il s'arrêta pour rechausser ses bottes, mais à peine les avait-il enfilées que le battant s'ouvrit de nouveau derrière lui.

— Qu'est-ce qu'il y a encore ?

— J'aurais besoin de quelque chose à manger.

Il y eut un long silence. S'attendait-elle vraiment à ce qu'il fasse apparaître de la nourriture, comme par magie ?

— Tout a fondu.

Elle jeta un coup d'œil attristé par-dessus son épaule, avant de se retourner vers lui.

Ces gens de la ville… Il fallait toujours leur rappeler comment le monde fonctionnait.

— Alors il vous faudra aller faire des courses demain.

— Moi ? Je ne peux pas aller dans un supermarché.

— Vous avez besoin d'un véhicule ? Vous pouvez emprunter le pick-up blanc. Les clés sont dans la sellerie. N'hésitez pas.

— Un pick-up ? répéta-t-elle en reculant d'un pas.

— Je ne vois pas d'autre moyen de vous rendre au supermarché. Prenez la route d'Austin. Le premier magasin se trouve à une trentaine de kilomètres sur votre droite.

— Il faut que vous alliez faire les courses pour moi.

— Non. C'est le mois de mai.

— Et alors ? Vous jeûnez en mai ?

Cette repartie lui fit tourner de nouveau la tête vers elle, mais son sourire disparut aussitôt que son regard croisa le sien. À en juger par l'expression de son visage, elle ne plaisantait pas du tout.

— C'est la période où il y a le plus de travail.

Elle le fixa sans rien dire. Et il finit par comprendre qu'une femme de Hollywood ne pouvait sans doute pas saisir ce qu'il entendait par là.

— On est débordés : il faut faire le marquage des bêtes, s'occuper des dernières naissances. Et les taureaux…

Il s'interrompit. Inutile de développer ; prendre soin de troupeaux était une opération qui nécessitait beaucoup de temps et de compétences. Les taureaux devaient être séparés des vaches ; les couples mères-veaux devaient être déplacés dans les pâturages où l'herbe était la plus grasse. Etc.

Alors qu'il songeait à tout cela, elle s'était tournée vers la cuisine, derrière elle.

— Je n'ai rien à manger. Vous devez m'aider.

— À moins que vous ne soyez une vache enceinte, non.

Face à son expression de surprise, il se laissa enfin aller à rire.

— Ou une jument. Ou une chatte. Même si vous aviez été une poule, je vous aurais aidée. Je veille à ce que tous les animaux de ce ranch soient nourris, mais vous, mademoiselle, n'êtes pas un animal. Vous êtes une femme adulte qui peut prendre soin d'elle toute seule. Et vous n'êtes pas mon problème.

Elle prit un air décontenancé, comme si elle avait été choquée par ses propos. S'était-il montré trop dur ?

— Écoutez, si je vais en ville, ça ne me dérange pas de vous rapporter un litre de lait. Par pure courtoisie. Et j'attends de vous que vous fassiez la même chose pour moi à l'occasion.

— Mais je ne peux pas quitter le ranch.

— Moi non plus, répondit-il en relevant légèrement son chapeau en guise d'adieu. Maintenant, si vous voulez bien m'excuser, il faut que j'aille nourrir les chevaux avant d'aller me nourrir moi-même.

4

Une vache enceinte, quelle comparaison !

Sophia songea que, si les femmes passaient la plus grande partie de leur vie à essayer de ne pas avoir l'air de vaches enceintes, il faudrait qu'elle, célèbre actrice oscarisée, ressemble à cette bête qu'elle avait serrée dans ses bras sur le bord de la route si elle voulait trouver de l'aide dans ce ranch.

Sauf qu'elle n'avait rien en commun avec cet animal : elle était une vedette de cinéma, ce qui signifiait qu'elle n'obtiendrait ni aide ni compassion.

Rien de nouveau là-dedans, les acteurs de cinéma étaient censés avoir une vie facile, assurée par des millions de dollars… Or, Sophia était loin du million. Elle avait à la banque une somme confortable, certes, mais, entre deux contrats, l'argent filait à une vitesse alarmante, car même quand elle n'était pas payée elle devait rémunérer tout le monde : attachés de presse, managers, agents, coachs de sport, stylistes… jusqu'à son assistante personnelle, Grace. Les acteurs ne se sentaient en sécurité que quand ils avaient la certitude de décrocher un rôle pour l'avenir.

Et Sophia n'aurait pas de nouveau rôle, pas avant neuf mois. D'un geste machinal, elle passa la main sur son ventre parfaitement plat et ferme. Le concept de grossesse ne lui semblait pas réel, rien d'autre qu'un signe « plus » sur un bâtonnet en plastique. Elle ne se sentait pas différente — elle ne paraissait pas différente, d'ailleurs.

Alex, cet imbécile de médecin, lui avait expliqué qu'elle n'était enceinte que de quelques semaines et que, comme elle n'avait jamais eu d'enfant et était en excellente forme physique, sa grossesse ne se verrait sans doute pas avant le quatrième ou le cinquième mois.

Elle aurait pu tourner un autre film durant ce délai, sauf que plus personne à Hollywood ne voulait travailler avec elle…

Tout ça parce qu'elle s'était éprise d'un enfoiré qui avait ruiné la réputation qu'elle avait mis tant de temps à bâtir.

Nous y revoilà.

Toujours les mêmes pensées. Un véritable cercle vicieux.

Si seulement elle n'avait pas rencontré DJ Deezee, ce sale type…

Avec rage, elle saisit la salière en forme d'oiseau et la serra dans son poing. Pendant les neuf mois à venir, au lieu de payer le salaire de son entourage, elle allait payer le loyer de cette maison. Cette somme était bien moins élevée que celle dont elle avait besoin pour rémunérer son équipe, ce qui était une bonne chose, car les rentrées d'argent allaient être considérablement diminuées, limitées au pourcentage qu'elle touchait sur les ventes de DVD.

Cachée dans ce ranch, elle allait regarder sa — toute relative — fortune s'amenuiser tandis qu'elle s'enfoncerait dans l'obscurité. Et puis elle devrait tout reprendre à zéro, se battre pour ce que Hollywood voudrait bien lui laisser, auditionner pour n'importe quel rôle féminin, travailler dur, faire la queue comme tout le monde. Elle n'était pas certaine de pouvoir supporter cette épreuve. Et puis, elle n'aurait pas dû vivre cela à nouveau. Elle avait déjà payé un lourd tribut.

Si elle avait été dans un film, la salière en céramique aurait éclaté sous la force de son poing. Mais, pour cela, il aurait fallu qu'un accessoiriste talentueux en fabrique une dans une matière plus fragile.

Il y a beaucoup de faux dans le cinéma.

Mais tout était ici bien réel. Elle ne pouvait pas briser la porcelaine. Elle pouvait la jeter, cependant. Deezee avait l'habitude de saccager des chambres d'hôtel, et elle devait admettre qu'elle avait trouvé cela apaisant quand il l'avait mise au défi de lancer un vase dans une suite présidentielle. Enfin, sur le coup, car après il avait fallu régler la note…

Elle regarda pendant un long moment l'oie en porcelaine, immobile comme si elle attendait que son sort soit scellé.

Et tout à coup la cuisine lui sembla trop exiguë, étouffante. Angoissée, elle partit presque en courant vers le séjour, plus vaste, plus moderne. Un plancher de bois, de jolis meubles, une grande télé. Un vase. Une belle hauteur de plafond, avec des poutres apparentes. Elle se sentait insignifiante au milieu de cette pièce immense qui avait été conçue pour héberger toute une famille. Elle n'était qu'une petite personne, noyée dans les milliers d'hectares de ce ranch.

Soudain, elle entendit la voix de sa sœur, aux mêmes inflexions que celle de sa mère. « Tu n'as aucun autre endroit où aller. Tu ne peux pas vivre avec moi. »

Elle ne pouvait pas, non. Grace était amoureuse, elle planifiait son mariage, elle était ravie à l'idée d'habiter avec son fiancé. Il n'y avait pas de place dans leur vie pour Sophia, qui ne ferait qu'apporter du scandale dans la normalité de leur existence.

Quant à sa mère… Elle ne pouvait pas retourner dans la maison familiale et elle ne le pourrait plus jamais. La plupart des personnes de vingt-neuf ans disposaient encore de cette roue de secours que constituaient leurs parents, mais sa roue de secours à elle avait explosé sur une autoroute près de dix ans auparavant.

Soudain, le plafond lui parut trop haut et elle sentit une nausée remonter comme pour emplir l'espace vide, mais cela n'avait rien à voir avec sa grossesse, rien du tout. Tout en serrant fort les paupières, elle enfouit le visage dans ses poings serrés. Le petit bec de l'oie en porcelaine s'enfonça douloureusement dans son front.

La maison était trop grande. Sans réfléchir, Sophia sortit sur le perron. De jour, les colonnes blanches du porche encadraient d'immenses étendues de terre verte et ocre. De nuit, la pénombre était écrasante ; on se serait cru dans un vaisseau spatial, entouré de rien d'autre que le ciel nocturne. Il y avait trop d'étoiles, pas d'éclairage public pour atténuer leur clarté. Sophia était trop loin de Hollywood et elle était *seule, vraiment seule…*

Elle avait tout perdu : elle avait travaillé dur, et tous ses efforts avaient été réduits à néant. La vie telle qu'elle la connaissait allait s'achever ici, sous un porche au milieu de nulle part, après une lente agonie de neuf mois. De toute façon, elle avait déjà cessé d'exister.

Sous le coup de la colère, elle lança la salière dans la nuit, visant les étoiles, trop nombreuses et trop brillantes.

L'objet disparut dans les ténèbres en silence. Son geste d'humeur n'avait eu aucun impact sur le monde.

J'existe, pourtant. Je suis Sophia Jackson. Sophia Jackson.

Si elle n'avait pas envie d'être dans ce ranch, elle n'était pas obligée d'y rester.

« Vous savez conduire, non ? Alors, faites demi-tour au lieu d'appuyer sur cette saleté de klaxon. »

Le cow-boy avait dit qu'il y avait un pick-up, un pick-up blanc dont les clés étaient dans l'écurie. Déterminée, elle descendit les marches, mais elles menaient à un chemin de gravier, et elle était pieds nus. Pour ne pas se blesser, elle décida donc de rester sur l'herbe.

Son pied heurta un caillou, et elle ravala un cri de douleur. Mais, plutôt que de se montrer plus prudente, elle se mit à courir. Il y avait beaucoup de pierres. Elle gémit, cria, hurla.

Je fais ma diva.

Certes, elle en était une, mais cette attitude ne la mènerait nulle part. Qu'il lui faille une ou cinq minutes pour gagner l'écurie, le pick-up serait toujours là. Et ensuite ? Allait-elle vraiment le conduire pieds nus jusqu'à Austin ? Pour quoi faire ?

Je suis complètement stupide.

Personne n'avait été le témoin de son comportement ridicule, mais cette idée ne fit rien pour atténuer son embarras alors qu'elle se remettait à marcher plus prudemment. Elle avait du mal à se débarrasser du sentiment d'être constamment observée, après toutes ces années de conditionnement. Dix années, pour être précise. Cela avait commencé par sa petite sœur, qui l'avait regardée avec de grands yeux une fois qu'elles s'étaient retrouvées seules chez elles.

« Mais, Sophie, est-ce que tu sais faire les recettes de cuisine de maman ?

— Ne t'inquiète pas. Ce sera un jeu d'enfant. »

Grace comptait sur elle, son unique famille, pour ne pas craquer sous la pression de ses responsabilités de tutrice. Plus tard, les managers et les réalisateurs avaient compté sur elle, également, pour ne pas craquer sous la pression des contraintes du métier. Elle était parvenue à tous les convaincre qu'elle était fiable mais, au cours des cinq mois passés, les paparazzis l'avaient épiée avec Deezee, dans l'espoir qu'elle craque sous la pression qu'ils exerçaient sur elle.

Et elle leur avait donné satisfaction. Elle avait fini par craquer. Les photos étaient partout sur Internet. Et désormais plus personne ne comptait sur elle : Grace n'avait plus besoin d'elle ; Alex l'avait parquée dans ce ranch, prétendument pour qu'elle ait un endroit où personne ne pourrait l'observer. Par habitude, cependant, elle regarda par-dessus son épaule quand elle atteignit le bâtiment dans la lumière flatteuse du crépuscule, relevant le menton et se composant un air désinvolte. Il n'y avait personne dans les parages, seulement le pick-up blanc garé sur le côté. Le cow-boy avait dû rentrer chez lui pour dîner.

Au moins, l'un d'entre eux pouvait le faire. La nausée avait disparu, remplacée par le vide de la faim. Peut-être trouverait-elle dans l'écurie de la nourriture pour vache enceinte qu'elle pourrait ingurgiter. Déterminée, elle ouvrit la double porte et entra.

Mais elle s'arrêta au début de la longue allée centrale. Dans leurs stalles, les chevaux, un à un, avaient tourné la tête vers elle pour la regarder.

— Pas la peine de me dévisager comme ça, leur dit-elle.

Mais ils continuèrent de la fixer avec leurs grands yeux marron. La palette de couleurs chaudes de leurs robes contrastant avec le fer des serrures des box aurait constitué un merveilleux décor pour un western.

Mais il n'y avait pas de caméras ici, pas de directeur artistique, pas de chef-opérateur. Retenant son souffle, elle s'adossa au box qui se trouvait à sa droite. Elle sentait le poids de sa propre fatigue peser douloureusement sur ses épaules.

La bête à l'intérieur s'approcha un peu plus d'elle et vint coller sa tête contre son cou.

— Oh ! bonjour, toi.

Elle n'avait côtoyé qu'un seul cheval dans sa vie, celui qu'on lui avait demandé de monter pour quelques scènes du western qu'elle avait tourné, mais elle gardait un bon souvenir de l'animal, dont la compagnie lui avait paru bien plus agréable que celle du réalisateur instable et colérique.

— Tu es très joli.

D'une main hésitante, elle caressa le cou au poil court et lisse. Se réjouissant de la sensation du béton froid sous ses pieds écorchés, elle passa au box suivant.

La bête qui s'y trouvait ne chercha pas non plus à s'éloigner d'elle. Ravie, elle fit glisser ses doigts sur ses joues massives et veloutées.

— Toi aussi, tu es très beau.

Et elle poursuivit ainsi son chemin le long de l'allée, s'arrêtant pour flatter chacun des animaux. Ils paraissaient tous paisibles, intrigués par sa présence, mais pas surexcités. Sauf, peut-être, le dernier, un cheval noir de jais qui, aussitôt qu'il la vit, se mit à humer ses cheveux avec un enthousiasme manifeste, la chatouillant un peu.

— C'est mon shampoing, expliqua-t-elle en riant. Ridiculement cher, mais Jean-Paul me l'offre à partir du moment où je clame sur tous les toits que je l'utilise. Alors, s'il te demande, fais-moi plaisir : n'oublie pas de lui signaler que je te l'ai bien dit.

Mais le célèbre coiffeur continuerait-il de lui en fournir maintenant qu'elle n'était plus exposée au regard du public ? Lasse, elle appuya son front contre le cou de l'animal.

— En tout cas, avant, il me l'offrait.

Le cheval se remit à humer sa tête.

— Je t'en aurais bien donné un flacon, mais je crois qu'il ne m'en reste plus. Désolée, ma belle. D'ailleurs, il va peut-être falloir que je t'emprunte le tien. J'ai entendu dire que les shampoings pour chevaux étaient très bien pour les humains. Qu'est-ce que tu en penses ?

— Vous avez besoin d'autre chose ?

Surprise, elle se retourna vivement. Le cow-boy était là, et sa posture était calme et décontractée, mais il la regardait en plissant les yeux comme si elle était une sorte de serpent à sonnette qui menaçait son domaine.

— Je croyais que vous étiez parti.

Elle ajusta sa position. Elle était observée, en fin de compte. Elle n'aurait pas dû baisser sa garde.

— Vous ne pouvez pas entrer dans l'écurie sans bottes.

Le cheval se remit à lui flairer les cheveux. Contrairement à son propriétaire, il avait vraiment l'air de l'apprécier.

— Comment s'appelle cette jument ?

— Pas de pieds nus dans l'écurie.

Avec son menton volontaire, il lui indiqua la porte. Un chef-opérateur n'aurait pas pu trouver de meilleur angle pour la lumière, les caméras l'auraient adoré.

Travis Chalmers. C'était ainsi qu'il s'était présenté à elle lors de leur rencontre. Et, à ce moment-là, elle avait senti les battements de son cœur s'accélérer. C'était en train de se reproduire…

Elle avait déjà ramené ses chevilles l'une contre l'autre et légèrement fléchi l'un de ses genoux. Nonchalamment, elle posa la main sur sa hanche. C'était dans cette posture qu'elle était le plus à son avantage. Le public inspectait toujours méticuleusement son corps, ses vêtements, son maquillage, sa coiffure. Elle ne devait pas décevoir ses attentes. Si c'était le cas, ils la mettraient en pièces sur tous les réseaux sociaux.

Le cow-boy l'avait vue quand elle était au plus mal mais, s'il croyait qu'elle allait s'effondrer à nouveau, il allait en être pour ses frais.

Sachant qu'ils allaient scintiller à la lumière, elle secoua légèrement ses cheveux.

— Comment s'appelle cette jument ? Elle et moi avons les mêmes goûts en matière de shampoings.

— C'est un hongre, pas une jument, répliqua l'homme. Et vous ne pouvez pas entrer dans l'écurie sans chaussures, c'est dangereux. C'est clair ?

Tout en souriant gracieusement, elle leva les yeux au ciel.

— Si c'est un cheval, comment se nomme-t-il ? Il m'aime bien.

— Vous avez l'air de croire que tous les animaux vous apprécient, répondit-il en souriant à son tour.

— Tous, sauf vous.

L'expression de son visage ne changea pas, bien qu'elle eût prononcé cette réplique avec une parfaite combinaison d'assurance et d'ironie. Pas d'admiration dans son regard.

Elle avait mal. Il était la seule personne présente ici, son unique moyen potentiel de ne pas se laisser engloutir par la solitude, et pourtant il semblait faire partie des rares individus sur Terre à ne pas être impressionnés à l'idée de rencontrer une célébrité.

En apparence, en tout cas.

Il était toujours en train de l'observer.

L'audition n'était pas terminée. Elle pouvait encore gagner.

La sensation de trac qu'elle ressentait ne lui était pas étrangère. La survie, à Hollywood, dépend de la capacité à conquérir les gens. Elle avait dû gagner le cœur de tous les directeurs de casting qui l'avaient jugée, la scrutant avec autant d'impassibilité que ce cow-boy pendant qu'elle essayait de les enchanter.

Il fallait qu'elle mette Travis Chalmers de son côté, sans quoi elle n'aurait plus personne à qui parler, plus jamais.

La mine engageante, elle fit un pas vers lui.

Son regard glissa vers ses jambes nues, et ses yeux s'étrécirent légèrement.

Sa stratégie fonctionnait. Cela allait être facile.

— Vous saignez, dit-il.

— Je… Quoi ?

Elle inclina la tête sur le côté, mais s'efforça de garder le sourire.

L'air énervé, il se pencha pour observer le sol autour d'elle.

— Sur quoi vous êtes-vous coupée ?

En inspectant à son tour la chape de ciment, elle vit qu'il y avait de petites gouttes de sang à chacun des endroits où elle s'était arrêtée pour flatter les chevaux.

— Ça doit être les cailloux dehors. J'ai dû me faire mal en marchant dessus.

— Ah, tant mieux.

— Tant mieux ? répéta-t-elle d'un ton ironique.

Il releva les yeux vers elle et eut le bon goût de paraître un peu embarrassé.

— Tant mieux qu'il n'y ait rien de pointu dans l'écurie. Si ça avait été un clou qui vous avait coupée, ça aurait aussi pu blesser l'un des chevaux.

— Merci de votre préoccupation, dit-elle en affichant de nouveau son plus beau sourire. Contente de découvrir que je compte moins que les bêtes.

— Comme je vous l'ai déjà dit, ma mission consiste

à prendre soin des animaux du ranch. Vous n'êtes pas un animal… et vous devriez savoir qu'il faut porter des chaussures.

Elle se demanda ce qu'elle devait répondre. Elle ne pouvait tout de même pas lui dire qu'elle était un animal dont il fallait s'occuper. Mais, d'un autre côté, elle ne pouvait pas lui avouer qu'elle était sortie en courant, sous le coup de la panique — les acteurs incapables de contrôler leur stress n'étaient jamais engagés.

— Bon. Je vais chercher quelque chose pour vous soigner.

Sans rien ajouter, il fit demi-tour et partit.

Ce n'était pas la première fois qu'il faisait cela. Et c'était toujours aussi agaçant.

Elle mit quelques secondes à se décider à le suivre, mais elle avait à peine fait deux pas qu'il se tourna vers elle.

— Vous tachez le sol.

— Qu'est-ce que vous voulez que je fasse ?

Plaçant les deux mains sur ses hanches, elle le regarda sans chercher à dissimuler son irritation. De toute façon, elle avait déjà raté l'audition.

— Vous ne pourriez pas marcher à cloche-pied ?

Cela devait être une plaisanterie, un autre test pour déterminer si elle était une blonde idiote. Elle attendit. Mais, sans ajouter un mot, il entra dans une petite pièce qui devait faire approximativement la taille d'un box et qui était pourvue d'un évier et de nombreux rangements.

Il ne regardait pas ce qu'elle faisait ; ce n'était donc peut-être pas une blague. Après un moment d'indécision, elle commença à sautiller sur un pied. De toute façon, celui qui était blessé lui faisait mal, et elle était tout près du plan de travail.

Tandis qu'elle avançait, il avait pris dans un placard ce qui ressemblait à une trousse de secours. Il en sortit du désinfectant et des pansements, les mêmes que ceux que sa mère lui mettait quand elle s'écorchait les genoux, petite.

Je ne pleurerai pas devant cet homme. Jamais.

— Approchez, dit-il en ouvrant le robinet. Lavez votre pied dans l'évier.

— Vous ne voulez pas m'aider un peu ?

À ces mots, il s'immobilisa, non sans raison. Elle avait prononcé cette réplique d'une voix sensuelle, comme une invitation à poser les mains sur elle.

Ce n'était pas son intention. Les mots étaient juste sortis comme ça. Inconsciemment, elle avait peut-être cherché à le contrôler. Il lui donnait des ordres, mais elle pouvait le contraindre à obéir aux siens si elle déployait tout son charme.

Elle ne savait pas comment elle en était arrivée là, mais il fallait qu'elle assume, désormais.

Tout en dégageant sensuellement ses cheveux de son visage, elle fit tinter ses longs pendants d'oreilles à la manière d'une danseuse orientale. Puis elle se tourna légèrement sur le côté pour mieux exposer la courbe de ses fesses, en contraste direct avec son ventre plat.

— Le plan de travail est trop haut pour moi. Donnez-moi la main.

Viens me toucher. Son invitation paraissait irrésistible, sans doute parce qu'elle la voulait ainsi. Il ne ressemblait en rien aux acteurs lisses ou aux DJ fous qu'elle avait l'habitude de fréquenter, mais apparemment les hommes d'extérieur, bruts de décoffrage, lui faisaient beaucoup d'effet — en tout cas, celui-ci. *Tu es le bienvenu, cow-boy.*

— Trop haut pour vous, répéta-t-il, sans le moindre signe d'intérêt dans la voix. Vous m'aviez pourtant l'air bien agile quand vous avez rebranché le frigo de Mme MacDowell, tout à l'heure…

Évidemment que c'était une excuse, s'énerva Sophia, c'était une invitation. Refusant de lui montrer à quel point elle avait été blessée par son rejet, elle alla s'adosser au plan de travail et, avec une souplesse qui aurait fait sourire de satisfaction son professeur de yoga, elle se hissa gracieusement dessus à la force de ses biceps. La plupart des gens auraient payé cher pour la voir agir ainsi dans un film.

Mais Travis Chalmers était un public difficile. Comme si de rien n'était, l'air impassible, il se contenta de lui tendre un savon.

Tout en faisant une petite moue, elle commença donc à se laver. Même Deezee n'aurait pas manqué une telle occasion. D'ailleurs, c'était tout ce que Deezee avait toujours voulu : la toucher. Si les choses n'aboutissaient pas à du sexe, cela ne l'intéressait pas. Quand ils sortaient ensemble, il insistait pour qu'ils fassent la fête en public ou aillent boire un verre dans un carré VIP, puis il l'emmenait dans une chambre. Avec le recul, elle voyait bien qu'il n'avait aucune envie de passer du temps seul avec elle — du moins en dehors du lit.

Manifestement, elle avait confondu sexe et amitié, songea-t-elle en plongeant son pied savonneux dans l'eau.

— Ce n'est pas très profond. Vous devriez cicatriser sans problème.

Il lui sécha rapidement le pied avec des essuie-tout qu'il lui donna ensuite et, sans lui laisser le temps de lui demander ce qu'il voulait qu'elle en fasse, il désinfecta la blessure et la couvrit d'un pansement. Il n'y avait rien de sexuel dans ses gestes, mais ils n'étaient pas non plus mécaniques. Le mot qui lui venait à l'esprit était… « paternel ».

— Vous avez des enfants ? s'enquit-elle.

Pour une fois, il parut touché par ses paroles.

— Non.

Vous devriez. Il y avait quelque chose dans sa façon douce et patiente d'agir…

Elle n'allait tout de même pas penser à son papa maintenant. Non, ce n'était pas le moment. Pas ce soir.

Prestement, elle descendit du plan de travail en prenant soin de s'appuyer sur le pied qui n'était pas blessé.

— Où est la poubelle ? lui demanda-t-elle en lui montrant les essuie-tout humides qu'elle tenait toujours à la main.

— Vous aurez besoin de ce papier pour nettoyer le sang que vous avez mis par terre. Je vais aller chercher quelque chose pour vos pieds.

Il l'avait rejetée, encore une fois, et il fallait qu'elle rentre dans cette maison vide au milieu de nulle part. Elle ne voulait pas qu'il lui prête des bottes ; elle voulait qu'il la porte. C'était un homme qui passait ses journées à dos de cheval, un grand cow-boy aux épaules larges et aux bras puissants, il pouvait bien porter son poids. Elle avait, pour sa part, suffisamment de choses qui pesaient sur elle.

Et elle avait envie de sentir ses bras musclés autour d'elle.

Mais elle avait raté l'audition : qu'elle fasse la diva ou l'ingénue, il ne s'intéressait pas à elle. Le ton suave de sa voix ne semblait pas l'exciter, pas plus que son corps parfait qu'elle avait mis tant d'heures à sculpter. Il fallait se rendre à l'évidence : elle ne lui plaisait pas.

Pour voir où il était parti, elle sortit à son tour. En face d'elle se trouvait une pièce où étaient entreposées des selles et des lanières de cuir, et, en face, ce qui ressemblait à un bureau.

Mais ce fut par une autre porte qu'il revint, tenant à la main une paire de bottes en caoutchouc.

— Ça devrait faire l'affaire pour rentrer à la maison, dit-il en les laissant tomber devant ses pieds. Rendez-les-moi demain, avant le coucher du soleil.

— Vous pourriez arrêter de me commander.

Elle avait l'air d'une adolescente, mais peu importait ; elle détestait se sentir rabaissée.

— Je ne sais pas qui ramènera les chevaux demain, mais cette personne aura peut-être besoin de ces bottes en descendant de selle. Il faudra donc qu'elle les trouve à leur place.

— Quelqu'un d'autre ? Vous ne serez pas là ?

— À l'époque du rassemblement des bêtes, on quitte le campement chacun notre tour. Demain, ce sera un autre cow-boy qui aura la chance de rentrer au ranch, de prendre une douche et de dormir dans un vrai lit. Il y a toujours quelqu'un ici au coucher du soleil.

— Mais je ne peux pas laisser quelqu'un d'autre me voir.

L'air désinvolte, il haussa les épaules.

— Alors, restez chez vous au crépuscule.

Alors, faites demi-tour. Alors, allez au supermarché. Comme si la vie était aussi simple.

— Mais, si vous venez à l'écurie, mettez des bottes. Le torchon sur la tête est facultatif. Bonne nuit, dit-il en retournant dans la pièce munie d'un évier pour éteindre la lumière.

« Le torchon sur la tête est facultatif. » Il la trouvait ridicule. Avec la dignité qu'elle avait pris l'habitude de retrouver chaque fois qu'un directeur de casting l'avait rejetée, elle enfila les bottes et repartit en se baissant pour essuyer sur son passage les traces de sang qu'elle avait laissées.

Travis sortit de l'infirmerie juste à temps pour voir la plus belle femme du monde quitter l'écurie telle une déesse chaussée de bottes en caoutchouc. Elle referma le battant derrière elle en prenant soin de le claquer.

Samson, son hongre préféré, qui avait apparemment un petit faible pour les shampoings coûteux, garda les yeux rivés sur la porte par laquelle elle avait disparu. Travis finit par se rendre compte que le cheval et lui étaient tous deux restés immobiles pendant beaucoup trop longtemps.

— Tu peux arrêter de regarder, tu sais ? Elle ne reviendra pas.

L'animal hennit et fit claquer ses sabots.

— OK, tu as raison. Ses cheveux sentent délicieusement bon, mais ne te fais pas d'illusions : on a du travail demain. Et il faudrait bien plus qu'une jolie femme pour changer nos habitudes.

5

Pendant trois jours, Travis se tint à l'écart.

Les journées se déroulaient sans heurt dans la poussière, tandis que les cow-boys regroupaient, comptaient et soignaient les bêtes ; les vaches appelaient leurs petits jusqu'à ce qu'ils soient libérés ; Travis devait changer de monture toutes les trois ou quatre heures pour laisser les chevaux se reposer, et les différents défis qui se présentaient à lui lui permettaient de rester concentré sur les problèmes à régler.

Mais la nuit…

Allongé dans son sac de couchage, il contemplait les étoiles en songeant à celle, si spéciale, qui était tombée dans son ranch. Il n'avait pas de mal à s'endormir après ses dures journées de labeur mais, quand son corps épuisé forçait son cerveau à se perdre dans les brumes du sommeil, il continuait de rêver à Sophia Jackson. Sophia séductrice, Sophia en colère. Elle était forte et fragile à la fois, mais elle était toujours irrésistible dans les songes tissés par son esprit tourmenté. Pendant trois nuits, elle occupa toutes ses pensées.

Ce qui l'irrita au plus haut point.

Le quatrième soir, après le travail, il reprit le chemin du ranch avec son second, Clay Cooper. En tant que manager, Travis était responsable des tâches administratives qui, malheureusement, allaient de pair avec la gestion de n'importe quel type d'entreprises — ce qui constituait une raison suffisante pour quitter le campement pour la nuit. Aucun cow-boy ne fut donc surpris quand il partit avec Clay et les quelques chevaux qui avaient droit à un jour de repos bien mérité à l'écurie.

Mais, au fond de lui, il savait que la véritable raison de son départ n'était autre que son désir de revoir la célèbre Sophia Jackson. Il était las de se battre contre la désagréable sensation qu'il devait garder un œil sur elle, intuition qui ne l'avait pas quitté depuis leur première rencontre, sur la route.

Lorsque la maison apparut à l'horizon, le cheval accéléra le pas. Travis travaillait avec les animaux depuis assez longtemps pour cerner leur comportement et il comprit que la jument avait hâte parce qu'elle avait senti l'impatience de son cavalier.

Tout en époussetant son jean sale, le cavalier en question essaya de se détendre.

Il n'avait pourtant aucune raison de s'impatienter ; il n'allait pas tarder à revoir Sophia Jackson, ce qui n'avait rien d'impressionnant. Sophia était certes une actrice de cinéma, mais il n'avait jamais été obsédé par les célébrités.

Il l'avait vue dans *Space Maze*, comme tout le monde, mais, à en juger par les colères que lui inspirait l'idée d'être épiée et par la crainte que semblait entretenir sa sœur à l'égard des paparazzis, Travis songeait que la vie à Hollywood ne devait pas être aussi attrayante qu'elle en avait l'air. Il aurait mieux valu que Sophia ne soit pas actrice.

Mieux valu, certes, mais pour qui ?

Pour lui, bien sûr, la situation aurait été plus facile. Machinalement, il se retourna pour inspecter le flot de chevaux derrière Clay. Tout allait bien.

En tant que manager, il devait rentrer pour rendre visite à l'invitée des MacDowell, tout comme il l'aurait fait pour n'importe quel nouveau venu au ranch. Et, une fois qu'il se serait assuré qu'elle était bien installée et avait de quoi manger, il la rayerait mentalement de sa liste de choses à faire et passerait à la suivante : commander du fil de fer barbelé.

Clay et lui passèrent devant la maison. Travis avait envisagé d'aider Clay à ramener les chevaux à l'écurie avant d'aller voir Sophia, mais il constata que son subalterne n'avait même pas jeté un coup d'œil en direction de l'habitation, ce qui lui fit penser qu'en fait aucun des cow-boys qui avaient fait des allers et retours entre l'écurie et le campement ne semblait savoir qu'elle était occupée. Personne n'avait donc remarqué la présence de Sophia au cours des trois derniers jours.

Vaguement anxieux, il observa la maison et ne découvrit en effet pas le moindre signe de vie : pas de lumière allumée, pas de fenêtre ouverte pour laisser entrer la fraîcheur du soir, pas de chaise longue déplacée sous le porche. Soit Sophia se cachait très bien, soit…

Soit elle avait quitté le River Mack Ranch.

« Je n'ai pas envie d'être ici, de toute façon », avait-elle dit, une main au-dessus du klaxon.

C'était l'explication la plus probable et, compte tenu du fait qu'il voulait la voir partir la première fois qu'il l'avait rencontrée, il aurait dû se sentir soulagé. Mais, bien au contraire, le besoin pressant de garder un œil sur elle s'était intensifié ; il fallait qu'il sache si elle était toujours sur ses terres.

— À demain, dit-il à Clay en conduisant sa jument vers le petit jardin qui s'étendait devant la cuisine de Mme MacDowell.

Ce fut alors qu'il l'aperçut, sur l'une des tables d'extérieur. Elle était allongée dessus, comme un appétissant festin, son corps splendide couvert d'une tenue immaculée, les paupières closes et la main ouverte et détendue dans son sommeil.

Inquiet, il descendit de son cheval, dont il attacha les rênes à un poteau. Ses bottes résonnèrent quand il s'approcha de la table, mais Sophia continua de dormir paisiblement.

Travis se surprit à penser à la Belle au bois dormant. Dans son innocente tenue blanche, la jeune femme était aussi resplendissante qu'une princesse — si tant est qu'une princesse puisse porter un short et un débardeur, naturellement.

Mais l'idée qui lui parlait le plus était celle d'un banquet.

Cette femme était un véritable festin pour les sens. Les courbes parfaites de son corps abandonné évoquaient plutôt des images lascives de fêtes antiques.

Il s'arrêta à son côté, baissa le regard vers elle, mais n'osa pas la toucher.

— Sophia.

Comme elle n'avait pas bougé d'un pouce, il répéta son nom et attendit, en se demandant comme un short et un débardeur pouvaient paraître si sexy. Elle était toujours immobile. Anxieux, il finit par lui secouer le bras.

— Sophia, réveillez-vous. C'est Travis.

Elle se réveilla en sursaut et, après avoir ouvert grand les yeux, s'écarta brutalement de lui, comme un animal craignant une attaque.

Ses rêves de festin antique s'évaporèrent aussitôt.

— Pas de panique. Ce n'est que moi.

L'air apeuré, elle roula sur la table pour se poster aussi loin de lui que possible.

— Qu'est-ce que vous faites là ?

— C'est mon ranch.

— Je vous l'accorde, mais vous n'y êtes pas souvent.

Tout en dégageant ses cheveux de son visage, elle tourna le regard vers l'horizon.

— Tiens, c'est déjà le coucher du soleil.

— Clay a ramené les chevaux à l'écurie.

L'air alarmé, elle se mit à observer le bâtiment en question.

— Est-ce que ce Clay m'a vue ?

Elle paraissait tellement sur les nerfs qu'il se dit qu'il n'enviait pas du tout la vie des stars.

À bien y regarder, ce n'était pas un short et un débardeur qu'elle portait : le vêtement était d'un seul tenant, presque comme un pyjama de bébé. Peut-être Sophia était-elle embarrassée d'avoir été surprise dans cette tenue.

— Ne vous inquiétez pas. Clay n'est pas dans celle-ci ; il est parti dans celle qui est de l'autre côté du grand pâturage.

Vous ne pouvez pas la voir depuis la maison. Elle est située à côté du dortoir, où vivent les saisonniers.

À en juger par la façon dont elle frotta ses yeux ensommeillés, elle n'avait pas compris ce qu'il venait de dire.

— Il faut que je rentre, c'est le coucher du soleil.

— Aucun risque que quelqu'un passe, insista-t-il.

Mais, sans prononcer un mot, elle prit la direction de la maison et disparut à l'intérieur.

Il se surprit à regarder fixement la porte close comme Samson l'avait fait quelques jours plus tôt, puis, tout en marmonnant un juron, il alla détacher son cheval. Il avait sa réponse : Sophia Jackson était toujours là et paraissait en bonne santé — on aurait même dit qu'elle respirait la santé. Il était temps de passer à autre chose, c'est-à-dire de commander du fil de fer barbelé.

Il conduisit sa jument à l'écurie. La soigner était une tâche qui lui était familière, il aurait dû le faire sans difficulté, mais il lui fallait lutter pour se concentrer.

Son regard finit par se poser sur les bottes en caoutchouc, qui avaient été scrupuleusement rangées à côté de la porte. Il se remit à songer à Sophia.

Sa présence dans l'écurie ce soir-là avait été, par bien des aspects, perturbante, notamment quand elle avait posé cette étrange question : « Vous avez des enfants ? »

L'espace d'une seconde, il s'était dit qu'il aurait aimé pouvoir répondre oui. Après tout, il avait trente et un ans, et un emploi stable. Tenant dans sa main le pied à la cambrure parfaite de Sophia Jackson, il s'était imaginé marié, avec deux bambins à protéger. *Ce serait bien d'être papa*, avait-il pensé un bref instant.

Mais en réalité il ne se voyait pas marié et, dans sa vision du monde, les enfants allaient de pair avec le mariage. Il n'avait rien contre l'institution ; il comprenait bien pourquoi les gens se mariaient et connaissait beaucoup de couples heureux… Mais il était bien tout seul. La solitude ne lui avait jamais pesé. Il était là où il avait envie d'être, il faisait ce qu'il avait envie de faire. Pour envisager de changer cette vie qui lui convenait parfaitement, il aurait fallu qu'il rencontre une femme vraiment irrésistible.

Une femme comme Sophia Jackson.

Non, pas tout à fait. Pour envisager de changer sa vie, il aurait fallu qu'il rencontre une femme irrésistible, mais pas assez folle pour porter un torchon sur la tête et des talons aiguilles sur une route en terre battue.

Sauf si c'est cela qui la rend irrésistible.

Machinalement, il retira sa chemise sale, ouvrit le robinet et passa la tête dessous.

Une femme de rancher et une star de cinéma sont deux créatures différentes, vraiment trop différentes.

Cette femme dormait sur une table de jardin en plein milieu de la journée. Elle était complètement folle. Et on n'épouse pas une folle, on n'a pas envie qu'elle devienne la mère de ses enfants.

Après avoir secoué ses cheveux humides, il conduisit la jument au paddock. Tout était en ordre, il avait vérifié que l'invitée des MacDowell allait bien, il était temps de passer à la tâche suivante.

Avec détermination, il rouvrit la porte de l'écurie… et entendit un petit cri de surprise. Sous les lumières restées allumées, Sophia scintillait presque avec sa crinière blond argenté et son pyjama blanc — une étoile, juste ici, dans son ranch. Soudain, Travis oublia toute sa liste de choses à faire, plus rien ne comptait à part elle.

Elle baissa les yeux avec lenteur.

Sans chercher à se cacher, elle passa en revue son torse nu, les muscles de sa poitrine, ses abdominaux, jusqu'à ce que son regard finisse par tomber plus bas encore.

Je ne suis pas le seul à avoir faim, apparemment.

Cette idée éclipsa toutes les autres pendant un moment.

Peu importait le type de femmes qu'il aurait dû souhaiter, c'était elle qu'il voulait, de tout son être.

Sophia fit un pas dans sa direction.

Un élan de désir lui traversa le corps, si fort et intense qu'il lui sembla qu'il n'avait jamais eu envie d'une femme avant elle.

Comme si elle s'apprêtait à dire quelque chose, elle écarta légèrement les lèvres mais, soudain, elle releva la tête vers lui et ce qu'elle vit dans ses yeux lui fit ouvrir grand les siens.

Elle murmura quelque chose d'inintelligible.

Il ne se souvenait pas d'avoir ressenti une telle attirance envers aucune des femmes avec qui il était sorti. Au bout de quelques semaines ou quelques mois, il finissait toujours par songer qu'elles n'étaient après tout pas si bien qu'il l'avait pensé. Et, de toute façon, il avait suffi à Sophia de souffler cette petite exclamation pour effacer de son esprit toutes ses anciennes maîtresses. C'était de cette femme qu'il avait faim.

La faim était un problème dans un ranch, c'était elle qui faisait briser aux étalons les portes de leurs box, détruire les clôtures par les taureaux.

— Pourquoi êtes-vous là ? demanda-t-il.

Elle fit encore un pas vers lui, et il en oublia totalement sa question. Tout ce qui l'intéressait était qu'elle se rapproche un peu plus.

Mais elle paraissait hésitante.

Et soudain une lueur s'alluma dans ses yeux, quelque chose qui évoquait... de la peur. Peut-être avait-elle peur de l'attirance qu'ils éprouvaient l'un pour l'autre, mais peut-être aussi avait-elle peur de lui, personnellement. Naturellement, il était grand et fort, et à cet instant précis il n'était plus que testostérone.

Mais il n'était pas un animal, il était capable de maîtriser ses instincts. Elle n'avait donc pas à le craindre.

Cependant, c'était là une chose qu'elle ignorait puisqu'elle le connaissait à peine. Il ne s'était jamais fixé de délais à respecter pour mettre une femme dans son lit, mais il s'était toujours assuré que celle-ci soit certaine à cent pour cent de ce qu'elle voulait. Et, visiblement, Sophia Jackson avait des doutes.

Il fit un pas en arrière.

Aussitôt, son expression hésitante disparut, remplacée par un air de détermination. Avec une grâce et une sensualité étudiées, elle s'avança à nouveau vers lui, et de nouveau elle baissa les yeux vers son torse nu, ses longs cils noirs obscurcissant ses grands iris bleus. Du bout de son doigt, elle caressa son avant-bras encore humide. Une décharge de plaisir lui traversa le corps.

— Je suis venue ici parce que je me sentais seule dans la maison. Très, très seule.

Cette voix…

Mais c'était du cinéma. Elle avait beau être bonne actrice, il avait vu, dans son regard, ce moment de doute ou d'incertitude. Sa faim ne pourrait être ignorée éternellement, mais cela ne le tuerait pas d'attendre un peu. Il ne pouvait pas profiter de sa faiblesse. Cela allait être difficile, très difficile, mais il allait devoir résister.

Pas de festin aujourd'hui, princesse.

— Vous avez besoin de quelque chose avant que je rentre ?

L'attitude séductrice disparut aussitôt, balayée par de la colère. Apparemment, elle n'avait pas l'habitude d'être rejetée.

— Je ne veux rien avoir à faire avec vous. Je ne supporte même pas votre présence. J'étais venue voir les chevaux.

— Comme ça ? En pyjama et pieds nus ?

Soucieux de mettre de la distance entre eux, il entra dans son bureau pour prendre un T-shirt propre. Et, quand il se retourna, il faillit la renverser. Manifestement indignée, elle l'avait suivi.

— Je vous signale que je porte des sandales. Et ce n'est pas un pyjama. Si vous croyez que vous me verrez un jour en pyjama, vous pouvez toujours rêver.

Cette justification paraissait si puérile qu'elle en était presque attendrissante. Pour cacher son air amusé, il enfila son T-shirt. Tant pis si elle pensait ainsi avoir marqué un point.

— C'est un combishort, continua-t-elle. Tout droit sorti des défilés. Il est signé d'un couturier milanais dont vous ne connaissez probablement même pas le nom. Mon styliste l'a pris juste sous le nez de Kim K. Elle mourra de jalousie quand elle verra que c'est moi qui l'ai porté en premier.

Tout en se frottant le menton, il la regarda en se demandant comment un homme était censé réagir face à une femme comme elle.

— Je ne sais pas sur Kim, mais sur vous c'est très joli.

— Mais oui, bien sûr, marmonna-t-elle.

Apparemment, elle n'avait pas cru en la sincérité de son compliment. Tournant les talons, elle quitta la pièce dans son vêtement de créateur immaculé.

Déstabilisé, Travis se passa une main sur le visage. Puis il éteignit la lumière et referma avec détermination la porte du bureau derrière lui — le fil de fer barbelé pourrait bien attendre le lendemain.

Dans l'allée centrale de l'écurie, Sophia était désormais en train de flatter un appaloosa qu'il avait emprunté au ranch voisin. Il prit quelques instants pour les observer. Le cheval semblait ravi de recevoir tant d'attention. *Tu as plus de chance que moi, mon pote.*

En tout cas, on pouvait dire qu'elle avait le feeling avec les animaux, talent qui devait être naturel et non acquis, car il ne pensait pas qu'elle ait déjà mis les pieds dans un ranch avant d'arriver ici.

— Où est mon cheval ? demanda-t-elle sans détacher le regard de l'appaloosa.

— Votre cheval ?

Il n'aimait pas sa façon de formuler les choses. Elle ne savait pas ce que c'était que de posséder un cheval, de le soigner, le nourrir, le bouchonner, curer ses sabots, se fier à lui quand il n'y avait personne d'autre pendant des jours.

— Celui dont vous n'avez pas voulu me dire le nom. Vous êtes parti, et vous l'avez emmené. Vous les avez tous pris. Je suis venue leur faire coucou, et ils étaient tous partis. Tous.

On aurait vraiment dit qu'elle allait éclater en sanglots.

— Ce ne sont pas des animaux de compagnie. Ils travaillent.

— Je vous ai rendu les bottes comme vous me l'aviez demandé, mais vous avez emporté tous les chevaux. Sans eux, je n'ai personne à qui parler. Vous n'avez pas envie de me parler… ni de faire quoi que ce soit avec moi.

Travis avait toujours été plus doué pour interpréter le comportement des animaux que celui des femmes, mais il lui sembla saisir ce qu'elle éprouvait. Elle se sentait trahie, seule. Ce qui lui fit se souvenir que, quelques jours plus tôt, il l'avait surprise en train de pleurer, recroquevillée sur le sol de la cuisine.

Son esprit ne trouverait pas de repos tant qu'il ne l'aurait pas comprise.

— Vous voulez parler ? Très bien. Allons parler.

6

Le cow-boy voulait parler.

Sophia se demanda si ce n'était pas une plaisanterie et, une main dans la crinière du cheval tacheté, elle scruta le grand méchant Travis Chalmers. Il avait l'air sérieux, mais c'était là son expression habituelle, malgré quelques sourires occasionnels. De façon générale, on pouvait dire que c'était un type sérieux.

Pas un type, un homme.

Un homme sérieux, qui se comportait comme s'il était le patron. Ce qui était le cas, certes, mais tout de même…

Alors qu'elle se faisait ces réflexions, il ramassa une corde qui traînait par terre et alla l'accrocher dans la sellerie. Apparemment, être le patron impliquait de ranger.

Deezee, lui, aurait certainement laissé cette chose là où elle était pendant des mois.

Adossé au mur, près des balles de foin parfaitement alignées, Travis semblait désormais lui accorder toute son attention. Visiblement, il n'y avait rien d'autre qui n'était pas à sa place — mis à part elle-même, naturellement.

— De quoi souhaitez-vous discuter ?

Elle n'avait pas envie de se dévoiler à cet homme. Elle pourrait toujours expliquer ses regrets aux chevaux le lendemain matin. Elle ne voulait pas qu'il sache qu'elle s'était comportée comme une idiote, qu'elle avait stupidement détruit sa carrière.

Mais elle venait de se plaindre qu'elle n'avait personne à qui parler. Il fallait qu'elle dise quelque chose ; elle n'avait pas le choix.

— Comment s'appelle ce cheval ?

— Arizona. Parce qu'il a été acheté en Arizona. C'était un cadeau de mariage.

Oh non ! Faites qu'il ne soit pas marié.

Mais que lui arrivait-il ? Cet homme était très sexy quand il était torse nu, mais ça ne voulait pas dire qu'elle devait avoir une relation avec lui. Peu importait, donc, qu'il soit ou non marié. Cependant…

— Le vôtre ? demanda-t-elle d'un air détaché.

— Non, celui de Trey Waterson. C'est son frère qui lui a offert ce cheval. Ils possèdent le ranch juste à l'ouest du nôtre.

Comme s'il avait deviné pourquoi elle avait posé cette question, il avait esquissé un sourire. Apparemment, elle n'était plus aussi bonne actrice qu'elle l'avait été, elle perdait déjà la main. Elle regrettait d'avoir fait glisser son doigt sur son avant-bras musclé — ainsi que d'avoir bêtement avoué qu'elle se sentait seule.

Elle regrettait qu'il l'ait rejetée.

— Je ne suis pas marié, dit-il clairement. Je ne l'ai jamais été.

Arizona secoua sa crinière et Sophia eut envie de l'imiter. *Tu as raison, Arizona. On s'en fiche, hein ?*

— Alors ces chevaux ne sont pas à vous. Vous êtes juste leur baby-sitter ? dit-elle d'une voix hautaine, avant de se mordre les lèvres de honte.

C'était tellement impoli. Depuis quand se comportait-elle de façon si agressive ?

Elle connaissait la réponse à cette question : depuis qu'elle avait rencontré Deezee et ses amis. Ils passaient leur temps à se moquer des autres et à les rabaisser. Au début, elle avait trouvé agréable d'être traitée comme l'un des membres de la bande plutôt que comme une VIP, mais elle s'était vite rendu compte que, quand on leur donnait une main, ils prenaient tout le bras. Par réaction, elle avait donc dû ériger des murs autour d'elle pour se protéger.

— Certains sont à moi, d'autres sont au ranch, finit-il par répondre en tapotant le cou d'Arizona. Et certains sont empruntés.

Le ton de sa voix était parfaitement égal, comme si son commentaire perfide ne l'avait pas touché. Était-ce parce qu'il ne s'énervait jamais ou parce qu'il était doué pour ne pas le montrer ?

À le regarder, il lui semblait que les grands acteurs, les légendes telles que Clint Eastwood et John Wayne, avaient joué leurs rôles de cow-boys avec bien plus de justesse qu'elle ne l'avait jusqu'ici pensé. Ils prononçaient leurs répliques sur un ton presque monocorde, sans montrer d'enthousiasme, jamais un mot plus haut que l'autre — comme Travis… et à l'inverse de Deezee.

Elle peinait à imaginer Travis sauter sur un prie-Dieu en criant : « Où est ma gonzesse ? »

La gonzesse, c'était elle, naturellement. Elle se trouvait à ce moment-là dans le vestibule d'une chapelle caribéenne, attendant, tout émue dans sa robe blanche, que la musique commence pour pouvoir remonter l'allée et échanger ses vœux avec lui. Mais, pour sa part, il voyait ce mariage comme un simple moyen de faire la fête et de s'amuser un peu. Il ne s'était même pas donné la peine d'enfiler un T-shirt propre.

Ne pleure pas devant le cow-boy.

— Comment s'appelle mon cheval ? demanda-t-elle. Et où est-il ?

— Samson. Il est toujours au camp. Et c'est mon cheval ; pas le vôtre.

— Alors pourquoi avez-vous pris un autre cheval, aujourd'hui ?

— Parce que celui-ci m'appartient aussi, expliqua Travis. J'en ai quatre et je suis le baby-sitter de tous les autres.

On aurait dit qu'il n'avait que deux expressions de visage :

sinistre et légèrement souriant. Elle avait insinué qu'il ne possédait rien et il lui avait finalement répondu du tac au tac, ce qui lui donna envie de recommencer à faire sa diva. Elle ne supportait pas qu'on se moque d'elle.

— Quatre ? Pour un seul homme ?

Mais cette remarque ironique était idiote, et elle le savait.

— Quand on rassemble les troupeaux, on ne peut pas monter le même cheval toute la journée et plusieurs jours d'affilée. C'est pour ça que j'ai fait venir Arizona : pour qu'on ait davantage de montures pour la rotation. Mais Samson est vraiment exceptionnel pour le bétail. En général, j'essaye de le garder pour séparer les troupeaux. Ce serait gâcher son talent que de l'utiliser uniquement pour se déplacer.

— Vous parlez comme l'entraîneur d'une équipe de foot.

— Je n'avais jamais vu les choses de cette façon, mais il y a de ça, oui. Samson est mon meilleur joueur. Mais il ne faut surtout pas dire ça à Arizona. Il a fait du super boulot, cette semaine.

Tout en lui faisant un clin d'œil, il sourit — un véritable sourire, qui illumina son regard. Le genre de sourire que l'on adresse à un complice quand on vient de faire une farce à quelqu'un.

Il était vraiment beau, songea Sophia. Elle l'avait trouvé sexy dès le moment où elle l'avait vu s'approcher d'eux à cheval le premier jour sur la route. Dur et distant, mais tellement viril que l'espace d'une seconde elle en avait oublié tous ses malheurs. Quelques minutes plus tôt, avec son torse nu et humide, il ressemblait à un sportif, fort et grave. Mais quand il souriait… Pourquoi les Texanes avaient-elles laissé quelqu'un comme lui ici, seul au milieu de nulle part ?

— Du foot ? répéta-t-elle d'une voix mal assurée. Qu'est-ce que les cow-boys y connaissent en foot ? Il n'y a même pas assez d'hommes dans ce ranch pour constituer une équipe.

Tout en secouant très légèrement la tête, il croisa les bras sur sa poitrine, ce qui eut pour effet de tendre le tissu de son

T-shirt sur ses biceps. Il souriait toujours et elle s'agaça à l'idée qu'il puisse la trouver amusante.

— C'est assez vrai, oui. Bien que le cow-boy devant vous ait eu l'occasion de pratiquer le foot à l'université. Bon. Y a-t-il autre chose dont vous vouliez parler, en dehors des noms de chevaux et du foot ?

Parvenait-il à lire dans ses pensées ? Si oui, à quel point ? Comprenait-il qu'elle regrettait d'avoir anéanti toutes ses chances de sortir avec un homme comme lui en commettant l'immense erreur de fréquenter quelqu'un comme Deezee ?

N'oublie pas que tu es une actrice, Sophia. Ne le laisse pas deviner quoi que ce soit.

— À l'université ? Et qu'enseigne-t-on aux cow-boys, là-bas ? À ne pas marcher dans le fumier ?

Enfin. Enfin, une expression de colère était venue briser le calme extérieur. Il étrécit les yeux, mais elle soutint son regard.

Tu as raison : je suis un serpent à sonnette. Tu ne devrais pas t'approcher de moi.

De toute façon, elle ne voulait plus jamais laisser un homme se rapprocher d'elle. Jamais.

Le ton de sa voix, cependant, resta détaché :

— Je suis diplômé de biologie. L'université du Texas attend de ses étudiants qu'ils soient suffisamment malins pour ne pas marcher dans le fumier, oui.

Il porta un regard appuyé sur ses sandales, et elle dut lutter contre l'envie de recroqueviller les orteils.

— Mais apparemment, reprit-il, il y a tout de même des gens qui ne savent pas pourquoi sont faites les bottes.

— Vous comptez me mettre de nouveau à la porte de l'écurie ?

S'il te plaît, abrège mes souffrances, je suis en train de tout fiche en l'air ici. Renvoie-moi dans cette horrible maison vide et laisse-moi pleurer.

— Je ne suis pas votre baby-sitter, vous faites ce que vous

voulez, rétorqua-t-il. Si vous n'avez pas le bon sens de vous tenir à l'écart des dangers, vous apprendrez par l'expérience.

— Je pense être en mesure d'éviter les bouses de vaches, vous savez ? Je ne suis pas aveugle.

— Alors vous feriez bien d'y aller, la nuit tombe très vite. Aveugle ou pas, dans quelques minutes, vous aurez du mal à voir les bouses, ainsi que les nuisibles qui pourraient vous mordre les pieds. Ce ne sont pas ces tongs qui vous protégeront d'un serpent ou d'un rat.

Un rat ? Elle regarda autour d'elle. Les lieux paraissaient trop propres et trop organisés pour être infestés de rongeurs.

— On a un chat, dit-il face au scepticisme qu'elle ne s'était pas donné la peine de dissimuler. C'est une bonne chasseuse, mais il y a beaucoup à faire pour elle, ici.

Il ne comptait pas la mettre dehors. Elle allait donc devoir se forcer à rejoindre la maison vide. Elle fit comme si cela ne l'effrayait pas.

— Je voulais partir, de toute façon.

— Je vais vous raccompagner à la porte.

Comme il commençait à s'approcher d'elle, elle s'écarta brusquement de lui. Et ses pieds heurtèrent quelque chose. Quelque chose de duveteux.

— Un rat !

Elle faillit renverser Travis en sautant par-dessus une botte de foin, mais il retrouva rapidement son équilibre et, baissant les yeux, se pencha aussitôt en tendant les mains.

— Ne le touchez pas ! hurla-t-elle.

Mais il l'avait déjà attrapé.

— Beurk !

— Ce n'est pas un rat ; c'est un chaton.

Le minuscule animal ne bougeait pas. Pour la première fois depuis que Travis l'avait réveillée de sa sieste, Sophia sentit une nausée monter en elle.

— Vous… Vous croyez que… Je ne lui ai pas fait de mal, tout de même ?

Sophia savait que Travis la fixait avec attention, mais elle n'avait d'yeux que pour le chaton, le plus petit qu'elle ait jamais vu. Travis s'était mis à palper son corps inerte.

— Il n'a rien de cassé. Vous ne lui avez pas fait de mal.

Soulagée, elle se laissa tomber sur le foin, mais se redressa aussitôt qu'elle sentit des brins secs s'enfoncer dans le combishort.

Travis ne la regardait pas. Son attention était concentrée sur le chaton. L'air soucieux, il tira sur le col de son T-shirt et plaça l'animal contre sa poitrine, sans cesser de le soutenir d'une main.

— On ne devrait pas le ramener à sa mère ?

— Il a froid. Ça doit faire un petit moment qu'elle l'a abandonné. Si j'arrive à le réchauffer, on pourra peut-être le remettre avec ses frère et sœur, mais c'est la deuxième fois qu'elle l'exclut du reste de la portée.

— Pourquoi fait-elle ça ?

— Elle sent peut-être qu'il y a quelque chose qui ne va pas chez lui, répondit-il en haussant les épaules.

— Mais vous venez de dire qu'il n'était pas blessé.

— À première vue, mais la mère sait peut-être quelque chose que j'ignore. Ou alors, elle pense qu'elle ne peut pas s'occuper de plus de deux chatons et a donc décidé d'abandonner le plus faible des trois.

— Et elle l'a laissé mourir ? C'est horrible. Vous ne pouvez rien faire contre ça ?

Sa voix trahissait son anxiété à l'idée de voir ce petit être souffrir, mais peu lui importait ; elle ne pouvait pas dissimuler ses émotions.

— Je suis en train de faire quelque chose, répondit-il sèchement. J'ai mis le chaton sous mon T-shirt.

— Vous allez le garder ?

Nonchalamment, il s'assit sur la balle de foin, le tissu épais de son jean le protégeant bien mieux que la tenue en soie blanche de Sophia.

— Ce chaton est vraiment jeune. Ses yeux ne sont pas encore ouverts. Il aurait plus de chances de survivre avec sa mère.

L'anxiété venait de refaire surface.

— Mais elle est horrible, protesta Sophia. Elle l'a abandonné. Il est mieux sans elle.

— Non, répondit-il d'une voix ferme.

La nausée fit mine de remonter, mais Sophia se battit contre elle. Elle n'avait aucune envie de songer à tout ce que cela voulait dire.

— Vous n'avez jamais eu de chat ? lui demanda-t-il.

— Si. Il y a des années. Une chatte, mais elle était stérilisée. Vous devriez faire stériliser vos chats. À commencer par la mère de celui-ci. C'est une mère indigne. Elle ne mérite pas d'avoir d'autres bébés.

La nausée avait fait une nouvelle poussée, trop brusque pour être combattue. C'était trop tard. La chose à laquelle elle ne voulait surtout pas penser était de nouveau présente dans son esprit : le petit signe « plus ». La maternité. Les bébés.

Si le mot « enceinte » ne lui paraissait pas très concret, Grace et Alex avaient eu l'air de le prendre très au sérieux. Ils lui avaient demandé de s'asseoir dans la cuisine d'Alex pour passer en revue les différentes possibilités qui se présentaient à elle.

Et elle avait immédiatement opté pour l'adoption. C'était ce qui lui avait semblé le plus logique : elle mettrait au monde ce bébé qu'elle n'aurait jamais à voir, et l'agence trouverait le couple parfait pour l'adopter. Le couple serait heureux ; le bébé serait heureux ; le problème serait réglé.

Le résultat du test était probablement erroné, de toute façon, mais l'adoption était une solution simple pour une équation simple : un bébé non désiré plus un couple qui désirait un bébé ne pouvait équivaloir qu'à une réussite. Elle allait faire une bonne action. Fin de la réunion de famille.

Alors qu'elle songeait à tout cela, Travis s'était remis à

parler. Il la regardait désormais d'un air inquiet et le ton de sa voix trahit son sentiment.

— Ce n'est peut-être pas une mauvaise mère. Parfois, Mère Nature en sait plus que nous. Mais je suis parfaitement d'accord avec vous concernant la stérilisation, sauf que la mère de ce chaton a débarqué chez nous il y a deux semaines, avec déjà le ventre bien rond. Les accidents, ça arrive, vous savez ?

Oui, elle savait.

Mais ce soir-là, face à cette petite boule de poils qu'elle avait failli écraser, elle venait de prendre conscience d'une chose. Elle avait oublié un membre de l'équation : elle. Faire une bonne action ? Elle n'était pas l'héroïne du film ; elle était la méchante. Elle préférait abandonner le bébé parce qu'elle savait, au plus profond d'elle, qu'elle serait une mauvaise mère. Elle avait fait tout ce qu'elle avait pu avec Grace, mais elle avait échoué. Sa sœur ne voulait même plus vivre avec elle.

D'après Travis, la chatte avait peut-être pensé qu'elle ne serait pas capable de s'occuper de ce bébé. De son côté, elle savait qu'elle ne serait pas à même de s'occuper du sien. Bref, elle n'était rien d'autre qu'une horrible chatte égoïste.

Pendant qu'elle songeait à tout cela, Travis avait tiré sur le col de son T-shirt pour essayer de voir le chaton.

— Il bouge. C'est bon signe.

Apeurée par le petit animal et tout ce qu'il représentait, Sophia recula d'un pas.

— Il faut que j'y aille, dit-elle d'une voix qui lui parut beaucoup trop faible et haut perchée. Bonne chance avec le chaton.

Bouleversée, elle tourna les talons et se mit à courir. Aussi vite qu'elle le pouvait avec ses stupides sandales, elle fonça jusqu'à la maison, où elle arriva à bout de souffle.

Cela lui fit du bien. Ce n'était rien de plus que quelques centaines de mètres, mais, après cela, elle se sentit un peu plus normale. Tout en inspirant profondément, elle se passa une main sur le ventre. La nausée avait disparu, et elle avait faim.

Mais elle ne se sentait pas enceinte, pas le moins du monde.

Dans la notice du test de grossesse, il était répété à de nombreuses reprises que les résultats n'étaient pas toujours fiables. En réalité, elle avait simplement sauté un cycle. C'étaient des choses qui arrivaient, cela ne signifiait pas forcément qu'elle était enceinte.

Elle était là pour se cacher des paparazzis, rien de plus. C'était ce que sa sœur et Alex avaient tous deux dit à Travis. Elle allait rester au calme ici pendant quelques semaines, le temps que la presse passe à autre chose et, quand les journalistes commenceraient à se nourrir des déboires d'un autre couple, elle retournerait à Los Angeles et chercherait un nouvel agent.

Tu devrais aussi envisager de te faire ligaturer les trompes parce que, maintenant, tu sais que tu ne serais pas heureuse si tu étais vraiment enceinte et que tu serais de toute façon une mère indigne incapable de prendre soin de son enfant.

Instinctivement, elle tourna le regard vers l'écurie, dans laquelle une chatte de gouttière était apparemment devenue son animal totem. Si cette tueuse de chatons avait été envoyée sur Terre pour l'aider à prendre conscience de tous ses échecs, elle avait réussi sa mission. Elle avait bien fait de décider de faire adopter le bébé ; elle ne serait pas une bonne mère — et cette révélation la bouleversait totalement.

La seule lampe allumée dans la maison était la petite applique au-dessus de la cuisinière. C'était déjà beaucoup trop. Les aliments non périssables étaient toujours alignés sur le plan de travail. Elle n'avait pas besoin de beaucoup de lumière pour se faire un nouveau bol de céréales bio.

S'étant assise à table, elle passa quelques instants à regarder les corn-flakes secs. Comme le lait n'avait pas été réfrigéré, elle l'avait jeté dès le premier jour et, en l'absence de sa cuisinière, sa femme de ménage et sa sœur, elle n'avait pas pu en avoir de nouveau.

Mais elle s'en souciait peu. Elle avait juste envie de dormir, malgré la sieste qu'elle avait faite sans le vouloir au cours de l'après-midi. Encore une erreur stupide. Elle aurait parfaitement pu se faire repérer si quelqu'un d'autre que Travis était passé par là.

Elle n'était même pas capable d'accomplir une action aussi simple que se cacher. Il avait fallu qu'elle sorte, pour fuir la solitude. Après quatre jours claquemurée dans la maison, elle s'était réjouie de la sensation du soleil sur sa peau et s'était allongée sur la table… jusqu'à s'assoupir.

Rien de surprenant là-dedans : elle avait des années de fatigue derrière elle. Elle envisageait d'ailleurs de se reposer un peu quand elle avait emmené Grace en vacances à Telluride, mais ces cinq mois de Deezee n'avaient pas été très revigorants. Et elle était maintenant plus épuisée que jamais.

Sauf quand elle parlait à Travis. Elle s'était sentie parfaitement alerte quand il était apparu dans l'écurie torse nu. Rien de mieux qu'un homme musclé et à moitié nu pour faire sortir une fille de sa torpeur.

L'expression qu'elle avait lue sur son visage lui avait littéralement coupé le souffle, celle d'un homme qui avait envie d'une femme, tout simplement. Et la femme avait eu envie de lui, si fort qu'elle n'avait pas réussi à faire face.

Rien de surprenant là-dedans non plus. Elle n'arrivait à faire face à rien. Mais, pour la première fois depuis bien longtemps, elle s'était sentie elle-même. Et elle était donc déterminée à voir jusqu'où il pouvait aller.

Pas bien loin, malheureusement. Elle avait à peine posé un doigt sur son bras qu'il avait tourné les talons pour se rhabiller, cet homme qui semblait pourtant transpirer la testostérone. Elle avait perdu sa carrière, sa sœur… et même son pouvoir de séduction. Elle était nulle. Sa vie était nulle.

Sur cette pensée, elle laissa son bol sur la table pour aller s'effondrer sur le canapé du séjour. Elle aurait aimé ne jamais se réveiller.

7

— Sophia, réveillez-vous.

Le cœur battant à tout rompre, elle ouvrit les yeux en sursaut.

— C'est seulement moi, Travis. Vous allez bien ?

Sophia se redressa d'un coup sur le canapé et prit sa tête entre ses mains pour essayer d'apaiser les battements de son cœur. Elle détestait être réveillée par surprise. Sa première réaction était toujours de fuir, de crainte que Deezee et sa bande n'aient décidé de lui faire une blague, comme dessiner au feutre indélébile sur son visage juste avant une apparition publique. *C'est marrant, mon cœur, pourquoi tu t'énerves ?*

Elle avait dû annuler son engagement, ce qui avait déçu ses fans et mis en colère son manager.

— Je ne vais pas bien, non. Vous m'avez fait super peur, en me secouant le bras comme ça.

— Désolé. Je n'arrivais pas à vous réveiller.

Elle était réveillée, désormais, pleinement consciente de l'endroit où elle était et de la personne qui se tenait devant elle.

— Qu'est-ce que vous faites là ?

— Je suis venu voir si vous alliez bien.

— Qu'est-ce que vous faites dans ma maison ? Vous avez ouvert la porte et vous êtes entré ?

— Oui.

— Pour me harceler ?

— Non.

Ce ton détaché et impassible commençait à l'énerver sérieusement.

— Et pourtant vous êtes entré chez quelqu'un sans y avoir été invité. Vous trouvez ça normal ? Il n'y a rien qui vous gêne là-dedans ?

— J'ai frappé, d'abord.

Il avait son téléphone à la main, mais il le glissa dans sa poche arrière.

Furieuse, elle se leva d'un bond.

— J'ai le droit de garder mon intimité, martela-t-elle. Je loue cette maison. J'ai bien compris que vous vous preniez pour le chef de ce fichu ranch, mais cette maison est à moi pour les mois à venir. Vous ne pouvez pas entrer comme bon vous semble. Vous m'avez espionnée pendant que je dormais ? Vous êtes venu tous les soirs me regarder dormir ?

— Bien sûr que non. Vous délirez.

— Je délire ? Qu'est-ce que vous entendez par là ?

— Vous laissez votre imagination vous jouer des tours. Si je suis entré, c'est parce qu'à la campagne on n'est pas du genre à faire de cérémonies. On ne peut pas. Quand quelqu'un a des problèmes, on n'a pas d'autre choix que de lui prêter assistance. On peut toujours appeler les secours, mais ça peut prendre du temps avant qu'ils arrivent. Alors, on s'entraide.

On aurait dit qu'il croyait vraiment ses mots. Il avait fait abstraction de cette intrusion dans sa vie privée. Vivre à la campagne ne pouvait pas être si différent de vivre en ville.

— Vous n'aviez aucune raison de penser que j'avais besoin d'aide.

— J'étais venu vous annoncer une bonne nouvelle, mais on aurait dit qu'il n'y avait personne.

— Et ?

— Si vous n'étiez pas retournée à la maison, dans ce cas, où étiez-vous ? Vous êtes sortie de l'écurie en courant comme si vous aviez le diable aux trousses, alors j'ai pensé que vous aviez dû rentrer chez vous en deux minutes, mais on aurait dit que vous n'étiez pas là. J'ai cru que vous étiez peut-être dehors. Il fait nuit noire. Vous ne portiez pas grand-chose, et on peut rapidement perdre sa chaleur corporelle quand le soleil est couché. Vous n'aviez que ces tongs. Si vous vous étiez blessée…

— J'étais ici, sur mon canapé, à m'occuper de mes affaires.

— Tant mieux. Je ne serai pas obligé de seller Arizona pour partir à votre recherche.

Vous auriez fait ça pour moi ?

Mais elle n'eut pas à poser la question : le calme avec lequel il la regardait, le ton constant de sa voix, tout cela lui prouvait qu'il disait la vérité. Rien que le fait qu'il ait envisagé d'aller chercher quelqu'un qui avait potentiellement disparu, eh bien…

Cela lui donnait le sentiment d'être protégée, et c'était bien agréable.

Comment rester fâchée contre cet homme qui s'était préoccupé d'elle ? C'était même plus que cela. Non seulement il s'était inquiété, mais il s'était aussi apprêté à faire quelque chose pour l'aider.

Croisant les bras contre sa poitrine, elle essaya pourtant de rassembler le peu de colère qui subsistait en elle.

— Vous devez comprendre que vous ne pouvez pas entrer chez moi comme ça. Là d'où je viens, ça s'appelle une effraction. Vous m'avez fait une peur bleue. Même les paparazzis ne vont pas jusqu'à franchir ma porte. Ne recommencez pas, d'accord ?

Il prit apparemment le temps de réfléchir à sa question.

— D'accord, finit-il par dire.

— Et je suis sérieuse.

— Je n'ai pas cherché à m'introduire chez vous et je vous jure sur mon honneur que je ne ferai jamais ça. Mais, si j'estime que vous êtes en danger, je ferai tout ce qui est en mon pouvoir pour vous aider, que ça vous plaise ou non.

Médusée, elle cligna plusieurs fois des yeux. *Comment osez-vous… ?*

Mais soudain elle se rendit compte qu'il était parti. Le temps qu'elle intègre ses propos, il avait quitté le séjour et gagné la cuisine. Elle lui courut après.

— C'est tout ce que vous avez mangé aujourd'hui ? demanda-t-il en considérant son bol de céréales sèches.

Sous le coup de la stupeur, elle s'immobilisa. S'il lui posait cette question, ça ne pouvait être que pour une raison, une seule.

— Les paparazzis vous ont contacté, c'est ça ?

Il se mit à la regarder en plissant les yeux.

Ce n'est pas moi le serpent à sonnette. C'est toi.

— Je veux voir votre téléphone, ordonna-t-elle. Depuis combien de temps êtes-vous là, à renseigner des journalistes sur la cachette de Sophia Jackson ? À les documenter sur le régime alimentaire de Sophia Jackson ? Vous avez pris des photos de moi en train de dormir ? Vous en avez pris ?

— Encore une fois, vous délirez.

— Combien vous ont-ils payé ? Le gamin qui travaille chez le traiteur près de mon domicile a reçu deux mille dollars pour lister mes commandes de repas sur une semaine. Il prenait des photos de ma sœur portant le sac. Mais, comme il n'a pas réussi tous les jours à le faire en douce, il a aussi pris en photo les courses d'autres clients. Il a reçu l'argent. Et moi, vous savez ce que j'ai reçu ?

En guise de réponse, Travis marmonna un juron.

Il ne voulait pas entendre son histoire. Tant pis. Il fallait qu'il comprenne ce que le gamin avait fait en fournissant à des paparazzis des détails en apparence anodins sur sa vie.

— J'ai été condamnée par toute l'Amérique pour donner un mauvais exemple à la jeunesse d'aujourd'hui. La jeunesse d'aujourd'hui ! Tout ça parce que l'un des membres de cette jeunesse a pris en photo des sandwichs pleins de graisse en prétendant que c'étaient les miens. Et ensuite tout le monde a considéré que, pour manger comme ça et conserver ma silhouette, il fallait nécessairement que j'abuse de laxatifs ou que je me fasse vomir. Je suis tout à coup devenue responsable de tous les malheurs des adolescents souffrant de troubles du comportement alimentaire. Je sais comment ça marche, Travis. Vous, vous recevez de l'argent et, moi, je reçois la punition.

Elle avait failli s'étouffer en disant son nom. Travis. Sa trahison n'aurait pas dû autant la blesser, après tout, elle ne le connaissait pas beaucoup plus que l'employé du traiteur.

— Je n'ai jamais parlé à un paparazzi, affirma-t-il. Du reste, je crois que c'est la première fois de ma vie que je prononce ce mot à voix haute.

— Je ne suis pas stupide ! s'exclama-t-elle, bien qu'elle se sentît particulièrement bête de s'être laissée aller à baisser la garde. Je ne vois pas pourquoi un grand cow-boy comme vous s'intéresserait au type de céréales que mange une femme.

— Pourquoi ? Parce que le grand cow-boy a eu peur, très peur, répondit-il en avançant vers elle. Je n'ai pas seulement frappé : j'ai téléphoné aussi. Vous n'avez pas bougé d'un pouce quand j'ai allumé. Si j'avais mon téléphone à la main, c'est parce que je m'apprêtais à appeler les secours. Mon grand-père était diabétique. Un jour, il est tombé dans le coma. Vous m'avez fait peur, c'est tout.

Il fit un autre pas dans sa direction. Elle ne recula pas, mais croisa les bras contre sa poitrine. C'était un homme grand et fort, et sa stature avait quelque chose de vaguement menaçant, mais il y avait de l'honnêteté dans sa voix, de l'inquiétude dans son expression. Et il avait vraiment de très beaux yeux brun sombre.

Il fit glisser sa paume rugueuse sur son bras, qu'il finit par serrer doucement.

— Je suis vraiment désolé de vous avoir fait peur en retour.

Ces mots la touchèrent au plus profond de son cœur. C'était comme si les parties d'elle qui étaient brisées s'étaient mélangées pour se remettre dans un ordre différent, meilleur. Si seulement elle pouvait vivre sa vie autrement, sans devoir toujours s'attendre au pire. Si seulement elle pouvait croire que quelqu'un puisse vouloir l'aider plutôt que profiter d'elle.

Elle pourrait avoir un ami.

C'était cela qu'elle avait espéré trouver en Deezee. Leur relation avait débuté sur ce type de réaction immédiate et instinctive, ce besoin de se fier à un homme qu'elle connaissait à peine.

L'espoir faisait mal.

Elle fit un pas en arrière.

Comme pour lui-même, il hocha brièvement la tête. Et, quand il releva les yeux, il était redevenu le manager froid et distant.

— Vous avez toujours le sommeil aussi profond ?

Ce fut la question qu'il posa. Mais ce qu'il voulait vraiment dire, c'était cela : *Y a-t-il quelque chose que je devrais savoir, parce que je suis responsable de tout ce qui se passe dans ce ranch ?* Elle le sentait dans le ton de sa voix.

Si elle lui avait dit la vérité, il l'aurait immanquablement considérée comme une sorte de diva allumée : *Non, je suis juste triste et, quand cela m'arrive, je m'isole du monde et j'entre dans une forme d'hibernation.*

Elle ne pouvait pas lui dire ça.

— J'ai du sommeil à rattraper. L'équivalent de quelques années, je dirais.

— Et vous suivez toujours un régime aussi frugal ? insista-t-il. Vous n'êtes pas allée faire de courses, je me trompe ?

— Ne recommencez pas avec ça.

C'était pour cette raison qu'elle n'avait pas d'amis. Personne ne pouvait se mettre à sa place. Personne ne la comprenait.

Elle imita son ton rationnel et détaché :

— « Si vous n'avez rien à manger, allez au supermarché. » Tout est tellement facile pour vous, hein ? Vous allez et venez comme bon vous semble, en prenant le cheval qui vous fait envie. Vous savez ce qu'il faut faire quand vous trouvez un chaton à moitié mort. Vous n'avez donc pas peur. Et, bien sûr, vous pouvez décider de si vous irez ou pas faire des courses.

Elle s'interrompit pour reprendre son souffle.

— Vous savez pourquoi je dois attendre que ma sœur m'apporte à manger ? Pas parce que je suis une diva, mais parce que, si je sors toute seule, je risque de me faire blesser. C'est déjà arrivé.

Elle dégagea son bras de sa main pour le lui montrer.

— Vous voyez ces marques en croissants de lune ? C'est une preuve d'amour de mes fans. Un jour où je marchais dans la rue, j'ai laissé un homme me prendre en photo et, quand j'ai voulu partir, il a enfoncé ses ongles dans ma peau. “Non, attendez. Mon ami va arriver”.

» J'ai été forcée de sourire. Si je lève le poing, je suis une garce, une diva, un monstre. J'ai été retenue en otage, contrainte d'attendre l'ami d'un inconnu sur le trottoir pendant que les gens m'assaillaient de toute part. Les flics se sont arrêtés, à cause de l'attroupement, et, lorsqu'ils m'ont vue, ils ont juste souri en me faisant coucou. Alors j'ai continué de signer des autographes. Et, quand est arrivé le tour de l'un des flics, j'ai été obligée de lui demander en souriant d'empêcher mes admirateurs de me faire du mal. “S'il vous plaît, officier, pourriez-vous me raccompagner à mon hôtel ?” »

Elle sentait les larmes lui monter aux yeux, mais elle ne s'en souciait guère. Son visage juste en face du sien, il la regardait en fronçant les sourcils, mais elle ignorait si c'était parce qu'il la croyait ou parce qu'il pensait une nouvelle fois qu'elle délirait.

Mais elle avait une autre preuve, un secret que seuls quelques coiffeurs de renom connaissaient. Brusquement, elle lui tourna le dos et se mit à chercher sur son crâne la petite zone, de la taille d'une pièce de monnaie, où sa peau était lisse et où ses cheveux ne poussaient plus.

— Voilà leur ultime preuve d'amour. Juste après la sortie

de *Space Maze*, quelqu'un m'a reconnue dans une épicerie. Je vous jure que je ne m'étais pas encore rendu compte du succès de ce film. L'homme en question m'a arraché une mèche de cheveux et l'a emportée en guise de souvenir. Voilà leur amour. Il est là, juste là.

Pour mieux lui montrer, elle essaya d'écarter encore sa chevelure, mais il l'en empêcha. Doucement, il passa son pouce sur la cicatrice. Au souvenir des sensations que lui avait procurées ce pouce sur la plante de ses pieds quand il avait lissé le pansement, elle ferma les yeux.

— Je suis désolé, murmura-t-il.

Brutalement, elle lâcha ses cheveux, qui retombèrent gracieusement sur ses épaules.

— Je suis désolé, répéta-t-il, tout contre sa peau.

Et, à ces mots, elle sentit sa volonté de se battre se dissiper d'un coup. Mais elle ne se souvenait plus de ce qu'il y avait à la place, auparavant. Avant Deezee, avant les auditions, avant la mort de ses parents… À quoi ressemblait sa vie quand elle n'avait pas à se battre pour tout ?

Elle ouvrit la porte pour le faire sortir, lui faisant face avec une expression qu'elle voulut neutre.

— Ne vous inquiétez pas si vous ne me voyez pas. À ma place, n'importe quelle personne normale resterait à l'abri des regards. Mais, comme mon futur beau-frère m'a répété que les MacDowell lui avaient assuré que je pouvais faire confiance au manager du ranch, j'ai pensé que… que je pouvais me montrer à vous. Mais je préférerais que tout le monde croie qu'il n'y a personne dans cette maison.

Tout en hochant la tête, il récupéra son chapeau et sortit. Il était déjà chaussé de ses bottes. À en juger par ce qu'il avait dit la dernière fois, s'il n'avait pas pris le temps de les retirer, c'était qu'il s'était vraiment beaucoup inquiété.

À cette pensée, un agréable sentiment de gratitude vint emplir le vide qui était en elle.

— Travis ?

L'air grave, il se retourna vers elle. Derrière lui, la nuit était noire, et il n'aurait pas hésité à la braver pour partir à sa recherche.

— Je ne suis pas une folle. Je suis juste une recluse, d'accord ?

— J'avais bien compris.

Elle avait retenu son souffle. Désormais, elle pouvait respirer.

— Au fait, je ne vous ai pas dit pourquoi j'étais venu vous trouver. Une fois réchauffé, le chaton est devenu beaucoup plus vif. Je suis donc allé chercher sa mère. Et elle n'a pas émis la moindre objection quand j'ai glissé le petit parmi ses frère et sœur.

Sophia inspira à pleins poumons, savourant la fraîcheur de l'air.

— C'est une bonne nouvelle. Ce n'est pas une mère aussi horrible que ça, après tout.

— Je n'ai jamais pensé qu'elle était horrible. Elle avait ses raisons. Des raisons que nous ignorons. Je lui ai bien rempli sa gamelle, au cas où elle aurait eu peur de ne pas avoir assez à manger. C'est sûrement l'autre chat qui va la trouver en premier, mais ça vaut le coup d'essayer. Quand je suis parti, elle avait l'air calme et elle laissait ses trois petits la téter.

Peut-être était-elle folle, après tout. Car elle avait l'impression qu'il venait de lui faire un merveilleux cadeau.

— Merci. Merci beaucoup.

— Mais ne soyez pas trop optimiste. Ce chaton a connu des moments difficiles.

— Mais maintenant tout ira bien.

— En tout cas, on lui a offert une chance. Je repasserai vous voir quand je reviendrai, dans quelques jours. Bonne nuit.

Il releva légèrement son chapeau avant de disparaître dans les ténèbres.

Dans quelques jours ?

Cela lui paraissait bien long.

8

Sophia ne se réveilla qu'à midi.

Quel intérêt aurait-elle eu à se lever tôt, de toute façon ? Tout le monde était parti — ce qui signifiait Travis et les chevaux.

Sophia aurait pu parier qu'il les avait sellés avant l'aube, comme le vrai cow-boy qu'il était. Tout en regardant par la fenêtre l'écurie vide, elle essaya de se raisonner. C'était normal qu'ils soient partis, ils avaient du travail… mais elle aurait tant aimé en avoir, elle aussi. À cette idée, la rancœur qu'elle entretenait à l'égard de son ex refit surface, tel un liquide amer qui lui retourna l'estomac.

Merci, Deezee.

À bien y réfléchir, il devait sans doute travailler, lui aussi. Plus il faisait la fête, plus les gens voulaient le payer pour qu'il vienne à leurs soirées et, plus il se comportait de façon sulfureuse, plus son agenda était rempli. La scène qu'il lui avait faite à ce gala caritatif avait été une manœuvre très astucieuse : au cours de la semaine suivante, qu'ils avaient passée à Saint-Barth, il avait reçu des dizaines d'offres de contrats.

Pas elle.

Les studios de cinéma ne donnaient pas de travail aux acteurs qui quittaient Los Angeles sur un coup de tête ; les producteurs ne pouvaient pas faire la promotion de leur film si la vedette tenait des propos scandaleux et imprévisibles. Ce qui avait stimulé la carrière de Deezee avait anéanti la sienne.

Avec le recul, elle ne pensait pas qu'il ait eu conscience du mal qu'il lui avait fait, mais en même temps il n'aurait probablement pas eu de remords si ça avait été le cas.

Mais elle, elle aurait dû le savoir.

Il lui avait menti. Il l'avait trompée avec plusieurs autres femmes. Mais il ne l'avait pas forcée à faire la fête comme une rock star. Tout était entièrement sa faute à elle.

Bravo, Sophia.

Elle ne pouvait pas passer sa journée à la fenêtre à attendre de voir quel cow-boy viendrait au crépuscule. Ce ne serait pas Travis ; c'était tout ce qui importait. Elle ne devait être découverte par personne d'autre. Elle ne devait pas commettre une erreur stupide comme la veille, où elle s'était assoupie sur la table de jardin. Alex et Grace ne parviendraient sûrement pas à lui trouver un nouveau refuge. Elle n'avait que ça. C'était le seul endroit où elle pouvait dormir, manger, se cacher et dormir encore.

Mais, ce jour-là, elle n'éprouvait pas le désir d'aller immédiatement se recoucher. Elle se sentait assez reposée pour un peu de changement, après avoir dormi dans un vrai lit au lieu de s'affaler sur le canapé avec la télévision allumée.

Toute la semaine, elle avait évité la chambre principale, qu'elle trouvait trop spacieuse et étrangère, avec ses photos de famille accrochées au mur. Elle savait que Mme MacDowell était veuve et n'avait pas envie de regarder des photos d'un père de famille mort. Elle avait déjà le sien, cela lui suffisait amplement.

Mais hier au soir, après le départ de Travis, elle s'était aventurée dans une autre pièce, qui avait l'air d'une chambre d'amis et dont les murs étaient décorés de jolies aquarelles. Dans ce cadre, elle avait réussi à trouver le sommeil.

Elle n'était donc pas fatiguée, mais elle ne pouvait pas pour autant quitter la maison. Sa petite excursion de la veille dans le jardin avait failli se terminer en catastrophe pour son anonymat, juste parce qu'elle manquait de bon sens et d'autodiscipline. Si elle s'était elle-même enfermée dans cette prison, c'était parce qu'elle était incapable de gérer sa propre vie.

Le cercle vicieux avait recommencé. Elle détestait réfléchir à sa vie parce qu'elle arrivait toujours à la même conclusion : elle était une ratée.

Mais, dans son esprit, une voix était venue s'ajouter à la sienne.

« Si vous voulez sortir, ouvrez la porte et sortez. »

Travis.

S'il l'avait trouvée là, s'il avait pu lire dans ses pensées, il aurait coupé court à toutes ces absurdités avec l'une de ses solutions déconcertantes de simplicité.

Vous êtes une femme adulte, aurait-il dit. Une femme adulte qui restait là, avec l'envie de sortir pour prendre une bouffée d'air frais, mais aussi la peur de commettre une erreur fatale. Elle allait se rendormir sur une table de jardin, décevoir Alex et Grace, et devenir la risée des médias pour être allée se cacher dans un ranch. Si elle sortait, les catastrophes allaient s'enchaîner. C'était parfaitement logique dans son esprit.

Ou du moins était-ce le cas, jusqu'à la veille au soir. Jusqu'à ce qu'elle passe du temps avec Travis et prenne conscience que toutes les pièces du puzzle n'avaient pas nécessairement à s'assembler dans l'ordre compliqué qu'elle leur avait attribué.

« Si vous ne voulez pas être ici, ouvrez la porte et sortez. »

Elle ouvrit la porte de la cuisine et trébucha sur une pile de courgettes, qui s'écroula sur le sol. Agacée, elle se mit à jurer, avant de s'interrompre brusquement. Elle ne devait pas s'énerver comme ça, ce n'étaient que des légumes.

À côté de la pyramide à moitié effondrée se trouvait un petit mot :

Sophia,

Quand je suis rentré chez moi, j'ai vu que Clay m'avait déposé des courgettes. Sa mère a un potager. Elle s'était déjà faufilée dans le dortoir pour en laisser. Je ne pense pas que ce soit une intrusion si une maman le fait. Le vrai crime, c'est que personne ne peut manger autant de courgettes que la mère de Clay en produit. Je vous en laisse donc quelques-unes, ça vous changera un peu des céréales.

Travis

P-S : Je vous ai aussi laissé un peu de lait, au cas où vous n'aimeriez pas manger vos céréales sans. Il est dans le réfrigérateur de l'écurie. N'oubliez pas de mettre des bottes ou des chaussures. Vous avez suffisamment de cicatrices comme ça. Je ne voudrais pas que vous en récoltiez d'autres.

Elle regarda longuement le message, souriant au petit commentaire malicieux. Mais il avait fallu qu'il termine en évoquant ses cicatrices… Elle devait être folle, après tout, parce qu'elle se sentait complètement bouleversée par ce post-scriptum.

Machinalement, elle ramassa les courgettes et alla les mettre dans le réfrigérateur avant de poser la lettre sur le plan de travail et de la relire, encore et encore.

Puis elle se rendit dans la grande chambre, où Alex avait laissé ses valises. Elle ne les avait pas défaites, se contentant de les ouvrir pour prendre la première chose qui venait. Mais, désormais, elle se sentait le courage de les porter et d'en ranger le contenu. Dans la chambre d'amis, naturellement.

Ce faisant, elle finit par tomber sur ce qu'elle recherchait : une paire de sneakers. Après s'être changée pour un T-shirt et un short qui couvrait à peine ses fesses, mais avait l'avantage d'être en jean, elle les chaussa et sortit.

Elle n'allait pas s'endormir, se faire surprendre par un

étranger ou encore ruiner sa carrière. Elle allait juste récupérer le lait que Travis avait laissé pour elle dans l'écurie.

Il ne pouvait rien lui arriver.

Tandis que Sophia marchait vers le bâtiment, elle eut l'impression que l'air frais dissipait en elle les dernières brumes du sommeil.

Elle aurait pu faire un peu de yoga. Ou même courir. Le lendemain, elle mettrait son réveil. Un peu de sport ne lui ferait pas de mal si elle espérait retravailler un jour à Hollywood. Pour obtenir des rôles, il était essentiel d'avoir un corps parfait. Si elle arrêtait le sport trop longtemps, elle en payerait le prix. Or, elle en avait assez de payer pour ses décisions mal avisées. *Si vous voulez garder la forme, faites du sport.*

Il faudrait qu'elle fasse attention à ne pas être vue. Sauf par Travis, naturellement. Car l'idée qu'il puisse la surprendre en train de faire des étirements dans sa tenue de sport bien ajustée lui plaisait bien. Elle l'imaginait déjà en train d'admirer ses muscles qui ondulaient, sa peau brillant dans la lumière. Elle l'imaginait déjà s'approcher d'elle et…

Les différentes possibilités sensuelles et voluptueuses qui lui vinrent à l'esprit déclenchèrent en elle une véritable décharge d'énergie sexuelle.

D'un geste déterminé, elle ouvrit la porte de l'écurie et la referma derrière elle. Les lieux lui parurent sombres après le soleil matinal. Pour laisser à ses yeux le temps de s'adapter, elle alla s'adosser à l'endroit où Travis s'était installé la veille. Il lui avait accordé son temps et son attention. Il avait accepté de lui parler — mais seulement de lui parler.

Il ne voulait pas être séduit. Même pas par une star de cinéma.

À cette idée, elle sentit toute son énergie sexuelle la quitter. Quand elle avait posé la main sur son bras, il était parti enfiler un T-shirt. Pourquoi ? Elle n'était pas à Hollywood, mais elle ressemblait toujours à une actrice de cinéma. Qu'avait-elle donc fait pour qu'il lui soit si facile de lui résister ?

Tout en marchant lentement le long de l'allée, elle essaya d'évaluer son attitude. Si elle avait été dans un film, quel type d'émotions aurait-elle transmis au public ?

Elle n'avait pas été très convaincante dans le rôle de la séductrice la veille au soir. Elle ne se voyait plus comme une star de cinéma, donc elle ne se comportait plus comme une star de cinéma. Et c'était là un problème. Les infidélités de Deezee avaient mis à mal la confiance qu'elle avait en elle. Et, à cause des paparazzis, son humiliation était devenue publique. Elle devait désormais renvoyer une image d'ex peu sûre d'elle, ce que les hommes détestaient. Avant Deezee, Travis lui aurait mangé dans la main. Il aurait été ravi qu'elle fasse courir le bout de son doigt sur son avant-bras, car la Sophia Jackson d'avant était une femme sexy qui prenait des initiatives, pas la créature déprimée et solitaire qu'elle était devenue. Personne ne pouvait résister à une actrice de cinéma.

Et pourtant il l'avait fait. Lors de leur rencontre sur la route, elle avait vu sur son visage l'instant précis où il avait compris qui elle était. Cependant, il ne s'était pas jeté sur elle pour obtenir un autographe. Il lui avait dit de quitter les lieux si elle n'était pas contente.

« Nous vous rappellerons. »

Elle s'arrêta devant la porte de son bureau. Rien, dans cet espace fonctionnel, ne laissait entendre qu'il se passionnait pour Hollywood ou ses étoiles. Pour la première fois de sa vie, il lui semblait que le fait d'être une star n'était pas nécessairement un avantage pour séduire.

Mais elle devait faire en sorte qu'il la désire.

Les hommes l'avaient désirée bien avant qu'elle ne soit célèbre. C'était d'ailleurs pour cette raison qu'elle l'était devenue : elle avait toujours été remarquée. Grâce à son « charisme », disait Grace. Ou peut-être était-ce une aura.

Quoi qu'il en soit, c'était pour cette raison qu'elle avait fait carrière dans le cinéma. Le public croyait peut-être que les stars étaient exceptionnelles parce qu'elles étaient connues, mais ce n'était pas ainsi que cela fonctionnait. Le charisme venait en premier, la célébrité après.

Ce qui ne réglait néanmoins pas le problème de Travis.

Le réfrigérateur se trouvait dans la pièce où il l'avait soignée. Elle s'y attarda un peu pour réfléchir encore au sex-appeal et à la gloire. Et soudain elle faillit marcher sur la preuve ultime de la vanité de ses pensées.

Le chaton. Roulé en boule au pied du frigo.

Tendrement, elle prit dans ses mains cette minuscule boule de poils. Il était toujours vivant, mais il ne survivrait pas seul. Le poids de sa dépendance et de sa mortalité aurait dû lui paraître lourd. Comment se faisait-il qu'il soit aussi léger qu'une plume dans sa paume ?

Le problème était qu'elle n'y connaissait rien en matière de chats. Encore un combat qu'elle allait perdre. Elle avait l'habitude. Perdre sa sœur, perdre son amant, perdre son travail, ne pas terminer sa scolarité, ne pas décrocher de rôle.

Échouer. Elle détestait échouer.

Émue, elle observa le visage du bébé.

— Je ne suis pas une très bonne mère, tu sais, mais je vais faire tout ce que je peux, d'accord ? murmura-t-elle.

Et elle glissa le chaton dans son décolleté.

9

Travis n'était pas obsédé par Sophia Jackson.

C'était juste qu'il ne pouvait pas s'arrêter de penser à elle.

Le matin, en laissant le lait dans le réfrigérateur, il n'avait pas la moindre intention de rentrer avant la fin de la semaine mais, dès le début de l'après-midi, il avait commencé à se trouver des raisons de retourner à son bureau en fin de journée, ne serait-ce que la multitude de choses sur sa liste de tâches à accomplir dont il n'avait pas eu le temps de s'occuper la veille au soir.

Au lieu de cela, il s'était occupé des cicatrices de Sophia.

Pourquoi l'avait-elle ainsi fait entrer dans sa vie privée ?

Je ne suis pas folle.

S'il y avait quelque chose de certain, c'était qu'elle voulait être comprise. Le problème était qu'il avait très envie de la comprendre.

Alors qu'il se faisait cette réflexion, un pick-up s'était approché du campement. Travis le reconnut aussitôt comme étant celui d'un des fils MacDowell. Ravi de cette distraction, il s'éloigna des veaux pour se porter à sa rencontre.

Braden MacDowell, à l'instar de ses frères, était médecin à Austin. Il avait repris les rênes de l'hôpital fondé par son père mais, comme il était très attaché à ses racines paysannes, il n'était pas rare de le voir au ranch. Les frères MacDowell, de toute façon, n'hésitaient jamais à venir mettre la main à la pâte au cours des périodes les plus difficiles.

Travis avait beaucoup de respect pour eux. Ils rendaient souvent visite à leur mère ; ils savaient monter à cheval et manier le lasso. Et, à ce qu'il avait pu en voir, ils s'étaient toujours comportés de façon juste.

— Je sors tout juste du travail, lui dit Braden en lui tendant la main. J'ai cru comprendre qu'il y avait encore pas mal de boulot.

— C'est peu de le dire.

Braden ouvrit son coffre et en tira une glacière, qu'ils transportèrent ensemble vers le campement, où chacun put se servir une boisson fraîche.

Travis gardait aussi des canettes dans le réfrigérateur de l'écurie. Quand Sophia irait chercher le lait, elle les verrait — et il espérait qu'elle n'hésiterait pas à prendre ce qui lui ferait plaisir. Il aurait dû l'écrire dans le mot qu'il lui avait laissé.

Il était de nouveau en train de penser à elle. S'était-il écoulé cinq minutes, depuis le matin, sans qu'il songe à elle ?

— Content d'être de retour parmi vous, lui dit Braden, coupant court à ses réflexions. Comment Sophia Jackson traite-t-elle ma maison ?

Surpris d'entendre prononcer son nom, Travis s'étrangla avec sa gorgée de soda. En dehors de Braden, personne n'était au courant de la présence de l'actrice.

— La maison est comme elle a toujours été, répondit-il. Personne ne pourrait deviner que quelqu'un y habite.

— Pas de bruit de verre brisé ? Elle n'a pas fait sa rock star en mettant le feu au canapé ?

Travis fronça les sourcils. Il n'imaginait pas du tout Sophia se comporter de cette façon.

— Je ne suis pas du genre à espionner les gens, mais rien de tout ça, non.

Elle pleure beaucoup. Elle dort beaucoup.

Mais, ces informations, il ne souhaitait pas les partager, considérant que cela aurait été une forme de trahison envers elle. Sophia ne voulait pas être épiée, ni que l'on parle d'elle dans son dos.

— J'étais contre l'idée de lui louer la maison, reprit Braden, mais il se trouve que l'un des médecins de l'hôpital, Alex Gregory, est fiancé à sa sœur. Alex semblait craindre qu'elle ne fasse des dégâts. Il m'a proposé de cosigner le bail. Si elle détruit quelque chose, je sais qu'il remboursera, mais il y a quelques objets dont la seule valeur est sentimentale pour ma mère.

Travis gardait un œil sur le troupeau. Il y avait peu de risques que l'une des bêtes se mette tout à coup à charger, mais c'était possible.

— Tu as des raisons de penser qu'elle pourrait s'en prendre au mobilier ?

— Tu ne te tiens pas au courant de l'actualité des stars ?

— Je suis surpris que tu le fasses.

— Seulement quand ça peut m'intéresser. L'hôpital l'a invitée à deux reprises à des soirées de collecte de fonds. Et, les deux fois, elle a littéralement fait un scandale. Ma femme et moi avons assisté à l'une d'entre elles. Je m'attendais à découvrir une actrice élégante et ma femme était tout excitée à l'idée de la rencontrer, mais cette furie a fait des siennes avant même le début de la fête. J'aurais dû lire la presse people : ça fait des mois qu'elle massacre des chambres d'hôtel et qu'elle gâche des soirées. Et maintenant elle vit dans ma maison. Je n'aime pas ça.

Il lui semblait impossible que Braden puisse imaginer une seconde Sophia en train de saccager les souvenirs de famille d'une veuve. Mais, d'un autre côté, il connaissait les MacDowell depuis six ans ; Sophia Jackson depuis à peine six jours.

Tout en finissant sa canette, il décida de se fier à son instinct. Sophia ne voulait de mal à personne. En revanche, il avait vu la preuve physique du mal que les autres lui avaient fait et il l'avait vue pleurer à chaudes larmes quand elle se croyait seule. Elle était à bout de nerfs, mais jamais elle ne détruirait les souvenirs de quelqu'un. Jamais.

— Elle est on ne peut plus discrète. Je ne la vois pas faire quoi que ce soit susceptible d'attirer l'attention sur elle. Vos affaires ne craignent rien.

Braden garda le silence quelques instants.

— Elle est belle, hein ?

Surpris, Travis se tourna vers lui et soutint son regard.

— Ce n'était pas de son physique que nous parlions. Si tu penses que mon jugement peut être altéré si facilement, c'est que tu me connais mal.

Travis et Braden se scrutèrent pendant un long moment, et soudain le jeune médecin lui adressa un grand sourire.

— Tu crois peut-être que les femmes sont prévisibles mais, en qualité d'homme marié, je peux te dire que ce n'est vraiment pas le cas. Je suis rassuré par ton avis sur elle mais, tant que je suis ici, je vais quand même aller faire un tour dans la maison pour emporter quelques objets fragiles.

Travis n'hésita pas une seule seconde : il sauta sur cette occasion qui se présentait à lui.

— Elle ne t'ouvrira pas si elle ne te connaît pas, laisse-moi t'accompagner. J'ai du travail à faire à mon bureau. Si on prend le pick-up, on peut être de retour dans deux heures.

— Je suis à la porte de ma maison, dit Braden d'un air contrarié. Les propriétaires ne peuvent plus rentrer chez eux une fois leur bien loué.

Travis s'éloigna de l'entrée. Les courgettes avaient disparu, ce qui signifiait que Sophia avait dû sortir, mais il ne fallait surtout pas qu'il en tire de conclusions hâtives. Elle n'était pas morte. Elle n'était pas non plus blessée, en train de souffrir quelque part, à attendre de l'aide.

Mais où était-elle ?

Certainement pas à l'écurie, puisqu'il n'y avait pas de chevaux.

— On n'a qu'à aller à ton bureau, dit Braden, coupant court à ses réflexions. Le temps que tu t'occupes de la paperasse, elle sera peut-être revenue.

Il avait à peine ouvert la porte de l'écurie qu'il entendit la voix de Sophia résonner :

— Il y a quelqu'un ? J'ai besoin d'aide !

Elle sortit de son bureau, l'air paniqué.

— Travis ! Dieu merci, c'est vous !

Les deux mains sur le cœur, elle se mit à courir dans sa direction. De crainte qu'elle ne s'effondre sur lui, il l'arrêta en posant ses deux mains sur ses épaules. Elle affichait toujours une expression de détresse, mais son teint était normal et elle semblait se déplacer sans difficulté.

— Qu'est-ce qu'il y a ?

— C'est le chaton, répondit-elle en écartant l'une de ses mains de sa poitrine. Il est en train de mourir.

— Le cha…

S'interrompant brusquement, il lâcha ses épaules pour se détourner d'elle afin de contrôler sa réaction, mélange de soulagement et de colère. Il lui semblait avoir manqué de près la crise cardiaque.

— Vous avez compris ? gémit-elle.

Il se retourna vers Sophia qui pleurait doucement. D'un mouvement naturel, elle s'essuya la joue sur son épaule.

— Il pousse de petits cris horribles. Ça doit faire six heures qu'il implore de l'aide. Il gémit jusqu'à épuisement et, quand il se réveille, il recommence. Je ne sais pas quoi faire pour lui.

Sa détresse paraissait sincère. Elle avait le cœur trop tendre pour accepter la dure réalité, à savoir que tous les animaux ne pouvaient être sauvés. Tout en soupirant, il pointa du doigt la porte de son bureau.

— Venez, je vais regarder. Vous avez dit six heures ?

— Je suis venue chercher le lait dans le frigo et je l'ai trouvé par terre. J'ai essayé de le réchauffer comme vous l'aviez fait, mais j'ai mis au moins une heure à retrouver sa mère. Quand j'ai fini par mettre la main dessus, j'ai replacé le chaton près d'elle, avec ses frère et sœur, mais elle s'est levée et est partie.

— Asseyez-vous, dit-il en tirant une chaise.

— Je suis restée assise toute la journée. Mais je n'ai pas pu me renseigner sur Internet sur ce que je pouvais faire pour le sauver, parce que votre ordinateur est protégé par un mot de passe.

— En effet.

Tout en finissant par s'installer sur le siège qu'il lui avait proposé, elle lui jeta un regard lourd de reproche.

— Vous avez tous ces livres sur les animaux, mais savez-vous ce qu'on y trouve ? Des infos sur le nombre de calories que contient un hectare de trêfle. Des tableaux à n'en plus finir sur la valeur nutritive de la luzerne ; que donner à manger à une vache, comment donner à manger à une vache, que faire pousser pour nourrir une vache. Qui a besoin de connaître des idioties pareilles ?

— Moi.

Face à son mélange de tristesse et d'indignation, il ne s'était pas risqué à sourire en lui répondant.

— Mais savez-vous ce que ces livres ne disent pas ? Ils ne disent pas ce qu'il faut donner à manger à un chaton. Pas un mot là-dessus. J'ai voulu vous appeler, mais je n'arrivais pas à vous joindre.

— Il n'y a pas de réseau à l'endroit où je me trouvais.

Ce fut à ce moment-là que Braden pénétra dans la pièce, un bol à la main.

— J'ai l'impression que vous avez essayé de lui donner du lait dans la porcelaine de Chine de ma mère.

Serrant toujours le chaton contre sa poitrine, elle sursauta.

Connaissant désormais bien cette réaction, Travis plaça les mains sur ses épaules pour l'empêcher de sortir de ses gonds.

— Tout va bien. C'est Braden MacDowell, l'un des propriétaires du ranch. Il est au courant de votre présence, votre nom figure sur le bail.

Tout en relevant le menton, elle adressa à Braden un regard mauvais.

— Je me rappelle vous avoir vu à ce stupide bal. Vous êtes un des médecins de l'hôpital, c'est ça ?

— Tout à fait.

— Vous n'auriez pas dû arriver comme ça. Je croyais être seule avec Travis. D'habitude, il n'y a qu'une personne, au coucher du soleil.

Surpris par cette réponse, Travis se sentit obligé d'intervenir :

— Et si ce n'était pas moi qui étais venu ? Vous vous seriez fait repérer. Je vous avais expliqué que je ne reviendrais pas de plusieurs jours. Vous êtes sortie de ce bureau sans même savoir qui était dans l'écurie.

— Figurez-vous que j'ai eu tout le temps de penser à cela pendant que le chaton gémissait. Je me suis dit que le cow-boy qui arriverait aurait d'abord une grosse surprise et qu'ensuite il serait riche. J'aurais été forcée de lui payer une coquette somme pour qu'il garde le secret. C'est un peu comme si on me faisait chanter en permanence, mais parfois je suis obligée de prendre les devants en proposant moi-même de l'argent. J'ai l'habitude, vous savez ?

Sidéré, il resta quelques instants sans rien dire.

— Qu'est-ce que vous croyiez ? demanda-t-elle en plissant les yeux. Que j'allais laisser ce chaton mourir juste pour éviter que les paparazzis me retrouvent ?

— Non. Bien sûr que non.

Mais elle aurait pu le faire. Elle aurait pu retourner se terrer dans sa cachette après avoir laissé le chaton à un endroit où un cow-boy l'aurait facilement découvert. Mais ce n'était pas la solution qu'elle avait choisie.

— Excusez-moi de vous avoir fait peur, intervint Braden. Je suis surpris que vous vous souveniez de moi. Nous avons à peine eu le temps d'être présentés avant… avant votre départ.

— Je me souviens d'absolument tout ce qui s'est passé ce soir-là.

Sur ce commentaire énigmatique, elle reprit son récit sur le chaton, expliquant qu'il n'avait pas su boire dans le bol et qu'elle avait donc tenté de rapprocher sa gueule de la surface. Son histoire était bourrée d'erreurs de jugement, mais elle n'était pas comique pour autant. Il semblait qu'elle s'était donné beaucoup de peine pour essayer de comprendre quoi faire dans cette situation inconnue.

Mais il remarqua aussi autre chose. Depuis que Braden était présent, elle avait légèrement modifié son comportement. Sa posture était un peu plus droite et elle parlait sur un ton plus mesuré. La différence était claire à ses yeux. Quand elle avait cru qu'ils n'étaient que tous les deux, elle s'était montrée plus émotive, naturelle.

Elle baissait la garde quand il était là. Il y avait entre eux de la confiance, de l'intimité. Et il se demandait si elle en était consciente, elle aussi.

— Après avoir mis le chaton avec sa fratrie, je me suis tenue à l'écart pendant plus d'une demi-heure. Je voulais laisser à la mère une occasion de revenir vers eux, au cas où elle aurait eu peur de moi, vous savez ? Mais, lorsque je me suis à nouveau approchée, ils pleuraient tous les trois. La mère n'est revenue que quand j'ai repris celui-ci.

Alors qu'elle prononçait ces derniers mots, ses beaux yeux bleus s'étaient emplis de larmes. Brusquement, elle se détourna de Braden pour se tourner vers Travis.

— J'ai cru qu'ils allaient tous mourir à cause de moi.

— Vous avez fait de votre mieux. Vous vous êtes montrée aussi bienveillante qu'on puisse l'être.

S'il tournait le dos à Braden pour l'exclure de cette conversation privée… eh bien, il n'y avait rien de mal à cela.

Ce fut à ce moment-là que la petite bête se remit à gémir.

— L'enfer est pavé de bonnes intentions, murmura Sophia. Et écouter ce chaton pleurer a été un véritable enfer.

— J'imagine.

L'air à la fois las et confiant, elle releva les yeux vers lui.

— Je suis vraiment contente que vous soyez là.

Ces mots semblèrent rester entre eux comme un lien imaginaire. Ses paupières étaient mi-closes, mais tout à coup, comme si elle venait de comprendre l'ambiguïté de ses propos, elle les ouvrit brutalement.

— Je voulais dire, pour m'aider. Je suis vraiment contente que vous soyez là pour m'aider.

Donc, elle avait toujours peur. Elle n'était toujours pas à l'aise avec l'alchimie qu'il y avait entre eux. Cela la rendait assez nerveuse pour la pousser à relever la garde en secouant ses incroyables cheveux blonds et en passant d'une expression de fatigue à une fausse désinvolture.

— Et puis, vous venez de me faire économiser une véritable fortune en achat de silence.

Braden se mit à rire, et c'était sans doute l'effet escompté, mais Travis ne s'était pas laissé prendre à son jeu. L'attirance qu'il éprouvait pour elle était réciproque, mais de son côté elle n'était pas encore prête à l'admettre. Ce n'était donc pas encore l'heure d'entreprendre une quelconque manœuvre de séduction. Mais, peu importait, il était patient — et content de savoir qu'elle le désirait autant que lui.

— Venez, dit-il en se levant. Les chatons abandonnés ont besoin d'un lait spécifique. Je vais voir s'il m'en reste. Dans le cas contraire, Braden ira à la pharmacie vous en chercher.

10

Le pick-up bringuebalait sur le terrain rocailleux. Braden avait beau conduire aussi vite que le permettaient les petites routes, ils allaient rentrer au camp bien plus tard que Travis ne l'avait envisagé au premier abord.

Il avait beaucoup de choses en tête… et encore plus dans le cœur.

Chaque fois qu'il se disait qu'en rendant visite à Sophia il retrouverait la paix de l'esprit, il repartait plus perturbé.

Ils avaient déniché dans le dortoir un reste de lait adapté, qu'un cow-boy avait dû acheter quelques mois plus tôt pour sauver un autre chaton et, pendant que Braden avait fait un aller-retour à la pharmacie pour en reprendre, Travis avait montré à Sophia comment mélanger la poudre à l'eau, comment glisser la seringue dans la gueule de l'animal et comment le tenir pour le faire boire.

Il y avait eu beaucoup de contacts physiques. Leurs épaules et leurs hanches s'étaient très légèrement touchées au moment où ils s'étaient échangé le chaton ; avec ses mains, il avait guidé les siennes pour trouver le bon angle et appliquer la bonne pression ; et sa peau chaude contre la sienne l'avait fait vibrer de la tête aux pieds.

Sophia avait paru presque aussi soulagée que le chaton quand celui-ci avait fini par s'endormir dans une petite boîte, le ventre enfin rempli. Et l'idée qui lui était instinctivement venue à l'esprit avait été de déposer un baiser sur ses lèvres pleines. Mais pas un baiser passionné, non, un baiser de complicité, du genre de ceux que les couples échangent après avoir traversé une épreuve.

Il avait failli l'embrasser. *Tu t'es très bien débrouillée.*

Elle avait failli l'embrasser. *Merci.*

Mais, naturellement, c'était à ce moment-là que Braden était revenu avec le lait. Elle s'était alors rapprochée de l'applique au-dessus de l'évier pour lire les instructions sur les boîtes. D'après les fabricants, un chaton de cet âge se réveillait en moyenne toutes les deux heures pour être nourri.

Travis était accoutumé à passer des nuits entières à s'occuper de bêtes gestantes ou malades, et Braden, qui était médecin, avait pour sa part l'habitude des tours de garde, mais Sophia…

L'air décidé, elle avait affirmé qu'elle avait elle aussi l'habitude de veiller et n'avait pas paru le moins du monde effrayée par l'ampleur de la tâche.

Avec sa tête, son cœur, son corps, il avait l'impression de s'attacher à elle, beaucoup trop vite, beaucoup trop fort.

Perdu dans ses pensées, il tourna son regard vers Braden.

— Tes objets fragiles auraient été plus en sécurité dans la maison que sur cette route pleine de nids-de-poule.

Braden resta concentré sur la conduite.

— Je n'ai rien emporté, finalement.

— Tu n'as plus peur qu'elle casse quelque chose ?

Travis savait bien que les quelques heures passées avaient révélé à Braden une Sophia différente de ce à quoi il s'attendait, mais il avait envie de l'entendre de sa bouche, de lui faire avouer qu'il s'était trompé sur elle.

— J'y ai pas mal réfléchi, expliqua le médecin. J'avais vu des photos incriminantes mais, avec le recul, je remarque qu'elle n'était jamais seule quand elle fracassait des meubles ou hurlait sur des journalistes.

— Des paparazzis, corrigea Travis.

— Sur toutes ces photos, il y avait son ordure de petit ami derrière elle, voire devant, comme si c'était lui qui la poussait à faire ça. Et, après avoir vu la façon dont il a fichu en l'air ce bal, je me dis que c'est probablement le cas.

C'était la dernière chose que Travis avait envie d'entendre, surtout après avoir partagé ces moments avec Sophia. Il avait encore en lui le souvenir de sa chaleur, de sa peau douce, de ses larmes pour un chaton. Il ne pouvait pas oublier cela, ces rappels de la Sophia qu'il connaissait, pas plus qu'il ne pouvait accepter qu'elle ait eu un petit ami.

— Tu peux m'en dire davantage ? murmura-t-il pourtant.

— C'était une soirée habillée. À mille dollars l'entrée, entièrement reversés à l'association. Tapis rouge pour que les invités aient l'impression d'en avoir pour leur argent. Tu sais comment c'est…

— Pas vraiment.

Viens-en au petit ami.

— Tout le monde est sur son trente et un, et les conversations sont toujours très guindées. Quoi qu'il en soit, tous les objectifs étaient fixés sur Sophia. C'était pour ça qu'elle était là, pour apporter un peu de glamour — les gens sont prêts à payer un prix exorbitant pour dîner dans la même pièce qu'une célébrité.

Sophia avait-elle à une époque apprécié cela ?

Arrêtez de me regarder. Arrêtez de parler de moi.

— Mais tout à coup, sans crier gare, un cinglé en baskets avec une casquette de base-ball a sauté sur une table. Il a piétiné l'argenterie, envoyé valser un centre de table, fait un vacarme pas permis. Alex s'est tout de suite posté devant Sophia, c'est la première chose que j'ai remarquée : il a ressenti le besoin de la protéger. C'est donc qu'il savait que le type était venu pour lui chercher des histoires.

Les poings serrés, Travis n'avait pas d'autre choix que d'écouter le récit de son ami.

— Mes frères et moi étions prêts à le jeter dehors — je t'assure qu'il avait littéralement les pieds dans la salade de ma femme — mais, quand toutes les caméras ont été braquées sur lui, il s'est mis à genoux et a commencé à s'excuser auprès de Sophia. Enfin, si on peut appeler ça des excuses. Alex était furieux ; Grace était tétanisée.

— Et Sophia ?

— Elle s'était engagée à rester, mais elle est partie avec lui. Et, comme elle avait l'air plutôt contente de le faire, personne n'a essayé de l'en empêcher.

Travis n'arrivait plus à parler. Il avait l'impression qu'on venait de lui planter un couteau dans le cœur. Oui, l'idée que Sophia ait pu choisir d'être avec un sale type qui n'avait de respect pour rien lui faisait l'effet d'un coup de poignard.

— Mais tu vois comment tout ça a fini, reprit Braden. Elle est là, toute seule. Après avoir appris à la connaître un peu aujourd'hui, il me semble évident que ces deux-là n'étaient pas aussi semblables que les photos le faisaient paraître. J'ai dans l'idée qu'elle se cache tout autant de lui que du reste du monde.

— J'aurais dû en être informé, déclara Travis, furieux. Alex m'a dit que c'était des journalistes qu'elle cherchait à se protéger.

— Si ce type se pointe ici, il risque d'y avoir de la casse, et ça ne se limitera pas aux bibelots de ma mère. Je l'ai vu à l'œuvre : il n'est pas du genre à rigoler.

— Comment s'appelle-t-il ?

— DJ je ne sais plus quoi. Un nom idiot.

— « Paparazzi » me semble tout aussi ridicule. En tout cas, je vais signaler à tout le monde de ne laisser entrer aucun inconnu.

— On voulait arriver plus tôt, dit Grace, mais le portail de l'accès principal était fermé.

Bien qu'elle n'eût pas compris de quoi sa sœur parlait, Sophia hocha la tête.

— Tous les portails étaient fermés, aujourd'hui. J'ai dû

sortir trois fois pour les ouvrir. Au dernier, j'ai vu un type sur un cheval, le cow-boy qu'on a rencontré l'autre jour. Il m'a fait un signe de la main et il est reparti.

Grace était encore à l'intérieur du pick-up d'Alex, s'étant mise à bavarder dès le moment où ils s'étaient arrêtés, sans attendre que son fiancé ait coupé le moteur.

— Mais on n'a pas vu de vaches, aujourd'hui. C'est pour ça qu'on est venus en pick-up, au cas où il aurait fallu passer par les pâturages pour en contourner une.

De nouveau, Sophia acquiesça, si émue de revoir sa sœur qu'elle n'écoutait pas vraiment ce qu'elle disait, se contentant de la contempler, heureuse de la retrouver. Elle lui avait tellement manqué.

Grace avait insisté pour que Sophia n'appelle qu'en cas d'urgence, et elle-même ne lui avait pas téléphoné une seule fois au cours de la semaine, même pas pour lui demander de ses nouvelles. Leur relation en était-elle désormais réduite à cela, à de courtoises visites hebdomadaires ?

Sophia brûlait de se jeter dans les bras de sa sœur et de la serrer contre elle, mais au lieu de cela elle continua de hocher la tête en souriant — et en se tordant les mains.

Alex finit par sortir du pick-up et se tourna vers Grace.

— On dirait bien que tu as manqué à Sophia tout autant qu'elle t'a manqué. Vous ne vous embrassez pas ?

— Je t'ai manqué ? balbutia Sophia, mais sa cadette ne put lui répondre ; elle s'était déjà approchée d'elle pour la prendre dans ses bras.

— Je me suis fait tellement de souci pour toi, chuchota-t-elle.

C'est ce que j'ai cru comprendre à la façon dont tu m'as royalement ignorée.

Ce fut la réplique qui lui vint à l'esprit, mais fort heureusement elle la ravala à temps.

Tout en se dégageant doucement de l'étreinte de Grace, elle passa tendrement la main dans ses cheveux blond foncé.

— Si tu te faisais du souci pour moi, tu aurais dû m'appeler. J'aurais été contente d'avoir de tes nouvelles.

— Mais… Mais je t'ai appelée, protesta Grace. Plein de fois.

— Le téléphone n'a pas sonné une seule fois, objecta Sophia. J'ai fini par me dire que tu étais débordée, avec ton travail et l'organisation du mariage.

Sans moi.

— J'ai appelé plusieurs fois, mais tu n'as pas répondu, alors j'ai pensé que tu ne voulais pas me parler ou que je t'appelais trop tard le soir…

— Je n'ai pas beaucoup dormi, tu sais ? dit Sophia en souriant. Je me suis occupée d'un chaton. Il faut qu'il soit nourri toutes les deux heures. Je suis épuisée, mais c'est moi qui me suis proposée pour le faire, donc…

— C'est vrai ? demanda Grace sans chercher à dissimuler son étonnement.

Grace n'était pas une actrice, mais Sophia si, aussi parvint-elle à faire comme si elle n'avait pas été blessée de voir sa sœur surprise d'apprendre qu'elle était disposée à sacrifier son sommeil pour quelque chose qui ne la concernait pas directement.

— Ce n'est que pour quelques jours, répondit-elle en feignant la bonne humeur. Le vétérinaire doit venir après-demain, et Travis est certain qu'il trouvera une chatte prête à accepter un petit de plus dans sa portée. Celui-ci est tellement jeune que ses yeux ne sont même pas encore ouverts. Il a plus besoin d'une maman que de moi.

— Waouh ! Tu m'impressionnes. J'ignorais que tu t'y connaissais autant en chats. Mais je ne suis pas surprise, tu as toujours réussi tout ce que tu entreprends.

Sophia ne sut que répondre. Apparemment, sa sœur avait toujours de l'admiration pour elle — ce qui relevait vraiment du miracle, compte tenu de la place de choix qu'elle avait eue pour observer sa spirale autodestructrice.

Mais elle n'avait pas envie de ruminer et de gâcher cette

conversation si agréable. Luttant contre les larmes qui menaçaient déjà de couler, elle se tourna vers l'écurie.

— C'est Travis qui m'a instruite sur le sujet. Tu vois de qui je parle ? Le cow-boy qui t'a dit bonjour.

— Il m'avait promis de venir prendre régulièrement de tes nouvelles. Il l'a fait, j'espère ?

Tout en hochant la tête, Sophia regretta qu'il ne soit pas là, à cet instant. Elle aurait aimé qu'il puisse constater que Grace ne la détestait pas. Il n'avait eu l'occasion de les voir ensemble que le premier jour, quand elles s'étaient disputées au sujet de la vache au milieu de la route — enfin, c'était surtout elle qui s'était énervée. Et, à en juger par la scène qu'elle avait faite, il devait la prendre pour la pire sœur au monde.

Avec discrétion, Alex s'était jusqu'ici tenu à l'écart de leurs retrouvailles, ménageant leur intimité. C'était vraiment un homme bien, songea Sophia. Et, pour ne rien gâcher, il était très beau. Après avoir déchargé les cabas de l'arrière du pick-up, il se tourna vers elle.

— On va rentrer ça et vérifier la sonnerie du téléphone. Je ne voudrais pas que tu manques d'autres appels.

Elle fit mine de lui prendre l'un des sacs.

— Laisse. Je vais le faire.

— Merci, répondit-elle.

Elle se sentait reconnaissante envers lui. Pour ces provisions, naturellement, mais pour bien plus de choses encore. L'avait-il perçu dans le ton qu'elle avait employé pour le remercier ? En tout cas, elle l'espérait.

Il se tourna vers elle. Ses yeux bleus étaient très semblables aux siens — un peu comme ceux d'un frère.

— Elle est plus heureuse quand tu fais partie de sa vie. Je veux que Grace soit heureuse, tu sais ?

— Oui, je sais.

— Bien. Allons réparer ce vieux téléphone.

Pendant qu'ils parlaient, Grace avait ouvert la portière passager et avait sorti un panier.

— J'ai failli oublier. Nos voisins ont un potager, et tu n'imagines même pas le nombre de courgettes qu'ils ont. Je t'en ai apporté quelques-unes. On ne voit jamais ça à LA. Tu ne trouves pas que c'est super ?

— Ah, si. Super.

Si elle avait pu pointer du doigt un matelas en souriant, elle pouvait sans aucun problème feindre l'extase devant les légumes que sa sœur lui avait apportés en croyant lui faire plaisir. Apparemment, au Texas, la tradition voulait qu'on donne des courgettes aux gens qu'on aimait. La mère à son cow-boy de fils, Travis à elle, Grace à…

Travis à elle ?

Elle ne pouvait pas penser qu'il l'aimait juste parce qu'il lui avait offert des courgettes, quand même…

Des courgettes, accompagnées d'un petit mot qui disait qu'il ne voulait pas qu'elle ait davantage de cicatrices.

En ouvrant la porte à sa famille, elle ne put s'empêcher de jeter un dernier coup d'œil à l'écurie.

Des courgettes comme preuve d'amour ? Une fois encore, elle en faisait un peu trop, mais il y avait bien quelque chose qui avait changé. Ces courgettes avaient marqué une sorte de tournant : avant cela, Travis se serait attendu à ce qu'elle accomplisse une tâche simple qui lui était pourtant impossible à réaliser — « si vous avez besoin de lait en poudre, allez à la pharmacie », mais c'était Braden qu'il avait envoyé faire cette course.

Le mois de juin n'allait pas tarder à arriver. Mai avait été empli de solitude, d'échecs et de courgettes, mais juin serait sans doute différent. Pour ce nouveau mois, y aurait-il un nouveau légume ? Ou une nouvelle chance de passer du temps avec Travis…

Elle avait hâte que mai prenne fin.

11

Des tomates.

On n'était encore qu'à la mi-juin, mais Sophia aurait pu hurler en voyant une tomate.

Il s'était avéré que les plantes qui bordaient la maison de Mme MacDowell étaient des pieds de tomates, et ce, en grande quantité. Une fois mûrs, les fruits s'écrasaient sur le sol où ils commençaient à cuire sous le chaud soleil texan. Chaque fois que Sophia voulait s'aérer, elle avait l'impression de se retrouver enfermée dans un four avec un plat de lasagnes et, à la longue, l'odeur lui retournait l'estomac.

Elle avait pourtant placé tant d'espoirs en l'arrivée du mois de juin : elle s'était imaginé profiter de l'immense ciel bleu, respirer profondément, jouir de sa pleine santé tandis qu'elle pratiquerait les exercices de yoga qu'elle connaissait si bien ; Travis n'aurait pas pu résister à l'envie de l'épier et, pour mieux contempler son corps façonné pour briller sur grand écran, il aurait passé beaucoup de temps avec elle, et elle ne se serait pas sentie seule.

Mais c'était elle qui admirait Travis, elle qui l'épiait derrière la fenêtre de la cuisine. Le mois de juin semblait l'avoir ramené du mystérieux endroit où il travaillait mais, s'il s'arrêtait tous les jours à l'écurie, il était en permanence accompagné d'autres cow-boys.

C'était cependant par Travis que son regard était attiré. Désormais, elle reconnaissait sa façon de monter à cheval, sa silhouette imposante, le maintien de ses larges épaules, le lasso *toujours accroché à l'arrière* de sa selle.

Mais, ce jour-là, il n'y eut pas de claquement de sabots et ce fut un bruit de moteur qu'elle entendit, comme une moto.

Elle arriva à la fenêtre juste à temps pour voir Travis s'éloigner sur un quad. Comme d'habitude, il portait un jean et une chemise à carreaux mais, pour une fois, pas de chapeau. Il conduisait le véhicule comme un cheval au galop, presque debout, légèrement penché au-dessus du guidon, et il avait l'air si fort, jeune et libre qu'à le regarder elle mourait d'envie d'être dans ses bras.

— Attends-moi.

Mais ces mots, prononcés à haute voix, ne lui parurent pas moins pitoyables que lorsqu'ils résonnaient dans son esprit.

Machinalement, elle posa la main sur la vitre. Si seulement le réalisateur pouvait dire « Coupez » ; si seulement l'accessoiriste pouvait lui faire quitter le plateau ; si seulement Grace pouvait l'arracher à toute cette tristesse, en lui rappelant qu'il ne s'agissait que d'un film.

La normalité. Le retour au monde concret lui était toujours apparu comme un immense soulagement après l'expérience des émotions intenses ressenties par un personnage… Mais désormais sa vie réelle était surréaliste, et son ancienne vie normale un rêve inaccessible.

Tout en suivant Travis de ses yeux pleins de désir, elle s'immergea totalement dans son rêve favori, celui où elle n'était pas encore célèbre et n'avait donc pas à se cacher. S'ils s'étaient rencontrés à l'époque où elle avait dix-neuf ans, elle aurait flirté outrageusement avec lui. Et lui, le jeune cow-boy, n'aurait pas résisté à la tentation de lui proposer de monter derrière lui sur le quad — et il aurait été aux anges, avec cette jolie blonde pressant ses seins contre son dos, s'accrochant à lui pour ne pas tomber.

— Coupez, murmura-t-elle pour elle-même.

Dans la vraie vie, elle était la blonde qui apparaissait dans les films, une star qui ne pourrait pas se cacher éternellement. Elle ne pouvait pas plus retourner à son anonymat d'antan qu'elle ne pouvait forcer les gens à oublier son visage.

— Coupez. Coupez si vous ne voulez pas qu'elle devienne folle.

Rassemblant tout son courage, elle s'écarta de la fenêtre. Elle s'était habillée pour sa séance de yoga quotidienne mais, durant sa rêverie, avait négligé de surveiller les allées et venues des employés du ranch. Or, il y avait cinq garçons différents qui passaient au moins deux ou trois fois par semaine. Qui était venu travailler avec Travis ce matin-là ? Y avait-il toujours quelqu'un à l'écurie ?

Elle ne pouvait pas aller dans le jardin s'il y avait quelqu'un dans les parages et, maintenant, elle se retrouvait coincée à l'intérieur pour la journée. Elle avait déjà regardé tous les DVD de Mme MacDowell et inspecté toute sa bibliothèque. Celle-ci contenait beaucoup d'ouvrages pratiques, notamment des titres sur la grossesse et la maternité qu'elle avait royalement ignorés, ainsi que des livres de cuisine, dans lesquels elle n'avait pas tellement envie de se plonger, bien qu'elle disposât de beaucoup de tomates.

Le bruit de moteur du quad la ramena brutalement à la réalité. Aussitôt, elle revint à la fenêtre. Travis était de retour, avec une remorque chargée de balles de foin. Il n'y avait rien de changé dans son apparence si ce n'était que sa chemise, complètement déboutonnée, flottait derrière lui, exposant son torse viril et puissant.

Rien d'extraordinaire là-dedans, songea-t-elle. Il faisait chaud, le travail était pénible, pourquoi ne pas ouvrir sa chemise ? Rien d'extraordinaire pour lui, mais pour elle c'était une autre histoire. Elle avait aussitôt senti une excitation monter en elle, une réaction instinctive à la stimulation visuelle que constituait le corps parfait de cet homme, affichant des tablettes de chocolat et des pectoraux bien dessinés. Son corps à elle avait immédiatement approuvé. Elle avait d'ailleurs ressenti exactement la même sensation de désir, quelques semaines plus tôt, quand elle l'avait surpris torse nu dans l'écurie.

Sa réaction était peut-être même plus forte encore cette fois-ci. Sans doute parce qu'elle connaissait désormais cet homme dont les mains savaient aussi bien soigner les chatons que maîtriser les étalons, cet homme qui n'élevait jamais la voix contre elle, qui l'écoutait quand elle se confiait à lui et qui l'avait gratifiée de ces quatre petits mots qu'elle ne pensait pas avoir tant besoin d'entendre : « J'avais bien compris ».

Cet homme qui avait ce corps si viril et musclé.

Et qui regardait droit vers elle.

Comme s'il avait pointé un objectif dans sa direction, elle s'écarta brusquement de la croisée et le regretta aussitôt. À présent, Travis allait croire qu'elle était embarrassée, comme s'il l'avait surprise en train de l'espionner.

Ce qui était bel et bien le cas, mais elle aurait dû la jouer décontractée, comme si le hasard avait fait qu'elle était en train d'admirer la vue au moment précis où il était arrivé. C'était trop tard, sans doute, mais elle décida de le faire tout de même, en relevant le rideau avec désinvolture pour observer le jardin.

Un instant plus tard, Travis bifurquait à gauche pour se diriger droit vers la maison.

Tout excitée, elle essaya de remettre ses cheveux en place. Elle n'était pas maquillée, ce qui n'était pas l'idéal, mais peu importait, car elle était toujours en tenue de yoga. Son corps étant très largement découvert, ce ne serait certainement pas son visage qu'il regarderait. Elle envisagea de retirer le débardeur vert qu'elle portait sur sa brassière, mais elle se ravisa : Travis l'avait vue à la fenêtre en vert, elle ne pouvait pas ouvrir la porte en soutien-gorge de sport noir, ce serait trop évident.

Le bruit du moteur cessa. En jetant un coup d'œil dehors, elle le vit avancer vers la maison en reboutonnant sa chemise.

Il commença par le haut, progressant rapidement vers le bas, jusqu'à ce que le dernier petit triangle de peau hâlée, juste au-dessus de sa ceinture, disparaisse totalement.

La main sur la poignée de la porte, elle s'immobilisa. S'il retirait ses vêtements aussi vite qu'il les mettait…

Les coups qu'il frappa furent fermes, et soudain sa résolution le devint également. Elle n'était plus une jeune fille de dix-neuf ans. Elle avait vingt-neuf ans ; lui devait avoir une trentaine d'années. Ils étaient tous deux des adultes responsables et, après la scène dont elle venait d'être le témoin, elle ne voyait pas pourquoi elle ne sourirait pas en l'accueillant.

Sa réclusion dans ce ranch avait également des côtés positifs.

Il était là. Et elle était ravie d'être là aussi.

— Tiens, un revenant. Ça fait longtemps que je ne t'ai pas vu, roucoula Sophia en lui ouvrant.

Travis haussa un sourcil.

Sophia s'était nonchalamment adossée au chambranle de la porte, son débardeur vert mettant en valeur ses courbes gracieuses. D'un œil manifestement averti, elle observa l'effet qu'elle avait sur lui.

Satisfait, il sourit. Il ne savait pas pourquoi la déesse du sexe était de retour, mais ce retournement de situation rendait ce mardi matin ordinaire beaucoup plus intéressant.

— Contente de te voir, dit-elle d'une voix sensuelle. Tu avais juré à Grace et Alex que tu veillerais sur moi. Tu es venu pour accomplir ta mission ?

Avec des yeux brûlants de désir, elle passa brièvement en revue son corps, de haut en bas, en s'attardant quelques instants sur son entrejambe avant de revenir à son visage. Elle l'avait déjà fait une fois, dans l'écurie, mais à ce moment-là elle paraissait sérieuse et un peu effrayée. Cette fois-ci elle semblait au contraire d'humeur joyeuse, badine. On aurait dit qu'elle le considérait comme rien de plus qu'une friandise.

Et il aimait ça.

Mais il n'avait pas *confiance*. Il appréhendait le moment d'hésitation, la peur de l'attirance qu'ils éprouvaient l'un pour l'autre.

Comme ce moment ne venait pas, cependant, il décida de jouer le jeu, répondant à ses questions sur le même ton qu'elle avait employé.

— Les hommes doivent parfois travailler, tu sais ? Ça ne fait que quarante-huit heures qu'on ne s'est pas parlé.

De ses lèvres pleines, elle esquissa une moue aussi boudeuse que sensuelle.

— Mais, la dernière fois, Grace et Alex étaient là pour leur petite visite hebdomadaire. Alors ça ne compte pas vraiment puisqu'il y avait déjà quelqu'un pour veiller sur moi.

— J'y penserai la prochaine fois.

Instinctivement, il avança un peu vers elle, en la regardant comme il le faisait avec les jeunes étalons quand il les approchait avec la bride pour la première fois.

À sa grande satisfaction, elle ne chercha pas à s'éloigner de lui.

— Je dois toutefois t'informer que la maison n'accepte plus les dons de courgettes.

— Tant mieux, parce que je n'en ai plus. Quelqu'un s'est introduit dans l'écurie et a conspiré avec mes chevaux pour qu'ils disposent du reste.

Elle se mit à rire avec un naturel déconcertant.

— C'est Samson qui t'a dénoncée, reprit-il. J'ai trouvé des courgettes à moitié entamées dans son box. Je suis surpris qu'il en ait mangé, d'ailleurs : la plupart des chevaux n'aiment pas ça. Si c'était le cas, les gens d'ici en feraient pousser encore plus qu'ils ne le font déjà.

— Je suppose que ça dépend des personnes qui les leur donnent. Il y a peut-être des mains qui sont plus agréables que d'autres.

Il ignorait pourquoi elle était de si bonne humeur aujourd'hui mais, dans cet état d'esprit, elle lui paraissait tout simplement irrésistible.

Il fallait d'ailleurs qu'il se méfie. Il arrivait sans peine à imaginer son avenir avec une femme irrésistible, mais pas avec une célébrité. Sophia ne resterait pas dans sa vie, et c'était l'une des raisons pour lesquelles il devait se tenir à l'écart d'elle. Il fallait qu'il apprécie cette conversation pour ce qu'elle était sans penser aux choses auxquelles elle aurait pu les mener en d'autres circonstances.

— Je vais aller voir si Samson aime les tomates ce soir, dit-elle, coupant court à ses réflexions. Il y en a des tas qui pourrissent, je ne sais plus quoi en faire.

— Non, dit-il d'un ton plus grave. Ne fais pas ça, c'est mauvais pour les chevaux.

— D'accord, répondit-elle d'une voix sérieuse. Mais j'imagine que je m'en serais rendu compte quand il me les aurait recrachées au visage.

— Il aurait pu en manger. Les chevaux n'ont pas toujours l'instinct de se tenir à l'écart des choses qui sont dangereuses pour eux.

Un peu comme moi.

— Je l'ignorais.

— Eh bien, maintenant, tu le sauras.

— Ça me rappelle quelque chose. Grâce à toi, je sais que les frigos peuvent avoir des roulettes et que les chevaux ne mangent pas de tomates.

Il ne sut que répondre à cela. S'ils avaient été un couple, il aurait déposé un tendre baiser sur ses lèvres et serait reparti travailler. Et il aurait anticipé toute la journée le plaisir de la retrouver le soir, son corps offert à lui comme un véritable festin pour ses sens. Passionné et intense, ou doux et tendre. Peu importait. De toute façon, il aurait aimé.

Alors qu'il songeait à tout cela, elle s'était mise à mordiller ces lèvres pleines qu'il convoitait, mais elle paraissait sincèrement inquiète.

— *Si tu* n'es pas venu pour veiller sur moi, pourquoi es-tu là ? J'espère que les deux chatons vont bien. *Je les ai* cherchés hier quand je suis passée à l'écurie, mais je ne les ai pas trouvés.

Les chatons ? Il avait complètement oublié les chatons.

— La mère les déplace tous les jours. Elle n'était peut-être pas très maternelle avec l'autre, mais elle semble bien s'occuper des deux qu'il lui reste.

L'air dégoûté, Sophia plissa le nez.

— C'est une mère indigne. J'ai perdu beaucoup d'heures de sommeil à cause d'elle. Mais je suis contente que ton vétérinaire ait trouvé une mère de substitution pour celui qu'elle a abandonné.

Elle n'avait donc pas pardonné à cette pauvre minette d'avoir mis de côté l'un de ses chatons. Voilà qui était intéressant.

— Elle s'occupe correctement des autres ; ce n'est déjà pas si mal. Ne sois pas si dure avec elle.

Elle esquissa un sourire qui ne lui parut pas naturel — elle avait relevé la garde.

— Y a-t-il d'autres sujets que tu voulais évoquer avec moi ?

Il ne comprenait pas pourquoi elle avait remis un mur entre eux. Embarrassé, il fit un pas en arrière, soudain conscient d'avoir pris ses aises alors qu'il avait des tas de choses à faire.

— J'étais venu te dire qu'on allait brûler un cèdre aujourd'hui. Ne t'inquiète pas si tu vois de la fumée. Et, surtout, ne sors pas pour aller voir ce qui se passe.

Ce fut elle cette fois-ci qui haussa un sourcil.

— Tu pensais vraiment que je serais sortie voir ?

— Tu aurais dû, expliqua-t-il, c'est ce qu'il faut faire dans un ranch : faire attention aux autres, s'entraider. Tu te souviens ? Quand quelqu'un klaxonne, on va voir pourquoi. Et, quand quelque chose brûle, il vaut mieux vérifier que personne ne soit en danger.

— Je dois me cacher. Je n'aurais pas pu aller voir même si je l'avais voulu. Tu te rappelles ?

À ce qu'il avait cru comprendre, si elle se cachait, c'était par choix. Elle aurait pu décider de se moquer que les paparazzis sachent où elle se trouvait et la prennent en photo. Il avait interrogé sa sœur et son fiancé sur son ex au cours de leur dernière visite et ils lui avaient assuré que le DJ en question était trop occupé à faire la fête pour penser encore à elle.

Mais il avait vu ses cicatrices, et c'était pourquoi il ne se sentait pas libre de la critiquer. Peut-être aurait-il choisi de vivre en ermite, lui aussi, s'il s'était retrouvé à sa place.

Comme pour lui signifier qu'il se souvenait bien qu'elle avait ses raisons, il se contenta donc de hocher la tête.

— En tout cas, si tu vois de la fumée aujourd'hui, tu n'auras pas de souci à te faire. Bon, par contre, maintenant, il faut que je retourne travailler.

— Travis ! le rappela-t-elle. Est-ce que tous les cow-boys seront avec toi ? Si je peux sortir sans crainte d'être surprise, j'aimerais bien rendre visite aux chevaux.

— Même s'ils ne peuvent pas t'aider à te débarrasser de tes tomates ?

— J'ai besoin de quelqu'un à qui parler.

Il aurait aimé pouvoir penser que c'était une plaisanterie.

— Oui. Aucun risque.

12

Les chevaux étaient magnifiques.

Jusqu'ici, Sophia ne leur avait parlé que quand ils se reposaient dans leurs box. Bien sûr, elle les avait aussi vus sellés, à l'œuvre, mais jamais comme aujourd'hui.

Comme elle ne se rendait à l'écurie qu'après le coucher du soleil, elle ne s'était pas rendu compte que les animaux passaient beaucoup de temps au pâturage, paddock, où Dieu savait comment était appelée cette immense étendue d'herbe grasse située de l'autre côté du bâtiment. Certains paissaient tranquillement tandis que d'autres gambadaient avec énergie. Ils paraissaient satisfaits et heureux, tant et si bien qu'ils ne prêtèrent même pas attention à elle quand elle s'accouda à la clôture dans sa tenue de yoga.

Cela ne la gêna pas, cependant. Elle avait Grace avec qui parler.

— C'est tellement joli. J'ai bien fait de venir ici pour ma journée de congé.

Sophia était ravie elle aussi. Cette visite avait été une surprise totale, ce qui la rendait encore plus spéciale. Alex n'était pas là, et Grace n'avait pas apporté de provisions. C'était juste un moment de bonheur entre deux sœurs qui jusqu'à présent avaient rarement été séparées.

Tout sourire, Sophia sauta par-dessus la clôture pour caresser une chienne noir et gris. Quand le rassemblement des bêtes avait été terminé et que tous les cow-boys et les chevaux étaient rentrés, ils avaient ramené avec eux cette bête qui, apparemment, faisait partie de la bande. Elle s'appelait Patch. Travis disait que c'était une chienne de berger, mais elle semblait plus à son aise avec les chevaux.

Tandis qu'elle songeait à tout cela, Grace s'était remise à parler.

— Je t'ai apporté des tomates de mes voisins. Fais-moi penser à les sortir du pick-up. J'aurais d'ailleurs dû le faire dès mon arrivée. Avec cette chaleur, l'odeur risque de s'imprégner dans l'habitacle.

Rien qu'à l'idée de nouvelles tomates, Sophia eut envie de hurler.

Grace semblait ce jour-là très disposée à parler, notamment de son nouvel emploi dans le même l'hôpital qu'Alex. Elle s'occupait de tâches administratives, faisant usage de toutes les capacités d'organisation qu'elle avait développées en tant qu'assistante personnelle de star.

Sophia écoutait en souriant, mais au fond d'elle elle avait mal. On aurait dit que Grace avait oublié qu'elle travaillait auparavant pour elle. Quand elle s'extasiait sur son patron actuel, ne comprenait-elle pas qu'elle laissait entendre que Sophia n'avait pas été aussi bien que cela ?

Tout en admirant les animaux, Sophia écoutait Grace lui expliquer à quel point sa vie était meilleure sans elle. Elle aurait presque préféré parler aux chevaux — au moins, ils ne la jugeaient jamais. Ils se moquaient bien qu'elle soit célèbre, qu'elle soit nulle ou qu'elle soit une célébrité nulle.

— Tu sais de quoi j'aurais besoin ? demanda-t-elle à Grace.

— Non. De quoi ?

— De bottes, de santiags. Pour pouvoir apprendre à monter. Sélectionnes-en quatre ou cinq paires et apporte-les-moi dimanche prochain, comme ça, je pourrai choisir. Il me faudrait aussi un jean. J'en ai bien un d'un couturier italien, mais il me faudrait quelque chose de plus décontracté.

À moins de cent dollars, je n'ai pas beaucoup d'argent en ce moment.

— Sophie.

Ce fut tout ce que Grace répondit, mais d'un ton de reproche suffisamment éloquent.

Sophia se tut, mais Grace continua :

— Je suis ta sœur, pas ton assistante. Je ne prendrai plus de notes sur mon carnet, alors cesse de me dicter des choses.

Grace semblait connaître la différence entre ce que font les sœurs et les assistantes personnelles, mais pour Sophia, lui apportait à manger mais, quand Sophia lui avait tendu un panier de linge sale après la première semaine, Grace l'avait froidement informée que la maison était équipée d'une machine à laver.

— J'ai besoin d'une assistante. Tu m'avais promis de te trouver une remplaçante quand tu m'as quittée pour Alex.

— Je ne t'ai pas quittée pour Alex, la corrigea Grace. Je suis tombée amoureuse d'Alex. Mais je t'aime toujours et je ne cesserai jamais de t'aimer. Il y a des millions de gens dans le monde qui aiment à la fois leur conjoint et leurs frères et sœurs. Eh bien, tu sais quoi ? Je suis comme eux.

Elle avait l'air si calme et son propos paraissait tellement logique que c'en était agaçant. Cela lui rappelait la façon dont Travis lui parlait avant qu'elle ne lui montre ses cicatrices.

— Comment veux-tu que j'achète moi-même ces bottes ? Tu sais bien que je ne peux pas entrer dans un magasin. Je pourrais bien sûr les choisir en ligne, mais je n'ai pas d'accès à Internet. Il faudrait que tu me trouves un ordinateur portable ou un smartphone. De cette façon, je pourrais être indépendante.

— Je ne pense pas qu'avoir Internet serait une bonne idée, répondit sa sœur avec embarras.

— Pourquoi pas ?

L'air gêné, Grace détourna son regard du sien.

— Des hackers pourraient te localiser.

— Mais il n'y a pas que ça, je me trompe ? Qu'y a-t-il sur Internet que je ne devrais pas voir ?

— C'est juste que… les choses ne se sont pas vraiment calmées comme nous l'avions espéré. Pas encore. Mais ça finira par arriver. Euh… Quand comptes-tu informer Deezee de ta grossesse ? Alex et moi voudrions…

— Je ne suis pas enceinte.

C'était dit. Ces mots résonnaient beaucoup mieux dans l'air que quand ils se répétaient dans le silence de son esprit.

— Quoi ? s'exclama Grace en passant brutalement le bras autour de ses épaules.

Sa voix n'était plus que compassion. La froideur avait disparu.

— Oh ! Sophie, tu as fait une fausse couche ? Quand ? Pourquoi ne me l'as-tu pas dit ?

— Je n'ai pas fait de fausse couche, protesta Sophia, je n'ai jamais été enceinte. Les tests peuvent parfois se tromper, tu sais ? C'était marqué dans la notice.

— Tu as donc eu tes règles ce mois-ci ?

Sophia se trouva prise de court. Elle n'avait pas prêté attention à cela, mais elle compta rapidement les semaines dans son esprit. Non, cela ne s'était pas produit depuis un bout de temps.

— Je ne me sens pas enceinte, répondit-elle en haussant les épaules. Regarde-moi. Ai-je le corps d'une femme enceinte ?

Grace la scruta longuement puis, d'un geste tendre, elle dégagea une mèche de son visage, affichant elle-même une expression d'inquiétude, de compassion et de pitié absolument horrible.

Ne pouvant plus le supporter, Sophia se tourna vers le pâturage.

— Où est Samson ? Tu le vois ? C'est un grand cheval gris à cape tachetée.

Elle se força à rire.

— Tu n'es pas impressionnée par mon discours de cowgirl ? C'est juste une façon de dire qu'il est gris et blanc. Travis a laissé le quad ici, j'imagine donc qu'il a pris Samson pour la journée. Quoi qu'il en soit, Samson adore le shampoing de Jean-Paul. Quand je retournerai à LA, il faudra que je pense à en envoyer un carton au ranch.

— Sophia.

— Pour qu'il ne m'oublie pas.

— Sophia, tu es enceinte.

Elle pivota vivement vers Grace.

— Non. Je regrette d'avoir fait ce test. À cause de ça, tout le monde s'est fait du souci pour rien.

— Ça fait deux mois que tu n'as pas eu tes règles, et tu as fait un test de grossesse qui s'est révélé positif.

Tout en s'agrippant à la clôture, Sophia releva le menton. Elle n'allait pas craquer. Elle n'allait pas s'effondrer.

— Je ne suis pas enceinte et, même si je l'étais, ce ne serait pas un problème.

— Pourquoi dis-tu ça ?

— De toute façon, il faut que je reste quelque temps à l'écart des médias, non ? Si je suis enceinte, ce qui n'est pas le cas, je t'ai déjà expliqué le plan : je donne naissance au bébé et je le fais adopter.

— Et pourquoi ferais-tu ça ?

— Pourquoi pas ? Il y a des couples qui sont désespérés de ne pas avoir d'enfants. Je serai leur mère porteuse. C'est une action très noble, tu sais ?

— Mais tu n'es pas une mère porteuse, protesta sa sœur. C'est ton bébé.

— Je n'ai pas envie de parler de ça.

Furieuse contre Grace d'avoir soulevé le sujet, elle repassa la clôture pour se diriger vers l'écurie. Patch resta avec les chevaux, mais Grace lui emboîta le pas.

— Eh bien, moi, j'ai envie de parler de ça. C'est d'ailleurs pour cette raison que je suis venue aujourd'hui.

Folle de rage, Sophia serra les poings. Elle était persuadée que sa sœur lui avait rendu visite pour être avec elle, comme une amie, mais les mots qu'elle venait de prononcer avaient résonné à ses oreilles comme une trahison. Elle se moquait bien d'être en sa compagnie. Cette visite n'était qu'un piège pour la forcer à parler d'une chose à laquelle elle n'avait aucune envie de réfléchir.

Déçue, elle courut jusqu'à l'écurie et, une fois à l'intérieur, se laissa tomber dans le fauteuil de bureau de Travis.

Une seconde plus tard, Grace apparaissait sous le chambranle de la porte.

— Sophie, tu es là ? Ne fais pas ça.

— Ne fais pas quoi ? Parler d'une chose dont je n'ai pas envie de parler ? Qu'est-ce que ça peut te faire, de toute façon ?

— J'essaye d'organiser un mariage, mon mariage. Et, si je suis venue te voir aujourd'hui, c'est pour te demander si tu accepterais d'être ma demoiselle d'honneur.

À ces mots, Sophia ferma les yeux. Il lui était bien souvent arrivé de s'en vouloir, mais cette fois-ci était sans conteste la pire de toutes.

— Mais nous devons parler de ta grossesse, reprit Grace d'une voix tremblante. J'ai essayé de me montrer souple. J'ai sélectionné plusieurs lieux différents, mais tous sont complets jusqu'à septembre ; je ne peux pas réserver avant et, en septembre, ta grossesse commencera à se voir.

— Et tu ne veux pas d'une grosse vache enceinte à ton mariage, murmura Sophia, plus pour elle-même que pour sa sœur.

— Ça n'a aucun rapport : si tu envisageais de garder le bébé, ton apparence ne serait pas un problème, tu n'aurais rien à cacher.

Grace prit une profonde inspiration. Sophia comprit qu'elle allait lui dire quelque chose qu'elle n'avait pas envie d'entendre.

— Mais, si tu souhaites que cela reste secret, je respecterai ta décision. J'ai essayé d'évaluer le temps qu'il te faudra pour accoucher et retrouver ton physique, de sorte que les gens ne puissent pas te soupçonner d'avoir eu un enfant. Si tu accouches en janvier, je pense que, même avec le sport que tu fais, tu n'auras pas récupéré ta silhouette avant avril… et je n'ai pas envie d'attendre avril pour épouser Alex. Je veux échanger mes vœux avec lui maintenant. Je veux commencer ma vie avec lui maintenant, pas l'année prochaine.

Sophia aurait dû répondre quelque chose, mais elle ne savait que dire. Grace avait pensé à tout, alors qu'elle-même n'avait pas réfléchi une seule seconde.

— Si tu ne veux pas être vue, je pensais demander à quelqu'un d'autre de m'accompagner. Je me suis fait quelques amies et… et j'aime vraiment beaucoup Kendry MacDowell. C'est la femme du directeur de l'hôpital, Jamie. Quand Alex a commencé à dire autour de lui qu'il recherchait un lieu isolé pour te cacher, Jamie a tout de suite dit que la maison de sa mère était libre. C'est donc grâce à lui que nous avons trouvé cet endroit. Quoi qu'il en soit, son épouse Kendry a mon âge et…

— Je comprends, coupa Sophia.

Elle ne voulait pas en entendre plus. Dans leur monde fermé, aucune d'entre elles n'avait réussi à se faire d'amis extérieurs. Elle aurait dû être heureuse pour Grace, mais elle n'avait aucune envie d'imaginer cette Kendry tenant le bouquet de sa sœur pendant qu'Alex lui glisserait au doigt un anneau d'or pour entamer une nouvelle vie avec elle.

Sa petite Grace avait perdu sa mère et elle avait trouvé en son excentrique aînée un pâle substitut… Mais Grace était désormais une adulte responsable, et elle se débrouillait beaucoup mieux seule, hors du cocon, que quand Sophia la traînait partout derrière elle pour poursuivre son rêve hollywoodien.

— Je suis désolée, dit Sophia.

Et elle l'était vraiment. Pour tout.

— Tu n'as pas à l'être. Ce sera un très beau mariage. On a déjà trouvé d'adorables robes jaune citron pour les témoins, courtes et dansantes. Kendry a hâte, elle aussi. Comme elle est enceinte de cinq mois, on était impatientes de choisir une tenue qui convienne.

Arrête. S'il te plaît, arrête.

Sophia ne pouvait plus jouer la comédie. Grace avait mentionné que Kendry était enceinte comme s'il s'agissait d'une chose formidable dont tout le monde devait se réjouir. S'il s'avérait qu'elle-même était enceinte, il n'y aurait aucun enthousiasme de sa part, seulement des plans pour limiter les dégâts.

— Ce serait très mignon sur toi aussi. Nous ne sommes qu'en juin. Tu peux toujours changer d'avis d'ici à septembre. Tu pourrais assister au mariage, comme ça.

Alors que les larmes commençaient à couler sur ses joues, Sophia ne put faire qu'une chose : secouer la tête.

Elle jeta un coup d'œil autour d'elle, mais il n'y avait pas de mouchoirs en vue. Impatiemment, elle s'empara de l'un des T-shirts de Travis, qui reposaient en pile sur une étagère, et s'en servit pour s'essuyer les joues.

— Oh ! ne pleure pas, Sophie, dit Grace d'une voix brisée. Je voulais juste... Je voulais juste t'en parler en personne. J'ai essayé plusieurs fois de le faire avant, mais tu ne... Écoute, je ne peux plus attendre : il faut que je réserve ce jardin, si je veux l'avoir pour septembre.

Serrant le T-shirt de Travis contre elle, Sophia se leva. Elle allait devoir accomplir une véritable performance d'actrice.

— Septembre me semble être une bonne période de l'année pour un mariage en extérieur, il fera moins chaud que maintenant.

— C'est juste pour un jour. Ça ne changera rien entre nous. Nous sommes sœurs.

— Et nous le serons toujours, répondit Sophia.

Mais elle se sentait agitée. Elle avait envie de sortir de l'écurie, de quitter le ranch, d'être ailleurs.

— *Regarde l'heure*, dit-elle à Grace en se tournant vers l'horloge. Je ferais bien de rentrer avant que quelqu'un ne débarque. Travis est le seul à être au courant de ma présence ici, mais il y a d'autres cow-boys qui travaillent aujourd'hui, et l'un d'entre eux pourrait arriver.

C'était un mensonge. Travis lui avait dit qu'elle ne courait aucun risque, mais elle ne se sentait pas en sécurité. Elle avait besoin de retourner dans sa tanière pour panser ses blessures.

— J'ai un peu de temps devant moi, dit Grace en sortant avec elle de l'écurie. Ensuite, je dois retrouver Kendry chez le fleuriste qui s'est occupé du mariage de son beau-frère, Braden. Tu te souviens de Braden et Lana ? Ils étaient à ta table au bal de la Texas Rescue. Ah, oui… Euh, excuse-moi.

— J'ai parlé avec eux. Environ cinq secondes.

Avant que Deezee arrive et que je prenne la pire décision de ma vie.

Grace fit de son mieux pour meubler la conversation comme si elle ne lui avait jamais rappelé ce terrible événement et Sophia laissa la voix de sa sœur l'apaiser tandis qu'elles marchaient côte à côte dans le soleil de juin. Le temps calme semblait se moquer de la tourmente qui faisait rage en elle. Si seulement elle pouvait remonter le temps pour redevenir la personne qu'elle était avant sa rencontre avec Deezee…

Elle s'était dit la même chose après avoir échoué à séduire Travis dans l'écurie : la femme qu'elle était avant Deezee était beaucoup plus désirable. Cependant, ce matin-là, elle avait flirté avec Travis, et il avait paru se prendre au jeu, oublier tout ce qu'il avait à faire pour rester un peu trop près d'elle, sur le pas de la porte. Il avait eu l'air d'apprécier la version actuelle d'elle-même.

Alors qu'elle songeait à tout cela, sa sœur avait continué :

— J'ignore comment je vais réussir à préserver ton anonymat pour les rendez-vous gynécologiques, mais je sais qu'il y a des sages-femmes qui font des visites à domicile. Ça pourrait marcher. Elles ont des règles de confidentialité, mais on pourrait leur faire signer un contrat plus contraignant, du type de ceux qu'on avait avec nos employés de maison à LA. Mais je me fais tout de même un peu de souci pour la presse. S'ils tenaient tant à découvrir ce que tu mangeais, je n'ose même pas imaginer ce qu'ils seraient prêts à faire pour des informations sur un bébé.

Avant Deezee, jamais Grace n'avait eu à décider de quoi que ce soit à sa place. Sophia n'aurait jamais voulu faire porter ce poids à sa sœur.

— Écoute, Gracie, dit-elle en s'arrêtant à côté de la voiture de celle-ci. Tu as suffisamment de problèmes à régler comme ça pour ne pas avoir à te soucier de médecins, de confidentialité et de je ne sais quoi. Je vais m'en charger.

— Tu es sûre ? J'envisageais de passer quelques coups de téléphone anonymes à des agences d'adoption pour voir comment…

— Arrête, ma chérie. Tu as été un véritable roc pour moi, mais je vais m'occuper de ça, OK ? Je passerai ces coups de fil si j'en ai besoin. Toi, tu es une future mariée et, si j'ai bien suivi, tu as rendez-vous en ville avec un fleuriste et des amis. Va.

— Tu es sûre ?

Sophia hocha la tête. Elle n'avait pas l'impression de jouer la comédie. Elle avait l'impression d'être elle-même, ni l'ancienne Sophie ni la nouvelle, juste elle-même.

Tout en souriant à sa jolie petite sœur, elle lui indiqua sa voiture avec le T-shirt de Travis.

— Va commander tes fleurs. Mais ne te prends pas trop la tête : personne ne les verra. La mariée sera tellement belle que tous les regards seront tournés vers elle.

— Oh ! Sophie, fit Grace d'un air ravi. Merci de te montrer si compréhensive. Tu ne peux pas t'imaginer à quel point j'étais stressée de t'annoncer ça. Tu es la meilleure sœur du monde.

Pour ne pas craquer, Sophia serra très fort le T-shirt de Travis dans son poing.

— J'allais oublier, dit Grace en se baissant pour ramasser quelque chose dans la voiture. Tiens. Un plein panier de tomates.

13

On a de la visite.

Travis reçut ce message sur son téléphone au moment où il s'éloignait du tas de branches qu'il faisait brûler. Le réseau était capricieux dans le ranch et, si on captait un peu à certains endroits, à d'autres pas du tout.

Le texto venait de Clay, qui travaillait sur l'étang situé à la limite de la propriété en bordure de la route d'Austin. Il datait de plus de deux heures.

Son téléphone se remit à biper.

Même voiture que dimanche.

Grace et/ou Alex étaient donc venus voir Sophia.

Travis rangea son mobile dans sa poche. Il se sentait ce jour-là plus proche du bûcheron que du rancher, puisqu'il avait moins manié le lasso que la tronçonneuse, mais ces cèdres devaient être abattus, sans quoi, en quelques années, ils auraient détruit le pâturage sur lequel ils se trouvaient, leurs racines pompant l'eau au détriment de l'herbe dont le bétail avait besoin pour se nourrir.

Un nouveau bip de réception, rapidement suivi d'un autre.

Encore de la visite.

Celui-ci avait été envoyé une dizaine de minutes plus tôt, et ce, à tous les hommes qui travaillaient au River Mack.

Une berline 4 portes bleue. Ça dit quelque chose à quelqu'un ?

Non.

Non.

Quand le téléphone signala l'arrivée d'un message vocal, Travis était déjà à mi-chemin de l'arbre auquel il avait attaché Samson.

« On a de la visite, chef. Je suis trop loin pour bien voir, mais c'est une voiture que je ne connais pas et ça ne ressemble pas à quelqu'un du pays. Je suis enfoncé dans l'étang jusqu'aux genoux. Vous irez sûrement plus vite si vous l'interceptez au prochain portail. »

Il y avait trois portails sur la route qui menait au corps de ferme, le principal étant celui que Clay avait mentionné. Le deuxième était à environ trois kilomètres du premier, et le troisième à un kilomètre et demi du ranch.

Alors qu'il s'approchait de son cheval, il fut rattrapé par un des plus récents employés de River Mack. Le jeune homme tenait son portable à la main. Manifestement, lui aussi venait de recevoir les textos.

— Vous voulez que je vous accompagne ? demanda-t-il avec enthousiasme.

— On ne peut pas laisser un feu sans surveillance, répondit Travis en détachant Samson.

S'étant hissé sur sa selle, il lança Samson au galop. En quelques minutes à peine, il arriva au deuxième portail. La voiture bleue l'avait franchi, mais elle était toujours là, le conducteur attendant que son passager referme les vantaux.

Travis arrêta Samson au milieu de la route pour observer. Il n'avait jamais vu cette voiture, mais surtout il n'aimait pas l'allure de l'homme qui refermait le portail — ou plutôt il n'aimait pas l'appareil photo qu'il tenait à la main.

— Qu'est-ce qui vous amène ici, messieurs ?

L'homme à l'appareil photo le fixa avec stupéfaction — visiblement, un type de la ville qui n'avait jamais dû voir de cow-boy à cheval. À quoi s'attendait-il dans un ranch ?

Alors qu'il se faisait ces réflexions, le conducteur avait passé sa tête par la fenêtre.

— Dégagez la piste, ordonna-t-il.

Travis ne se donna pas la peine de répondre.

— Bon, qu'est-ce que vous voulez ? insista l'autre d'un air irrité.

— Il me semble que c'est à moi de vous le demander.

— On est venus voir un ami.

Ce mensonge ne méritait pas vraiment de réponse mais, apparemment, ces deux types avaient besoin qu'on leur énonce les choses clairement.

— Faites demi-tour et retournez là d'où vous venez.

— Hors de question qu'on parte, répliqua le photographe. On n'a rien fait de mal.

— Ce n'est pas à vous de décider. Vous êtes dans une propriété privée.

— Comment vous appelez-vous ? demanda le photographe, comme s'il était en droit de le savoir.

Encore une question qui ne méritait pas de réponse.

Relevant son appareil, l'homme prit quelques clichés de Travis.

— On vous identifiera.

Travis sourit. Il ne craignait pas le shérif, qu'il connaissait très bien, de même que tous ses adjoints. Ils étaient dans la campagne texane, sur une propriété privée dont il était le gérant. Les règles étaient claires : s'il ne voulait pas d'intrus sur ses terres, il était parfaitement en droit de les chasser.

Tandis qu'il songeait à cela, le conducteur s'était tourné vers son passager.

— Viens, Peter. Remonte.

Une fois son compagnon à bord, l'homme fit vrombir le

moteur. Il avança de quelques mètres et fit à nouveau rugir la voiture.

Sales petits enfoirés.

Des paparazzis. Ça ne pouvait être que ça. Travis n'avait aucun mal à imaginer à quel point il devait être pénible d'être harcelé par des gens comme eux. Ils n'avaient pas hésité à s'introduire sur ses terres et ils avaient en plus eu le culot de le prendre en photo.

Vivre des années ainsi devait être usant. Il comprenait mieux, désormais, les réactions de Sophia.

Le conducteur démarra en trombe et s'arrêta net devant Samson, qui releva brusquement la tête, mais ne broncha pas. Après l'avoir félicité, Travis attrapa le fusil de chasse qui était toujours accroché à sa selle. Il s'en servait généralement pour éliminer les prédateurs qui rôdaient autour des troupeaux. Il n'aurait jamais tué un homme de sang-froid, mais il n'aurait jamais non plus laissé un homme tuer un cheval de sang-froid. S'il se montrait à nouveau menaçant, il viserait un pneu.

Lentement, pour bien faire comprendre sa détermination aux intrus, il sortit une balle de sa poche, plia le chargeur et l'y inséra. Le fusil émit un bruit sec en se refermant. Travis le pointa vers le ciel et attendit.

L'air surpris, les deux étrangers restèrent quelques instants figés, mais soudain le conducteur se pencha vers le volant pour klaxonner à plusieurs reprises.

Travis sourit.

Clay, qui devait déjà être en route, arriva en premier. Quelques minutes plus tard, Buck, un jeune cow-boy qui travaillait au ranch depuis deux ans, vint leur prêter main-forte. Les deux hommes, à cheval, se postèrent de chaque côté de Travis.

— C'est embouteillé, aujourd'hui, dit-il ironiquement.

Le conducteur se remit à klaxonner longuement. L'air furieux, il finit par sortir du véhicule.

— Très intéressant. Qu'est-ce que vous cachez, les gars ? Pourquoi nous empêchez-vous de rendre visite à notre ami ?

— Si vous voulez mon avis, on est là pour un bout de temps, dit Travis à ses employés. C'est un sauvage ; il ne comprend pas le concept de propriété privée.

Le conducteur se tourna vers Clay puis vers Buck.

— L'un d'entre vous connaît-il Sophia Jackson ?

Très bien, songea Travis. Désormais, c'était une partie de poker. Il fallait qu'il fasse comme s'il ignorait la valeur de la carte qu'il tenait entre ses mains.

— Sa sœur habite à Austin. On l'a vue quitter un magasin de robes de mariée pour venir ensuite ici, dans ce ranch. Intéressant, vous ne trouvez pas ? dit le conducteur en adressant un clin d'œil à Clay.

— Pas particulièrement.

Travis allait devoir appeler Alex pour lui faire savoir que Grace avait été pistée.

— D'après la rumeur, la sœur de Sophia Jackson envisagerait d'organiser son mariage ici, continua le conducteur en sortant ostensiblement son portefeuille de sa poche. On était juste venus chercher confirmation.

— Sophia Jackson, l'actrice ? demanda Buck d'un air incrédule. Mais qu'est-ce que vous racontez ?

— Je crois qu'il nous prend pour des traiteurs, répondit ironiquement Travis. C'est vrai qu'on n'arrête pas, en ce moment, avec les repas de mariage.

Buck se mit à rire tandis que le passager désignait son appareil photo.

— Écoutez, j'essaye juste de faire mon boulot. Pour immortaliser toute la beauté de la cérémonie, il faudrait d'abord que je repère les lieux. Est-ce qu'il y a un kiosque ? Y aura-t-il un barnum ? Sophia Jackson sera-t-elle la demoiselle d'honneur ?

Buck, toujours d'humeur aussi joviale, se pencha vers Travis pour s'adresser à Clay :

— Je croyais que tu devais creuser un fossé d'irrigation aujourd'hui. Tu ne m'avais pas dit que tu montais des barnums pour des stars de cinéma.

Le jeune homme se mit à rire de sa propre plaisanterie, mais le conducteur sembla s'impatienter. L'air déterminé, il rangea son portefeuille et reprit le volant, puis commença à rouler en direction des chevaux.

Buck cessa de rire.

— Il joue à qui se dégonflera le premier ? demanda-t-il à personne en particulier.

Travis n'aimait pas ça. Il n'aimait pas les intrus et il n'aimait pas que ses animaux soient menacés. Lentement, il baissa le fusil de chasse et, voyant le véhicule continuer sa progression, tira.

Le pneu avant gauche explosa instantanément.

— Je n'ai jamais aimé ce jeu, murmura-t-il en serrant les jambes pour apaiser Samson.

Beuglant des protestations, le conducteur sauta de la voiture. Le passager descendit à son tour et commença à photographier la roue mal en point.

— Essayez de prendre mon portail en arrière-plan pour bien montrer au shérif à quel point vous étiez enfoncé dans ma propriété quand votre pneu a éclaté, dit calmement Travis en sortant une autre balle de sa poche. Maintenant, pour la dernière fois, faites demi-tour et quittez les lieux.

— Vous avez crevé mon pneu. Vous avez tiré dessus.

Le conducteur semblait plus incrédule encore que Buck ne l'avait été quand le nom de Sophia Jackson avait été prononcé.

— Vous en avez un de secours, non ? demanda Travis en rechargeant le fusil.

Tandis qu'ils parlaient, Clay s'était tourné vers l'ouest.

— Les renforts arrivent.

En regardant à son tour dans cette direction, Travis vit deux cavaliers approcher d'eux au trot.

— Tant mieux. Ça faisait longtemps que je n'avais pas vu Waterson.

Luke Waterson était l'un des propriétaires du James Hill Ranch, qui jouxtait le River Mack. Il était accompagné de l'un de ses employés.

Luke s'avança vers Travis pour lui serrer la main.

— J'ai entendu quelqu'un bloquer son klaxon. Et ensuite ce coup de fusil… Je me suis dit que ça devenait intéressant.

— C'est sympa de ta part d'être venu.

— Qu'est-ce qui se passe ?

— Je crois que ces deux types sont ce qu'on appelle des paparazzis.

— Des paparazzis ? Lequel d'entre vous est célèbre ?

Alors que tous les cow-boys se mettaient à rire, Travis se pencha discrètement vers Luke pour chuchoter à son oreille :

— Mme MacDowell a une invitée.

— Je vois. On dirait bien qu'on va devoir rester jusqu'à ce que ces paparazzis aient changé leur pneu et soient repartis. Combien de temps ça va prendre, d'après toi ?

— Ils n'ont pas l'air très dégourdis. Je pense vingt minutes.

— Je vote pour quinze.

— Dix dollars sur trente, intervint Clay.

Au final, il leur fallut trente bonnes minutes, ce qui permit à Clay de remporter une coquette somme. Buck fut chargé d'escorter la voiture jusqu'à la route principale. Quand la berline et le cheval eurent disparu à l'horizon, Waterson et son compagnon reprirent le chemin de chez eux et Clay repartit à l'étang.

Travis se tourna alors vers le corps de ferme.

Il ressentait de nouveau ce sentiment d'urgence, ce besoin de garder un œil sur Sophia. Pourtant, les photographes ne s'étaient pas enfoncés trop profondément dans le ranch ; il n'y avait donc pas lieu de penser qu'elle était en danger. À l'heure qu'il était, elle devait être en train de parler aux chevaux, de faire une sieste ou de maintenir l'une de ces étranges poses de yoga. La vérité, c'était qu'il n'avait aucune raison de garder un œil sur elle.

Et pourtant il brûlait du désir de la revoir.

Les colonnes du porche de Mme MacDowell finirent par apparaître devant lui.

Et il la vit, juste en dessous.

Elle était là, dehors, à jeter des tomates dans le ciel.

14

Travis aurait tout aussi bien pu être invisible.

Après avoir mis Samson au pâturage et changé de chemise, il avait rejoint Sophia sur le perron où elle se tenait, entre les colonnes blanches. Ses cheveux devaient encore être imprégnés de fumée, mais Sophia ne tourna même pas son regard vers lui, comme si elle ne l'avait pas vu.

Peu importait, cependant. Elle était là, il était là ; c'était tout ce qui comptait. Alors qu'il s'adossait à l'un des piliers, il sentit la tension s'apaiser en lui.

Comme s'il s'agissait d'un exercice de méditation, elle poursuivit son rituel : elle prenait une tomate dans un panier, l'examinait attentivement, puis la lançait avec une étonnante agilité.

— Mauvaise journée ? finit-il par demander.

— C'est le moins qu'on puisse dire.

— Malheureusement, je n'ai pas de bonnes nouvelles à t'annoncer.

Une tomate à la main, elle s'immobilisa.

— Je viens de tomber sur mon premier paparazzi.

— Ah.

Elle baissa les yeux vers le fruit.

— Je pourrais me contenter de l'écraser, mais il faudrait ensuite que je nettoie.

— Tu n'as qu'à la jeter.

Elle s'exécuta.

— Beau tir.

— Merci, répliqua-t-elle en lui adressant un adorable sourire qui fit gonfler son cœur dans sa poitrine.

Elle était irrésistible.

Et il était en train de tomber amoureux d'elle.

Sans réfléchir, il s'empara d'une tomate dans le panier et la lança.

— Waouh ! s'exclama-t-elle d'un air admiratif.

— C'est mon père qui m'a appris.

— Tu le vois souvent ?

Ne souhaitant pas répondre, il prit une autre tomate et la lança plus loin encore.

— Un véritable champion.

Tout en souriant à son tour, il lui adressa un clin d'œil.

— Pourquoi massacres-tu des tomates ? lui demanda-t-il.

— Je ne peux plus les voir, répliqua-t-elle, l'air furibond avant de continuer d'un ton plus calme : Tu trouves que c'est du gâchis, c'est ça ? C'est vrai mais, tu sais, je ne suis pas une si mauvaise fille que ça. De toute façon, elles pourrissaient sur place.

Cette fois-ci, il sentit son cœur se serrer. Elle ne voulait pas qu'on la prenne pour quelqu'un de néfaste. Pour une raison qu'il ignorait, elle manquait de confiance en elle. Il fallait dire qu'elle était sans arrêt jugée, non seulement sur les personnes avec qui elle sortait, mais aussi sur son maquillage, ses vêtements, ses repas…

— Voici mon point de vue de rancher : les tomates viennent de la terre, et toi tu les renvoies à la terre. Ce n'est pas du gâchis. Pour commencer, des oiseaux vont s'en régaler, et ensuite tu verras certainement de jeunes pieds pousser un peu partout l'année prochaine. Dans le classement des pires choses qu'on peut faire, je dirais que le lancer de tomates figure en dernière position. Tu es une fille bien, Sophia.

— Je ne serai pas là l'année prochaine.

Elle avait prononcé cette phrase d'un air satisfait, mais

son ton suggérait un avertissement, pour elle-même ou pour lui, un encouragement à ne pas s'attacher.

— Je sais, répondit-il en jetant un autre fruit.

— Et, donc, est-ce que tu vois ton père ou pas ?

— On se reparle.

— Ça veut dire que vous ne vous parliez plus. Pourquoi ?

— Il a trompé ma mère avec une femme mariée.

— Je suis désolée.

Sa voix, sa posture, tout en elle s'était adouci — pour lui.

— Ça a dû être horrible.

— Deux familles détruites pour une seule aventure. Mais c'était il y a quinze ans. Depuis, on s'est réconciliés ; je lui rends visite de temps en temps quand je vais à Dallas. Et toi, tu vois ton père ?

— Il est décédé. En même temps que ma mère, dans un accident de voiture.

Il voulut prendre une autre tomate, mais renonça.

— Ça fait dix ans, maintenant, expliqua-t-elle. J'avais dix-neuf ans quand je suis devenue la tutrice de Grace. Elle était tout ce qu'il me restait — elle est tout ce qu'il me reste. Mais maintenant elle va se marier.

Sa formation d'actrice ne l'avait pas empêchée de buter sur ce dernier mot, ce qui lui paraissait très significatif.

— En septembre, précisa-t-elle.

Elle prit une profonde inspiration, et son côté comédien sembla refaire légèrement surface.

— Grace est venue me voir aujourd'hui pour me dire qu'elle avait arrêté une date. Elle organise tout sans moi, puisque je ne peux pas me déplacer en public. Elle fait sa vie sans moi. Elle n'a plus besoin de moi, et je suis très fière d'elle pour ça, vraiment. Elle est heureuse, enthousiaste, tout ce qu'une future mariée doit être. Et je me réjouis pour elle, moi aussi.

Elle baissa la tête, fit glisser son doigt sur le panier de tomates.

— Mais au fond de moi j'aimerais qu'elle ait toujours

autant besoin de moi. Ce qui prouve bien que je suis une mauvaise fille.

— Non.

Il lui sembla étonnamment naturel de la prendre dans ses bras tout comme la sensation de son corps mince et doux contre son torse lui sembla étonnamment parfaite. Elle se blottit contre lui, venant nicher sa joue contre sa clavicule. Et comme s'ils s'étaient toujours consolés ainsi, comme s'ils s'étaient toujours pris dans les bras l'un de l'autre, elle le serra contre elle.

— Qui nous regarde ? demanda-t-elle.

Drôle de question.

— Personne. Il n'est que 3 heures de l'après-midi, mes hommes travaillent.

Instinctivement, il appuya la joue contre ses cheveux. L'odeur de son shampoing se mêlait à celle du soleil. Elle avait donc passé la journée dehors, et non dans la pénombre et l'air conditionné.

Mais ce câlin n'était pas qu'une affaire de réconfort. Bien malgré lui, il sentait la douceur de ses seins contre sa poitrine, la chaleur de ses paumes contre ses omoplates. Le désir était en train de monter en lui, mais il s'efforça de ne pas s'attarder sur ces sensations.

— Les paparazzis ne regardent pas ?

— Ils ne sont pas près de revenir. À moins bien sûr qu'ils aient un stock de roues de secours : je leur ai crevé un pneu. Et je le referai, aussi souvent que nécessaire.

Son corps frêle s'était crispé sous ses mains.

— Mais ils reviendront. Ils reviennent toujours.

Pour la calmer, il murmura à son oreille un son apaisant, comme il le faisait quand il approchait un poulain pour la première fois.

— Ils pensaient que Grace était venue repérer les lieux parce qu'elle envisageait d'organiser son mariage au ranch.

Mais, quand elle se mariera dans un autre endroit en septembre, ils arrêteront de se demander si sa sœur pourrait être ici.

— C'est possible. Tu as sûrement raison.

— Ça a l'air de te surprendre.

— Pourquoi es-tu toujours si gentil avec moi ? s'enquit-elle en relevant le visage vers lui.

— Ça me vient très naturellement.

Comme elle plaquait une paume sur sa joue, il ferma les paupières pour mieux savourer cet instant.

Cela faisait longtemps qu'une femme ne l'avait pas caressé, et c'étaient ses mains qui glissaient sur sa peau… Sophia. Il n'arrivait pas à la faire sortir de sa tête. Depuis le moment où il l'avait rencontrée, elle l'obnubilait.

Quand il sentit son pouce jouer sur sa lèvre, il rouvrit les yeux, juste pour la voir à nouveau.

Elle paraissait triste.

— Ça n'a pas d'avenir.

— Quoi donc ?

Il savait très bien de quoi elle parlait, mais il voulait que les choses soient clairement énoncées entre eux.

— Cette chose qu'il y a entre nous. Ça ne nous mènera nulle part.

— Je sais, répondit-il.

Et il joignit ses lèvres aux siennes. À l'instar du câlin, cela lui parut naturel, comme s'il l'avait toujours embrassée. Une évidence.

— Je ne sais pas où je serai dans un an, chuchota-t-elle. Je ne sais même pas où je serai dans un mois.

— Je sais où tu es à cet instant.

Pour empêcher les larmes de couler de ses yeux, il déposa un baiser doux sur sa bouche.

— Et je veux profiter de cet instant.

Ce fut elle, cette fois-ci, qui l'embrassa. Ses lèvres étaient tendres mais avides. Bien vite, sa langue vint à la rencontre de la sienne et, malgré ses paroles d'avertissement, on aurait dit qu'il n'y avait aucun doute dans son esprit.

Il n'avait pas de doutes, lui non plus. Si ce baiser sous le porche était tout ce qu'ils pourraient jamais avoir, il le voulait quand même. Il avait besoin d'un instant, rien qu'un instant, pour cesser de nier le désir qu'ils éprouvaient l'un pour l'autre. Avec elle, d'ailleurs, désir et besoin étaient une seule et même chose : il avait besoin de l'embrasser plus qu'il avait envie de respirer ; il avait envie de l'embrasser plus qu'il avait besoin de respirer.

Leurs langues se mêlaient en une danse harmonieuse et, au fond de lui, il ressentait une profonde satisfaction, un sentiment de soulagement : sa soif avait été étanchée. *Enfin, un baiser.*

Mais il cherchait à se leurrer : sa soif n'avait pas été étanchée, non. Il avait envie de plus, bien plus. Il brûlait de connaître les formes de son corps si parfait. Aussi fit-il glisser ses mains sur sa peau et ses vêtements pour explorer ses courbes douces et chaudes. Elle était plus tendre qu'il n'y paraissait quand il la surprenait en plein exercice, dans sa tenue de yoga. Soudain, il sentit ses hanches se presser contre son sexe gonflé de désir, lui offrant un moment de pur bonheur.

Avec fougue, elle plongea les doigts dans ses cheveux. C'était cela qu'il voulait, exactement. Incapable de se contenir, il posa les mains sur ses fesses parfaites et la serra contre lui. En réponse, elle se cambra pour réclamer une chose que les vêtements rendaient impossible.

— Je vais devenir fou si tu continues comme ça.

C'était un avertissement — ou une supplication.

— Je sais, je sais.

Elle avait prononcé ces mots d'une voix haletante, lourde de désir. Pas de ronronnement, pas de séduction, rien de délibéré.

Mais, plus que jamais, c'était une déesse du sexe.

Elle ne pouvait pas se hisser davantage sur la pointe des

pieds, mais elle essayait, tout en fourrageant dans ses cheveux. S'ils avaient été allongés, tout aurait été parfait, leurs deux corps n'auraient plus fait qu'un et ils auraient trouvé la libération dont ils avaient tous deux tant besoin. Si seulement ils avaient été allongés…

— S'il te plaît.

Elle avait soufflé ces mots contre sa bouche et elle n'avait pas besoin de terminer cette plainte désespérée. Il avait compris. *S'il te plaît, règle ça. S'il te plaît, achève ça. S'il te plaît, donne-moi ce dont j'ai besoin.*

Tout en la regardant dans les yeux pour mieux voir sa réaction, il ouvrit la porte de la maison.

Il ne s'était pas trompé. Elle lui dit ce qu'il avait envie d'entendre :

— Oui.

Elle savait ce qu'elle voulait, et ce fut d'ailleurs elle qui prit l'initiative de franchir le seuil en premier, tout en le tenant fermement par la main. Une fois à l'intérieur, il referma impatiemment le battant d'un coup de pied.

Aussitôt, ils commencèrent à se déshabiller. Tandis qu'elle détachait sa ceinture, il glissa les mains sous son débardeur ample pour dégrafer son soutien-gorge de sport. Et, quand ses doux seins furent libres, il les prit en coupe dans ses paumes, un moment de pur plaisir lié essentiellement au toucher, car il ne pouvait pas encore admirer son buste. Pas encore.

Il embrassa sa poitrine ferme à travers le tissu, lui tirant un gémissement. Au même instant, il sentit ses doigts trembler un peu sur sa braguette. Elle était sienne, parfaite, mais il en voulait plus, toujours plus.

Avec hâte, il lui ôta son débardeur et son soutien-gorge, avide d'éliminer les dernières barrières entre eux. Tandis qu'elle ouvrait sa braguette, il retira son T-shirt en essayant de ne pas perdre de vue ses seins nus, aussi beaux et excitants que le reste de son corps. Il avait remarqué sur la courbe de son sein gauche une minuscule tache de naissance, un petit défaut sexy qu'il avait très envie d'observer de plus près.

Les yeux obscurcis de désir, elle baissa son pantalon. Soudain, elle parut hésiter, mais c'était de l'impatience que son visage exprimait, et non de la peur. On aurait dit qu'elle cherchait à savourer le plaisir de l'anticipation. Au bout de quelques instants, cependant, elle se rapprocha fiévreusement de lui pour presser son corps nu contre le sien.

Oui, il adorait ça. Tout lui semblait absolument parfait quand elle avait ses bras fins autour de ses épaules, ses longues jambes autour de sa taille. Ivre de désir, il la hissa un peu plus haut contre lui, tenant ses cuisses dans ses mains tandis qu'elle laissait échapper un son inarticulé qui signifiait que, oui, c'était ce dont elle avait besoin. Il fallait qu'ils s'allongent, qu'ils trouvent un lit, un canapé, n'importe quoi, même le sol ferait l'affaire.

Mais, alors qu'il se faisait cette réflexion, elle s'était écartée de lui pour se rapprocher à nouveau. Et, instinctivement, elle avait trouvé le bon angle, la bonne pression. Elle l'avait pris en elle.

Tout en savourant ce plaisir intense, ce bonheur immense, il recula un peu pour s'adosser au meuble derrière lui. Jamais quelque chose ne lui avait semblé aussi bon, jamais. Il n'arrivait plus à bouger, il n'arrivait même plus à respirer. Elle était brûlante, humide de désir. Il était en elle ; elle était à lui.

Humide…

Ils ne s'étaient pas protégés !

— La pilule, réussit-il à dire entre deux baisers. Dis-moi que tu prends la pilule.

— Non. Tu n'as pas de préservatif ?

Il secoua la tête. Il n'en avait pas sur lui. Ce n'était pas le genre de choses dont il avait besoin quand il travaillait.

— Attends… ne…

Il s'immobilisa. Le plaisir était si intense que l'orgasme pouvait désormais venir à tout moment, mais il ne pouvait pas s'abandonner ainsi, pas sans protection. Doucement, il tendit les bras pour l'écarter de lui. Il transpirait de l'effort douloureux et désespéré qu'il avait dû faire pour se contrôler et pour l'éloigner de lui.

— Tu n'as pas de préservatif ? Dans ta valise, quelque part ?

— Non. Je m'étais juré de ne plus jamais me laisser séduire par un homme.

Elle reposa les pieds par terre, mais elle resta contre lui, les bras autour de son cou, son corps brûlant serré contre le sien.

— Je ne savais pas qu'il y aurait toi. Je n'ai jamais pensé qu'il y aurait toi.

Elle l'embrassa encore, et il lui rendit son baiser, prenant sa bouche avec toute la passion qu'il aurait aimé mettre dans leurs ébats.

Il regrettait amèrement que ces ébats soient impossibles, mais l'idée qu'elle ait envie de lui apaisait un peu son esprit, et la sensation de sa peau contre la sienne était si délicieuse qu'il se surprit à sourire.

— Tu ne croyais pas si bien dire quand tu disais que ça ne nous mènerait nulle part, lança-t-il d'une voix taquine.

Tout en riant, elle déposa un baiser sur sa poitrine.

— Tu as dit qu'on devait profiter de l'instant. Malheureusement, cet instant aura été bref. Mais j'espère tout de même que tu l'auras apprécié.

— Attends un peu. Cet instant n'est pas terminé.

Il y avait des milliers de façons de satisfaire une femme, et il était plus que disposé à les essayer avec elle.

Doucement, il l'écarta de lui pour pouvoir finir de retirer son jean et ses bottes. Les yeux toujours brûlants de désir, elle le regarda quelques secondes avant de faire sensuellement glisser ses doigts le long de son bras.

Sous le coup de l'excitation, il murmura un juron, et elle éclata d'un rire bas, parce qu'elle savait exactement ce qu'il avait voulu dire.

Mais soudain, comme si quelque chose lui était venu à l'esprit, elle se mordilla la lèvre.

— Les frères MacDowell habitaient là, je me trompe ? Trois garçons. Tu ne crois pas qu'ils auraient pu laisser quelque chose dans leurs tables de chevet, de l'époque où ils étaient au lycée ?

Sans rien répondre, il lui prit la main et, entièrement nus, ils se mirent à trotter ensemble dans la maison, passant en revue les chambres. Ils fouillèrent toutes les pièces mais, malheureusement, leurs recherches se révélèrent vaines.

— De toute façon, la date de péremption aurait sûrement été dépassée, dit-elle d'un air déçu, comme s'il lui était parfaitement naturel de bavarder avec lui en tenue d'Ève. Vous êtes à peu près du même âge, non ?

— À quelques années près. J'ai trente et un ans, donc, oui, ça aurait été des préservatifs vieux de plus de dix ans.

Ils se mirent à rire ensemble. Mais soudain le bruit d'un quad qui semblait se diriger vers la maison retint leur attention. Main dans la main, ils s'approchèrent de la fenêtre.

— C'est le petit nouveau qui revient du feu.

— Qu'est-ce qu'on fait ? demanda-t-elle.

— J'ai juste à espérer qu'il n'ait pas remarqué Samson dans le pâturage. Ça m'évitera d'avoir à expliquer où j'étais plus tard.

Avec douceur, il fit glisser sa main le long de son dos, tout en s'émerveillant une fois encore de la courbe parfaite de ses reins et de ses fesses.

— Plus tard, c'est-à-dire beaucoup plus tard, parce que je n'ai aucune intention de m'en aller maintenant. J'envisageais de faire beaucoup de choses très créatives dans un avenir immédiat.

L'air attendri, elle déposa un baiser sur sa joue.

— Tu sens toujours la fumée.

— Si j'avais su que j'allais vivre le plus beau moment

de ma vie, je me serais douché avant de m'arrêter chez toi pour lancer des tomates. Et j'aurais apporté des préservatifs.

De sa main chaude et douce, elle lissa ses cheveux avant de caresser les muscles de sa poitrine.

— Tu pourrais toujours prendre une douche ici.

— La douche est-elle assez grande pour deux ?

— On n'a qu'à essayer.

Le shampoing et le savon donnèrent lieu à quelques éclats de rire. Mais, à mesure qu'ils continuaient d'explorer sensuellement leurs corps, les rires laissèrent place à quelque chose de beaucoup plus intense. Avec leurs bouches, leurs mains, ils se donnèrent tour à tour le plaisir qu'ils avaient tant espéré, un plaisir qui fut pour lui un véritable déferlement de sensations voluptueuses.

Cependant, quand il finit par se rhabiller pour parcourir le chemin familier qui menait à sa maison, ce n'était pas le sexe qui occupait ses pensées, mais ce qui s'était passé après. Sous l'eau chaude, dans la vapeur de la douche, il l'avait serrée contre son corps pendant un long moment. Aucun d'entre eux n'avait voulu bouger. L'eau ruisselait sur leur peau, et le silence entre eux avait été aussi intense que le plaisir qu'ils avaient partagé quelques instants plus tôt.

Il était tombé amoureux d'elle.

Cela ne les mènerait nulle part. C'était par un pur et heureux hasard qu'ils s'étaient trouvés, néanmoins elle devait partir, elle était destinée à partir.

Ils avaient eu leur instant.

Mais, en entrant dans la maison vide, il comprit qu'il ne pourrait jamais s'en contenter.

15

— Je vais me marier !

Tout en sortant les commissions des sacs en papier, Sophia sourit de l'enthousiasme de sa sœur. Grace lui avait apporté des œufs, du sucre et de la farine. Mme MacDowell avait tellement de livres de cuisine que Sophia s'était laissé tenter par l'idée de s'essayer à quelques recettes de pâtisserie pour égayer un peu ses repas surgelés. Elle pourrait par ailleurs emporter quelques douceurs à l'écurie, le soir après le dîner. Non pas pour les chevaux, mais pour Travis, qui était son amant secret depuis deux jours.

Et qui le serait encore ce soir-là. Elle était en effet bien décidée à le retrouver après le coucher du soleil.

Tout en souriant de bonheur, elle releva la tête vers sa sœur.

— Je sais que tu vas te marier. Le 24 septembre. Ne t'inquiète pas, c'est bien noté.

— Non. Je vais me marier dans cinq jours, et tu seras mon témoin.

Médusée, Sophia écarquilla les yeux.

— Quoi ?

— Quelqu'un voulait organiser une grande fête dans le jardin qu'on avait réservé pour septembre, mais pour une raison quelconque cette fête a été annulée. C'est le week-end du 4 Juillet, ce qui n'est pas très romantique, mais je crois que ça pourrait aussi être spécial. C'est un jardin sur les toits. Toute la ville sera illuminée, et il y aura des feux d'artifice partout.

— Mais c'est dans moins d'une semaine. Tu veux préparer un mariage si vite ? Je ne vois même pas comment c'est possible.

— Le fleuriste m'a dit qu'il pouvait le faire. La société qui avait organisé la fête avait déjà loué les services d'un traiteur et d'un orchestre ; on s'est donc simplement arrangés pour reprendre cette réservation. Kendry et Jamie seront là ; j'ai donc ma demoiselle d'honneur, et Alex son témoin. Si tu viens, Alex demandera à son ami Kent d'être son garçon d'honneur, ce qui nous fera deux femmes et deux hommes. S'il te plaît, dis oui.

Ce fut à ce moment-là de la conversation qu'Alex arriva dans la cuisine.

— J'ai trouvé Travis.

Travis, en effet, était sur ses talons. Un peu embarrassée, Sophia baissa les yeux une seconde.

Il avait quitté son lit à l'aube, encore en sueur de leurs ébats, mais à présent son visage ne permettait pas de déterminer ce qu'il pensait. Il affichait son habituelle expression impassible de cow-boy, mais elle savait comment il était quand il riait. Et elle savait aussi comment il était dans son état le plus primitif, la tête rejetée en arrière, les muscles bandés, transporté par l'extase qui déferlait sur lui.

Perdue dans ses voluptueux souvenirs, elle laissa tomber un sac de farine, qu'elle se hâta de ramasser.

L'air ravi, Alex se tourna vers elle.

— J'imagine que Grace t'a annoncé la bonne nouvelle ?

— À l'instant. Je me demande encore ce que je dois en penser.

Sans cesser de sourire, Alex se retourna vers Travis.

— Nous allons nous marier ce week-end.

— Félicitations.

Travis lança un coup d'œil en direction de Sophia. Il

connaissait l'histoire. Il savait que, si elle avait jeté toutes ces tomates, c'était parce qu'elle aurait préféré que sa cadette ait besoin d'elle en septembre.

— Tu es sûre que c'est ce que tu veux ? demanda-t-elle à Grace. Ce n'était pas si mal que ça, septembre. J'ai peur que tu n'aies pas le mariage dont tu as envie si tu précipites les choses. Et le gâteau ? Et ta robe ?

— Septembre ne convenait pas, protesta sa sœur. Parce que tu n'aurais pas été là. Tu t'es montrée extrêmement gentille et compréhensive mais, quand je suis partie d'ici, j'avais à peine fait deux kilomètres que je me suis mise à pleurer.

— Tu avais l'air tellement heureuse, pourtant…

— Parce que cette conversation difficile était terminée… et parce que tu avais été super avec moi. Mais je me suis vite rendu compte que j'avais fait le mauvais choix. J'ai commencé à m'apitoyer sur mon sort en me disant qu'à cause des paparazzis et de la pression constante que tu subis je n'aurais pas le mariage dont j'ai envie. La mariée est censée avoir tout ce qu'elle veut, non ? Eh bien, la mariée veut sa sœur. En rentrant, j'ai donc appelé tous les endroits sur lesquels je m'étais renseignée. Et j'ai exigé qu'on me les loue plus tôt.

Sophia se mit à rire de cette attitude de diva, si peu caractéristique de sa sœur.

— Sérieusement, Sophie, ça va être le plus beau jour de ma vie, et je veux que tu sois là. Je ne m'imagine tout simplement pas me marier sans que tu sois mon témoin.

— Oh ! Grace.

Des larmes étaient brusquement venues brouiller son champ de vision. Ce fut cette fois-ci un paquet de sucre qui lui échappa, mais Travis le rattrapa au vol. Elle lui adressa un sourire tremblant.

— Merci.

— De rien, répondit-il en lui prenant le paquet de farine qu'elle tenait toujours à la main.

Elle se demandait bien pourquoi Alex avait invité Travis

à assister à cette discussion de famille, mais elle était ravie qu'il soit là. Il avait été présent pour elle quand elle était bouleversée à l'idée que Grace n'ait pas besoin d'elle, il lui semblait donc normal qu'ils partagent également ce moment de bonheur.

Et, comme il venait de lui libérer les mains, elle pouvait désormais serrer dans ses bras Grace, sa chère Grace, sa petite sœur qui avait toujours besoin d'elle.

— Je n'arrive pas à croire que tu aies fait tout ça juste pour que je puisse assister à ton mariage. Merci.

Elle se tourna vers Alex.

— Merci à toi aussi. Ça ne te gêne pas ?

Il jeta un regard à Grace et, en le voyant la dévorer des yeux ainsi, Sophia sentit son cœur fondre.

— Je voulais l'épouser hier. Je voulais l'épouser avant-hier, et avant avant-hier. Je suis ravi de ne pas avoir à attendre septembre. Vraiment.

Débordante de joie, Sophia serra la main de sa sœur dans la sienne.

— Alors on fait comme ça. Qu'est-ce que je peux faire pour t'aider ? Ta robe ? Tu veux que je t'en trouve une ? Tu es tellement jolie en Dior. Je pourrais faire en sorte qu'ils t'envoient une robe blanche, je leur dirais que c'est pour un grand événement. C'est le cas, d'ailleurs.

Grace lui serra à son tour doucement la main.

— Ça fait deux mois déjà que j'ai fait réajuster la robe de mariée de maman.

— Tu veux porter la robe de maman ?

L'air embarrassé, Grace se mordit la lèvre.

— J'aurais dû te demander avant…

— Tu n'as pas besoin de ma permission. Cette robe est autant à toi qu'à moi.

— C'est vrai. Mais ça ne te dérange pas ?

— Absolument pas. Je suis certaine que tu seras magnifique. Tout le monde n'aura d'yeux que pour toi. Au fait, ça te dirait que je fasse venir ma coiffeuse de Los Angeles ?

— Non. J'ai engagé une coiffeuse ici, à Austin. La seule personne qu'il faudra faire venir de LA, c'est toi.

— Comment ça ?

— Voici le plan : on va te faire sortir de ce ranch en douce pour t'emmener à l'aéroport de LA, où tu reprendras un avion pour Austin. On peut être sûrs que, là-bas, tous les autres passagers vont envoyer des messages à leurs amis pour leur dire qu'ils sont sur le même vol que toi. De cette façon, quand tu vas arriver à Austin, personne ne pourra supposer que tu te caches au Texas.

Alex se tourna vers Travis.

— Ce qui nous amène à la raison pour laquelle je vous ai demandé de venir. Par pure coïncidence, la Texas Rescue a décidé de mener un exercice d'entraînement demain. Cela consiste à charger une fausse blessée dans un hélicoptère pour la transférer à l'aéroport de LA. On envisageait d'utiliser ce ranch comme point de départ, apparemment, il y a la place de faire atterrir un hélicoptère, dans le coin.

Alors que Travis et Alex discutaient des détails de l'opération, Sophia fit mine de les écouter mais, en réalité, tout ce qu'elle voulait était regarder Travis.

Il était beau, vraiment beau. Elle avait hâte que le soir arrive, hâte de pouvoir profiter de son corps puissant et musclé.

Et il allait falloir qu'elle en profite, qu'elle se crée des souvenirs qui lui permettraient de tenir cinq jours. L'idée de ne pas le voir pendant près d'une semaine lui paraissait horrible. Ils venaient tout juste de se trouver…

La voix de sa sœur la tira brutalement de sa rêverie.

— Sophia.

Machinalement, elle avait plongé la main dans l'un des sacs à provisions et Grace l'avait attrapée par le poignet.

— Qu'est-ce qu'il y a ? demanda Sophia en regardant à l'intérieur.

Elle tenait entre les doigts une boîte en carton au dessin caractéristique ; un test de grossesse. Horrifiée, elle resta quelques secondes à le fixer. Elle avait failli le sortir et le poser sur le plan de travail.

— Pourquoi ? murmura-t-elle. Pourquoi as-tu fait ça ?

Tout en adressant un sourire forcé à Alex, Grace l'attira hors de la cuisine.

— On a des trucs de filles à se dire. Je reviens dans une seconde.

Sophia suivit sa sœur dans le séjour, la pièce où elle avait déshabillé Travis deux jours plus tôt, la pièce où il l'avait déshabillée. Avec lui, elle ne craignait pas d'être à nu, d'être elle-même. Il avait vu ses larmes, ses colères, ses cicatrices, ses peurs. Quand elle s'était trouvée horrible, il était venu se poster à son côté pour jeter des tomates à la face du monde. Il avait dit qu'il lui était naturel d'être gentil avec elle. Il avait embrassé chaque partie de son corps.

Et, tout à coup, Grace avait apporté un test de grossesse.

— Pourquoi ?

— Il faut que tu saches, Sophie. Tu ne peux pas continuer à te dire que le test a peut-être donné un faux résultat, que tu vas peut-être avoir tes règles. Une fois que tu en seras certaine, tu pourras décider de ce que tu veux faire.

Non ! Le mot avait éclaté dans son esprit, mais elle n'osait pas le prononcer à voix haute. Il serait sorti comme un cri, qui aurait résonné dans les profondeurs de la grande maison vide.

Grace se trompait sur toute la ligne, elle n'aurait rien à décider : une fois qu'elle en aurait la confirmation, elle n'aurait pas d'autre choix que d'affronter les agences d'adoption, les obstétriciens, et surtout Deezee.

Or, ce qu'elle voulait, c'était passer davantage de temps avec Travis… Sauf que cela ne lui serait plus possible, parce qu'elle serait contrainte de lui dire qu'elle était enceinte d'un autre homme, et à ce moment-là tout serait fini entre eux.

Elle avait toujours su que son aventure avec lui serait

brève : elle n'était pas chez elle ; elle ne pouvait pas rester cachée ici éternellement sans rien faire pour gagner sa vie. Mais, quand elle s'était mise à nu dans cette pièce, elle avait pensé qu'elle aurait un peu plus de deux jours devant elle. Elle avait besoin de plus que cela.

— Sophie ?

— Le 7 juillet.

Elle avait prononcé ces mots d'une voix calme, presque douce. Alors qu'ils semblaient lui avoir été arrachés du plus profond de son âme.

— Je devrais avoir mes règles le 6 ou le 7. Si ce n'est pas le cas, je ferai un autre test.

Elle se força à se détendre, à sourire.

— Entre-temps, on va laisser ça de côté et se concentrer sur ton mariage.

À en juger par l'expression de soulagement qu'afficha Grace, elle croyait pouvoir dire que Sophia Jackson venait d'accomplir une nouvelle performance digne d'un Oscar.

16

Le soleil finit par se coucher.

Les cow-boys rentrèrent au dortoir ou à leur domicile, et Travis put savourer le plaisir de l'anticipation d'avoir Sophia pour lui tout seul.

Dès qu'il entendit la porte de l'écurie s'ouvrir, il quitta son bureau pour venir à sa rencontre. Il avait conscience d'afficher le sourire arrogant de l'homme qui sait qu'il va obtenir exactement ce qu'il désire de la seule femme au monde qu'il désire.

— Sophia.

Ivre de passion, il passa les bras autour de son corps, glissa les doigts dans ses cheveux et joignit ses lèvres aux siennes. C'était ainsi tous les soirs, désormais, cet instant de désir intense qui devait aussitôt être assouvi.

Pour mieux la regarder, il la libéra un peu de son étreinte, mais elle se mit à tracer un sillon de baisers ardents le long de son cou.

Il trouvait cela délicieux, mais une question le taraudait.

— On fête une bonne journée ou tu cherches à décompresser après une mauvaise ?

— C'était tellement d'émotions, répondit-elle en secouant la tête pour dégager ses cheveux de son visage.

— Ce qui s'est passé avec ta sœur ? Ça a dû être de bonnes émotions.

Il ne comprenait pas pourquoi Grace n'avait pas voulu

attendre septembre, mais à l'évidence le week-end à venir était un excellent choix pour tout le monde.

Alors qu'il se faisait ces réflexions, elle l'avait serré un peu plus fort contre elle. Dans les bras l'un de l'autre, ils se mirent à discuter au milieu des chevaux. Et il était ravi de ce prélude ; elle n'était pas la seule à être contente d'avoir quelqu'un à qui parler le soir.

— Je pensais que le rôle que je jouais dans la vie de Grace était terminé. Je n'arrive pas à croire qu'elle tienne à ce point à ce que je sois présente à son mariage, qu'elle le veuille tout autant que moi.

— Moi, je n'ai aucun mal à y croire. Si tu étais ma sœur, tu serais mon héroïne.

— Héroïne, répéta-t-elle en plissant le nez.

— Tu l'as prise en charge quand vos parents sont morts, expliqua-t-il. Tu t'es occupée d'elle quand son univers s'est écroulé. Et tu as réussi ta vie en même temps, de façon absolument spectaculaire. Hier, j'ai regardé sur Internet la liste de tes films. Je ne m'étais pas rendu compte qu'il y en avait autant.

— Mais je ne suis pas l'héroïne de tous ces films. À part dans *Pioneer Woman*, j'ai surtout eu des petits rôles. Au mieux des seconds rôles.

Attendri par sa modestie, il la serra plus fort contre l'érection qui semblait inévitable chaque fois qu'il la tenait dans ses bras.

— C'est vraiment très impressionnant, Sophia. Tu es une héroïne, j'insiste.

— Arrête de me jeter des fleurs, dit-elle en esquissant un sourire humble. En tout cas, j'espère que je n'ai rien laissé transparaître quand Alex est entré dans la cuisine avec toi. C'était amusant de faire comme si on était juste voisins, ou je ne sais quoi. Tu es très bon acteur, soit dit en passant.

— Ne rien révéler, c'est une habitude de joueur de poker, plaisanta-t-il. Mais j'ai tout de même évité de regarder le plan de travail. Maintenant que je sais qu'il est juste à la bonne hauteur pour…

Après s'être hissée sur la pointe des pieds, elle enroula ses longues jambes autour de lui.

— Pour un encas de minuit ?

Il déposa sur ses lèvres un tendre baiser, le genre que l'on donne à une femme lorsqu'on a tout son temps avec elle. Puis, nonchalamment, il lui prit la main pour la conduire dans son bureau.

— Mais il faudrait tout de même qu'on parle des personnes au courant de ta présence.

Certain qu'elle allait s'asseoir sur ses genoux et passer un bras autour de ses épaules, il prit place dans son fauteuil. Elle fit ce qu'il avait espéré, mais avec un air réticent.

— Qui est au courant que je suis ici ?

— Juste les MacDowell qui ont signé le bail, ainsi que Grace et Alex. Mais il se pourrait que quelqu'un d'autre, dans le ranch, t'ait aperçue. Je voudrais que… Je voudrais… Qu'est-ce que tu fais ?

D'un mouvement sensuel, elle avait pivoté pour s'installer à califourchon sur lui.

— Je m'en vais demain pour cinq jours. J'aimerais donc profiter de chacun des instants que j'ai avec toi pour pouvoir tenir le coup d'ici mon retour.

Il se mit à rire, mais se rendit compte très vite qu'elle était sérieuse. En effet, elle avait glissé la main dans la poche arrière de son jean pour récupérer l'un des préservatifs dont il ne se séparait désormais plus jamais. Avec grâce et sensualité, elle se leva et retira son short en ondulant des hanches. Et, quand elle fit mine de lui ôter son pantalon, il se laissa faire de bonne grâce, bien qu'il y eût ce soir-là chez elle une impatience qu'il ne lui avait jamais connue.

— Tu sais qu'il y a des lits, chez toi comme chez moi ?

— Je veux que tu penses à moi quand je ne serai plus

là, que tu te souviennes de ce moment chaque fois que tu t'assiéras dans ce fauteuil.

Il était évident qu'il ne regarderait plus jamais ce fauteuil de la même façon, mais il lui répondit tout de même car, curieusement, il avait perçu dans sa voix une étrange tristesse.

— Je ne t'oublierai jamais, Sophia. Je ne pourrai jamais oublier un seul des moments que j'ai passés avec toi.

Elle le scruta longuement, ses grands yeux bleus emplis de tendresse, et pour la énième fois il se demanda si leur relation était vraiment destinée à prendre fin un jour.

Après avoir fermé les paupières, elle l'embrassa en déboutonnant sa chemise. Avec ses mains douces et son corps chaud, elle l'effleura, faisant naître en lui une intense sensation de plaisir. Sa réflexion était terminée, il n'y avait plus que deux mots qui lui venaient à l'esprit : « oui » et « encore ».

N'y tenant plus, il défit son chemisier blanc, exposant la courbe de ses seins couverts de dentelle rose. Ce fut son adorable tache de naissance qu'il commença par embrasser, avant de savourer autant de sa peau qu'il le pouvait à travers le fin tissu. Les doigts dans ses cheveux, elle poussait de petits gémissements de plaisir, et, déjà, il lui fallait lutter pour garder un semblant de contrôle sur lui-même.

Mais soudain, plaçant les mains de chaque côté de son visage, elle l'écarta d'elle pour lui chuchoter à l'oreille des mots qui ne firent qu'attiser encore le feu de son excitation.

— Détends-toi. Je vais m'occuper de toi.

Et elle le fit. Elle le fit merveilleusement bien.

Lentement, sensuellement, elle le prit en elle, lui tirant un grondement de plaisir, puis elle se mit à onduler des hanches avec une passion et une intensité telles qu'il en eut presque des vertiges. Le plaisir ne cessait de monter en lui. Et quand ils culminèrent ensemble, cœurs, corps et souffles mêlés, elle s'effondra contre lui, la tête contre son épaule. Sentant sa respiration chaude contre son cou, il la serra dans ses bras pour mieux profiter de la magie de cet instant.

Ces gestes de tendresse lui venaient toujours naturellement, et on aurait dit qu'elle en avait autant besoin que du plaisir physique. C'était une déesse du sexe qui aimait être dorlotée comme une enfant après l'amour — et il trouvait ce paradoxe totalement irrésistible.

Tant et si bien qu'il se demandait s'il pourrait un jour vivre sans.

Tout en le gardant en elle, elle serra un peu plus son corps chaud contre le sien. Il se sentait bien, heureux, rassasié. Pour l'instant, car il savait bien que son désir d'elle ne pouvait rester satisfait bien longtemps.

— Je ne sais pas comment je vais faire pour me passer de toi cinq jours, murmura-t-elle. Je n'ai pas envie de ça. On vient tout juste de se trouver.

Délicatement, il l'embrassa sur le sommet de la tête, enroula une mèche de ses cheveux doré et argenté autour de ses doigts.

Sa bouche si sensuelle dessinait désormais une petite moue boudeuse.

— On est encore dans ce qu'on appelle la phase de la lune de miel. Ce n'est vraiment pas le bon moment pour être séparés. Ce n'est pas comme si on était un vieux couple qui vivait ensemble depuis dix ans.

Cherchait-elle à se convaincre que l'alchimie qu'il y avait entre eux était uniquement due au caractère nouveau de leur relation ?

— Sophia, si, dans dix ans, tu me mets dans un fauteuil de bureau pour me chevaucher comme tu viens de le faire, tu obtiendras exactement la même réaction de ma part. Dans dix ans, dans vingt ans, je ne pourrai jamais me lasser de toi.

L'ambiance avait changé. La tendresse avait laissé place à une certaine tension. Il avait franchi une limite, dit quelque chose qu'il n'aurait pas dû dire, puisqu'elle avait affirmé dès le départ que leur relation ne les mènerait nulle part. Il ne pouvait pas se projeter dix ans plus tard dans le futur.

Mais il ne pouvait pas non plus retirer ce qu'il avait dit, parce que c'était la pure vérité.

Se redressant un peu, elle finit par lui adresser un sourire insouciant.

— J'ai hâte de me créer d'autres souvenirs. Il va falloir qu'on prenne de l'avance : cinq jours en une nuit. J'espère que tu as bien mangé, à midi.

Il trouva attendrissante sa façon de tenter de faire oublier son affirmation sérieuse en les remettant tous deux sur le chemin de la légèreté et de la sensualité.

Cependant, il avait quelque chose à lui annoncer :

— Oui. Mais il faudra sûrement faire une pause dîner pour recharger les batteries, car ce ne sera pas que pour cinq jours : je passe une semaine avec ma famille tous les ans, en juillet.

— Tu ne seras pas là quand je reviendrai du mariage ?

— Je serai de retour la semaine d'après.

— Non. Tu ne peux pas partir, l'implora-t-elle avec une force qui le surprit.

Pour la rassurer, il fit doucement glisser ses mains le long de son dos.

— Il faut bien que je prenne des congés, de temps en temps. Juillet est le mois le moins actif au ranch. Le vêlage est terminé, le sevrage n'a pas commencé, les troupeaux ont encore beaucoup d'herbe à brouter. Je ne vois pas de meilleur moment pour partir.

— Tu ne seras pas là quand je rentrerai du mariage ? Tu seras absent jusqu'à la fin de la semaine ?

— Oui.

Il essaya de l'apaiser en lui souriant.

— Mais je viendrai à toi dès mon retour.

— Tu ne peux pas t'arranger autrement ?

Elle paraissait vraiment désespérée, comme s'il était absolument vital qu'il soit là cette semaine-là, comme si le temps lui était compté et que ces quelques jours étaient tout ce qu'il lui restait.

Il y avait un problème, et un grave, songea-t-il aussitôt.

Instinctivement, il la serra plus fort contre lui, constatant que sa respiration était irrégulière, saccadée.

— Toute ma famille m'attend : ma mère, mes grands-parents, mes frères et sœurs. Comme on travaille presque tous dans l'élevage, c'est le moment où on peut se rassembler. La semaine du 4 juillet, c'est un peu comme Noël pour les Chalmers.

Il ne comprenait pas comment il pouvait maintenir un tel calme alors que la meilleure chose qui lui était jamais arrivée était littéralement sur le point de lui échapper.

Comme si elle s'apprêtait à se lever, elle plaça les deux mains sur ses épaules, mais instinctivement il l'attrapa par les bras pour l'empêcher de partir.

— Quand dois-tu rentrer ? demanda-t-elle.

— Dimanche.

— Le combien serons-nous ? Le 10, le 11 ? Ça sera après le 7, de toute façon…

— Il me semble, oui.

Elle garda le silence, mais son visage était l'illustration même de la tristesse.

— Écoute, Sophia, il faut que tu sois honnête avec moi. Ce sera ta dernière semaine ici, c'est ça ?

— Non, répondit-elle aussitôt. Mais ne t'inquiète pas, il n'y a rien de grave. Enfin, j'espère. Je ne sais pas. On verra ça la semaine prochaine. Notre relation…

Elle s'interrompit. Était-elle en colère ou attristée ? Il n'aurait su le dire. Et, surtout, il ne savait pas si ces sentiments étaient ou non dirigés contre lui.

— Notre relation, oui…, tenta-t-il de l'encourager.

— Je savais qu'elle ne pourrait pas durer, reprit-elle sur un ton légèrement agressif. Je t'avais dit qu'il n'y avait pas d'avenir pour nous.

— Mais à cet instant précis cette relation nous unit encore, Sophia. Alors, tu te dois d'être honnête avec moi. Quels sont tes projets ? Que va-t-il se passer la semaine prochaine ? Tu ne peux tout de même pas disparaître sans me prévenir.

— Je ne pense pas que je ferai ça, répondit-elle en détournant le regard.

— Tu ne penses pas ? Qu'est-ce que tu veux dire par là ?

Il ne méritait pas ça. Aucun d'entre eux ne méritait ça.

— Je ne sais même pas pour combien de temps tu as signé le bail.

Furieux de devoir se battre pour obtenir d'elle des informations qui lui semblaient élémentaires, il la lâcha brusquement, mais elle ne chercha plus à se lever. Bien au contraire, elle s'accrocha à lui comme si sa vie en dépendait.

Qu'était-il en train de se passer ?

Doucement, elle appuya son front contre le sien, et leurs nez se touchaient presque quand elle murmura :

— J'ai la maison jusqu'au mois de janvier, c'est-à-dire jusqu'à ce que Mme MacDowell rentre de son voyage.

— Mais ?

— Je te jure que j'ignore totalement la suite des choses, Travis. Mon avenir est complètement incertain. Mais crois-moi : je ne suis pas prête à mettre un terme à notre relation. Je veux être là quand tu reviendras. Et je serai là.

Les émotions qui déferlaient sur lui étaient aussi intenses que déstabilisantes. Il aurait voulu lui faire l'amour pour que ces sentiments se fondent dans la passion, mais il ne pouvait pas : il fallait qu'ils parlent.

À contrecœur, il l'écarta de lui pour se relever. Après lui avoir tourné le dos, il jeta le préservatif, reboutonna sa chemise… et pria.

S'il vous plaît, laissez-moi la garder un peu plus longtemps.

Elle était tout pour lui.

Mais qu'était-il pour elle ?

Quand il se retourna, elle était debout au milieu du bureau.

Avec ses cheveux de rêve, son corps parfait, ses traits si délicats, elle était exceptionnelle. Et elle n'avait rien à faire dans sa vie.

Et pourtant il y avait entre eux cette alchimie, ce lien, cette connexion.

Il savait dès le début qu'elle ne resterait pas, mais il n'était pas prêt pour autant à la laisser partir.

Tourmenté, il dut se forcer à lui poser la question qui lui brûlait les lèvres :

— Ce mariage va t'obliger à sortir de ta cachette, mais comptes-tu vraiment revenir ici ?

— On va faire croire que je viens de LA. Grace va pour ainsi dire encourager la presse à localiser son mariage en s'assurant que je suis vue dans l'avion. En contrepartie, je vais apaiser les paparazzis pour qu'ils ne soient pas trop agressifs et ne gâchent pas la fête. Il faudra que je prenne le temps de leur répondre quand ils me poseront des questions, de leur sourire quand ils me photographieront. Ils vont me dire de regarder dans telle direction, de tourner sur moi-même pour leur montrer ma robe, et je vais devoir le faire pour qu'ils s'en aillent au plus vite.

Les yeux perdus dans le vide, elle fit glisser ses doigts sur la surface lisse du bureau.

— Ça va marcher. Ils aiment bien que les stars soient coopératives, mais ça ne suffira pas pour effacer toute la mauvaise publicité que j'ai déjà générée. Il faudra donc que je revienne ici après le mariage. Je dois continuer de rester dans l'ombre.

Elle jeta un coup d'œil dans sa direction et il se dit que son soulagement devait se lire sur son visage. Il avait l'impression de pouvoir respirer à nouveau.

L'air sombre, elle se tourna vers l'ordinateur.

— Tu n'as jamais essayé de taper « Sophia Jackson » dans un moteur de recherche juste pour savoir toutes les choses horribles que j'ai faites ?

Il secoua la tête.

— Et tu n'as jamais été tenté de le faire ?

— Braden m'en a dit assez.

— Ah, le bal, comprit-elle aussitôt. Tous ces gens de la Texas Rescue ne vont certainement pas être ravis de me voir au mariage. Alex est l'un des médecins de l'association et la moitié des invités y travaillent bénévolement. J'espère qu'ils me laisseront une deuxième chance de faire une bonne première impression.

Tout en souriant tristement, elle baissa les yeux.

— Je plaisantais, murmura-t-elle en haussant les épaules. Je sais bien que ça ne marche pas comme ça.

Elle avait beau avoir présenté les choses de son point de vue à elle, il sentait bien que c'était pour sa sœur qu'elle s'inquiétait le plus. Pour Grace, elle allait apaiser les paparazzis ; pour Grace, elle allait passer une soirée avec des personnes qui avaient des raisons de penser beaucoup de mal d'elle.

Il lui était impossible d'effacer le passé de Sophia. Ce qu'il pouvait faire, en revanche, c'était se montrer encourageant.

— Braden était moins remonté contre toi que contre le type qui a sauté sur sa table.

À ces mots, elle releva vivement la tête vers lui.

— Tu es au courant pour Deezee ?

— Braden m'a dit qu'il avait piétiné l'assiette de sa femme et qu'il t'avait servi des excuses bidon.

— C'est un bon résumé, dit-elle avec un petit rire dépourvu de gaieté.

— Tu crois qu'il pourrait revenir ?

Il éprouvait de nouveau ce sentiment d'urgence, ce besoin de garder un œil sur elle. Mais le Texas étant un grand État, et une fois qu'elle serait dans sa famille, il serait à près de 450 kilomètres d'elle le jour du mariage.

— Tout avait été orchestré par son attaché de presse, protesta-t-elle. Deezee est trop paresseux pour entreprendre quelque chose de lui-même. Donc, je ne crois pas, non.

Il prit le temps de réfléchir. Il ne pouvait pas la laisser partir, pas sans s'être assuré d'avoir une forme de plan.

— S'il vient, ne cherche pas à l'apaiser, ne tente pas de le calmer ou de le maintenir à l'écart. S'il est déterminé à attirer l'attention sur lui, tu ne pourras pas sauver le mariage de ta sœur.

— S'il osait se manifester, ce serait uniquement pour moi. Et je crois que mon devoir envers tout le monde serait d'essayer de l'arrêter.

— Laisse Alex s'occuper de ça. C'est son mariage, pas le tien. Reste avec les fils MacDowell, d'accord ?

— Mais ils doivent me détester…

— Non. Tu seras en sécurité avec eux. Alors, reste avec eux. Je ne voudrais pas que tu sois seule pour affronter cette ordure.

Pour une fois, il aurait préféré que les paparazzis ne se soient pas trompés, que Grace ait choisi d'organiser son mariage au River Mack, en septembre. Ainsi, il aurait été là si Sophia avait été harcelée — et de toute façon, dans son ranch, elle ne l'aurait pas été. C'était d'ailleurs pour cette raison qu'elle se cachait ici.

Mais elle allait s'en aller. Sans lui.

Elle faisait comme si cela ne l'effrayait pas, jouant de façon peu convaincante la fille désinvolte.

— Deezee l'ouvre beaucoup, mais ne fait pas grand-chose. Au pire, ce sera beaucoup de bruit pour rien, comme d'habitude. Pendant tes vacances, tu pourras toujours te connecter à un site people pour voir s'il s'est passé quelque chose. S'il y a vraiment du croustillant, ça pourrait même passer à la télé. Ça ferait un bon sujet de conversation pour tes dîners en famille. « Regardez ce que cette folle qui habite dans mon ranch a fait. »

Il connaissait cette voix, c'était celle de la femme en cuissardes noires qui prétendait se moquer de tout alors qu'elle était complètement désespérée. Il la connaissait, et il l'aimait. Et il se sentait mal rien qu'à imaginer qu'en rentrant de vacances il aurait pu découvrir qu'elle était repartie à LA pour toujours.

Tôt ou tard, pourtant, cela finirait par arriver. Mais entre-temps il avait envie de la chérir tant qu'il le pouvait. Et il ne voyait aucun problème à cela. Si ce n'était le fauteuil de bureau, qui les séparait.

— Je suis désolé, Sophia.

— De quoi ? C'est moi qui me suis mise avec un sale type, déclara-t-elle d'une voix triste. Mais il faut voir le bon côté des choses : grâce à moi, des tas de journalistes et de photographes de la presse people ont touché le gros lot.

Encore une fois, elle bluffait, mais son jeu était mauvais : elle ne parvenait pas à dissimuler sa souffrance.

Avec impatience, il poussa le fauteuil pour la prendre dans ses bras. Comme si elle n'avait pas besoin d'affection, elle resta crispée, mais il continua de la garder contre lui comme s'ils venaient de terminer de merveilleux ébats sexuels plutôt qu'une conversation bouleversante, car il lui semblait qu'elle avait besoin de tendresse. Et lui aussi.

— Je suis désolé que tu ne puisses te rendre nulle part sans que quelqu'un braque un appareil photo sur toi. Je suis désolé que tu aies eu besoin d'un endroit où te cacher.

Elle émit un petit son, un cri de douleur qui lui évoqua la plainte d'un animal blessé, puis elle le serra dans ses bras, s'enfouissant en lui comme elle savait si bien le faire.

— Va à ce mariage et fais en sorte que les paparazzis te mangent dans la main. Et, quand tout sera terminé, reviens ici. Tu seras en sécurité.

— Mais tu ne seras pas là, répliqua-t-elle d'une voix tremblante.

Il n'y avait donc pas que le sexe. Leur relation était même au-delà de l'amitié et de la complicité : elle se sentait plus en sécurité avec lui.

— Je serai de retour dimanche, mais je vais informer

Clay de ta présence au ranch. S'il arrivait quelque chose, tu pourrais compter sur lui.

— Non, répondit-elle en secouant la tête. Plus il y aura de personnes à me savoir ici, moins je serai en sécurité. Grace et moi l'avons appris par l'expérience. Nous avons été toutes seules, toutes les deux, pendant des années.

— Mais maintenant il y a toi, Grace, Alex et moi, et tu es toujours en sécurité. Tu pourrais te reposer sur Clay également.

Pour bien lui montrer qu'elle avait le choix, il lui releva légèrement le menton.

— Tu connais Jamie et sa femme, Kendry, dit-il en la regardant dans les yeux. Eh bien, tu peux compter sur eux. De même que sur Braden MacDowell et Lana — elle est médecin, elle sait garder des secrets. Quinn et son épouse sont eux aussi totalement dignes de confiance.

— Je ne me suis jamais fiée à autant de personnes, protesta-t-elle. Jamais.

— Mais tu pourrais le faire. Le ranch d'où provient l'appaloosa n'est qu'à quelques kilomètres d'ici. Il appartient à la famille Waterson, des gens honnêtes et droits. Quand les paparazzis sont venus, j'ai juste dit à Luke que les MacDowell avaient une invitée et cela a suffi pour qu'il me soutienne, sans poser de questions. Tu n'es pas obligée d'être si seule, Sophia.

Tendrement, il se mit à lui caresser le visage. Sa main tremblait, mais il n'y avait rien d'étonnant à cela. Trop d'émotions se bousculaient en lui. Il l'aimait, et il aurait aimé qu'elle accepte le présent qu'il souhaitait lui offrir.

— Je te construirai un vrai petit nid de sécurité ici, ma chérie. Tu peux rester, tu sais ?

Elle avait envie de dire oui, il le voyait dans son expression, mais elle ne le fit pas. Elle souffrit de ne pas le faire, mais elle ne le fit pas.

D'une main tout aussi tremblante que la sienne, elle lui caressa le visage.

— J'aime… J'aime savoir que je compte pour toi.

— Tu comptes énormément pour moi.

— Je t'ai déjà parlé de mon fantasme te concernant ?

Elle cherchait donc à mettre un terme à ce moment de tendresse. Il aurait préféré le prolonger, mais il était patient. Il ne pouvait pas l'obliger à se fier à lui plus qu'il ne pouvait forcer un cheval à le faire. Il fallait parfois laisser un peu de temps au temps… Et certaines choses devaient se mériter.

En attendant, si elle voulait lui faire part de ses fantasmes…

— Ce fantasme est-il en relation avec le mobilier du bureau ?

Mais cette petite plaisanterie ne la fit pas sourire.

— Dans mon rêve, tu m'emmènes boire un verre dans un endroit et nous bavardons ensemble pendant notre première danse. À la deuxième, nous cessons de discuter pour profiter de ce moment si spécial. Tu me raccompagnes chez moi, tu me souhaites bonne nuit et tu me dis que tu aimerais me revoir. Il n'y a pas de flashs, personne ne parle de moi sur les réseaux sociaux, personne ne fait de recherches sur toi. Il n'y a que nous, un homme et une femme qui tombent amoureux l'un de l'autre.

Il avait le cœur si serré qu'il ne parvint qu'à murmurer son prénom.

— Mais ce n'est qu'un rêve, reprit-elle, ça n'arrivera jamais. Notre relation n'a aucun avenir. Même si je regrette infiniment que ce ne soit pas le cas.

Il ne savait pas encore à quoi cet avenir ressemblait, mais ils en avaient un. Pour le moment, cependant, elle en avait peur et s'était cabrée. Il fallait simplement qu'il se montre patient.

— Mais nous avons l'instant présent, ajouta-t-elle.

Il lui fallut se faire violence pour ne pas trop s'attarder sur la façon dont elle avait prononcé ces mots, comme s'il s'agissait de leur dernier instant.

— Comment aimerais-tu le passer ?

— En faisant l'amour avec toi toute la nuit et en faisant comme si je n'avais pas à partir à ce mariage demain.

— Marché conclu, répondit-il.

Et il la prit dans ses bras comme si elle était la mariée pour franchir avec elle la porte de l'écurie.

17

Sophia ne se sentait pas à sa place.

Tout le monde la regardait, mais personne ne voulait lui parler. Elle pensait avoir souffert de la solitude au cours du premier mois qu'elle avait passé au ranch, mais elle avait oublié à quel point ce sentiment pouvait devenir puissant au milieu d'une foule.

Tout avait commencé à l'aéroport. Le personnel de bord s'était montré extrêmement révérencieux, puis les autres passagers s'étaient mis à incliner bizarrement leurs téléphones, et elle avait compris qu'elle était photographiée. *Oh ! mon Dieu ! Regarde avec qui je suis dans l'avion.*

Le seul moment où elle avait pu oublier qu'elle était différente avait été à l'hôtel, quand il n'y avait plus eu qu'elle, Grace et Kendry MacDowell. Kendry avait très rapidement surmonté l'invisible distance séparant les célébrités du commun des mortels, et, ensemble, elles s'étaient parfaitement entendues pour faire passer une bonne soirée à Grace. Si seulement il pouvait y avoir davantage de Kendry MacDowell dans le monde…

Je te construirai un vrai petit nid de sécurité ici, ma chérie.

Travis. Cet homme avait vraiment quelque chose de spécial. Il méritait une femme bien, et non une marginale comme elle.

Oh ! mon Dieu ! Sophia Jackson est au mariage. Elle ne mange que des crevettes et des fraises. Elle est bizarre.

Elle s'était repliée dans une sorte de no man's land, quelque part entre le bar et l'orchestre, incapable de rester à la table d'honneur, qui avait été désertée. Grace et Alex étaient partis danser, de même que Kendry et Jamie. Kent, l'autre témoin, était quant à lui occupé à discuter avec un groupe de jeunes femmes, et Sophia n'avait aucune envie de demeurer seule devant son assiette vide.

Oh ! mon Dieu ! Sophia Jackson est vraiment une garce. Elle ne parle à personne.

S'efforçant de maintenir un sourire agréable et neutre, elle regardait sa sœur qui rayonnait de joie.

La cérémonie avait été magnifique et elle s'était soudain souvenue que Kendry, qui se tenait à son côté, portait en elle un minuscule petit être. Et s'il en était de même pour elle ? Dans l'écrin de l'église, parmi les fleurs et la dentelle, la grossesse lui était apparue comme un concept ultra-féminin, presque divin. Même si elle n'envisageait pas d'élever le bébé, c'était un véritable miracle.

Mais Travis verrait-il les choses de cette façon ?

Le 7 juillet approchait à grands pas, bientôt, elle n'aurait plus à se soucier de cela. Avec un peu de chance, elle n'aurait plus jamais à se soucier de cela.

Se tirant brusquement de ses pensées, elle jeta un coup d'œil autour d'elle — cela faisait trop longtemps qu'elle était immobile. De crainte d'être photographiée, elle passa de l'autre côté de l'orchestre.

— M'accorderiez-vous cette danse ?

Surprise, elle sursauta. L'homme qui se trouvait derrière elle avait exactement la même voix que Travis. Elle se retourna d'un bloc… et constata avec étonnement que cet inconnu si séduisant, vêtu d'un costume élégant, n'était autre que Travis.

— C'est toi ! s'exclama-t-elle. Je suis tellement contente de te voir. Si tu savais comme j'ai envie de te prendre dans mes bras… mais il y a au moins sept téléobjectifs braqués sur nous, depuis l'immeuble d'à côté.

— Tu danses ?

— Avec plaisir, merci.

L'orchestre s'était mis à jouer un morceau plus doux, le genre de musique sur laquelle un homme et une femme pouvaient évoluer avec sensualité sur la piste, parfait pour une première danse. Tellement parfait, d'ailleurs, qu'elle en avait les larmes aux yeux.

— J'ignorais que tu étais là, dit-elle. Je ne t'ai pas vu à la cérémonie.

— Moi si, et tu étais radieuse. Je ne sais pas à quoi tu pensais, mais tu étais vraiment splendide.

C'était leur première danse, mais ils n'étaient pas des étrangers l'un pour l'autre. Vaguement amusée, elle baissa la voix.

— Et si je te disais que je pensais à toi et ton fauteuil de bureau ?

— Je ne te croirais pas.

— À toi et à mon plan de travail ?

— Toujours pas.

Danser, flirter, participer à la fête… c'était juste fabuleux.

— Comment sais-tu à quoi je pensais ?

— Je sais à quoi ressemble ton visage quand tu penses aux plans de travail et aux fauteuils de bureau, et ce n'était pas cet air-là que tu avais. Ce qui vaut sans doute mieux, dans une église.

Merveilleux. C'était vraiment merveilleux d'être avec lui, cet homme qui la connaissait et ne cherchait pas à l'interroger sur le tournage de *Space Maze* ou à lui demander si elle avait eu une doublure dans *Pioneer Woman.*

— Alors, d'après toi, à quoi est-ce que je pensais ?

— Peut-être à l'enfant que tu as contribué à élever et qui est devenue une si belle femme, répondit-il. Grace est magnifique. Tu devais être très fière d'elle. Et, moi, je suis très fier de toi.

À ces mots, elle sentit la magie disparaître brutalement. C'était bien à un enfant qu'elle pensait, mais à celui qui, s'il existait vraiment, mettrait un terme au rêve qu'elle vivait avec Travis.

— Grace était une ado quand j'ai commencé à m'occuper d'elle, pas une enfant.

— Il faudrait que tu apprennes à apprécier les compliments, tu sais, objecta Travis. Tu es très jolie, par exemple, dans cette robe. Je ne t'avais jamais vue qu'en shorts et débardeurs. Et aussi en cuissardes. Tu en as fait quoi, au fait ?

Elle sourit avec malice.

— Je n'imaginais même pas que tu puisses posséder un costume. Ça me fait tout drôle de te voir en dehors du ranch.

— Voilà un bon exemple de non-retour de compliment. Puis-je aller te chercher un verre ?

Ce fut à ce moment-là qu'elle comprit.

— Travis Chalmers, tu essayes de réaliser mon rêve, c'est ça ?

Mais il avait déjà pivoté pour la présenter à deux de ses connaissances. Après avoir orienté la conversation vers un sujet que tout le monde trouva intéressant, il disparut dans la foule. Son départ lui fit mal, mais elle savait que c'était le meilleur moyen d'empêcher les autres de deviner qu'ils étaient en couple.

Elle dansa avec l'un des hommes avec qui elle avait discuté, puis, comme elle l'avait espéré, Travis revint pour une seconde danse. Un verre, deux danses, une invitation à se revoir… le fantasme dont elle lui avait parlé pouvait-il se réaliser ?

Ils dansèrent en silence, cette fois-ci, non pas parce que cela figurait dans le scénario de son rêve, mais parce qu'elle se sentait trop emplie d'émotions pour bavarder.

— Ce n'est pas seulement pour mon rêve que tu es là, je me trompe ? Tu es venu pour t'assurer que les gens de la Texas Rescue m'accordent une seconde chance ?

— Je crois qu'ils t'apprécient. En tout cas, les hommes sont ravis de danser avec toi. Ils avaient juste besoin de me voir le faire en premier pour accepter l'idée que tu es une mortelle, même si tu as l'air d'une déesse. La beauté peut parfois être intimidante.

Sophia sentit les larmes lui monter aux yeux. Elle n'avait pas interprété ses mots comme un compliment, mais comme une véritable bénédiction : Travis la comprenait, il savait qu'elle n'avait aucune envie de devenir une bête curieuse, ou même une belle curieuse, et il l'aidait, à sa manière.

— Clay va t'appeler quand je serai rentrée, je me trompe ?

— Oui. Il sait que tu vis dans la maison, maintenant. Je t'avais dit que je ferais tout ce qui est en mon pouvoir pour te protéger, que tu le veuilles ou non. Informer Clay faisait partie de cette stratégie. Je ne peux pas te laisser dans l'isolement, n'importe quoi pourrait arriver, même un incendie, et personne ne saurait que tu es là. C'est dangereux. Clay est au courant ; il est le seul.

D'un ton posé et humble, elle lui demanda :

— Où est Deezee ?

— Il travaille dans un club de Las Vegas ce soir. Il ne viendra pas t'importuner, et ta sœur est tellement heureuse qu'elle en a complètement oublié son existence.

Je t'aime.

Elle avait envie de dire ces mots, elle en brûlait d'envie, mais Deezee existait bien, et Grace serait la première à le lui rappeler si le 7 juillet confirmait ses craintes.

— J'aimerais te revoir, Sophia. Je serai absent le reste de la semaine, mais pourrais-je caresser l'espoir de t'emmener dîner dimanche ? Je connais un restaurant, tout près d'Austin, qui devrait te plaire.

Elle essaya de jouer son rôle.

— C'est vrai ? Où ?

— Ma maison. Authentique cuisine texane.

— Courgettes et tomates ? demanda-t-elle en fronçant le nez.

— Côte de bœuf et pommes de terre au four. Tenue de soirée exigée. Je viendrai te chercher à 20 heures.

Sa voix était lourde d'émotions quand la musique et son rêve s'achevèrent.

— À dimanche, alors. Passe de bonnes vacances avec ta famille.

Le dimanche, elle aurait sa réponse, et elle saurait quoi faire : soit elle lui dirait qu'elle l'aimait, soit elle lui dirait qu'elle portait l'enfant d'un autre.

Ils durent se séparer sans un baiser.

Et elle se demanda si elle aurait un jour la chance de l'embrasser à nouveau.

Sophia rentra au ranch le 6 juillet. Elle parla un peu à Clay et beaucoup à Samson.

Le 7, elle essaya de jeter quelques tomates, mais elle se sentait trop seule sans Travis pour évaluer sa technique. Elle se mit donc à la recherche de la salière en forme d'oie, qu'elle finit par retrouver au fond du jardin, sale mais intacte. De retour à la maison, elle entreprit de la nettoyer pour faire disparaître toute trace du jour où elle l'avait lancée dans le ciel nocturne.

Le 8, il lui fallut faire le test de grossesse, elle avait promis. Elle était décidée, mais elle ressentait le besoin d'hiberner. Elle dormit durant la plus grande partie de la journée et, une fois le soir venu, elle se dit qu'il valait mieux attendre le lendemain. Elle avait passé en revue les livres sur la grossesse de la bibliothèque des MacDowell et, à en croire les informations qu'elle avait pu y trouver, les premières urines du matin étaient plus fiables, ce qui signifiait qu'elle pouvait rester au lit.

Le lendemain, elle fit le test.

Elle ne pouvait plus se voiler la face : elle était enceinte.

Elle pleura toute la journée.

Le septième art s'était trompé : la fin du monde ne se déroulait pas dans un décor de poussière désolé.

Quand Sophia se réveilla, le soleil estival filtrait à travers la fenêtre, illuminant les jolies aquarelles accrochées au mur de la chambre. C'était magnifique.

Mais c'était dimanche.

Travis allait revenir et, à 8 heures du soir, il viendrait la chercher pour l'emmener dîner chez lui. Là, elle devrait lui dire qu'elle portait l'enfant d'un autre, qu'elle était enceinte depuis longtemps, mais qu'elle avait été trop stupide pour se l'avouer à elle-même, et qu'à cause de tout cela elle se retrouvait coincée dans une situation désespérée.

C'était la fin du monde.

Le noir semblait être la couleur la plus appropriée. Après avoir enfilé une tenue de yoga de cette couleur, elle laça ses baskets et partit voir les chevaux.

Comme toujours, ce fut Samson qui se montra le plus agréable avec elle. Serrant dans ses bras son cou, elle regretta que personne ne soit là pour crier « Coupez ».

Ce fut à ce moment-là qu'elle entendit la porte de l'écurie s'ouvrir. Après ces cinq jours passés en public à Austin, les vieilles habitudes étaient revenues. Elle se redressa, une main sur la hanche, mais de l'autre elle se mit à chatouiller Samson sous le menton. Elle espérait qu'il ne s'agissait que de Clay, revenu pour chercher quelque chose qu'il avait oublié. Quoi que puisse en dire Travis, elle ne voulait pas que d'autres personnes soient au courant de sa présence au ranch.

— Ce rêve-là, c'est le mien.

— Travis !

Elle se délecta de la vision qu'il lui offrait, debout dans l'encadrement de la porte. Il était tellement beau, et elle avait l'impression qu'il y avait une éternité qu'elle ne l'avait pas vu. Cela ne faisait pourtant qu'une semaine — et même moins que ça, compte tenu de la surprise qu'il lui avait faite au mariage de sa sœur.

— Voir une femme aussi belle que toi discuter avec des chevaux dans un petit short mignon… C'est un vrai fantasme de rancher. Or, il se trouve que je suis rancher.

Elle eut envie de courir se jeter dans ses bras, comme elle le faisait toujours.

Mais elle était enceinte.

Elle resta immobile.

Il n'eut, pour sa part, aucune hésitation. D'un pas décidé, il avança vers elle pour la soulever et la faire tourner en l'air.

Ses bras étaient forts et musclés, et il sentait divinement bon. Curieusement, elle s'était tellement demandé comment elle allait faire pour vivre sans lui qu'elle était surprise de sa présence — et, surtout, surprise qu'il semble heureux de la voir.

Mais il ne savait pas, pas encore.

— Je ne pensais pas te voir avant le dîner.

Comment sa voix pouvait-elle paraître si normale alors qu'elle avait le sentiment d'être morte à l'intérieur ?

— Tu m'as manqué, dit-il.

— Tu m'as manqué aussi.

C'était la pure vérité. Elle avait certainement le droit de dire cela.

Comme quand ils se retrouvaient après sa journée de travail, il passa les bras autour de sa taille. Le cœur de Sophia battait si fort qu'elle avait l'impression qu'il allait exploser.

— Tu m'as tellement manqué que j'ai regardé deux de tes films.

Elle était contente de pouvoir parler d'un sujet sans relation aucune avec celui qu'elle devait évoquer.

— Lesquels ?

Il mentionna le nom d'un film noir, qui comportait une scène de sexe torride.

— Ah. Celui-là.

Sentant ses joues rougir, elle baissa la tête, incapable de soutenir son regard.

— Tu ne veux plus me voir ? lança Travis avec amusement.

— Il y a un passage… Ça ne te dérange pas ? demanda-t-elle en relevant timidement les yeux vers lui. Enfin, l'idée que tout le monde ait pu voir ça ?

Elle avait rencontré beaucoup d'actrices et d'acteurs dont les conjoints étaient gênés par ce genre de scènes.

— Tu sais, dans ma vie d'adulte, j'ai regardé beaucoup de films interdits aux moins de dix-huit ans, mais j'admets que ça fait bizarre quand on connaît l'une des actrices. Il m'a fallu quelques minutes pour m'habituer à t'entendre parler avec cet accent de Boston. Mais ne te fais pas de souci pour la scène de sexe : j'ai bien vu que ce n'était pas réel.

— Non, vraiment pas. Pour commencer, il y avait des dizaines de gens sur le plateau, et il fallait que je maintienne cette posture totalement artificielle. J'avais soif, et je me demandais comment j'allais dire cette réplique qui me paraissait déplacée dans la bouche de mon personnage. Et puis, ils mettent du maquillage partout, absolument partout.

— Je sais.

— Ah bon ?

Dans le moment de silence qui suivit, elle oublia qu'ils n'avaient pas d'avenir ensemble. Elle n'arrivait à voir que la chance qu'elle avait d'avoir un homme si bienveillant dans sa vie.

— Comment le sais-tu ? s'enquit-elle.

— Ça ne m'a pas paru réel. L'expression de ton visage était très sexy, mais ce n'est pas celle que tu as quand tu es avec moi.

— Ah.

Il déposa un baiser tendre sur ses lèvres.

— Tu es beaucoup plus sexy encore quand tu es avec moi.

— Ah.

— Et je sais pour le maquillage, parce que ta tache de naissance avait disparu. Celle qui est juste ici.

Sans la quitter des yeux, il plaça son doigt précisément à l'endroit où se trouvait la marque, sur son sein gauche.

— Oui. Ils la cachent tout le temps, même quand je porte un décolleté ou un maillot de bain.

Un large sourire se dessina sur son visage.

— Tant mieux. Parce que moi, cette tache, je l'adore, et j'aime à penser que je suis le seul à avoir la chance de la voir.

Elle eut envie de lui rendre son sourire, mais elle avait toujours l'impression d'être morte à l'intérieur. *On n'a pas d'avenir. On n'a pas d'avenir.*

— Le western, par contre, je ne l'ai pas revu et je n'ai pas envie de le faire.

— Pourtant, tout le monde dit que c'est mon meilleur film.

— Mais tu meurs à la fin. Je ne veux même pas savoir si ça a l'air réaliste, je serais juste incapable de le supporter.

Il l'embrassa comme s'il craignait de la perdre, et elle lui répondit de la même façon. *Pas d'avenir, pas d'avenir.*

Elle allait le perdre, bientôt, mais elle ne se sentait pas prête à dire les mots. Elle aurait dû avoir jusqu'à 20 heures pour se préparer à le faire.

— Comment se fait-il que tu sois déjà là ? Je veux dire, tu as quitté ta famille plus tôt que prévu ?

— Oui. Pour toi. Je n'avais pas envie d'attendre jusqu'à ce soir pour te voir. J'ai dit à Clay de prendre le reste de sa journée. J'ai bien compris que tu rêvais d'un dîner très traditionnel, mais j'aurais aimé te convaincre de réaliser un autre fantasme, maintenant.

Son corps la trahissait. Elle savait qu'elle ne pouvait pas coucher à nouveau avec lui mais, grossesse ou pas, son corps s'en moquait. Sa simple proximité physique suffisait à réveiller tout le désir qu'il avait en lui.

Ce fut Patch qui la sauva. Car, à ce moment précis, la chienne accourut vers eux, sautant sur Travis pour lui faire la fête comme si elle ne l'avait pas vu depuis des mois.

— Comment ça va, Patch ? demanda-t-il en se penchant pour la caresser.

Il y avait quelque chose de bizarre dans la façon dont il le faisait. Sophia avait plutôt l'impression qu'il palpait son ventre.

Sophia en profita pour changer de conversation.

— Elle ne va pas bien ?

— Je ne dirais pas ça, répondit-il en se redressant. Elle va avoir des chiots. Et, à en juger par le temps qu'elle passe dans le box de Samson, elle envisage de mettre bas ici. Il faudra que je déplace Samson quand elle se rapprochera du terme : ils sont très copains tous les deux, mais je ne voudrais pas qu'il écrase l'un des petits.

À ces mots, Sophia sentit son estomac se retourner.

— Je ne crois pas que je pourrais supporter d'entendre un autre animal pleurer de faim ! s'écria-t-elle. Est-ce qu'il existe du lait pour les chiots ? Tu en as ? Il faudrait qu'on aille en chercher au plus vite.

Elle avait dû en faire un peu trop, car il affichait désormais un air décontenancé.

— Patch est une bonne mère. Ce sera sa deuxième portée, donc, je ne pense pas qu'il y ait de problèmes. Mais, ne t'inquiète pas, on a du lait pour chiots. Je ne te laisserai pas avec un autre bébé mourant de faim, je te le promets.

Là-dessus, il l'embrassa à nouveau, non pas sur les lèvres, mais sur le front.

C'était mieux ainsi. Le début d'une transition, le passage d'amants à amis sur lequel elle misait. Elle avait eu du temps, beaucoup de temps, pour réfléchir aux différentes options et, quoi que Grace ait pu en dire, il ne lui en restait pas beaucoup.

Elle n'avait aucun autre endroit où aller. Elle allait devoir se cloîtrer dans ce ranch durant toute sa grossesse, ce qui signifiait qu'elle devrait côtoyer Travis. Être en bons termes avec lui lui apparaissait comme essentiel, car elle n'imaginait pas sa vie sans lui, et cette idée l'effrayait.

Elle avait préparé un discours pour la soirée afin de lui

expliquer qu'ils allaient devoir coexister malgré tout ce qui s'était passé, mais elle n'envisageait pas de lui parler de sa peur.

L'heure n'était pas encore venue et, pour le moment, elle ne devait pas paniquer. Luttant pour se contrôler, elle lui adressa un sourire radieux.

— D'abord la chatte, ensuite la chienne. On dirait que tous les animaux de ce ranch attendent des petits.

Le sourire qu'il affichait lui parut étrange, comme forcé.

— C'est notre objectif.

— Tu sais que ça a l'air horrible, dit comme ça ?

— Peut-être, mais c'est le principe même de l'élevage : avec le bétail, on a eu un taux de gestation de quatre-vingt-dix-sept pour cent cette année. C'est un très bon chiffre. Mais je ne fais pas dans l'élevage de chats ; la minette s'est débrouillée toute seule. Quant à Patch, je la soupçonne de s'être trouvé un petit ami au James Hill.

— Si tu l'avais fait stériliser, tu n'aurais pas ce problème.

Elle n'était pas parvenue à maintenir un ton léger. Elle avait dit la même chose de la chatte… et elle pensait la même chose d'elle-même.

— Je ne considère pas la grossesse de Patch comme un problème, corrigea Travis. Elle est issue de toute une lignée de chiens de berger originaires du River Mack et, comme elle est très douée pour son travail, je n'aurai aucun mal à placer ses petits. Mais, après cette portée, on la fera stériliser. Je ne voudrais pas qu'elle se fatigue trop, j'aurai trop besoin d'elle à l'automne.

— Pourquoi ? Qu'est-ce qui va se passer à l'automne ?

Il garda le silence pendant un long moment. Puis, lentement, il s'approcha d'elle et, comme si elle était un précieux trésor, prit délicatement sa tête entre ses mains et appuya son front contre le sien.

— La dernière fois qu'on s'est vus avant le mariage, nous avons parlé exactement comme ça. Tu n'étais pas sûre d'être encore au ranch cette semaine. Tu m'as dit que tu aurais une meilleure idée de ce que te réserverait l'avenir à mon retour. Et maintenant, je suis revenu. Est-ce que tu sais ? Seras-tu là cet automne ?

Il lui fut difficile, extrêmement difficile, de ne pas s'immerger dans la chaleur sécurisante de ses bras musclés. Il la serrait fort contre elle, et elle se sentait bien, en sûreté.

Mais cette époque-là était révolue. Elle n'aurait d'ailleurs jamais dû advenir. Aussi décida-t-elle de lui répondre avec honnêteté.

— Oui. Je serai là jusqu'en janvier.

Comme elle était toute proche de lui, elle put voir qu'il paraissait soulagé, mais elle remarqua également que les plis de son front s'étaient creusés. Elle n'était pas assez bonne actrice pour le tromper. Il savait qu'elle lui cachait quelque chose, mais, fidèle à lui-même, il ne cherchait pas à insister.

— Bon, finit-il par dire. Est-ce que ça te tenterait de découvrir à quoi ressemble le ranch au-delà de la maison et de l'écurie ? Nous sommes dimanche, c'est le mois de juillet, il ne doit pas y avoir un chat à des kilomètres. Je pourrais te faire faire un tour en pick-up et t'expliquer un peu ce qui va se passer d'ici à la fin de l'année.

C'est à moi de t'expliquer ce qui va se passer.

Mais il lui offrait un sursis, et elle l'aimait trop pour se priver de ce moment en sa compagnie, ce dernier moment de bonheur.

18

— Je ne m'étais pas rendu compte qu'il y avait autant de fleurs.

Pelotonnée sur le siège du pick-up, Sophia se sentait triste : le jour de son arrivée, elle n'avait pas apprécié la beauté du ranch à sa juste valeur ; il était magnifique.

— Comment se fait-il que tu ne les aies pas vues ?

— Tout me paraissait marron. J'ai eu l'impression de me retrouver exilée sur une sorte d'horrible planète marron, mais en fait c'étaient des fleurs — jaunes, violettes, orange. Si on mélange ces couleurs, on obtient du marron.

— Sauf si on y regarde de plus près, comme tu le fais à présent.

Touchée par sa bienveillance, elle ferma les yeux. Évidemment qu'elle était amoureuse de cet homme, comment aurait-elle pu ne pas l'être ?

Mais bientôt il la détesterait.

— Arrête d'être aussi gentil avec moi.

Il garda le silence quelques secondes.

— Pourquoi as-tu tant de mal à porter sur toi un regard positif ? finit-il par demander.

Elle ne répondit pas. Par la fenêtre du véhicule, elle voyait des bébés partout. Toutes les vaches avaient un veau accroché à leurs mamelles ou allongé à leur côté. Travis les observait lui aussi, l'air satisfait et fier.

Au bout de quelques instants, il ralentit et tourna les yeux vers un arbre isolé dans le lointain.

— Ah, la voilà.

Après avoir arrêté le camion, il descendit. Près du tronc se trouvait une vache qui, sur le flanc, semblait dormir paisiblement.

— Tu peux venir, si tu veux. Évite juste de claquer la portière.

D'un pas léger, il s'approcha un peu plus de la bête, avant de s'accroupir devant elle. Il regarda sa montre. Et attendit.

Longtemps.

Les minutes s'écoulèrent, et Sophia finit par s'impatienter. Tout doucement, elle descendit du pick-up pour rejoindre Travis sur la pointe des pieds.

— Qu'est-ce qui se passe ? chuchota-t-elle en s'accroupissant à côté de lui.

— C'est la dernière vache gestante de la saison. Enfin, elle est tellement en retard qu'on pourrait dire qu'elle est hors saison.

— Je ne comprends pas.

Il regarda de nouveau sa montre tandis que la vache semblait essayer de se lever. Le souffle haletant, elle se laissa retomber sur le sol.

— Au River Mack, la période de vêlage s'étend d'avril à mai. C'est à ce moment-là que nous souhaitons que les veaux arrivent.

— Tous en même temps ?

— Plus ou moins. Pendant la saison, on inspecte les troupeaux plusieurs fois par jour pour vérifier si les nouveau-nés ont besoin d'être soignés, s'assurer que les mères les nourrissent ; à l'occasion, il faut les aider à mettre bas.

Sans rien ajouter, il retourna au pick-up, dont il revint avec des bandes de tissu bleu et ce qui ressemblait à deux sacs en plastique.

— Cette petite demoiselle nous a roulés dans la farine : on

pensait qu'elle était gestante en même temps que les autres, mais en réalité elle ne l'était pas. Et puis un taureau est passé par-dessus une clôture, et voilà où elle en est, totalement en décalage. Un accident peut toujours arriver.

La vache meugla et il secoua la tête.

— Qu'est-ce qu'il y a ? demanda Sophia, qui était restée accroupie dans l'herbe.

— C'est la première fois qu'elle va mettre bas et elle ne se débrouille pas très bien ; le travail a dû commencer il y a longtemps. Regarde comme elle a l'air fatiguée.

Sur ces mots, il s'approcha de la vache, et Sophia se pencha pour mieux observer avant de pousser un cri de surprise : deux pattes venaient d'émerger du corps de la mère.

Debout à côté de la bête, Travis ne bougeait pas. La mère sembla s'agiter un peu. Sophia vit alors un petit museau sortir de son ventre. Travis revint s'accroupir près de Sophia.

Durant une éternité, il ne se produisit rien d'autre. De temps en temps, Travis regardait sa montre. Mais, soudain, la vache émit un mugissement désespéré et le reste de la tête du veau sortit à l'air libre.

— Ah te voilà, murmura Travis.

— Je crois que je vais vomir, chuchota Sophia en se laissant tomber sur le sol.

L'air surpris, il se tourna vers elle.

— C'est la première fois que tu assistes à une mise bas ?

— Oui. À quoi servent ces bandes bleues ?

— On peut les enrouler autour du bébé pour aider la mère à l'expulser.

— C'est ça que tu fais toute la journée ? Et moi qui pensais que tu galopais à cheval en tirant sur des serpents à sonnette, ou je ne sais quoi.

— Je fais ça aussi, répondit-il en se retournant vers la vache. Ces bêtes doivent endurer beaucoup d'épreuves pour vêler, le moins que je puisse faire pour elles est de m'assurer que leurs petits ne se fassent pas mordre par des serpents.

Il serait le meilleur père du monde.

Cette pensée la frappa dans toute sa force, immédiatement suivie par un sentiment de tristesse au souvenir de Deezee. Elle s'était montrée tellement imprudente.

Ce fut à ce moment-là que la vache se remit à meugler et que le veau sortit dans un jet de liquide rouge et blanc. Après cela, son petit corps humide resta immobile sur le sol. Sophia sentit les battements de son cœur s'accélérer, sa tête commencer à tourner. Craignant de perdre connaissance, elle s'accrocha fermement au bras de Travis.

— Allez, maman, murmura-t-il.

La mère ne bougeait pas, le bébé non plus.

Ce fut Travis qui finit par bouger. Tout en s'approchant des animaux, il enfila les sacs plastique sur ses mains et ses bras, et Sophia comprit qu'il s'agissait en réalité de gants. D'un geste preste, il attrapa le museau du petit, qu'il débarrassa d'une sorte de membrane. Puis il le traîna sur environ un mètre vers sa mère.

Un accouchement.

Le sang, les fluides corporels, la douleur.

Luttant pour ne pas vomir, Sophia se recroquevilla sur elle-même.

Que croyait-elle ? Elle s'était dit qu'elle aurait un gros ventre pendant quelques semaines puis qu'elle mettrait au monde le bébé sans trop de difficultés, grâce à tout le sport qu'elle faisait, et qu'après cela elle le donnerait à une merveilleuse famille d'adoption. Tout aurait été propre et net, et elle aurait pu revenir à son ancienne vie.

Mais ce n'était pas comme ça. Elle allait devoir donner naissance au bébé, accoucher. Il y aurait des cris, de la souffrance, de la fatigue. Et si, après tout cela, le pauvre petit ne bougeait pas…

Que se passerait-il si le pauvre petit ne bougeait pas ?

Enfonçant ses ongles dans la terre, elle se mit à haleter.

— Sophia.

Elle était à peine consciente qu'il était revenu à son côté. La serrant fermement contre lui, il l'aida à se redresser.

— Le bébé va bien, regarde : sa mère s'occupe de lui. Elle était juste trop fatiguée pour se lever, alors je lui ai un peu facilité la tâche. Tout va bien.

— Non, tout va mal !

S'étant brusquement relevée, elle commença à s'éloigner de lui, mais il n'y avait nulle part où aller.

— Je ne veux pas faire ça. Je ne peux pas.

— Faire quoi ?

— Toi qui es un homme, tu aimerais endurer tout ça ? C'est horrible. Elle aurait pu mourir, et son petit aussi. Je ne veux pas faire ça.

— Mais tu n'as pas à faire quoi que ce soit.

Il l'avait prise dans ses bras et il essayait de l'apaiser en murmurant de petits « chut » comme si elle était un bébé.

Brusquement, elle se mit à pleurer.

— Si. Parce que je suis une femme.

Comme si elle venait de dire une ineptie, elle le sentit secouer la tête contre elle.

— Tu es une femme, oui, mais tu ne vas pas accoucher bientôt.

Elle sanglotait si fort désormais qu'elle s'était recroquevillée sur elle-même. S'il n'avait pas passé le bras autour de sa taille, elle se serait certainement évanouie.

— Si. Bientôt. Parce que je suis enceinte.

Durant les sept semaines qui suivirent, Travis vécut dans la fureur.

Après cet aveu, il avait soutenu dans ses bras Sophia, qui semblait bouleversée, même s'il lui aurait été bien difficile de dire lequel d'entre eux était le plus secoué.

Enceinte. Ils s'étaient toujours montrés prudents, mis à part la première fois — et encore, il n'était resté en elle qu'une minute et il n'avait pas joui. Mais c'était tout de même possible, il était suffisamment informé sur le sexe pour savoir que ce genre d'accidents pouvait arriver.

Tout en la tenant dans ses bras, il essayait de prendre la mesure de ce qu'elle venait de lui dire. Mais, plus concrètement, il faisait des calculs. Juin plus neuf mois.

— En mars ? avait-il demandé.

— Janvier, avait-elle soufflé.

À ce moment-là, le monde s'était effondré autour de lui.

Tandis qu'il resongeait à tout cela, son cheval avait tourné la tête vers lui. Une fois de plus, il serrait trop les rênes. Il essaya de se détendre un peu, mais cela lui était plus difficile encore quand il s'approchait de la maison. Il n'avait pas vu Sophia depuis sept semaines, mais ça ne l'empêchait pas de regarder régulièrement.

Il avait vécu le reste du mois de juillet dans la souffrance, ayant durement conscience que finalement, si Sophia était venue se cacher dans le ranch, c'était avant tout pour dissimuler sa grossesse. *Elle aurait dû me le dire. Sa sœur aurait dû me le dire. Son beau-frère aurait dû me le dire. Pourquoi personne ne m'a rien dit ?*

C'était la question qu'il s'était posée durant tout juillet mais, par cette belle journée de septembre, il commençait à remettre en cause ses certitudes. Pourquoi lui auraient-ils confié quelque chose d'aussi personnel ? Il était un étranger pour eux. Et puis qu'auraient-ils pu lui dire, exactement, en ce premier jour où ils s'étaient rencontrés ? *Bonjour, vous êtes le gérant du ranch ? Voici Sophia. Elle est enceinte.*

Le mois d'août avait été chaud et calme. Il n'avait eu à travailler qu'à mi-temps. Peu à peu, son indignation s'était changée en autre chose. *Si seulement elle me l'avait dit dès le départ. Si seulement sa sœur me l'avait dit. Si seulement j'avais su…*

Mais désormais on était en septembre, et il ignorait encore ce qu'il aurait fait dans ce cas de figure.

De toute façon, DJ Deezee Kalm aurait toujours été le père. *Si j'avais su…*

Mais, non, il aurait tout de même protégé Sophia de Deezee ; cet homme restait un sale type. Il avait fait du mal à Sophia, et pas juste en la laissant seule et enceinte : il avait miné sa carrière, son compte en banque et sa confiance en elle, à tel point qu'elle envisageait de faire adopter le bébé. Il avait été complètement médusé quand elle le lui avait dit, en ce terrible jour. Il avait passé toute sa vie à regarder des mères s'occuper de leurs petits et n'arrivait pas à imaginer que Sophia ne veuille pas s'occuper du sien, mais à présent il se demandait quelle influence Deezee avait eue sur cette décision.

Quoi qu'il en soit, il éprouvait de nouveau ce sentiment d'urgence, ce besoin de la voir. Sept semaines… C'était bien trop long.

La maison n'était plus très loin désormais. Comme toujours, il se mentit à lui-même. Quand il aurait vérifié qu'elle allait bien, il aurait l'esprit apaisé et pourrait passer à autre chose.

Un coup de feu déchira brusquement le silence.

Sophia.

Cette fois-ci, elle était bel et bien en danger.

19

— Tu ressembles à une vache enceinte.

Sophia ne se donna pas la peine de répondre à Deezee. Elle en était désormais à la moitié de sa grossesse, et son ventre s'était arrondi, mais elle ne portait toujours pas de vêtements spéciaux ; ses tenues de yoga, extensibles, convenaient encore. Si Deezee pensait qu'elle avait l'air d'une vache enceinte, c'était qu'il n'en avait jamais vu.

D'un geste vif, il referma la portière passager de sa luxueuse berline noire. Il avait laissé le privilège de la conduire à l'un de ses omniprésents amis, un homme qu'elle ne connaissait pas. Les portières arrière s'ouvrirent, et deux autres individus sortirent.

Sophia ne s'était pas attendue à ce qu'il débarque si tôt. En apercevant la voiture, elle avait pensé qu'il s'agissait de son avocat, lequel aurait dû arriver en premier avec le dossier d'adoption que Deezee devait signer. Elle avait d'ailleurs envoyé un texto à Clay pour l'informer qu'elle aurait de la visite ce jour-là.

La présence prématurée de Deezee et de ses acolytes fit naître en elle un sentiment de panique : son téléphone était resté à la maison et elle ne doutait pas d'être vite rattrapée si elle tentait de courir jusqu'à la porte d'entrée.

Clay la croyait en sécurité. Quant à Travis, il ne lui parlait plus. Elle n'avait jamais vu un homme paraître aussi choqué que lui quand elle lui avait avoué que le bébé n'était pas le sien.

Bref, elle était coincée avec Deezee et ses sbires.

Un frisson glacial lui parcourut le dos.

— Tu es en avance, dit-elle.

De trois heures, exactement. D'ordinaire, il avait plutôt tendance à être en retard.

— Et alors ? Viens, on va visiter ta nouvelle maison. Qu'est-ce que tu as à boire ?

— Rien de ce que tu aimes. Je suis enceinte, donc, pas d'alcool. Mais, si tu reprends la route principale et que tu tournes à droite, tu devrais tomber sur un bar. De toute façon, l'avocat ne sera pas là avant une heure.

L'un de ses amis sembla trouver l'idée intéressante. *S'il te plaît, s'il te plaît, s'il te plaît, dis-leur que ça te tente.* Naturellement, l'itinéraire en question ne menait pas à un bar, mais au ranch des Waterson. Mais, le temps que Deezee s'en aperçoive, il aurait sans doute parcouru deux ou trois kilomètres — et, avec un peu de chance, les Waterson le retiendraient.

Travis avait confiance en eux. Ils auraient fait partie de son « petit nid de sécurité » si elle avait été assez intelligente pour l'accepter.

— On y va ? proposa avec enthousiasme l'homme qu'elle avait repéré.

— Non, non, non, non, répondit Deezee.

Le faible espoir qu'elle avait entretenu se brisa net.

— Il faut d'abord que j'inspecte ce trou paumé, reprit-il. Mais qu'est-ce que tu fiches ici toute seule ?

Je pleure.

— Comme tu viens de le dire, c'est un trou paumé, il n'y a rien à voir.

Jouant de ses talents d'actrice, elle fit claquer ses doigts.

— Vous savez où vous pourriez trouver de la bière ? Dans le dortoir. Vous passez l'écurie et vous suivez le chemin, vous ne pouvez pas le manquer.

Sophia avait une idée très précise de la façon dont les cow-boys réagiraient à la présence de ces quatre énergumènes sur leur territoire. *S'il te plaît, Deezee, va voir s'il y a de la bière dans le dortoir.*

— Tu as l'air bien pressée de te débarrasser de moi, fit-il en la scrutant, les paupières plissées.

Elle avait mal joué et laissé transparaître sa nervosité. Elle ne s'était jamais sentie si vulnérable, et apparemment il l'avait bien remarqué.

— Tu n'as plus envie de t'amuser ? demanda-t-il. Ah ouais, c'est vrai que tu as un polichinelle dans le tiroir.

L'air fier de lui, il se tourna vers ses amis.

— Vous avez vu ça, les gars ? C'est mon œuvre.

Le coup de feu qui résonna alors la fit bondir en arrière, en pleine panique. Deezee sursauta et se retourna vers son compagnon en lançant un juron.

L'homme avait un pistolet à la main, braqué sur l'écurie.

— Qu'est-ce que tu fais ? hurla Deezee.

— J'avais juste envie d'essayer ce vieux truc de western spaghetti, dit-il en tirant derechef dans la même direction. C'était à mon père. Je détestais mon père.

— Arrête ! s'exclama Sophia en courant vers lui. Il y a des chevaux là-dedans, des chiens, des chats. Tu pourrais blesser quelqu'un.

Ne sachant que faire, elle l'attrapa par le coude, mais il se débarrassa aussitôt d'elle et tira à nouveau.

— S'il te plaît, supplia-t-elle. C'est une véritable écurie. Tu risques de tuer un animal.

— Donne-moi ça, intervint Deezee en arrachant l'arme à son ami.

D'un mouvement délibéré, il se tourna vers l'écurie et visa.

— Arrête ! hurla Sophia en s'accrochant à son bras.

L'instant suivant, elle entendit un galop de cheval.

Travis apparut presque aussitôt ; il descendit de sa monture après avoir à peine ralenti et, en moins d'une seconde, il s'était approché de Deezee et lui avait pris le pistolet des mains. Après en avoir retiré les munitions, il le jeta au loin.

— Sophia, rentre à la maison.

Deezee semblait aussi arrogant qu'à son habitude, mais il avait fait un pas en arrière.

— Qui tu es, toi, pour donner des ordres à ma femme ?

Il pivota vers le conducteur.

— Montre-lui le contrat de mariage, lui commanda-t-il.

L'instant suivant, il était allongé au sol. Sous le regard médusé de Sophia, Travis venait de lui mettre son poing dans la figure.

— Qu'est-ce que tu crois, mec ? dit son ami en se tournant vers Travis. Que tu vas nous prendre tous les trois ?

— Pourquoi pas ?

Mais aucun d'entre eux ne fit un pas vers lui.

— Sophia, rentre à la maison, répéta Travis entre ses dents serrées.

Elle eut envie de rester à son côté mais, soudain, le bébé bougea dans son ventre et elle comprit qu'il ne s'agissait pas uniquement de sa sécurité à elle. Alors que d'autres hommes du River Mack galopaient dans leur direction, elle se précipita vers la porte de la cuisine.

— Je veux voir si les chiots vont bien.

— Sophia, s'il te plaît, essaye de te reposer, rétorqua Travis. Buck a dit qu'aucun animal n'avait été blessé. Comment te sens-tu ?

Elle était allongée sur le canapé, la tête sur les genoux de Travis, qui lui caressait tendrement les cheveux, les épaules… le ventre. Elle ne s'était pas sentie aussi bien depuis la dernière fois qu'ils avaient fait l'amour.

— C'est à toi qu'il faut le demander, répondit-elle. C'est toi qui t'es battu à mains nues.

— Mais toi tu es enceinte, Sophia, objecta-t-il en caressant son visage, avant de pousser un lourd soupir.

— Je vais bien, je t'assure.

Et elle se sentait mieux encore à chaque seconde qu'elle passait en sa compagnie.

— Mais je maintiens que ce n'est pas moi qui me suis battue.

— Je suis fatigué, mais simplement à cause de la tension. Or, cette tension, tu l'as toi aussi subie. Et, à cet instant précis, ton corps est beaucoup plus important à mes yeux que le mien.

Sur ces mots, il se remit à caresser son ventre avec tendresse.

— Merci.

Comme il gardait le silence, elle décida de développer :

— Merci d'avoir été gentil avec moi, d'être venu à mon secours et, surtout, d'être un garçon si bien sur tous les tableaux.

— Je me suis comporté comme une ordure, protesta-t-il. Tu devrais être en train de me taper dessus plutôt que de me faire des compliments. Je t'aime, Sophia. Je t'aime depuis le premier jour, et je m'en veux à mort d'avoir passé tout le mois d'août à m'apitoyer sur mon sort.

— Mais ça doit tout de même être horrible d'apprendre que la femme qu'on aime porte l'enfant d'un autre. Ne me dis pas que ce n'est pas le cas.

D'un geste apaisant, plein d'affection, il lui caressa de nouveau les cheveux.

— Très bien, tirons les choses au clair sur ce point : c'est horrible, oui, mais j'aurais dû en parler avec toi. J'aurais dû te poser des questions à toi, plutôt que de m'en poser à moi.

— C'est moi qui aurais dû…

— Mais il n'y a pas que ça, l'interrompit-il. Je m'excuse d'avoir mis tant de temps à me rendre à l'évidence. Je n'arrêtais pas de me dire « Si seulement j'avais su », mais j'ai fini par comprendre que ça n'aurait rien changé. Qu'est-ce qui aurait changé si j'avais su que tu étais enceinte à ton arrivée ? Je t'aurais tout de même trouvée fascinante. Qu'est-ce qui aurait changé si tu avais eu cet adorable petit ventre rond quand tu jetais des tomates sous le porche ? On se serait de toute façon déshabillés dans le séjour.

— Travis…

— Qu'est-ce qui aurait changé si tu étais venue ici avec un bébé ? Je serais toujours tombé amoureux de toi. L'important, c'est toi, Sophia. Je t'aime et je t'aimerai toujours.

Elle se redressa un peu pour se blottir contre lui.

— Si c'est vrai, je pourrai vivre heureuse jusqu'à la fin de mes jours.

Comme elle l'avait espéré, il l'embrassa tendrement.

— Tu n'es pas du tout en colère contre moi ? murmura-t-il contre ses lèvres.

— Non. Je t'ai regardé par la fenêtre tous les jours. Tu avais l'air tellement triste, et c'était à cause de moi. Je suis vraiment désolée. Je sais que ça paraît difficile à croire, mais j'étais dans le déni complet : j'avais lu que le test de grossesse pouvait donner un faux résultat positif, alors je me suis accrochée à cette explication, parce que c'était la seule que je pouvais supporter. Pas d'impact sur ma carrière, pas de lien éternel avec Deezee. Tu es arrivé plus tard, mais ma rencontre avec toi a été une raison de plus d'ignorer cette possibilité. C'est bête, hein ?

— Il n'y a rien de bête en toi.

Il l'embrassa doucement, tendrement, comme s'il avait tout le temps de le faire.

— Je vais dormir ici ce soir, déclara-t-il soudain. Après ce qui s'est passé, il va me falloir un moment pour accepter l'idée de ne pas pouvoir garder un œil sur toi. Ça non plus, ce n'est pas très rationnel.

— Mais ça me plaît. Tu sais que tu ne coucheras pas avec une femme mariée, hein ? Je veux vraiment que tu comprennes que je ne suis pas dans le déni concernant cela. Deezee essaye simplement de faire courir des rumeurs.

— Je sais. Et je suis content que l'avocat nous ait éclairés là-dessus.

Ce dernier, qui était à l'origine venu pour les papiers d'adoption, avait dû mettre au point toutes sortes de choses, à commencer par le problème du certificat de mariage, émis à Saint-Barth. Une rapide recherche lui avait permis de découvrir que, pour s'unir sur cette île, il fallait y avoir demeuré pendant trente jours minimum. Or, Sophia et Deezee n'y étaient restés qu'un week-end.

Mais, le plus important dans l'esprit de Sophia, c'était qu'elle n'avait jamais dit « oui » : les cris de Deezee dans l'église avaient été la goutte d'eau qui avait fait déborder le vase. Folle de rage, elle lui avait jeté son bouquet en plein visage, avant de quitter les lieux comme une furie.

Pour mieux le regarder dans les yeux, elle s'écarta un peu de lui.

— Je ne suis pas mariée. Je ne l'ai jamais été.

Il passa quelques instants à la fixer en silence.

— Tu penses à mon père ? finit-il par demander.

— Peut-être. Oui. Je sais que tu n'apprécies pas ce qu'il a fait et je suis certaine que tu n'as jamais couché avec une femme mariée.

D'un geste caressant, il dégagea une mèche de cheveux de son visage.

— S'il fallait que j'attende que tu divorces, je le ferais. Maintenant que je connais Deezee, je sais que je ne supporterais pas l'idée de te savoir mariée avec lui. Mais, naturellement, je suis ravi de ne pas avoir à attendre quoi que ce soit, ajouta-t-il avec un léger rire.

Elle aurait aimé pouvoir lui sourire en retour.

— Tu dois te demander ce qui a pu me passer par la tête, je veux dire, comment j'ai pu envisager une seule seconde de l'épouser, n'est-ce pas ? Je ne sais pas ce qui m'a pris. Grace l'a tout de suite détesté, mais il n'a pas toujours été aussi méchant. Le problème, c'est qu'il a commencé à prendre de la drogue, à ses soirées. Et puis il s'est mis à en consommer au quotidien. Peu de temps avant que je le quitte, il était devenu incontrôlable. C'était comme si tous ses défauts avaient été amplifiés.

— Sophia ?

— Oui.

— Je me fiche complètement de Deezee. Tu es une femme formidable, indépendamment des personnes que tu as pu fréquenter.

Instinctivement, elle posa la main sur son ventre.

Il l'aimait d'un amour inconditionnel… mais elle avait toujours peur de ce qui allait suivre.

20

— J'ai un cadeau de Noël que j'aimerais te faire en avance, annonça Travis.

— C'est vrai ? s'exclama Sophia, alors occupée à donner du foin aux chevaux, l'air à la fois enthousiaste et incrédule. En plus de la maison ?

Elle était tombée amoureuse de la petite bâtisse centenaire dans laquelle il habitait et, comme elle se trouvait en bordure du ranch, les MacDowell avaient accepté de la lui vendre, avec un bout de terrain. Des travaux, notamment pour la chambre du bébé, étaient en cours, mais tout serait terminé à la fin du mois de janvier, c'est-à-dire à la date où elle devait accoucher.

En attendant, il logeait avec elle dans la maison de Mme MacDowell, refusant de passer ne serait-ce qu'une journée sans elle. Le tournage de son prochain film devait débuter en juillet, et fort heureusement son nouveau manager s'était arrangé pour que Travis puisse séjourner sur place avec elle et le bébé. Un jet privé lui permettrait de revenir régulièrement au ranch.

D'un geste tendre, il passa les bras sous ses seins, qui étaient devenus plus beaux et plus opulents encore depuis quelque temps.

— Oui, murmura-t-il en commençant à la caresser avec sensualité.

— Je ne suis pas sûre de pouvoir accepter ce cadeau, tu sais ? Je me sens énorme, aujourd'hui.

Sa façon de caresser son ventre avait changé. Peut-être à cause du gros pull qu'elle portait en ce matin de décembre frisquet. Ou peut-être pas.

Pour préserver son intimité et celle de l'enfant, elle avait insisté pour accoucher à domicile, avec l'aide d'une sage-femme qui habitait assez près pour pouvoir arriver au ranch en moins de une heure. Mais Travis ne trouvait pas cette idée aussi réconfortante que Sophia : il avait assisté dans sa vie à des centaines de mises bas, mais Sophia n'était pas un animal, et il espérait que, quand les contractions commenceraient, elle changerait d'avis et accepterait de le laisser la conduire à la maternité. Comme elle n'envisageait plus de faire adopter le bébé, la discrétion n'était de toute façon plus aussi essentielle.

Mais ils auraient tout le loisir d'en parler plus tard : en ce 24 décembre, la seule chose qu'il voulait, c'était voir un beau sourire se dessiner sur ses lèvres.

— C'est dommage, murmura-t-il. Mais ce n'est pas à cela que je pensais. Ferme les yeux et ne bouge pas.

Sur la pointe des pieds, il entra dans le box de Samson pour aller chercher le chiot gris et noir qu'il y avait caché. Il avait beau avoir quatre mois, il avait conservé son adorable frimousse de bébé.

— Joyeux Noël, dit-il en le lui posant dans les bras, contre sa poitrine.

— Oh ! un chiot !

Le sourire qu'elle afficha était exactement celui qu'il avait espéré.

Mais au bout de quelques secondes il disparut, laissant place à une expression décontenancée.

— Attends, c'est l'un des petits de Patch, non ?

— Oui. On me l'a rendu. Je me suis dit que tu aimerais sûrement le garder.

— Le pauvre, pauvre petit bébé.

Enfouissant la tête dans le pelage de l'animal, elle éclata en sanglots.

— Pourquoi pleures-tu ? s'inquiéta aussitôt Travis.

— On l'a rendu parce qu'il n'était pas assez bien, c'est ça ?

— Pas du tout. Roger a été embauché dans un autre État, et comme il n'avait le chiot que depuis quelques…

— Tu n'es pas obligé de me raconter des histoires, tu sais ? coupa-t-elle.

Depuis quelques semaines, elle avait tendance à pleurer facilement, mais il sentait bien que cette crise de larmes n'était pas uniquement due aux hormones.

— Viens dans le bureau.

Après l'avoir fait asseoir avec le chiot sur les genoux, il se pencha vers elle.

Après quelques instants, elle finit par lui expliquer ce qu'elle ressentait.

— Tu m'avais dit que tout le monde voudrait des bébés de Patch, parce que c'est une super chienne de berger, mais il se trouve que personne ne sait qui est le père des chiots. Et maintenant on te les rend tous. C'est à cause du géniteur, hein ? Même avec une bonne mère comme Patch, les gens pensent que ses petits ne sont pas assez bien. C'est tellement injuste, ils n'ont rien fait de mal.

Attendri, il s'accroupit devant elle.

— C'est le seul à être revenu au ranch, et ce uniquement parce que son propriétaire vient de trouver un nouvel emploi dans une administration. S'il l'avait gardé avec lui, le chiot aurait été tout seul toute la journée, c'est tout. Je ne te mens pas, Sophia : ce chiot est super, je te le garantis, qu'on sache ou non qui est son père.

— J'aurais peut-être dû suivre mon plan originel et faire adopter le bébé, gémit Sophia. Personne n'aurait su qui étaient ses parents biologiques, il aurait pu commencer sa vie sur une page vierge.

— Je vois, murmura-t-il. Tu as appris que Deezee avait été arrêté pour trafic de drogue, c'est ça ?

— C'est le père de ce pauvre bébé, répondit-elle en plaçant une main sur son ventre. Tout le monde le sait. Deezee a tout fait pour et, maintenant, il est condamné. Comment vais-je pouvoir compenser cela ? Je ne suis pas sûre d'avoir beaucoup d'instinct maternel. Même Patch, la légendaire bergère, n'a pas su compenser les défauts du géniteur de ses petits. Les gens pensent qu'ils ne sont pas assez bien parce que leur p… père…

— Sophia, écoute-moi.

Plus le temps passait, plus Travis détestait son ex : Deezee n'était pas seulement un dealer qui était venu au ranch avec une arme qui aurait pu blesser Sophia et le bébé, c'était aussi l'homme qui avait détruit la confiance que Sophia avait en elle.

— Tu seras une super mère. Je le sais, je le sens au plus profond de mon être. Le simple fait que tu t'inquiètes d'être assez bien pour le bébé prouve que tu es une maman impliquée. Et merveilleuse.

Il le lui répéterait autant de fois que nécessaire. Pendant les cinq mois qu'avait duré leur relation, Deezee ne lui avait raconté que des mensonges. Il était pour sa part déterminé à lui dire la vérité jusqu'à la fin de sa vie.

Quand le chiot finit par sauter à terre, elle plaça de nouveau la main en bas de son ventre.

Tendrement, amoureusement, il la couvrit de la sienne.

— Personne ne regardera jamais cet enfant en pensant qu'elle ou il n'est pas assez bien. Deezee a décidé de vendre de la drogue, mais ce n'est pas dans son ADN, c'est un choix. N'importe quelle personne, issue de n'importe quelle famille, aurait pu faire ce choix, ou pas. Mais Deezee ne sera pas là pour apprendre au bébé à faire de mauvais choix, c'est moi qui serai là.

Comme si elle cherchait à retenir ses larmes, elle avait désormais le regard légèrement trouble.

— J'ai hâte de pouvoir le tenir dans mes bras, reprit-il. Je le considère déjà comme la chose la plus merveilleuse qui puisse exister. Je n'ai peut-être pas contribué à sa conception, mais je compte bien participer à son éducation. Je lui apprendrai à dire « hue ! », à monter à cheval, à manger ses courgettes et à aimer sa maman.

Une larme s'était mise à couler sur la joue de Sophia, mais sa respiration était calme. Il l'avait apaisée.

— Il y a des milliers de raisons pour lesquelles je vais aimer ce bébé, Travis. Mais, la plus importante de toutes, c'est que, s'il n'avait pas été là, je ne serais jamais venue au ranch et je ne t'aurais donc jamais rencontré. Je lui dois déjà ça, à ce petit être…

Il fut si ému par ses paroles qu'il lui fallut quelques instants pour lui répondre.

— Moi aussi, Sophia, moi aussi, murmura-t-il après s'être éclairci la gorge.

Sous sa main, il sentit son ventre se tendre. Grâce à son expérience avec les animaux, il connaissait bien ce type de contractions. Cela pouvait s'arrêter et ne pas recommencer avant trois semaines, mais cela pouvait aussi continuer.

— Viens. On va rentrer à la maison.

Une fois à l'intérieur, Sophia se dirigea vers le sapin pour réarranger un peu les décorations.

— Je vais appeler la sage-femme, dit Travis.

L'air surpris, elle s'immobilisa.

— Pourquoi ? Je vais bien.

— Tant mieux, répondit-il, mais il était déjà en train de composer le numéro.

Dehors, la pluie était en train de se changer en neige. La sage-femme ne décrochant pas, Travis commença à s'inquiéter et récupéra le matériel qu'elle avait laissé lors de sa dernière visite pour l'apporter dans la chambre.

— Je vais prendre un bain, lui dit Sophia. Après, on pourrait peut-être regarder un film.

Au bout de plusieurs essais, la sage-femme finit par répondre. À cause du mauvais temps, elle ne pouvait pas se déplacer ; la route principale avait été coupée. Elle lui expliqua qu'un premier accouchement pouvait facilement durer douze heures. D'ici là, la circulation aurait certainement été rétablie. Dans tous les cas, elle restait joignable au téléphone.

De plus en plus nerveux, il entra dans la salle de bains. Sophia s'était assise dans la baignoire, mais n'avait pas fait couler d'eau. Ce fut à ce moment-là que la première contraction douloureuse sembla la toucher.

— Quelque chose ne va pas, dit-elle d'une voix haletante.

— Tout a l'air de bien se dérouler.

— Non. Ça va mal se passer, je le sens. Vous perdez des veaux tous les ans. On a failli perdre ce petit chat…

Elle n'eut pas le temps de finir son propos qu'une nouvelle contraction la traversa. Elle se mit à respirer bruyamment, comme la sage-femme lui avait appris à le faire.

Une autre contraction survint, puis encore une. Elles se succédaient à un rythme de plus en plus rapide. Pauvre Sophia.

Avec tendresse, il l'embrassa sur le front et passa le bras autour de ses épaules, se sentant terriblement impuissant.

— Ce veau, souffla-t-elle. Mère Nature l'aurait emporté, lui et sa mère, si tu n'avais pas été là pour les aider.

— Je ne crois pas, non.

— Tu avais ces lanières bleues.

— Mais je ne les ai pas utilisées, rappelle-toi. J'ai simplement attendu, et ce bébé est venu au monde en bonne santé. Ton bébé va lui aussi venir au monde, en bonne santé. J'imagine que ça doit être horriblement douloureux, mais tout va bien se passer.

Le visage déformé par la souffrance, elle serra fort sa main dans la sienne.

— Cette vache a failli mourir. Elle ne bougeait plus tellement elle était fatiguée.

Il y avait de la panique dans sa voix. La douleur était en train de prendre le dessus sur elle, et il avait lui-même l'impression que sa cage thoracique allait exploser, tant son cœur battait vite et fort.

Il n'avait aucun pouvoir sur le temps qu'il faisait ni sur l'accouchement. C'était le moment le plus important de sa vie, la seule chose dans sa vie qui devait nécessairement bien se passer… et il était impuissant.

Relevant la tête, elle se mit à nouveau à respirer comme la sage-femme lui avait appris.

Sophia poursuivait ses efforts, elle n'avait pas le choix.

— Je n'y arrive pas, murmura-t-elle pourtant.

— Écoute-moi, tu te débrouilles très bien.

— Ce veau serait mort. Tu as dû le traîner vers sa mère.

De nouveau, il l'embrassa sur le front.

— Tout va bien se passer, d'accord ? Si j'ai apporté ce veau à sa mère, c'était juste pour aider un peu. Elle était fatiguée, alors je lui ai rapproché son bébé pour qu'elle puisse prendre soin de lui. Et tu sais quoi ? Quand ton bébé sera né, si tu es trop fatiguée pour bouger, je te l'apporterai aussi, évidemment.

Tâchant de mettre dans ce geste tout l'amour qu'il avait pour elle, pour eux, il resserra son étreinte sur elle.

— On sera tous les trois. Toi, moi et le bébé. Et tout va bien se passer.

— Excuse-moi, c'est juste que…

Elle paraissait désormais un peu décontenancée, mais plus aussi anxieuse.

— … ce n'est pas comme ça qu'on avait prévu les choses.

— C'est vrai, mais ne t'inquiète pas : je suis avec toi.

— Je t'aime.

Jamais ces mots n'avaient semblé si doux à ses oreilles.

— Je t'aime aussi.

L'air soucieux, elle se mit à le regarder en fronçant les sourcils.

— Je crois… Je crois qu'il faut que je pousse, mais je n'en suis pas sûre. J'ai… J'ai besoin de pousser. Tu crois qu'il faut que je le fasse ?

— Si tu en ressens le besoin, c'est qu'il faut le faire, répondit-il. Tu ne peux pas te tromper.

— Très bien. Alors je vais mettre au monde ce bébé. Maintenant.

Cette fois-ci, il l'embrassa sur le sommet de la tête.

— Tu vas réussir, Sophia. Tu vas réussir.

Et elle le fit.

En un temps record, la veille de Noël, la petite Noelle Jackson Chalmers vint au monde au River Mack Ranch, parfaite et en bonne santé.

Travis pleura.

Jamais il n'avait eu plus beau cadeau.

SORAYA LANE

Le cow-boy qu'elle attendait

HARLEQUIN

Titre original :
RODEO DADDY

Ce roman a déjà été publié en 2018.

1

Sophie Baxter crispa les doigts sur son volant. La nuit était noire, le temps exécrable et la chaussée glissante. Un sol boueux adhérait aux roues de la voiture. Elle avait depuis tant d'années l'habitude de rouler sur l'asphalte impeccable des villes néo-zélandaises que les routes de campagne, sinueuses et ravinées, lui paraissaient aujourd'hui dangereuses. Elle s'épuisait les yeux à fixer le pare-brise embué. Les flocons s'étaient transformés en neige fondue. La visibilité était presque nulle.

Soudain, une forme sombre surgit devant son véhicule. Elle enfonça la pédale de frein et vit la silhouette d'un homme se dresser devant elle. L'individu, planté au beau milieu de la voie, agitait les bras au-dessus de sa tête. Comme elle braquait violemment sur sa droite pour l'éviter, elle se sentit glisser vers le bas-côté. Après quelques secondes interminables, la voiture s'immobilisa enfin. Mais, tandis qu'elle reprenait peu à peu ses esprits, une vision plus incroyable encore la cloua sur son siège. Une masse luisante, au gabarit impressionnant, traversa la chaussée. Ses pupilles s'élargirent un peu plus. Non, elle ne rêvait pas. Il s'agissait bien d'un cheval. Un cheval en liberté sur la route !

Elle plongea la main dans son sac et en sortit son portable. Les doigts tremblants, elle composa le numéro des urgences.

— Qu'y a-t-il pour votre service, madame ? Avez-vous besoin des pompiers, d'une ambulance ou de la police ?

La voix était calme et posée, et Sophie retint son souffle avant de répondre.

— La police.

Après un bref silence, il y eut un déclic sur la ligne.

— Police secours, bonsoir !

Rejetant la tête en arrière, elle essaya d'apaiser les battements de son cœur.

— Je veux vous signaler un cheval en liberté sur la route, dit-elle. J'ai failli le percuter, ainsi que l'homme qui courait à ses trousses.

Comme elle précisait sa localisation à l'agent, un coup sourd la fit bondir. L'individu qui lui avait bloqué la chaussée frappait à sa portière. Il avait l'air furieux. Elle raccrocha et abaissa sa vitre dans l'intention de s'excuser, mais il ne lui en laissa pas le temps.

— Vous comptez rester toute la nuit dans votre voiture ou vous allez enfin vous décider à venir m'aider ?

Elle eut un mouvement de recul. Il avait un certain culot.

— J'aurais pu vous tuer ! répondit-elle avec colère. Que faisiez-vous au milieu de la route ?

Il lui lança un regard peu amène.

— J'essayais de vous éviter une collision avec une jument, tout simplement.

Voilà qu'il retournait la situation à son avantage ! Qui était donc ce curieux personnage ? Elle prit le temps de l'observer. Il mesurait sans doute plus d'un mètre quatre-vingts et jouissait d'un physique avantageux. C'était un bel homme, elle en était convaincue, même si l'obscurité l'empêchait de distinguer précisément ses traits. Ses cheveux noirs étaient plaqués sur son crâne. Il était trempé jusqu'aux os et visiblement hors de lui.

Elle ne se laissa pas impressionner pour autant.

— Est-ce une raison pour vous montrer aussi agressif ?

Comprenant qu'il avait affaire à une femme de caractère, il changea d'attitude.

— Je suis désolé, madame. Je… j'ai dû vous paraître un peu brutal.

« Brutal », le mot était assez bien choisi.

— En fait, j'apprécierais un coup de main. Si vous ne craignez pas de vous mouiller, bien sûr. J'étais sur le point de rattraper la jument quand vous êtes arrivée. Maintenant, elle a de nouveau disparu.

Elle soupira. Au fond, il n'était peut-être pas si mauvais ! Sans doute l'avait-elle effrayé lui aussi.

— Je vais vous aider.

Elle saisit son ciré sur la banquette arrière et l'enfila avant de sortir de voiture.

— Je suis bénévole au refuge, dit-elle. Je connais bien les animaux. À nous deux, nous allons la retrouver.

— Merci, fit-il, visiblement soulagé.

Elle referma sa portière et remonta sa capuche.

— J'ai prévenu la police. Nous devrions avoir du renfort d'ici peu.

L'inconnu rejeta la tête en arrière.

— Décidément, ce n'est pas mon jour !

En quoi l'arrivée des policiers pouvait-elle l'ennuyer ?

— Il y a un problème ? demanda-t-elle.

Il se détourna du véhicule.

— Assez bavardé ! fit-il, ignorant sa question. Il faut rattraper ces maudites bêtes et les mettre à l'abri dans mon van !

Elle lui emboîta le pas.

— Vous voulez dire qu'il y en a plusieurs ?

Il leva un bras sur sa droite.

— Trois dans ce champ, derrière la clôture, et une en liberté.

Elle réfléchit un instant.

— Il faut d'abord regrouper les trois premières. La quatrième les rejoindra naturellement.

Il marqua une pause et la regarda par-dessus son épaule.

— Vous avez raison. J'aurais dû y penser plus tôt.

Les yeux de Lark Anderson s'attardèrent sur la silhouette

de la jeune femme. Elle était grande et mince, c'était à peu près tout ce qu'il pouvait voir.

— Vous vous amusez souvent à courir après vos bêtes au beau milieu de la nuit ?

Elle avait parlé d'un ton léger, mais il ne parut pas apprécier son humour.

— Non. Si le propriétaire du champ avait veillé à l'état de sa clôture, je ne serais pas là à me geler dans le froid.

Elle interrompit sa marche.

— Pardonnez-moi, je ne savais pas.

Il enfonça la tête dans ses épaules pour se protéger d'une bourrasque glacée.

— Vous n'êtes pas d'ici, n'est-ce pas ? demanda-t-elle encore.

— Comment avez-vous deviné ? répondit-il d'un ton bourru. Mon accent épouvantable ?

Sa mauvaise humeur devenait pénible.

— Vous êtes toujours aussi aimable ?

— Je suis désolé. La nuit a été longue. Et je n'ai pas vraiment l'habitude des chaussettes en laine trempées ni des doigts de pieds glacés.

Elle éclata de rire.

— À quoi êtes-vous habitué ?

Il sourit et parut se détendre de nouveau.

— Au soleil californien et aux bottes de cow-boy.

Soudain, il s'immobilisa et lui fit signe de l'imiter. Un des chevaux se tenait à quelques mètres d'eux. Lark s'approcha sans bruit et lui passa une bride autour de l'encolure.

— Ne crains rien, ma belle ! dit-il tout bas en lui tapotant le museau. Tout va bien. Tout va bien.

À voir l'aisance avec laquelle il avait capturé l'animal, elle n'eut plus aucun doute sur son identité.

— C'est donc vous, la star du rodéo dont tout le monde parle dans la région ?

— Oui, c'est moi.

La conversation s'interrompit de nouveau quand elle repéra la deuxième jument. Elle la rejoignit à pas de loup tout en lui adressant des paroles rassurantes, et l'attrapa sans difficulté.

— Félicitations, chère madame ! dit-il, ne cherchant pas à dissimuler son admiration.

Comme ils se dirigeaient vers le camion, il captura le troisième animal. Elle était toujours aussi intriguée.

— Je dois tout de même dire que vous avez des activités nocturnes assez… inhabituelles.

Cette fois, il rit de bon cœur.

— Disons que je n'aime pas me prélasser sous la couette quand il y a des animaux en danger à deux pas de chez moi !

— Évidemment, vu sous cet angle !

À cet instant, des phares puissants trouèrent l'obscurité de la nuit, et il se raidit. Il avait espéré quitter les lieux avant l'arrivée de la police. Il accéléra le pas pour atteindre le van et s'empressa de faire grimper les trois bêtes à l'abri. Dieu merci, elles obéirent sans difficulté. Leur mystérieux propriétaire avait dû les dresser avant de les abandonner à leur sort. Comme Sophie l'avait prédit, la jument en fuite s'était rapprochée.

— Je m'en occupe ! fit-il. Pouvez-vous tenir les policiers à l'écart pendant un moment ?

— Bien sûr. Je vais leur expliquer ce qui s'est passé.

Il étouffa un grognement. Qu'allait-elle leur raconter ? Comment se sortirait-il de cet imbroglio ? Les apparences étaient contre lui. Il risquait d'être pris pour un voleur de chevaux. Plus jeune, il aurait sauté au volant et pris la fuite sans se soucier des conséquences. Mais il n'était plus cet homme-là. Il avait des responsabilités, maintenant.

Heureuse de rejoindre ses compagnes d'infortune, la dernière jument se laissa attraper facilement. Il la fit grimper à son tour et ferma la porte du van. Juste à temps.

— Monsieur ? fit une voix nasillarde à quelques mètres

de lui. Sophie me dit que la situation est maintenant sous contrôle…

Sophie ? Il dirigea le regard vers la jeune femme qui se trouvait à côté de l'inspecteur, regrettant de s'être montré agressif avec elle un peu plus tôt. Elle lui avait rendu un fier coup de main. Pour la première fois, il devinait les traits réguliers de son visage. Indifférente au froid presque sibérien, elle affichait un large sourire.

— Les chevaux sont en sécurité, répondit-il. Je suis désolé pour le dérangement.

Le policier leva sa lampe torche dans sa direction.

— Pas si vite, monsieur ! Vous êtes responsable de vos bêtes. Vous devez vous assurer à tout moment qu'elles ne représentent pas un danger pour la sécurité d'autrui.

Mais il n'était pas d'humeur à supporter des remontrances. Les chevaux ne lui appartenaient pas. Il s'était simplement arrêté pour leur porter secours.

— Vos papiers, s'il vous plaît ! J'ai besoin de connaître votre identité pour rédiger mon rapport.

— Tim, franchement, je ne crois pas que ce soit nécessaire.

Lark garda le silence. Elle semblait bien connaître le représentant de la loi. Mieux valait la laisser intervenir en sa faveur.

— La jument a profité d'une brèche dans la clôture pour se sauver. Ce monsieur est intervenu pour la mettre en sécurité. C'est cela, n'est-ce pas ?

Lark approuva d'un signe de tête, mais l'inspecteur ne parut pas convaincu.

— Vos papiers ! dit-il, insistant.

Lark sortit son portefeuille de la poche arrière de son jean.

— Voici !

— Monsieur Anderson, lut l'officier en fronçant les sourcils. Un permis de conduire international. Vous n'êtes pas d'ici, à ce que je vois…

— Tim, pourquoi ne pas remettre ces formalités à plus

tard ? dit Sophie avec douceur. Il fait vraiment trop froid. Je passerai chez ce monsieur demain matin pour m'assurer du bien-être des bêtes.

Lark restait muet. Il n'allait pas risquer de ruiner les efforts de son improbable avocate par une parole maladroite.

— Tu es sûre ? demanda le policier.

— Certaine !

— Eh bien, monsieur Anderson, vous entendrez parler de nous deux demain matin.

Lark ne comprenait pas vraiment ce qui lui arrivait, ni pourquoi cette charmante inconnue avait ainsi pris sa défense. Mais il n'allait pas discuter. Si elle voulait passer voir les chevaux le lendemain, il n'y voyait pas d'inconvénient. Pour l'heure, il n'avait qu'une hâte : enlever ses vêtements trempés et se réchauffer devant un bon feu de cheminée.

— J'habite la…

Elle l'interrompit aussitôt.

— Tout le monde ici connaît la ferme du célèbre cow-boy californien.

L'officier avait commencé à rebrousser chemin. Lark adressa un regard complice à la jeune femme.

— Tout se sait dans une petite ville, n'est-ce pas ?

— Absolument tout. Pour le meilleur et pour le pire. Je passerai chez vous dans la matinée et vous pourrez tout m'expliquer.

— Merci pour tout.

— Je vous en prie.

Quand elle se fut éloignée, il s'empressa de regagner son camion. Pris par les événements, il avait négligé sa fille. Et dire qu'il s'appliquait à être un père irréprochable ! Il ouvrit sa portière.

— Mon cœur, je suis…

L'enfant était assise en tailleur sur la banquette, un sourire rayonnant aux lèvres.

— C'est bon, papa. Tu les as tous rattrapés ?

Il se hissa sur son siège.

— Oui, ma chérie. Mais je suis vraiment désolé de t'avoir fait attendre aussi longtemps.

Elle le considéra avec une indulgence surprenante pour une fillette de son âge.

— On va les garder ?

— Je ne sais pas.

Il craignait d'avoir des ennuis, mais préféra ne pas l'inquiéter. Si l'inspecteur voulait se montrer tatillon, il risquait même de l'accuser de vol. Il pressa gentiment la main de sa fille. Quand les mots lui manquaient, qu'il ne savait pas au juste quelle attitude adopter, une simple manifestation de tendresse suffisait à les rapprocher.

— Je... je t'adore, ma Lucy. Tu le sais, n'est-ce pas ?

Elle attacha sa ceinture et leva sur lui ses grands yeux confiants.

— Oui, papa, je le sais.

Il n'était pas encore un père idéal, mais il ne ménageait pas ses efforts pour y parvenir. Jamais elle ne doutait de son amour.

Lark referma la porte de la grange et se prépara à affronter une dernière fois la morsure du froid. Ignorant la douleur qui lui lacérait le dos, il regagna la maison en courant. À chaque nouvelle foulée, une lame acérée semblait se planter dans sa colonne vertébrale. Il crispa les mâchoires et s'obligea à accélérer la cadence pour rejoindre sa fille au plus vite.

Quand enfin il pénétra dans la ferme, une rafale de vent referma bruyamment la porte derrière lui. Il éclaira le couloir. L'orage avait coupé le courant dans la grange, mais, pour l'instant, le bâtiment principal restait épargné. Lucy était installée devant la cheminée. La lueur des flammes illuminait ses cheveux blonds. Elle était assise sur le tapis, un livre ouvert sur les genoux, telle qu'il l'avait laissée pour aller mettre les juments à l'abri.

— Coucou, ma chérie !

Le spectacle de son petit minois souriant lui fit fondre le cœur. Il avait aimé plusieurs fois dans sa vie, mais les sentiments que sa fille éveillait en lui étaient plus forts que tout. Elle le réconciliait avec la vie, lui donnait le courage d'affronter toutes les épreuves.

— Alors, ce roman ?

Il ôta son pull-over et s'avança jusqu'à elle.

— Je l'aime bien, répondit-elle en refermant l'ouvrage. Qu'est-ce qu'on mange, ce soir ?

Mon Dieu ! Il avait encore oublié le dîner !

— Eh bien, pourquoi pas des spaghettis ? Ou peut-être des œufs ?

Elle le gratifia d'une moue où se mêlaient l'indulgence et la pitié.

— Je crois que je peux faire mieux. Une pizza maison, ça te dirait ?

Il déglutit. Voilà qu'une fillette de sept ans lui en remontrait en cuisine ! Il n'ignorait rien de l'équilibre alimentaire des chevaux, mais servir des repas réguliers à sa fille, c'était une autre histoire.

— Tu sais, avec une pâte surgelée ? dit-elle de sa petite voix fluette. On met du fromage et des tas de trucs dessus. Je peux te montrer, si tu veux. Je sais faire à manger.

Il éclata de rire. Que deviendrait-il sans elle ?

— J'en suis sûr, répondit-il avec conviction.

Il la souleva dans ses bras, la porta jusque dans la cuisine et la posa sur le plan de travail. Quand il ouvrit le réfrigérateur, elle pointa du doigt avec assurance les ingrédients qu'il fallait en sortir. Où avait-elle appris à confectionner un repas ? Certainement pas auprès de sa mère, qui passait le plus clair de son temps dehors. C'était sans doute Emma, la gouvernante qui avait veillé sur elle comme sur sa propre fille, qui l'avait initiée aux arts de la table.

Un an après son divorce, il ruminait encore sa déception et sa révolte. Que sa femme ne veuille plus de lui, il avait fini par l'admettre. Mais qu'elle abandonne son enfant sans l'ombre d'un regret, il ne pouvait ni le comprendre ni l'accepter. Il sourit pour dissimuler le cours sombre de ses pensées.

— Tout va bien, ma chérie ?

Elle opina.

— Oui, mais il faut que je te dise un truc.

Il posa son couteau et la regarda avec attention.

— Dis-moi, je t'écoute.

— Ben, c'est pour mon cadeau…

Son anniversaire approchait.

— Dis-moi ! dit-il doucement pour l'encourager.

Il s'attendait à ce qu'elle demande une collection de livres ou une nouvelle poupée.

— Ben, ce que je voudrais, c'est un chien.

Un chien ? Il adorait les animaux, mais avait-il besoin d'une charge supplémentaire ? Entre sa fille, ses chevaux et toutes les tâches domestiques, il ne savait déjà plus où donner de la tête.

— Un chien, dit-il, songeur.

Elle hocha la tête avec conviction.

— Un bébé labrador.

La requête était précise, sans doute longuement réfléchie.

— On verra, ma chérie.

Elle passa les bras autour de son cou et posa un baiser sur sa joue.

— Tu es le meilleur des papas !

Elle désirait tant son animal de compagnie qu'elle avait interprété sa réponse comme un assentiment. Il ne s'en offusqua pas. Lui apparaître comme le meilleur des papas, que pouvait-il espérer de plus ?

2

Sophie rétrograda et engagea sa voiture sur le long chemin qui menait à la ferme. Arrivée à destination, elle coupa le moteur et regarda autour d'elle. Personne en vue. Un large porche aux piliers tapissés de vigne marquait l'entrée de la propriété. Malgré le redoux, un manteau blanc recouvrait encore les toits.

Le hameau ne ressemblait en rien à un repaire de célibataire. Bien des rumeurs avaient circulé sur le mystérieux cow-boy de rodéo récemment installé dans la région. Elle sourit en songeant aux circonstances dans lesquelles elle avait rencontré l'Américain qui faisait jaser toutes les femmes du pays.

Arrivée devant la porte, elle était sur le point de frapper quand elle avisa une dépendance à l'arrière du bâtiment principal.

— Il y a quelqu'un ? cria-t-elle en dirigeant ses pas vers la grange.

Personne ne répondit. Elle noua son écharpe autour de son cou et poursuivit sa marche. La neige avait cessé de tomber, mais un vent glacé lui mordait le visage. Une fois la grange dépassée, elle marqua une halte devant les écuries. Ne voyant toujours personne, elle franchit le portail ouvert et observa avec admiration l'état impeccable du bâtiment. Une dizaine de stalles s'alignaient de chaque côté d'une allée au sol méticuleusement balayé. Très vite, elle sentit une présence derrière elle. Elle se retourna et aperçut la silhouette impressionnante de Lark Anderson. Dans la nuit, elle n'avait fait que deviner son physique. À la lumière du jour, elle comprenait mieux les murmures admiratifs que suscitait son passage.

Il était tourné vers l'intérieur d'un box, les coudes appuyés sur le portillon, tout entier absorbé dans un tendre dialogue. Un museau brun tacheté de blanc lui bousculait gentiment le torse. Il souriait, manifestement heureux, et plongeait avec bonheur les mains dans la crinière épaisse de l'animal. Les gestes puissants de ses bras faisaient saillir les muscles de ses épaules. Quand il se redressa, il surprit le regard attentif de Sophie. Ses yeux rieurs s'assombrirent soudain, comme s'il était fâché d'avoir été surpris dans un moment de complicité avec l'animal.

— Oh ! c'est vous ! Bonjour !

Deux enjambées lui avaient suffi pour franchir la distance qui les séparait.

— Bonjour, répondit-elle en cherchant à dissimuler sa soudaine timidité.

Il tendit un bras vers sa visiteuse.

— Nous avons manqué les présentations, hier soir.

— C'est vrai, dit-elle. Il faut dire que les circonstances ne s'y prêtaient pas vraiment.

Elle lui offrit sa main et sentit ses doigts disparaître à l'intérieur de sa paume immense.

— Je m'appelle Sophie. Sophie Baxter.

— Lark Anderson. Je vous ai un peu malmenée, hier. J'en suis sincèrement désolé.

Il lui souriait avec embarras, peu habitué, sans doute, à présenter des excuses.

— J'étais inquiet et frigorifié. Je n'aurais pas dû vous faire subir ma mauvaise humeur.

Malgré son naturel peu timide, elle perdait facilement contenance en présence de cet homme. Ne sachant que répondre, elle en vint directement à l'objet de sa visite.

— Où sont les chevaux que vous avez recueillis, monsieur Anderson ?

— Je vais vous conduire jusqu'à eux, répondit-il. Il y a pourtant quelque chose qui m'échappe dans cette affaire. Je ne comprends pas très bien pourquoi le policier a accepté de vous confier cette mission d'inspection.

— Je fais partie de l'équipe du refuge local. Nous avons l'habitude de travailler ensemble. Et puis, Tim est un ami d'enfance. Il ne va pas tarder à nous rejoindre, d'ailleurs. Votre comportement l'a intrigué. Moi aussi, je dois dire.

— Pourquoi donc ?

— Eh bien… disons que votre présence sur cette route, au beau milieu de la nuit, m'a paru un peu étrange.

Elle avait recouvré toute son assurance.

— Si j'ai bien compris, dit-elle, vous n'êtes pas le propriétaire de ces chevaux ?

— Non, en effet.

Comme s'il voulait mettre un terme à la discussion, il commença à descendre l'allée. Elle le suivit à contrecœur, regrettant soudain d'être mêlée à cette histoire.

— Monsieur Anderson, vous allez devoir fournir des explications. Pour être tout à fait franche, je me demande si j'ai eu raison de prendre votre défense hier soir.

Il marqua une halte et se retourna pour lui faire face.

— Je comprends votre embarras, dit-il. Vous avez accordé le bénéfice du doute à un parfait inconnu.

Ces paroles n'avaient rien de rassurant. L'inquiétude la gagna.

— J'ai placé les chevaux sous ma protection pour les soustraire à la maltraitance de leur propriétaire, reprit-il sans s'émouvoir.

Elle déglutit avec difficulté.

— Une façon élégante de dire que vous les avez volés. Aux yeux de la loi, en tout cas. Et moi, en vous aidant, je suis devenue votre complice.

Il secoua nonchalamment la tête.

— J'ai mis ces chevaux à l'abri. Je ne les ai pas volés. Quand je les ai repérés, la neige recommençait à tomber. Ils étaient maigres à faire peur, sans manteau, sans abri ni nourriture. Une des juments s'était blessée en franchissant la clôture. Alors je suis rentré chez moi et je suis revenu avec mon van pour les conduire au chaud.

Elle prit une profonde inspiration.

— J'ignore comment vous qualifiez cela aux États-Unis, mais je peux vous assurer qu'ici on appelle cela un vol. Vous auriez dû signaler ces bêtes à la police. Rien ni personne ne vous autorisait à les prendre.

Il continuait à secouer la tête de gauche à droite, niant l'évidence, et elle comprit qu'il ne reconnaîtrait jamais ses torts. Sans s'émouvoir, il lui prit le bras et l'invita à avancer. Elle n'eut d'autre choix que de le suivre.

— J'ai fait ce que j'avais à faire, Sophie. Quand vous aurez vu ces juments à la lumière du jour, vous comprendrez. Venez !

À contrecœur, elle accéléra le pas pour ne pas se laisser distancer par ses grandes enjambées. Elle était là pour accomplir une mission. Elle n'avait pas le choix. Son travail consistait à contrôler la manière dont Lark Anderson traitait les bêtes qu'il avait recueillies. Son travail ! Son cœur se serra à la pensée de la carrière qu'elle avait abandonnée. Depuis son retour au village, elle tentait désespérément de se distraire en s'impliquant dans la vie locale pour éviter de ressasser le passé.

Quand ils atteignirent le portail des écuries, il s'effaça pour la laisser passer et remarqua son front plissé. Elle semblait vraiment préoccupée. Il nota au passage que son style n'avait rien de commun avec celui des femmes sophistiquées qu'il avait coutume de fréquenter. Loin de la desservir, son naturel ajoutait à son charme. Il la trouvait rafraîchissante. Ses traits fins et réguliers n'en étaient pas moins très expressifs. Ses yeux clairs, pétillants, rendaient son visage extrêmement vivant.

Loin des coupes lisses et impeccables en vogue sur la côte californienne, sa coiffure était d'une grande simplicité. Ses longs cheveux blonds, légèrement ondulés, étaient ramassés en une queue-de-cheval qui lui descendait jusqu'au milieu du dos. Une personne authentique, sans fard.

Quelque peu embarrassée par l'examen attentif dont elle était l'objet, elle franchit rapidement le portail.

— Où sont les chevaux, monsieur Anderson ?

— Je les ai mis au pré, ce matin.

— Avec ce froid ?

— Ne vous inquiétez pas ! Ils sont couverts. Il vous sera plus facile de constater leur état à l'air libre.

Tout en parlant, il la guidait en direction d'un champ situé en contrebas de la ferme.

— Par ici, les filles ! cria-t-il en ouvrant la clôture.

— Ce sont toutes des juments ? demanda-t-elle.

— Oui, et pour couronner le tout, deux d'entre elles attendent des petits. La troisième est plus jeune. Un an, tout au plus. Elle est d'une maigreur effrayante. Quant à la quatrième, celle qui est blessée, j'ai préféré la laisser dans son box.

À cet instant, l'une des bêtes tourna le museau dans leur direction. L'expression triste de ses yeux sans éclat semblait contenir toute la misère du monde. Elle boitait, comme si ses sabots n'étaient pas entretenus.

— Je ne vais pas enlever leurs manteaux à ces pauvres bêtes pour vous montrer dans quel état elles sont, fit-il tristement. Il fait trop froid et j'ai mis trop de temps à les habiller cette nuit.

— Le vétérinaire ne va pas tarder, répondit-elle. Nous les examinerons ensemble.

— Et votre ami l'inspecteur ? Quelle va être sa réaction, d'après vous ?

Elle hésita. Tim était plutôt tatillon. Il refuserait sans doute de classer l'affaire facilement.

— Je ne sais pas quoi vous dire, Lark. Je ne peux pas lui mentir en affirmant que ces bêtes vous appartiennent. De toute façon, il découvrirait la vérité tôt ou tard. Je risquerais des ennuis, moi aussi. Cela dit…

Il croisa les bras sur sa poitrine avec impatience. Se trouver ainsi à la merci d'une femme le mettait mal à l'aise.

— Cela dit ?

L'air songeur, elle passa une main dans ses cheveux.

— Laissez-moi un peu de temps ! Je vais voir ce que je peux faire. Nous arrivons parfois à convaincre les propriétaires d'animaux maltraités de les céder sans trop de difficultés.

— Vous voyez ! Ce n'est vraiment pas la peine d'en faire toute une histoire !

— Ce n'est pas aussi simple, malheureusement. C'est toujours à un refuge qu'il revient de les accueillir, pas à un particulier.

Il leva les yeux au ciel. On ne l'y prendrait plus. La prochaine fois, il passerait son chemin au lieu de se mettre en quatre pour porter secours à des animaux.

— Je vous suis reconnaissant de l'aide que vous pourrez m'apporter, Sophie. J'ai agi pour le bien de ces juments, il n'y a rien d'autre à ajouter.

— Tim risque bien d'interpréter les choses différemment. Au regard de la loi, vous avez commis un vol.

— Vous le pensez, vous aussi ?

— Eh bien, je ne dis pas que je ne comprends pas votre façon d'agir, mais vous n'avez peut-être pas suffisamment réfléchi.

Il lui sourit.

— Vous avez sans doute raison. Mais c'était plus fort que moi. Je ne pouvais pas abandonner ces pauvres bêtes à leur sort. Elles faisaient vraiment peine à voir avec leurs os saillants et leurs ventres arrondis. N'importe qui aurait agi comme moi.

Elle marqua une pause et regarda une dernière fois les juments par-dessus son épaule avant de quitter l'enclos.

— Pour être franche, je pensais que les amateurs de rodéo se moquaient éperdument du bien-être des chevaux.

Il referma le grillage et s'immobilisa. Il détestait ces préjugés. Son ancienne profession ne faisait pas de lui un bourreau.

— Les vrais cow-boys ne vivent que pour leurs animaux. J'ai toujours traité mes chevaux comme des princes. La seule chose que j'exigeais d'eux, c'était d'entrer sur la piste huit ou dix fois par an. Je tenais plus à eux qu'à la prunelle de mes yeux.

Il songea avec nostalgie au métier auquel il avait dû renoncer. Le rodéo lui manquait cruellement. Il se sentait amputé d'une partie de lui-même. Comme s'il pouvait en changer l'issue tragique, il avait cent fois repassé dans son esprit le scénario de son dernier championnat.

— Ils arrivent, dit-elle.

Deux voitures venaient d'apparaître au bout du chemin. Il jeta un dernier coup d'œil sur Sophie. Rien ne permettait d'affirmer qu'elle parviendrait à convaincre son ami l'inspecteur, mais il avait confiance en elle. Pourquoi ? Il n'aurait su le dire. Curieusement, sa spontanéité et son absence d'artifice l'avaient séduit.

En allant à la rencontre des nouveaux venus, elle sentit son regard posé sur elle et lutta pour ne pas se retourner. Ce cow-boy au grand cœur l'intriguait. Il risquait bien des ennuis pour avoir porté secours à ces juments en détresse. S'il y avait une qualité qu'elle devait bien lui reconnaître, c'était le courage.

Un bon point pour lui !

3

— Inspecteur Brown !

Lark accueillit le policier avec une poignée de main cordiale. Il s'appliquait à paraître aimable. Depuis le matin, il réfléchissait à la situation délicate dans laquelle il se trouvait bien malgré lui. La sagesse lui dictait de faire profil bas, car son statut d'étranger ne jouait pas en sa faveur. Et ce qu'il redoutait le plus au monde, c'était des démêlés avec la justice. Son avocat l'avait averti à l'issue du divorce. Le verdict qui lui avait confié l'éducation de sa fille était exceptionnel. Sans une conduite irréprochable de sa part, la garde de Lucy pouvait lui être contestée.

Le représentant de la loi préféra rester sur ses gardes. Il répondit à l'accueil chaleureux de Lark avec la réserve due à sa fonction. Quant à Sophie, elle arborait un sourire radieux, comme si tout était pour le mieux dans le meilleur des mondes.

— Lark, je vais prendre quelques notes pour établir un rapport sur l'état de santé des juments, dit-elle d'un ton enjoué. De son côté, Tim…

Elle marqua une pause.

— Je veux dire, l'inspecteur Brown, va vous poser quelques questions.

Un homme descendit de la deuxième voiture.

— C'est le vétérinaire avec qui nous avons l'habitude de

travailler. Il va examiner les bêtes avec moi et leur apporter les soins nécessaires.

Un sourire amusé se dessina sur les lèvres de Lark. Par contraste avec l'air bougon du policier, l'attitude volontairement joviale de Sophie avait quelque chose d'attendrissant. Elle ne ménageait aucun effort pour détendre l'atmosphère, et l'excitation faisait monter le rouge à ses joues.

— Était-ce indispensable de déranger ce monsieur ? demanda-t-il. Pas besoin d'un vétérinaire pour comprendre ce que ces juments ont subi !

— Dans un premier temps, dit l'inspecteur, le docteur Bell doit juger si nous avons affaire à un cas de négligence ou de maltraitance.

Lark faillit avaler sa salive de travers. Décidément, les fonctionnaires avaient le don de couper les cheveux en quatre ! Pour lui, priver un animal des soins élémentaires revenait à le maltraiter. La discussion s'engageait plutôt mal…

Devinant son agacement, Sophie s'empressa d'intervenir. Elle entraîna le vétérinaire en direction du champ.

— Tim, je te laisse avec M. Anderson. Nous vous attendrons près des juments !

Resté seul avec le policier, Lark essaya de nouveau de l'amadouer.

— Voulez-vous entrer dans la maison, ou préférez-vous m'interroger ici ?

Percevant un brin de sarcasme dans sa proposition, l'inspecteur Brown préféra l'ignorer.

— Monsieur Anderson, revenons sur la soirée d'hier, je vous prie ! Pour commencer, expliquez-moi ce que vous faisiez sur cette route au beau milieu de la nuit ! Je verrai ensuite s'il y a lieu d'engager des poursuites.

Sophie peinait à se concentrer sur son travail. L'état abominable des juments était indescriptible, l'inconséquence de leur propriétaire scandaleuse. Mais ce n'était pas le sinistre tableau qui la distrayait de sa tâche. Depuis la veille, Lark Anderson occupait chacune de ses pensées. Elle s'exhortait à la raison, mais ses efforts restaient vains. La prestance de cet homme, sa personnalité tout à la fois nonchalante et déterminée, sa démarche, sa voix, chaque détail de sa physionomie était resté gravé dans son esprit.

Pendant près d'une heure, elle assista le vétérinaire et nota soigneusement chacune de ses observations. Ils avaient terminé leur examen quand Tim et Lark les rejoignirent.

— Vous affirmez donc que ces juments sont délaissées depuis longtemps ? demanda l'inspecteur après avoir écouté l'exposé du docteur Bell.

Lark ne lui laissa pas le loisir de répondre.

— Qu'est-ce que vous croyez ! dit-il, incapable de se contenir plus longtemps. Un enfant de dix ans l'aurait deviné tout seul !

Sophie serra les mâchoires et lui décocha un regard furibond. Il avait raison. N'importe quel idiot en serait arrivé à la même conclusion. Mais était-il donc incapable de tenir sa langue ?

— Et si nous allions faire un tour ? dit-elle en lui prenant le bras. Je crois que Tim et le docteur ont besoin de bavarder tranquillement !

Non sans avoir levé les yeux au ciel, il accepta de la suivre.

— Je n'ai aucun problème avec le vétérinaire, dit-il quand ils furent hors de portée de voix des deux hommes. Ni avec vous, Sophie. Mais cet inspecteur de police a le don de me taper sur les nerfs !

— Encore un peu de patience, je vous en prie ! Tim fait son travail, il faut le comprendre !

Il émit un grognement peu convaincu et continua à marcher à ses côtés.

— J'essaie de vous aider, Lark. Mais, très franchement,

vous ne me facilitez pas la tâche. Si vous voulez vous sortir de ce mauvais pas, essayez de montrer un peu de bonne volonté !

Il soupira. Ses épaules se détendirent, ses yeux s'adoucirent et un pâle sourire éclaira ses traits.

— Vous allez continuer à me défendre ?

— Au cas où vous ne l'auriez pas remarqué, je m'y efforce depuis mon arrivée.

Il prit un air désolé.

— Je me suis encore montré désagréable, n'est-ce pas ?

Elle ne put s'empêcher de rougir. Face à cet homme, la paisible assurance de la chirurgienne volait en éclats.

— Je crois bien, dit-elle d'une voix timide.

Il serra le poing et le mit dans sa poche.

— Eh bien, je suis désolé, une fois de plus. J'essaierai de me corriger à l'avenir.

Songeuse, elle le suivit jusqu'aux écuries. Après tant d'années de vie solitaire, en était-elle venue à redouter la compagnie des hommes ? Elle ne savait pas sur quel pied danser avec Lark, et elle craignait de se méprendre sur ses intentions. Ses regards souvent appuyés lui laissaient penser qu'elle ne lui déplaisait pas. Mais comment savoir ? Ce qu'elle prenait pour une attirance n'était peut-être qu'une simple démonstration de sympathie.

— Tout de même, fit-il dans sa barbe, braver la tempête pour accomplir une bonne action et se voir traité comme un malfaiteur, c'est un peu fort !

Il ne décolérait pas. Face à ce cow-boy qui bougonnait comme un petit garçon, elle ne put réprimer un éclat de rire.

— Et vous trouvez ça drôle ? dit-il, offusqué. Vous-même, vous n'étiez pas loin de m'accuser.

— Je me suis montrée un peu moralisatrice, je vous l'accorde.

— Un peu ?

— Peut-être un peu trop. Mais…

Il soupira.

— Le problème avec les femmes, c'est qu'il y a toujours un *mais* !

— La loi est la loi, monsieur Anderson. Et nul n'est censé l'enfreindre, même par un acte héroïque.

— Héroïque ?

Il redressa la tête avec une fierté exagérée.

— Vous me trouvez héroïque, vraiment ?

— Héroïque, je ne sais pas. Arrogant, il n'y a pas de doute !

Il feignit la déception la plus profonde. Décidément, son comportement réservait toujours des surprises. Un instant gentil et attentionné, l'instant d'après moqueur et sarcastique. Elle ne savait pas grand-chose de ce cow-boy californien, mais il avait au moins le mérite de la distraire de ses soucis.

Lark fixait l'extrémité de ses bottes. Quelle autre attitude adopter ? Il n'était jamais facile pour un adulte de recevoir des leçons de morale. Et l'inspecteur Brown prenait un malin plaisir à le sermonner. Cherchait-il à afficher son autorité pour impressionner son amie d'enfance ?

— Vous avez agi de façon irresponsable, monsieur Anderson, et je n'exclus pas la possibilité de vous inculper…

Le vétérinaire ouvrit de grands yeux mais préféra garder le silence.

— Tim, voyons, tu as toujours été raisonnable ! fit habilement Sophie. Tu vois bien qu'il n'a rien fait de mal !

Lark parvint non sans mal à garder le silence. Jamais il ne laissait une tierce personne voler ainsi à son secours. Il était bien assez grand pour défendre ses intérêts.

— J'ignore quelles étaient ses intentions, insista le policier. Il peut très bien avoir volé ces juments et prétendre les avoir secourues. Si tel est le cas, j'appliquerai la loi. Ce genre d'agissements n'est pas acceptable dans notre pays.

Lark était à deux doigts de chasser le diffamateur hors

de chez lui. Un tel procès d'intention méritait une bonne correction.

— Avec tout le respect que je vous dois, monsieur l'inspecteur…

Sophie posa fermement la main sur son épaule pour le réduire au silence. Elle ignorait ce qu'il avait l'intention de dire, mais redoutait le pire.

— Je suis sûre que nous pouvons trouver un compromis, dit-elle avec conviction. Tim, je m'engage à venir surveiller chaque jour la convalescence des juments.

L'inspecteur n'eut pas le temps de donner son avis.

— Chaque jour ? dit Lark en hurlant.

Il était incapable de contenir sa colère plus longtemps.

— Vous voulez venir chaque jour contrôler mon travail ?

Cette fois, c'en était trop. Il s'occupait de chevaux depuis trop longtemps pour accepter qu'une inconnue, aussi jolie fût-elle, vînt épier quotidiennement ses moindres faits et gestes. Heureusement pour lui, Sophie avait plus d'un atout dans sa manche. Sans rien perdre de son sang-froid, elle le couva de son sourire le plus doux. Comprenant qu'elle agissait pour l'aider, il finit par rendre les armes. Après tout, si là était la solution à ses ennuis !

— Comme vous voudrez, fit-il.

Plongé dans un abîme de réflexion, l'officier se caressait le menton. Après un long silence, il se tourna vers Sophie.

— Admettons que j'accepte ta proposition ! Dans ce cas, tu seras responsable de deux choses. Premièrement, les juments ne devront en aucun cas quitter la propriété. Deuxièmement, elles devront être soignées correctement.

Elle hocha la tête sans hésiter. Médusé, Lark laissait aller son regard de l'un à l'autre.

— Dans ces conditions, tu n'entameras pas de poursuites ? demanda-t-elle.

— Si nous retrouvons le propriétaire et qu'il accepte de

céder ses chevaux, alors oui, je renoncerai à condamner M. Anderson.

— Et le propriétaire ? demanda Lark, indigné. Il va s'en sortir blanc comme neige ?

Cet imbécile d'inspecteur était incapable de voir où se trouvait le véritable crime.

— Monsieur, à votre place, je surveillerais mes propos et je remercierais notre chère Sophie. Vous lui devez une fière chandelle, croyez-moi !

Craignant une fois de plus la réaction de Lark, celle-ci s'empressa de reprendre la parole.

— Marché conclu, Tim !

Elle lui tendit la main.

— Je passerai tous les jours et je te ferai un rapport détaillé.

Lark vit son sort se sceller en témoin impuissant. Dépité, il tourna les talons sans saluer le policier ni le vétérinaire. Quelques minutes plus tard, Sophie le rejoignait.

— Vous allez devoir vous accommoder de ma présence pendant quelque temps, cher monsieur Anderson.

Il enfonça les mains dans les poches de son jean et haussa les épaules.

— Ce n'est pas votre présence qui me gêne le plus, répondit-il. Ce sont les soupçons que ce policier fait peser sur moi.

— Je comprends, fit-elle dans un sourire compréhensif.

— Je vous offre un café ?

Lucy était à l'école. Il n'avait pas à se préoccuper d'elle pour l'instant. Il s'assurait toujours de bien connaître une personne avant de la présenter à sa fille. Ils avaient tous les deux été confrontés à la trahison et à l'abandon. En amitié, comme en amour, il ne voulait pas s'exposer, ni exposer l'enfant à la déception. Sans doute la protégeait-il exagérément, mais c'était plus fort que lui.

— Pourquoi pas ? répondit-elle.

Ensemble, ils franchirent le seuil de la ferme.

4

— Pourquoi avez-vous quitté la Californie ? demanda Sophie en reposant sa tasse de café. Vous en aviez assez de domestiquer des Broncs ?

Lark éclata de rire.

— Des Broncs ?

Il n'avait pas bavardé avec un adulte depuis une éternité. Il trouvait cela agréable, même si l'évocation de son passé lui était encore difficile.

— C'est bien ainsi que vous appelez les chevaux sauvages, chez vous ?

— Absolument. Mais il est rare d'entendre le terme de la bouche d'une jeune femme comme vous. La dernière fois que j'ai participé à un concours, c'était à Las Vegas.

Il hésita un instant avant de poursuivre.

— Je n'aurais pas pris ma retraite si je n'y avais pas été obligé. Mais les médecins m'ont mis en garde. Une chute de plus, un choc de plus, et c'était le fauteuil roulant jusqu'à la fin de mes jours.

S'il avait craint pour sa santé, c'était plus pour sa fille que pour lui, mais il garda cette réflexion pour lui. Il n'était pas encore prêt à ce genre de confidences.

— Cela n'a pas dû être facile.

Il hocha tristement la tête.

— Je défendais mon titre de champion national, et je n'ai même pas été fichu de quitter la piste sur mes deux jambes.

Elle lui adressa un sourire chaleureux.

— Vous êtes entier et bien vivant. C'est tout ce qui compte.

— Vous avez raison.

Il avait suffisamment parlé de lui.

— Et vous, vous avez toujours vécu dans la région ?

Elle parut réfléchir avant de répondre.

— J'ai grandi ici. Ensuite, je suis partie et je ne suis revenue que tout récemment.

Elle se leva et posa sa tasse dans l'évier.

— Je ferais bien de partir maintenant. J'ai encore mille choses à faire aujourd'hui.

Pourquoi semblait-elle si réticente à parler d'elle ?

— Eh bien, je suppose que je vous verrai demain ? dit-il.

Il avait espéré la dissuader de lui rendre des visites quotidiennes, mais le moment était mal choisi.

— Je peux passer dans l'après-midi ?

— Pas de problème, je serai là. Merci encore de m'avoir sauvé la mise.

— Ce n'est rien. Tim est parfois un peu buté, et il se méfie beaucoup des étrangers. J'imagine que vous savez quels médicaments donner aux juments pendant les prochains jours ?

La question l'agaça, mais il répondit avec courtoisie.

— Ne vous inquiétez pas, Sophie ! Je m'y connais un peu avec les chevaux.

Il la vit rougir une fois de plus et en fut attendri. En Californie, dans les cercles bourgeois qu'il fréquentait, les femmes avaient des tempéraments calculateurs et aguerris. Elles étaient déterminées à obtenir ce qu'elles voulaient et rien ne les mettait jamais dans l'embarras.

Celle qui se tenait devant lui était bien différente.

— Je n'en doute pas, répondit-elle. Je voulais juste…

— Faire votre travail, je sais.

Elle se dirigea vers la sortie.

— Vous êtes certain de vouloir garder les juments si nous arrivons à convaincre le propriétaire ?

— Peut-être que si elles retrouvent la santé grâce à moi votre ami Tim renoncera à me faire des ennuis.

— Nous ferons de notre mieux au refuge pour que la garde vous en soit confiée définitivement. Je suis certaine que tout va s'arranger.

— Merci pour votre aide, Sophie.

— À demain.

Elle lui adressa un petit signe de la main et descendit les marches du perron. Nul doute qu'il aurait suivi du regard le balancement de ses hanches si son téléphone n'avait sonné à cet instant précis. Il le sortit de sa poche, jeta un coup d'œil à son écran et soupira. Son ex-femme ! Allait-elle encore lui réclamer de l'argent ? Jamais elle ne s'inquiétait de Lucy. Seule la fortune que sa célébrité lui avait rapportée l'intéressait.

Il laissa le répondeur s'enclencher et regarda la voiture de Sophie s'éloigner. Les sempiternelles doléances de son ex-femme avaient au moins l'avantage de lui rappeler les avantages du célibat. Et, pour l'heure, il n'avait pas l'intention d'y renoncer. Même pour la charmante jeune femme qui avait fait irruption dans sa vie.

5

Lark écoutait avec tendresse sa fille lui relater les événements de sa journée. Sa seule présence le réconciliait avec la vie. Quelque chose avait changé en lui quand il avait hérité de sa garde exclusive, et c'était pour le mieux. Rien ne le rendait plus heureux que les moments partagés avec elle.

Il quitta un instant la route du regard pour l'observer. Elle avait baissé sa vitre, et offrait son visage au vent qui fouettait ses joues.

— Et puis ? Qu'as-tu fait d'autre encore ? Tu as appris de nouvelles choses ?

Elle se tourna vers lui.

— Bien sûr !

— Quoi ?

Elle jouait avec les boucles de ses cheveux.

— J'sais pas, mais des tas et des tas.

Il rit avec indulgence.

— Ah si, y a un truc ! dit-elle.

Il haussa les sourcils.

— Ah oui ? Quoi donc ?

— J'ai posé des questions à la maîtresse sur le 4 Juillet. Tu sais que c'est la semaine prochaine ? Elle a dit que c'était pas une fête ici. Et Thanksgiving, pareil !

Très juste ! La question n'avait pas même effleuré l'esprit de Lark.

— Elle t'a expliqué pourquoi ?

Lucy hocha la tête.

— Y paraît qu'ici on fête Noël. Le 4 Juillet et Thanksgiving, c'est juste pour les Américains.

Il ne savait pas très bien où elle voulait en venir. Peut-être attendait-elle une suggestion de sa part ?

— Si on était en Californie, que ferait-on le 4 ? demanda-t-il pour gagner un peu de temps.

Elle réfléchit un instant.

— Ben, on ferait un feu d'artifice et un barbecue. Et puis on inviterait des amis.

Il devait absolument improviser quelque chose pour ne pas la décevoir.

— Mais y ferait chaud en Californie, dit-elle. Pas comme ici !

Il soupira.

— Ma foi, je ne peux rien pour la météo. Avec toute cette neige, je crois bien que les saucisses gèleraient sur le gril avant de commencer à cuire. Quant aux feux d'artifice, ils risqueraient d'effrayer les chevaux.

Une grimace étira la bouche de l'enfant.

— T'as raison. Mais alors, pour Thanksgiving, on fera rien non plus ?

Il détestait la contrarier. Après l'année douloureuse qu'elle avait traversée, il voulait lui procurer tout le bonheur possible dans sa nouvelle demeure. Comment pourrait-elle renoncer sans tristesse aux deux événements qui avaient marqué toute sa petite enfance ?

— J'ai une idée, fit-il. Il suffit d'inverser le calendrier.

Un regain d'espoir illumina les yeux de Lucy.

— Nous n'avons qu'à manger la dinde en juillet, quand il fait froid, et le barbecue en novembre, quand il fait chaud !

Elle bondit de joie sur son siège.

— Bravo, papa ! C'est trop cool !

Trop cool ! Déjà, les repas de tous les jours lui demandaient des efforts considérables, et voilà qu'il s'engageait à organiser un dîner de fête !

Elle ne partageait pas ses inquiétudes culinaires, mais un autre aspect de la fête la préoccupait.

— Le problème, c'est qu'on serait que tous les deux !

— Nous verrons bien. Nous trouverons sûrement quelqu'un à inviter pour nous tenir compagnie. Tu te souviens, l'an dernier, nous avions fêté ensemble le 4 Juillet. C'était juste avant les championnats de Las Vegas.

— Tu vas recommencer le rodéo ?

Elle lui posait régulièrement la question et attendait toujours sa réponse avec angoisse.

— Non, ma chérie. Je me contenterai de monter tranquillement des chevaux, ici, avec toi.

— Faudrait encore que j'ai un poney ! répondit-elle avec un soupir.

— Sois patiente, tout vient à temps à qui sait attendre !

Elle se redressa sur son siège et lui colla un baiser sur la joue. Aux anges, il posa tendrement une main sur son épaule.

Sophie descendit de voiture et se dirigea vers l'arrière de la ferme. Le maître des lieux devait être au pré ou dans les écuries. Elle n'avait aucune chance de le trouver à l'intérieur. Elle redressa la tête quand elle entendit des sabots se poser en rythme sur le sol et trouva Lark en pleine séance de dressage. Il se tenait au centre du corral, où un étalon imposant décrivait docilement des cercles autour de lui. Elle avança sans bruit jusqu'à la barrière.

Le spectacle était impressionnant. D'une voix douce et tranquille, il ordonnait à l'animal de changer d'allure ou de direction. À son commandement, il passa gracieusement du trot au galop, s'arrêta, tourna sur lui-même et repartit au pas pour venir s'immobiliser auprès de son dresseur. Lark tapota amicalement son museau puis, d'un saut léger, il se hissa sur son dos. Elle n'avait jamais rien vu de pareil. Pas de selle.

Pas de bride. Absolument rien. Juste un homme montant à cru un étalon dans une complicité et un respect absolus.

— Salut !

Elle tourna la tête, surprise par la voix fluette. Une petite fille se tenait à quelques mètres, perchée sur la barrière du corral. Des couettes blondes attachées à la va-vite tombaient sur ses épaules et un sourire timide éclairait son visage.

— Bonjour, répondit Sophie.

Qui était cette enfant ? Et que faisait-elle là ?

— Moi, c'est Lucy, dit-elle.

Sophie essaya d'ignorer sa ressemblance avec la fillette décédée sur sa table d'opération. Après la mort de sa jeune patiente, elle avait décidé d'un long congé sabbatique.

— Et moi Sophie, répondit-elle d'une voix tremblante.

Elle avait toujours adoré bavarder avec les enfants. Désormais, leur présence la terrifiait. Ils lui rappelaient trop le petit être qu'elle n'avait pu sauver.

— C'est un bon cavalier, n'est-ce pas ?

Elle n'avait pas trouvé mieux pour remplir le silence. Lucy approuva d'un signe de tête.

— C'est le meilleur.

Sophie leva le regard sur Lark, en espérant qu'il descendrait de cheval pour lui épargner ce tête-à-tête.

— Que fais-tu là, toute seule ? Tes parents ne sont pas avec toi ?

Lucy éclata de rire.

— Ben si, y a mon père.

— Où est-il ?

Elle leva fièrement sa ravissante frimousse en direction de la piste.

— C'est lui, mon père !

Sophie suivit son regard. Lark chevauchait avec grâce, totalement absorbé dans son corps à corps avec le cheval.

— Et ta maman ? demanda-t-elle, totalement bouleversée par la révélation.

— Euh, ben non, y a juste mon papa et moi ! Tu le connais ?

— Si je… ? Eh bien, oui. Je suis ici pour l'aider à soigner les juments qu'il a sauvées l'autre jour.

— Ah oui ! Il m'a expliqué !

Pour se soustraire à l'examen curieux de la fillette, elle gardait les yeux fixés sur le cavalier.

— Bon, ben je vais rentrer à la maison pour goûter. À tout à l'heure !

Incapable de prononcer un mot de plus, Sophie lui fit un signe de la main. En plus de réveiller un tragique souvenir professionnel, cette adorable gamine incarnait ce qu'elle désirait le plus et qu'elle n'aurait jamais. Un nœud douloureux obstruait sa gorge.

— Bonjour, Sophie !

La voix de Lark la tira de ses sombres pensées.

— Bonjour.

Il approcha le cheval de la balustrade.

— Vous avez fait connaissance avec Lucy !

Elle réussit à afficher un pâle sourire.

— En effet.

— J'espère qu'elle ne vous a pas trop cassé les oreilles. C'est une véritable pipelette.

Elle se sentait un peu coupable d'être attirée par le papa d'une petite fille. Elle préféra changer de sujet.

— J'espère que je ne vous dérange pas. Quand je suis arrivée, vous étiez en plein travail.

— Vous ne me dérangez pas du tout. La séance est presque terminée.

— Je vous ai observé un bon moment. Je dois dire que le spectacle était éblouissant.

— C'est mon métier, répondit-il modestement.

— Peut-être. Il n'empêche que je suis impressionnée.

— Voulez-vous continuer à regarder pendant que j'en finis avec Cougar, ou bien êtes-vous pressée ?

— Cougar ?

Il caressa affectueusement le museau de l'animal.

— C'est mon grand garçon. Je l'ai ramené de Californie. Je m'en occupe depuis sa naissance.

Cela n'avait rien d'étonnant. L'animal et son maître semblaient lire dans les pensées l'un de l'autre.

— Je veux bien rester encore un moment. Ensuite nous irons voir les juments.

D'un mouvement de la tête, il l'invita à pénétrer dans le corral.

— Venez ! Placez-vous au milieu, je vous expliquerai comment je procède.

Elle contourna la clôture sans hésitation. La maîtrise de Lark piquait sa curiosité. Mais elle se promit de prendre congé au plus vite si la fillette refaisait son apparition.

Il attendit qu'elle fût en place et recommença à guider l'étalon autour de la piste. Le numéro était fascinant. Lark montait avec tant d'aisance, il mettait tant de douceur dans ses gestes que l'animal paraissait totalement apaisé.

— Vous voyez comme j'utilise l'intérieur de ma jambe ?

Il parlait à voix basse, sans jamais quitter des yeux sa monture.

— Qu'essayez-vous de lui dire ?

Elle guettait avec attention le moindre de ses gestes.

— Regardez ! Il s'éloigne de ma jambe. C'est ainsi que je lui indique la direction dans laquelle il doit aller.

L'animal se mit à trotter.

— J'ai serré les deux jambes pour le faire changer d'allure.

Le trot se transforma bientôt en petit galop.

— Et maintenant, je vais le faire ralentir avec mon corps.

Comme il étirait le dos, elle vit une grimace contracter son visage. Le cheval se remit au pas immédiatement. De quoi Lark souffrait-il ? Elle l'avait perçue dans un éclair très bref, mais elle savait reconnaître la douleur.

— Tout va bien ? demanda-t-elle.

Il souriait, comme si de rien n'était, mais elle savait qu'il mentait.

— Parfaitement bien, pourquoi ?

Elle fronça les sourcils.

— J'ai cru que vous aviez mal.

Il haussa les épaules avec nonchalance.

— Ce n'est rien. Juste un vieux déchirement qui se réveille de temps à autre.

Spontanément, elle eut envie de l'examiner. De poser la main sur l'endroit qui le faisait souffrir pour le soulager. Mais alors, elle aurait dû révéler sa qualité de médecin. Et cela, elle ne le voulait pas. Pas maintenant, en tout cas.

Il guida le cheval au centre du corral, à quelques mètres d'elle.

— La démonstration est terminée, dit-il en sautant habilement à terre.

— Vous êtes aussi habile avec d'autres chevaux ?

Il sourit avec bonheur, comme s'il avait totalement oublié sa douleur. Le dressage était pour lui une véritable passion. Il adorait en parler.

— Cela prend du temps, et beaucoup de patience, mais on finit par obtenir des résultats avec la plupart des chevaux.

Il tapotait affectueusement le flanc de l'animal.

— Cougar et moi travaillons ensemble depuis très longtemps. Je dois dire qu'il est particulièrement réceptif.

Elle se retint de caresser l'étalon. Elle redoutait une trop grande proximité avec Lark. Sa seule présence la troublait déjà au-delà du raisonnable.

— Il faut que je le ramène à l'écurie. Vous m'accompagnez ?

— Je vous suis !

Si on lui avait dit qu'un jour il trouverait du charme à une femme bénévole dans un refuge, il ne l'aurait pas cru. Après des années de conflits avec toutes les âmes bien pensantes qui combattaient le rodéo pour le salut des chevaux, cette amitié naissante était plutôt improbable. Le cow-boy et la protectrice des animaux. Il sourit en songeant à l'ironie de la situation.

— Pas de problème avec les représentants de la loi, aujourd'hui ? demanda-t-elle en marchant à ses côtés.

— Aucune nouvelle de notre cher ami l'officier Brown pour le moment.

Pendant tout le trajet, Lark n'avait cessé de flatter l'étalon. Elle le regarda passer une bride autour de son encolure et l'attacher à l'extérieur de son box.

— La manière dont vous vous occupez des chevaux montre que vous les aimez vraiment, dit-elle.

— Cela vous surprend ?

Au cours de sa carrière, il avait rencontré des cavaliers qui se moquaient éperdument de leurs montures. Ce n'était pas son cas.

— Les champions de rodéo ont aussi une conscience, dit-il.

Elle se mordit la lèvre, gênée.

— Je ne voulais pas laisser entendre le contraire, mais je ne m'attendais pas à vous voir si…

Il éclata de rire.

— Si quoi ?

— Doux, je suppose.

Il ne sut que répondre. On lui adressait si rarement des compliments ! Embarrassé à son tour, il commença à panser Cougar. Un peu nerveuse, Sophie observait chacun de ses gestes.

— Vous voulez m'aider ? demanda-t-il.

— Avec plaisir ! Mais vous devez me montrer comment faire.

Il s'empara de deux brosses et les lui tendit.

— Vous voyez celle avec les poils fermes ? Elle est épatante. Il faut l'utiliser sur les traces de sueur.

Elle entreprit de peigner la robe du cheval.

— Comme cela ?

— Oui, c'est parfait.

— Et l'autre brosse, à quoi sert-elle ?

— Touchez-la, vous verrez, elle est beaucoup plus douce.

Comme pour mettre fin à ce tête-à-tête qui prenait un tour sensuel, le joli minois de Lucy apparut soudain devant le box. Elle sautait comme un cabri pour attirer l'attention de son père.

— Salut, ma chérie ! dit-il.

— Tu fais quoi, p'pa ?

— Je rentre Cougar, puis j'irai voir les juments avec la dame qui est là.

Il se tourna vers Sophie, chez qui il surprit un air de panique.

— Lucy, tu as déjà rencontré Sophie, je crois ?

L'enfant hocha la tête avec enthousiasme.

— Coucou, fit-elle chaleureusement.

Sophie, pétrifiée, fut incapable de lui répondre, et Lark enchaîna, comme s'il n'avait rien remarqué.

— Les juments se trouvent dans un champ un peu éloigné. Si vous voulez, nous pouvons prendre le camion et aller les voir tous ensemble.

La bouche de Sophie restait sèche. Elle devait s'acquitter de sa mission d'inspection et quitter la ferme au plus vite. La présence de Lucy remuait en elle trop de souvenirs douloureux. L'image du petit corps inerte sur la table d'opération s'imposait sans cesse à son esprit. Elle pensait aussi au bébé qui avait commencé à grandir dans son ventre, il y avait de cela bien des années, et qu'elle avait décidé de ne pas garder. Une décision qu'elle regrettait chaque jour, et qui l'avait privée à jamais d'une possible maternité.

6

Au prix d'un effort surhumain, Sophie s'était rendue au champ en compagnie de Lucy et de son père. De retour dans les écuries, elle examinait la jument blessée.

— Vous faites du bon travail, Lark, dit-elle.

— Je sais, répondit-il d'un ton sec.

Il connaissait son travail mieux que personne, et ses commentaires lui paraissaient bien superflus. Consciente de son agacement, elle changea de sujet.

— Quel âge a votre fille ? demanda-t-elle.

La fillette jouait tranquillement au ballon contre le mur de la grange, trop loin pour entendre leur conversation.

— Elle va avoir sept ans.

Elle hésita un instant. Elle était curieuse, mais ne voulait pas se montrer indiscrète.

— Vous vivez seul avec elle ?

Son visage viril s'assombrit.

— Oui, rien que nous deux.

— Je suis navrée, je...

Il vérifia une dernière fois le pansement de la jument et sortit du box.

— Ne vous excusez pas ! Nous sommes bien mieux ainsi. Nous avons traversé une période plutôt difficile. Mais c'est une longue histoire...

Elle le rejoignit dans l'allée.

— Je ne voulais pas vous ennuyer avec mes questions. Je me demandais seulement si Lucy avait perdu sa maman.

— Disons plutôt que sa mère a des centres d'intérêt beaucoup plus importants que la fillette qu'elle a mise au monde !

Interdite, elle n'osait prononcer un mot.

— Il m'arrive de penser que notre vie aurait été plus simple si elle était vraiment morte, reprit-il. Pour Lucy tout au moins.

— Vous voulez dire qu'elle l'a… abandonnée ?

Il sourit tristement.

— En quelque sorte.

Adolescente, elle avait elle-même connu l'éloignement et le désintérêt de son père. Elle aussi avait éprouvé cet atroce sentiment d'abandon.

— Pauvre petite !

Il approuva d'un signe de tête.

— Je suis peut-être naïf, mais je croyais que le lien qui unit une mère à son enfant était indestructible.

La colère et l'affliction se mêlaient sur son visage.

— Je pensais qu'elle n'aurait jamais la lâcheté de partir en lui tournant le dos.

Ses paroles firent écho à sa propre culpabilité. Comment la jugerait-il s'il apprenait qu'elle avait elle aussi renoncé à un enfant ? Les circonstances n'avaient rien de comparable, et elle regrettait amèrement sa décision. Mais en quoi son repentir pouvait-il atténuer sa faute ?

— Je ne veux pas essayer de lui trouver des excuses, Lark, mais elle devait avoir ses raisons.

— Aucune raison, aucune excuse, répondit-il avec violence. Qu'elle me quitte, moi, c'est une chose. Mais vous avez vu cette gamine ? Qui peut avoir le cœur d'abandonner une fillette comme Lucy ?

Face à une révolte aussi légitime, tout commentaire était superflu.

— Je suis désolé, Sophie. Je ne voulais pas vous ennuyer avec mes problèmes. C'est juste que…

Elle garda le silence.

— J'adore ma fille et je préférerais ne pas avoir à lui expliquer que sa mère ne veut plus la voir.

Elle hocha lentement la tête.

— Je vous comprends, mais, à votre place, je ne m'inquiéterais pas trop pour elle. Elle a un papa merveilleux. C'est une chance extraordinaire.

Il baissa la tête et se mit à racler le sol avec une de ses bottes.

— Quitter la Californie n'a pas été facile, mais je pense avoir fait le bon choix.

Sa voix s'était radoucie.

— Je vais lui faire une belle vie ici, j'en suis sûr.

Elle se détendit. Elle ne s'était pas trompée sur sa nature généreuse. C'était un homme droit, désireux de faire le bonheur de ceux qu'il aimait.

De son côté, Lark avait un sentiment étrange. Jusqu'à présent, il n'avait confié à personne, sauf à son avocat, les circonstances de son divorce. Il lui était difficile d'avouer sans honte que sa femme les avait chassés de sa vie, sa fille et lui, comme elle l'aurait fait de deux bagages encombrants. Et voilà qu'il se livrait à une inconnue !

— Vous avez des enfants ? demanda-t-il soudain.

Le beau visage de Sophie se ferma.

— Des enfants ? Euh, non.

Il comprit qu'il avait touché une corde sensible, mais elle ne lui laissa pas le temps d'approfondir la discussion.

— Je ferais mieux de m'en aller, maintenant. Je suis vraiment en retard.

Il la regarda prendre le sac qu'elle avait posé à côté du box. Quelles étaient les raisons du malaise qu'il avait surpris plusieurs fois chez elle ? La présence de Lucy l'avait-elle contrariée ? Avait-il fait preuve de maladresse, une fois encore ?

— Alors, on vous revoit demain ?

— Bien sûr ! répondit-elle, de nouveau souriante.

— Vous savez, rien ne vous oblige à vous déplacer tous

les jours pour venir contrôler la manière dont je traite les juments. Je connais mon métier.

— Je n'ai aucun doute là-dessus, Lark, mais j'ai donné ma parole à l'inspecteur Brown.

Il poussa un long soupir.

— Ce cher inspecteur Brown !

— Il pourrait encore vous causer des ennuis, vous savez.

— Je sais.

Il n'essaya pas d'argumenter davantage. L'idée d'une inspection quotidienne contrariait son orgueil, mais la compagnie de Sophie était loin de lui déplaire. Comme il l'escortait jusqu'à la sortie du bâtiment, Lucy le rejoignit en courant et se réfugia dans ses jambes.

— Au revoir ! fit-elle à l'adresse de Sophie.

— Au revoir, répondit cette dernière sans s'attarder.

La fillette tira doucement sur la main de son père.

— On peut aller nourrir les chevaux, maintenant ?

C'était le moment de la journée qu'elle préférait. Il se pencha et déposa un baiser sur son front.

— Oui, ma chérie, allons-y !

7

Appuyée à la barrière qui clôturait le pré, Sophie contemplait les juments d'un regard absent. Profitant d'une amélioration du temps, Lark les avait débarrassées de leurs manteaux. Si leur robe restait encore terne, leurs côtes semblaient déjà moins saillantes et leurs grands yeux moins mélancoliques. Grâce aux bons soins du cow-boy californien, elles ne tarderaient pas à recouvrer la santé.

Le cow-boy californien qui faisait jaser tout le pays ! Elle songeait à l'attirance qu'elle éprouvait pour lui, et à l'aventure qu'ils auraient pu partager sans la présence de sa fille. Soudain, un raclement de gorge la fit sursauter.

— Tim ?

Très étonnée de découvrir le policier à deux pas derrière elle, elle fut tout de suite sur ses gardes, mais elle n'en laissa rien paraître.

— Que viens-tu faire ici ? demanda-t-elle de sa voix la plus engageante.

Il ôta sa casquette pour la saluer.

— Mettre les choses au point avec ce monsieur Anderson.

Elle fronça les sourcils.

— Tu ne vas pas chercher à lui faire des ennuis, n'est-ce pas ? Il n'a rien fait de mal. As-tu retrouvé le propriétaire de ces pauvres bêtes ?

D'un regard un peu distant, il lui signifia que l'affaire ne la regardait pas.

— Je préférerais en parler directement avec l'intéressé.

Elle décida de garder son calme, bien qu'elle trouvât son attitude un peu curieuse. D'un côté, il attendait des rapports détaillés de sa part, et d'un autre il semblait vouloir la tenir à l'écart de l'affaire.

— Il doit être quelque part dans la propriété, mais je ne l'ai pas encore vu.

Il s'accouda à la clôture et examina à son tour les juments.

— Dis-moi, Sophie, tu ne serais pas en train de me cacher quelque chose ? Je trouve un peu étrange que tu aies pris la défense d'un type que tu ne connaissais pas. Il vient tout juste d'arriver dans le pays.

Dans des moments comme celui-ci, elle regrettait sa vie de citadine. Il régnait dans les campagnes une telle méfiance envers les étrangers qu'elle en éprouvait parfois de la honte.

— Écoute, Tim, je…

La voix profonde de Lark résonna brusquement derrière eux et ils se retournèrent d'un bloc.

— Que me vaut le plaisir de votre visite, inspecteur ?

— J'ai réussi à joindre le propriétaire des chevaux, dit Tim sans préambule.

Elle l'observa avec inquiétude. Sa posture rigide ne présageait rien de bon. Il était dressé sur ses ergots, comme un coq prêt à livrer le combat. Egal à lui-même, Lark le considérait avec une nonchalance un peu déplacée.

— Vous avez de la chance, monsieur Anderson. Il n'a pas l'intention de porter plainte. En d'autres termes, je ne peux rien contre vous, même si je reste intimement persuadé que vous avez volé ces chevaux.

Lark serra les mâchoires.

— J'espère que vous avez fait preuve du même zèle contre lui, inspecteur. S'il y a une justice dans ce pays, cet homme mérite une condamnation pour maltraitance.

Elle n'eut pas le temps d'intervenir pour tenter d'apaiser les esprits.

— Monsieur Anderson, à votre place, je me tiendrais à carreau. Estimez-vous heureux de ne pas finir la journée derrière les barreaux !

Lark semblait à deux doigts de gifler la face bornée du policier.

— Le refuge peut porter plainte contre le propriétaire, dit-elle pour le ramener à la raison.

Tim n'apprécia pas du tout son ingérence.

— Ma chère Sophie, je ne saurais trop te conseiller de garder tes distances avec ce monsieur. Il passe en ville pour un fauteur de troubles. J'ignore ce qu'il a fait par le passé, mais il traîne une sale réputation derrière lui.

Lark changea brusquement d'attitude. Réflexion faite, ce policier n'avait pas le moindre élément contre lui. Il n'allait pas lui en fournir.

— Inspecteur, je suis un honnête homme et je n'ai nullement l'intention de créer des problèmes dans votre paisible région.

Mais Sophie était indignée par les insinuations de Tim.

— Vraiment, j'ai du mal à croire que tu prêtes attention à ce genre de ragots.

Ces paroles lui valurent un sourire de Lark et une grimace offusquée du policier.

— À bientôt, Sophie. Quant à vous, monsieur Anderson, je vous conseille la plus grande discrétion.

Sur ces mots, il s'éloigna avec raideur et remonta dans sa voiture de patrouille.

— Tout va bien ? demanda Lark en passant une main autour des épaules tendues de Sophie. Vous pouvez respirer, maintenant, l'orage est passé.

Elle hocha pensivement la tête, sans tenter de se soustraire à son geste.

— Vous étiez au courant de ces rumeurs qui semblent courir sur mon compte ? demanda-t-il.

— Pas vraiment. Mais je ne suis pas surprise. Ici, les gens ont peur des étrangers. Ils passent leur temps à inventer des histoires stupides. À croire qu'ils n'ont rien d'autre à faire ! Il vous faudra quelques années pour vous faire accepter dans le pays.

— C'est ce que j'ai cru comprendre. Les nouveaux venus ne semblent pas être traités de la même manière que les citoyens de souche.

— Rassurez-vous ! Le propriétaire des chevaux ne s'en sortira pas à si bon compte. Le refuge ne se privera pas de faire connaître sa position si aucune poursuite n'est engagée contre lui.

Il lui sourit avec gratitude.

— Je ne vous remercierai jamais assez, Sophie. Sans vous, je serais dans de sales draps aujourd'hui.

— Je n'ai fait que mon devoir, dit-elle. Je déteste les injustices. Vous n'avez pas à me remercier.

— Et si je vous proposais une visite de la propriété ? Hier, vous êtes partie si vite que vous ne m'en avez pas laissé l'occasion.

Elle marqua une légère hésitation. La compagnie du beau cow-boy la troublait un peu trop. Mais quel mal y avait-il à parcourir le domaine à ses côtés ?

— Avec plaisir, répondit-elle.

— À cheval ou en voiture ?

Comme il prenait le chemin de la ferme, elle lui emboîta le pas.

— Il y a bien longtemps que je n'ai pas fait d'équitation. Je dois encore pouvoir tenir sur une selle, mais n'attendez pas de prouesses de ma part !

— Alors nous allons prendre le pick-up. Le chemin de crête est un peu périlleux.

Quand ils arrivèrent dans la cour, il lui indiqua le véhicule d'un geste de la main et l'invita à y prendre place. Conscient de jouer avec le feu, il s'installa derrière le volant. Ne s'était-il pas juré de garder ses distances avec les femmes et de se consacrer tout entier au bien-être de sa petite Lucy ? Le problème des juments étant résolu, plus rien ne justifiait la présence de Sophie au ranch. Il aurait dû l'assurer de nouveau de sa reconnaissance et la laisser partir. Au lieu de cela, il s'appliquait à la garder près de lui. Dans la cabine étroite du pick-up, les arômes délicats de son parfum embaumaient.

Comme si elle partageait ses pensées, elle descendit sa vitre pour inviter l'air piquant de l'hiver dans leur tête-à-tête.

— Vous devez aimer les chevaux avec passion pour venir vous installer dans une région inconnue.

— C'est l'endroit idéal pour se consacrer à l'élevage des chevaux de course. Et puis, il n'y a pas beaucoup de concurrence ici. Beaucoup moins qu'en Californie.

Tandis qu'ils faisaient le tour du domaine, la tension se dissipa. Comme deux simples amis en balade, ils parlèrent de tout et de rien, se gardant bien d'aborder les sujets trop personnels.

— Je sais qu'ici on ne célèbre pas le 4 Juillet comme aux États-Unis, mais je me demandais…

Il avait parlé sans vraiment réfléchir. Il fallait dire qu'il connaissait bien peu de gens susceptibles d'accepter sa proposition. Comme il hésitait, elle l'interrogea du regard.

— Eh bien, je… j'envisage d'organiser un petit dîner pour Lucy et je me disais que vous accepteriez peut-être de vous joindre à nous.

Le bon sens aurait dû lui dicter de décliner l'invitation, mais elle n'osa pas lui opposer un refus trop catégorique. Embarrassée, elle essaya de gagner du temps.

— Vous voulez importer vos coutumes dans la région ? Vous ne trouvez pas qu'il fait un peu froid pour organiser un pique-nique en ce moment ?

Il rit de bon cœur.

— Je comprends votre surprise. Pour tout vous dire, j'ai prévu de servir la dinde de Thanksgiving. Changement de latitude oblige. Les deux événements ont toujours beaucoup compté pour Lucy. C'est une façon de lui rendre le déracinement un peu moins difficile.

La gêne manifeste de Sophie lui fit regretter sa proposition. Apprendrait-il un jour à réfléchir avant de parler ?

— Vous avez prévu beaucoup de monde à ce dîner ?

— Non. Juste Lucy, vous et moi.

Elle remua nerveusement sur son siège.

— Eh bien, à vrai dire, je ne sais pas…

Il garda le silence un instant. Devait-il lui poser la question qui le troublait depuis la veille ?

— Il m'a semblé hier que la présence de ma fille vous dérangeait. Elle se conduit en principe très correctement, mais on ne sait jamais avec les enfants. Ils sont parfois imprévisibles. S'est-elle montrée désagréable avec vous ? Vous a-t-elle fait une remarque blessante ?

Ainsi, son attitude étrange ne lui avait pas échappé ! Elle secoua vivement la tête.

— Oh non, pas du tout. Elle est absolument adorable. C'est juste que…

Elle devait trouver une excuse immédiatement, avant de susciter des questions plus indiscrètes, susceptibles de l'entraîner sur un terrain qu'elle voulait à tout prix éviter.

— Elle me rappelle une autre petite fille. C'est vrai que son apparition m'a un peu surprise.

Un léger malaise s'installa. Elle n'avait pas vraiment menti, mais elle n'avait pas été très honnête non plus. Comment lui avouer la vérité sur les deux enfants qu'elle avait perdus ?

— Alors, que dites-vous de mon invitation ?

Elle était partagée. Devait-elle laisser ses blessures passées la priver d'une soirée avec un homme dont elle appréciait de plus en plus la compagnie ?

— J'accepte avec plaisir, lança-t-elle bravement.

Il fallait bien qu'elle apprenne un jour à surmonter ses émotions. Le sourire de Lark la conforta dans sa décision.

— Lucy va être ravie. Elle qui passe l'essentiel de son temps en tête à tête avec son père !

— Que voulez-vous que j'apporte ?

— Rien d'autre que vous-même.

Il coupa le moteur et se tourna vers elle, une lueur pétillante dans le regard. Était-ce l'effet de son imagination, la manifestation d'un désir secret enfoui au plus profond d'elle-même ? Elle crut un instant qu'il allait l'embrasser. Quelles étaient ses véritables intentions ? Son invitation à célébrer le 4 Juillet en présence de sa fille était-elle une manière de lui fixer un rendez-vous sans l'effrayer ?

Il ouvrit sa portière, sortit du véhicule et le contourna pour l'inviter à descendre.

— Venez ! Vous allez découvrir le plus joli point de vue sur la propriété.

Elle mit pied à terre et inspira une longue bouffée d'air frais.

— C'est drôle, dit-elle. J'ai grandi dans cette région et j'ai fini par ne plus voir sa beauté.

Trop occupée à converser avec Lark, elle n'avait guère prêté attention au paysage pendant le trajet. Il avait eu raison de marquer une halte pour l'inviter à l'admirer.

— Si le temps avait été un peu plus sec, je vous aurais conduite en haut de la colline.

— C'est magnifique ! dit-elle comme si elle posait pour la première fois les yeux sur sa terre natale.

Les pâturages peuplés de chevaux et de bétail s'étendaient à perte de vue, parsemés çà et là de fermes imposantes. En cette saison, les champs offraient une somptueuse gamme de verts, bien différente des jaunes et des ocres qui recouvraient chaque été les plaines immenses et desséchées.

— Vous parlez de cet endroit comme si vous en aviez été longtemps éloignée.

Elle se rembrunit. Elle n'avait pas envie de livrer de détails sur sa vie.

— Disons que je me suis absentée quelque temps,

répondit-elle de manière évasive. Pour mes études et ensuite pour mon travail. C'est parfois si bon de se retrouver chez soi.

Il survola le paysage d'un regard circulaire.

— J'avoue que la région m'a séduit, moi aussi. J'ai repéré la propriété sur Internet et je l'ai achetée sans même la visiter.

— Vous ne connaissiez pas du tout le pays ?

— Si, j'avais habité Queenstown. En fait, je suis né en Nouvelle-Zélande. Mon père y était en poste à l'époque. La famille est rentrée aux États-Unis quand j'avais quatre ans. J'ai toujours pensé que je reviendrais ici.

Il poussa un long soupir avant de poursuivre.

— J'étais pourtant loin d'imaginer que je quitterais la Californie à trente-cinq ans. Avouez que c'est un peu tôt pour prendre sa retraite ! Je n'avais pas envisagé non plus de me retrouver seul avec ma fille.

Il n'attendait sans doute aucun commentaire. Elle préféra se taire et continuer à l'écouter.

— Quand j'ai compris qu'il n'y avait plus de place pour Lucy dans la vie de sa mère, j'ai pensé qu'il était plus sage de mettre un maximum de distance entre elle et nous. Je ne sais pas si j'ai fait le bon choix. L'éloignement rend l'indifférence de sa mère moins douloureuse pour Lucy. Mais l'océan qui nous sépare fournit à mon ex-femme un bon prétexte pour ne jamais nous rendre visite.

Elle acquiesça d'un hochement de tête.

— Vous avez agi selon votre conscience, dit-elle. C'était une décision difficile. En tout cas, vous offrez un cadre paradisiaque à Lucy. Elle sera heureuse de grandir ici.

— Je l'espère.

— Vous avez réussi à vous faire quelques amis parmi les gens du coin ?

Pour quelle raison lui posait-elle la question ? Elle n'était pas la mieux placée pour l'introduire dans la vie locale. Plus maintenant.

— J'ai fait quelques connaissances, répondit-il, mais

vous êtes la première personne avec qui j'échange plus de quelques phrases.

Elle sentit intuitivement qu'il ne s'en formalisait pas. La solitude devait assez bien lui convenir.

— Que voulez-vous faire maintenant ? Nous pourrions redescendre par le grand pré rendre une petite visite à nos juments rescapées.

— Excellente idée !

Ils remontèrent ensemble dans le pick-up.

— Vous avez beaucoup de chevaux ? demanda-t-elle comme ils roulaient lentement sur le chemin accidenté.

— Pas encore. Il y a Cougar, mon compagnon de toujours, et une jument que j'ai ramenée de Californie. Je viens tout juste d'acheter un étalon avec lequel j'ai l'intention de lancer mon programme de reproduction. J'ai trouvé deux pouliches aussi, mais je dois me montrer patient. Il me faudra du temps pour trouver d'autres spécimens qui conviennent au genre de race que je veux développer.

Elle l'écouta avec intérêt tandis qu'il lui exposait ses projets dans le détail. Il avait une telle passion pour les chevaux qu'il la communiquait sans effort. C'était un être bon, sensible, qualités que l'on ne s'attendait pas à trouver chez un champion de rodéo. Elle se sentait bien auprès de lui. Il était le genre de personne qui savait naturellement lui redonner goût à la vie.

8

Quelques jours plus tard, Sophie reprit le chemin du ranch. L'ancien propriétaire des chevaux ayant décidé de ne pas porter plainte, ses visites d'inspection quotidiennes n'étaient plus justifiées, mais il lui tardait de retrouver Lark. Après bien des hésitations, elle avait décidé d'affronter la présence de Lucy. Elle devait bien un jour s'attaquer aux vieux démons qui l'obligeaient à fuir la compagnie des enfants. Elle avait pris jadis une décision infiniment regrettable en décidant d'interrompre sa grossesse. Quelques années plus tard, une petite fille avait perdu la vie sur sa table d'opération. Deux événements tragiques. Irréversibles. Mais avait-elle le droit de renoncer à vivre pour autant ?

— Coucou !

Son courage fut mis à l'épreuve dès son arrivée. La mine réjouie de Lucy l'attendait à l'entrée des écuries. La fillette réunissait tout ce qui, autrefois, l'avait poussée à embrasser la carrière de pédiatre. Qui mieux qu'un médecin pouvait aider, par ses connaissances et son humanité, à préserver la fraîcheur et la spontanéité de l'enfance ?

Sophie reprit pied dans la réalité en se sermonnant. Elle devait s'efforcer d'oublier le passé. Tourner la page et recommencer à vivre dans le présent.

— Coucou ! répondit-elle joyeusement.

La silhouette de Lark se dessina aux côtés de sa fille.

— Bonjour, Sophie ! Quelle bonne surprise !

Elle éprouva le besoin de justifier sa visite.

— Le refuge a décidé officiellement de poursuivre l'ancien propriétaire des juments. Je voulais vous l'annoncer de vive voix. J'espère que je ne vous dérange pas.

— Pas du tout, répondit-il dans un large sourire.

Lucy avait d'autres préoccupations.

— Quand est-ce qu'on mange ? demanda-t-elle en levant un regard impatient sur son père.

Sophie retint un éclat de rire.

— Ma parole, tu as une horloge dans le ventre ! dit Lark en levant les yeux au ciel. Tu devras te contenter d'un sandwich, ma chérie.

— Encore ?

— Désolé, je n'ai pas eu le temps de faire les courses.

Puis, se tournant vers Sophie :

— Je vais chercher le repas de mademoiselle. Vous m'accompagnez ?

Ils laissèrent Lucy au milieu de ses jouets et prirent la direction de la ferme.

— J'avoue que je suis un peu débordé, dit-il en chemin. Lucy ne mange pas des petits plats mijotés tous les jours. Je le regrette, mais c'est ainsi.

— Rassurez-vous ! Elle a l'air de se porter très bien.

— Étant donné les circonstances, vous voulez dire ?

Sa réplique un peu amère la prit au dépourvu. Il était, sans doute plus que la petite fille elle-même, attristé par l'absence de sa mère, par sa situation familiale. Il se sentait coupable d'un état de fait dont il n'était pas responsable.

— Vous savez, Lark, de nombreux enfants sont élevés par un seul parent de nos jours. Ils n'en sont pas malheureux pour autant. Moi-même, j'ai traversé une épreuve similaire à celle de Lucy. Mon père a quitté le domicile conjugal quand j'avais treize ans. J'étais plus âgée que votre fille, assez grande pour comprendre les raisons de son départ, mais ce n'en était pas moins douloureux pour autant.

Il marqua le pas et la considéra avec attention.

— Votre père ?

Elle évoquait rarement le sujet. Le divorce de ses parents avait marqué la fin d'une vie insouciante et heureuse.

— Le cliché le plus banal, dit-elle. Il a refait sa vie avec une femme plus jeune. Sa secrétaire. Du jour au lendemain, ma mère s'est retrouvée seule avec deux enfants à élever. Pas de travail, plus de maison. Juste le souvenir d'une famille autrefois harmonieuse.

Elle parlait avec difficulté, impuissante à effacer toute l'aigreur de son ressentiment.

— Je suis désolé pour vous, Sophie.

— Au fond, ce n'était pas si grave. L'amour de notre mère a très largement compensé son absence.

Il hocha pensivement la tête.

— Elle vous a sans doute donné tout ce qu'elle pouvait vous donner. C'est ce que j'essaie de faire avec Lucy. Mais un jour viendra sans doute où elle me reprochera de l'avoir éloignée de sa mère. Je me demande bien ce que je pourrai lui répondre.

— Vous lui direz la vérité. Elle sera assez mûre pour la comprendre. On ne peut pas protéger indéfiniment les enfants des épreuves de la vie. Pour l'instant, vous faites ce que vous pouvez. Et vous le faites bien. Lucy n'a pas du tout l'air d'une enfant malheureuse.

Peu après, ils retrouvaient la fillette là où ils l'avaient laissée. Son père lui installa une couverture sur l'herbe et y déposa un sac en papier. Insouciante, elle mordit dans son sandwich avec appétit en bavardant avec ses poupées. Au moment où il invitait Sophie à s'asseoir sur le banc adossé au mur extérieur de l'écurie, son téléphone portable sonna. Il le sortit de sa poche, consulta l'écran, avant de s'excuser et de prendre l'appel.

Voyant que Sophie se retrouvait seule, Lucy lui proposa

de venir la rejoindre sur la couverture. N'osant refuser, elle s'approcha.

— Tu viendras voir ma chambre tout à l'heure ?

— Je ne sais pas si j'aurai le temps, répondit prudemment Sophie. Et puis il fait trop beau pour rester dans la maison aujourd'hui.

Le temps s'était radouci depuis quelques jours et un soleil radieux illuminait le paysage. La conversation téléphonique de Lark ne dura que quelques instants.

— Tout va bien ? demanda Sophie tandis qu'il les rejoignait, l'air préoccupé.

— Oui. C'est juste que j'ai mis une option d'achat sur une jument la semaine dernière. Un autre acheteur paraît intéressé et le propriétaire me presse de prendre ma décision tout de suite.

Il remit l'appareil dans sa poche.

— Il faudrait que j'aille le voir pour conclure l'affaire, mais cela m'ennuie d'imposer ce genre de visite à Lucy. Elle en a déjà subi un certain nombre ces derniers temps.

— Voulez-vous que je reste avec elle ?

Les mots étaient sortis de sa bouche sans qu'elle ait eu le temps de les retenir. Pourtant, l'idée d'un tête-à-tête avec Lucy lui faisait un peu peur. Elle espéra secrètement qu'il refuserait sa proposition.

— Vous feriez cela ?

— Sans problème, dit-elle d'une voix enjouée — ce qui était un mensonge pur et simple.

— Dans ce cas, j'accepte avec plaisir. J'en ai pour une petite heure, pas davantage.

— Allez-y, je suis heureuse de vous rendre ce service ! Nous allons bien nous entendre toutes les deux.

— Lucy ? Tu es d'accord, toi aussi ?

Ravie d'avoir trouvé une compagne de jeu, l'enfant bondit de sa couverture et prit la main de Sophie.

— Tu veux qu'on s'amuse dehors ? demanda-t-elle.

— Bien sûr ! Tu pourrais me montrer tes coins préférés autour de la maison. Je suis sûre que tu as plein de cachettes dans le parc.

Lucy haussa les épaules. Elle n'attachait pas d'importance à ce qu'elles allaient faire, la présence d'une nouvelle amie suffisait à la combler.

— Je vais te montrer ma cabane dans les arbres.

Cependant, Lark s'éloignait d'un bon pas vers la cour de la ferme. Sophie le vit grimper dans son pick-up et lui adresser un dernier signe de la main avant de refermer sa portière. Une boule d'angoisse se forma dans sa gorge. Avait-elle présumé de ses forces ? Comment allait-elle supporter de rester seule avec la fillette ? Le véhicule venait à peine de disparaître que déjà elle attendait son retour avec impatience.

De son côté, Lucy ne se souciait déjà plus de son père. Impatiente, elle tira un peu plus fort sur la main de Sophie et l'entraîna jusqu'à la lisière de la forêt. Là, elle se mit à escalader l'échelle posée sur le tronc d'un grand chêne avec l'agilité d'un petit singe. Sophie grimpa à sa suite. Comment allait-elle bien pouvoir se glisser dans l'abri minuscule niché au creux des trois grosses branches ? Elle se faufila précautionneusement entre les touffes de feuillage et trouva la fillette assise, jambes croisées, sur une plate-forme plus large qu'elle ne l'avait imaginé. Immédiatement, elle fut saisie par le vaste panorama qu'offrait le point de vue.

— C'est incroyable ! On voit les champs et toutes les collines alentour ! Tu viens souvent te réfugier ici ?

Lucy n'était pas peu fière.

— Tous les jours. C'est *ma* maison ! Papa me l'a construite rien que pour moi !

— Tu en as de la chance !

Installées côte à côte, chacune plongée dans ses pensées, elles contemplèrent longuement le paysage. Puis Sophie commença à se demander ce qui pouvait bien occuper l'esprit de la petite fille. Elle n'eut pas à s'interroger bien longtemps.

— Est-ce que tu sais pourquoi ma maman n'est pas venue avec nous ici ?

La question était aussi directe qu'inattendue, et le sujet délicat. Elle préféra rester neutre.

— Je ne connais pas ta maman, ma chérie.

Lucy poussa un profond soupir. Le chagrin avait envahi son visage habituellement si rieur.

— Mais je connais bien ton papa, dit précipitamment Sophie. Et je sais qu'il t'adore.

Elle n'avait guère envie de s'engager dans une conversation aussi intime, mais elle ne pouvait décemment éviter de répondre à ses interrogations. Lucy lui ouvrait son cœur en toute innocence. Il eût été cruel de la décevoir.

— Parfois, les parents ne peuvent pas rester ensemble parce qu'ils n'arrivent plus à se rendre heureux, dit-elle d'une voix très douce.

L'enfant fronça les sourcils.

— C'est pour ça que ma maman ne m'appelle jamais ? Parce que j'arrive pas à la rendre heureuse ?

— Oh non, ma chérie !

Sans même réfléchir, Sophie se rapprocha d'elle pour lui passer un bras autour du cou. Elle voulait la réconforter comme elle l'aurait fait avec l'un de ses petits patients, mais la douceur de son contact, le parfum délicat de ses cheveux lui firent ravaler un sanglot. Elle respira profondément avant de poursuivre.

— Ce n'est pas parce que tes parents ne veulent plus vivre ensemble qu'ils ne t'aiment pas tous les deux. Tu sais, il vaut mieux être avec un seul parent qu'avec un papa et une maman qui se chamaillent tout le temps.

Lucy leva sur elle ses grands yeux interrogateurs.

— Tu crois ?

— J'en suis sûre. Il m'est arrivé la même chose quand j'étais petite.

— C'est vrai ?

La voix de la fillette trahissait sa curiosité, et même un soupçon de stupéfaction.

— Oui, répondit Sophie en l'attirant sur ses genoux. Mon père est parti de la maison en me laissant toute seule avec ma mère et ma sœur.

Tandis que le petit corps chaud se lovait étroitement contre sa poitrine, elle sentit son cœur se briser un peu plus. La proximité de Lucy et ses confidences la ramenaient sans pitié à sa propre situation. Jamais elle n'aurait le bonheur d'être mère. Parviendrait-elle un jour à l'accepter ?

Elle ravala ses larmes et ferma les yeux.

— C'est bien normal que ta maman te manque, mais tu as la chance d'avoir un papa merveilleux.

— Tu veux qu'on retourne voir les chevaux ?

Le changement brutal de sujet amena un sourire indulgent sur les lèvres de Sophie. Ainsi étaient les enfants ! Toujours prêts à sauter du coq à l'âne. Lucy avait sans doute obtenu les réponses qu'elle attendait. Sophie était soulagée de la voir consolée et prête à s'intéresser à autre chose qu'à sa peine.

— Eh bien, oui, pourquoi pas ?

La fillette se rua vers l'échelle et disparut.

Sophie demeura songeuse un moment, le menton appuyé sur ses genoux serrés. Elle se remémorait le malaise qu'elle avait éprouvé en apprenant l'existence d'un enfant dans la vie de Lark. Une famille. Tout ce dont elle avait toujours rêvé et qu'elle ne pourrait jamais offrir à un homme.

Une petite voix la tira aussitôt de ses pensées.

— Ohé ! Tu viens ?

Sophie posa à son tour le pied sur le premier barreau de l'échelle et descendit rejoindre l'enfant.

9

De retour au ranch, Lark sauta de son pick-up et se précipita à l'intérieur de la maison. Il était ravi de sa nouvelle acquisition. La belle poulinière promettait de donner une superbe lignée. Il se serait volontiers attardé chez son vendeur pour continuer à bavarder de son pedigree, sans la vague inquiétude qui ne l'avait pas quitté depuis son départ. Le charme naturel de Sophie le séduisait de plus en plus, mais son attitude parfois étrange, sa nervosité en présence de Lucy, ne cessaient de le préoccuper.

Il traversa le rez-de-chaussée à leur recherche et les trouva enfin sur la terrasse de la cuisine.

— Vous n'avez pas froid ? demanda-t-il en ouvrant la baie vitrée pour les rejoindre.

Le soleil brillait au ras des collines, mais un vent froid soufflait sur la plaine.

L'enfant éclata de rire.

— Ben non ! fit-elle dans un grand sourire. On boit du chocolat chaud.

— Désolé de vous avoir laissées aussi longtemps toutes seules.

— Nous avons passé un très bon moment ensemble, dit Sophie. C'était un plaisir.

Il enregistra le regard qu'elle jeta à la fillette en se levant, un regard où se mêlaient tendresse et mélancolie.

— Tu pars déjà ? demanda Lucy.

— Oui, il faut que je rentre chez moi.

— On vous revoit demain soir ? demanda-t-il comme en passant.

Lui non plus n'avait aucune envie de la voir partir.

— Vous n'avez pas oublié, n'est-ce pas ?

Le fameux dîner du 4 Juillet !

— Je n'ai pas oublié, répondit-elle d'un air complice. La fête américaine à la mode de la Nouvelle-Zélande !

Elle se pencha pour déposer un baiser sur le front de Lucy et quitta la terrasse.

— Je vous raccompagne, fit-il.

Il était pris d'une soudaine envie de la retenir, comme s'il était jaloux du lien de complicité qu'elle semblait avoir noué avec sa fille.

— Encore merci, Sophie. J'apprécie vraiment votre aide. Vous avez épargné à Lucy une visite bien fastidieuse et, grâce à vous, j'ai pu conclure l'affaire. Je suis fier de mon achat. La jument que j'ai achetée est vraiment splendide.

— Vous ne l'avez pas ramenée avec vous ?

— Non. Les papiers ne sont pas encore en règle. Je retournerai la chercher la semaine prochaine.

Il l'escorta jusqu'à sa voiture et lui serra sagement la main, même s'il aurait préféré la saluer d'une tout autre manière. En proie elle aussi à une vive confusion, elle se glissa précipitamment sur son siège.

— À demain, Lark !

— Oui, à demain.

Il la regarda s'éloigner dans un étrange mélange de regret et de soulagement. Le trouble qu'elle faisait naître en lui éveillait sa méfiance. Ne s'était-il pas juré de garder ses distances avec les femmes ? Il désirait avant tout accomplir son devoir de père, et n'engager aucune liaison qui pourrait l'en éloigner. Quand l'image de sa fille et de Sophie sirotant joyeusement leur chocolat sur la terrasse lui revint à l'esprit, un sourire détendit ses traits. C'était un tableau idyllique. À un détail près. La jeune femme n'était pas la mère de Lucy. Non, décidément, il ne fallait pas tout mélanger.

Au volant de sa voiture, Sophie se reprochait son attitude. En rendant visite à Lark, elle savait très bien qu'elle jouait avec le feu. Il partageait l'attirance qu'elle éprouvait pour lui, elle n'en doutait plus. Les regards qu'il posait sur elle étaient suffisamment éloquents. Mais elle savait aussi qu'une relation amoureuse avec cet homme l'exposerait à une vive désillusion. La présence de Lucy rendait cette histoire impossible.

Ses sentiments pour Lark la meurtrissaient autant qu'ils la dépassaient. Voilà pourquoi ils devaient en rester à un badinage léger et en aucun cas dépasser le stade de la simple amitié. Elle se sentait incapable de devenir pour Lucy une mère de substitution. À moins que…

Dans son sac, son téléphone sonna. Elle rangea sa voiture sur le bas-côté.

— Allô ?

— Sophie ? C'est moi. Tu as un moment cet après-midi ?

Elle sourit en reconnaissant la voix de sa mère. Enfin quelqu'un pour la distraire du cours morose de ses pensées !

— Oh oui, pourquoi pas ? Mais je dois d'abord passer chez moi me changer.

— Où veux-tu que l'on se retrouve ?

— Au salon de thé du centre-ville ? Disons dans une heure et demie. Cela te convient ?

— Parfait, ma chérie. À tout à l'heure.

Sophie avait le cœur plus léger. Un moment passé avec sa mère lui offrirait la meilleure des distractions. Avant sa rencontre avec Lark, elle adorait se réfugier dans la tranquillité de son appartement. Aujourd'hui, elle cherchait plutôt à éviter la solitude. Elle poussa un soupir et se laissa aller en arrière dans son siège. Si seulement cet homme n'était pas aussi séduisant, elle parviendrait à se concentrer sur son propre sort, et à réfléchir aux circonstances de son départ d'Auckland. Pour l'heure, cela lui était impossible. La perspective du dîner du lendemain occupait toutes ses pensées.

— Raconte-moi, ma chérie ! Il paraît que tu passes beaucoup de temps avec ce cow-boy californien. Je ne l'ai jamais vu, mais la ville entière ne parle que de lui. Il n'est pas mal, à ce que l'on dit…

Sophie dut se faire violence pour ne pas envoyer bouler sa chère maman. En venant la rejoindre, elle s'attendait à tout sauf à aborder le sujet de Lark, et encore moins à devoir justifier ses visites au ranch. Les rumeurs se propageaient encore plus vite qu'elle n'aurait pu le penser.

— Je suis allée chez lui discuter d'un problème de maltraitance. Ce genre d'affaires constitue malheureusement l'essentiel de notre travail au refuge.

Sa mère accueillit sa réponse d'une mimique assez peu convaincue.

— Vraiment ? Tu veux dire que cet homme ferait subir des sévices à ses bêtes ? Ce n'est pas du tout ce que j'ai entendu.

Sophie s'efforça de garder son calme.

— Il n'inflige aucun mauvais traitement à ses chevaux, répondit-elle d'un ton aussi neutre que possible. C'est un excellent éleveur. Il nous aide à remettre sur pied des juments négligées par leur propriétaire.

Il en aurait fallu plus pour décourager sa mère.

— Un excellent prétexte pour tourner autour du plus séduisant de nos célibataires ! dit-elle d'un air entendu. Est-ce bien prudent, ma petite fille ?

Elle partit alors d'un éclat de rire qui fit grincer les dents de Sophie. Cherchant à tout prix à dissimuler son émotion, elle termina tranquillement sa part de gâteau. La sagesse lui dictait de ne pas se laisser entraîner dans cette conversation. Elle connaissait suffisamment sa mère pour savoir qu'elle n'hésiterait pas à la pousser dans ses derniers retranchements pour avoir le fin mot de l'histoire.

— Ne t'inquiète pas, maman, je sais me tenir sur mes gardes ! Il n'est pas mal, c'est vrai, mais, très franchement, je ne suis pas son genre.

Un petit air narquois et satisfait se dessina sur les traits de sa mère. Elle adorait jouer au chat et à la souris.

— Alors, toi aussi, tu le trouves beau ? Comme toutes les filles d'ici ?

Sophie ne sut que hausser les épaules.

— Ton silence est éloquent, ma chérie.

— Maman, j'ai presque trente-deux ans. Je ne suis plus une gamine. Et qu'est-ce que j'y peux, moi, si cet homme a un physique de play-boy ? Je suis amenée à le rencontrer dans le cadre de mon travail, c'est tout.

— Inutile de t'emporter ! Je suis seulement un peu curieuse. Ce n'est pas tous les jours qu'un beau célibataire débarque chez nous !

Sophie soupira avec agacement.

— Désolée, maman, je suis nerveuse en ce moment.

Elle reçut une petite tape affectueuse sur la main.

— Et moi, j'accorde trop d'importance aux ragots, admit sa mère d'un ton radouci. Mais tu n'as pas le droit de dire que cet homme ne t'a pas remarquée.

Elle leva une main d'un geste impératif pour empêcher sa fille de l'interrompre.

— Tu es une chirurgienne de grand talent et une très belle femme. Je suis certaine que tu ne laisses aucun homme indifférent. Tu ne vas tout de même pas te sacrifier pour ton métier et vivre seule jusqu'à la fin de tes jours !

Sophie se refusa à tout commentaire. Elle savait pertinemment que sa mère avait raison. Les manières chaleureuses de Lark, ses regards insistants, ne laissaient guère de doute sur ses intentions. Il était clair pourtant qu'il avait décidé de se consacrer à l'éducation de sa fille. Le traumatisme de son divorce l'incitait probablement à viser des aventures sans lendemain avec les femmes que le hasard plaçait sur son chemin.

Elle devait aussi garder sa propre situation à l'esprit. Tôt ou tard, elle reprendrait le chemin d'Auckland et retrouverait sa place auprès de ses patients. Ce séjour sur sa terre natale n'était qu'une parenthèse.

— Tu es sûre que tout va bien, ma chérie ?

Sophie releva la tête et ébaucha un pâle sourire.

— Je suis juste un peu fatiguée, répondit-elle. Rassure-toi, rien de grave !

— Es-tu vraiment obligée de consacrer autant d'énergie à ce refuge ? Tu devrais te reposer un peu. Te distraire, surtout. Pourquoi ne viendrais-tu pas quelques jours en thalassothérapie avec moi ? Ma dernière cure m'a fait un bien fou.

L'idée était séduisante. Rien de tel qu'une remise en forme physique pour affronter les difficultés de la vie !

— Je ne dis pas non, répondit-elle.

— Tu es disponible la semaine prochaine ?

— Je peux me libérer sans problème.

Sa mère était aux anges. Quand sa fille était à Auckland, elle ne la voyait pratiquement jamais.

— Eh bien, c'est d'accord ! Je ferai la réservation en rentrant tout à l'heure. Et le cinéma ? Je suis sûre que tu n'y es pas allée depuis des mois. J'ai prévu d'aller voir un film avec mes amies demain soir. Tu veux te joindre à nous ?

Sophie se racla la gorge avec embarras.

— Je… euh, je dîne avec un ami demain soir.

— Quelqu'un que je connais ?

— Ah non, probablement pas. Tu veux un autre gâteau ?

La sonnerie de son portable lui épargna de plus amples explications. Elle s'excusa, prit la communication et commença à bavarder avec sa collègue du refuge.

— Tu veux dire que…

Sophie avait blêmi.

— Je suis désolée, disait son interlocutrice. Mais nous ne pouvons pas garder éternellement les animaux qui ne trouvent pas de maître. Nous manquons de place. Je sais que tu as un faible pour ce petit chien. C'est pour cela que j'ai tenu à t'appeler.

Sophie fit nerveusement tinter sa petite cuillère sur sa tasse de thé.

— Ce chiot est adorable, dit-elle. J'ai du mal à croire que personne ne veuille l'adopter.

— C'est chaque fois une épreuve, dit sa collègue en soupirant. Mais nous sommes obligés de nous débarrasser d'un certain nombre de bêtes.

— Je sais, répondit Sophie tristement.

Après un court silence, sa collègue reprit.

— En fait, si je t'appelle maintenant, c'est que le vétérinaire va se mettre au travail en début de soirée. Si tu veux sauver le petit Golden, c'est maintenant ou jamais.

Sophie repoussa sa chaise pour se lever et plongea un instant le regard à l'extérieur.

— Je vais le prendre, dit-elle.

Nouveau silence, un peu moins long.

— Tu es sûre ?

L'hésitation était maintenant du côté de sa collègue.

— Si tu veux, nous pouvons te laisser un jour ou deux pour réfléchir. Ce n'est pas rien d'adopter un animal.

Comme si elle avait le choix ! Elle n'avait pas envie d'avoir la mort d'un petit chien aussi adorable sur la conscience. Bien sûr, cela ne changerait pas le sort des centaines de bêtes que l'on euthanasiait chaque année dans le pays, mais tout de même… Elle avait le sentiment d'avoir contracté une sorte d'engagement moral avec ce pauvre chiot abandonné.

— C'est inutile, je vais le prendre aujourd'hui. Cela peut attendre une heure ou deux ? J'ai quelques courses à faire avant de le récupérer.

À peine avait-elle raccroché qu'elle regrettait déjà sa

décision. Qu'allait-elle faire d'un chien ? Ici, encore, elle avait le temps de s'en occuper, mais qui pourrait s'en charger à son retour à Auckland ? Elle passait le plus clair de son temps à l'hôpital.

Voilà qui lui fournissait au moins un nouveau sujet de discussion avec sa mère ! Un sujet moins délicat que celui de Lark Anderson. Elle retourna s'asseoir auprès d'elle.

10

Lark ajouta une bûche dans la cheminée et resta un long moment à observer le feu de bois. Il aimait la chaleur sèche et l'odeur si particulière qu'il répandait dans toute la maison.

— Tu fais quoi, papa ?

Il croyait sa fille endormie depuis longtemps et ne s'attendait pas à découvrir sa jolie frimousse dans l'encadrement de la porte. Elle portait un pyjama en laine polaire rouge et des chaussons fourrés.

— Tu devrais être au lit, ma chérie.

Il savait qu'un père devait faire preuve de fermeté, mais il hésitait parfois à exercer son autorité. Lucy avait traversé bien des épreuves pour une enfant de son âge. Il craignait de la blesser inutilement.

— J'arrive pas à dormir.

Il reprit son livre de cuisine posé sur la table basse et tapota le coussin du canapé à côté de lui.

— Viens ici, petite canaille !

Elle trottina jusqu'à lui et se blottit contre son épaule. Il caressa ses cheveux et la serra affectueusement.

— Il est tard, tu sais. Je ferais mieux de te renvoyer dans ta chambre.

Elle fit la sourde oreille et s'agrippa à lui, bien décidée à ne pas le quitter. Il soupira. La position dans laquelle il se tenait réveillait les douleurs de son dos. Pourtant, loin de lui l'idée de se plaindre. Sa souffrance n'était rien comparée au sentiment de sécurité qu'il procurait à Lucy. Et puis, rien ne lui donnait plus de joie que ces tendres étreintes. Elles l'aidaient à tirer un trait sur son passé, malgré la nostalgie que les souvenirs d'une vie plus trépidante éveillaient souvent en lui. La voix nasillarde qui criait son nom dans les haut-parleurs, les entrées en piste, les corps à corps acharnés avec des chevaux indomptables, les acclamations du public, les victoires et les médailles collectionnées au fil des ans… Un univers vibrant, enivrant, auquel un malheureux accident avait brusquement mis un terme.

Le visage radieux de Kate le hantait plus cruellement encore. Comme elle était fière alors de se montrer à son côté ! Avec quel orgueil elle se pavanait à son bras au milieu de la foule ! Il lui était impossible de revivre ces moments sans amertume. Sa femme l'avait trahi. De la plus ignoble manière. Quand elle avait compris que sa carrière était finie, que le nom d'Anderson ne ferait plus jamais la une des journaux, elle lui avait tourné le dos. Du jour au lendemain. Naïvement, il avait toujours cru à la sincérité de son amour, alors qu'elle ne s'intéressait qu'à la célébrité et à l'argent.

Pourtant, il ne regrettait pas de l'avoir épousée. Leur union avait donné naissance à la plus adorable des petites filles. Lucy. Avec elle et pour elle, la vie valait vraiment la peine d'être vécue.

— Papa, tu m'as pas répondu. Tu fais quoi ?

Il rouvrit son livre pour lui montrer la photo d'une dinde farcie bien dorée, trônant fièrement sur un lit d'épinards, au milieu d'une couronne de légumes. Exactement ce qu'il voulait reproduire.

— J'essaie d'apprendre à cuisiner une dinde.

— Oh

Elle se pencha sur son genou pour regarder l'illustration.

— Tu crois pas qu'il vaudrait mieux l'acheter toute prête ?

Il referma le livre et déposa un baiser sur ses cheveux. Elle doutait avec raison de ses talents culinaires. Il décida d'écouter la voix de la sagesse, même s'il n'était pas sûr de trouver son bonheur chez le traiteur de Queenstown.

— Tu es maligne, tu sais. Qui t'a appris à être aussi futée ?

Elle leva sur lui ses grands yeux pleins d'amour.

— C'est toi, papa.

Il sourit avec bienveillance. Elle savait mieux que personne lui dire ce qu'il avait envie d'entendre.

— Au lit, jeune fille !

Elle grogna et refusa de se lever.

— Au lit ! insista-t-il d'une voix plus ferme.

Comme elle ne bougeait toujours pas, il la souleva et la porta dans sa chambre.

— Tu peux me lire une histoire ? demanda-t-elle tandis qu'il la bordait tendrement.

— Il est vraiment tard, tu sais.

— Papa, s'il te plaît !

— Juste un chapitre, alors.

Elle soupira, déçue, et se laissa retomber sur son oreiller.

— D'accord.

À peine achevait-il la lecture de la première page que déjà elle dormait profondément. Il resta un long moment à admirer son beau visage, apaisé par le rythme régulier de sa respiration. Comment pouvait-il encore se laisser gagner par la mélancolie ? Il partageait sa vie avec une fillette adorable. Sa ferme faisait pâlir d'envie tous les habitants de la région et il avait suffisamment d'argent pour investir dans l'élevage dont il avait toujours rêvé. Bien mieux loti que la plupart des hommes, il n'avait pas le droit de se lamenter sur son sort.

Posé aux pieds de Lucy, le paquet du traiteur embaumait toute la cabine du pick-up. Arrivé dans la cour de la ferme, Lark coupa le moteur et, comme à son habitude, elle bondit de son siège.

— Fais attention à la dinde ! dit-il. Tu vas l'écrabouiller en sortant.

À peine avait-il fini sa phrase qu'elle grimpait les marches du perron. Il s'empressa de ramasser les provisions pour la rejoindre. L'après-midi était déjà bien entamé et il lui restait mille choses à faire avant l'arrivée de Sophie. Nourrir les chevaux, mettre un peu d'ordre dans la maison et préparer le repas. C'était la première fois qu'il recevait depuis son arrivée au ranch. Il se mettait en quatre pour faire plaisir à Lucy. Pourvu que Sophie ne leur fasse pas faux bond ! Il avait deviné chez elle une vague appréhension à l'évocation de cette soirée.

— On mange bientôt, papa ?

Il soupira. Comme tous les enfants de son âge, Lucy n'avait pas une once de patience.

— Ma chérie, il n'est que 16 heures ! Si tu as faim, prends un biscuit ou un fruit !

Elle faisait les cent pas dans la pièce tout en le regardant déballer ses achats.

— Elle arrive quand ? demanda-t-elle en grimpant sur une chaise pour s'asseoir sur la table.

Sa mère n'aurait jamais toléré un tel comportement, mais il la voyait si heureuse qu'il n'avait pas le cœur de la contrarier.

— Sophie ?

— Ben oui, Sophie !

— Je lui ai dit de venir vers 18 heures, je crois.

— T'as invité d'autres gens, papa ?

Il s'interrompit dans son rangement et posa les deux mains sur ses épaules.

— Je ne connais pas encore grand monde ici, ma chérie.

— Moi, j'ai plein de copains à l'école.

Il fronça les sourcils et la regarda d'un air soupçonneux.

— Lucy Anderson, tu ne me cacherais pas quelque chose ? Un fiancé par exemple ?

Elle rougit jusqu'aux oreilles et secoua la tête en riant.

— Tu voulais peut-être que je l'invite ? demanda-t-il. Et tu n'as pas osé le demander…

— Même pas vrai ! répondit-elle, se défendant avec véhémence. Et puis je suis bien trop petite pour avoir un fiancé !

— Bon, eh bien, si tu le dis…

Elle réfléchit et le regarda soudain intensément.

— Ça veut dire que Sophie, c'est ta fiancée ?

Oh Seigneur ! Il n'avait pas voulu lui mettre cette idée en tête !

— Non, pas du tout, ma chérie. Sophie est juste une amie. Tu te souviens ? Je t'ai expliqué qu'elle travaillait au refuge pour les animaux. Elle m'aide à soigner les juments que j'ai recueillies l'autre jour, quand il neigeait.

Apparemment satisfaite de sa réponse, elle se remit debout sur la chaise, prit son élan et se réceptionna à la perfection sur le carrelage.

— Je vais jouer dans ma chambre, dit-elle en s'éloignant.

— Comme tu voudras.

Resté seul, il put de nouveau se concentrer sur sa tâche. L'heure passait et, à ce rythme, il n'aurait jamais le temps de tout préparer. Il était impatient de passer cette soirée en compagnie de Sophie, mais ne savait toujours pas s'il avait bien fait de l'inviter. Quelle place y avait-il aujourd'hui pour une femme dans sa vie ? Entre l'éducation de sa fille, l'entretien de la ferme et les soins quotidiens à apporter aux chevaux, il ne savait plus où donner de la tête. Que pourrait-il lui offrir à part quelques instants volés à des journées déjà bien trop remplies ?

En fin de journée, Sophie s'installa au volant de sa voiture. Elle adorait traverser la plaine qui séparait la ville de la ferme de Lark. Elle l'imaginait au printemps, sous un ciel plus clément, livrée aux bonds joyeux et aux cavalcades des hordes de poulains. Elle regrettait de devoir retourner à Auckland avant la fin de l'hiver. Une fois la neige fondue et les stations fermées, les skieurs déserteraient les rues de Queenstown et la région recouvrerait la quiétude qu'elle aimait tant. Elle poussa un profond soupir. Ses ambitions professionnelles l'avaient conduite à exercer dans la cité la plus peuplée du pays. N'aurait-elle pas été plus heureuse dans le modeste hôpital de sa ville natale ?

À son arrivée au ranch, la nuit commençait à tomber. Les lampes de façade éclairaient généreusement la cour. Elle rangea sa voiture près du pick-up de Lark et ouvrit sa portière. Une délicieuse odeur de feu de bois enveloppait les abords de la maison. Malgré ses appréhensions, liées pour l'essentiel à la présence de Lucy, elle était déterminée à passer une bonne soirée. D'ailleurs, si elle voulait un jour renouer avec sa carrière de pédiatre, elle n'avait plus le choix. Elle devait tourner la page. Cesser de voir dans le visage des enfants que le hasard plaçait sur sa route les traits de la fillette que sa science et son habileté n'étaient pas parvenues à sauver.

Elle tendit la main pour attraper sur le siège du passager la bouteille de vin qu'elle avait apportée, puis se ravisa. Son petit chien ouvrait paresseusement les yeux après une lourde sieste. Elle le souleva et le plaça fermement sous son bras. Elle n'avait pas eu le temps de lui acheter une laisse et hésitait à le laisser en liberté dans un endroit inconnu. Le vin pouvait attendre.

Elle frappa joyeusement à la porte, s'attendant à être accueillie par le sourire chaleureux de Lark. Elle perçut une succession de bruits à l'intérieur, quelques pas, puis le battant s'ouvrit.

— Coucou !

Sa gorge se serra à la vue de Lucy et des grands yeux innocents qui lui souhaitaient la bienvenue. Malgré toute sa détermination, cette confrontation si soudaine la priva d'une partie de ses moyens. Quand l'enfant aperçut le chiot, sa joie se transforma en pur ravissement.

— Il est trop beau ! Dis-moi comment il s'appelle ! Il est pour moi ?

— Oh ! il n'a pas encore de nom, répondit-elle, reprenant sa respiration avec peine. Je l'ai depuis aujourd'hui seulement.

— C'est papa qui l'a acheté pour moi ?

Elle caressait l'animal avec tant d'effusion qu'il se mit à remuer comme un beau diable. Sophie, elle, s'efforçait de maîtriser son excitation.

— Je l'aime déjà ! criait Lucy. Il est trop mignon !

Flatté de tant d'attention, le chien lui léchait avidement les joues, et elle glapissait de plaisir. Sophie avait perdu contenance. Elle, qui jadis avait le contact si facile avec les enfants, ne trouvait rien à dire et restait gauchement plantée sur le pas de la porte.

— Je peux entrer ? dit-elle enfin avec peine.

— Papa est dans la cuisine, répondit Lucy. Il prépare à manger.

Elle aurait donné cher pour faire demi-tour et se retrouver en sécurité dans sa voiture.

— Lucy ?

Quand la voix claire et profonde de Lark résonna dans le hall, elle sentit ses mains trembler plus fort.

— Lucy, pourquoi laisses-tu notre invitée sur le perron ? Elle doit mourir de froid.

Plus séduisant que jamais dans le polo vert pâle qui contrastait avec le hâle naturel de sa peau, il avança dans sa direction. Si le chien ne lui avait pas échappé des mains à cet instant précis, elle serait partie en courant, sans un regard derrière elle.

Stupéfait, Lark vit une boule de poils dorée dévaler le couloir, suivie de près par la petite tête blonde de sa fille. Quand il releva le regard sur Sophie, il fut surpris par la pâleur de son teint et reconnut l'air soucieux et torturé qu'elle arborait si souvent. Il plaça son torchon sur son épaule, l'invita à entrer et referma la porte derrière elle. Le vent glacé qui s'engouffrait dans le hall commençait à refroidir le rez-de-chaussée.

— Joyeux Thanksgiving, chère amie !

Il essayait de paraître aussi jovial que possible pour ramener le sourire sur les lèvres de son invitée.

— J'ai… euh… une bouteille de vin, dit-elle en bredouillant. Dans ma voiture… Je vais retourner la chercher…

Il prétendit ne pas remarquer son débit haché, précipité.

— Inutile de retourner dans le froid ! J'ai tout ce qu'il faut dans la salle à manger. Sauf peut-être un couvert pour notre invité à quatre pattes !

Sa plaisanterie ne la dérida pas.

— Je suis désolée pour le chien, dit-elle. J'espère qu'il ne vous dérange pas trop.

— Pas le moins du monde ! répondit-il en lui prenant le bras. J'ignorais que vous aviez un animal de compagnie.

— J'en ai hérité aujourd'hui. Je sais qu'il est très impoli de ma part de le laisser courir dans la maison, mais il m'a échappé.

Avant de pénétrer dans la cuisine, il jeta un coup d'œil dans la salle à manger, où Lucy roulait joyeusement avec le chien sur le tapis.

— Ne vous inquiétez pas ! Ces deux-là sont déjà les meilleurs amis du monde !

Tout en parlant, il lui servit un verre de vin.

— Lucy adore les chiens. Elle veut un bébé labrador pour son anniversaire. Je céderais volontiers à ses exigences, mais je ne sais déjà plus où donner de la tête.

— Vous vous êtes donné bien du mal pour préparer ce repas. Lark, je… je ne suis pas certaine d'être à ma place ici ce soir. C'est un dîner de famille, et je…

Il secoua la tête et lui sourit avec chaleur.

— Soyez à l'aise, Sophie ! Je suis très heureux que vous soyez parmi nous. Quant à Lucy, elle vous aime beaucoup, et, en amenant votre chien avec vous, je crois que vous l'avez définitivement conquise !

Elle parut se détendre légèrement, mais il percevait encore une certaine raideur dans son attitude. Pour la première fois depuis son arrivée, il prit le temps de la regarder. Ses cheveux détachés retombaient gracieusement sur ses épaules. Un pull-over et un jean ajustés soulignaient la finesse de ses courbes. Elle était superbe.

Troublé, il préféra retourner à ses fourneaux. Les légumes mijotaient doucement sur le feu. Moins il se laisserait distraire par son charme, plus il aurait de chance de réussir son repas jusqu'au bout.

— Je crois que nous pouvons passer à table ! fit-il en sortant du four un plat de pommes de terre.

Après avoir apporté le repas dans la salle à manger, il eut quelques difficultés à convaincre Lucy de laisser son compagnon de jeu pour aller se laver les mains. Dans la scène familiale qui se déroulait sous ses yeux, Sophie se sentait comme une intruse. Très mal à l'aise, elle restait totalement extérieure à la situation.

— Je crois bien qu'elle est arrivée à épuiser cette pauvre bête ! dit Lark. Regardez comme il souffle maintenant !

Le museau lourdement posé sur le tapis, l'animal n'était pas loin de s'endormir. Lucy avait les joues rouges d'excitation.

— Chérie, va te laver les mains ! dit son père pour la énième fois.

Quand enfin la fillette eut quitté la pièce, il se tourna de nouveau vers Sophie :

— Cette gamine a vraiment de la suite dans les idées ! Vous n'allez pas le croire. Elle m'a chargé de vous persuader de nous laisser votre petit chien.

Elle esquissa un pâle sourire.

— Il serait sans doute plus heureux ici qu'à Auckland, répondit-elle avec raison. Ces chiens ont besoin d'espace et de compagnie.

Lucy ne s'était éclipsée que pour un court instant.

— Ça veut dire qu'on peut le garder ? demanda-t-elle en jaillissant dans la pièce.

Il lui adressa un signe de la main pour l'inviter à les rejoindre à table.

— Absolument pas. Viens t'asseoir, maintenant !

— D'accord, papa, mais…

Elle leva vers Sophie un regard suppliant.

— C'est bientôt mon anniversaire. J'ai demandé un chien à papa. Un chien exactement comme le tien.

Tout en parlant, elle remuait sur son siège de manière à pouvoir observer l'animal.

— Il est trop chou ! s'exclama-t-elle encore.

Sophie n'était pas loin de se laisser attendrir. Elle avait adopté l'animal pour le sauver d'une mort certaine et elle était heureuse de l'avoir fait. Mais, comparé au genre de vie qu'il pourrait avoir ici, avec une ferme entière à explorer, et une enfant délicieuse pour l'accompagner dans ses aventures, son logement d'Auckland ne présentait aucun intérêt.

Lark était en train de découper la volaille.

— Je peux vous demander de servir les légumes, Sophie ?

— Bien sûr.

Elle essaya de ne pas trembler en remplissant l'assiette de Lucy. Tout, dans cette soirée, semblait là pour lui rappeler la vacuité de son existence. La famille qu'elle ne pourrait jamais avoir, les gestes maternels qu'elle n'accomplirait jamais pour son propre enfant. L'espace d'un instant, elle se prit à rêver qu'elle était l'épouse de Lark et la mère de Lucy, que ce dîner de fête la comblait de bonheur, au lieu de lui planter des couteaux dans le cœur.

Elle ravala sa peine et détourna le regard pour dissimuler les larmes qui lui montaient aux yeux.

11

L'humeur maussade de Sophie n'échappait pas au regard attentif de Lark. Loin de s'en formaliser, il compatissait à sa peine, même s'il en ignorait la cause, et s'appliquait sans relâche à alléger l'atmosphère.

— Ayez pitié d'un pauvre apprenti cuisinier ! fit-il d'un ton suppliant. Je vous en conjure, dites-moi que vous appréciez mes efforts !

— C'est trop bon ! dit Lucy après avoir vidé le contenu de son assiette.

— Le poulet est délicieux, dit Sophie.

— La dinde, répondit-il en lui adressant un clin d'œil à l'insu de sa fille.

La dinde étant une denrée rare à Queenstown à cette époque de l'année, il avait dû se contenter d'un chapon. Lucy n'y avait vu que du feu.

La jeune femme sourit enfin, de ce sourire doux et gracieux qu'il lui connaissait si bien.

— La dinde, répéta-t-elle avec conviction.

— Je suis flatté, mais je dois avouer que c'est la seule partie du repas que je n'ai pas préparée.

Cette fois, elle rit de bon cœur.

— Le traiteur du centre-ville ?

Il joignit les deux mains devant lui.

— Je plaide coupable.

— Vous êtes pardonné. Tout le reste est succulent.

Les compliments de Sophie et la bonne humeur de Lucy suffisaient à le contenter. Le petit chien dormait paisiblement aux pieds de la fillette et ajoutait à sa gaieté. La soirée rompait avec la monotonie de leur existence solitaire. Soulagé de voir Sophie se détendre, il poursuivit dans le même registre.

— Pour être parfaitement honnête, je dirai que le traiteur a également fourni la farce et la sauce aux cranberries. J'ai bien envisagé de la préparer moi-même, mais finalement j'ai préféré ne courir aucun risque.

— Maman savait pas faire la cuisine non plus, dit Lucy comme si elle cherchait à le disculper. Elle faisait toujours livrer les repas.

— C'est vrai.

La soudaine apparition de la mère de Lucy dans la conversation créa un étrange malaise.

— La maman de Lucy est restée en Californie, dit Lark en se tournant vers Sophie.

Il cherchait avant tout à meubler le silence.

— Elle viendra peut-être nous voir pendant les vacances, ajouta-t-il à l'adresse de sa fille, qui sourit un peu tristement.

— Peut-être, murmura-t-elle.

Il était évident qu'elle ne se faisait déjà plus d'illusions au sujet de sa mère. Sophie s'efforça de glisser quelques paroles rassurantes.

— Nous en avons parlé ensemble l'autre jour. J'ai dit à Lucy que je comprenais ce qu'elle ressentait, pour avoir moi aussi vécu cette situation. Il y a des avantages à vivre auprès d'un seul parent et recevoir tout son amour.

Il aurait voulu lui sauter dans les bras. C'était exactement ce que sa fille avait besoin d'entendre ! Et lui aussi, d'ailleurs. Elle savait faire preuve d'une infinie délicatesse. Jamais elle ne semblait porter de jugement. Jamais elle ne s'étonnait de voir la garde d'une enfant de sept ans confiée à son père, pas plus qu'elle n'émettait la moindre réserve sur la distance qu'il avait mise entre la fillette et sa mère. Il avait mûrement réfléchi avant de s'installer en Nouvelle-Zélande. Il ne l'aurait pas fait sans être convaincu de choisir la solution la moins douloureuse pour sa fille.

Mais Sophie, malgré les efforts qu'elle déployait pour se montrer agréable, ne se sentait toujours pas à sa place. Elle éprouvait une compassion sincère pour Lucy et ne voulait pas ajouter à sa peine. L'aventure qu'elle savait possible avec Lark aurait pour un temps comblé le vide de son existence. Mais elle aurait surtout ravivé la blessure de la petite fille. Après le divorce de ses parents, elle avait besoin de stabilité affective. Il eût été cruel de la rendre témoin des amours passagères de son père.

— Je peux descendre de table, papa ?

Elle ne tenait plus en place sur sa chaise tant il lui tardait de rejoindre son compagnon de jeu.

— Et si vous alliez jouer dans le salon ? répondit-il.

Lucy n'attendait que son feu vert. Elle bondit littéralement de sa chaise. Craignant de rester seule avec Lark, Sophie se leva à son tour.

— Il a sans doute besoin de sortir, dit-elle.

Il se précipita pour la retenir.

— Lucy sera ravie de l'accompagner, fit-il en lui prenant le bras.

— Vous êtes sûr ?

— Certain. Ma chérie, tu mets ton manteau et tu vas le promener autour de la maison.

Sophie se figea. Elle avait manqué l'occasion de s'extraire de l'atmosphère étouffante de la salle à manger. La main de Lark était restée sur son coude, et ses yeux la couvaient d'un regard qu'elle connaissait trop bien. Brûlant, impatient, il traduisait sans équivoque le désir qu'il éprouvait pour elle. Profondément troublée, elle recula d'un pas. Il était père de famille. Elle refusait de jouer avec le feu.

— Vous n'êtes pas très bavarde, ce soir. Sophie, que se passe-t-il ?

Loin d'exprimer des reproches, ses paroles étaient pleines de sollicitude.

— Euh, rien, je vous assure. La fatigue, sans doute.

Il approuva d'un air pensif.

— Si vous le dites…

Il l'invita à se rasseoir.

— Excusez-moi d'insister, mais vous semblez très préoccupée. J'espère que ce n'est pas ma faute.

Elle froissa nerveusement la serviette posée sur ses genoux.

— Non, Lark. Vous n'y êtes pour rien. Disons que je traverse une période un peu difficile.

Il lui sourit avec bienveillance.

— Je comprends.

Voyant qu'elle n'était pas prête à se confier, il cessa de la questionner.

— Je tiens à vous remercier pour Lucy. Je ne sais pas ce que vous lui avez dit l'autre jour, mais cela lui a fait du bien.

Comme elle gardait toujours le silence, il se leva.

— Que diriez-vous d'un autre verre ? Rien de tel qu'un peu de vin pour voir la vie sous un autre jour.

Elle secoua la tête.

— Non, ce ne serait pas raisonnable. Je dois reprendre le volant pour rentrer chez moi.

— Rien ne vous empêche de dormir ici, si vous ne vous sentez pas en état de conduire.

— Non, merci, Lark. Je préfère rentrer.

Comme il débarrassait les plats pour servir le dessert, elle rassembla les assiettes et le rejoignit dans la cuisine. Il l'observa tandis qu'elle traversait la pièce, puis la rejoignit près de l'évier et l'obligea à se retourner.

— Sophie, il y a une chose que j'ai envie de faire depuis trop longtemps.

Incapable de se dérober, elle sentit son corps se rapprocher, tandis qu'il glissait doucement une main derrière sa nuque.

— Sophie, murmura-t-il encore.

Il prit tendrement possession de sa bouche, puis ses lèvres se firent plus fermes, son baiser plus ardent. Elle ferma les paupières, partagée entre l'envie de fuir et le désir irrésistible de se fondre dans son étreinte. Puis, alors qu'elle s'abandonnait enfin au vertige de leur union, il s'éloigna brusquement.

— Lucy est rentrée, dit-il d'une voix rauque.

Elle eut à peine le temps d'ouvrir les yeux que déjà la fillette entrait comme une bombe dans la cuisine.

— Il a fait ses besoins, annonça-t-elle fièrement.

Lark s'approcha d'elle et passa un bras autour de ses épaules.

— Beau travail, ma chérie ! On dirait que tu es presque assez grande pour adopter un petit chien.

— C'est vrai, p'pa ?

Cependant, Sophie se remettait avec peine de ses émotions. Ce baiser était une erreur. L'intrusion de Lucy en était la preuve.

— Merci pour ce délicieux dîner, Lark, dit-elle, maîtrisant avec peine les tremblements de sa voix. Cette soirée était vraiment très agréable, mais je dois vous quitter maintenant.

Il fronça les sourcils.

— Si vite ? Mais je n'ai pas encore servi le dessert !

Elle ignora la déception qui perçait dans sa voix. Elle devait partir. Vite.

— Je... Non, vraiment, désolée...

Elle adressa un sourire à Lucy avant de se pencher pour récupérer le petit chien.

— Tu le ramèneras pour jouer ? demanda la fillette.

— Bien sûr, répondit-elle.

Elle aurait fait n'importe quelle promesse pour s'échapper au plus vite.

— À bientôt, Sam ! fit Lucy tandis que Sophie guidait le chiot vers le hall.

Sophie marqua une pause et jeta un coup d'œil étonné derrière elle.

— Je l'ai appelé Sam, expliqua Lucy.

— Tu as bien fait. C'est très joli.

Puis elle continua en direction de la porte.

— Sophie, je vous en prie ! dit Lark en la rattrapant sur le seuil. Pourquoi partez-vous aussi vite ?

Elle fut incapable d'affronter son regard.

— Je suis désolée, Lark, sincèrement désolée.

Elle ouvrit la porte et courut jusqu'à sa voiture sans se retourner. Comme les lumières du ranch disparaissaient derrière elle, elle laissa échapper un sanglot et des larmes amères roulèrent sur ses joues.

12

Trois jours plus tard, Lark ne décolérait toujours pas. Furieux contre lui-même, il ne se pardonnait pas d'avoir vu en Sophie une femme digne de confiance. En réalité, elle n'était pas différente des autres. Elle l'avait déçu, et cela avant même de nouer une véritable relation avec lui. Après l'échec cuisant de son mariage, il s'était juré de rester seul. Et qu'avait-il fait dès qu'une charmante personne avait croisé son chemin ? Aussi pitoyable qu'un adolescent pris dans les affres de sa première idylle, il était tombé amoureux.

Il caressa la crinière de sa monture et se retourna pour adresser un sourire à sa fille qui le suivait fièrement sur son nouveau poney.

— Alors, comment va notre chère Cléo ? demanda-t-il.

— Très bien. Elle est très sage.

Deux jours auparavant, il avait bandé les yeux de la fillette avant de la conduire dans le pré où paissait la petite jument. L'enfant et l'animal avaient immédiatement noué un lien de vive affection. Depuis, Lucy la sortait en promenade deux ou trois fois par jour. Dieu merci, le poney était de bonne composition.

— Je l'aime, papa ! C'est le plus beau cadeau du monde.

Il se mit à rire et oublia pour un instant ses soucis. L'arrivée du poney semblait avoir remplacé le chiot tant attendu. Elle n'avait pratiquement pas parlé de Sam depuis le dîner de Thanksgiving. Ce soir mémorable où Sophie avait précipitamment quitté le ranch et depuis lequel elle avait cessé tout contact.

— Je peux aller plus vite, maintenant ?

— Bien sûr, ma chérie. Fais-lui prendre le trot ! Resserre légèrement les jambes et tiens-toi bien droite !

Il l'observa attentivement tandis qu'elle le dépassait.

— Et maintenant, guide-la autour de la piste sans relâcher le trot !

Elle s'exécuta avec application et sans changer d'allure.

— Très bien, ma chérie.

Voilà ce dont il avait besoin ! Jouir du temps passé avec sa fille, lui transmettre son attachement à la nature et aux chevaux, être le témoin de ses progrès. Il avait commis une erreur en ouvrant la porte de son foyer à une étrangère. Le spectacle d'une amitié ratée ne pouvait avoir que des conséquences néfastes sur Lucy. Sans doute manquait-il de jugement. Il s'était laissé surprendre par le brusque revirement de Sophie. Une chose était sûre : l'expérience lui servirait de leçon. Il se concentrerait désormais sur son rôle de père. Il n'avait nul besoin d'une femme dans sa vie.

Frileusement enveloppée dans une couverture, Sophie somnolait sur son canapé. Trois jours s'étaient écoulés sans qu'elle mette le nez dehors. Elle avait appelé la secrétaire du refuge et prétexté une mauvaise grippe pour justifier son absence. Sa soirée au ranch l'avait plongée dans un profond malaise. Elle avait besoin de temps pour se remettre de ses émotions.

Elle passa la main dans le poil soyeux de son chien et songea au visage rayonnant de Lucy. Comme son départ précipité avait dû la décevoir ! Sans doute attendait-elle chaque jour de la voir revenir avec son petit compagnon de jeu. Et Lark ! Lui qui avait déployé tant d'efforts pour donner une atmosphère de fête à cette soirée ! Avec quelle désinvolture elle s'était enfuie au milieu du repas ! Elle l'avait bien mal récompensé de sa chaleur et de son hospitalité. Son attitude était impardonnable.

Elle soupira en se demandant ce qu'un homme comme lui pouvait attendre d'elle. Le savait-il lui-même ?

Non, décidément, cette histoire n'avait pas de sens. Elle était rentrée à Queenstown pour se ressourcer, se donner le temps de la réflexion, et apprendre à composer avec le passé. Et même si d'horribles cauchemars continuaient à hanter ses nuits, elle devait trouver le courage d'affronter l'avenir, et de rentrer à Auckland pour réintégrer ses fonctions à l'hôpital.

Une aventure avec Lark Anderson n'avait pas de place dans un tel scénario. Une relation sérieuse, encore moins. Elle n'avait rien à lui offrir. Jamais elle ne pourrait donner un frère ou une sœur à Lucy. Quel avenir alors pour leur couple ? En l'invitant à fêter Thanksgiving avec sa fille, il avait voulu lui montrer le mode de vie qu'il avait choisi. Une existence dans laquelle elle ne pourrait jouer aucun rôle. Un jour, elle trouverait la force de lui présenter ses excuses. Pour l'heure, elle l'éviterait soigneusement.

Prétendre que rien ne s'était passé et reprendre le cours normal de sa vie, telle serait sa ligne de conduite pour les prochains jours. Fini les regrets, terminé l'introspection et les larmes ! Dès le lendemain, elle sortirait de sa tanière et recommencerait à vivre. Elle se rendrait au spectacle équestre de Queenstown, retrouverait ses vieux amis d'enfance, se gaverait de frites et de hot dogs. Exactement comme autrefois.

Fidèle à sa promesse, Sophie se tenait le lendemain après-midi sur le bord de la piste, un soda à la main. Le saut d'obstacles l'avait toujours fascinée, particulièrement les prouesses des juniors, étonnants de maîtrise et de concentration. Quand un superbe poney passa derrière elle, elle se retourna pour admirer sa robe tachetée de blanc et de noir. Sous la bombe de sa jeune écuyère, dépassait une longue tresse blonde.

Comme la fillette s'éloignait tranquillement, un cheval déboulant au grand galop au milieu des attractions suscita des cris de protestation. Sa cavalière en avait manifestement perdu le contrôle. Affolé par la foule, l'animal se précipita vers la clôture. Dans sa course effrénée, il bouscula le poney. Projeté contre les barreaux, celui-ci résista de son mieux, mais il finit par trébucher sur le côté. La petite fille fut violemment projetée au sol.

Sophie se précipita à son secours. L'enfant était complètement étourdie. La chute avait été rude et le poney l'avait piétinée en tentant de se rétablir.

— Tout va bien, ma chérie. Je suis médecin, je vais m'occuper de toi. Surtout, ne bouge pas !

La fillette leva sur elle des yeux remplis de larmes. Ce fut seulement à cet instant que Sophie la reconnut.

— Lucy ?

La petite tête acquiesça mollement.

— Je vais t'examiner, pour m'assurer que tu n'as rien à la tête ou au cou. On te déplacera ensuite.

— Je veux voir mon papa, dit-elle en gémissant.

— Je suis là.

Sophie s'interdit de regarder Lark, malgré le trouble que lui procurait sa présence, et garda toute son attention concentrée sur la petite blessée. Il s'agenouilla près de sa fille et lui prit la main.

— Où est Cléo ? demanda Lucy avec inquiétude.

— Ne t'en fais pas, on s'en occupe et elle va bien.

— Papa, c'est pas ma faute !

— Je sais, ma chérie.

Quelque peu rassuré sur l'état de sa fille, il leva le regard sur Sophie.

— Vous pouvez me dire ce que vous faites là ?

Il s'exprimait avec une colère contenue, jugeant manifestement sa présence déplacée. Sophie ne prit pas ombrage de son agressivité. Elle avait mieux à faire. Lucy avait été victime d'une mauvaise chute. Elle devait s'assurer qu'elle allait bien.

— Sophie ? fit-il, insistant.

— Je suis médecin, répondit-elle. Faites-moi confiance !

S'il fut surpris, il n'en laissa rien paraître. Sous son œil attentif et inquiet, elle délaça prudemment l'attache de la bombe de Lucy et la lui ôta avec mille précautions. Puis elle examina ses bras. L'un d'eux était fracturé.

— Aaah, ça fait mal !

— Il faut la conduire à l'hôpital. Son bras gauche est cassé. J'ai besoin de radios, le plus vite possible.

— Je peux la soulever, vous êtes sûre ?

Il avait mis son ressentiment de côté. Il était urgent d'apporter des soins à Lucy. C'était tout ce qui comptait pour lui.

— Oui, mais tout doucement. Je me charge de soutenir son bras.

Il la hissa contre sa poitrine avec une infinie délicatesse.

— J'ai de la glace dans le réfrigérateur du pick-up, dit-il en déposant un baiser sur son crâne. J'en ai toujours sous la main pour les chevaux.

Sophie approuva d'un hochement de tête. Cependant, Lucy recommençait à se plaindre.

— Tu as très mal, ma chérie ?

Elle pleurait à chaudes larmes.

— Je veux pas partir sans ma Cléo ! fit-elle entre deux sanglots. S'il te plaît, papa, prends-la avec nous !

Il consulta Sophie du regard.

— Nous ne sommes pas à une minute près, dit-elle. Quand nous aurons installé Lucy dans le pick-up, vous aurez tout le temps de charger le poney.

Trois heures s'étaient écoulées depuis leur arrivée aux urgences. Lark s'inquiétait de la neige qui commençait à tomber. Il lui fallait ramener Cléo au ranch et prendre soin des autres chevaux, mais il ne pouvait se résoudre à laisser sa fille. Il arpentait le couloir de service, deux gobelets à la main, quand Sophie sortit de la chambre.

— Voici un peu de café, avec du lait et du sucre !

Elle le remercia et souffla doucement sur le liquide brûlant.

— Elle va bien ? demanda-t-il d'un ton bourru.

Tout à la fois contrarié par sa présence et reconnaissant de son aide, il ne savait pas bien quelle attitude adopter. Une chose était certaine : elle lui devait des explications.

— Elle s'est endormie dès que vous l'avez quittée, répondit-elle.

Il regarda sa fille par la lucarne de la porte.

— Elle paraît si petite, tellement vulnérable, perdue dans ce grand lit…

— Ne vous inquiétez pas ! Elle se remettra vite.

— C'est la première fois qu'elle fait une chute. Elle tient pourtant bien en selle, d'habitude. Je me demande vraiment ce qui s'est passé.

— Ce n'est pas sa faute, dit Sophie. Ni celle de son poney. J'étais bien placée pour voir ce qui est arrivé. C'est l'autre cavalière qui a perdu la maîtrise de son cheval. C'est elle la responsable de l'accident.

Il secoua la tête avec lassitude.

— Je n'aurais jamais dû la laisser monter aujourd'hui, mais elle voulait tant participer à la fête avec son nouveau poney que je n'ai pas eu le cœur de lui refuser ce plaisir. J'ai tendance à lui passer tous ses caprices. Ce n'est pas bien.

— Arrêtez de vous tourmenter ! Les enfants ont une faculté de récupération stupéfiante. Si vous suivez les recommandations du médecin, tout ira bien. Laissez-la ici cette nuit et revenez la chercher demain matin ! Vous verrez, elle sera en pleine forme.

Il ne supportait pas l'idée de la laisser seule à l'hôpital. Il tenait à dormir à son chevet.

— Je peux toujours faire un aller-retour jusqu'au ranch et revenir au plus vite.

— Franchement, c'est inutile, Lark. Une infirmière va rester à ses côtés toute la nuit. Vous avez besoin de repos, vous aussi.

Elle avait raison, mais il hésitait encore.

— Imaginez qu'elle se réveille et que je sois parti ! Elle pourrait croire que je l'ai abandonnée.

Elle garda un instant le silence. Elle comprenait parfaitement ses scrupules. Après la désertion de sa mère, il était naturel que Lucy vît en lui son seul et unique point de repère.

— Elle sait que vous l'aimez, dit-elle enfin dans un murmure, et que vous tenez à elle plus qu'à la prunelle de vos yeux. Comment pourrait-elle imaginer que vous l'avez abandonnée ? De toute façon, les antalgiques vont probablement l'assommer jusqu'à demain matin.

Il finit par se ranger à son avis, mais voulut embrasser sa fille une dernière fois avant de partir. Il posa une main sur la poignée de la porte et se retourna avant de se glisser dans la chambre.

— Sophie, j'apprécie réellement tout ce que vous avez fait aujourd'hui pour Lucy.

Elle hocha la tête dans un modeste sourire.

— C'est mon travail, dit-elle simplement.

Il fronça les sourcils.

— À ce propos, je crois que vous me devez quelques explications.

Elle parut embarrassée, mais ne détourna pas le regard. Sa sérénité et son assurance contrastaient radicalement avec la fébrilité dont elle avait fait preuve au ranch quelques jours auparavant. Il avait devant lui une autre femme.

— Je suis chirurgienne, Lark. En congé à Queenstown pour quelques mois seulement.

Il soupira.

— Que faites-vous ce soir ?

— Eh bien, je…

— Vous n'avez pas de voiture ici. Je vous invite à monter dans la mienne. Nous aurons un peu de temps pour bavarder.

Elle pâlit et hésita à lui répondre.

— C'est d'accord ? demanda-t-il.

Le médecin avait de nouveau cédé la place à la jeune femme désorientée et indécise.

— D'accord, dit-elle enfin d'une voix faible.

Il pénétra dans la chambre de Lucy en espérant que Sophie n'en profiterait pas pour s'esquiver.

13

La situation était délicate pour Sophie. Elle aurait préféré fuir la compagnie de Lark, mais elle ne pouvait décemment lui tourner le dos après les émotions de l'accident de Lucy. Et puis, elle lui devait de sérieuses explications. Depuis leur première rencontre, il avait toujours été franc avec elle. Il ne lui avait rien dissimulé sur son passé. Elle ne pouvait pas en dire autant.

Elle plongea à son tour le regard dans la chambre. Le spectacle de la puissante silhouette penchée au-dessus du corps frêle de l'enfant était profondément touchant. Elle resta un instant immobile, émerveillée par le lien qui unissait le père à sa fille, puis elle s'éloigna de la porte, craignant de s'immiscer dans leur intimité.

Peu après, Lark la rejoignait dans le couloir. L'angoisse et la culpabilité assombrissaient ses traits.

— Ce n'est pas facile de la laisser, dit-il d'une voix blanche.

— Je sais, répondit-elle à voix basse.

Elle en doutait pourtant, elle qui n'avait jamais eu d'enfant.

— Allons-y ! Passons d'abord au ranch pour libérer Cléo, et ensuite je vous raccompagne chez vous.

Il ferma son blouson et prit le chemin de la sortie. Elle le suivit, légèrement en retrait, ne voulant à aucun prix laisser paraître les sentiments qu'elle éprouvait pour lui.

— Et le poney, comment va-t-il ?

Il ralentit le pas pour lui répondre.

— Cléo aussi est un peu choquée, mais elle n'est pas blessée.

Ils gardèrent le silence jusqu'à la double porte de l'hôpital. Quand elle s'ouvrit, la morsure du froid les saisit.

— Brrr, je ne suis pas encore habitué à ce temps glacial, fit-il en lui prenant fermement la main. Essayons de ne pas glisser !

Elle grelottait. La neige lui tombait doucement sur le visage, lui effleurant le nez, lui chatouillant les joues. Elle ne portait qu'un sweater et un jean, la tenue qu'elle avait passée pour se rendre à la fête en début d'après-midi. Il la guida rapidement jusqu'au pick-up, déverrouilla sa portière puis contourna le capot avant de gagner la place du conducteur. Il mit le contact et poussa aussitôt le bouton du chauffage.

— Alors, comme ça, vous êtes chirurgienne ?

Il n'avait pas attendu pour la mettre sur la sellette. Redoutant un flot de questions, elle s'arma de courage.

— C'est exact. Je suis ici en vacances.

— En vacances ?

— Disons que j'ai pris un congé sabbatique.

Elle était heureuse de ne pas être assise face à lui et de pouvoir garder les yeux fixés devant elle.

— Et vous habitez où ? demanda-t-il encore.

— À Auckland, à environ deux heures d'avion d'ici. Je travaille au Starship Children's Hospital. Je passe ma journée en blouse blanche, à rassurer des parents, à échanger avec mes collègues sur des choix thérapeutiques et à opérer des enfants malades ou accidentés.

— Je vois.

Rien dans sa voix ne laissait paraître ses réactions. Il prenait acte de ses révélations, sans plus.

— J'aurais dû vous le dire avant, dit-elle, mais, si je suis venue à Queenstown, c'est précisément pour prendre un peu de distance avec mon quotidien. Vous savez, quand on exerce ce genre de profession, on est regardé comme un médecin et rien d'autre.

Il lui lança un bref regard, qu'il détourna aussitôt pour fixer la route.

— Vous n'avez pas à vous justifier.

Il avait certainement raison. Chacun menait sa vie à sa guise. Pourtant, elle éprouva le besoin de lui en dire plus.

— Je ne voulais pas vous mentir, Lark. Seulement échapper à mon existence pendant quelque temps. J'avais besoin d'être quelqu'un d'autre, de faire une pause, de me laisser le temps de la réflexion.

— Pourtant, on ne peut pas dire que vous soyez restée inactive. J'ai l'impression que vous consacrez beaucoup de temps au refuge.

— Il fallait que mon esprit soit occupé à autre chose qu'à l'exercice de mon métier.

Il resta silencieux un long moment.

— Nous avons tous besoin de fuir de temps à autre, dit-il après réflexion.

— « Fuir » n'est peut-être pas le mot. Disons plutôt « changer d'air ».

— Ce n'est pas très différent. Je ne vous juge pas, vous savez. D'une certaine manière, j'ai moi aussi cherché à fuir une partie de mes problèmes.

— Le dépaysement est souvent salutaire. J'ai pensé qu'un retour sur ma terre natale m'aiderait à remettre le cours parfois pesant de mon existence en perspective.

Elle se laissa aller sur le siège, soulagée de s'être enfin ouverte à lui. Il eut un sourire amusé.

— C'est drôle. Vous vous êtes réfugiée dans votre pays d'origine quand moi j'abandonnais le mien. Nos motivations étaient sans doute différentes, mais notre objectif était le même. Prendre un nouveau départ.

— Vous avez laissé beaucoup de choses derrière vous pour venir vous installer ici, dit-elle avec douceur.

— J'ai fait un choix difficile, mais je ne le regrette pas.

Elle fixa un moment le paysage enneigé, à demi englouti par les ombres de la nuit tombante.

— Je n'en dirais pas autant pour moi, dit-elle dans un murmure. En revenant ici, j'imaginais qu'une pause suffirait à régler mes problèmes, qu'après quelques mois, je serais en mesure de retourner à Auckland pour reprendre mon travail. Ce n'est pas aussi simple.

Il quitta la route principale pour engager le pick-up sur le chemin de la ferme. La cour était couverte d'un épais manteau de neige. Seuls les phares de la voiture formaient un halo de lumière sur les murs de façade. Sophie reprit contact avec la réalité. Pas plus tard que la veille, elle avait décidé de fuir la compagnie de Lark. Les événements de la journée en avaient décidé autrement.

— Je vous donne les clés. Allez vite vous mettre au chaud pendant que je fais le tour des écuries !

Elle accepta d'un hochement de tête, tendant la main pour prendre son trousseau.

— Si vous voulez faire du feu, il y a du bois dans un panier près de la cheminée. Faites comme chez vous ! Trouvez-vous une veste, et servez-vous dans le réfrigérateur si vous voulez grignoter. Je ne sais pas vous, mais moi je meurs de faim.

Profitant de la lueur des phares, elle monta les marches du perron avec précaution, glissa la clé dans la serrure, poussa la lourde porte et chercha l'interrupteur à tâtons. Il ne faisait pas très chaud à l'intérieur, mais rien de comparable avec la température polaire du dehors. Elle resta un instant immobile au milieu du hall tandis que le pick-up s'éloignait vers l'arrière du bâtiment. Les images de sa dernière visite défilaient devant ses yeux. Elle avait honte d'avoir si maladroitement mis un terme au dîner de Thanksgiving. Alors qu'elle pensait ne plus jamais remettre les pieds dans cette demeure, voilà qu'elle s'apprêtait à y allumer un feu et à improviser un repas pour deux !

Elle traversa le salon, jeta un coup d'œil à l'extérieur et

ferma soigneusement les rideaux. Vu l'épaisseur des flocons qui s'abattaient sur la cour, il ne fallait pas s'attendre à une amélioration. La neige était courante à cette époque de l'année, mais de telles tempêtes étaient plutôt rares. Mieux valait prendre le bulletin météorologique. Les routes ne tarderaient sans doute pas à être coupées. Devait-elle se préparer à une nuit au ranch, en compagnie du beau cow-boy californien ?

Pendant que Sophie vaquait à ses occupations en envisageant avec appréhension le dénouement de la soirée, Lark se frayait difficilement un chemin jusqu'au perron. En temps normal, il aurait utilisé la porte de derrière, mais elle était verrouillée, et Sophie ne l'entendrait probablement pas frapper. Il retira ses bottes et pénétra dans le hall. Le son de la télévision résonnait dans le salon. Des lampes avaient été allumées un peu partout et les odeurs de cuisine se mêlaient à celles du feu de bois. Il eut la sensation de rentrer dans un vrai foyer. Il avait passé quelques bonnes années avec son ex-femme avant qu'elle ne décide de mettre un terme brutal à leur mariage. Jamais pourtant rentrer chez lui ne lui avait procuré une telle impression.

Il ne manquait que Lucy. Il s'efforça de chasser l'image de son petit corps perdu dans le lit d'hôpital. Il était trop tenté de retourner à son chevet, et c'était bien la dernière chose à faire. Reprendre la voiture par ce temps était plus que risqué. Et puis, le personnel, tout autant que Sophie, lui avait gentiment fait comprendre que sa présence pendant la nuit n'était pas indispensable.

Il pénétra dans la cuisine pour découvrir le tableau inhabituel d'une femme affairée devant les fourneaux. Sophie fredonnait tandis que ses mains s'activaient du plan de travail à la plaque de cuisson. Quand elle l'aperçut derrière elle, son visage s'éclaira.

— Lark ! Vous m'avez fait peur.

Il traversa lentement la pièce.

— Désolé, j'admirais seulement le spectacle.

La voyant rougir comme une petite fille prise en faute, il s'empressa de préciser sa pensée.

— Vous êtes tout à fait admirable, Sophie, mais je faisais surtout allusion à l'animation qui règne dans ma cuisine. Je n'ai pas l'habitude de rentrer chez moi pour trouver une maison chaude et un repas en cours de préparation.

— Oh ! ce n'est qu'une omelette, et je ne suis pas sûre d'avoir bien réglé la cuisson.

Il jeta un coup d'œil dans la poêle à frire.

— Tout ça m'a l'air délicieux, et il commence à faire bon dans toutes les pièces.

Il s'éclipsa un instant pour alimenter le feu de la cheminée du salon.

— J'ai pu écouter la fin des informations à la télévision, lui dit Sophie quand il la rejoignit.

— Des nouvelles de la circulation ?

Elle fit une grimace.

— Oui. Toutes les routes sont coupées. D'après la météo, il n'est pas tombé autant de neige en cette saison depuis au moins vingt ans.

— Typique.

Elle tourna la tête pour l'interroger du regard.

— Comment cela ?

— Eh bien, chaque fois que je dois me déplacer dans la région, le mauvais temps se met de la partie !

Elle fit habilement glisser sa première omelette dans l'assiette qu'elle lui destinait.

— Il n'y a pas que des inconvénients à ce genre de situation. Quoi de plus agréable qu'un bon verre de vin au coin du feu, quand on est à l'abri des intempéries et en bonne compagnie ?

S'exprimait-elle d'une manière générale ou faisait-elle précisément allusion à la situation où ils se retrouvaient tous les deux ? Comme il s'avançait vers elle, elle lui tendit son assiette.

— C'est pour moi ?

Elle lui lança un regard en partie voilé par ses longs cils. Dieu, qu'elle était belle ! Toute la rancœur qu'il avait pu éprouver à son encontre s'évanouit comme par enchantement, et l'attirance qu'il ressentait depuis leur première rencontre recommença à le hanter. Il se passait entre eux quelque chose de spécial, ils le savaient aussi bien l'un que l'autre.

— Je... heu, je ne sais pas. Vous auriez peut-être préféré autre chose, mais j'ai improvisé avec ce que j'ai trouvé dans le réfrigérateur.

— C'est parfait, dit-il, je suis sûr que je vais adorer.

— J'ai mis des tomates, des oignons, du fromage...

Il reposa l'assiette sur le comptoir sans la quitter des yeux, éteignit le gaz de la cuisinière et se planta devant elle.

— Sophie, pour tout vous dire, je me moque un peu de savoir ce qu'il y a dans cette omelette.

Elle affronta timidement son regard, indécise, et il reprit :

— Il y a une chose dont je me préoccupe davantage. Je voudrais bien connaître la raison de votre départ précipité de l'autre soir.

Voilà qui était dit. Il préférait jouer franc jeu avec elle.

— Lark, je... je ne sais pas comment vous répondre, fit-elle en se détournant.

— Dites-moi la vérité, Sophie ! J'ai besoin de savoir.

Elle secoua la tête sans parvenir à articuler un mot. La voyant au bord des larmes, il eut envie de lui ouvrir les bras et de la bercer tendrement contre lui. Mais comment allait-elle interpréter son geste ?

— La vérité est parfois difficile à dire, dit-elle enfin d'une voix à peine audible.

Il ignorait encore la cause de son malaise, mais il était sûr d'une chose. Elle avait besoin d'une épaule pour pleurer et d'une oreille amicale pour se confier. Il se rapprocha d'elle et lui tendit la main. Incertaine, elle fit le dernier pas et se blottit contre lui. Il caressa doucement ses cheveux et déposa un baiser sur son front.

— C'est à cause de Lucy que vous êtes partie ?

Il lui avait enfin posé la question qui le hantait depuis des jours. Malheureusement, la réponse qu'elle lui donna était celle qu'il redoutait le plus. La mort dans l'âme, il la vit hocher la tête en silence. Il se raidit. Sa fille était son bien le plus précieux. Jamais il ne compromettrait son bonheur. Pour rien au monde. Ni pour personne.

Sans prononcer un mot, elle se tourna vers la cuisinière, ralluma le gaz et reprit le mélange d'œufs battus pour le verser dans la poêle. Déçu, il emporta son assiette sur la table et, broyant du noir, s'assit. La journée avait été longue. Il se sentait épuisé et ne voulait rien dire qu'il pût un jour regretter. Pas avant d'avoir laissé à Sophie une chance de s'expliquer.

— Venez vous asseoir avec moi ! dit-il avec douceur.

Elle se servit son omelette d'une main tremblante avant de s'installer face à lui.

— J'espère que vous aimez les jeux de société, fit-il en espérant détendre l'atmosphère.

Elle lui sourit d'un air incertain.

— Vous croyez que nous allons rester bloqués ici ?

— Je ne vois pas comment les conditions de circulation pourraient s'améliorer d'ici à demain matin.

Elle commença à manger distraitement. Elle semblait perdue dans ses pensées.

— Lark, fit-elle soudain en reposant son couteau sur la table. J'aime beaucoup Lucy. Le problème n'est pas là. C'est une enfant merveilleuse et vous pouvez en être fier. J'ai passé un moment délicieux avec elle, le jour où vous êtes allé acheter votre jument.

— Vous l'aimez beaucoup, *mais* ?

Elle hésita avant de poursuivre. Manifestement, il lui était difficile de mettre des mots sur l'origine de son trouble.

— Ma profession me met chaque jour en présence de fillettes comme la vôtre.

Trop heureux de l'entendre enfin parler, il hocha la tête en signe d'encouragement.

— Il y a quelques mois, j'ai traversé une période difficile à l'hôpital. Malgré toute l'énergie que nous mettons à sauver nos patients, il nous arrive d'être impuissants face aux maladies les plus graves. Une petite fille que je suivais depuis des années est morte sur ma table d'opération.

À voir la souffrance que l'évocation du drame suscitait en elle, il regrettait de l'avoir poussée à la confidence. En même temps, en savoir plus sur son passé lui était indispensable pour mieux la comprendre.

— Je n'oublierai jamais le moment où j'ai dû annoncer la nouvelle à ses parents. Ce n'était pas la première fois que je me chargeais d'une tâche aussi ingrate, mais, ce jour-là, je ne l'ai pas supporté.

Elle marqua une pause avant de conclure.

— Elle avait le même âge que Lucy.

Incapable du moindre commentaire, il attendait, toujours silencieux.

— Elle avait quatre ans quand je l'ai vue pour la première fois. Une enfant magnifique, espiègle, pleine de vie. Après trois longues années de soins intensifs, elle n'était plus qu'une pauvre petite chose rongée par le cancer.

— Je suis désolé, Sophie…

Il regrettait de l'avoir jugée trop vite.

— Elle s'appelait Rose, dit-elle d'une voix tremblante. Je me souviendrai toujours de son visage amaigri, de ses grands yeux tristes.

Il détourna un instant le regard pour lui laisser le temps d'essuyer ses larmes. Il frémissait en songeant à sa propre fille allongée dans son lit d'hôpital. Lucy n'avait qu'un bras fracturé. Il avait du mal à imaginer l'épreuve qui serait la sienne s'il devait un jour la voir lutter contre une grave maladie.

— Je comprends mieux pourquoi la compagnie de Lucy vous est aussi pénible, dit-il avec douceur.

Elle affronta de nouveau son regard.

— Ce n'est pas la seule raison, Lark.

Pouvait-il poser une main sur la sienne, aller s'asseoir auprès d'elle ? Il resta figé sur son siège, incapable du moindre mouvement. Un torrent de larmes que ni l'un ni l'autre ne pouvaient ignorer inondait maintenant les joues de Sophie. Elle les essuya du revers de la main.

— Il y a quelques années… huit ans, pour être exacte, j'ai…

Il ne pensait pas qu'elle allait poursuivre, mais, après une profonde inspiration, elle parvint à recouvrer sa voix.

— J'ai mis fin à une grossesse accidentelle. J'ai réussi à ne plus y penser pendant longtemps, mais…

Il ne devait pas la juger. Ce genre de choix se posait chaque jour à des femmes en situation difficile. Elle reprit une nouvelle fois son souffle.

— Tout m'est revenu d'un coup après le décès de ma patiente. Brusquement, ces huit années se sont effacées, comme si cette horrible décision ne datait que d'hier. S'il m'était possible de changer quelque chose dans ma vie, ce serait cela. Je renoncerais à n'importe quoi pour pouvoir être mère.

Il était bien placé pour la comprendre. La vie sans sa fille lui était aujourd'hui inconcevable.

— Pour couronner le tout, reprit-elle d'une voix blanche, j'ai dû subir une hystérectomie voici quelques mois.

Les mots venaient plus vite. Elle semblait soulagée de se confier enfin à lui.

— J'ai détruit ma seule chance de devenir maman. Je ne me le pardonnerai jamais.

Quelle attitude adopter ? Des paroles de consolation auraient été bien inutiles. Ses yeux brillaient encore, mais elle ne pleurait plus. Et, si l'émotion transparaissait toujours dans sa voix, elle était en train de se reprendre.

— Sophie, je ne sais pas quoi vous dire, dit-il en toute sincérité dans un murmure.

Elle lui adressa un sourire triste.

— Il n'y a rien que vous puissiez dire, Lark. C'est bien là le problème. Il n'y a rien à dire, ni rien à faire. Il me reste seulement à assumer une décision malheureuse dont j'étais loin d'imaginer les conséquences.

— Vous ne pouvez pas vous en blâmer. Vous aviez sans doute de bonnes raisons d'agir ainsi à l'époque.

Elle releva les yeux.

— J'avais vingt-quatre ans. J'étais étudiante et je vivais seule. Je ne voulais pas mettre un enfant au monde dans ces conditions.

Un petit rire amer lui échappa.

— Et maintenant, je dois vivre avec cette erreur de jeunesse. Pour toujours.

Il se leva, contourna la table et vint poser une main sur son épaule. Elle ne le repoussa pas, mais il eut le sentiment qu'elle n'était pas prête à accepter son réconfort. Il préféra la laisser décider, sans la brusquer, de ce qu'elle attendait de lui. Il s'écarta et commença à débarrasser le couvert.

— Nous devons tous composer avec le passé, dit-il. Et accepter de ne pas toujours être maîtres de notre destin.

Elle tourna sa chaise pour lui faire face, tandis qu'il remplissait le lave-vaisselle.

— Que voulez-vous dire ?

Il ne se racontait jamais aussi librement qu'en sa présence. Auprès d'elle, ses réticences à livrer ses pensées les plus intimes s'évanouissaient comme par enchantement.

— En Californie, je passais toute la saison de rodéo à tourner de ville en ville. J'ai remporté des tas de championnats, des tas de trophées, et parmi eux une épouse.

Un vif étonnement se peignit sur les traits de Sophie.

— Vous parlez d'elle comme d'un trophée ?

Il sourit de son indignation.

— Je ne cherche pas à la rabaisser. À l'époque, elle incarnait à la perfection le type de femme dont je rêvais. Belle, aimant la vie, l'argent et surtout la fête.

Il marqua une pause, répugnant toujours à évoquer le naufrage de son union avec Kate.

— Et puis, nous avons eu Lucy. Tout semblait parfait, je gagnais un argent fou. Nous menions une existence heureuse, insouciante, avec un train de vie assez exceptionnel. Ce n'est qu'après mon accident que les fêlures de notre mariage sont devenues apparentes.

Elle se leva, le rejoignit près de l'évier et se pencha au-dessus de la banque pour l'écouter plus attentivement.

— Que s'est-il passé ?

Il releva la porte du lave-vaisselle et se redressa.

— Le circuit du rodéo est un monde sans pitié, on n'y pardonne ni l'échec ni la moindre faiblesse. Du jour au lendemain, j'ai cessé de susciter l'admiration du public. Et tout aussi rapidement l'intérêt de ma femme. Je suis tombé en disgrâce. À ma détresse, elle n'a répondu que par l'indifférence. Elle était déçue de ne plus être l'épouse d'une célébrité. Moi, je ne rêvais que de m'établir dans un ranch pour y couler des jours tranquilles avec elle et avec notre fille. J'avais mis suffisamment d'argent de côté pour leur assurer une existence confortable.

— Mais ce n'était pas ce qu'elle voulait, dit-elle doucement.

Il laissa échapper un petit rire triste.

— Elle n'aimait que la vie mondaine, les gens superficiels, les fêtes et les voyages. Lucy et moi étions devenus un fardeau pour elle. Le divorce s'est tout de suite imposé. J'étais prêt à négocier une garde partagée, mais elle n'a même pas voulu en entendre parler. Elle a abandonné sa fille, comme elle aurait relégué une vieille poupée au fond d'un coffre à jouets. Elle a tourné la page sans le moindre regret. Il paraît qu'elle s'apprête à épouser un autre malheureux.

— Lark, je suis vraiment désolée. C'est une histoire terrible, pour vous et pour Lucy.

Il haussa les épaules avec philosophie.

— C'est la vie, répondit-il avec un soupir. Je n'ai pas su voir clair en elle. Je n'aurais jamais dû l'épouser. Cela dit, je ne regrette rien, car j'ai Lucy. Cela suffit à me rendre heureux.

Aussitôt, il regretta ses paroles. Elle venait de lui dire qu'elle-même serait à jamais privée de ce bonheur.

— C'est aussi une immense responsabilité, dit-il précipitamment. Je m'inquiète dès que je la sens se rapprocher d'une autre personne. Je ne supporte pas l'idée que quelqu'un pourrait la décevoir.

Elle baissa les yeux.

— Et c'est ce que j'ai fait, dit-elle tout bas. En acceptant d'entrer dans votre vie et en cherchant aussitôt après à vous fuir. Je vous ai déçus tous les deux.

— C'est vrai pour ce qui me concerne, admit-il. Mais rassurez-vous, Lucy était tellement obnubilée par le chien qu'elle ne s'est rendu compte de rien.

Un silence embarrassé s'installa dans la pièce. Ni l'un ni l'autre ne savait vraiment que dire de plus.

— À propos du chiot, où est-il ?

Soulagée de changer de sujet, Sophie parut se détendre de nouveau.

— Pour le moment, il est avec ma mère. Et, puisque nous parlons d'elle, je devrais lui téléphoner tout de suite. Elle doit vraiment se demander ce qui m…

Un claquement violent l'empêcha de terminer sa phrase. Toutes les lampes de la maison, tous les appareils s'éteignirent brusquement. Le ranch était plongé dans l'obscurité.

— Que se passe-t-il ? s'écria-t-elle, posant une main sur son avant-bras.

— La neige a dû couper la ligne électrique, répondit-il.

Il essayait de réfléchir en dépit du trouble que lui procurait le contact de sa main.

— Voilà qui compromet sérieusement la douche chaude que je m'apprêtais à vous proposer !

Elle se serra davantage contre lui quand un bruit assourdi leur parvint du dehors.

— C'est quoi ? demanda-t-elle, inquiète.

Il la serra doucement contre lui, enroulant un bras autour de sa taille. Impensable en début de soirée, le geste leur paraissait maintenant naturel, comme si les confidences longuement échangées avaient renversé les barrières qui les tenaient éloignés l'un de l'autre.

— Ce n'est rien. Juste le mauvais temps qui se déchaîne à l'extérieur.

— Vous avez un groupe électrogène ?

— Non, répondit-il. J'ai bien pensé à en acheter un, mais j'ai complètement oublié de le faire. Heureusement, j'ai des bougies et des torches puissantes.

— C'est mieux que rien, répondit-elle.

Comme il amorçait un mouvement, elle s'agrippa à lui et suivit chacun de ses pas.

— Au moins, nous avons mangé un repas chaud, dit-il avec bonne humeur. Une omelette avec des tomates, des oignons et du fromage.

Elle rit de bon cœur. La situation était plutôt insolite. Il était sur le point de la conduire à l'étage pour lui trouver un autre pull-over, mais il se ravisa.

— Il y aurait bien un autre moyen de se réchauffer sans électricité…

— Ah oui ?

Elle pensait savoir où il voulait en venir, mais elle se trompait.

— Vous n'allez pas me croire, mais nous avons un petit bassin en plein air.

— Pardon ?

Elle était loin de s'attendre à une proposition aussi saugrenue.

— À l'angle du jardin, contre la clôture. Je peux l'alimenter en eau chaude très rapidement.

Elle devait se rendre à l'évidence. Il parlait tout à fait sérieusement.

— Et vous l'utilisez même quand il neige ?

— Sans problème. J'ai un réservoir de propane. Il suffit d'allumer la chaudière.

Bien qu'étrange, le projet paraissait séduisant. Un bain fumant dans l'air glacé, sous les épais flocons qui tombaient au-dehors ! Elle avait plus d'une fois entendu parler des sources chaudes qui jaillissaient du sol de certaines montagnes. Jamais elle n'aurait imaginé vivre une expérience comparable sur sa terre natale. Mais serait-elle assez courageuse ?

— Je n'ai pas de maillot de bain à vous prêter, dit-il, mais vous n'aurez qu'à garder vos sous-vêtements.

Elle se sentit rougir et remercia l'obscurité de dissimuler son embarras.

— Alors, qu'en dites-vous ?

Elle fut sur le point de décliner la proposition, mais une force indépendante de sa volonté la poussa à accepter.

— Eh bien, d'accord ! À condition que vous ne me lâchiez pas la main. J'ai peur du noir.

Il lui serra les doigts un peu plus fort.

— Alors, prenons les lampes torches et allons-y !

Appuyée contre la clôture, Sophie chantonnait pour se donner du courage. Un hennissement inquiétant avait obligé Lark à la laisser seule pour une rapide inspection des écuries. Elle avait dû rester pour surveiller la montée en température de l'eau. La neige continuait à tomber, mais avec moins d'intensité. Bien qu'enveloppée dans la grande veste de Lark, elle commençait à grelotter. Un bruissement dans les fourrés la fit soudain sursauter.

— Ne craignez rien ! fit une voix dans l'obscurité. Ce n'est que moi.

Elle dirigea le faisceau de sa lampe dans sa direction et poussa un soupir de soulagement en reconnaissant les contours de sa silhouette. La femme indépendante qu'elle avait toujours été trouvait dans la présence de cet homme un réconfort aussi agréable qu'inattendu. Avec lui, elle se sentait en sécurité et commençait même à trouver un certain charme à cette perte d'autonomie.

Il vérifia une dernière fois le réglage de la chaudière. Le bassin était alimenté par une canalisation branchée sur le réservoir tout proche.

— J'ai baissé la flamme, dit-il. L'eau doit être assez chaude maintenant.

L'idée de se déshabiller dans l'air glacial ne la tentait que moyennement, mais elle ne pouvait plus reculer.

— Où dois-je poser mes vêtements ? J'aimerais autant qu'ils restent au sec.

— Il y a un coffre à quelques pas de l'endroit où vous vous trouvez.

Il dirigea le faisceau de sa propre lampe pour le lui montrer.

— Promis, je ne regarderai pas !

Elle testa l'eau avec méfiance, puis se déshabilla en quelques secondes, mit ses vêtements à l'abri et se glissa sans attendre dans le bassin. La sensation de bien-être fut immédiate. Les muscles de ses épaules commencèrent à se décontracter. Comme par enchantement, le stress accumulé ces dernières semaines parut s'effacer tandis que la brûlure de l'eau sur sa peau contrastait de façon surprenante avec l'air qui lui glaçait les joues.

Sa vision s'était peu à peu adaptée à l'obscurité et, si elle ne distinguait pas avec précision les contours du corps de Lark, elle devinait sa silhouette. Avait-il choisi de se mettre nu ? Que lui importait, après tout ? Elle-même avait préféré garder ses sous-vêtements. Si leurs confessions réciproques les avaient rapprochés, elles n'auguraient en rien d'une relation plus intime.

— J'aurais pu allumer des bougies, fit-il en entrant à son tour dans le bain. Mais je doute qu'elles aient duré plus d'une minute.

De nouveau sur ses gardes, elle parvint néanmoins à conserver son sourire quand il s'étendit auprès d'elle. Le bassin permettait tout juste à deux personnes de se tenir côte à côte, si bien que leurs jambes se frôlaient sans se chercher.

— Ce n'est pas vraiment un spa, dit-il, mais je trouve cela bien agréable.

— C'est délicieux, répondit-elle. Et tellement inattendu !

Ils restèrent un long moment silencieux, aucun d'eux n'osant esquisser le moindre geste. Elle ne savait où poser les yeux et elle ne trouvait rien à dire. La situation était déroutante, à la fois trop intime et des plus naturelles. Quand les doigts de Lark effleurèrent les siens, elle ne sut que répondre. Avec une infinie délicatesse, il lui prit la main pour l'attirer vers lui.

— Sophie…

Son prénom, prononcé dans un murmure, se détacha dans le silence absolu qui régnait alentour.

— Mettez-vous sur le côté ! Nous gagnerons un peu de place si vous me tournez le dos.

Elle se retourna, exposant la dentelle humide de son soutien-gorge. Leurs corps se lovèrent naturellement l'un contre l'autre et restèrent un long moment immobiles. Toujours soucieux de ne pas la brusquer, il attendait un geste de sa part. De son côté, elle s'efforçait encore de lutter contre une attirance devenue presque irrésistible. Puis, lasse du combat qui se livrait en elle, elle laissa tomber la tête en arrière pour la nicher contre son épaule et ajusta son dos contre sa poitrine.

Aucun d'eux ne prononçait un mot, comme si la moindre parole risquait de dissiper l'harmonie de ce moment si précieux. Quand les mains de Lark glissèrent dans l'eau pour venir se poser sur ses cuisses, un frisson merveilleux la bouleversa au plus profond de sa chair. Puis ses lèvres commencèrent à caresser sa peau, se frayant doucement un chemin sur sa nuque. Elle gémit de plaisir, et son propre cri l'effraya.

— Lark, fit-elle dans un vague éclair de conscience.

Il ne l'entendit pas, et sa bouche, plus avide, descendit le long de son épaule.

— Lark, je pense que…

— Je vous en supplie, arrêtez de penser !

Elle se redressa et parvint à s'éloigner un peu de lui.

— Vous êtes sûr que… enfin, je veux dire, vous venez juste de divorcer et moi je…

— Sophie ?

— Oui, fit-elle dans un soupir.

— Taisez-vous et embrassez-moi !

Il n'avait pas la moindre envie de se laisser distraire par ses arguments. Fébrile, il l'obligea à lui faire face et lui scella la bouche d'un long baiser. Elle oublia bien vite ses hésitations. Le contraste entre le corps ferme de Lark et la douce caresse de l'eau l'enivrait. Ses épaules nues étaient exposées au froid environnant, mais elle s'en moquait.

— Autre chose à dire ?

Comme elle secouait la tête, incapable de prononcer un mot, il prit son visage entre ses mains et l'embrassa de nouveau, laissant descendre ses lèvres jusqu'à la naissance de ses seins, avant de remonter impatiemment le long de son cou pour retrouver sa bouche. Éperdue, elle s'accrochait à lui, agrippant de toutes ses forces le haut musclé de son dos.

— Et si nous rentrions ? murmura-t-il entre deux baisers.

— Pas tout de suite !

Elle le repoussa au bout du bassin, posa les mains sur son torse et replia les jambes au-dessus de lui.

14

Le mouvement inattendu de Sophie manqua de faire glisser la tête de Lark sous l'eau. Ouvrant les bras, il attrapa la margelle pour se remettre à flot. Le corps de Sophie se promenait doucement sur le sien. Ses seins, encore couverts, effleuraient sa poitrine, tandis que ses hanches ondoyaient délicieusement contre son ventre. Il marqua un temps d'hésitation. En lui proposant cette baignade insolite, il n'avait pas envisagé d'aller aussi loin. Du moins, pas ainsi. Il avait tenté sa chance en l'embrassant, quitte à se faire repousser. Sa réaction était loin de lui déplaire, mais elle le prenait au dépourvu.

— Lark, je suis désolée de m'être sauvée l'autre soir, dit-elle entre deux baisers.

L'autre soir ? Quelle importance ?

— Vous êtes pardonnée, répondit-il pour ne pas laisser ses paroles sans réponse.

Elle reprit sa bouche, avant de déposer mille baisers sur son front et sur ses paupières. Il laissa échapper un cri de plaisir, partagé entre le désir de rester soumis à ses caresses et celui de la faire repasser au-dessous de lui, pour lui signifier toute la force de son désir.

— Embrasse-moi ! demanda-t-elle en cherchant de nouveau sa bouche.

Il posa les pieds au fond du bassin, sortit ses bras de l'eau et attira son visage vers lui. L'étreinte passionnée les laissa tous les deux hors d'haleine.

— Sophie, dit-il d'une voix hachée en s'écartant doucement.

Elle leva vers lui des yeux languissants.

— Oui, que veux-tu ?

— Je crois que nous devrions rentrer.

— D'accord.

Il lui donna un dernier baiser, sortit du bassin et avança jusqu'au coffre de rangement, ignorant le contact glacé de la neige sous ses pieds chauds et humides. Très vite, il se couvrit d'une serviette et enfila ses bottes, avant d'apporter à Sophie ses chaussures et un drap de bain. Elle sortit de l'eau à son tour et s'enveloppa étroitement dans le tissu d'éponge. Cependant, il remettait la main sur sa lampe torche et éteignait la chaudière.

— Viens vite ! fit-il en éclairant le chemin. Je ne voudrais pas te voir transformée en statue de glace.

Elle le suivit sans se faire prier, plaçant avec application les pieds dans les larges empreintes qu'il laissait derrière lui. La traversée de la cour leur parut durer une éternité. Quand enfin ils atteignirent le seuil de la ferme, elle tremblait de la tête aux pieds et ses dents claquaient bruyamment. Le visage irrité par la morsure de l'air glacé, elle s'engouffra à l'intérieur dès qu'il eut ouvert la porte et se précipita dans le salon pour s'approcher de la cheminée. Des braises rougeoyaient encore au fond de l'âtre, mais il était grand temps de les ranimer.

En un instant, il fut à ses côtés. Il s'empressa d'alimenter le feu avec de nouvelles bûches et, à l'aide d'un antique soufflet, il attisa patiemment les flammes. Des étincelles jaillirent entre les morceaux de bois, et l'écorce se mit à claquer violemment. Comme il s'activait devant le foyer, elle eut tout loisir d'admirer le jeu impressionnant des muscles de ses épaules. Sa serviette ajustée autour de sa taille laissait apparaître tout le haut de son torse. Un torse puissant, athlétique, sur lequel elle mourait d'envie de poser la main.

Craignant de se laisser surprendre dans son examen, elle finit par détourner le regard.

— Tu as encore froid ? demanda-t-il en finissant de tisonner les braises.

Elle hocha la tête. La lueur des flammes les éclairait tous deux, et leurs ombres dansaient sur les murs. Il recula jusqu'au canapé et s'empara d'une épaisse courtepointe.

— Avec ça, tu auras plus chaud.

Sa voix basse était chaude et sensuelle. Son accent traînant de cow-boy californien ajoutait à son charme. Prise d'une soudaine timidité, elle hésitait à retirer son drap de bain. Dehors, l'obscurité avait dissimulé sa quasi-nudité. La lumière diffusée par la cheminée l'obligeait maintenant à se dévoiler tout à fait.

Conscient de sa réserve, il étendit la couverture sur le sol, fit délicatement glisser la serviette de ses épaules et l'invita à s'allonger près de lui.

— Tu es très belle, dit-il tout bas en promenant des doigts légers le long de ses courbes.

Elle baissa les paupières pour mieux goûter la subtilité des caresses qui exploraient son corps. Quand les mains de Lark glissèrent entre ses cuisses, elle arqua le dos et rejeta la tête en arrière.

— C'est bien la première fois de ma vie que j'apprécie une panne d'électricité, dit-il en s'agenouillant auprès d'elle.

Elle le couva d'un regard enfiévré.

— Moi aussi, dit-elle dans un soupir.

Il couvrit son visage de baisers, puis ses lèvres dessinèrent l'arrondi de son épaule, avant de courir le long de son bras pour enfin embrasser son poignet.

— J'ai envie de toi, Sophie. J'en rêve depuis des jours.

Elle se redressa sur la couverture et le tira par la main en signe d'assentiment. Alors, il revint à sa bouche et ses doigts impatients dégrafèrent son soutien-gorge.

— Dis-moi que tu me désires, dit-il dans un souffle contre son oreille. Dis-le-moi !

— Je te désire, Lark. Depuis le premier jour.

Repoussant leurs doutes et leurs atermoiements, les expériences douloureuses qui les avaient tenus éloignés l'un de l'autre, leur conscience même, ils s'étreignirent avec une ardeur que l'attente n'avait fait que redoubler. Autour d'eux, le monde avait cessé d'exister.

Demain, il serait temps d'affronter la réalité.

15

À son réveil, Sophie sentit le contact ferme d'un torse masculin étroitement pressé contre son dos. Elle ferma les yeux dans l'intention de se rendormir. Que lui réservait l'avenir ? Il serait bien temps de s'en inquiéter plus tard ! Pour l'heure, elle voulait seulement goûter au plaisir du corps de Lark contre le sien, à la chaleur de sa peau, à la force du bras qu'il avait enroulé autour de sa taille. Son étreinte lui procurait un sentiment de sécurité dont elle avait envie de jouir aussi longtemps que possible.

Elle sourit au souvenir de la soirée et de la nuit qu'ils avaient partagées. Tout s'était déroulé le plus naturellement du monde. Ils avaient longuement parlé pendant le repas, évoquant avec franchise des sujets qu'elle n'aurait osé aborder avec ses plus proches amies. Puis il y avait eu cet épisode extravagant mais tellement délicieux dans le bassin, et pour finir ces moments inoubliables devant la cheminée.

Ne parvenant pas à retrouver le sommeil, elle se tourna doucement vers lui et le regarda dormir. De longs cils bruns ourlaient ses paupières closes. Ses lèvres, légèrement entrouvertes, remuaient imperceptiblement. Ses cheveux étaient ébouriffés et une barbe naissante accentuait le creux de ses joues.

Elle mourait d'envie de le toucher, de dessiner les contours de son visage avec ses doigts, de plonger la main dans ses cheveux, mais elle restait aussi immobile que possible pour que cet instant ne finisse jamais.

— Je sens ton regard posé sur moi.

Le son de sa voix grave la fit sursauter. Elle se jeta dans ses bras.

— Lark !

Il ouvrit des yeux encore ensommeillés.

— Alors, comme ça, tu m'espionnes dans mon sommeil !

— Je te regardais, c'est tout.

Elle se lova dans ses bras, le visage contre son torse, comme pour se cacher du monde extérieur. Elle aurait tout donné pour passer la journée blottie entre ses bras. Quand il esquissa un geste pour s'écarter d'elle, elle le serra plus fort.

— Si seulement nous pouvions rester ainsi ! dit-elle avec un soupir.

— Je ne dirais pas non, si je n'avais pas une petite fille à aller chercher.

Elle hocha la tête d'un air absent, se refusant pour l'instant à penser aux heures qui allaient suivre.

— Il faut que j'aille nourrir les chevaux, dit-il. Il est tard. Je suis sûr qu'ils sont affamés.

Elle ouvrit les bras pour le laisser partir.

— Les chevaux ! Ils pourraient bien attendre un peu !

Il lui caressa le dos et lui ferma la bouche d'un nouveau baiser. Ravie, elle plaçait une main derrière sa nuque pour tenter de le retenir quand un coup sonore résonna dans l'entrée.

— Par pitié, dis-moi que tu n'attends personne ! dit-elle d'un ton boudeur.

Il secoua la tête de gauche à droite.

— Je me demande qui peut bien frapper à ma porte par un temps pareil !

Elle attrapa la couverture pour se draper dedans, tandis qu'il se mettait en quête de ses vêtements.

— Heureusement que le feu a brûlé toute la nuit. Ils sont complètement secs.

— Je peux rester ici, tu crois ?

— Bien sûr. J'en ai pour une seconde.

Il quitta la pièce tout en finissant d'enfiler son jean. Elle tendit l'oreille tandis qu'il ouvrait la porte à son visiteur. Des voix assourdies lui parvinrent du hall, mais elle ne put distinguer le contenu de la conversation.

Il reparut après quelques minutes.

— C'est mon voisin de la ferme d'à côté, dit-il en s'arrêtant dans l'encadrement de la porte. Il est en train de dégager la neige du chemin avec son tracteur. D'après lui, la route de Queenstown est impraticable. Les lignes téléphoniques sont coupées. Les gendarmes font le tour des habitations pour conseiller aux gens de rester chez eux.

— Et pour Lucy ? demanda-t-elle, inquiète. Comment vas-tu faire ?

— Ma foi, si je ne peux pas aller la chercher en voiture, je prendrai un cheval.

— Par ce temps ?

— Ce n'est pas un problème. J'irai doucement.

Il paraissait distant, comme si dialoguer avec elle ne l'intéressait plus. Déjà, elle devait renoncer au bonheur de l'enlacer. La journée avait commencé pour de bon. Aucune chance de se blottir de nouveau sous la couverture et d'oublier le temps qui passait.

— Tu vas aller nourrir les chevaux ?

— Oui. Tu veux venir avec moi ?

Heureuse de faire partie de ses projets, elle lui adressa un grand sourire.

— Et si nous buvions un café ?

Il rassembla ses vêtements, les déposa à côté d'elle et déposa un baiser sur son front.

— D'accord, je vais faire une exception. Mais c'est bien parce que c'est toi. Habille-toi ! Je vais mettre le café en route et te trouver un manteau.

Satisfaite, elle se défit de la couverture. Voilà un programme qui lui convenait tout à fait !

De son côté, Lark était préoccupé par l'état de Lucy. Il se sentait coupable d'avoir passé du bon temps avec Sophie pendant que la fillette reposait toute seule dans un lit d'hôpital. L'apparition de Sophie dans la cuisine le tira de ses sombres pensées. Elle était belle. Infiniment séduisante. L'éclat de ses yeux et le trouble qui rosissait ses joues rendaient son visage plus pétillant encore que la veille.

Il s'avança jusqu'à elle et l'enlaça tendrement.

— Je suis désolé de ne pouvoir prolonger ces moments délicieux.

— Moi aussi, répondit-elle.

Il passa une main derrière sa nuque et attira sa tête contre son épaule.

— Nous le ferons une autre fois, je te promets.

Ils prirent un rapide petit déjeuner et sortirent par la porte de derrière.

— Au moins, il ne neige plus, dit-elle.

Il ouvrait la route, un pas devant elle.

— Tu es sûre d'avoir assez chaud ?

— Je suis très bien. Ne t'inquiète pas pour moi.

Des hennissements sonores répondirent au « bonjour ! » de Lark quand ils arrivèrent aux écuries.

— Ils savent qui est leur petit papa ! dit-elle dans un éclat de rire.

— Bien sûr !

Il se dirigea vers la première stalle pour entamer une longue conversation avec Cougar. Puis, après avoir salué les autres bêtes, il pénétra dans un box resté ouvert, dont il ressortit avec une pleine brassée de foin. Debout près de la porte, elle le regardait faire avec attention. La complicité qu'il entretenait avec les animaux la fascinait.

— Il faut encore que je change leurs litières, dit-il. Cela ne t'ennuie pas d'attendre encore un peu ?

Apercevant un grand seau de bois, elle le retourna et l'utilisa pour s'asseoir.

— Pas de problème.

Elle continua à l'observer tandis qu'il s'activait d'une stalle à une autre, sans jamais cesser de parler aux chevaux.

— Penses-tu qu'ils comprennent ce que tu leur dis ?

Sa tête ébouriffée apparut au-dessus d'un portique.

— Peut-être pas, mais ils font très bien semblant.

Elle songea à son propre compagnon, le jeune chiot que Lucy avait baptisé Sam.

— Tu te souviens de mon petit chien ? demanda-t-elle.

— Oui, bien sûr.

— Tu pensais sérieusement à en offrir un à Lucy ?

Il reparut, cette fois dans la travée centrale, poussant une brouette pleine de sciure et de fumier.

— Pourquoi ? Tu envisages de donner le tien ?

— Peut-être bien.

— Il est pourtant adorable.

— Oui, mais je ne peux pas lui offrir le genre de vie qu'il pourrait avoir ici, avec Lucy et toi. La ville n'est pas un endroit pour les animaux. Et puis, mes horaires de travail sont tels que je n'aurai pas le temps de m'occuper de lui.

Le visage de Lark s'assombrit. Quelque chose semblait l'avoir contrarié.

— Alors, qu'en dis-tu ? fit-elle après un temps.

Il haussa les épaules.

— Tu me connais. J'ai tendance à céder à tous les caprices de ma fille.

Elle se sentait presque triste à l'idée de se séparer de Sam, mais le cadre de vie dont il pourrait jouir ici était inégalable.

— Alors, c'est oui ? Tu acceptes de le prendre ?

Il descendit dans l'allée desservant les stalles pour pénétrer dans la suivante avant de lui répondre.

— Tu es vraiment sûre de ta décision ? Tu ne veux pas prendre le temps de réfléchir encore un peu ?

— C'est tout réfléchi.

Elle se leva pour le regarder travailler à l'intérieur du box. Il prenait mille précautions pour ne pas déranger la jument qui l'occupait.

— Veux-tu savoir ce que je pense ? demanda-t-il en ressortant avec sa brouette.

Elle le regarda avec étonnement.

— À propos de quoi ?

— De toi. D'après ce que tu m'as dit la nuit dernière, je crois que tu n'es sûre de rien pour l'instant. Je me trompe ?

Elle se mordit la lèvre. Avait-elle bien fait de s'exposer à son jugement en se confiant aussi ouvertement à lui ?

— Je pense que ta vie, en général, ne te satisfait pas, dit-il sans ménagement. Que tu te trouves en quelque sorte à un croisement, comme je l'ai été après mon divorce. Tu ne veux pas réellement quitter ton travail, mais tu penses que tu le devrais. La mort de cette fillette te hante jour et nuit et la culpabilité te ronge de l'intérieur. Tu es venue ici en espérant trouver la paix, mais il n'en est rien.

Elle sentit sa gorge se serrer, et tenta d'ignorer ce qu'elle venait d'entendre. Il avait touché juste, mais elle n'allait pas encore une fois s'effondrer devant lui.

— N'ai-je pas raison ?

Elle redressa la tête avec orgueil.

— Maintenant que le diagnostic est posé, quelles sont vos suggestions, docteur Anderson ?

Le ton était si glacial qu'il hésita un instant à répondre.

— Tu trouves sans doute que je me mêle de ce qui ne me regarde pas, mais il faut parfois savoir écouter les conseils de son entourage.

— Dis toujours, je t'écoute !

— Eh bien, tu ne sais pas vraiment ce que tu fais ici, mais tu n'as pas envie de retourner au stress d'un métier auquel tu as consacré tant d'efforts. Tu devrais peut-être ouvrir un cabinet ici, et explorer d'autres formes de médecine.

— Abandonner la chirurgie ?

Il haussa les épaules et les laissa retomber. Le visage tendu à l'extrême, elle le regardait sans pouvoir articuler un mot. Elle devait bien admettre que l'idée l'avait déjà traversée. Mais de là à franchir le pas ! Qui renoncerait à une profession aussi noble sur un coup de tête ? Et qui était-il pour lui prodiguer de tels conseils ? Mesurait-il seulement la portée de ses paroles ?

Conscient du trouble qu'il avait provoqué en elle, il s'approcha pour lui prendre la main.

— Sophie, je ne voulais pas te blesser. En vérité, je ne suis peut-être pas très objectif. Ce que je pense réellement, c'est que…

Il se racla la gorge avant de poursuivre.

— Eh bien, ce serait tout simplement merveilleux si tu pouvais rester par ici… heu… disons, en permanence !

Elle recula pour s'asseoir sur le seau. Lark Anderson allait vite en besogne !

Sur la route enneigée, Lark menait sa monture à une allure prudente. S'il avait attendu le début de l'après-midi, il aurait peut-être pu utiliser sa voiture, mais rien n'était moins sûr. Pressé de rejoindre Lucy, il avait pris congé de Sophie et sellé Cougar pour se rendre en ville. Muni d'un sac de vêtements chauds pour sa fille, il arriva à l'hôpital un peu avant midi, ce qui, dans un tel équipage, ne passa pas inaperçu. Il s'en moquait. Tout ce qu'il voulait, c'était asseoir Lucy devant lui sur la selle et la ramener au ranch. Il ne s'était pas senti le cœur aussi léger depuis longtemps. Réunir Lucy et la femme dont il était amoureux sous le même toit était comme rassembler les dernières pièces d'un puzzle.

Il ignorait pourtant encore quelle décision prendrait

Sophie. Il espérait ardemment qu'elle choisisse de s'établir à Queenstown, mais c'était peu probable. Une chose était certaine : il avait enfin trouvé la femme de sa vie et il entendait tout faire pour la garder près de lui.

Sophie arpentait le salon de long en large, marquant de longues pauses à la fenêtre pour scruter le paysage immobile. Le temps s'écoulait lentement. Elle avait promis à Lark d'attendre son retour, mais elle se sentait prisonnière d'une situation qu'elle n'avait pas vraiment choisie. La nuit avait été magique, mais elle n'était pas prête à assumer les conséquences d'une relation amoureuse. L'exemple de sa mère, qui avait tout sacrifié et tout perdu pour l'amour d'un homme, lui avait appris à se méfier des beaux sentiments. Elle s'était promis de ne jamais renoncer à ses ambitions pour un bonheur qu'elle savait trompeur et éphémère.

Lark avait été clair sur sa façon d'envisager l'avenir. Il lui avait tout simplement suggéré de bouleverser son existence, d'abandonner sa carrière de chirurgienne pour venir s'établir à Queenstown. Une telle décision l'effrayait. Elle avait consacré tant d'années à ses études, puis à l'exercice d'un métier exigeant, qu'un tel sacrifice s'apparentait pour elle à une capitulation. Elle n'était pas du genre à démissionner devant les difficultés.

Et puis, que serait-elle sans la réussite professionnelle sur laquelle elle avait tout misé, puisque jamais elle ne pourrait s'accomplir dans la maternité ? Quel homme resterait attaché à une femme incapable de lui donner un enfant ? Lark rêvait sans doute de fonder une famille. Elle ne pouvait que le décevoir.

Un bruit de moteur lui fit lever les yeux et elle arrêta sa déambulation dans la pièce. Le fermier était de retour. Elle courut dans le hall et ouvrit grand la porte.

— Bonjour ! fit-elle, heureuse de cette interruption.

L'homme ôta son chapeau pour la saluer.

— Tout va bien, ici ?

— Oui, merci. L'électricité vient d'être rétablie.

Elle avança d'un pas et lui adressa son plus beau sourire.

— Vous n'iriez pas vers la ville, par hasard ?

— Je peux vous en rapprocher, si vous voulez.

Cinq minutes plus tard, elle prenait place dans la cabine du tracteur. Elle n'était pas fière de fuir, cette fois encore, mais se sentait tout simplement incapable de rester au ranch et d'affronter le retour de Lark et de sa fille. Quelle place pourrait-elle avoir entre eux deux ? Quel rôle pourrait-elle jouer auprès de Lucy ? Certainement pas celui d'une mère. Cette pensée lui brisait le cœur.

16

Lark transporta Lucy à l'intérieur du ranch.

— Je peux marcher, tu sais ! dit-elle en riant.

Il la serra plus fort contre lui.

— Je préfère te porter.

Son dos lui faisait souffrir le martyre, mais il s'en moquait. Il était sur le point d'appeler Sophie pour la prévenir de leur arrivée quand un mauvais pressentiment l'en dissuada. La maison était plongée dans un curieux silence. Après de si longues heures de solitude, elle aurait dû guetter leur retour et se précipiter pour les accueillir. Une sourde appréhension le gagnait peu à peu, mais il s'efforça de garder sa bonne humeur. Lucy était rentrée, c'était le principal.

— Papa, je peux monter dans ma chambre ?

Il la remit doucement sur ses pieds.

— Bien sûr, ma chérie. Tu n'as pas faim ?

— Non, répondit-elle en bondissant à travers le hall.

— Fais attention à ton bras ! Il ne faudrait pas que tu tombes avec ton plâtre !

Elle hocha la tête sans vraiment l'écouter et commença à gravir les marches.

— Je vais rentrer Cougar à l'écurie. Je reviens tout de suite.

— D'accord ! cria-t-elle du haut de l'escalier.

Il sortit retrouver l'étalon qu'il avait attaché au portail. Sophie était partie, il en était sûr désormais. Ce n'était pas la première fois qu'elle prenait ainsi la fuite. Il poussa un profond soupir et tenta de contenir la rage qui bouillonnait en lui. La mine sombre, il conduisit Cougar dans son box et le libéra de sa selle. La déception le privait même du plaisir qu'il éprouvait d'ordinaire à soigner son cheval. Décidément, cette femme n'était pas digne de confiance. Elle agissait avec une incroyable désinvolture. Comme si les moments précieux qu'ils partageaient n'avaient pas la moindre importance pour elle.

— Donne-moi la balle, Sam ! Allez, donne !

Dans l'espoir de se distraire et d'éloigner sa tristesse, Sophie jouait avec son chien. L'animal faisait la sourde oreille, tournoyant fièrement autour d'elle en refusant d'abandonner son trophée. Elle commençait à penser qu'elle n'était vraiment pas douée pour le dressage quand son téléphone sonna de nouveau. Elle tressaillit en reconnaissant le nom qui s'affichait sur l'écran. Lark. Encore ! Elle ignora l'appel, tout comme elle avait ignoré le précédent. Elle ne pouvait se résoudre à lui parler. Que pouvait-elle lui dire ? Qu'elle regrettait la nuit qu'ils avaient passée ensemble ? Qu'elle n'était pas prête à changer de vie, ni pour lui ni pour n'importe quel homme ? Elle se laissa tomber sur la pelouse et éteignit son portable. Le chien en profita pour lui lécher abondamment le visage.

Après avoir déposé Lucy devant l'école, Lark reprit le chemin de la ferme. Il aurait aimé garder sa fille auprès de lui pour la dorloter une journée de plus mais, trop impatiente d'arborer son plâtre et de raconter ses mésaventures, elle avait insisté pour rejoindre ses camarades.

Privé de sa compagnie, il se laissa de nouveau envahir par le souvenir de Sophie. Il avait tenté de la joindre deux fois. D'abord pour s'assurer qu'elle était bien rentrée chez elle. Un peu plus tard pour lui demander des explications et surtout lui livrer le fond de sa pensée. Elle n'avait pas daigné répondre à ses appels. Deux jours s'étaient écoulés depuis la tempête de neige, et il trouvait le temps de plus en plus long.

Il rangea son véhicule près des écuries pour décharger ses provisions. Comme il soulevait un sac de grain, ses yeux s'égarèrent un instant vers le bassin du fond de la cour. Très vite, il détourna le regard pour le porter au loin, en direction du pré où il avait parqué les juments rescapées. Une idée lui vint alors à l'esprit. Puisque Sophie ignorait ses appels, il pouvait se saisir du prétexte des chevaux pour l'obliger enfin à lui parler, inventer n'importe quel incident pour la convaincre de revenir au ranch. Ce n'était pas très honnête, mais, après tout, sa conduite à elle n'était pas non plus exemplaire.

Il saisit son mobile et composa le numéro du refuge.

— Il est vraiment indispensable que j'y aille moi-même ?

Sophie pouvait difficilement expliquer à sa collègue les raisons qui la poussaient à éviter Lark.

Elisabeth haussa les épaules.

— Je pourrais bien m'en charger, dit-elle. Mais M. Anderson a insisté pour vous voir en personne.

Sophie hésitait. Elle ne pouvait se soustraire à ses responsabilités sans une bonne raison, mais la perspective d'une confrontation avec lui la terrorisait. Son désarroi éveilla l'inquiétude de son interlocutrice.

— Sophie ? Vous êtes sûre que tout va bien ?

Elle émergea de sa rêverie.

— Oh ! désolée. J'avais la tête ailleurs. Je vais y aller, bien sûr, sans problème.

Elle sourit à sa collègue et attrapa son sac.

— Je vous appellerai pour vous tenir au courant.

Elle avait mis ses états d'âme de côté. Son travail au refuge était une priorité. Ses histoires personnelles avec Lark ne devaient pas interférer dans ses missions. Face à lui, il lui suffirait de rester professionnelle et de garder la tête haute.

17

Nonchalamment appuyé contre la clôture du corral, un pied reposant sur la traverse inférieure, Lark regardait Sophie approcher. L'estomac noué, elle venait dans sa direction. Chacun de ses pas lui coûtait, mais elle était bien décidée à l'affronter, à se comporter enfin en femme adulte et responsable.

— Bonjour ! fit-elle en arrivant à sa hauteur.

Il redressa la tête pour la regarder droit dans les yeux.

— Bonjour !

Elle essuya la paume de sa main sur son jean et sortit un bloc-notes de sa poche.

— Il paraît que vous avez un problème avec une des juments…

Mécontent de la distance qu'elle cherchait d'emblée à établir par le retour au vouvoiement, il se détacha brusquement de la barrière.

— Inutile de jouer cette comédie, fit-il en lui prenant le carnet des mains.

— Mais voyons, je…

— Par ici !

Il appuya fermement une main dans son dos et l'obligea à avancer. Sa voix exprimait une détermination farouche qu'elle doutait de pouvoir contrecarrer.

— Où veux-tu m'emmener ? demanda-t-elle faiblement.

Il l'entraîna sans répondre jusqu'aux écuries, où deux chevaux fin prêts n'attendaient plus que leurs cavaliers.

Devinant que toute l'affaire n'était qu'une machination de sa part, elle tenta en vain de ralentir sa marche.

— Nous allons faire un tour, dit-il. Et bavarder.

— Le prétendu problème avec la jument n'était qu'une ruse pour me faire venir jusqu'ici ?

— Tu ne m'as pas laissé d'autre solution.

Elle secoua énergiquement la tête.

— Il est hors de question que je t'accompagne.

Il lui souleva le menton pour la forcer à le regarder.

— Je ne te laisserai pas te dérober une fois de plus, dit-il d'un air presque menaçant.

Puis, face à la panique qui se peignait sur son visage, il se radoucit.

— Viens, je t'en supplie ! Tu n'as pas le droit de me laisser sans explications.

Il saisit les rênes de la jument qu'il avait choisie et sellée pour elle et lui fit signe d'avancer.

— N'aie pas peur ! Jenny est aussi douce qu'un agneau. Je vais t'aider à monter.

Comme elle s'avançait à contrecœur, il se pencha en avant et joignit les deux mains pour l'inviter à y poser le pied. Elle s'exécuta en silence et se hissa sur la selle.

— Parfait ! dit-il en lui passant la bride. Je peux l'attacher à mon cheval par une longe, si tu veux, mais elle sera plus à l'aise si elle me suit librement.

À moitié rassurée, Sophie flatta d'une main timide l'encolure de la jument.

— Prends la longe avec toi, on ne sait jamais !

Il se retourna vers sa propre monture, glissa le pied à l'étrier et monta en selle à son tour.

— Allons-y !

Pendant un long moment, ils avancèrent au pas, sans prononcer le moindre parole. Il voulait lui laisser le temps de la réflexion. Après bien des hésitations, ce fut elle qui choisit finalement d'entamer la discussion en présentant ses excuses.

— Lark, je suis désolée d'être partie du ranch pendant que tu ramenais Lucy de l'hôpital. Je le suis sincèrement, il faut me croire.

Il l'observa longuement et comprit qu'elle ne mentait pas.

— Je te crois, répondit-il. Mais j'ai besoin de comprendre pourquoi tu me fuis, et pourquoi tu refuses de décrocher ton téléphone.

Des larmes perlaient aux yeux de Sophie. Il s'en voulait de lui imposer cette épreuve, mais ne pouvait pas rester sans explication.

— Je t'en supplie, j'ai besoin de savoir.

— Lark, je ne sais pas quoi te dire…

— Dis-moi seulement ce qui ne va pas !

Comme elle détournait le regard vers l'horizon, il renonça à la questionner et se résigna à attendre.

— Qu'espères-tu de moi, Lark ? demanda-t-elle enfin. Pourquoi m'as-tu fait venir jusqu'ici ?

— Je voulais te parler, Sophie. Essayer de comprendre ton attitude. Nous avons passé ensemble des moments merveilleux. Je veux savoir pourquoi tu m'évites.

Quand il immobilisa sa monture, la jument de Sophie marqua le pas elle aussi. D'une légère pression de la jambe, il mena son cheval contre le sien. Il lui posa la main sur la cuisse et la fixa droit dans les yeux.

— Je tiens à toi, dit-il. Et je sais que nos sentiments sont réciproques.

Une larme glissa sur la joue de Sophie. Il l'essuya avec douceur et ses doigts s'attardèrent sur son visage.

— Je ne suis pas faite pour toi, Lark. N'insiste pas !

Il la regarda sans comprendre.

— Pourquoi dis-tu cela ?

Elle jeta un coup d'œil au loin puis trouva le courage de lui faire face de nouveau.

— Je ne pourrai jamais être mère, je te l'ai déjà dit. Je ne pourrai jamais te donner d'enfant.

Il lui serra tendrement l'épaule pour tenter de la réconforter.

— Je comprends tes regrets, dit-il dans un murmure, mais tu n'es pas pour autant condamnée à la solitude.

Elle secoua la tête comme si, par ce geste, elle pouvait se délivrer de ses remords et chasser son chagrin.

— Je n'ai pas ma place dans la vie que tu partages avec ta fille. Je ne pourrai jamais donner un petit frère ou une petite sœur à Lucy.

Il sauta à bas de son cheval.

— Viens ici ! fit-il en lui tendant la main pour l'aider à mettre pied à terre.

Il lui ouvrit les bras, l'attira contre lui, et ses lèvres s'égarèrent dans ses cheveux.

— Sophie, qui a dit qu'une femme ne pouvait s'accomplir que dans la maternité ? Tu peux très bien exister sans mettre de bébé au monde.

Elle se raidit et s'écarta de lui, essuyant du revers de la main son visage inondé de larmes. L'attirance qu'elle éprouvait pour lui ravivait le deuil immense qu'elle ne parvenait pas à surmonter. Inconsciemment, elle lui renvoya la responsabilité de sa détresse.

— Tu adores les enfants, dit-elle. Je le vois bien dans la manière dont tu te comportes avec ta fille. Pourquoi voudrais-tu d'une femme incapable de t'en donner ?

Désemparé par sa soudaine agressivité, il la regarda remonter en selle sans trouver les mots pour la retenir. Ils reprirent le chemin du ranch dans un silence pesant. Chacun était plongé dans ses pensées, incapable de franchir la barrière que l'incompréhension avait érigée entre eux.

De retour à l'écurie, elle descendit de cheval.

— Au revoir, fit-elle sans oser lever les yeux sur lui. Désolée, vraiment.

— Sophie !

Comme elle tournait le dos, il sauta à terre pour la rattraper. Mais, lorsqu'il saisit son avant-bras, elle se dégagea violemment.

— Laisse-moi, s'il te plaît !

Le visage ravagé par la souffrance, elle continua son chemin. Il hésita un instant puis, refusant de la voir partir ainsi, il courut de nouveau après elle.

— Sophie ! Nous ne pouvons pas en rester là. J'adore les enfants, c'est vrai. Mais, si tu ne peux pas en avoir, c'est sans importance pour moi. C'est à toi que je tiens. À toi, et à toi seule. Et c'est à notre histoire que je veux donner une chance.

Elle tourna vers lui un regard infiniment triste.

— Si tu es prête à me faire confiance, reviens demain après-midi ! Je t'attendrai.

Il aurait aimé lui en dire davantage, lui laisser entrevoir des preuves tangibles de son attachement, mais il y avait une petite personne dont l'opinion comptait tout autant que la sienne. S'engager auprès de Sophie sans son approbation, il ne le voulait pas.

18

Lorsque la voiture de Sophie apparut dans la cour, Lark retint son souffle. Il la guettait depuis des heures, désespérant de la voir enfin franchir le portail.

— Papa ! La voilà !

— Je sais, ma chérie.

Lucy était sortie en trombe de la maison, les joues rouges d'excitation. Le spectacle de sa joie le rassura. Il lui avait longuement parlé le matin même, lui confiant avec mille précautions les sentiments qu'il éprouvait pour Sophie et les projets qu'il nourrissait à son égard. Loin d'en paraître affectée, elle avait accueilli ses confidences avec un enthousiasme mêlé de soulagement. Au fond, ce qu'elle aimait le plus, c'était la compagnie, et leur existence un peu recluse commençait à lui peser.

Il traversa la cour pour accueillir la visiteuse tant espérée, alors que Lucy, qui lui avait sauté au cou, repartait en courant vers la maison.

— Tu es venue, dit-il d'une voix à demi étranglée par l'émotion.

Il lui ouvrit les bras, la serra tendrement et s'enivra longuement de son parfum.

— Lark, je…

— Chut ! fit-il en posant un doigt sur ses lèvres. J'ai des choses importantes à te dire. Tu auras tout le temps de t'exprimer ensuite.

Il marqua une pause et choisit ses mots avec soin pour ne pas l'effrayer.

— Il y a encore quelques semaines, je ne voulais plus entendre parler d'une relation sérieuse avec une femme. Je dois dire que mon divorce m'avait passablement échaudé. Et puis tu es entrée dans ma vie, et mes certitudes ont brusquement volé en éclats.

Elle secoua la tête de gauche à droite.

— Lark, je t'ai…

Il ne lui laissa pas le temps de le contredire.

— C'est vrai, j'aime les enfants, Sophie. Mais j'ai déjà Lucy et je peux très bien envisager l'avenir sans agrandir à tout prix ma petite famille. Surtout si je partage cet avenir avec toi…

Un éclair dans les yeux de Sophie l'encouragea à poursuivre. Elle commençait à l'écouter, peut-être même à le croire. Il effleura ses lèvres d'un tendre baiser.

— Épouse-moi ! dit-il en éloignant doucement son visage.

Les yeux de Sophie s'agrandirent.

— Qu'est-ce que tu dis ?

— Épouse-moi ! répéta-t-il. Et promets-moi de ne plus jamais me quitter !

Elle recula d'un pas, le visage figé dans une expression indéchiffrable.

— C'est impossible, Lark.

Il agrippa sa main et l'attira de nouveau contre lui.

— Impossible ?

— Je vis à des centaines de kilomètres d'ici. Comment pourrions-nous nous marier dans ces conditions ? Et puis, nous nous connaissons si peu…

— Je ne te ferais pas une telle proposition si je n'étais pas sûr de mes sentiments pour toi.

Quand il reprit possession de sa bouche, elle répondit plus ardemment à son baiser, contredisant par son attitude le refus qu'elle venait d'exprimer.

— J'aimerais tant que tu me dises oui !

— J'ai un métier et un poste à responsabilité à Auckland. Je ne vais pas y renoncer du jour au lendemain pour le bon vouloir d'un homme. Si j'envisage un jour de revenir ici, je voudrais être seule à en décider. Ma mère a abandonné toute ambition personnelle pour épouser mon père. Je n'ai aucune envie de l'imiter.

Il relâcha doucement son étreinte.

— Je ne te demande pas de choisir entre ta carrière et moi, Sophie. Nous pourrions vivre ensemble lorsque tu es à Queenstown et imaginer un autre mode de relation quand ton travail te réclame à Auckland. Tu dois me croire. Je suis prêt à toutes les concessions pour donner une chance à notre histoire.

Elle réfléchit un long moment avant de lui répondre. Une multitude de pensées et d'envies se bousculaient dans son esprit. Le cœur battant, il attendait de connaître le fond de sa pensée. Il eut le temps d'imaginer le pire, jusqu'au moment où elle se décida enfin à parler.

— Que dirais-tu si je revenais ici pour de bon ?

Il crut l'avoir mal entendue.

— Pardon ?

— Si je revenais à Queenstown parce que telle est ma volonté, et non parce que c'est toi qui l'exiges ?

— Eh bien, je… je serais sans doute le plus heureux des hommes.

Elle osait à peine laisser grandir l'espoir qu'elle sentait naître en elle. Les paroles de Lark l'avaient rassurée. S'il se moquait de son incapacité à être mère, s'il n'exigeait d'elle aucun sacrifice professionnel, elle ne pouvait plus douter de la sincérité de ses sentiments.

— As-tu demandé son avis à Lucy ? demanda-t-elle encore.

Il eut du mal à contenir sa joie.

— Nous avons eu une longue conversation ce matin.

C'est bien simple, elle t'adore. Et puis, elle a tendance à s'ennuyer un peu avec moi. Elle ne me l'a pas dit franchement, mais je l'ai bien compris.

Elle était au bord des larmes.

— Tu feras une belle-mère parfaite. Et une épouse merveilleuse.

La générosité de Lark ne cessait de la surprendre. Elle avait montré tant de désinvolture à son égard en s'enfuyant à deux reprises qu'elle ne pensait pas mériter tant de compréhension et d'indulgence.

— Épouse-moi, Sophie !

— C'est une décision importante, dit-elle avec gravité. As-tu bien réfléchi, Lark ? C'est vraiment ce que tu veux ?

— Sans l'ombre d'une hésitation. L'avenir avec toi ne me fait pas peur. Parce que je pense que je t'aime.

Ces derniers mots restèrent suspendus dans un silence gorgé d'émotion et de crainte. Il venait de lui révéler la profondeur de ses sentiments. Il s'était mis à nu devant elle. Suspendu à sa réponse, il paraissait infiniment vulnérable. Troublée par son aveu, elle s'autorisa enfin à accepter la vérité.

— Je pense que je t'aime aussi, dit-elle dans un murmure.

Il prit son visage entre ses mains, ferma les yeux et déposa le plus doux des baisers sur ses lèvres.

— Tu jures de ne plus jamais te sauver ?

Elle laissa échapper un petit rire coupable.

— Je le jure.

Enfin apaisés, ils restèrent enlacés un long moment, comme si seul comptait pour eux désormais le bonheur d'être ensemble.

— Je crois bien que je suis décidée, dit-elle soudain. Je ne vais pas renouveler mon contrat à l'hôpital.

— Tu es sûre ?

— J'aime mon métier, Lark, mais il est terriblement

prenant. Je ne me vois pas continuer ainsi pendant des années encore. J'ai besoin de faire autre chose de ma vie.

— Quelle que soit ta décision, je serai là pour toi.

Elle passa les deux bras autour de son cou.

— Je sais.

Soudain, une petite voix s'invita dans leur tête-à-tête.

— Alors, elle a dit oui ?

Il prit la main de sa fille et la plaça entre eux deux.

— Que dirais-tu si Sam venait vivre avec nous, lui aussi ?

— Sam le petit chien ?

Il sourit.

— Oui, Sam le petit chien.

— Cool !

Elle leva alors le regard vers Sophie.

— Et toi, tu vas être ma belle-mère, alors ?

Sophie rougit imperceptiblement.

— Oui ma chérie, et j'en suis très heureuse.

— Waouh ! Je vais avoir un chien *et* une belle-mère !

Sophie et Lark éclatèrent de rire en même temps.

— Une belle-mère et un chien, dit-il. Je préfère dans cet ordre.

Sophie se pencha pour se placer à la hauteur de Lucy.

— Tu ne seras plus seule avec ton papa dans cette grande maison. Je serai là pour toi aussi.

— Tu me laisseras monter à cheval avec mon plâtre ? Il dit que c'est pas prudent.

Elle ne perdait pas de temps. Prise de court, Sophie leva sur Lark un regard interrogateur.

— Je t'autorise à monter Cléo, dit-il, à condition que le docteur Baxter t'en donne l'autorisation.

Les yeux de la petite fille passaient de l'un à l'autre avec impatience.

— Autorisation accordée ! déclara Sophie. Mais à condition d'aller doucement et de la mener au pas.

Un seul échange avait suffi pour lui donner sa place dans la petite famille.

— Tu es heureuse ? demanda-t-il.

— Bien plus que tu ne peux l'imaginer, lui répondit-elle dans un sourire rayonnant.

Épilogue

Sophie rentra épuisée de sa journée de travail, mais un sourire heureux flottait sur ses lèvres quand elle engagea sa voiture sur le sentier qui conduisait au ranch. Comme il était étrange que le trajet jusqu'à l'entrée de la propriété eût été jadis source de tant d'appréhension ! Aujourd'hui, il lui tardait tant d'arriver qu'elle s'impatientait de ne pouvoir rouler plus vite.

Elle trouva la maison déserte, mais n'en fut pas étonnée. Lark et Lucy ne rentraient jamais avant la tombée du jour. Elle déposa sa mallette dans le hall, ressortit sur le perron et dirigea ses pas vers le corral.

Sans surprise, elle y trouva le père et la fille. Lui, monté sur son étalon, une main sur le genou, l'autre tenant négligemment les rênes, et la fillette fièrement dressée sur son poney. L'un prodiguant instructions et encouragements, l'autre décrivant des cercles autour de lui et enchaînant des séries de petits sauts.

Elle marcha jusqu'à eux, ne s'arrêtant que pour flatter la tête du chien. L'animal était surexcité, heureux sans doute de voir son petit monde réuni.

— Hé, vous deux ! dit-elle en se penchant au-dessus de la barrière. Je parie que vous avez encore passé toute la journée ici !

— Bonsoir, belle dame !

Après plus d'une année de vie commune, Lark réussissait encore à la faire rougir. Elle leva le regard en direction de Lucy.

— Tu t'es bien amusée, ma chérie ?

— Super ! Cléo saute de mieux en mieux.

— C'est grâce à toi, dit Lark. La meilleure des juments n'arrive à rien sans une bonne cavalière.

— Elle sera bientôt meilleure que toi, dit Sophie.

Elle franchit le portique, s'approcha de son mari et se hissa sur la pointe des pieds pour recevoir son baiser de bienvenue.

— Tu as passé une bonne journée ? demanda-t-il.

— Épuisante, mais passionnante, comme toutes les autres.

Elle pratiquait désormais la médecine générale. Après avoir dénoncé son contrat à Auckland et travaillé encore quelques mois pour former son remplaçant, elle était venue ouvrir son propre cabinet à Queenstown. Et, même si le contact du scalpel et l'ambiance hospitalière lui manquaient quelquefois, elle s'épanouissait parfaitement dans son travail et sa vie de famille.

— Que dirais-tu d'une balade à cheval ? demanda l'infatigable Lark.

— Maintenant ?

Il mit pied à terre et lui caressa tendrement la joue.

— Pourquoi pas maintenant ? Tu avais autre chose à l'esprit ?

Elle éclata de rire face à son air malicieux.

— Très franchement, je ne vois pas ce que nous pourrions faire de mieux qu'une petite promenade.

— Vraiment, tu ne vois pas ?

Il fronça les sourcils.

— Ce n'est pas bien de jouer avec le feu, madame Anderson.

— Ah oui ? Et que va-t-il m'arriver ?

— Attends un peu et tu verras !

VOTRE COLLECTION PRÉFÉRÉE DIRECTEMENT CHEZ VOUS

Vous souhaitez découvrir nos collections ? Une fois votre colis de bienvenue reçu, si vous souhaitez continuer à recevoir nos livres, cela se fera automatiquement. Vous n'avez aucune obligation d'achat et cette offre est sans engagement de durée !

Dans votre 1er colis, 2 livres au prix d'un + 1 cadeau

☛ COCHEZ la collection choisie et renvoyez cette page au
Service Lectrices Harlequin – CS 20008 – 59718 Lille Cedex 9 – France

Collections	Prix 1er colis	Réf.	Prix abonnement (frais de port compris)
❑ **AZUR**	4,75€	AZ1406	6 livres par mois 31,49€
❑ **BLANCHE**	7,30€	BL1603	3 livres par mois 24,85€
❑ **HISTORIQUES**	7,30€	LH1202	2 livres par mois 17,49€
❑ **PASSIONS**	7,80€	PS0903	3 livres par mois 26,49€
❑ **BLACK ROSE**	7,90€	BR0013	3 livres par mois 26,79€
❑ **HARMONY***	5,99€	HA0513	3 livres par mois 20,76€
❑ **NORA ROBERTS***	8,90€	NR2403	3 livres tous les 2 mois, prix variable**
❑ **SAGAS***	7,99€	SG2303	3 livres tous les 2 mois 29,46€
❑ **VICTORIA**	7,80€	VI2115	5 livres tous les 2 mois 42,09€
❑ **GENTLEMEN***	7,50€	GT2022	2 livres tous les 2 mois 17,95€
❑ **HORS-SÉRIE***	7,70€	HS2812	2 livres tous les 2 mois 18,45€

*livres réédités / **entre 28,79€ et 31,39€ suivant le prix des livres

F22PDFM

N° d'abonnée Harlequin (si vous en avez un) ⌊⌋⌊_⌋⌊_⌋⌊_⌋⌊_⌋⌊_⌋⌊_⌋⌊_⌋

Mme ❑ Mlle ❑ Nom : ____________________

Prénom : ____________________ Adresse : ____________________

____

Code Postal : ⌊_⌋⌊_⌋⌊_⌋⌊_⌋⌊_⌋ Ville : ____________________

Pays : ____________________ Tél. : ⌊_⌋⌊_⌋⌊_⌋⌊_⌋⌊_⌋⌊_⌋⌊_⌋⌊_⌋⌊_⌋⌊_⌋

E-mail : ____________________

Date de naissance : ____________________

Date limite : 31 décembre 2022. Vous recevrez votre colis environ 20 jours après réception de ce bon. Offre soumise à acceptation et réservée aux personnes majeures, résidant en France métropolitaine, dans la limite des stocks disponibles. Prix susceptibles de modification en cours d'année. Vous pouvez demander à accéder à vos données personnelles, à les rectifier ou à les effacer. Il vous suffit de nous écrire en nous indiquant vos nom, prénom et adresse à : Service Lectrices Harlequin CS 20008 59718 LILLE Cedex 9. Service Lectrices disponible du lundi au vendredi de 9h à 17h : 01 45 82 47 47.